# 파트너
## Partner

# 파트너 1

초판 1쇄 찍은 날 | 2018년 09월 27일
초판 1쇄 펴낸 날 | 2018년 10월 04일

지은이 | 송명순
펴낸이 | 서경석

편 집 책 임 | 조윤희
편　　　집 | 이예진
디 자 인 | 고성희

펴 낸 곳 | 도서출판 청어람
등록번호 | 제387-1999-000006호
등록일자 | 1999. 5. 31
어람번호 | 제11-0091호

주소 | 경기도 부천시 부일로 483번길 40 서경B/D 3F (우) 14640
전화 | 032-656-4452 팩스 | 032-656-4453
http://www.chungeoram.com
E-mail | chungeorambook@daum.net

ⓒ 송명순, 2018

ISBN 979-11-04-91821-6　04810
ISBN 979-11-04-91820-9　(SET)

# 파트너

**1**

송명순 장편소설

청어람

# ◆ 목차 ◆

# 프롤로그

"우리 스타님께서는 핏빛으로 물들어 있어도 반짝반짝 빛나네?"

남자가 낮게 크흑크흑 웃음을 흘리자, 그 소리가 창고 여기저기 부딪쳐 음산하게 울려 퍼졌다.

"날 어쩔 생각이야?"

승후는 테이프에 칭칭 감긴 손목을 움직여 보았지만 얼마나 많이 둘렀는지 옴짝달싹할 수가 없었다.

"죽이겠지?"

"날 왜?"

"네가 조유하의 남자니까."

유하의 이름이 남자의 입에서 흘러나왔다. 승후는 자신이 잡혀 있는 이 현실보다 저 남자가 유하에게 품은 원한이 더 두렵게 느껴졌다.

"그러게 대단한 스타님께서 왜 조유하 같은 인간과 엮였어? 스타라는 이름값에 맞게 반짝반짝 빛나면서 해맑게 살았어야지. 조유하 같은 인간과 엮이니까 이런 일을 당하는 거잖아."

창고를 울리며 들려오는 남자의 느릿한 음성, 어두운 공간, 코끝에 맴도는 기분 나쁜 곰팡내.

승후는 아주 간절하게 지금이 영화 촬영 중이길 바랐다.

지금 공포 영화를 찍고 있는 거다. 감독이 컷 소리를 내면 이 끔찍한 광경은 즐거운 촬영장으로 바뀔 거다. 승후의 간절한 바람에도 아랑곳없이 저벅저벅 다가오는 남자의 발소리가, 이건 현실이라고 말하고 있었다.

"네가 살길을 알려줄게."

남자가 무언가를 들고 이리저리 흔들다가 멈추자, 승후의 눈에 정확하게 총이 보였다. 저건 장난감을 개조해서 사람을 해칠 수 있게 만든 그런 총이 아니었다. 총알을 사용하는 진짜 총이었다.

"간단해. 어렵지 않아."

승후는 있는 힘껏 다리를 버둥거려 보았지만, 역시 꼼짝도 할 수 없었다.

"그것 하나만 하면 넌 살 수 있어."

남자는 재미있다는 듯 낄낄낄 웃으며 총구로 승후의 머리를 톡톡 쳤다.

"조유하를 여기로 불러. 혼자 오라고 하고."

유하를 죽이기 위한 미끼. 이미 알고 있었지만, 귀를 뽑아버리고 싶을 만큼 듣고 싶지 않은 말이었다.

"조유하가 혼자 오면, 넌 살려줄게."

"너 설마 내가 그런 짓을 할 거라 생각하고 말하는 건 아니지?"

두려워하는 마음을 조금이라도 내비치면 끝이다. 승후는 이 남자에게 휘둘리면 안 된다는 걸 아주 잘 알고 있었다.

"어차피 조유하하고 내 일이야. 넌 아무 잘못도 없잖아. 살려달라고 빌어. 살고 싶다고 말해. 그럼 유하가 너 살려줄 거야."

악마의 속삭임이다. 승후는 남자를 올려다보며 그의 얼굴에 퉤 하고 침을 뱉었다.

"그냥 나 죽여. 내 여자 죽이고 살 생각 없으니까, 그냥 나 죽이고 끝내."

퍽 하는 둔탁한 소리가 울리고, 승후는 외마디 비명도 지르지 못한 채 바닥에 나가떨어졌다. 그리고 그가 앉아 있던 의자는 넘어진 그대로 뒤로 밀려나 벽에 부딪쳤다.

"죽이고 끝내라고?"

퍽. 배를 강타한 강한 충격에 몸속에 있는 모든 장기가 뒤틀리는 느낌이었다.

"그렇게 죽고 싶어?"

또다시 퍽. 이번 충격에는 속에 피가 거꾸로 솟아오르는 것 같았다. 그리고 승후를 향한 남자의 잔인한 발길질이 시작됐다.

승후에게는 끔찍한 시간이었다. 온전한 정신인지, 아니면 기절했다가 다시 깨어난 건지 알 수 없었던 시간. 살이 찢겼고, 콜록거릴 때마다 입 밖으로 피가 솟구쳤다.

"죽는 건 말이야, 이것보다 더한 고통에 시달리다가 가는 거야."

남자는 의자를 가지고 와, 승후의 머리를 움켜잡고 일으켜 앉혔다. 그리고 승후와 시선을 맞추며 다시 낄낄낄 웃어댔다.

"네가 할 말은 하나야. 살려줘. 다른 말을 하면 넌 죽어. 알아들어?"

승후는 대답 없이 남자의 시선을 피했다.

그런 승후의 행동이 복종의 의미라고 생각한 남자는 "그래, 그래야지. 그래야 착하지."라고 말하며 그의 머리를 쓸어내렸다. 그러고는 주머니에서 승후의 휴대폰을 꺼내 화면이 그를 향하게 했다.

[승후 씨?]

화면에 유하의 얼굴이 보이자, 승후의 꽉 다문 입술이 파르르 떨렸다.

"말해. 어서."

악마가 속삭이듯 남자는 낮게 속삭였다.

[승후 씨, 내가 갈게. 기다려. 내가 승후 씨 구하러 갈게.]

승후는 떨릴 정도로 주먹을 꽉 움켜쥐었다. 그리고 차마 유하를 볼 수 없어서 두 눈을 꼭 감았다.

[나랑 말해! 승후 씨는 상관없잖아! 나와 너, 우리 두 사람 일이잖아. 그러니까 나하고 말하자고!]

유하의 악에 받친 고함이 승후의 귓가에 들린다. 승후는 눈을 떠 화면 속, 두 눈에 눈물이 그렁그렁 차오른 유하를 보았다.

"조유하 경위, 네 남자를 이렇게 보니 어때? 새롭지 않아? 스타님이라서 그런가? 피로 칠갑을 하고 있는데도 섹시하다. 그렇지?"

[건드리지 마! 내가 갈 테니까, 승후 씨 건드리지 마! 이 개새끼야!]

유하의 분노가 휴대폰을 뚫고 밖으로 터져 나오는 듯했다.

"유하야, 조유하."

승후는 빙긋 웃으며 유하의 이름을 부드럽게 불렀다.

"나 소원 한 가지 남았어. 알지? 그 소원 지금 말할게. 오지 마. 절대로 오지 마. 나 구하지 마. 네가 나 구하러 오면, 네 앞에서 혀 깨물고 죽을 거야. 그러니까 절대로 오지 마. 그게 내 마지막 소원이야."

[기다려. 내가 갈게. 절대로 그냥 죽게 안 둬. 내가 꼭 구할 거야. 승후 씨, 나 믿고 조금만 기다려. 나 사랑한다면, 포기하지 마. 절대로!]

승후는 더 밝게 웃으며 고개를 저었다.

"기억해. 네 탓 아니야. 이놈은 미친 거야. 미친놈이 벌인 일로 자책하지 마. 미친놈은 미친놈으로 남겨두고, 넌 이런 놈 잊어."

눈물이 차오른다. 유하를 조금 더 오래 보고 싶은데, 더 많이 보고 싶은데, 눈물 때문에 앞이 희미해졌다.

[내가 가. 내가 갈 테니까, 포기 말고 기다려. 기다릴 수 있지?]

"유하야, 너 사랑한 거 나 후회 안 해. 너 사랑해서 행복했어. 그러니까 끔찍한 건 다 잊어."

"아이씨, 신파를 찍어라!"

남자의 발길질에 승후는 윽, 하는 신음을 흘리며 바닥으로 나가떨어졌다.

[하지 마!]

유하의 비명이 귓가에 들리자 승후는 온 힘을 다해 몸을 일으켜 앉았다.

"콜록, 하. 하. 하."

고통이 섞인 거친 숨소리가 승후의 입에서 흘러나왔다.

"조유하, 아무래도 우리 둘 회포는 나중에 풀어야겠다. 마지막 인사나 해라. 너 때문에 죽을 네 남자와."

[하지 마! 내가 가! 내가 간다고! 내가 갈 테니까, 그 사람은 살려줘. 내가 갈 테니까 그 사람은 제발…… 살려줘!]

애원이다. 유하가 애원하고 있다.

"죽여. 지금 죽여. 유하 손대지 말고 그냥 나 죽여! 그렇게 우리 끝내자."

싫었다. 승후는 이런 미친놈에게 유하가 애원하는 건 싫었다.

[하지 마! 아무 말도 하지 마! 승후 씨 입 다물고 가만있어!]

울부짖는 내 여자의 목소리가 들린다.

"늦었어. 기회를 놓친 건, 민승후, 이 새끼야!"

남자는 마지막으로 승후를 비춰주고 휴대폰을 바닥에 던졌다. 휴대폰이 부서지는 둔탁한 소리가 메아리처럼 울려 승후의 귀에 꽂혔다.

'아, 이제 여기서 죽는구나.'

승후는 자기 죽음을 직감했다.

"난 여기서 이렇게 죽을 거야. 그건 확실해. 그러면 유하는 널 무슨 짓을 해서든 잡아 처넣겠지? 하지만 절대로 널 죽이지는 않아. 너 같은 미친놈은 기억할 가치도 없으니까."

"이 새끼가……."

"네 손에 내가 죽으면 유하는 영원히 날 기억할 거야. 고마워. 유하의 기억에서 지워지지 않는 사람으로 남게 해줘서."

"그렇게 죽는 게 소원이야? 그래. 그럼 죽여주지. 그렇게 해줄게."

남자는 발로 승후의 가슴을 걷어찼다. 그리고 승후가 윽, 하는 신음을 흘리며 뒤로 넘어가자 가까이 다가와 그의 배를 발로 있는 힘껏 내리찍었다.

승후는 비명조차 지르지 못한 채 고통에 몸부림쳤다.

"죽어! 그렇게 죽는 게 소원이라면 죽어!"

남자의 총구가 자신을 향하는 걸 보며 승후는 눈을 감았다.

"유하. 조유하라고 해요."

지금 이 기억을 모두 가지고, 처음 유하를 만났던 그때로 돌아간다면 어떻게 될까?

어쩌면 처음에는 피하려 할지도 모른다. 하지만 다시 사랑하게 될 거다. 승후는 그것만은 확신할 수 있었다.

그건 운명이니까. 목숨을 바쳐 사랑할 운명.

'유하야, 사랑해.'

어둠이 내려앉은 산속 버려진 창고.

탕! 날카로운 총소리에 잠들어 있던 새들이 날아올랐다.

☾

1년 전.

인천국제공항.

편한 캐주얼 차림에 선글라스를 쓴 승후가 공항에 들어서자마자 여기저기서 카메라 불빛이 번쩍였다.

"어머, 민승후야."

"얼굴 봐. 진짜 주먹만 해."

"엄청 잘생겼다. 만들어도 저렇게까지 잘생기진 않을 거야."

여기저기서 웅성웅성.

승후는 사람들이 자신을 두고 하는 말들을 다 듣고 있으면서도 안 들리는 사람처럼 휴대폰을 살피며 매니저의 뒤를 따라 걸었다.

"거기 서!"

매서운 고함이 들리고, 건장한 남자가 승후가 있는 쪽을 향해 무서운 기세로 달려왔다.

그 기세에 당황한 나머지 피하지도 못하고 멍하니 있었던 승후는 남자와 부딪쳐 그대로 뒤로 넘어져 바닥에 엉덩방아를 찧고 말았다.

"쌍!"

저가 부딪쳤으면서 오히려 무섭게 노려보며 욕설을 내뱉는다. 그 기세에 당황한 승후는 앉은 그 상태에서 일어날 생각도 못하고 멍하니 남자를 올려다보았다.

"너 이 새끼야! 거기 딱 서 있어!"

날카롭게 날아온 이 음성은 분명히 여자 목소리다. 그 소리에 사내는 또 욕설을 내뱉으며 다시 도망가기 시작했다.

"잡히기만 해! 너 내 손에 죽었어!"

건장한 남자를 쫓아간 여자는 사납게 소리치며 바람처럼 승후 앞을 지나가더니 얼마 안 가 그를 따라잡는 괴력을 발휘했다. 그리고 여자가 붕 날아 발길질을 몇 번 하니 건장한 남자가 바닥에 꼬꾸라졌다. 이후 남자의 날카로운 비명소리를 끝으로 곧 손목에 수갑이 채워졌다.

뭐지? 저 여자 뭐야?

반쯤 넋이 나간 상태인 승후는 일어날 생각도 못 하고 눈이 휘둥그레져서, 흔하지 않은, 아주 진귀한 장면을 관찰하고 있었다.

"괜찮으세요?"

양복을 입은 남자가 승후를 보며 걱정스럽다는 표정으로 물어왔다.

처음엔 뭐지? 하고 고개를 갸웃하던 승후는 곧 자신의 상태를 인지하고는 서둘러 일어나 옷을 가볍게 툭툭 털어냈다.

"아! 네."

"다친 곳은 없으십니까?"

"없어요. 없습니다. 괜찮아요."

승후가 어색하게 웃고 있으려니 뒤에서 한 남자가 "팀장!" 하고 양복 입은 남자를 불렀다.

"가."

양복 입은 남자는 뒤돌아 짧게 외친 후 다시 승후를 보았다.

"민승후 씨가 다쳤으면 경찰청이 발칵 뒤집어졌을 텐데, 괜찮으시다니 다행입니다. 그래도 혹시 모르니까 나중에라도 아프시면 꼭 연락 주세요."

"네. 그렇게 하겠습니다."

명함을 받아 든 승후는 확인하지도 않고 바로 주머니에 집어넣었다.

"그럼 이만."

"아! 네."

양복 입은 남자는 인사하고 뒤돌아서 동료들이 있는 곳을 향해 걸어갔다.

"조 형사! 지원 나와서 펄펄 날면 우리는 어쩌라는 거야?"

"원래 지원 나와서 더 잘해야 우리 팀 욕 안 먹는 거예요."

조금 전 남자를 시원하게 제압한 여자 형사는 그렇게 말하며 킥킥 웃음을 흘렸다. 여자의 뒤통수를 가만히 보던 승후는 매니저가 부르자 시선을 돌렸다.

"저 여자 경찰, 아는 사람이에요?"

"몰라. 다만 내가 아는 여 형사도 저 사람과 비슷하지 않을까 하는 생각은 했지."

"형님이 여 형사를 어떻게 알아요?"

"그냥 이름만 아는 사람이야. 얼굴도 몰라. 그런데 아까 그 경찰과 비슷하면 좋겠다는 생각을 했어."

"왜요?"

"저 정도로 멋있는 사람이면 눈 높다고 칭찬해 주려고."

"네?"

매니저는 승후가 무슨 말을 하는 건지 몰라 고개만 갸웃했다. 그런 매니저의 모습에 피식 웃음을 터뜨린 승후는 고개만 살짝 돌려 다시 여형사를 힐끔 보았다. 그 여 형사는 여전히 뒤통수밖에 보이지 않았지만, 웃고 있다는 건 확실히 알 것 같았다.

'당신도 저 형사만큼 멋있었으면 좋겠습니다.'

# 제1장.
## 첫 만남 그리고 설렘

"뭐라고요? 그 자리에 민승후가 있었다고요?"

지원 나갔다가 돌아왔을 때까지만 해도 몰랐던 이야기였다.

"내가 민승후를 스쳐 지나갔는데도 몰랐단 말이에요?"

그 중요한 사실을 며칠이 지난 뒤에서야 알았다니……. 지금 유하는 억장이 와르르 무너져 내리는 것 같았다.

"선배라는 사람들이 죄다 도움이 안 돼!"

유하의 목소리가 고막을 터뜨릴 것처럼 날카롭게 귀를 찌르자 주위에 있던 선배 형사들이 움찔 놀라며 몸을 움츠렸다.

"민 선배! 그걸 왜 지금 얘기해?"

경찰대 1년 선배이며, 현재 경찰청 특수사건전담반 중 마약 사건 전문인 화이트팀의 홍일점 민서윤에게 버럭 소리를 지른 유하는 뒤늦게 밀려오는 안타까움을 온몸으로 표현하며 괴로움에 몸부림쳤다.

"말도 안 돼! 내가 고개를 조금만 뒤로 돌렸어도 민승후를 실물로 영접했을 텐데! 그 엄청난 행운을 망할 약쟁이 잡느라 놓쳤다는 거야?"

"인연이 아니면 어쩔 수 없지."

자신은 1등 당첨된 복권 쓰레기통에 버린 것보다 더 열받는데, 선배란 인간은 너무도 태평하게 어쩔 수 없단다.

유하는 서윤을 매섭게 노려보며 두 주먹을 꽉 움켜쥐었다.

"선배, 우리 몸 풀 때 되지 않았어요? 나 오늘이 그날 같은데?"

유하의 분노를 온몸으로 느꼈기 때문일까. 서윤은 팔딱 일어나 팀 내 최고 선임 형사 뒤에 숨었다.

"우리 팀장이 민승후한테 명함 주고 왔대. 혹시 아프면 연락 달라고. 연락 오면 꼭 전해줄게. 정말로!"

"정말이죠?"

"내 목을 걸고서라도 꼭 연락해 줄게."

유하가 못 믿겠다는 표정으로 미간을 일그러뜨리자 서윤은 선서하듯 손을 올리고 "맹세합니다. 후배님." 하고 말하며 히죽 웃었다.

"어째 뒷골이 당기더라니……."

하늘이 무너져 내린 것 같은 안타까운 소식에 유하는 그 뒤로 한참을 괴로워해야만 했다.


며칠 뒤, 경찰청 블랙팀.

"도대체 피해자들 사이에 어떤 공통점이 있는 거냐?"

여자 네 명이 연달아 죽은 연쇄살인이다. 하지만 피해자들 간 어떤 공통점도 없었다. 분명히 살인범이 피해자들을 고른 기준이 있었을 텐데, 네 명은 생김새는 물론 성격, 직업, 사는 환경까지 어느 하나 비슷한 점이 없었다.

한 치 앞도 안 보이는 뿌연 안갯속에 갇힌 기분이었다. 유하는 작은 것 하나라도 떠오르길 바라면서, 피해자와 현장 사진들을 하나하나 살폈다. 그렇게 유하가 한참을 사건에 집중하고 있을 때, 쉬는 시간임을 알려주듯 휴대폰이 시끄럽게 울렸다.

"어."

벨 소리만 듣고도 누군지 딱 알아차린 유하는 눈을 사진에 고정한 채 전화를 받았다.

[어디야?]

"청."

[퇴근 안 해?]

"어."

[퇴근 시간 지난 건 알아?]

"어."

[그 직업은 퇴근도 없어?]

"어."

한 마디도 아니고 딱 한 글자다.

유하의 이 성의 없는 대답에도, 상대는 기분 나쁜 기색이 전혀 없었다. 전화 건 사람, 즉 자매와 매한가지인 친구 수현에게는 이게 일상이었다. 말을 하기 시작한 그때부터 지금까지 언제나 늘 떠드는 쪽은 수현이었고 유하는 듣는 편이었을 정도로, 그녀는 대답도 말도 길게 하는 성격이 아니었다.

[지금 잠깐 나와. 오늘 소개팅이 있는데, 자리 하나가 비었어. 네가 채워줘.]

"싫어."

지금까지 통화 중 가장 긴 대답이었다.

딱 두 글자. 어째서 싫은지, 무슨 이유로 싫은지, 이런저런 설명이라도 하면 좋으련만. 유하의 입에서는 핵심이 되는 단어 이외에 다른 말은 나오지 않았다.

[나 좀 살려줘. 선배가 주선한 자리인데, 함께 나가기로 한 동료가 갑자기 못 온다고 했단 말이야.]

"취소해."

[취소가 안 되는 자리니까 그렇지! 제발 좀 도와주라. 응? 나 혼자 두 명 상대하게 생겼단 말이야!]

"해."

[죽을래? 빨리 안 튀어나와?]

전혀 먹힐 것 같지 않으니 슬슬 협박에 들어간다. 하지만 이 허접스러운 협박이 먹힐 유하가 아니었다.

"죽여."

[너 지금 안 튀어나오면 영원히 인연 끊을 줄 알아? 나 너 안 봐. 절대로 안 볼 거야!]

하늘이 무너져도 꿋꿋하게 자기 할 일만 할 것 같았던 유하가 수현의 이번 협박에 처음으로 반응을 보이며 의자 등받이 몸을 기대어 조금 더 편안한 자세로 통화를 이어갔다.

"후배 데리고 가."

[이번 소개팅은 안 돼. 그러니까 제발 나랑 가자. 나 좀 살려줘. 아무나 막 잡아서 갈 상대가 아니란 말이야.]

"뭐 하는 사람인데?"

[연예인. 유명한 배우.]

"싫어."

더 들을 필요도 없다. 유하는 다시 사진을 응시했다.

[한 명은 이정훈.]

이정훈이란 이름에 유하는 미간을 찌푸리며 들었던 사진을 놓았다. 이정훈에 관해 그녀가 알고 있는 정보는 서브 남자주인공 급에서는 톱인 인물이라는 것이었다.

"어떤 라인을 타면 이정훈 급이 소개팅에 나와? 네 선배라는 사람 능력 좋다?"

[능력 좋지. 왜 하필 그 능력을 나한테 쓰냐고! 연예인 관심도 없는데.]

퉁퉁거리는 것 보니 나가기 싫은 거 억지로 끌려나가는 모양이다. 유하는 픽 웃으며 다시 사진을 집어 들었다.

[또 한 명도 연예인이야.]

"관심 없습니다. 그런 자리에 불려 나갈 정도로 한가하지 않아요."

이정훈 급이 나오니 다른 연예인은 들으나 마나다. 이런 경우 둘 중 한 사람이 이정훈처럼 인지도가 높으면 다른 사람은 인지도가 낮을 확률이 높기 때문이었다.

[다른 한 명은 민승후.]

다시 자료를 한 장씩 들여다보던 유하는 민승후란 이름을 듣자마자 자신도 모르게 들고 있던 사진을 뚝 떨어뜨렸다.

"뭐?"

민승후란 이름에 지금까지 아무런 감정 없이 무덤덤하게 통화하던 유하가 처음으로 놀라는 감정을 드러낸 것이다.

"다시 말해봐. 누구라고?"

헛소리가 들리는 걸 보니 요즘 밤을 너무 새웠나 보다. 오늘은 무슨 짓을 해서든 집에 가서 몇 시간이라도 자야 할 것 같다. 아니면 진짜 머리에 꽃 꽂고 노래 부르며 거리를 뛰어다닐지도 모르겠다.

순간 멍해진 유하는 곧 자신이 정상이 아니라는 걸 인정했다. 민승후가 소개팅에 나온다는 걸 믿는 것보다는 자신이 제정신이 아니라는 사실을 인정하는 편이 더 현실적이기 때문이었다.

민승후, 현재 스물아홉이며, 전통 멜로와 코믹 멜로를 기본으로 해서, 액션, 스릴러, 사극까지 안 되는 게 없는, 스타성은 물론 연기도 아주 잘하는 배우였다.

승후는 열여덟 살에 엑스트라 아르바이트를 하는 친구의 꼬임에 넘어가 아르바이트하러 왔다가, 촬영 펑크 낸 배우 대신 그 자리에서 캐스팅 돼, 꿈에도 생각 안 했던 배우의 길로 들어섰다.

사람들은 승후에게 행운이 넝쿨째 굴러들어 왔다고 했지만, 알고 보면 이 남자 고생문이 넝쿨째 굴러들어 왔다고 해야 옳았다.

사실 민승후는 배우가 되기 전에 원래 유학이 결정된 상태였기 때문이다. 수속까지 다 마치고 갈 날짜만 기다리고 있다가 뜻하지 않게 배우가 된 탓에 그대로 눌러앉아 버렸으니, 부모 속이 어땠을지 짐작이 되고도 남았다.

꿈을 포기한 대가로 하늘이 길을 열어줘서인지, 이 남자 탄탄대로였다. 눈 감았다가 뜨자 스타가 됐다더니, 이 남자가 그랬다. 1년에 CF만 수십 개에, 드라마나 영화 출연료는 상위 10위 안에는 들 정도로 높았다. 그런데 그런 그가 스물넷에 군대에 들어가더니 제대 후에 갑자기 유학을 떠나 버린 거다.

제대 후 활발한 활동을 기대했던 팬들의 충격은 가히 하늘이 무너지고도 남았다. 승후는 그런 팬들의 절규를 모두 뒤로하고 꿈을 좇아갔다. 그러다 1년 전, 갑자기 드라마로 복귀했다. 유학을 떠난 이후로 단 한 번도 소식을 전하지 않았던 탓에, 그의 갑작스러운 복귀는 엄청난 화제를 불러왔고, 그 드라마는 '민승후 인생 작품'이라는 꼬리표가 붙으며 대박을 터뜨렸다. 그리고 현재 민승후는 단연코 대한민국을 넘어 아시아, 아니, 세계로 뻗어가는, 톱스타 중에서도 톱스타라 할 수 있었다.

[민승후. 민승후라고! 그러니까 나와. 알았지? 민승후를 가까이서 볼 절호의 기회야. 너 민승후 진짜 좋아하잖아.]

"물론 좋아하지. 좋아는 하는데……."

지금 유하가 앉아 있는 책상 유리 안쪽에는 승후가 화사하게 웃고 있고, 노트북 바탕화면은 승후로 가득 차 있으며, 승후가 나온 드라마나 영화는 모두 DVD나 VOD로 소장하고 있을 정도로, 유하는 승후의 광팬이었다. 그러니 대박 횡재에 가까운 이런 행운은 그녀로서는 뿌리치기 힘든 유혹이었다.

"그쪽은 스튜어디스랑 소개팅하는 거라 알고 있는 것 아니야? 그럼 내가 나가면 안 되지."

[어차피 오늘 하루만 보면 되는데 뭐가 문제야? 그냥 스튜어디스라고 해. 빨리 나와! 시간 없단 말이야! 진짜 나 혼자 간다? 남자 두 명 사이에 혼자 있다가 무슨 일 당해도 난 몰라?]

설마 민승후가 이상한 행동이야 하겠어?

이렇게 생각하고 안심하려던 유하는 얼마 안 가서 일어서고 말았다. 민승후는 믿지만, 술은 믿지 못한다. 술은 인간을 인간답지 않게 만든다는 걸, 두 눈으로 직접 보고, 두 귀로 직접 들어서 아주 잘 알고 있었기 때문이었다.

"간다. 가!"

유하는 결국 보고 있던 사건 파일을 덮었다.


유명한 모 셰프가 경영하는 레스토랑, 룸.

"넌 진짜 내 평생 하나도 도움이 안 되는 친구 놈이야. 어째서 소개팅할 때마다 날 끌고 들어가는데?"

모 항공 스튜어디스와 매달리다시피 하면서 소개팅하는 자리. 정훈의 손에 이끌려 반강제로 나온 승후는 친구를 사납게 노려보았다.

"엄청나게 멋진 이 얼굴이 안 먹히는 여자도 있거든. 대체 뭐가 마음에 안 드는 걸까? 이리 봐도 멋있고, 저리 봐도 잘생겼는데."

정훈은 제 얼굴을 가리키며 느끼하게 히죽 웃었다.

나르시시즘도 이 정도면 중병이다. 승후는 친구가 너무 한심해 고개를 절레절레 흔들었다.

"오늘 소개팅 상대가 그런 여자구나? 네 미모가 안 먹히는 여자?"

하나하나 따지고 들었다가는 정훈이 자신의 잘생김에 대해 연설까지 할 것 같아 승후는 대충 그의 기분을 맞춰주었다. 이 짜증 나는 상황에서 친구의 수다까지 감당하고 싶진 않아서였다.

"응."

고개를 빠르게 끄덕인 정훈은 손가락 하나를 펴 보이며 최대한 불쌍한 척을 했다.

"딱 한 번만 도와주라. 친구아이가!"

어디서 많이 들어본 대사다. 저 '친구아이가!'라는 대사는 참 요기조기 잘도 갖다 붙인다. 승후는 비웃듯 픽 웃으며 창문으로 향했다.

"스튜어디스래. 유명한 항공사. 예쁘겠지?"

"내 주위에 엄청 예쁘고 유명한 여자 연예인도 많아."

승후가 관심 없다는 말을 이런 식으로 하며 창밖을 거리를 내려다보고 있는데 마침 정훈이가 보여준 사진 속 주인공이 눈에 들어왔다.

오늘 소개팅할 여자다. 이름이, 박수현이라고 했던가. 수현은 오기 싫어 죽을 것 같다는 표정인 어떤 여자의 손목을 잡고 질질 끌면서 걸어오고 있었다.

"어? 수현 씨다!"

승후가 뭘 보고 있나 싶어 창밖으로 시선을 돌린 정훈은 수현이 딱 보이자 활짝 웃으며 창에 매달리듯 붙었다.

"우와! 사진보다 더 예쁜데? 대박!"

정훈이 수현의 외모에 감탄하고 있을 때 승후의 시선은 수현에게 손목이 잡힌 한 여자의 얼굴에 머물러 있었다.

얼굴에서 짜증이 뚝뚝 떨어지고, 곧 뚜껑이 열릴 것 같은 표정에서 저 여자도 이 자리에 억지로 끌려 나왔다는 걸 짐작할 수 있었다.

"쟤 왜 저래?"

수현의 손을 뿌리친 여자가 길 한복판에 쪼그리고 앉으며 머리를 쥐어뜯자, 정훈은 창문에 얼굴까지 박고 바깥 상황을 흥미롭게 지켜보았다.

"엄청 오기 싫은 모양이네."

승후는 재미있다는 듯 픽 웃으며 팔짱을 끼고 창문에 한쪽 어깨를 기대 흥미롭게 두 여자를 지켜보았다.

여자의 등을 두어 번 때린 수현이 팔을 잡고 일으켜 세우자, 여자는 어쩔 수 없다는 듯이 일어났다. 그리고 다시 수현에게 손목이 잡힌 채 질질 끌려서 레스토랑 안으로 들어왔다.

"민승후가 오는 거 알고 저러면, 오늘이 우리 승후 최대 굴욕이다?"

"그냥 수많은 연예인 중 한 명이라 생각할 확률이 더 높지 않을까?"

승후는 자신만만한 표정으로 정훈을 보았다.

"저 여자가 네놈 코를 납작하게 해주면 내 평생소원이 없겠다."

"그런 꿈은 버려. 이룰 수 없는 꿈이야."

승후는 여자들이 들어올 문을 응시하며 픽 낮은 웃음을 흘렸다.


"꼭 이렇게까지 해야 해?"

한 시간 뒤, 약속 장소로 향하던 유하는 자기 모습이 영 어색해서 계속 투덜거렸다.

"범인 잡으러 왔어? 소개팅이잖아. 그럼 최소한의 예의는 차려줘야지."

유하는 약속 장소에서 얼마 안 떨어진 거리에서 수현을 만났다. 그리고 곧장 수현의 손에 이끌려 근처 옷가게에 들어갔고, 보기에는 예쁘지만 입으면 엄청 불편한 원피스로 옷이 바뀌었다. 게다가 수현은 거기에 만족하지 않고, 유하의 얼굴에 솜씨를 모두 발휘해 그림을 그렸다. 한마디로 형사 조유하를 완벽하게 지워 버린 거다.

"딱 한 번 볼 사이라도 욕은 먹지 말자."

수현의 이 마음도 이해는 가는데, 욕 안 먹겠다고 한 시간 정도를 불편한 꼴로 있을 생각을 하니 끔찍하고 싫었다.

유명한 스타 셰프가 운영하는 레스토랑. 예약 안 하고 방문하면 오랫동안 기다리기로 소문이 자자한 곳. 가뜩이나 옷도 불편한데 먹는 것마저 편하지 않겠구나 싶어, 유하는 나지막하게 한숨을 토해냈다.

'진짜 민승후다.'

종업원의 안내를 받아 룸으로 들어간 유하는 TV에서나 보던 남자가 떡하니 있자 눈이 휘둥그레졌다.

민승후, 이 남자 진짜 실물이 더 잘생겼다. 작은 얼굴에 커다란 눈 두 개, 자연이라는 걸 믿을 수 없을 정도의 오뚝한 코, 그리고 붉은 입술까지 다 들어간 게 신기할 정도였다.

승후의 실물을 본 팬들은 하나같이 '카메라가 담을 수 없을 정도의 잘생김'이라는 표현을 했다. 그때 유하는 자신이 승후의 팬이긴 하나, 이건 동조할 수 없다며 킥킥 웃었다. 메이크업을 받고, 멋있고 잘생겨 보이기 위해 온갖 폼을 다 잡은 뒤 근사하게 찍어 보정 작업까지 했는데, 어떻게 사진보다 실물이 더 나을 수 있는 건지 이해가 안 됐다. 하지만 유하는 승후를 두 눈으로 직접 본 후에서야 팬들의 이 표현이 백 퍼센트 진심임을 알게 되었다.

"안녕하세요. 저는 이정훈입니다. 그리고 이쪽은 다 아실 테고."

정훈도 잘생긴 인물이지만, 민승후 옆에 있다는 게 문제인 듯 보였다.

승후가 한 치의 오차도 없이 정교하게 만들어진 조각상 같은 이미지라면 정훈은 작은 얼굴에 눈, 코, 입이 모두 잘 배치된 잘생긴 사람이었다. 혼자였으면 지금보다는 더 좋은 평가를 받을 수도 있었겠지만, 애석하게도 정훈의 옆에는 예쁜 여자 연예인을 외모로 다 죽인다는 바로 그 민승후가 있었다.

"민승후입니다."

"아! 네. 저는 박수현입니다. 그리고 이쪽은 친구예요."

"유하, 조유하입니다."

자기소개를 할 때 유하는 승후와 시선이 마주쳤다.

"조유하."

승후는 그녀의 이름을 한 자씩 또박또박 말했다. 그리고 기분 좋은 듯 입가에 빙긋 미소를 머금었다.

승후는 그저 입꼬리만 올려 빙긋 웃었을 뿐인데 주위가 다 환해지는 것 같았다. 아니, 혼자 환하게 빛났다. 유하의 심장이 두근두근 크게 뛰었고, 그녀는 승후에게 그런 마음이 들키지 않기 위해 그의 시선을 슬쩍 피해 버렸다.

"만나서 반갑습니다."

승후는 예의를 갖춰 인사한 뒤, 두 사람을 찬찬히 살펴보았다.

수현과 유하, 둘 다 겉으로 보이는 외모는 고급스럽게 화려한 스타일이었다. 하지만 자세히 뜯어보면 두 사람의 이미지는 정반대였다.

우선 수현은 165cm 정도로, 모두가 고개를 끄덕일 만한 미인형에 정훈이 좋아하는 베이글녀 스타일이었다. 반면 유하는 170cm 정도로, 귀엽고 여성스럽다는 말보다는 멋있다는 칭찬을 많이 들었을 것 같고, 지나가다가 한 번쯤 힐끔 볼 정도로 늘씬하고 시원시원한 몸매가 눈에 확 들어오는 여자였다.

"앉으세요. 수현 씨는 제 앞에."

정훈은 수현을 콕 집었다. 그러자 어쩔 수 없이 수현은 정훈과, 유하는 승후와 마주 보는 자리에 앉게 되었다.

아무리 세상 무서울 것 없는 유하라 해도 첫 만남의 어색함은 극복이 잘 안 됐다. 어떻게 해야 할지 몰라 룸 안을 쭉 둘러보던 그녀는 승후와 시선이 딱 마주치자 어색하게 빙긋 미소를 머금었다.

"스튜어디스라고 들었는데……."

네 사람 중 제일 먼저 입을 연 것은 바로 정훈이었다.

"이런 미인들이면 분명히 기억할 텐데. 비행기 많이 탔는데, 왜 못 봤지?"

정훈은 장난치듯 가볍게 말을 이어갔다. 첫 단계는 외모 칭찬. 대부분 여자는 미인이란 말에 웃게 되니, 상대방의 기분도 맞춰주고 대화도 편안하게 잘 이끌 수 있는 장점이 있었다.

"비행기에 타셨단 말 많이 들었어요. 동료들은 여러 번 마주치던데, 저는 그런 행운이 없었나 봐요."

"그래서 이런 자리가 생긴 거네요? 비행기에서 만났으면 이런 자리가 필요 없었을 테니까요.”

“그런가요?”

수현은 어울리지 않게 입까지 막고 호호호 웃음을 흘렸다.

'이 여자야, 그냥 평소대로 해. 너 그거 너무 티 나.'

유하는 물을 마시는 척하며 수현을 힐끔 보았다.

이 자리에서 수현의 이런 행동에 소름 돋은 사람은 진정 나뿐인가?

표정과 행동을 살펴본 결과 정훈은 수현에게 호감이 있어 보였다. 하긴 수현이라면 첫눈에 호감을 느낄 가능성 백 퍼센트였다. 일단 회사 사내 모델을 했던 적도 있을 만큼 외모로는 어디에 내놔도 눈에 띄었고, 객관적으로는 성격도 웬만하니 괜찮았다.

문제는 정훈이 연예인이라는 건데, 사실 수현은 연예인에 대한 환상 같은 건 없었다. 아버지가 업계에서는 알아주는 조명감독이라 무수히 많은 연예인과 일을 한 탓인지, 수현에게 연예인은 아빠와 함께 일하는 사람 정도였다.

“스튜어디스 많이 힘들죠? 비행기 탈 때마다 느끼는 건데, 엄청 힘들고 고된 직업 같더라고요.”

승후까지 자연스럽게 대화에 끼어들고, 수현과 정훈, 그리고 승후는 조금씩 어색함을 풀며 이야기를 이어갔다.

“어떤 직업이든 다 애로사항이 있죠. 연예인도 그렇잖아요. 많은 사랑을 받는 대신, 사생활도 없고, 어디를 가든 시선이 따라다니고. 저는 연예인이 더 불편할 것 같아요.”

“그렇긴 해요. 이런 만남이 밖으로 나가면 스캔들이 되니까.”

승후는 가볍게 하하 웃으며, 입 다물고 조용히 듣기만 하는 유하에게로 시선을 돌렸다. 유하는 강 건너 불구경하는 표정, 딱 그거였다. 흥미롭게 때로는 재미있게, 그저 관찰만 하는 것처럼 보였다.

“그래서 사실 좀 망설였어요. 워낙 유명하신 분들이라.”

“걱정되겠죠. 이해합니다.”

웃는 모습이 참 선하다. 악역에 절대 안 어울리는 배우를 뽑는다면 전체 5위 안에는 분명히 들 것이라는 평을 내릴 정도로 승후는 해맑기로 유명한 사람이었다. 온실 속 화초처럼, 비바람은 물론 너무 뜨겁지도 않고 너무 춥지도 않게, 곱게 키운 티가 팍팍 나는 그런 이미지가 바로 승후였다. 그리고 이 남자의 웃음은 보고 있는 사람도 덩달아 미소 짓게 만드는 마법을 지녔다.

승후가 싱긋 웃자 유하도 덩달아서 싱긋 웃었다.

"유하 씨 나 좋아하죠?"

자기소개 할 때 이후로는 웃기만 할 뿐 입도 뻥끗 안 했던 사람이라, 승후는 유하가 무척 조용한 스타일이든지 아니면 엄청나게 내성적인 성격이라 생각했다. 그래서 반쯤은 장난처럼 물었던 것이었는데, 그 생각은 유하가 입을 연 순간 와르르 무너지고 말았다.

"네. 저 민승후 씨 진짜 좋아해요. 왕 팬이거든요."

이 말과 함께 유하가 아주 밝게 싱긋 웃자, 승후의 얼굴에도 덩달아 화사한 미소가 떠올랐다.

"어제 꿈을 잘 꿨나? 이런 행운은 내 인생 처음인 것 같아요. 나중에 민승후 실물로 봤다고 자랑해야지."

살짝 놀려줄까 하는 생각에 짓궂게 장난을 건 승후는 오히려 역으로 당한 꼴이 되어버렸다.

"같이 찍은 사진 한 장 있으면 자랑을 더 많이 할 수 있겠네요?"

승후의 눈에 유하는 엄청나게 특이한 사람이었다. 속이 훤히 보이는데 내숭 떨면서 안 그런 척하는 여자들과 유하는 근본부터 다르게 느껴졌다.

"나중에 찍어주세요. 두세 번 마주치면. 직접적인 인연이 아니더라도, 친구의 친구의 친구, 이런 식으로 몇 다리 건너다 보면, 만날 가능성이 있을지도 모르니까요. 지금은 민폐죠. 이런 만남에 다음이 있는 것도 아니고. 지금은 그냥 인터넷에 떠도는 사진으로 만족할게요."

이런 만남일수록 다음이 있을 가능성은 적다. 사실 박수현은 반강제로 나왔다고 봐야 옳았다. 딱 봐도 영업용 미소와 일정선을 넘지 않는 대화 패턴으로 봐도 그럴 가능성이 매우 높았다.

시작은 친한 배우들과 정훈의 술자리에서부터였다. 스튜어디스와 사귀고 있는 한 배우가 정훈에게 여자친구의 사진을 보여주었고, 그 사진 속에서 우연히 수현을 발견하게 돼서 이 소개팅이 성사된 것이다. 그래서 이 만남은 한 번으로 끝날 가능성이 매우 컸다.

"네. 그러죠. 다음에 만나면 꼭 함께 사진 찍기예요?"

유하는 대답 없이 웃음을 터뜨리기만 했다.

승후는, 그럴 가능성은 전혀 없을 거라는 듯 웃기만 하는 유하를 가만히 바라보았다.

"수현 씨, 다음 주 비행 스케줄이 어떻게 돼요? 저 다음 주에 상하이 가야 하는데, 그쪽으로 가는 스케줄 있나요?"

"죄송해요. 다음 주는 그쪽으로 안 가요. 아쉬워서 어째요?"

정훈이 돌리지 않고 바로 툭 치고 들어오자, 수현은 그걸 보기 좋게 막는다. 유하는 이 상황이 꽤 재미있어 물 마시는 척하며 빙긋 웃었다.

"유하 씨는 다음 주에 어디 어디 가요?"

이번에는 승후가 유하에게 물었다.

"국내도 돌고, 일본도 가고……."

백 퍼센트 거짓말은 아니다. 유하가 추적 중이던 범인이 일본으로 도피한 행적이 발견돼서 비공식적으로, 다시 말해 여행을 가장해 범인을 추적할 생각이기 때문이었다. 비록 스튜어디스로 가는 건 아니지만, 형사로 국내도 돌고 일본도 갈 테니 맞는 말이었다.

"잘하면 볼 수도 있겠네요? 저 다음 주 스케줄이 국내로 일본으로 정신없이 돌 것 같은데."

"승후 씨를 그렇게 만나도 재미있겠네요. 그런 우연은 흔하지 않겠지만."

유하는 수현을 힐끔 보았다. 나중에 무슨 일이 생기더라도 네가 다 알아서 하라는 뜻을 담아서. 유하의 마음을 읽어서일까, 수현도 불안한 듯 어색하게 호호호 웃음을 흘렸다.

정훈과 승후가 미리 주문해 두었던 메뉴가 나오고, 눈이 휘둥그레질 정도로 예쁜 요리들을 보며 유하와 수현의 입에서 낮은 감탄사가 흘러 나왔다. 하지만 유하의 즐거움은 딱 여기까지였다. 예쁜 요리가 입으로 들어가기 전에 휴대폰이 시끄럽게 울리자, 그녀는 어쩔 수 없이 전화를 받아야만 했다.

[범인 떴어. 지금 당장 튀어와.]

"네, 네."

간단하게 통화를 끝낸 유하는 수현의 귀에 속삭이고는 자리에서 일 어났다.

"죄송해요, 일이 있어서 가야 할 것 같아요."

"지금 말이에요?"

유하가 핸드백을 들고 일어나자 승후도 덩달아 몸을 일으키며 말했 다.

"죄송합니다. 이 빚은 만약에 두 번째 만남이 있다면 그때 갚을게요. 커피든, 식사든, 내키시는 대로."

"수현 씨와 두 번째 약속을 잡겠습니다. 그래도 되죠?"

예상외로 승후가 더 적극적으로 나서자 유하는 아주 조금 당황했다.

"그러면 전화로 하시고, 수현이는 저랑 지금 가보는 게 어떨까 하는데 요?"

이 두 사람을 못 믿는 게 아니다. 짧은 만남이었지만 승후와 정훈, 이 둘이 꽤 좋은 사람이라는 건 인정했다. 하지만 확실하게 친한 사이도 아닌데, 남자 두 명 사이에 수현을 놓고 갈 수는 없었다. 그건 유하가 속한 세상이 그렇게 해맑지가 않기 때문이었다.

유하의 세상은 하루에도 몇 건씩 흉악하고 잔인한 사건들이 벌어지는 그런 곳이라, 그녀도 딱 보이는 만큼 인간들을 믿지 않았다.

"저희가 수현 씨 어떻게 할까 봐 불안하신가 봐요?"

"일단 무조건 의심부터 하는 성격이라서."

이 질문에 대부분은 아니라고 말을 돌린다. 하지만 유하는 달랐다. 솔직한 이 대답에 당황한 쪽은 오히려 승후였다.

"그러세요. 그럼 바로 약속을 잡죠. 내일모레, 오후 1시, 여기서. 어때요?"

"네. 그렇게 할게요. 그럼."

"휴대폰 번호 알려주시죠?"

"그건 그때. 일단 수현이 휴대폰 번호는 아시니까. 그때 뵙겠습니다."

유하는 수현의 팔목을 잡고는 대충 꾸벅 인사를 한 후 서둘러 밖으로 나왔다. 그리고 수현에게 곧장 집으로 가라는 말만 남기고 서둘러 택시를 잡아탔다.


"뭐지? 이 싸늘한 느낌은?"

유하와 수현이 가고 난 후, 승후와 둘만 남게 되자 정훈은 고개를 갸웃하며 미간을 찌푸렸다.

"그래도 다음 약속은 받아냈잖아. 그게 어디야?"

며칠 전 정훈이 스튜어디스와 소개팅이 있다면서 함께 나가자고 했을 때 승후는 스케줄 빼기 힘들다는 핑계로 빠지려고 했었다.

정훈이 소원까지 들먹이며 애원해서 어쩔 수 없이 나오긴 했지만, 한두 시간 시간만 보내고 헤어지면 끝날 관계라 생각했었다. 그런데 그런 승후의 예상과 반대로 상황이 재미있게 흘러갔다. 전혀 다른 느낌의 유하를 본 순간 흥미가 생겨 버린 것이다.

승후는 요리를 적당히 먹기 좋게 잘라서 포크로 찍어 한입에 넣었다.

"어차피 처음부터 반강제였어. 그래도 다음이 있으면 그다음도 가능성이 있는 거잖아."

"그래도 이렇게 허무하게 헤어질 거라고는 생각 못 했단 말이야. 그나저나 뜻밖이다? 천하의 민승후도 안 된단 말이야?"

사실 정훈은 자기 혼자는 안 될 것 같아 승후를 끌고 왔었다.

승후가 중간에 끼면 대부분은 긍정적인 반응이니까. 아니다. 정확하게 말해서, 승후가 중간에 끼어 있으면 이쪽에서 어떤 표현을 하지 않아도 상대 여자 편에서 더 직극적으로 나서기 때문에, 정훈은 이번에도 그럴 거라 여겼다. 그런데 예상에서 보기 좋게 빗나갔다. 소개해 준 녀석이 박수현은 쉽지 않을 거라고 살짝 귀띔해 주더니, 진짜 그런 모양이다.

당황한 탓일까. 정훈의 입에선 큰 웃음이 터졌다.

"그건 다음에 보면 알겠지. 일단 조유하가 내 팬인 건 확실해."

처음 문을 열고 들어올 때 유하의 얼굴에 여러 감정이 스쳤다. 그건 팬들이 승후를 처음 봤을 때 짓는 표정이었다. 하지만 유하의 표정은 곧 제자리를 찾았다. 그건 마음보다는 머리 쓰는 걸 더 잘하고, 감정보다는 이성적인 사고를 하는 사람이라는 뜻이었다.

"재미있을 것 같아, 조유하."

유하의 이름을 흘리며 승후의 얼굴에는 화사하게 미소가 떠올랐다.

약속 당일.

"유하 씨는요?"

승후는 당연히 수현이 유하와 함께 나올 거라 생각했다가 그녀가 다른 동료와 나타나자 자신도 모르게 미간을 찌푸렸다.

"죄송하다는 말씀 전해야겠네요. 오늘 일이 생겨서. 그렇다고 달라지는 건 없어요. 제가 점심 대접할게요. 유하가 돈 청구하면 주겠다고 하니까, 비싼 것으로 드셔도 돼요."

"급한 비행 스케줄이라도 있었나 보네요?"

"이것저것 급한 일이 많이 생기는 애라……."

수현의 어색한 말투에 승후의 미간에 자리 잡았던 주름은 더욱더 깊어졌다.

피하는 건가? 뭐가 무서워서? 설마 내가 들이댄다고 생각한 걸까?

승후는 이런저런 생각에 잠겼다.

"결국 사진은 같이 못 찍겠네요?"

"사진 찍는 거 좋아할 애가 아니라서. 그래도 오해는 마셨으면 해요. 오늘 정말 급한 일 때문에 못 나온 거지 일부러 피한 건 아니니까요."

승후는 이 만남에 대한 기대가 없어졌다. 흥미도 없고 재미도 없었다. 수현과 함께 나온 여성이 유하보다 훨씬 예뻤지만, 이상하게 승후의 눈길은 무의미하게 그 주위를 배회했다.

짧은 식사가 끝나고, 수현은 그만 가봐야 한다며 이 만남을 끝내려 했다. 물론 함께 나온 여성은 엄청나게 아쉬워하는 게 얼굴에 그대로 드러났지만, 승후도 수현과 같은 생각이었고, 정훈도 그녀가 자신에게 관심이 없다는 걸 인지했다.

그 탓에 만남은 깨끗하고 깔끔하게 마무리됐다. 스치듯 지나간 만남. 승후와 유하의 만남은 그렇게 끝이 났다.

◐

1년 후, 현재.

"조유하, 일어나!"

꿀맛 같은 잠에 빠져 있던 그 시간.

이불을 걷는 어머니 덕에 잠에서 깨버린 유하는 조금 남아 있던 졸음을 떨칠 요량으로 일어나 앉아 머리를 흔들었다.

"씻고 일 가."

일? 무슨 일? 오늘 내가 할 일이 있었나?

유하는 이런 질문을 가득 담은 눈망울로 어머니인 미수를 올려다보았다.

"오늘부터 수현 아빠 팀 막내로 일하기로 했어."

수현 아빠라면 바로 성찬 아저씨를 가리키는 거고, 성찬 아저씨 팀이라면 드라마 조명팀을 뜻하는 거다. 그러니까 지금 미수는 유하에게, 드라마 조명팀 막내로 들어가게 됐으니 출근하라는 말을 하고 있었다.

"누…… 가?"

알면서 모르는 척. 유하는 다시 한 번 미수의 말뜻을 확인하기 위해 물었다.

"내 딸이."

"엄마 딸이라면…… 나?"

"응."

"어머니, 어머니 딸이 지금 병으로 인한 4개월 휴직 중이거든. 그러니까 4개월 뒤에는 복직해야 해. 아니다. 3개월 남았네. 그런데 그런 내가 왜 거기 가서 일해야 하는지 이해할 수 있게 설명 좀 해주면 안 돼?"

"난 내 딸이 직업 보는 눈이 넓었으면 해. 세상에 얼마나 많은 직업이 있는데, 한 직장만 다녀? 이번 기회에 직업 보는 눈 좀 넓히자."

결국 어머니가 칼을 빼 들었다. 하긴 참 오래 참으셨다. 근 10년을 참으셨으면, 어머니 생전 최고의 인내심을 발휘하셨다 해도 과언이 아니었다.

"어마마마? 그렇다고 아픈 딸을 전쟁터 같은 직업 전선에 내몬다는 게 상식적으로 이해할 수 있는 상황은 아닌데요."

"따님? 그 딸이 한 달 전에 배에 칼 맞고 죽다 살아나면, 어느 부모라도 팽 돌거든! 경찰? 난 길 가다가 경찰 제복 입은 사람만 봐도 치가 떨려. 내가, 우리 안전을 책임지는 경찰을 보고도 이를 박박 갈게 된 게 바로 우리 따님 덕분인 것 같은데, 기억 안 나?"

"그렇다고 회복도 다 안 된 애를 내모는 건 좀 아니지."

미수의 얼굴이 사납게 일그러지자, 유하는 바짝 긴장하며 침대에서 내려왔다.

"앞으로 수현 아빠 밑에서 일 열심히 배워라?"

"어머니, 나 조명 관심 없어요. 드라마 촬영 그것도 관심 없고."

"알아. 너 조명에 관심 없는 거."

"거봐. 다 알고 있잖아. 일도 못 하고 매일 터질 게 뻔한데, 내가 이 나이에 그걸 왜 하겠어?"

"일 못 해서 터지는 게, 일 잘해서 부모보다 먼저 뒤지는 것보다는 낫지 않을까?"

유하는 말문이 막혔다. 아니, 더 정확하게는 입이 있어도 할 말이 없다고 해야 옳았다. 어머니의 말이 백번 옳기 때문이었다.

"2개월. 2개월만 수현 아빠 밑에 있어. 2개월 뒤에는 아무 말 안 할게."

"엄마, 제발……."

애교와 썩 친하지는 않지만, 그래도 애교로 이 위기를 넘기고자 했던 유하는 어머니의 날카로운 시선과 눈이 딱 마주친 순간 이 방법도 아님을 깨달았다.

"씻겠습니다. 지금 당장."

그 사고는 왜 일어나서.

지금으로부터 한 달 전, 유하가 당한 그 사고 이후, 미수는 무슨 일이 있어도 유하에게 다른 직장을 구해주리라 다짐한 듯 보였다. 다른 걸 배워보지 않겠냐는 말을 시작으로, 그냥 동네에 작은 가게 하나 차려서 편히 지내는 게 어떠냐고 하시더니, 이젠 의논도 없이 임시 직장을 구해놓으셨다.

이렇게 하신다고 변하는 건 없는데, 그걸 알면서도 이러시는 건, 그만큼 어머니가 절박하다는 뜻임을 유하는 아주 잘 알고 있었다.

'그래, 해보자. 아자!'

욕실로 가는 길. 유하는 두 주먹을 불끈 쥐며 자기 자신에게 기합을 불어넣었다.

유하를 억지로 출근시키고 난 후, 미수는 친구 해숙과 향긋한 커피 한 잔의 여유로움을 갖는 중이었다.

"우리가 너무한 거 아닐까? 유하 아직 몸도 회복 안 됐을 텐데. 수현 아빠가 있으니까 걱정은 안 하는데, 그래도 애 몸 상하면 어떻게 해?"

해숙의 주특기는 걱정이다. 바람이 불어도 걱정, 안 불어도 걱정, 한 마디로 말해, 해숙은 걱정을 만들어서 하는 사람이었다. 하지만 이번 해숙의 걱정은 합당한 것이었다. 회복된 지 한 달밖에 안 된 애를 내몰았다. 아무리 미수가 악덕 계모에 가까운 친엄마라 해도, 아픈 자식을 그렇게 내보냈으니 불안하기도 하고 마음도 무겁고 걱정도 될 터였다.

"차라리 몸이라도 팍 상해서 형사 짓 못 했으면 좋겠어."

"미수야, 그건 엄마가 할 말이 아니지."

"엄마 입에서 이런 말이 나오게 하는 건 딸이 할 짓이냐?"

삼재도 아닌데, 유하에게는 최근 들어 대형 사고가 몇 건 있었다. 그 것도 딱 황천 강 건너기 좋은 그런 사고로만.

2년 전에는 교통사고가 나서 팔이 부러졌었다. 겉으로 보이는 상처는 팔을 제외하고는 비교적 가벼운 부상이 전부였지만, 사고가 나던 그 순간 머리를 부딪쳤는지 며칠 동안 애가 안 깨어나서, 애간장이 타들어 가다 못해 심장이 쪼그라들었다. 그런데 이번에는 떡하니 칼에 찔려서 나타난 것이다.

"불안해. 경찰 계속시켰다가는 진짜 자식 먼저 앞세울 것 같단 말이야."

쓸데없는 걱정이면 좋겠지만, 미수는 이상하게 그런 느낌이 들었다.

이번 기회에 무슨 짓을 해서든 경찰 옷을 벗길 거다. 딸이 어떤 말을 해도 이번에는 절대로 약해지지 않을 것이다. 미수는 다시 한 번 강하게 마음먹었다.

성찬과 촬영장으로 향하는 차 안.

"경찰의 '경' 자도 꺼내지 마. 넌 그냥 평범한 직장에 다니다가, 이쪽 일이 너무 하고 싶어서 무작정 회사 그만두고 뛰어든 거야. 알겠지? 조 감독도 너 모르는 척할 거니까, 넌 철저하게 그냥 조명팀 막내일 뿐이 야."

여기서 조 감독이란, 유하의 아버지인 조민석 무술 감독을 지칭하는 거다. 성찬과 민석은 지금 같은 드라마를 찍고 있었다. 드라마 제목은 모른다. 사실 유하가 하는 일의 특성상 방송이나 드라마에 관심을 둘 시간도 없을 뿐더러, 민승후를 덕질 할 정도로 좋아하지만 실시간으로 챙겨 볼 여유는 없어 완결이 나면 DVD를 구매해 감상하는 경우가 허다했다. 또한 일은 일로서 보안을 유지해야 한다는 생각을 가지고 있던 유하인지라 나서서 아버지의 일을 알려고도 하지 않았다.

사실 유하가 하는 일이 극비가 바탕이 되는 경우가 많으므로, 묻지도 않고 말도 안 하는 게 버릇이 된 부분도 있었다.

"아저씨……."

"감독님."

성찬은 호칭을 바로 잡아주며, 절대로 실수하지 말라고 유하를 향해 무섭게 경고했다.

"그러니까 감독님, 제가 가봤자 아무것도 모르는데, 이건 아니죠?"

"그냥 심부름하고, 선배들 말 잘 듣고, 그러면 돼. 당분간은 심부름만 시킬 거니까 너무 그렇게 긴장하지 말고. 그리고 유하 너 머리 좋잖아. 금방 배울 거야."

"그러니까 제가 그걸 왜 배워야……."

이미 정해져서 반항해 봤자 소용없다는 걸 알면서도 유하는 촬영장 에 도착하기 전 마지막 발악을 하려 했다. 하지만 그 생각은 곧 접었다.

"너희 엄마한테도 이미 한 번 들은 말일 텐데, 내가 또 할게. 입 닫고, 순순히 말 들어. 아니면, 너 죽어. 그래도 자꾸 투덜거릴래?"

"알았어요. 말 잘 들을 테니까, 그만 죽인다고 하세요. 죽었다가 깨어난 게 한 달 전이에요. 그 뒤로 뒤진다는 말만 몇 번이나 들은 건지 모르겠어요."

"우리 부부는 수현이보다 네 걱정을 더 많이 해. 우리가 이 정돈데, 네 부모는 어떨 것 같냐?"

수현이 걔가 걱정할 게 뭐 있어. 스튜어디스고, 아무 탈 없이 직장 잘 다니고, 지금은 젊은 부기장과 연애까지 하던데.

이렇게 생각하던 유하는 왜 네 분의 걱정이 자신에게 쏠렸는지 금방 이해할 수 있었다. 그녀는 험악해진 분위기를 바꾸기 위해 어색하게 하하하 웃음을 흘렸다.

"나쁜 놈 잡아들이고 싶으면 법대에 가서 검사나 판사를 하든가, 아니면 의대에 가서 다친 사람이나 치료하지, 경찰대는 왜 가서 두 집안에 근심, 걱정을 떠안기냐고!"

성찬은 이를 바드득 갈면서 유하를 아주 매섭게 노려보았다.

"죄송합니다."

"그래, 이미 갔으니 그건 어쩔 수 없다고 치자! 그냥 교통이나 민원 쪽으로 빠지면 좀 덜 위험하잖아? 근데 강력계, 그것도 특수 사건만 담당하는 경찰청 블랙팀 같은 곳에 들어가니까, 모두 발 뻗고 못 자는 것 아니야?"

"그것도 죄송합니다."

지은 죄가 얼마나 큰지 알기에, 유하의 얼굴은 점점 아래로 향했다.

"어쨌거나, 경찰 티 조금만 내도 너 내 손에 죽는다? 기분 나빠도 눈 감고, 불공평해도 눈 감고, 눈에 거슬리는 비리가 조금 있다 해도 눈 꼭 감아! 폭행, 폭력, 이런 거 키워도 죽어. 부지런하고 선배들에게 애교 잘 부리는 귀여운 막내. 여기서 조금만 벗어나도 죽어. 알았냐?"

"아니, 그건 사는 게……."

순간 발끈해서 고개를 든 유하는 한마디 하려다가, 곧 잡아먹을 것 같은 성찬의 무서운 얼굴 앞에 그대로 입을 다물었다.


"조명팀 새로운 막내 온다면서?"

현재 조명팀 막내인 성재호, 덩치는 커다랗지만 나이도 제일 어리고, 붙임성 좋고 애교도 많은, 영락없는 막내인 재호에게 바로 아래 후배가 들어온다는 소식을 들은 승후는, 지금 조명 설치에 한창인 그에게 다가가 밝게 물었다.

"네. 그런데 나이는 저보다 위래요. 직장 다니다가 조명 일이 배우고 싶다고, 잘 다니고 있던 회사 때려치우고 이 바닥에 뛰어들었다던데요."

"대단한 사람이네. 직장 다니다가 그러기는 쉽지 않을 텐데. 그럼 나이가 나랑 비슷한가?"

"형보다 한 살 아래예요. 스물아홉. 그리고 여자라고 하던데요."

재호는 중요한 소식을 전하듯 목소리까지 죽이며 작게 말했다.

"여자? 여자가 어떻게 버티려고?"

승후는 여자를 얕잡아봐서 이런 말을 하는 게 아니었다. 엄청난 체력과 힘이 있어야 하는 조명팀에서 여자가 적응하는 게 쉽지 않다는 뜻으로 한 말이었다.

"선배들도 오래 갈 거라고는 생각 안 하는 모양이에요. 어쨌거나, 저는 좋아요. 후배잖아요."

히히히 웃는 재호는 정말 좋아하는 듯 보였다.

"그래. 넌 정말 좋겠다. 이제 온갖 잡심부름 안 해도 되잖아."

"저는 그 누나 오면 잘해줄 거예요. 오래오래 있게."

"걱정하지 마. 내가 갈굴 거야. 물 흐리지 않고 빨리 튀어나가게."

뒤에서 조명팀에서 감독 포함 세 번째로 서열이 높은 영준이 재호의 어깨에 턱 손을 올렸다.

"형, 제발요. 저도 이젠 막내에게 벗어나고 싶단 말이에요."

"처음부터 제대로 된 인간이 들어와야지, 걔는 버틸 수가 없어. 알잖아?"

"그래도 이쪽 일이 하고 싶어서 직장도 그만뒀는데요. 그 정도면 가능할지 누가 알아요?"

"걱정 마. 절대 불가능해. 내가 딱 1주일 만에 그만두게 할 테니까, 너도 괜히 잘해주지 마라?"

영준은 재호의 어깨를 두어 번 툭툭 치고는 다른 곳으로 향했다.

"힝, 막내 벗어나긴 힘들겠다."

꼬리 살살 흔들며 좋아하던 강아지가, 꼬랑지 팍 내리고 있는 듯하다. 승후는 산만 한 덩치에 어울리지 않게 귀여운 행동을 하는 재호를 보며 하하 웃음을 터뜨렸다.

"온 것 같아!"

승후가 몇 번 하하 소리 내어 웃던 찰나, 촬영장에 박성찬 조명감독이 등장했다. 그리고 문제의 그 여자, 조명팀 막내도 뒤따라 들어왔다.

'조유하……'

성찬의 뒤에 있던 유하를 확인한 순간 승후는 눈이 휘둥그레졌다.

1년 전, 정훈에게 억지로 끌려서 간 소개팅에서 만났던 여자. 그리고 다음 약속에 근사하게 바람까지 맞힌 그 여자가 눈앞에 있었다. 그렇게 유하에게 바람맞고 난 이후에도 승후는 가끔 생각했었다.

주위에 무수히 많은 예쁜 여자들보다 더 매력적으로 다가왔던지라 가끔 어떻게 사나 궁금했었다. 아니, 유하가 근무하는 회사 비행기를 탈 때마다 혹시 우연히 마주치지 않을까 하고 살피기도 했었다. 하지만 그러한 노력에도 불구하고, 인연이 없었던 탓인지, 단 한 번도 유하를 만난 적이 없었다. 그런데 이렇게 만나게 되니 어이없는 마음, 반가운 마음, 그리고 설레는 마음, 이렇게 여러 마음이 한꺼번에 승후의 심장을 파고들었다.

지난 1년 사이에 무슨 일이 있었나? 아니면 완벽하게 세팅된 면모 뒤에 저 모습이 숨겨져 있었나?

승후는, 그때도 유하가 여자 흉내 내면서 요리조리 일을 떠넘기는 그런 쪽은 아닐 것 같다는 생각은 했었다. 그런데 지금은 거기서 더 나아가 보이시한 느낌까지 들었다.

머리 길이가 좀 짧아져서인가? 아니면 화장을 안 해서?

원인이 무엇이든 느낌이 180도로 달라진 건 사실이었다.

"조명팀 모여!"

성찬의 집합 명령에 조명기기 설치 작업에 한창이던 조명팀이 일제히 그의 앞에 모였다.

"내가 어제 말한 그 녀석이다. 여자이긴 하나, 사내 몫 톡톡히 해내는 녀석이니까, 다들 여자라는 선입견은 품지 마. 유하 넌 인사해."

성찬이 옆으로 살짝 비키자 유하는 90도로 허리를 굽혀 꾸벅 인사를 했다.

"오늘부터 조명팀 막내로 왔습니다. 제가 아무것도 모르는 바보거든요, 그래서 아주 많이 서툴 겁니다. 그래도 열심히 배우겠습니다!"

유하는 다시 한 번 꾸벅 인사를 했다.

"조명팀 막내 조유하입니다. 잘 부탁합니다!"

목소리 한 번 엄청나게 우렁차다. 게다가 떨지도 않는다. 낯선 환경에 대한 불안감 같은 것도 없다. 한마디로 별종이라는 뜻이었다.

'제게 저 여자의 진짜 모습이라는 거네?'

승후는 그때도 유하는 분명히 남들과 조금 다를 거라 생각했었다. 그런데 이렇게 보니 진짜 그 생각이 딱 들어맞았다. 역시 보통은 넘는 그런 여자였다.

유하가 자기소개를 한 순간, 승후 입에서는 피식 웃음을 터져 나왔다.

"역시 재미있겠어."

유하를 다시 만난 날, 승후는 그녀에 대한 제 생각을 간단히 정리했다.

"안녕하세요, 조유하입니다."

같은 행동만 무한 반복하는 인형처럼 유하는 이곳저곳을 돌아다니며 꾸벅 인사를 해댔다.

처음 몇 번은 제대로 하다가 곧 고개만 끄덕할 줄 알았던 유하는 끝까지 90도로 허리를 굽히며 인사를 했고, 승후의 눈에는 그런 그녀가 새롭게 다가왔다. 진짜 한 사람 한 사람 모두에게 인사 중이다. 상대가 일하면 잠깐 멈췄다가 눈이 마주치면 다시 꾸벅. 잘하면 허리 나가겠다는 생각이 들 때쯤 유하는 승후의 앞까지 오게 되었다.

"안녕하세요, 조유하입니다."

"반가워요. 민승후라고 해요."

꾸벅 인사를 하는 유하와 빙긋 웃는 승후의 시선이 마주쳤다. 그리고 승후는 유하에게서 놀라서 눈이 휘둥그레진 표정을 보게 되었다.

"안녕하세요, 조유하 씨. 우리 두 번째죠? 내가 기억하니, 유하 씨도 당연히 기억할 테고?"

"아! 네. 안녕하세요?"

"이렇게 다시 만나는 것 보니, 우리가 인연은 있었나 봐요?"

"그러네요. 다시 뵙게 돼서 반가워요."

"나도 반가워요. 그럼 이번에는 진짜 사진 찍어도 되겠네요? 오늘부터 여기에서 일하면 친해질 테니까?"

"네. 나중에 사진 한 장 찍어주세요. 친구들한테 자랑하게."

"그러죠. 꼭 함께 찍읍시다. 앞으로 친하게 잘 지내봐요."

"네. 잘 부탁합니다."

그렇게 승후와 유하는 인사를 끝냈다. 그 뒤 유하는 마지막 인사에 박차를 가했다. 인사가 끝나고, 비슷하게 촬영 준비도 끝났다.

한 30분 정도 뒤, 드라마 여자주인공인 주나와 대사를 맞추던 승후는, 조명팀 새로운 막내는 뭐 하나 싶어서 유하가 있는 쪽으로 고개를 돌렸다.

재호는 열심히 설명하고, 유하는 열심히 듣고 있다. 간단히 조명기기들에 관해 설명하고 있는 듯했다. 다 알아듣고 있는 건지, 아니면 알아들은 척하는 건지. 왜인지는 모르겠지만, 승후는 유하가 무슨 생각을 하는 건지 조금 궁금해졌다.

"쟤 어떻게 알아?"

"예전에 딱 한 번 본 적 있어. 이런저런 복잡한 이야기야."

"그래? 쟤 엄청 이상한 것 같던데, 그때도 그랬어?"

승후와 동갑내기 친구이자 이 드라마의 여주인공인 주나는 그에게만 들릴 정도로 아주 작은 목소리로 말했다.

"그때나 지금이나 평범하지 않은 건 맞는 것 같아."

"적응 못 하겠지?"

"영준 형이 쫓아내겠다고 했으니, 적응하긴 힘들겠지?"

"불쌍해."

"그러긴 해."

잠깐 유하를 관찰하던 승후는, 그녀가 갑자기 고개를 돌려 자신을 보자 흠칫 놀라며 시선을 피했다.

잘못한 것도 없는데 왜 피한 거야?

이렇게 생각하던 승후는 다시 유하에게로 시선을 돌렸다. 그리고 신기하다는 얼굴로 여기저기를 살피는 그녀를 발견하고는 픽 웃음을 흘렸다.

TV로 시청할 때와 현장에서 촬영하는 걸 볼 때는 느낌이 달랐다.

드라마 한 장면을 찍기 위해 이렇게 많은 사람이 붙어 있을 거라고는 생각 못 했다. TV에선 연기한 배우만 보였다면, 여기서는 그 드라마를 만드는 사람까지도 함께 눈에 들어오는 느낌. 드라마 한 편을 위해서 전쟁 아닌 전쟁을 치른다는 말을 어디서 들은 기억이 있는데, 이 사람들에게는 정말 전쟁일 수도 있겠다는 생각에 유하는 빙긋 미소를 머금었다.

"조명 옮겨."

카메라 감독과 이런저런 이야기를 나누던 성찬이 자기 팀에게 이렇게 명령했다. 그러자 조명팀이 동시에 움직였다.

우두커니 있을 수는 없지. 유하는 아까 자기 소개할 때 유독 표정이 안 좋았던 조명팀 선배 영준에게로 뛰어갔다. 그리고 그가 잡으려던 조명기기를 향해 먼저 손을 뻗고는 빙긋 웃으며 밝게 말했다.

"선배님, 이거 어디로 옮기면 돼요?"

갑자기 후다닥 뛰어온 유하 때문에 순간 움찔했던 영준은 곧 정신을 차리고 그녀를 살짝 뒤로 밀며 조명기기를 다시 빼앗았다.

"됐어. 사고 치지 말고 넌 뒤에 있어."

"아니에요. 힘쓰는 건 자신 있습니다. 위치만 알려주시면 제가 옮기겠습니다."

싫어한다는 표현을 팍팍 내고 있는데, 마치 아무것도 모르는 것처럼 해맑게 씩 웃는다. 바보인 건지, 아니면 바보인 척하는 건지. 약간 놀란 마음은 있었지만, 1주일 만에 쫓아내겠다는 생각이 확고했던 영준은 해맑은 표정으로 다가오는 유하를 차갑게 잘라냈다.

"거치적거리지 말고 뒤에 있어. 바빠 죽겠는데 방해하지 말고."

영준은 유하를 조금 세게 밀어버리고는 조명기기를 들고 자리를 떠났다.

"죄송합니다."

유하는 영준의 등에 대고, 엄청난 잘못이라도 한 사람처럼 허리까지 꾸벅 굽혔다. 그러고는 주위에 다른 선배에게 붙어, 영준에게 했던 것처럼 자기가 옮기겠다고 하다가 거절당하기를 반복했다. 그럴 때마다 꼭 등장하는 행동. '죄송합니다.'를 외치며 허리까지 굽혀 꾸벅. 이런 일이 반복되자 다른 팀에서 유하를 불쌍하다는 눈으로 보기 시작했다.

그렇게 몇 시간을 유하는 바쁜 촬영장에서 혼자 한가했다. 하지만 그렇다고 우두커니 홀로 서 있는 건 그녀의 스타일이 아니었다. 사람들이 자신을 배척할수록 일은 스스로 찾아서 해야 하는 법. 유하는 눈 크게 뜨고 이리저리 살피다가 물건이 쓰러지거나 떨어지면 세우거나 줍고, 누군가 물이나 음료수를 찾으면 뛰어가서 주기도 하며 온갖 잡다한 일은 혼자 죄다 하기 시작했다.

"선배님들, 음료수 가지고 왔습니다."

촬영 중 잠깐 쉬는 시간. 유하는 음료수와 물 종류를 챙겨서, 조명팀이 모여 쉬고 있는 곳으로 뛰어갔다.

"재호야, 물 좀 가지고 와."

"네?"

유하가 내민 물을 보고도 영준이 재호에게 물을 가지고 오라 시키자, 다른 조명팀도 이건 좀 아니라는 표정으로 영준을 보았다.

"이 물이 마음에 안 드시면 다른 걸로 가지고 오겠습니다. 녹차 같은 것도 있던데, 그걸로 가지고 올게요."

유하는 들고 있던 물과 음료수를 선배들 앞에 내려놓으며 생각이 없는 사람처럼 해맑게 싱긋 웃었다. 그리고 곧장 뒤돌아 음료수가 있는 곳으로 뛰었다.

'나 못 받아들이겠다는 거지? 그래, 그래야지. 조명팀 파이팅!'

유하는 머릿속으로 이렇게 생각하며 녹차 음료 한 병을 집었다.

"그거 나 하나 주라."

성찬이 다가와 손을 내밀었다. 유하는 들고 있던 녹차를 성찬에게 주고는 다시 한 병 더 들었다.

"우리 유하 고생이 많다?"

성찬은 유하만 들리게 작게 속삭이며 킥킥 낮은 웃음을 터뜨렸다.

"몸도 다 회복이 안 됐는데, 꼭 이렇게까지 해야 해요?"

유하는 복화술 하듯 입모양은 움직이지 않은 채 성찬처럼 아주 작게 속삭였다.

"나도 저 녀석들이 저렇게 나올 줄 몰랐다."

"딱 두 달 후에 보자고요. 수장의 잘못된 선택으로 밑에 사람들이 어떻게 되는지?"

"너 대한민국 경찰이라는 걸 명심해. 공적인 권력을 사적으로 사용하면 안 되지. 그건 예의가 아니야."

"지금 그 예의에 대해서 말씀하실 입장은 아닌 듯 보이는데요? 두고 보자고요, 아저씨. 아니, 감독님."

유하는 성찬에게 꾸벅 인사를 했다.

"가보겠습니다, 감독님."

그리고 다시 해맑게 웃으며 조명팀 선배들이 있는 곳으로 뛰었다.


"영준 선배, 이건 좀 아니에요."

"그래. 영준이 너 이건 아니야. 남자가 치사하게 뭐냐?"

"남자 선배 여럿이 하나밖에 없는 여자 후배 바보로 만드는 거 한순간이네."

재호를 시작으로 여기저기서 질책이 터져 나오자 영준은 욱한 마음에 미간을 일그러뜨렸다.

"내가 그럴 동안 하지 말라고 말린 녀석 있어? 한 놈도 없었으면서 말은 많아."

"정말 저 누나 불쌍해요. 몇 시간 만에 얼굴이 반쪽이 됐어요."

재호는 녹차 음료수를 들고 뛰어오는 유하를 보았다.

"어차피 적응 못 해. 정 주지 마."

"그래도 저렇게 열심인데, 좀 치사하긴 해."

영준은 뒤에서 들리는 승후의 목소리에 흠칫 놀라며 뒤돌아보았다.

그리고 자기 바로 뒤에서 쪼그리고 앉아 있는 스타님과 눈이 마주쳤다.

"승후 씨 거기서 뭐 해?"

드라마팀 모두가 친하지만, 특히 승후는 비슷한 또래의 스태프와는 아주 잘 지내는 것으로 유명했다. 몇 달 동안 매일 마주치다시피 하는 사이니 편하게 지내는 게 서로에게 좋다는 것을, 연예계 생활을 하면서 몸으로 터득한 결과였다.

"그냥 오늘 조명팀이 제일 재미있어 보여서 같이 놀려고 왔어."

"대본 안 봐?"

"대본보다 이게 더 재미있는 것 같더라고."

승후는 영준에게 바짝 붙으며 주위만 들리게 작은 목소리로 물었다.

"그래서 쫓겨날 것 같아? 내가 장담하는데, 저쪽 만만치 않아."

"나 엿 먹이는 걸 거야."

"아니에요. 그냥 잘 지내려고 노력하는 거잖아요."

역시 재호는 유하 편이다. 하긴 저 정도로 노력하면 재호 성격에는 넘어오고도 남는다. 하지만 재호 외에 다른 조명팀은 아직도 유하가 영 마땅치 않은 분위기였다. 사실 승후는 이들의 행동도 이해가 갔다. 건장한 사내 녀석이 들어오길 바랐을 텐데 여자라니, 반발하는 건 아주 당연했다.

'과연 조명팀 저 텃세를 잘 견딜 수 있으려나?'

승후는 다시 와 녹차 음료를 내미는 유하를 보며 빙긋 웃었다.

누가 뭐라고 하든 꿋꿋하게 웃는다. 일부 스태프들이, 백치미 있는 애가 아닐까 하고 농담을 할 정도로 방실방실 웃고 있다. 스태프들 말처럼 백치미가 있는 사람이 아니라면, 강심장에 간은 배 밖으로 튀어나온 그런 인물이라는 건데. 지금 해맑게 웃는 저 얼굴로 봐서는 후자보다는 전자 쪽일 것 같았다.

"됐어. 목 안 말라. 재호 너나 마셔라."

영준은 결국 마시는 것도 포기하고 일어나 다른 쪽으로 가버렸다. 그러자 다른 조명팀들도 슬금슬금 일어나 영준을 따라 사라졌고, 재호도 어쩔 수 없다는 듯, 아까 유하가 내려놓은 물과 음료수를 들고는 잘 마시겠다는 말만 남기고 떠났다.

"그거 나 줘요."

"네?"

조명팀을 지켜보다 제일 마지막으로 일어선 승후는 손을 뻗어서 녹차를 잡았다.

"이 녹차 나 달라고. 왜요? 주기 싫어요?"

"아니요."

유하는 녹차를 승후에게 넘겨주고는 싱긋 웃었다.

"잘 마실게요."

"네."

녹차를 따서 한 모금 마시던 승후는 유하가 이리저리 살피며 조명팀을 찾자, 일부러 말을 시켰다. 괜히 지금 조명팀 무리에 가봤자 그들은 또 피하고 말 것이다. 그렇게 되면 아무리 강심장이라 해도 상처받을 게 뻔하기에, 승후는 휴식 시간이 끝날 때까지 유하를 붙들고 있을 생각이었다.

"스튜어디스 왜 그만뒀어요? 조명보다 그 직업이 더 잘 어울리는데."

"그 직업은 적성에 안 맞으니까요."

"내가 보기엔 이쪽도 아닌데요?"

"그건 모르죠. 나는 아직 조명 일을 시작도 안 했어요. 해봐야 맞는지 안 맞는지 알게 되지 않겠어요?"

"그거 알자고 너무 많은 걸 포기한 것 같네요. 그 좋은 직장 그만두고 이건 좀 아닌 것 같아요."

"후회 안 하는 게 목표예요. 내가 결정한 일은 어떤 결과가 나와도 기꺼이 받아들이자 마음먹었어요."

맞다. 내가 결정한 것에 대해선 어떤 결과가 나와도 절대로 후회하지 않는다. 그래서 지금 유하는 자신이 처한 현실도 후회 없이 받아들이고 있었다. 끝이 암울한 지옥이라도 말이다.

유하는 최대한 밝게 싱긋 웃었다.

"그래도 힘들 텐데, 대단하네요? 생각은 할 수 있지만, 실천은 용기가 필요한 일이잖아요."

"그렇죠. 실천하는 건 용기가 필요하죠."

강제로 끌려오는 건 용기가 필요 없어요. 그냥 오면 되는 거지. 유하의 웃음에 이런 말이 담겼다.

"나도 그런 용기를 낼 수 있었으면 좋았을걸. 사실 꿈이 몇 개 있었거든요. 지금은 추억 속에서만 존재하지만."

"뭔데요? 그 꿈이요."

"천문학, 경찰, 역사도 관심 있었고."

"경찰이라……. 다른 건 몰라도 이건 엄청 어울렸을 것 같아요. 그런데 왜 배우가 됐어요? 승후 씨는 충분히 경찰대에 가고도 남았을 텐데?"

"뻔한 스토리예요. 너무 위험한 직업이라며 어머니께서 반대하셨고, 어쩔 수 없이 다른 진로를 택한 거죠."

"승후 씨는 경찰이 돼도 어울렸을 것 같아요. 아쉽다. 멋있는 경찰이 됐을 텐데."

유하는, 어쩌면 이 잘생긴 남자와 파트너가 돼서 함께 일하는 행운을 잡았을 수도 있겠다, 라는 생각을 했다. 이 남자라면 충분히 블랙팀에 들어오고도 남았을 테니까.

"대신 지금은 여러 사람이 되니까 그걸로 만족해요."

"그런데 제가 알기로는 아직 경찰 역할은 안 했던 것 같은데, 맞죠?"

"저랑 경찰이랑은 안 맞는 모양이에요. 너무 약해 보이나?"

"영화에 특수부대 군인으로도 나왔었잖아요. 그때 액션 죽였는데. 그 역할도 했는데 경찰은 왜 못 하겠어요?"

"그러겠죠? 한 번은 할 수 있겠죠? 다음 드라마에는 경찰 역할을 했으면 좋겠어요."

"그렇게 되길 빌게요."

"네. 빌어주세요."

승후와 경찰에 대해 오붓한 대화를 이어가던 중, 촬영을 다시 시작하겠다는 소리가 들렸다. 그는 곧 촬영을 위해 카메라 한가운데로 들어갔다.

"고마워, 민승후."

승후가 저만치 갔을 때, 유하의 입에서는 이 말이 아주 작게, 혼자만이 들을 수 있을 정도로 작게 흘러나왔다.

"그나저나 저 남자 배려심도 깊네. 도대체 없는 게 뭐야?"

1년 전에는 잠깐 만나고 헤어져서 성격을 포함한 기본적인 인간성을 알아낼 시간적 여유가 없었다. 그래서 유하는, 엄청난 스타이니 부드러운 말투와는 반대로 조금은 까칠하지 않을까 하고 생각했다. 하지만 예상외로 성격도 엄청나게 좋다는 걸 깨닫고는 조금, 아니, 많이 놀랐었다.

사실 조명팀이 일부러 자리를 피해 버리자, 유하는 따라가야 하나 아니면 자신 역시 무시해야 하나 망설였다.

'내가 이렇게까지 해서 저들과 친해져야 해?'

이런 생각하고 있을 때, 승후가 일부러 녹차 음료를 달라고 하고, 또 말까지 걸어줘서 마음속으로는 엄청나게 고마웠다.

거짓 없이 백 퍼센트 솔직하게 말하자면, 순간적으로 짜증이 확 치밀어오를 때라 승후가 다정하게 말을 걸어주지 않았더라면, 아마 욱한 마음에 성찬에게 달려가 못 하겠다고 발악하고도 남았을 일이었다. 그런데 승후는 은혜롭게도 친히 말을 걸어주었고, 그의 이런 배려 때문에 유하는 마음을 누르고 다시 한 번 저들의 비위를 맞추기 위해 노력할 여유가 생겼다.

"그래 내가 맞춰준다. 텃세 어디까지 가나 보자?"

유하는 조명을 만지고 있는 조명팀들을 살피며 혼잣말로 이렇게 중얼거렸다.

경찰청 블랙팀 회의실.

"곧 일 년이가 돌아올 거다."

경찰청 특수사건전담반 블랙팀은 인신매매나 장기매매, 연쇄살인 같은 흉악 범죄만 다루며, 경찰 내 톱 엘리트들로만 구성되어 있기로 유명한 팀이었다.

통칭 일 년이.

경찰들 사이에서 일 년이로 통하는 범인은 지난 5년 동안 날고 긴다는 엘리트 경찰들을 차례차례 엿 먹인 연쇄살인범이다. 딱 한 달 동안 세 명을 살해하고 사라진 후, 1년이 지난 뒤에 나타나 다시 딱 한 달 동안 세 명을 또 살해한다.

살해 방법도 아주 잔인하다. 납치에서 시체 유기까지 1주일이 걸리는데, 그 1주일 동안 피해자를 고문하고 성폭행한 뒤 야산에 갖다버린다. 그런데 납치, 살해, 시체 유기까지, 범인은 계속해서 범행을 저지르는데, 형사들은 목격자나 증거, 둘 중 어느 하나도 찾지 못해 무능한 경찰이라는 손가락질만 받고 있었다.

"이번에도 그놈을 못 잡으면, 우리 팀 전체 다 혀 깨물고 죽을 각오해!"

블랙팀 팀장인 태석이 한 이 말에 팀원들은 똑같이 무거운 한숨을 토해냈다.

"그놈에게 당한 민지후를 생각해라! 지후의 원혼이 이곳을 떠돌고 있다는 것을 명심해!"

2년 전에 죽은 민지후는 블랙팀 최고 에이스였다. 누구보다 상황 판단력이 뛰어났으며 실력 또한 출중한 형사였다.

믿을 수 없게도 그런 지후가 일 년이 손에 죽었다. 지후가 죽은 그날, 블랙팀은 모두 패닉 상태였다. 한참을 어떤 생각도 할 수 없었을 정도로 블랙팀 모두 엄청난 충격에 빠져 있었다.

"민지후 가족들이 흘린 그 눈물을 잊지 마라."

팀장인 태석을 응시하는 블랙팀, 주영과 찬우의 표정엔 긴장감마저 감돌았다.

"지후의 동생, 민지현의 말을 기억해."

"우리 형이 죽을 때 당신들 뭐 했어? 당신들 동료잖아! 그럼 당신들이 지켜줘야 하잖아!"

민지후의 동생, 민지현. 지후를 화장하던 그날, 블랙팀 형사들은 지현의 원망에 아무런 변명도 하지 못했다. 아니, 할 수 없었다. 동료를 지키지 못한 건 분명한 사실이었으니까.

"우리는 우리의 동료를 죽인 그놈을 반드시 잡아야 한다!"

블랙팀은 2년 전 동료이자 형제인 같은 블랙팀 형사, 민지후를 잃었다. 바로 일 년이에게 당한 것이다.

"우리 블랙팀은 죽은 동료의 복수를 꼭 해야만 한다!"

말 한 마디 한 마디에 강한 힘이 들어가 있는 태석의 외침에 블랙팀의 얼굴에는 비장함이 떠올랐다. 얼굴도 모르는 누군가를 향한 살기. 태석의 눈은 일 년이에 대한 강한 살기로 번뜩였다.

# 제2장.
## 막내님과 스타님

드라마 촬영장.

"죄송합니다."

조명팀은 평소 저렇게 단합이 잘 됐었나 싶을 정도로 기 쓰고 유하를 외면 중이었고, 그럴 때마다 그녀의 입에서는 어김없이 죄송하다는 말이 흘러나왔다. 계속 같은 말을 반복 중인 그녀는 보는 사람이 기가 막힐 정도로 생글생글 잘도 웃었다.

"조명팀도 대단한 것 같아. 저 상황이면 한 명 정도는 인정해 줄 만도 한데."

주나는 유하가 안타까운지 고개를 절레절레 흔들었다.

"그래도 씩씩해. 대단한 건, 기도 안 죽어."

승후는 계속 죄송한 유하를 보며 픽 웃음을 흘렸다.

"진짜 백치미일까? 아무것도 몰라서 저러는 거면 해맑다고 해줘야 하는 거고, 만약에 다 알고 저러는 거면, 인간의 심장이 아닌 거고."

깡으로 악으로 버티는 거 하난 누구보다 자신 있어 하는 주나였다.

그런 주나가 고개를 절레절레 흔들 정도면 유하도 대단하다는 뜻이다.

그런데 유하는 주나가 말한 둘 중 어느 쪽에 가까운 걸까?

백치면 뇌가 궁금해질 거고 인간의 심장이 아니면 전직이 궁금할 테니까. 아무튼, 그 이유가 무엇이든, 유하의 저 씩씩함이 텃세를 부리는 중인 조명팀을 점점 궁지로 몰고 있는 건 틀림없었다.

"이 자식들이 뭐 하는 거야?"

유하가 앵무새처럼 "죄송합니다"만 연달아 외치자 이를 보다 못한 성찬이 버럭 소리를 질러댔다.

"조명팀, 모여!"

성찬의 집합 명령에 조명팀은 다다다 소리를 내며 뛰어가 그의 앞에 모여서 고개를 푹 숙였다.

"야이 자식들아! 텃세를 부려도 정도껏 부려야지! 너희들 마음에 안 든다고 애 하나를 바보로 만들어? 여자 뽑았다고 지금 내 앞에서 시위해?"

"그런 건 아닙니다. 하지만 저희 일은 여자가 적응할 수 있는 게 아닙니다. 처음부터 제대로 된 사람이 들어오길 바라는 건 당연한 것 아닙니까?"

영준은 목에 칼이 들어와도 할 말은 하는 스타일인 모양이다.

옳소! 잘한다! 그렇게 자꾸 항의해. 그러다 보면 아저씨도 어쩔 수 없이 잘라야겠지. 팀이 다 싫다는데 어쩌겠어. 물 흐리기 전에 자를 사람은 잘라내야지.

유하는 고개를 푹 숙인 채 희미하게 미소를 머금었다.

"일 시켜봤어? 저 녀석이 적응할지 못 할지 일다운 일 한 번이라도 시켜봤냐고! 내가 뒷돈 받고 저 녀석을 뽑았냐?"

뒷돈이 아니라 친한 분 청탁을 받았겠죠. 이런 생각을 하며 유하는 흘러나오려는 웃음을 기 쓰고 막았다.

"내 팀으로 내가 뽑았으면, 그만한 이유가 있을 거라고는 생각 안

해? 너희들 그렇게 날 못 믿는데, 왜 내 팀에 있어? 나에 대한 믿음이 그 정도면 나가! 그딴 놈 다 필요 없으니까!"

오, 힘과 권력으로 기를 죽이겠다는 뜻이네.

일단 유하가 예상했던 순서대로 일이 진행되고 있었다. 여기서 문제는 성찬에게 반기 드는 팀원이 몇 명쯤 되는가인데…….

유하는 조명팀을 쭉 떠올려 보았다. 일단 유하를 순순히 받아줄 사람은 막내 라인인 성재호였다. 재호는 처음부터 호의적이라 성찬이 저 정도까지 했으니 말 잘 들을 테고, 다른 팀원들도 속으로는 싫겠지만, 겉으로는 일단 받아들이는 척이라도 할 것이다. 그렇다면 조명팀에서 유일하게 뜻을 굽히지 않을 사람은 바로 황영준 이 사람이었다. 그러니까 그녀의 마지막 희망도 이 남자라는 소리였다.

"제가 더 열심히 하겠습니다. 황영준 선배님께 하나하나 차근차근 잘 배우겠습니다."

유하가 불쑥 말을 꺼내자, 전혀 예상 못 했는지, 조명팀은 물론 다른 스태프들까지도 화들짝 놀랐다. 딱 한 사람, 성찬만 빼고.

'야, 조유하, 네가 지금 머리 쓰냐?'

유하를 빤히 보는 성찬의 눈빛 속에는 분명히 이런 말이 담겨 있었다.

'황영준 못 넘으면 어차피 안 되는 거잖아요. 머리 쓰는 게 아니고 정면 돌파라고 해두자고요.'

성찬을 보는 유하의 눈빛에도 이 말이 담겼다.

"좋아. 이 시간 이후부터 유하 넌 영준이 옆에 딱 붙어서 일 배워. 영준이 너도 잘 가르쳐 주고."

"……네."

못마땅해하면서도 어쩔 수 없이 대답한 영준은, 내가 왜 저런 짐을 떠안아야 하는지 모르겠다는 생각을 얼굴에 그대로 드러내며, 짜증 섞인 한숨을 푹 내쉬었다.

"잘 부탁합니다, 선배님!"

모두 각자 자리로 돌아가고 유하는 영준에게 꾸벅 인사했다.

"너 지금 나 엿 먹이냐?"

"네? 무슨 말씀이신지."

능청스럽게 모르겠다는 얼굴로 해맑게 싱긋. 유하는 저였어도 한 대 패고 싶을 거라는 생각을 했다.

"너 지금 나 가지고 놀지?"

"아닌데요. 저는 선배님께서 제일 잘 가르쳐 주실 것 같아서 말씀드린 건데요."

"아! 그래? 그렇다는 거지? 알았어. 아주 잘 가르쳐 줄게. 조유하, 너 죽었어!"

영준은 험악하게 인상을 쓰며 이를 바드득 갈았다.


"너 머리에 돌 들었어? 아니면 새대가리야?"

영준의 수위 높은 구박이 시작되었다. 그리고 구박이 계속될 때마다 촬영장에 있는 스태프들 모두 유하를 살폈다. 모두 말로 생긴 엄청난 상처를 유하가 어찌 감당하는지 궁금하다는 표정이었다. 하지만 그녀는 감정이 없는 사람처럼, 아니, 뇌가 없는 사람처럼 밝게 웃으며 계속 "죄송합니다."만 외쳤다.

"어이구 안녕들 하세요?"

배우들의 명연기와 영준의 구박이 조화를 이루는 촬영장이 일순간에 사늘해진 건 어떤 남자의 등장과 함께였다.

배우 하채민, 민승후와 같은 나이로 데뷔한 지 10년이 다 되어가지만, 인기와는 영 인연이 없는 인물이었다. 아니다. 연기에 영 소질이 없다고 해야 옳았다. 아직도 발 연기 베스트 10위 안에 꼬박꼬박 들어가는 인물로 그의 기사엔 '연기 연습 좀 합시다.'라는 댓글이 열에 일곱은 달릴 정도였다.

"채민 씨 왔네? 오늘은 좀 늦은 것 같아?"

감독은 끓는 속을 감추고 애써 웃었다.

"오다 차가 막혀서요."

도착해야 할 시간에서 세 시간이나 늦었다. 그 일정도 조감독이 최대한 뒤로 늦춰서 잡으면서 매니저에게 절대 늦으면 안 된다고 신신당부했었는데, 거기에서 무려 세 시간이나 늦어버린 거다. 그래놓고 채민은 미안한 기색도 없이 참 당당했다.

"그래. 그럴 수 있지."

평소 같으면 육두문자가 날아다녔을 순간이지만 감독은 엄청난 인내심을 발휘했다. 뚜껑이 열리기 직전인데도 절대로 화내선 안 되는 상황. 지금 감독의 상황이 그러했다.

이 드라마에 제일 많은 자금을 투자한 인물이 바로 채민의 아버지로, 모 기업 회장인 채민의 아버지가 아들에게 배역을 주는 대가로 엄청난 자금을 투자한 탓에, 아무리 감독이라도 그에게 마음껏 화를 낼 수가 없었다.

"피곤한데 한 시간 뒤에 촬영 들어가시죠?"

네가 뭘 했다고 피곤해?

이 말이 입 밖으로 나올 타이밍에 감독은 긴 한숨으로 답을 대신했다.

사실 채민의 골통 짓은 이 바닥에 유명했다. 촬영장에서 채민에게 화를 낸 감독이 다음 날 교체된 적이 있을 정도여서, 채민이 나온 날은 그야말로 모든 것이 그를 중심으로 돌아간다고 봐야 옳았다.

"누나, 뒤로 숨으세요."

채민이 등장하자 재호는 유하의 귀에 이렇게 속삭였고, 유하에게 엄청난 구박을 퍼부었던 영준은 그녀의 앞을 막고 섰다.

"조명팀에 새 식구가 생겼다며?"

채민이 곧장 유하에게로 다가오자 촬영장 스태프들은 모두 걱정스럽다는 듯 그녀를 보았다. 딱 한 사람, 성찬만 빼고.

"이 여자분이 조명팀 막내?"

"조유하 너 민승후 옆으로 가."

"네?"

영준이 뜬금없이 자신을 승후 옆으로 보내자 유하는 당황스럽다는 표정으로 그를 보았다.

"어서 승후 씨 옆으로 가라고!"

이 촬영장 안에 있는 스태프들은 다 아는데 혼자 모르는 무언가, 분위기가 이쯤 되면 그게 무엇인지 대충 짐작하게 된다. 유하는 빙긋 웃으며 고개를 돌려 성찬을 보았다.

어떻게 합니까?

유하가 눈빛으로 한 이 질문에 성찬은 씩 웃었다. 네가 알아서 하라는 뜻이다. 유하는 밝게 생긋 웃고는 채민에게로 시선을 돌렸다.

"안녕하세요, 조명팀 막내 조유하입니다."

유하는 아무것도 모르는 사람처럼 해맑게 허리까지 꾸벅 숙이며 채민에게 인사했다.

"인사성 밝아 좋네?"

채민은 영준을 살짝 밀치고 다가와 유하의 어깨에 손을 올려 몇 번 토닥였다.

"얼굴도 이만하면 괜찮고. 몸매는……."

유하를 위에서 아래로 쭉 훑은 채민은 그녀의 옆으로 다가와 어깨를 감싸며 끌어안았다.

"더 괜찮고. 이렇게 괜찮은데 왜 조명팀에 있어? 내가 배역 하나 만 들어줄까? 이참에 배우 데뷔해 볼래?"

채민의 손이 등을 타고 내려와 옆구리로 들어오자 유하의 입가에 짙은 미소가 번졌다. 하지만 그 미소는 지금까지 유하가 보여왔던 밝고 해맑은 표정이 아니었다. 조금 차갑고 서늘한 그런 미소였다.

"이 촬영장에 사람 새끼가 아닌 개새끼가 한 마리 있다고 하더니, 그게 너구나?"

유하는 채민의 품에서 빠져나오며 그의 손목을 잡고 비틀었다. 날카로운 비명이 터졌고, 채민의 매니저가 소스라치게 놀라며 달려왔다.

"조명 너 뭐 하는 짓이야? 그 손 안 놔?"

채민의 매니저가 사납게 외친 말에 유하는 비웃음을 흘리고 손목을 더 비틀었다.

"이봐, 성희롱에 성추행당한 건 나야. 내 몸 더듬은 손모가지를 비튼 건데, 뭐 잘못됐어?"

"누가 그래? 성희롱에 성추행이라고? 이거 미친년 아니야?"

"그 나물에 그 밥이네. 그럼 우리 누가 잘못인지 경찰 불러볼까?"

유하는 채민을 매니저 앞으로 밀어버리고는 주머니에서 휴대폰을 꺼냈다. 그러자 채민의 매니저는 유하의 손에 있는 휴대폰을 빼앗으려 했고 그 과정에 휴대폰이 바닥에 떨어지고 말았다.

"오! 폭력까지? 하나는 성추행범에 하나는 폭행범이라. 우와! 그림은 맞네?"

"뭐 이런 게 다 있어?"

채민의 매니저의 손이 올라와 자신에게로 향하자 유하는 아주 잠깐 생각에 잠겼다.

한 대 맞고 죽도록 패줄까, 아니면 안 맞고 피해 평화를 유지할까?

평소 성격이었다면 평화보다는 전쟁을 택하겠지만, 그러면 촬영에까지 영향을 줄 것 같다는 생각에 유하는 피하기로 결정하고 한 발을 뒤로 뺐다.

"당신 뭐 하는 짓이야?"

날카로운 고함이 들리고 채민의 매니저를 밀치며 승후가 유하의 앞을 막아섰다.

"야! 하채민! 고개 숙이고 구석에 박혀서 숨죽이고 있어도 용서해 줄까 말까인데, 촬영장에 늦게 처 온 놈이 뭐가 잘났다고 이 말썽이야? 이게 네놈 수준이야? 오자마자 여자 스태프 상대로 성추행하는 게?"

승후의 고함에 채민의 매니저가 움찔하며 뒤로 물러났다.

"저년이 나에게 무슨 짓을 했는지 보고 그런 말을 해?"

눈을 부릅뜬 채민이 승후를 향해 아픈 손을 내보였다.

"네놈이 이분에게 한 짓은 알지. 송윤석 경찰 불러! 여기 성추행 사건하고 폭행 사건 벌어졌다고 해! 하채민이 여자 성추행하고 저항하는 피해자를 그의 매니저가 폭행했다고! 증인은 민승후라고 알려주고."

"야! 민승후! 너 잘한다 해주니까 보이는 게 없지? 너 배우 생활 그만하고 싶어?"

"넌 자꾸 못한다 하니까 아예 눈 감고 있나 보다? 배우 생활은 네가 끝내야 할 것 같은데? 나 상대로 싸워서 괜찮으시겠습니까? 내가 무슨 말을 어떻게 할 줄 알고? 세상이 네 말을 믿어줄까, 내 말을 믿어줄까? 할 수 있으면 해봐. 나도 궁금하네. 네가 나에게 뭘 할 수 있는지."

"이······."

주먹을 꽉 움켜쥐었지만 그걸 올릴 배짱은 없는 인간이다. 유하는 채민의 표정과 행동을 가만히 살피다가 곧 비웃음을 흘렸다.

"지금 당장 이 드라마 갈아엎고 들어가 볼까? 내가 빠지면 이거 계속 찍을 수 있을 거 같아? 다른 투자자들이 무슨 말을 할 것 같은데? 왜 빠졌는지 알려지면 그 책임이 나에게 올까 너한테 갈까? 출연한다고 하기에는 몇 장면 안 되고, 그나마 있는 신도 발연기로 흐름 깨는 한 놈 때문에 주인공이 빠지면, 이슈는 될 거야. 그렇지? 난 말이야, 네 아버지 반응도 궁금해."

승후의 비아냥거리는 말투에 자존심이 상한 채민은 분노로 얼굴이 사납게 일그러졌다.

"왜냐고? 너 같은 아들 돕겠다고 욕먹으면서까지 이 드라마에 너 꽂아준 분인데, 너 때문에 엎어지면 뭐라고 하실까? 원하면 지금 당장 밖으로 나가고."

"민승후, 이 개……."

순간 욕설을 내뱉으려던 채민은 매니저가 팔을 잡아서 살짝 당기자 입을 다물었다. 매니저가 막는 덴 이유가 있어서라는 걸 아주 잘 알기 때문이었다.

"밖에 기자 많지? 가서 인터뷰해 줘? 오늘부터 나는 이 드라마에서 빠지겠습니다. 이렇게?"

"이게 어디서 협박이야? 갈아엎겠다고? 해봐! 너 위약금 안 무서운가 봐?"

채민이 코웃음을 치자 승후의 입에서는 더 큰 웃음이 터졌다.

"몰랐나 보네. 너 들어온다고 했을 때 계약서에 한 조항이 더 추가됐었어. 하채민으로 인해 민승후가 드라마에서 빠지게 되면 위약금은 물지 않는다."

"뭐?"

"넌 계약서 잘 안 볼 테니까 네 계약서도 내가 말해줄게? 만약 하채민으로 인해 드라마 촬영에 차질이 생길 경우, 발생되는 모든 금전적인 손실은 하채민 개인이 지급한다. 못 믿겠으면 네 매니저에게 물어봐."

승후의 말에 채민은 매니저를 보았다. 슬쩍 시선을 피하는 매니저의 행동에 승후가 한 말이 사실이라는 걸 알게 된 채민은 자존심이 상해 얼굴이 벌겋게 달아올랐다.

"내가 있는 촬영장에서 한 번만 더 문제 일으키면, 하채민 너 각오해야 할 거야. 특히 여자 스태프들 함부로 대하기만 해. 나 두 번은 안 참는다? 채민아, 그런 말도 안 되는 조항까지 받아들이면서 너 이 드라마에 꽂은 아버지의 깊은 사랑 좀 헤아려라. 응?"

채민을 매섭게 노려본 승후는 유하에게 따라오라고 말하며 원래 있던 자리로 돌아갔다.

따라오라고 했으니 일단 가긴 가야겠지. 상한 자존심을 감추지 못해 분노로 부들부들 떨고 있는 채민을 아주 잠깐 응시한 유하는 꾸벅 인사를 한 뒤 승후의 뒤를 따라갔다.

"자! 촬영 시작하자!"

촬영 시작을 알리는 감독의 말이 들리고, 채민을 제외한 모두가 촬영 준비에 들어갔다.

"채민아."

채민의 매니저가 채민에게 다가와 걱정스럽다는 목소리로 그를 불렀다.

"민승후."

잇새로 승후의 이름을 흘린 채민은 식지 않는 분노를 담아 씩씩 거친 숨을 몰아쉬었다. 그리고 그런 그의 분노는 한참 동안 계속되었다.

다행히 촬영은 무사히 진행되었다. 그렇게 몇 시간 배우들은 불꽃 같은 연기를 선보였고 현장 스태프들은 숨까지 죽이며 좋은 드라마를 만들기 위해 애썼다.

"컷! 채민 씨, 조금 더 감정을 끌어 올리자?"

물론 그 불꽃 같은 연기에 채민은 속하지 않았다.

감독은 좋게 말한 뒤에 다시 "액션!"을 외쳤다. 하지만 곧 "컷!" 하고 말하며 깊은 한숨을 내쉬었다.

"채민 씨, 대사를 바꾸면 안 돼. 이거 아주 중요한 부분이라 작가님이 대사 정확하게 해달라고 부탁하셨거든."

그 뒤로도 채민은 여러 번의 NG를 냈고, 현장 스태프들은 물론 배우들까지 인내심이 바닥을 향해 달려가고 있었다.

"야! 대본 분석 안 했어? 감탄사 하나를 내뱉더라도 대본 분석을 하고 쳐야지! 대본 분석도 안 해, 대사도 정확하게 몰라, 너 촬영장 왜 왔어? 네 아버지가 투자자라고 갑질 하러 왔어?"

참다못한 승후가 버럭 소리를 질렀다.

"민승후 너 이 새……."

"5분간 휴식!"

채민의 입에서 욕설이 터져 나오기 직전, 감독은 5분간 휴식을 외치며 바람 쐬고 오겠다고 나가 버렸다.

계속되는 NG에 지쳐 버린 승후도 채민과 말을 섞고 싶지 않긴 마찬가지였다. 그는 채민을 위아래로 훑으며 한심스럽다는 듯 한숨을 내뱉고는 자기 의자가 있는 곳으로 돌아가 앉았다.

"천하에 하채민도 민승후에겐 못 당하지."

뒤에 있던 스태프 중 한 명이 그렇게 속삭이며 소리 죽여 키득 웃음을 흘렸다.

"하채민 말이에요, 다른 연예인들 앞에서는 안 그러면서 유독 승후 씨에게만 기가 죽던데, 왜 그래요?"

어린 듯한 스태프의 질문에 다른 스태프가 바짝 붙으며 말했다.

"워낙 인기도 많고 연기도 잘하지만, 승후 씨가 황금 수저거든."

"황금 수저요?"

"외갓집 쪽은 대대로 의사 집안이야. 이름만 대면 알 만한 엄청 큰 종합병원이 바로 승후 씨 외갓집 소유거든. 그리고 친가 쪽은 경찰 집안. 할아버지가 엄청 위에 계시다가 정년퇴직했다고 들었어."

"정말요?"

"응. 그래서 데뷔 초에 승후 씨가 자기 집안에 대해 알려지는 거 극도로 싫어했대. 소속사와 기자들 간의 일종의 약속인 거지. 절대 집안에 관해서는 쓰지 않겠다는 게."

"전혀 그렇게 안 보이는데?"

"그래서 둘이 더 대비되는 거야. 민승후는 지금도 깍듯이 인사하잖아. 하채민 저 인간은 자기 아버지만 믿고 지랄에 발광까지 하는데. 이래서 가정교육이 중요한 거야. 의사 집안에 경찰 집안이니 얼마나 철저하게 시켰겠어? 지금도 정확하잖아."

승후의 팬이면서도 그의 개인사는 전혀 몰랐었다. 아니, 알 수가 없었다. 철저하게 비밀을 유지해 왔으니까. 하여, 뒤에서 하는 말을 가만히 듣고 있던 유하는 자신도 모르게 고개를 끄덕였다. 승후에 관해 새로운 사실을 알게 되자 몸이 무의식적으로 반응해 버린 것이었다.

"조유하!"

채민과 그린 일이 있어서인지 유하를 향한 영준의 구박은 잠시 멈춘 상태였다. 영준의 고함이 빠진 촬영장은 고요함마저 느껴질 정도로 조용하기 그지없었다.

몇 시간 평화로웠으니 이제 슬슬 시작하는 게 당연하지.

저를 부르는 영준의 목소리가 날카로워지자 유하는 올 것이 왔다는 표정으로 달려갔다.

"네, 선배님."

"넋 빼놓고 있을 거면 집에 가지 그래?"

"아닙니다. 넋 안 빼놓겠습니다."

"내 옆에 딱 붙어 다녀! 한 발 이상 떨어졌다가는 내 손에 죽는다?"

"넵."

유하는 다짐하듯 대답하며 크게 고개를 끄덕였다.

짧은 5분간의 휴식이 끝나고, 다시 촬영에 들어갔다. 그리고 유하는 촬영이 끝날 때까지 영준의 뒤를 꼬랑지처럼 졸졸 따라다녔다. 그런 유하의 모습에 여기저기서 웃음이 터졌고, 채민 때문에 사늘해진 분위기는 꼬랑지가 되어버린 그녀 덕분이 다소 밝아지게 되었다.

몇 시간 뒤.

모든 촬영이 끝나고, 승후는 유하가 커다란 상자를 옮기는 걸 뒤에서 잠깐 지켜보다가 안 되겠다는 생각에 빼앗듯 자신이 들었다.

"괜찮아요. 들 수 있어요."

유하는 손을 뻗어 상자를 다시 가져오려 했지만, 딱 맞춰 승후가 몸을 반대로 틀어 그러지 못했다.

"이거 영준 선배가 보면 여자 짓 한다고 화낼 거예요."

"마음이 좀 안 좋아요. 영준이 형 구박도 마음에 안 드는데, 하채민 그 녀석까지. 오늘은 속이 많이 상하는 날이에요."

승후가 장난처럼 말했지만, 진심이 어느 정도 담겨 있는 것을 유하는 느끼고 있었다.

"재미있었어요, 진짜로."

"그런데 간이 생각보다 크네요? 채민이 녀석 손목 비틀 때 사실 좀 놀랐었거든요."

승후는 주위를 살피며 아주 작은 소리로 말했다.

"부모님께서 강하게 키웠거든요. 어디 가서 당하고 살진 않아요."

유하도 덩달아 목소리를 낮췄다.

"조금 안다고, 사실 아까 가슴이 철렁 내려앉았었어요."

"도와줘서 감사해요. 진짜로."

"천만에요."

승후는 가볍게 말하며 생긋 웃었다.

"그럼 이번에도 저 좀 도와줘요."

"왜요? 황영준 스산한 곳으로 끌고 가서 몇 대 패줄까요? 얼굴에 멍 들면 창피해서 며칠 못 나올 텐데?"

"그것도 좋고."

유하는 기분 좋은 듯 크게 하하 웃고는 승후를 향해 양손을 내밀었다.

"저 도와주지 마세요. 그래야 선배들이 조금이라도 더 빨리 인정할 거예요. 승후 씨가 자꾸 챙기면, 여자 짓 한다고 더 싫어할 수도 있어요."

"그건 그래요."

유하가 하는 말이 맞다. 이런 식으로 도와주는 건 유하에게 해가 될 가능성이 높았다. 승후는 들고 있던 상자를 다시 그녀에게 넘겨주었다.

"위로가 필요하면 나한테 와요. 여기 있는 사람 중에는 내가 유하 씨를 가장 많이 봤으니까, 위로 담당해 줄게요."

"알았어요, 감사합니다."

유하는 싱긋 웃으며 꾸벅 인사를 했다. 그리고 조명팀 트럭이 있는 쪽을 향해 걸어갔다.

"그래도 씩씩하네. 다행이다."

승후는 아주 잠깐 멀어져 가는 유하를 지켜보다가 제 차가 세워져 있는 주차장 쪽으로 방향을 틀어서 걸어갔다.

OO 경찰서.

우주는 히죽 웃으며 자신이 있는 자리로 걸어오는 지현을 발견하고는 못마땅함에 미간을 찌푸렸다.

"너 여기 웬일이야?"

"형 보고 싶어서 왔지."

우주에게 지현은 동생이다. 그리고 동생처럼 귀여워하던 경찰대 후배인 민지후의 동생이기도 했다. 지후가 지현을 우주에게 소개해 준 후, 지현은 우주를 형이라 부르며 따랐다. 그래서일까. 우주는 승후를 보고 있으면, 꼭 친동생이 생긴 것 같아서 좋았다.

그런데 2년 전, 그러니까 지후가 그렇게 죽은 바로 다음, 유학 중이던 지현이 갑자기 귀국했다. 물론 처음에는 반대했다. 우주는 지현이에게, 일 년이는 경찰이 꼭 잡을 테니까, 넌 네 길을 가는 게 형을 위하는 일이라 말했었다. 하지만 우주의 설득에도 지현은 기어코 어렵게 올랐던 유학 생활을 정리했다. 그리고 지금은 틈만 나면 우주를 찾아오고 있었다.

"너 자꾸 여기에 들락거리는 거 안 내켜."

"동생이 형 보러 오는 거야. 정말 다른 뜻 없어."

눈에 뻔히 보이는 거짓말이다. 지현의 표정이 그렇게 말하고 있었다.

"밖에서 봐. 자꾸 경찰서에 들락거리면, 오해받기 딱 좋잖아. 안 그래도 주위가 시끄러운 인간이 더 시끄러워지면 어쩌려고?"

"상관없어. 시끄러우면 시끄러운 대로 살면 돼. 신경 안 써."

어두운 지현의 얼굴빛에 우주는 무거운 한숨을 푹 내쉬었다.

"나 곧 블랙팀으로 간다."

생각도 못한 말이었는지 지현은 놀란 얼굴 그대로 굳어버렸다.

"오늘 블랙팀 팀장에게서 전화 왔어. 다음 주부터 블랙팀으로 출근할 거야."

"그럼 나인후…… 만나겠네?"

"아니. 지금 블랙팀에 나인후 없어."

"왜?"

"그건 몰라. 블랙팀의 행적은 오직 블랙팀만 아니까. 다음 주에 출근하면 나인후가 어디 있는지 알겠지."

나인후, 블랙팀 형사이자, 지현의 형인 지후가 사랑한 여자.

그 여자가 정말 블랙팀에 없는 건가?

2년 전 지현은 나인후를 딱 한 번만 만나게 해달라고 부탁했었다. 블랙팀 팀장은 나인후가 몸이 좋지 않다는 이유로 계속 만남을 거절했고, 그렇게 2년이 흘렀다.

나인후, 승후는 그 여자를 만나면 물어볼 게 많았다. 아니다. 어쩜 없을지도 모른다.

형이 사랑했던 여자. 만약 형이 살아 있었다면 형수가 되었을지도 모르는 여자. 그래서 보고 싶었다. 형의 마지막 흔적이라도 느끼고 싶어서.

우주 형한테 부탁해서 한 번 만나볼까? 형이 설득하면 한 번은 만나주지 않을까?

"나인후 형사…… 그때 사고당했다고 했었는데…… 괜찮은 거야? 몸

말이야."

"응. 괜찮은 모양이야."

"나 만나줄까? 한 번은 만나보고 싶은데……, 이번에도 거절하겠지?"

"나인후는 네가 만나고 싶어 하는 거 모른다고 들었어. 그때 네 부탁을 여러 번 거절하는 것 같아서 다른 블랙팀한테 물어봤었는데, 팀장이 전하지 말라고 했다더라."

"왜?"

"지후의 죽음 때문에 충격이 컸나 봐. 그날 이후로 지금까지 자기 몸도 안 돌보고 일에 미쳐서 살았대."

"원망하려고 만나자는 건 아니야. 알잖아."

"그래도 너 만나기 괴로울 거야. 만약 그때 나인후가 다치지만 않았더라면, 그래서 네 형이랑 함께 행동할 수만 있었더라면, 범인을 잡았을지도 모르고 지후를 구해냈을지도 모르니까. 그런 상황에서 너와의 만남, 나인후에겐 독이 되었을지도 몰라. 그땐 널 못 만나게 하는 게 최선의 선택이었어."

"이해해."

속에서 무언가가 부글부글 끓고 있다. 지현은 답답한 마음에 깊게 한숨을 토해냈다.

"형은 나인후 형사 본 적 있지? 어떤 사람이야?"

"내가 아는 건 몇 가지 안 돼. 경찰대 수석 졸업에 빛나는 수재, 졸업 전에 이미 블랙팀으로 뽑힐 정도로 능력도 있고, 순환보직도 블랙팀과 연결된 곳에서 돌았을 정도로, 팀에 맞춤형 형사라는 것밖에 없어."

"대단한 사람이네. 그런데 그런 사람이 당한 거야?"

"에이스라고 손꼽히는 네 형이 당했어. 그런데 형사 생활 몇 년밖에 안 된, 신참 축에 속하는 경찰이 어쩌겠어? 분명히 패닉 상태에 빠졌을 테고, 그 속에서 스스로 빠져나올 시간이 필요했을 거야. 그래서 너와 나인후의 만남을 반대한 거야."

"이번에도 못 잡을까? 형이 블랙팀으로 가면 잡을 수 있으려나?"

우주는 슬픔에 젖어 있는 지현을 가만히 내려다보며, 안타까운 마음에 낮은 한숨을 내쉬었다.

"지금도 노력하고 있어. 블랙팀, 일 년이 잡는 것에 인생을 모두 걸었다고 해도 과언이 아니야. 그러니까, 믿어. 믿고 기다려."

"제발 좀 잡아줘. 그놈 잡아서 감옥에 처넣는 걸 봐야, 발 뻗고 잘 수 있을 것 같아. 그러니까 형……, 제발 좀 그 미친 새끼 잡아."

지현에게는 마지막 부탁이었다. 모든 원망을 일 년이, 그 연쇄살인범을 못 잡은 형사들에게 돌리기 전에, 온 마음을 다해 마지막으로 하는 부탁이었다.

"그래. 그럴게. 지현이, 아니, 승후 널 위해서라도 반드시 잡을게."

우주는 죽은 지후의 동생 민지현를 보며, 아니, 대한민국 톱스타 민승후를 보며 다짐하듯 말했다.


드라마 세트 촬영장.

유하가 출근한 지 1주일이 지나도 조명팀은 여전히 그녀를 동료로 받아들일 생각이 없었다. 영준은 일을 가르친다는 명목으로 사사건건 꼬투리를 잡아 구박하기 일쑤여서, 스태프 사이에 유하의 별명이 '조명팀의 신데렐라'로 통하는 경지에 이르렀다. 그나마 다행인 건 바쁜 사람들 속에 그녀도 속한다는 것이었다.

"어? 어? 위험해!"

장면 하나가 끝나고 드라마 스태프 모두가 정신없이 움직이던 그때 누군가 날카롭게 소리 질렀다. 사람들이 가리킨 쪽으로 시선을 옮긴 유하는 촬영 장비 중 하나가 이리저리 흔들리더니 그녀 자신에게로 넘어지려 하는 걸 보게 되었다.

비쌀 텐데 잡아서 장비를 건져야 하나 그냥 피하기만 해야 하나 잠깐 고민하던 그때, 승후가 "위험해!" 하고 외치며 달려왔다. 그리고 그녀를 품에 안고 몸을 날려 조금 떨어진 곳 바닥에 쓰러지고 말았다. 몇 초 후 쾅 하는 소리가 들리고, 결국 촬영 장비는 산산조각이 났지만, 다행히 유하는 승후의 품에서 무사할 수 있었다.

"승후 씨!"

"승후 씨 얼마나 다친 거야?"

"승후 씨 괜찮아?"

문제는 주인공인 승후의 부상이었다.

여기저기서 호들갑스럽게 승후의 부상 정도를 확인하는 소리가 들리고, 촬영장에는 금세 온갖 걱정의 말이 나돌았다.

지금부터 찍는 신이 샤워 장면과 운동 장면인데, 장면 특성상 승후가 상의 탈의를 하든지 민소매를 입어야 했다. 하지만 넘어지면서 그의 팔에 넓은 부위의 찰과상이 생겨 버린 것이다.

발등에 불이 떨어진 촬영팀은 계속 전전긍긍하며 곤란해했고, 과정이 어떻게 되었든 결과만 놓고 보자면 촬영을 못 하게 된 것이 자기 때문이라 유하는 상당히 난처한 상황에 처하게 되었다.

'피하라고 말한 하면 될 것을 왜 달려들어서……'

구해준 사람에게 이런 마음을 품으면 안 되는 줄 알면서도 힐끔힐끔 자신을 보는 스태프들의 시선에 유하는 생각을 멈출 수가 없었다.

"나보다 먼저 유하 씨 좀 봐주세요."

한 스태프가 서둘러 구급상자를 가지고 와 응급처치를 했지만, 승후는 자기 다친 것보다는 유하의 상태를 더 걱정했다.

"저는 괜찮아요. 하나도 안 다쳤어요. 그런데 어떡하죠? 승후 씨가 많이 다쳐서……"

"가벼운 건데요. 괜찮아요. 안 다친 쪽으로 촬영하면 되죠."

"그래. 더 큰 인명 피해 안 난 게 어디야?"

드라마 감독은 스태프들을 안심시키기 위해 이렇게 말하고는 승후의 상처가 최대한 보이지 않게 할 방법을 찾기 위해 세트장을 이리저리 살피면서 고민에 빠졌다.

"이 자식들아!"

여기저기서 이런 고함이 들리고 여러 팀 감독들이 고래고래 소리를 지르며 화를 내기 시작했다. 장비 하나가 넘어진 건데, 줄줄이 엮여서 모두 와장창 깨지는 분위기로 번진 것이다.

그 뒤로 한동안 분위기는 그야말로 살얼음판이었다.

대충 응급처치를 하고 들어갔다 해도 샤워 장면에서 상처에 물이 닿으면 아프기 마련이고, 승후가 아무리 연기를 잘한다 해도 순간적인 반응까지 감출 수는 없을 거라 생각했기 때문이었다. 하지만 승후는 모든 스태프의 우려를 말끔히 씻어냈다. 아주 자연스럽게 샤워 장면을 찍었고, 무척이나 따가웠을 텐데도 승후는 끝까지 연기에 집중해 무사히 촬영을 마쳤다.

다음으로 이어진 운동 장면에는 승후의 스타일리스트가 팔꿈치 보호대를 하게 했고, 민소매 대신 반소매로 바꿔서 상처를 아슬아슬하게 가린 덕분에 이 촬영도 무사히 마칠 수 있었다.

"OK. 승후야, 진짜 고생했어! 병원 가서 치료받아. 우리는 다른 촬영 먼저 할 테니까, 천천히 치료받고 와."

"네, 감독님."

겨우 급하게 촬영해야 하는 부분을 마친 승후는 주위를 두리번거리다 유하를 찾아 다가왔다.

"괜찮아요? 정말 안 다쳤어요?"

"하나도 안 다쳤어요. 승후 씨 덕분에. 승후 씨야말로 큰 부상 아니었으면 좋겠는데요."

"찰과상이에요. 소독만 잠깐하고 올 거예요."

"그럼 다행이고."

승후는 주위를 힐끔 보고는 유하에게 바짝 다가와 속삭였다.

"같이 갈래요? 내가 조명감독님께 얘기할게요."

"그럼 더 찍힐걸요? 지금도 주인공 다치게 한 죄가 크잖아요."

"주인공이 스스로 그런 거지 유하 씨가 그렇게 하라고 시켰나?"

"어쨌거나 구해줘서 고마워요."

유하가 싱긋 웃자 승후의 얼굴에도 화사한 미소가 번졌다.

"뭐 먹고 싶은 것 있어요? 내가 살짝 사 올게요."

"저는 괜찮으니까 승후 씨나 맛있는 것 많이 먹고 오세요. 1년 전에 만났을 때보다 살이 좀 빠진 것 같아."

"OK. 알았어요. 그럼 갔다 올게요?"

"다녀오세요."

승후는 마지막으로 갔다 올 때까지 고생하라고 말한 뒤에 촬영장에서 사라졌다.

"유하 씨 민승후랑 사이가 좋네? 전에 만난 적이 있다고 하더니, 꽤 친했나 봐?"

승후가 사라진 후, 여자 스태프들의 날카로운 질문들이 쏟아졌다.

"아까 보니까 제일 먼저 구하려고 뛰어가던데, 그건 보통 사이는 아니라는 뜻이지 않아?"

"민승후가 대체로 친절하기는 한데, 여자 스태프들하고 그렇게 친하게 지내는 편이 아니야. 오해할 수도 있고, 스캔들이 터지면 골치 아프기도 하니까. 그런데 이상하게 유하 씨는 좀 다르다? 동료가 아니라 여자를 대하는 눈빛인데."

수많은 흉악 범죄자를 상대한 탓에 간이 배 밖으로 나왔다는 말을 많이 듣는 유하지만 이번만큼은 당황하여 식은땀까지 흘렸다.

"신경 써주는 거죠. 이 촬영장에서 아는 사람이라고는 민승후 씨밖에 없으니까. 착하잖아요, 민승후 씨가."

이 말이 먹히려나?

유하는 바짝 긴장하며 여자 스태프들의 표정을 살폈다.

"그렇긴 하지. 어쨌거나 아까 안 다쳐서 다행이야."

믿는 건지 아니면 믿는 척하는 건지 모르겠지만, 여자 스태프들은 미소를 보이고는 제자리로 돌아갔다.

"휴."

주위에서 사람들이 사라진 후, 혼자 남게 된 유하는 가늘고 긴 한숨을 토해내며 긴장했던 마음을 겨우 풀 수 있었다.

'역시 이곳처럼 말 많고 탈 많은 동네랑 난 안 맞아.'

연예계를 잠깐 엿본 며칠의 시간. 유하의 결론은 자신과 이곳은 절대로 맞지 않는다는 거였다. 그리고 이곳과의 인연이 딱 두 달이면 끝난다는 게 천만다행이라는 생각이 들 정도로 안심이 되었다.

병원으로 향하는 차 안.

승후는 이 드라마에서 역할로 저와 라이벌 관계면서 서브 남자주인공인 정훈의 전화를 받았다.

[너 다쳤다며?]

"소문이 그새 거기까지 갔어? 발 없는 말이 빠르긴 빠르다."

[얼마나 다친 건데? 찰과상 정도라고 하긴 하더만.]

"맞아. 그냥 단순 찰과상이야. 지금 소독하러 가는 길이고."

[조유하 구해주다가 다친 거라며?]

정훈은 며칠 B팀에서 촬영했었다. 그래서 유하가 출근한 걸 두 눈으로 보지 못했었다. 그런데도 정훈이 유하를 알고 있는 건 소문이 돌아서가 아니라 승후가 먼저 말을 해줬기 때문이었다.

"위험해서 그랬지. 잘못하면 크게 다치잖아."

[그렇다고 민승후가 직접 나설 것까지는 없지. 사람들이 이상하게 생각할 수도 있어. 너 여자 스태프들 일은 신경 안 쓰는 놈인데, 네가 직접 그렇게까지 챙기면 당연히 의심하지.]

"나도 모르게 몸이 움직이는데 그걸 어떻게 막겠어."

무의식중에 몸이 먼저 반응해 버린 승후는 유하를 안고 바닥을 구른 그때 정신이 들었다. 그 순간 승후 머릿속에 떠오른 생각은 '이 여자가 다치지 않아서 다행이다.' 이거였다.

"몸이 먼저 반응하고 생각은 나중에 들었지."

맞다. 드라마 스태프들의 시선 따위는 조금도 생각하지 않았다.

[대박! 뛰어들면서 자기가 뛰어드는 줄도 몰랐다고? 너 완전 맛이 갔구나?]

"그런가? 내가 맛이 간 건가?"

[역시 여자였어. 소개팅할 때도 느낀 거지만, 너 조유하 여자로 보지?]

"그럼 걔가 여자지 남자냐?"

[말장난하지 말! 조유하 드라마 스태프 아니지? 여자지?]

"그런가? 처음부터 동료가 아닌 여자로 만나서 계속 눈이 가는 건가?"

1년 전, 유하가 수현보다 먼저 눈에 들어왔고, 그녀가 박수현이 아닌 게 천만다행이라 여겼었다. 그때부터 조유하는 승후에게 여자였다. 그러니까 처음부터 여자였던 사람이니, 함께 일하는 동료도 그냥 여자 사람도 될 수 없었다.

[조심해. 여기서 스캔들 터지면 조유하만 피 봐. 일 배우려고 겨우 조명팀에 들어갔는데, 스캔들 터지면 그 여자만 일자리 잃어. 촬영팀에서 누굴 보호할 것 같아? 주인공이야. 들어온 지 며칠밖에 안 된 스태프가 아니라.]

"알아. 알고 있다고."

[알면 조심하라는 거지. 다른 놈들 같으면 걱정 안 해. 너니까 걱정하는 거야. 기침과 사랑은 숨길 수 없다는 말을 몸소 실천하는 우리 민승후 스타님이니까.]

승후는 어색하게 하하 웃고는 머리를 긁적였다.

"그건 내가 알아서 하니 신경 끄고, B팀 지금 죽을 맛이지? 하채민 계속 B팀이더라? 나한테 복수한다고 이 갈 텐데?"

[아니야. 여기서 조용해. 기가 푹 죽었어. 심지어 오라는 시간보다 먼저 도착해서 기다려.]

"그럴 리가. 저번 촬영 때, 나 곧 잡아드실 것처럼 하고 갔는데?"

[그 뒤로 자기 아버지한테 죽을 만큼 깨졌지.]

"왜?"

[우리 아버지가 다 일렀거든. 촬영장에서 있었던 일. 그다음 날 우리 아버지랑 하채민 아버지 골프 치셨어.]

정훈의 아버지는 모 대학 교수로, 하채민 아버지와는 어렸을 때부터 친한 친구 사이였다. 지금도 한 달에 한두 번은 만나실 정도로 친하다고 들었다.

"네 아버지는 그 일을 어떻게 알고?"

[내가 일렀거든. 아주 상세하게.]

"넌 어떻게 알았는데?"

[A팀에 일어난 사건이 B팀으로 전해지기까지 몇 초 걸릴 것 같아? 아마 생중계일걸?]

"너도 그렇다. 치사하게 그 일을 이르냐? 그냥 넘기면 되지."

[안 돼, 안 돼. 그런 놈은 응징해야 해. 나랑 네가 있는 촬영장에서 그런 못돼먹은 짓은 안 통하지. 제 아버지 빼면 아무것도 아닌 놈이 어디서 갑질이야? 감히!]

예나 지금이나 하채민 잡는 건 정훈이밖에 없다. 정훈의 말에 승후는 큭큭큭 웃음을 터뜨렸다.

[유하 씬 괜찮아?]

"신경 안 쓰는 것 같아. 겉으로는 그래."

[그때도 느낀 거지만, 평범하진 않아.]

"그러니까."

[유하 씨는 나름 잘 적응하는 것 같으니까, 너도 신경 꺼. 그게 조유

하를 위해 더 좋아. 많이 안 다쳤다니 다행이다. 끊자. 촬영 들어가야 해.]

승후는 수고하란 말을 끝으로 전화를 끊었다.

"신경이 자꾸 가는데 그걸 어떻게 막아?"

승후는 이렇게 중얼거리며 낮은 한숨을 길게 내쉬었다.


"지금 난리 났어요."

승후가 병원에 가고 한 시간 정도 후, 잠깐 쉬는 틈을 타 휴대폰으로 검색을 하던 여자 스태프가 깜짝 놀라며 소리쳤다.

"무슨 난리?"

여기저기서 무슨 난리냐고 묻자 여자 스태프는 "승후 씨, 병원에 간 게 떴어요."라고 말하며 휴대폰 화면을 앞으로 해 기사를 보여주었다.

"그 파파라치들은 쉬는 날도 없대?"

감독의 날카로운 고함을 들으며 유하는 휴대폰으로 '민승후'를 검색해 보았다.


〈민승후, 드라마 촬영 중 부상!〉


이 제목으로 승후가 병원으로 들어가는 장면이 선명하게 찍힌 사진이 눈에 확 들어왔다.

병원에 상주하는 연예부 기자가 있나? 어째서 이런 기사가 찍히는 거지?

사회부 기자가 경찰서에 상주하고 있는 건 많이 봤지만, 연예부 기자가 병원에 상주하고 있는 건 처음 알게 된 사실이라, 유하로서는 좀 당황스러웠다.

"또 촬영장 밖에서 죽치고 있다가 따라간 모양이에요."

재호는 고개를 쭉 빼고 유하가 보는 기사를 보다 혀를 쯧쯧 차며 말했다.

"촬영장 밖에?"

"승후 형님의 근황은 어디든 메인에 걸리니까, 기자들이 촬영장 앞이나 집 앞에 늘 죽치고 있어요. 파파라치들이죠. 기자들이라 하기엔 영......."

재호는 다시 혀를 쯧쯧 차며 고개를 절레절레 흔들었다.

"시선이 늘 따라붙는 건 불편한 것을 넘어 고문 아닌가?"

"승후 형님처럼 인기가 높을수록 사생활은 없다고 봐야죠. 숨만 크게 내쉬어도 여러 추측성 기사가 터지니까."

"내가 뭔 짓을 했는지 이제야 알겠네. 나 때문에 다친 게 밖으로 새어 나가면 대형 사고겠어?"

"아마 하늘이 무너진 것 같은 반응들이 쏟아지겠죠?"

"생각만 해도 끔찍하다."

유하가 미간을 일그러뜨려 진저리치자, 재호의 입에선 큭큭 웃음이 터졌다.


전쟁 같은 촬영을 마치고 밤늦게 집으로 돌아온 유하는 씻는 것도 귀찮고 이대로 그냥 자고 싶은 마음뿐이라 곧장 침대로 몸을 날렸다.

"유하 방에 있죠?"

수현이 소란스럽게 들어오자 유하는 이불을 뒤집어썼다. 온종일 황영준에게 시달렸는데 수현에게까지 시달리고 싶지 않아서였다.

"조유하 일어나!"

"몰라! 다 몰라! 아무것도 몰라!"

수현이 이불을 걷자 유하는 빠르게 말하고는 다시 이불을 뒤집어쓰려 했다. 하지만 눈치 빠른 수현이 그 이불을 둘둘 말아 품에 안아버려서 유하는 어쩔 수 없이 그녀를 상대해 줘야 했다.

"물어. 되도록 빨리. 그리고 간단하게."

결국 유하는 일어나 앉으며 말했다.

"너 민승후랑 썸 타?"

수현의 질문에 유하는 생각했다. '아! 이래서 아니 땐 굴뚝에 연기가 나는구나.'라고 유하는 그 속담이 무얼 말하는지 수현을 통해 정확하게 알게 되었다.

"누가 그런 막말을 해? 민승후가 미쳤니? 나랑 썸을 타게?"

"아빠가. 아빠 혼자 생각이 아니래. 드라마 스태프들이 다 쑥덕거린 다던데?"

"말하기 좋아하는 동네야. 신경 쓰지 마."

유하는 수현의 품에 있는 이불을 빼앗으려 했지만, 그녀가 더 꽉 끌어안은 탓에 그럴 수 없었다.

"진짜 아니야?"

"그냥 챙기는 것뿐이야. 1년 전 소개팅한 인연으로. 민승후가 미쳤어? 주위에 널린 게 어리고 예쁜 애들인데 나 같은 애랑 썸 타게?"

"그런가?"

"드라마 스태프들은 1년 전 일을 모르고, 넌 다 아는데, 너까지 그 얘기에 혹하면 안 되지!"

"아빠 말씀이 널 보는 민승후의 눈빛이 심상치 않다고 하니까."

"아는 사람이 그 구박을 당하는데, 민승후가 신난다고 웃겠냐? 당연한 거 아니야?"

그제야 이해가 되는지 수현은 이불을 탁탁 털어서 다리까지 덮어주었다.

"조명팀이 힘들게 해?"

"내 별명이 조명팀의 신데렐라야. 일하면서 온갖 구박 다 받고 다녀서."

"어쩌냐?"

"몰라. 양쪽 부모님들이 나를 아주 달달 볶는다. 이참에 잡아먹으려

나 봐."

유하는 누우면서 이불을 목까지 끌어 올렸다.

"난 그 정도까지일 거라고는 생각 못 했어."

"하루하루 버티다 보면 좋아질 날이 오겠지. 잘래. 가라!"

너무 피곤한 나머지 눈을 감은 유하는 수현이 조용히 문을 닫고 나간 뒤에야 이불을 머리끝까지 끌어 올려 덮었다. 그리고 얼마 후 방 안에는 코를 고는 소리가 가늘게 들렸다.

유하가 조명팀으로 출근한 지 2주일이 훌쩍 넘어섰다. 그리고 그 시간은 유하의 고난 시대라고 해도 좋을 만큼, 그녀는 영준에게 끊임없이 구박을 당해야 했다.

"야! 그게 아니잖아! 너 돌대가리야? 거기에다 놓으면 배우 얼굴에 그늘지잖아!"

"죄송합니다."

"그거 하나도 제대로 못 들어? 너 여자로 왔어? 여기가 어디라고 약한 척이야?"

"죄송합니다."

"너 머리에 돌 들었지? 척 하면 착 하고 안 나와? 돌대가리야! 생각 좀 하고 살아!"

"죄송합니다!"

영준은 사사건건 트집 잡아 화를 냈고, 그때마다 유하는 죄송했다.

"영준 씨 너무하네. 내 보기엔 일을 제대로 가르치지 않고 무작정 화만 내는 것 같은데."

"뭘 저렇게 심하게 말해. 눈치도 있고, 노력도 하는 것 같고, 열심히 하려고 하는데."

"잘하고 싶어도 일을 모르잖아. 실수하는 거 당연한 거 아니야? 무슨 생각이면 일도 안 가르치고 저렇게 화만 내지?"

영준은 처음인 유하에게 무작정 화부터 내고 있었다. 일을 하나도 모르는 유하야 당연히 영준의 마음에 들 리가 없고, 그러면 어김없이 욕설에 가까운 고함이 날아왔다. 그런 일이 반복될수록, 스태프를 비롯해 배우들까지 수군수군했고, 유하가 구박받는 날이 늘어갈 때마다 수군거림은 더욱 심해졌다.

"아이고……."

잠깐 쉬는 시간. 모두가 달콤한 휴식을 취하는 그때, 힘든 몸을 지탱하기 위해 벽에 등을 기댄 유하는, 그대로 아래로 미끄러져 내려가 바닥에 쪼그리고 앉았다.

"여기가 좋겠네."

우리의 스타님께서 진짜 위로 담당으로 취직한 모양이다. 유하는 고개를 돌려 자신과 똑같은 자세로 쪼그리고 앉는 승후를 보고는 풋 웃음을 터뜨리고 말았다.

"피곤해 보이는데 어깨 빌려줄까요? 한숨 자도 돼."

승후는 화사하게 웃으며 자기 어깨를 툭툭 쳤다.

"나 엄청 불쌍해 보이죠?"

"네."

승후는 단 1초의 생각도 없이 곧바로 대답했다.

"불쌍해도 아니라고 해야죠. 그래야 위로가 되지. 승후 씨가 불쌍하다고 말하면, 내가 진짜 불쌍하게 느껴진단 말이에요."

유하는 불만이라는 듯 입을 삐죽 내밀었다.

"그래도 아주 잘하고 있어요. 일 참 빨리 배우는 편인 것 같아요. 소질 있어."

"지금 그 말 영준 선배가 했더라면 더 좋았을 텐데."

"너무하네. 내 말은 못 믿겠다는 거죠?"

승후는 일부러 살짝 노려보며 눈을 게슴츠레 떴다.

"일로 엮인 선배가 그 말을 해주면 더 좋았을 거라는 거죠. 지금 난 영준 선배의 한마디가 절실하니까."

"무슨 말?"

"잘했어."

"좀 더 파이팅 하면 그 말 들을 수 있어요. 내가 장담할게."

"진짜죠?"

"나 거짓말 못 해요. 언제나 진실만을 말하죠."

"좋아요. 믿어보죠. 진실만을 말하는 스타님을."

아주 잠깐이었다. 시선과 시선이 얽힌 건, 하하 웃으며 서로를 본 단한 순간이었다. 그 순간 두 사람의 심장이 동시에 두근두근 뛰었고, 유하와 승후는 당황하는 상대의 눈빛에서 그걸 느꼈다.

"아! 힘 난다. 그럼 저는 영준 선배한테……."

유하는 어색하게 웃으며 벌떡 일어났다. 그리고 머리를 두어 번 긁적이더니 영준이 있는 곳으로 서둘러 뛰었다.

다시 촬영이 시작되고, 몇 시간 동안 영준의 구박은 지치지도 않고 유하에게 향했다.

"돌대가리야, 그 자리 아니라고!"

영준의 고함이 터지면 승후의 미간도 함께 일그러진다.

조명감독님은 어째서 영준을 막지 않고 그대로 두는 걸까? 한마디 하실 만도 한데, 어째서 지켜보기만 하는 걸까? 처음 적응하기 힘들겠다던 승후의 생각이, 왜인지 모르겠지만, 저러다 적응하지 못하고 나가면 어쩌지 하는 생각으로 바뀌어갔다.

"죄송합니다."

저 죄송하다는 말 좀 안 하면 안 되나? 뭐가 그렇게 죄송해서 계속 같은 말을 되풀이하는 거야? 불쌍한 마음이 안타까움으로 변하더니, 이젠 화가 끓는다. 유하가 죄송하다고 말할 때마다 승후의 마음에는 욱하고 무언가 치밀어 올랐다.

"너 너무 티 나. 조심해."

정훈이 승후에게 슬쩍 다가와 작게 속삭였다.

"무슨 소리야?"

"얼굴에 다 드러난다고. 우리 민승후 불치병 도진 것 여기 스태프들 다 눈치챘어."

"불치병?"

"너 연기는 되도 숨기는 건 못 하잖아. 좋아하는 마음 말이야."

정훈이 그렇다면 그런 거다. 사실 승후는 마음이 가면 숨기지 못하는 불치병을 앓고 있어서, 주위 사람들은 그가 사랑을 시작하면 모두 알아 차렸다. 연기는 할 수 있으나 숨기지는 못한다. 사랑하는 척 연기하는 건 잘하지만, 사랑하면서 안 하는 척 숨기지 못하는 게 그의 최대 약점 이었다.

"아, 진짜 이러면 곤란한데……."

승후는 이 상황이 난처하다는 듯 얼굴을 찡그렸다.

"엄청 곤란해, 저쪽이."

정훈은 불쌍하다는 듯 유하를 가리켰다.

"우리 승후님에게는 엄청난 똘기가 있지. 일단 밀어붙이기 시작하면 낭떠러지에 떨어지는 한이 있더라도 끝까지 가니까."

무슨 일이 있든 직진. 막혀서 더는 갈 수 없을 때까지 일단 달리고 본 다. 승후에게 포기란 그만두는 것 말고 다른 방법이 없을 때를 말한다. 사랑도 마찬가지였다. 일단 밀어붙인다. 벽에 부딪쳐 부서지는 한이 있 더라도 끝까지…….

"그래서 어쩔 건데?"

감독이 10분간 휴식을 외치자, 유하는 어깨를 축 늘어뜨리고 어디론 가 걸어갔다.

"일단…… 위로부터 해야겠다."

승후는 매니저인 윤석에게서 캔 커피 두 개를 빼앗아 서둘러 유하의 뒤를 따랐다.

"아이고."

실내 세트장에서 잠깐 빠져나온 유하는 계단에 걸터앉아 낮게 한숨을 토해냈다.

"많이 힘들죠?"

쫓아 나온 걸까, 아니면 우연히 발견한 걸까?

고개를 들어보니 캔 커피 두 개를 손에 든 승후가 앞에 서 있었다.

"자, 커피. 커피가 진정 작용을 한대요. 속이 많이 탈 거 같아서."

"감사합니다."

유하는 벌떡 일어나 커피를 받았다.

"앉아요."

승후는 옆자리에 앉으며 유하가 앉았던 곳을 가리켰다.

"네."

스태프들이 다 같이 있는 곳에서 나란히 앉아 있었던 건 몇 번 있었지만, 아무도 없는 공간에 오붓하게 둘만 있는 건 처음인 것 같다. 유하는 영준의 엄청난 구박을 견딘 보람이 있다며 속으로 좋아했다.

"오늘은 좀 심하네. 내가 확 때려줄까요?"

"그러면 여자 스태프들이 무섭게 노려보겠죠."

"여자 스태프들이 왜요?"

"스타 민승후 씨는 공동 소유거든요. 혼자만 이용하면 큰일 나요."

"등골이 서늘한데? 한 명도 감당하기 어려운데, 여자가 몇 명이야?"

승후는 손가락으로 하나씩 꼽으면서 세어보다가 곧 포기하고 말았다.

"나 걱정돼요? 자꾸 옆을 지키는 것 보니까 그런데?"

유하의 질문에 승후는 대답 없이 고개를 끄덕였다.

"못 견딜 줄 알았죠? 설마 스태프들 사이에서 내기 같은 거 있었어요?"

"내기는 없었어요. 하지만 대부분 이삼 일 정도밖에 못 견딜 거라고 했거든요. 그런데 오늘로 2주일이 넘었어요. 알죠?"

"제가 원래 견디는 건 잘해요."

"그런 것 같더라고요."

승후는 빙긋 웃으며 유하의 손에 있는 커피를 따주었다. 그러던 중 손과 손이 약간 스쳤고, 순간 움찔한 유하는 손을 슬쩍 뺐다.

"왜 하필 조명을 배우고 싶어 해요? 크게 돋보이는 직업은 아니잖아요. 제작이나 카메라 쪽은 많이 입에 오르내리는데, 조명은 상대적으로 좀 덜하잖아요."

"글쎄요."

유하는 어색하게 하하하 웃으며 빠르게 머리를 굴렸다.

뭐라고 해야 하지? 뭐라고 해야 의심 안 받지?

1초, 어쩌면 2초에서 3초 정도 걸렸을지도 모른다. 그리고 유하는 자신이 할 수 있는 최선의 답을 찾았다.

"빛을 지배하는 것 같아서라고 하면 이해가 안 될까요?"

"아! 그렇구나. 그렇게 생각할 수도 있겠구나."

다행히 승후는 고개를 끄덕였고, 아찔했던 순간은 그렇게 지나갔다.

"유하 씨, 저는 유하 씨가 잘 해낼 거라 믿어요. 파이팅!"

"넵. 파이팅!"

승후는 주먹을 꼭 쥐며 힘을 불어넣어 주었고, 유하도 답으로 똑같이 주먹을 쥐며 힘을 내겠다는 걸 보여주었다.

"그런데 유하 씨, 사적인 질문 하나 해도 돼요?"

"네."

"애인 있어요? 1년 사이에 결혼한 게 아니면 남편은 당연히 없을 테고?"

유하는 잠깐 멍하니 있다가 곧 하하 웃음을 터뜨렸다.

"아니에요, 없어요. 애인, 남편, 둘 다 안 키웠어요."

"있을 나이 아닌가?"

"사는 게 바빴거든요. 누군가를 만나고 사랑할 시간적 여유가 없었어요."

유하는 싱긋 웃으며 승후를 보았다.

"왜요? 애인이나 남편이 있으면, 이런 일 오래 못하고 곧 떠날 것 같아서요?"

"말했듯 사적인 질문이에요. 다른 말로는 관심이라고 하죠."

"네? 관심이요?"

순간 이상한 생각 하나를 떠올렸던 유하는 곧 머리를 비워 버렸다. 정신 나간 생각이다. 아무리 정신이 나갔다 해도 그 선까지는 미치지는 말자고 생각하며, 유하는 모르겠다는 얼굴로 고개를 갸웃거렸다.

"내가 유하 씨 여자로 보고 있으니까."

설마가 사실이었어. 유하는 놀라서 눈이 휘둥그레졌다.

"2주일 내내 나 유하 씨만 보고 있었는데, 몰랐죠?"

"그게 무슨……"

"나 1년 전에도 유하 씨에게 관심 있었는데, 그건 당연히 모를 테고?"

"아…… 그럴 리가……."

유하는 이런 순간에는 어떻게 반응해야 하는지 알지 못했다.

지금은 일 잘하는 유능한 형사 조유하가 아니라, 인간, 아니, 여자 조유하였다. 사실 인간이자 여자 조유하는 멍청이에다 둔치였으며, 눈치까지 없는 것으로 친구들 사이에서는 유명했다.

"예전은 넘어가고, 최근 모습만 얘기할게요. 처음에는 꿋꿋하게 구박받는 게 신기했어요. 그리고 다음에는 그 엄청난 스트레스를 웃고 넘기는 것이 기특했고. 그러다가 '저 여자는 꽤 괜찮은 인간이다.'라고 생각하게 됐죠."

"그건 여자로 보는 게 아닌데요. 인간성이 괜찮은 거지."

"내 이상형이 인간성이 괜찮은 여자거든요. 항상 해맑게 웃고, 뒤끝도 없고, 뭐든 열심히 하고. 내가 딱 좋아하는 스타일이에요, 유하 씨."

이거 어떻게 반응해야 해?

고민하던 것도 잠시, 아무것도 할 게 없으면 차라리 웃고 말자는 생각으로 유하는 어색하게 하하 웃음을 흘렸다.

이왕 이렇게 된 것 하나하나 차근차근 따져서 생각해 보기로 하자.

첫 번째, 인간성 괜찮은 여자.

이건 단연코 아니다. 주위 사람들은 그녀에게, 아주 좋게 말해서 성격 참 거칠다고 한다. 그건 나쁘게 말해 지랄과 더러운 걸 오간다는 소리였다. 그러니 당연히 인간성이 괜찮을 리가 없었다.

두 번째, 항상 해맑게 잘 웃는다.

항상 해맑게 잘 안 웃는다. 지금은 해맑게 웃어야 할 필요성이 있어서 웃을 뿐이지, 평소에는 주로 화를 더 많이 낸다. 그러니 이것도 당연히 아니다.

세 번째, 뒤끝이 없다.

당연히 뒤끝이 있다. 아니, 있는 것을 넘어 아주 길다. 그러니 이것도 아니고.

네 번째, 뭐든 열심히 한다.

이건 맞다. 뭐든 열심히 한다. 그게 너무 지나쳐서 안 하니만 못할 때가 많다는 게 문제지만.

결론은 승후가 제시한 조건 네 개 중 세 개가 아니다. 그렇다고 그 하나가 확실하게 맞는 것도 아니다. 그러니 유하가, 자신은 절대로 민승후의 이상형이 될 수 없을 거라 생각한 것도 무리는 아니었다.

"아무래도 환상이 조금 섞여 있는 것 같아요. 나 그런 사람 아니에요."

"그건 차차 알아보면 되겠죠. 오늘은 일단 그렇게 알고 있으라는 뜻에서 하는 말이에요."

"네? 알고 있어요?"

"아직은 이상형과 가까운 여자니까, 이후로는 어떻게 될지 두고 봐야죠."

"아! 네."

승후가 한 말의 핵심은 여자로 좋아하고 있다는 것이 아니라 관심이 간다는 뜻이었다. 새로운 사람에 대한 관심, 그가 가지고 있는 마음은 지금 딱 그 정도의 호감이 분명했다. 그리고 그런 관심은 금방 시들해지기 마련이었다.

유하는 스치듯 지나갈 마음이라 생각하고 승후가 한 말을 깊게는 생각하지 않았다.

"그럼 계속 파이팅!"

"네."

승후는 유하에게 힘을 불어넣어 주고는 촬영장으로 돌아갔다.

"여러 경험하네. 민승후에게 고백도 다 받고."

유하는 가볍게 하하 웃음을 흘렸다. 하지만 곧 그녀의 얼굴에 웃음이 사라지고 어두운 그림자가 드리워졌다.

"하늘이 나에게 주는 마지막 선물 같아서 괜히 씁쓸해."

오직 혼자만 남은 시간, 유하의 입에서 무거운 한숨이 터졌다.


10분의 휴식 시간이 끝나고, 지금까지 구박만 일삼았던 영준이 갑자기 태도를 확 바꾸었다.

"조유하, 반사판 들어."

"네?"

어떤 구박이라도 받아내겠다는 생각을 하며 영준 옆에 대기하고 있던 유하는 생각지도 못한 말에 화들짝 놀랐다.

"반사판 들라고!"

"아! 네."

그 뒤 영준은 진짜 유하를 가르치기 시작했다. 구박이 아니라 가르침이었다. 하나하나 차근차근 설명해 주는 모양이 지금까지 와는 전혀 달랐다. 후배로, 조명팀 막내로 인정한다는 뜻이었다. 스태프들은 조유하의 근성에 까칠한 황영준이 앞발 뒷발 다 들었다며 웃었고, 화낼 거라 생각했던 영준도 인정한다는 듯 웃음을 터뜨렸다.

이게 아닌데…….

순간 유하는 성찬을 보며 아주 살짝 미간을 찌푸렸다.

'네가 아무리 머리를 굴려도 안 된다니까. 너 사람 잘못 골랐어. 황영준 저 녀석은 너 시험한 거야. 무작정 반대한 게 아니라.'

씩 웃는 성찬의 미소 속에 이 말이 담겼다.

꼼짝 없이 두 달 잡혀 있어야 하는구나.

하하하 웃는 유하의 웃음에 답답한 그녀의 마음이 고스란히 묻어났다.

"축하해요!"

승후는 유하가 반사판을 들고 가까이 다가오자 제일 먼저 축하의 말을 건넸다.

"네."

"유하 씨는 잘해낼 거라고 말했죠? 봐요. 내 말대로 됐잖아요."

유하는 고개를 끄덕이며 히히 웃음을 흘렸다. 그런 그녀의 모습에 승후의 얼굴에 미소가 번졌다.

"좋아요. 계속 그렇게 웃었으면 좋겠다."

"위로 안 해줘도 되니까요?"

"죄송하다는 말 안 들어도 되니까."

"내가 그 말을 좀 많이 하긴 했어요?"

"유하 씨가 그 말 할 때마다 나 엄청 속상했어요. 마음이 아팠다니까요."

승후가 장난스럽게 얼굴을 찡그리자 유하는 작게 하하 웃었다.

"조명의 길로 들어섰으니 꼭 빛을 지배하는 조명감독이 되길 빌게요."

절대로 속이면 안 될 상대를 속인 기분이다. 진짜 잘되길 바라는 승후의 순수한 마음에 살짝 양심이 찔려 버린 유하는 "네, 감사합니다." 하고 말을 했지만, 점점 작아지는 목소리는 어쩌지 못했다.

"조유하 조명감독님."

승후는 유하에게 더 가까이 다가와 그녀만 들을 수 있도록 작게 속삭였다.

"네?"

"나중에 유하 씨가 조명감독이 되면 내가 출연하는 드라마나 영화의 조명은 꼭 유하 씨가 해줘야 해요?"

유하는 아무 말 없이 어색한 미소를 머금고는 승후의 시선을 슬쩍 피했다.

'이 죄를 어찌 다 갚으리오.'

유하는 이렇게 생각하며 심장 가득 채워진 죄책감을 짧은 한숨에 내보냈다.


블랙팀 회의실.

이태석 팀장을 중심으로 한찬우, 김주영, 그리고 특수팀으로 발령받은 지 얼마 안 된 박우주는 이미 몇 번이나 보고 또 본 일 년이에 관한 자료들을 훑고 있었다.

"우리가 용의자로 찍었던 사람 중에 범인이 있긴 한 걸까?"

"분명히 이 새끼 은신처가 있을 텐데. 거기가 범행 현장일 테고."

찬우와 주영은 짜증 섞인 목소리로 말을 하면서 들고 있던 파일을 테이블에 툭 던지듯 내려놓았다.

"나인후, 아니, 조유하는 뭐라고 합니까?"

우주가 유하의 이름을 입에 올리자 태석은 미간을 찌푸리면서 불편한 마음을 드러냈다.

"물어보면 안 됩니까?"

"그게 아니라 나인후 그 녀석도 정확하게 파악을 못 했어. 분명히 뭐가 있긴 한데, 도대체 지후가 뭘 봤는지 모르겠다는 거야."

나인후는 민지후가 지어준 유하의 별명으로 처음에는 가볍게 놀리기 위해 불렀지만, 나중에는 이름처럼 굳어지게 되었다. 그래서 현재 유하는 팀 내에서 자기 이름보다 나인후라는 별명으로 더 많이 불리고 있었다.

"매일 붙어 지내는 파트너인데 한 명은 알았고, 한 명은 모른다? 그렇다면 지후가 혼자 독단적으로 수사했다는 뜻이 되는데……. 왜? 어째서 조유하를 빼고 혼자 수사한 거죠?"

"지난 2년간 우린 그 미스터리를 풀기 위해 온갖 노력을 했다. 하지만 아직 그것조차도 풀지 못했어. 더더욱 이해 못 하겠는 건, 지후는 파트너인 인후를 빼고, 혼자 그렇게 수사할 녀석이 아니라는 거야. 게다가 일 년이는 우리 팀 전체 사건이야. 그런 일에 지후가 파트너를 뺀다는 게 말이 안 돼."

"가능성이 전혀 없는 건 아니지. 일 년이가 나인후이면 가능합니다."

이미 한 번 나왔던 말인지, 찬우의 말에 태석이나 주영은 표정의 변화가 없었다. 지금 이곳에서 소스라치게 놀란 건 우주 한 명뿐이었다.

"일 년이가 나인후라. 그게 가능한 이야깁니까?"

"그 가능성도 수사했었어. 예상 밖으로 일 년이가 여자였을 경우, 게다가 그 여자가 형사고 옆에 있는 파트너라면, 지후가 할 선택은 수사 내용을 숨기는 걸 테니까."

"그런데 혐의를 벗었군요?"

"일 년이가 마지막 피해 여성을 납치하고 시체를 유기한 그 시간, 인후는 여기에 있었어. 여기 블랙팀 내 CCTV에 정확하게 인후가 찍혀 있어서 확인했거든."

"그럼 조유하는 범인이 될 수 없겠네요."

"무엇보다도 나인후는 일 년이의 가장 큰 피해자다. 그 녀석 2년 전 그 사고 때 팔이 부러졌었거든. 그리고 지금은 일 년이의 마지막 범행 대상자고. 단순 협박은 아닐 거다. 일 년이 그 새끼 분명히 2년 전에 나인후를 죽이려 했었어."

분노 때문일까. 태석의 미간은 점점 더 험악하게 일그러져 갔다. 아끼는 후배이자 동료를 또다시 잃을 수도 있다는 불안감이 태석을 긴장하게 한 것이다.

"또 하나는 지후가 일 년이일 가능성이야. 물론 이 가능성은 지후가 일 년이에게 당하면서 불가능으로 변했지만."

말이라고 꺼내면 다 말인 줄 알아?

우주는 동갑에다 경찰대 동기인 주영의 말을 듣자마자 욱한 마음에 인상을 찌푸렸다. 하지만 곧 이성을 되찾았다. 죽기 직전 지후의 미심쩍은 행적들이 의심할 구실을 만들었을 것이다. 그리고 그 의심은 바로 풀렸을 테고. 우주는 자판기 커피 한잔을 모두 한입에 털어 부었다.

"조유하도 참 대단하네요. 자기가 일 년이의 마지막 피해자가 될 것을 알면서도 이 사건에서 손 안 뗀 것 보면."

일 년이는 경찰 수십 명이 붙어도 찾지 못했고, 대한민국 경찰 중 가장 유능하다는 블랙팀도 몇 년 동안 용의자 압축조차 못 한 놈이었다.

조유하는 그런 놈에게 살인 예고장까지 받았다. 그런데 아직도 그자를 쫓고 있다니. 죽음 앞에서는 도망가는 게 본능일 텐데, 유하는 오히려 그 죽음을 향해 당당히 걸어가고 있으니, 대단하다는 말이 나오는 건 당연했다.

"지후 그렇게 보내고 악에 받쳤어. 그 녀석 마지막 목표가 지후 복수가 되어버린 거지. 민지현, 아니, 민승후가 유하 만나게 해달라고 했을 때, 그래서 막은 거야. 간 녀석은 간 녀석이고, 남은 녀석은 제대로 살게 해줘야지."

"박 선배는 죽은 민지후 선배가 더 소중할지 모르겠지만, 우리는 남아 있는 동료가 더 걱정됩니다. 녀석 다시 웃게 하는데 꼬박 1년 걸렸어요. 유하는 아직도 지후 선배의 죽음이 자기 탓이라며 자책합니다. 그런 상태에서 민승후와의 만남, 그때의 유하는 견딜 수 없었을 겁니다."

우주는 한찬우의 말을 가만히 듣다가 나지막하게 한숨을 토해냈다.

"일 년이 잡아서 감옥에 처넣어야 모든 게 해결돼. 정신 바짝 차려! 조금만 헤매도 우리는 또다시 동료를 잃게 되니까. 모두 명심해. 일 년이는 우리 가까이 있는 게 확실하다. 어쩌면 우리도 한 번쯤은 봤을지도 몰라. 이 시간부로 우리는 우리 눈에 보이는 모두를 의심한다!"

"가장 무서운 적이네요. 가까이 있으나, 눈에는 띄지 않는, 그러기에 더더욱 무섭고 두려운 적. 일 년이는 그런 적이네요."

태석의 외침을 받아 중얼거리듯 말을 한 우주는 속이 꽉 막혀 버린 답답함에 깊은 한숨을 길게 토해냈다.


"네. 네. 네."

승후는 한쪽 구석에서 조용히 전화를 받는 유하를 한참 동안 보았다.

무슨 일이 터진 걸까? 안 좋은 일인가?

표정이 심각하다 못해 어둡기까지 하자 승후의 가슴에 유하를 걱정하는 마음이 슬쩍 자리 잡았다.

"아닙니다. 괜찮습니다. 네, 그렇게 하겠습니다. 그때 뵙겠습니다."

통화가 끝을 향할 때쯤 유하는 깊은 한숨을 내뱉었다.

일이 잘 안 풀리는 건가?

걱정 때문일까, 심각하게 유하를 보고 있던 승후의 입에서도 덩달아 한숨이 터졌다.

"얼마 안 남았으니 힘냅시다!"

감독이 지친 스태프들을 다독이자 여기저기서 "아자!"와 "힘내자!" 그리고 "파이팅!" 하는 말이 터졌다.

"무슨 일 있어요?"

주위가 소란스럽든 말든 계속 유하만 보고 있던 승후는 그녀가 반사판을 들고 다가오자 나지막하게 물었다.

"네? 아니요. 왜요?"

"심각한 전화인 것 같아서요."

"별일 아니에요."

유하는 빙긋 웃으며 고개를 저었다. 진짜 별일 아니라는 뜻으로 한 행동인데, 승후는 더욱더 걱정스럽다는 표정이었다.

"도울 일 있으면 말해요. 내가 안 그래 보여도 발이 아주 조금 넓어. 주변에 경찰 공무원도 계시고 어두운 곳에 몸담은 사람도 있어요. 동원할 수 있는 인맥을 다 끌어모아서라도 완벽하게 도와줄 테니까."

승후가 장난치듯 한 말에 유하는 픽 가볍게 웃음을 흘렸다.

"네. 그렇게 할게요."

"안 믿네? 내가 조금 부풀리는 습관은 있지만, 거짓말하는 습관은 없어요."

"알았어요. 도움 청할 일 있으면 꼭 승후 씨에게 부탁할게요."

유하의 표정이 한결 편안해진 덕분일까. 승후의 입에서도 웃음이 터졌다.

"휴식 끝내겠습니다!"

휴식이 끝났다는 조감독의 말이 들리고 가볍게 농담을 주고받던 스태프들 모두 각자의 자리로 돌아갔다.

"촬영 준비!"

잠시 후, 촬영 시작을 알리는 감독의 외침이 들렸다.


어둠이 내려앉은 저녁.

사람들이 하나둘 빠져나가는 그 시간, 태석은 작은 커피숍에 앉아 있었다.

주문한 아이스 아메리카노는 얼음이 조금씩 녹고 있고 컵 표면에 물 방울이 맺혔지만, 무슨 이유 때문인지, 태석은 커피를 마시지 않고 그 컵을 물끄러미 보고만 있을 뿐이었다.

딸랑 소리를 내며 커피숍 문이 열리고, 태석이 시선을 옮겼다.

"조유하."

나지막한 태석의 음성이 입에서 흘러나오자, 카페로 들어오던 유하는 그를 보며 희미한 미소를 머금었다.

"몸은 괜찮냐?"

"별로 힘든 것 없습니다."

"힘든 것 없다는 녀석이 얼굴은 좀 까칠한 것 같은데?"

"태어나서 처음으로 엄청난 구박을 받고 있거든요."

유하는 뭐가 재미있는지 몇 번 킥킥 웃음을 흘렸다.

"무슨 구박?"

"알바를 하고 있습니다. 거기서 일 못 한다고 엄청 깨지는 중입니다."

"왜 갑자기 알바? 돈이 궁해서 투잡 쓰리잡 해야 할 녀석도 아닌데."

"부모님께서 경찰 그만두길 바랍니다."

"많이 시달리는구나. 하긴 나 같아도 네가 내 자식이라면 일 그만두 게 했을 거다."

태석은 대충 상황이 짐작이 간다는 얼굴로 고개를 끄덕였다.

"잘 생각해."

"그게 무슨……."

"그만둬도 된다는 뜻이다."

유하는 태석이 손도 대지 않은 커피를 가져다 한 모금 마셨다.

"왜 그런 말씀을 하시는지 물어도 되겠습니까?"

"몇 달 뒤면 놈이 돌아온다. 그리고 그놈은 자기가 한 말에 책임을 지 려 할 테고."

2년 전에 지후가 죽고, 딱 1년 뒤에 일 년이가 나타났다. 그리고 유하에게 꽃바구니를 보냈었다.

　-나인후 형사, 어때요? 몸은 괜찮아요? 안 죽고 살아 있네요? 대견하게도 다시 살아났으니까, 이번에는 살려줄게요. 나 못 잡으면 내년에는 당신이 제일 마지막 피해자가 될 거야. 그러니까, 나 꼭 잡아요. 그래야 당신이 살아.

　하지만 작년에 블랙팀은 일 년이를 잡지 못했고, 다시 해가 바뀌었다. 다시 말해 유하는 형사이면서 연쇄살인범의 목표물이 되어버린 거다.

　"제가 다른 곳에 있어도 마찬가집니다. 경찰 옷을 벗더라도 그놈은 제 손으로 꼭 잡고 벗을 겁니다. 그놈을 잡기 전까지는 죽지도 않을 겁니다."

　"네 탓이 아니야. 그때 널 강제로 집에 보낸 건 나야. 그때 내가 너를 집에 안 보냈으면 그 사고는 없을 테고, 지후가 혼자 그렇게 죽는 일도 없었을 거야."

　유하는 떨리는 손을 감추려는 듯 찬 컵을 꼭 움켜쥐었다.

　"저는 아직도 이해가 안 됩니다. 지후 선배는 어떻게 범인을 만날 수 있었을까요? 교통사고가 있기 전, 아무리 생각해도 특이한 점은 없었습니다. 그때 우리의 어떤 부분이 범인과 연결된 건지 알 수 없는데, 어떻게 지후 선배가 범인을 찾았는지도 모르는데, 난 교통사고를 당했고, 지후 선배는 죽었습니다."

　"누구의 잘못이 아니야. 네가 무능해선 더더욱 아니고."

　"알죠. 압니다. 알고는 있는데, 열은 받습니다. 범인은 계속 우리를 비웃고 있는데, 용의자를 특정할 어떠한 단서도 없다는 게 비참하고 자존심 상합니다."

　유하는 커피를 물 마시듯 벌컥벌컥 들이켠 후 깨끗하게 비워진 잔을 내려놓고 손을 테이블 아래로 숨겼다.

　"범인은 숨을 생각도 하지 않고 날 빤히 쳐다보고 있는데, 난 내 앞에 있는 사람 중 누가 범인인지 짐작조차 하지 못합니다. 화가 나 미쳐 돌 것 같아서 도망가는 짓 같은 거 하기 싫습니다."

"휴."

속이 꽉 막힌 듯 답답한 느낌에 태석은 깊게 한숨을 토해냈다.

"팀장, 저 꼭 그놈 잡을 겁니다. 그래서 떳떳하게 지후 선배 보러 갈 겁니다. 그놈 못 잡으면, 저 영원히 지후 선배 잠든 무덤에 못 가 봐요. 제가 어떻게 가겠어요? 무슨 자격으로⋯⋯."

태석은 유하의 눈에 눈물이 맺히는 걸 보고는 그대로 시선을 돌렸다.

팀 내 가장 유능했던 형사, 민지후가 죽었고, 마스코트 역할을 하면서 선배들이 놓친 부분을 콕콕 집어내던 똘똘이 막내의 심장에도 커다란 상처가 생겼다. 2년 전 그때 그 사건은 그렇게 모든 동료에게 커다란 대못이 되어 가슴에 박혔다. 그리고 그 못은 영원히 빠지지 않을 것처럼 강한 아픔으로 남았다.

"그래, 그럼 그렇게 해. 그놈 꼭 네 손으로 잡아. 그놈 꼭 잡고, 우리 모두 같이 지후 보러 가자. 그 자식에게 가서, 남겨놓은 숙제 다 했다고 자랑하자."

"꼭 잡을 거예요. 꼭 잡아서 그놈 감옥에 처넣을 겁니다. 죽는 건 그 다음에 할 생각입니다. 절대로 그놈 손에 죽지 않을 겁니다. 절대로!"

"그래. 그렇게 해. 조 형사, 넌 그놈 꼭 잡을 수 있어."

태석은 빙긋 미소를 머금었다.

"네, 꼭 잡을 겁니다. 제 손으로 꼭⋯⋯."

태석은 아프게 미소 짓고 있는 유하를 걱정스러운 눈빛으로 가만히 보고 또 보았다.


며칠 뒤, 지방 야외 세트장.

오늘은 촬영장에 스턴트팀까지 와서인지 북적북적했다.

유하는 아까부터 힐끔힐끔 아버지를 훔쳐보고 있었다. 스턴트팀에게 이런저런 지시를 하는 모습이 새롭게 느껴졌기 때문이다. 어머니 앞에 서는 꼼짝 못 하셨는데, 일터에서 아버지는 멋있고 자랑스럽게 느껴져 서 피식 웃음까지 새어 나왔다.

"유부남이에요. 딸이 유하 씨와 동갑일걸요? 그리고 형사래요. 잘못 걸리면 뼈도 못 추릴 거예요."

언제 왔는지 승후가 옆에 바짝 붙어 서 있자, 유하는 흠칫 놀라며 한 걸음 옆으로 물러났다.

"무, 무슨 소리예요?"

"조민석 무술 감독님을 계속 훔쳐보는 것 같아서."

"그렇다고 그걸 그런 쪽으로 생각하면 안 되죠. 스턴트팀이 멋있어서 보는 건데."

"저 팀이 원래 멋있긴 하죠. 그런데 설마 나보다 더?"

믿을 수 없다는 표정이긴 하나 조금 과장됐다. 승후의 장난에 유하는 풋 웃고 말았다.

"결정 잘 해요. 나 잘 삐쳐요. 나 삐치면 유하 씨 때문에 촬영 안 한 다고 꼴통 짓 할 수도 있어요."

"민승후 씨는 어떻게 꼴통 짓 하는지 보고 싶은데."

스타 민승후의 이미지는 지나치게 깔끔한 탓에 오히려 예민할 것 같 았다. 작업하는 사람마다 성격 좋다고 칭찬하지만, 그건 어디까지나 예 의상 하는 말이라고 생각했었다. 하지만 스타란 모름지기 환상을 심어 줘야 하는 법. 그런 면에서 민승후는 팬들에게 그 환상을 아주 잘 심어 주었고, 유하는 이미지가 다를 거라 생각하면서도, 어쩔 수 없이 그 매 력에 빠져서 허우적거릴 수밖에 없었다. 그런데 성격이 진짜 엄청나게 좋은 모양이었다.

유하의 눈에 배우 중 스태프와 가장 잘 지내는 사람이 승후였다. 장 난도 제일 많이 치고, 짐 같은 걸 옮길 때도 늘 도우며, 긴 촬영에 힘들 어하면 어깨도 주물러 주는 등, 승후는 언제나 밝게 웃는 그런 사람이었다.

"진짜요? 진짜 보고 싶어요? 보고 싶으면 내가 눈 딱 감고 이 한 몸 희생해서 들어주고."

"어떻게 하지? 어떤 선택을 해야 후회가 없지?"

그래서일까. 유하도 승후가 편하게 느껴졌다. 첫날 자신을 배려했던 그때부터 유하에게 승후는 단순한 스타님 이상이었다. 어쩌면 이 낯선 환경에서 제일 믿고 의지하는 사람일 수도 있었다. 자신을 고난에 빠뜨린 성찬과 아버지는, 이 촬영장에서만큼은 믿고 의지하는 게 아닌, 원망하고 미워하는 상대였다. 아니, 첫날, 이 촬영장으로 끌려올 때 이미 마음속으로 그렇게 정했다.

"선택하기 전에 경고할게요. 오늘 촬영 어그러지면 이번 주 방송 못 나가요. 그건 알아두라고."

"민승후 씨는 강요도 참 수준 높게 하는 것 같아요. 난 뭐든 높은 것이 좋더라."

유하의 말에 승후는 만족스럽다는 얼굴로 고개를 끄덕였다.

"둘이서 참 잘들 논다."

옆에서 유하와 승후의 장난으로 지켜보던 정훈은 고개를 흔들며 한심스럽다는 듯 혀까지 찼다.

"그러다 잘하면 둘이 사귀겠다. 영판 가능성이 없는 것도 아닌 것 같아."

"에이, 그건 팬으로서 자격 미달이죠. 스타님을 보호해 주는 게 팬의 도리거든요."

"그래, 잘 보호해 주세요. 내 생각엔 해당 스타님이 그 팬 보호를 받을 것 같지 않지만?"

정훈은 음흉하게 웃으며 몸으로 승후를 툭 쳤다.

"조유하, 이 상자 좀 옮겨!"

"네, 선배님!"

영준이 부르자 유하는 언제 장난을 쳤나 싶을 정도로 매몰차게 휙 뒤돌아 뛰어갔다. 그리고 영준을 향해 방긋 미소를 날렸다.

"승후야, 너 진짜 괜찮겠어?"

정훈은 승후만 들리게 아주 작은 소리로 속삭였다.

"뭐가?"

"상대는 일반인이야. 너랑 엮여서 좋을 게 없잖아. 일이 터지면 제일 먼저 피해를 보는 건 일반인 쪽이라고."

"골치 아픈 일은 나중에 생각하려고. 일단 좋은 것 먼저."

"단순한 녀석."

정훈은 혀를 쯧쯧 차며 고개를 절레절레 저었다. 승후는 그런 정훈의 모습에 웃음을 터뜨렸다. 하지만 웃겨서 웃는 게 아니었다. 친구의 지적이 매정할 정도로 정확해서였다.

"좋으면 그냥 좋아하면 돼. 좋아하는 감정에 이것저것 섞는 건 진짜 좋아하는 게 아니야."

"좋아하면 안 될 상황이라는 것도 있잖아."

"그런 게 어디 있어? 좋으면 그냥 좋아하면 되는 거지. 단순하게 살아. 복잡한 건 내 동생과는 안 어울려. 감정은 내 현실과는 상관없이 그냥 흘러가는 거야. 오늘 어떻게 될지 내일 어떻게 될지 모르는 게 우리 인생인데, 좋아하는 감정 하나만큼은 숨김없이 표현하는 게 좋지 않을까?"

중요한 순간에 고민만 하는 승후에게 형이 해준 말이었다. 그리고 승후는 형의 가르침에 따라 늘 솔직했다. 형이 가르쳐 준 대로 인생을 아주 단순하게 생각하며 살려고 노력했었다.

'형 말대로 나 안 숨기려고. 내 감정이 흐르는 대로 그냥 두려고. 나 단순한 민승후잖아.'

"내가 만든 최고의 예술 작품이 뭔 줄 알아? 바로 내 동생이야. 난 내 동생만 보면 안 먹어도 배가 불러. 넌 이 형의 자랑이거든."

민지후. 세 살 많은 형, 지후는 승후에게는 아버지였고, 스승이었고, 형이었고, 친구였다. 그리고 지금의 민승후를 만든 인물이기도 했다.
'형, 나 오래간만에 촬영장 오는 게 재미있어. 다 조유하, 저 사람 때문이야. 그래서 나 저 사람이 고마워. 형도 고맙지?'
승후는 영준을 따라가는 유하를 보며 빙긋 웃었다.

상자를 들고 영준의 뒤를 따라 조명팀 트럭까지 온 유하는 상자를 싣고 다시 촬영장으로 가려 했다.
"조유하."
하지만 영준은 심각한 얼굴로 유하를 잡았다. 아니, 걱정하는 얼굴이었다.
"네, 선배님."
"너 조심 좀 해야겠다."
"그게 무슨 말씀이신데요?"
"아니, 아무래도 너 골치 아픈 일이 생길 것 같아서 경고하는 거야."
"무슨……."
"민승후하고 너 거리 좀 둬야겠어."
"제가 무슨 잘못된 행동이라도 한 거예요?"
"아니야. 잘못이 아니라 경계하라는 거다."
"네? 경계요? 어째서 경계해야 하는 건지 설명 좀 부탁드려도 될까요?"
"민승후, 물론 잘생겼지. 성격은 더 좋고. 인간 민승후로는 나무랄 곳이 없어. 그런데 그 사람은 스타야. 우리랑 사는 세계가 다른 인물이라는 뜻이야. 너랑 민승후가 엮이면 피해를 보는 건 너야."

"함께 일하는 사이라 좋게 지내는 것뿐인데요. 어색하게 구는 것보다는 나은 것 아닌가요?"

"민승후가 너 좋아하니까 문제가 되는 거지."

"그건 같이 일하니까……."

"민승후는 너 여자로 보고 있어. 같이 일하는 동료가 아니라."

며칠 전 승후가 했던 고백인데, 이걸 영준이 어떻게 알지? 승후가 말했나? 아니면 엿들었나? 유하는 아무 말도 안 하고 물끄러미 영준의 표정을 살폈다.

"민승후, 연기 참 잘하는 사람이야. 연기력으로 그 나이 또래 중에 다섯 손가락 안에 드는 그런 사람이거든. 그런데 그 사람이 하지 못하는 연기가 딱 하나 있어. 좋아하는데 좋아하지 않는 척하는 것. 그 인간이 누굴 좋아하면, 백 퍼센트 걸려. 우정이든 사랑이든, 사람을 진심으로 좋아하는 감정은 숨기지 못한다고. 그런 민승후가 널 좋아해. 네 앞에서는 연기자가 아닌 남자로 변하거든. 나 혼자만의 생각이 아니야. 이미 스태프 대부분이 눈치챘으니까."

영준의 이 말에 유하는 찬물을 뒤집어쓴 듯 서늘한 기운을 느꼈다. 승후의 감정을 너무 가볍게 흘렸다는 걸 깨달아서였다.

승후가 자신을 여자로 보고 있다는 것쯤은 유하도 알고 있었다. 하지만 그 감정이 이성 간의 애정으로 발전되기는 어렵다고 생각했었다. 호감은 느낄 수 있으나 사랑하는 감정은 좀 다른 문제니까. 그런데 승후의 감정이 이미 선을 넘었단다. 그리고 그걸 스태프 대부분이 눈치챘단다.

좀 더 주의했어야 했는데, 자신의 실수를 깨닫는 순간, 유하의 심장은 불안감으로 두근두근 뛰기까지 했다.

"민승후에게 흔들리면 네 인생은 꼬여. 그냥 스타도 아니고 톱 중의 톱이야. 기본으로 신상은 털릴 거고, 민승후를 좋아하는 크기만큼 널 보는 시선은 싸늘해질 거야. 마음대로 밖에 돌아다니는 것도 힘들 거고, 관심이 사라질 때까지 넌 사람들의 원망과 질투의 대상이 된다."

유하는 심각해진 표정으로 그저 가만히 영준이 하는 말을 듣기만 했다.

"감당 못 할 것 같으면, 일찌감치 선을 그어. 그게 일반인인 네가 사는 길이니까."

"네. 알려주셔서 감사합니다. 생각 못 했던 부분이었어요."

"그래. 들어가자."

영준은 유하의 어깨를 가볍게 툭 치고는 먼저 걸어갔다.

"조유하, 이 미친년아, 조심했었어야지."

유하는 고개를 아래로 떨어뜨리며, 답답한 마음을 한숨에 숨겨 흘려보냈다.


"OK! 10분간 휴식!"

감독의 휴식 명령이 떨어지고, 오랜 촬영에 지친 배우와 스태프들은 그 자리에 털썩 주저앉았다.

"유하 씨, 자, 커피."

"안 마실래요. 요즘 커피를 너무 마셨어요. 건강을 위해서 조금 줄이려고요."

승후가 커피를 내밀자 유하는 적당히 거절하고 영준이 있는 곳으로 가 가까이 앉았다. 생각지도 못하게 거절당해 버린 탓일까. 승후는 잠깐 멍한 상태로 굳어 있었다. 그사이 꽤 잘 지낸다고 생각했다. 그리고 친해졌다고 여겼는데, 지금은 뭔가 거리감이 느껴졌다.

혹 피하는 건가? 아니, 왜? 무엇 때문에? 실수라도 했나?

"네 마음 아는 거야. 그래서 부담스러워서 피하는 거야."

정훈은 승후의 어깨를 손을 툭 올리며 나지막하게 속삭였다.

"그런 거 같지?"

"저건 거절을 뜻하는데?"

거절이란 말이 신경을 팍 긁는다. 승후의 얼굴이 스스로 통제할 수 없을 정도로 험악하게 일그러지자, 정훈은 그의 귀에 나지막하게 속삭였다.

"머리든 마음이든 빨리 다스려. 지금 그 표정 너랑 안 어울려."

그제야 정신을 차린 승후는 다시 빙긋 미소를 머금었다.

"괜찮아. 시간은 아직 많아. 난 옛 속담을 백 퍼센트 믿거든."

"무슨 속담?"

"열 번 찍어 안 넘어가는 나무 없다."

"요즘은 '열 번 찍어도 안 넘어가는 나무는 안 넘어간다.'로 바뀌었다는데?"

"민승후 도끼가 찍는데, 안 넘어가면 말이 안 되지. 자신 있어."

"글쎄요. 민승후 도끼도 안 되는 건 안 되지 않을까?"

정훈은 작정하고 승후를 약을 올렸다.

"아니. 돼. 안 될 리가 없어."

승후는 영준과 이런저런 대화를 하면서 자꾸 힐끔힐끔 자신을 보는 유하를 보고는 자신만만하게 씩 웃었다.

"저 행동, 내가 신경 쓰인다는 뜻이거든. 두고 봐. 내 말이 맞을 테니."

승후는 가볍게 말하면서 매니저인 윤석에게 주었던 휴대폰을 받아서 확인했다.

〈시간 있으면 전화 좀 해.〉

우주 형이다. 승후는 사람들이 없는 쪽으로 향하면서 우주에게 전화를 걸었다.

[촬영 중?]

"응. 형은 어디야? 설마…… 블랙팀?"

[응. 출근했어.]

"그랬구나. 형이 블랙팀으로 출근했구나."

생글생글 잘만 웃던 승후의 얼굴에 금세 어두운 그림자가 드리워졌다. 블랙팀에 관한 이야기만 하면 승후의 얼굴은 늘 이런 상태가 되었다.

지후가 세상을 떠난 뒤, 승후는 다른 모든 것엔 웃으며 장난칠 수 있어도 형과 관련된 이야기 앞에서는 의연해지지 못하고 있었다. 연기가 직업인 배우라 해도 이것만은 잘 되지가 않았다.

[나인후 여기 없어. 얼마 전에 칼에 찔려서 지금 병가 중이래.]

"위험…… 했대?"

왜인지 모르겠지만, 나인후의 부상 소식에 승후의 심장이 찌릿하면서 불안하게 뛰었다.

[응, 엄청 위험했대. 혼수상태였다고 하더라. 수술 중에 심정지도 있었고.]

"왜 그렇게 위험하게 일한대? 큰 사고당한 지 얼마나 됐다고?"

[아마……, 지후 몫까지 해야 한다는 부담이 있는 것 같아. 일 년이 잡는 데에 모든 걸 내던진 것처럼 보여.]

"많이 힘들어하는구나? 그런 거지?"

[지금은 좋아졌다니까, 걱정은 말고.]

"형, 형이 나인후 형사 보면 전해줄래? 우리는 괜찮다고. 나인후 형사 잘못이 아니라고. 그러니까 자기 자신을 위험하게 만들면서까지 그렇게 기 쓰지 말라고."

[알았어. 그렇게 전해줄게. 나인후 한결 마음이 편해지겠다.]

승후는 몸도, 머리도 복잡했다. 솜으로 꽉 틀어막은 것처럼 가슴도 답답해, 한숨을 내쉬어도 시원해지지 않았다.

'형……, 나 왜…… 심장이 아픈 걸까?'

통화를 끝내고, 승후는 한참을 자리에서 떠나지 못한 채 그대로 못박혀 있었다.

경찰청 특수사건전담반 블랙팀.

승후와의 통화가 끝나고 우주는 휴대폰을 내려놓으며 긴 한숨을 무겁게 내뱉었다.

"민승후입니까?"

통화하는 걸 가만히 듣고 있던 우주의 파트너인 찬우가 고개를 돌려 그를 보며 물었다.

"응."

"유하가 다친 거 왜 말했어요? 그거 민승후에게 말해봤자 좋을 거 없잖아요."

"승후는 조 형사를 원망하는 게 아니야. 지후의 마지막 흔적을 찾고 싶어 하는 거고, 여러 이유로 걱정하는 거지. 승후에게 조유하는 형의 동료이자 형이 사랑한 여자니까. 조 형사 마음속에 짐이 있다면, 승후가 그걸 조금 덜어줄 수 있을 거야."

"더 무거워질 수도 있죠. 민승후가 유하에게 할 말은 빤하지 않겠어요?"

어째서 형을 지키지 못했냐는 원망. 어째서 형만 그 위험한 곳에 가게 했냐는 질책.

블랙팀 모두 승후가 유하에게 할 말이 이것뿐이라 생각하고 있는 듯했다.

"민승후를 잘 모르네. 그때 승후가 조 형사를 만났으면 아마 이 말을 했을 거야. 몸은 괜찮으냐. 건강 되찾아서 다행이다. 형 대신 꼭 일 년이를 잡아달라. 나는 당신을 믿는다."

찬우는 아무 말도 하지 못하고 그저 우주를 가만히 보았다. 지독한 원망을 쏟아내지는 않았을지도 모르겠지만, 우주의 말을 백 퍼센트 믿을 수도 없어서였다.

"승후가 전해달래. 우리는 괜찮다고. 나인후 형사 잘못이 아니라고.

그러니까 자기 자신을 위험하게 만들면서까지 그렇게 기 쓰지 말라고. 민승후는 그런 녀석이야. 나보다 상대 마음을 먼저 헤아리거든."

우주는 책상 위에 놓여 있는 액자로 시선을 돌렸다. 그 액자에는 경찰 정복을 입은 우주와 지후가 나란히 서서 함박웃음을 웃고 있는 사진이 들어 있었다.

"죽은 지후가 이 땅에 남긴 최고의 걸작. 그게 바로 민승후니까."

중얼거리듯 이 말을 한 우주는 빙긋 미소를 머금었다.

10분간의 휴식이 끝나고, "신 45 촬영 들어갑니다."라는 감독의 말이 들리자 모두 각자 위치에서 촬영 준비에 들어갔다. 그리고 이번 촬영은 위험한 장면이 포함된 액션 신이었다.

오늘 아버지가 일하시는 모습을 가까이서 보게 되다니, 유하는 이상하게 두근두근 심장이 뛰었다.

촬영장에서의 아버지는 어떤 모습일까? 위험한 일이니 엄하실까? 아니면 평소 아버지의 모습처럼 다정하실까?

이 질문은 오래지 않아 답이 나왔다. 민석은 엄하다가도 다정했다. 다정하게 지시하다가도 조금이라도 안 맞는 듯한 느낌이 들면 엄하게 호통을 치곤 했다.

다칠 수도 있으니 정신 차리라는 뜻이겠지.

카리스마 넘치게 이것저것 지시를 하는 아버지의 모습에 유하는 자신도 모르게 배시시 웃음을 흘렸다.

'나인후, 당신 상처도 나 못지않게 크다는 건 알겠어.'

촬영이 시작됐지만, 승후는 우주의 말이 귓가에 맴돌아 집중할 수 없었다.

형의 여자이니, 사랑하는 만큼 아파하고, 절망한 만큼 분노하는 건 당연했다. 그렇다고 목숨까지 내걸 필요는 없었다.

괴로운 만큼 기 쓰고 살아야 했다. 고통스러운 만큼 이겨내려 노력해야만 했다. 그래서 형 몫까지 형사로, 한 사람으로, 그리고 여인으로 살아내야 했다. 승후는 그게 남겨진 자의 의무라 생각하고 있었다. 그런데 나인후는 망가지는 쪽을 택한 모양이었다. 아픈 상처를 끌어안고 피폐해지는 쪽을 택한 듯싶었다.

'그렇다고 자신을 그렇게까지 내던질 필요는 없잖아. 당신 목표가 죽는 게 아니라 일 년이를 잡는 거라면, 그렇게 자기 목숨을 가볍게 생각하면 안 되는 거잖아.'

머리가 깨질 듯 아프다. 이 상태로는 위험하다는 걸 느낀 승후는 최대한 이번 촬영에 집중하기 위해 노력했다. 하지만 이미 무너져 버린 정신은 좀처럼 되살릴 수가 없었다.

"승후 씨 이번 액션은……"

승후는 최대한 집중해서 중요한 액션 신이라 스턴트팀과 합을 맞춰갔다.

"촬영 들어갑니다!"

어떤 촬영이라도 그 장면에 완전히 녹아들지 못하면, 문제가 생기기 마련이다. 연기의 허점이 보이든지, 아니면 사고가 터지든지.

"아!"

특히 위험한 액션을 찍을 때는 더한 집중력이 필요했다. 하지만 승후는 집중하지 못했고, 결과는 손목 부상으로 이어졌다.

"승후 씨 괜찮아?"

주인공이 다치면 큰일이다. 특히 우리나라같이 촬영과 방송 사이의 시간이 짧은 경우는 주인공의 부상은 곧 방송 사고로 이어질 경우가 있어서 더욱더 민감했다.

"죄송합니다. 죄송합니다."

아픈 손목을 감싸 쥔 승후는 꾸벅 허리를 굽히며 스태프들에게 사과했다. 민석은 승후의 손목 상태를 확인하고 간단하게 응급처치를 해준 다음에 감독과 대화하기 시작했다.

분위기를 봐서는 액션 동작들이 약간씩 수정되겠다. 시간도 얼마 없는데, 촬영이 미뤄질 걸 생각하니 승후는 마음이 무거웠다.

'내가 미쳤다.'

순간 자기 자신에게 짜증이 난 승후는 잠깐이라도 혼자 있고 싶어서 스태프들이 없는 곳으로 가, 촬영장 한구석 바닥에 털썩 앉았다.

"미친놈. 나인후 그 여자가 뭐라고 촬영을 망쳐."

승후는 저 자신에게 짜증이 치밀어 신경질적으로 머리를 쓸어 넘겼다.

"손목은 어때요? 많이 아파요?"

유하였다. 아까는 티가 팍팍 나게 피하더니, 이제는 걱정하며 다가온다. 유하의 이런 모습이 위로가 되면 안 되는데, 승후는 이상하게도 가라앉았던 기분이 회복됨을 느꼈다.

'내가 당신을 아주 많이 좋아하는 것 같아.'

미친놈이란 말이 딱 어울릴 정도로 승후는 유하의 미소에서 힘을 얻었다. 나인후 때문에 무너졌던 정신이 조유하 덕분에 다시 살아난 것이다.

승후는 유하를 올려다보며 빙긋 미소를 머금었다.

"말했죠. 나 삐치면 꼴통 짓 한다고. 꼴통 짓 하는 거 보니까 어때요? 재미있어요?"

"왜…… 요? 왜 삐쳤는데요?"

"나 일부러 피하고, 내 앞에서 외간 남자를 애틋하게 보고. 나같이 속 좁은 놈은 당연히 삐치죠."

그저 복잡한 마음을 털기 위한 가벼운 장난이었다. 그냥 장난을 받아주든지, 아니면 그런 장난치지 말라고 한 마디 해주면 좋을 텐데, 유하는 아무 반응도 없었다. 그저 생각이 많은 듯 복잡한 얼굴로 승후를 내려다보기만 했다.

"장난이에요. 설마 진심이라 생각하는 건 아니죠? 나 그 정도로 생각 없는 놈은 아니에요."

"아니에요. 그런 거."

"그런데 왜 그런 얼굴이지?"

"지금 승후 씨 웃는 얼굴이 슬퍼 보여서요. 승후 씨를 아프게 하는 것들이 뭔지 잘 모르겠지만, 하루하루 견디다 보면 다 지나가요. 이건 내가 직접 경험한 거니까 믿어도 돼."

계속 빙긋 웃던 승후의 얼굴에서 미소가 사라진 건 유하가 이 말을 한 다음이었다. 그는 굳은 얼굴로 그녀를 올려다보았다.

"뭐가 우리 유하 씨를 그렇게 아프게 했을까?"

승후는 팔을 뻗어 유하의 손을 꼭 잡았다.

"민승후의 은퇴? 그때 난 하늘이 무너지는 줄 알았어요."

유하는 장난에 승후의 입에서는 풋 웃음이 터졌다.

"결국 유하 씨가 날 웃게 하네요."

"다행이에요. 웃어서."

"누군가를 사랑하는 감정은 내가 가질 수 있는 행운 중 가장 큰 행운 이다."

"그게 무슨……."

"예전에 제 형이 해준 말이에요. 지금까지는 그 말뜻을 이해 못 했는 데, 오늘 이해가 돼. 고마워요. 내 행운이 되어줘서."

생각지도 못한 승후의 고백에 유하는 잡혀 있는 손을 빼낼 생각도 하 지 못한 채 또다시 복잡한 얼굴로 가만히 그를 내려다보았다.

"이번에는 또 왜 그런 얼굴이죠?"

"난 승후 씨가 나에게 관심을 두는 이유를 이해할 수 없어요."

"사람이 사람에게 관심을 가지는 데 꼭 이유가 필요해요? 아무 이유 없이 그저 좋은 것도 있는 거예요."

승후는 지금 유하가 어떤 상태인지 알 것 같았다. 머릿속이 이리저리 엉킨 기분에 생각도, 걱정도 많을 것이다. 승후는 빙긋 미소를 머금으며 유하를 잡고 있던 손에 힘을 주었다.

"나 일으켜 줄래요? 싫으면 이대로 계속 있어도 되고."

유하는 서둘러 승후를 일으켜 세웠다. 그리고 그에게 잡혀 있던 손을 슬쩍 빼냈다.

"난 유하 씨가 그냥 웃었으면 좋겠어. 유하 씨는 웃는 게 제일 예쁘니까."

승후는 허리를 조금 굽혀서 유하와 눈높이를 맞췄다.

"그냥 가볍게 생각해요. 난 들이대고, 유하 씨는 나라는 놈이 어떤 인간인지 지켜보고. 나 엄청 단순한 놈이에요. 그러니까 나 피하지 말고, 애틋한 눈빛은 되도록 나만 보여주고."

지금 이 여자의 도움을 받아서라도 이번 촬영은 무사히 마치자. 승후는 유하를 보며 지후와 나인후, 그리고 블랙팀, 일 년이에 대한 모든 것들을 지웠다.

"이 시점에 다른 여자 같으면 이런 말을 하겠죠? 나한테 장난해요?"

"그 말 나에게 하려고요?"

"난 다른 여자가 아니니까. 알았어요, 그렇게 할게요. 촬영은 무사히 해야 하니까."

승후가 화사하게 웃자 유하 입가에도 미소가 번졌다.


"누나, 형한테 잠깐 가주면 안 됩니까? 아무래도 누나가 가야 할 것 같은데요."


조금 전, 승후가 어깨를 축 늘어뜨리고 한쪽으로 걸어가자, 그의 매니저인 송윤석이 다가와 유하에게 이런 부탁을 했다. 처음에는 왜 이런 부탁을 하는지 몰랐다. 그래도 일단 부탁을 받았으니까 한 번 가보자 하는 생각으로 승후에게 다가간 유하는 자신을 보며 미소를 보이는 그를 보고 그 이유를 알았다.

처음 TV에서 본 느낌대로 이 남자 엄청나게 예민한 사람이었다. 게다가 자기감정에 솔직한 편이고. 그래서 이 남자가 감정을 잘 들키는 거다. 저 얼굴에 모두 다 드러나니까.

이젠 어떻게 해야 하는 걸까?

망설일 문제가 아니다. 당연히 거절해야만 했다. 그게 승후를 위해서도 옳았다. 하지만 그걸 알면서도 유하는 쉽사리 거절하지 못했다.

머릿속이 이리저리 엉켰고, 해야 할 말과 하면 안 될 말을 가려내기가 쉽지 않다. 처음으로 어떤 결정을 내려야 하는지 알 수가 없게 된 거다.

"민승후 씨!"

"네, 갑니다."

촬영장으로 가는 승후의 뒷모습을 보며 유하의 입에서 나지막한 한숨이 흘렀다.


밤늦도록 촬영이 이어지고, 며칠 고된 일정 때문에 스태프들의 체력은 한계에 다다른 상태였다.

"잠깐 쉬었다가 갑시다!"

감독의 허락이 떨어지자 지친 스태프들은 일제히 그 자리에 털썩 주저앉고 말았다.

"유하 씨 다리 좀 빌렸으면 하는데, 안 되나?"

"무슨 용도로 쓰게요?"

"위로용이요. 괴롭고 힘들어하는 사람 좀 위로해 달라는 겁니다."

"사람이요?"

"네, 사람이요. 남자가 아니라 사람. 지금 유하 씨 앞에 남자로 있는 게 아니거든요. 나는 그저 사람일 뿐이에요. 당장 누군가의 위로가 필요한 사람."

"위로가 필요한 사람?"

"네, 그러니까 불쌍한 사람 좀 도와주죠? 나 여기서 무너지면 촬영 접어야 하는데, 그럼 우리 드라마 난리 나요. 그건 알죠?"

"이거 협박 아닌가?"

"부탁이라고 해두죠."

협박이든 부탁이든 이렇게라도 힘을 내보려 하는 승후의 마음이 느껴지는 것 같아, 유하는 머리를 긁적이며 주위를 둘러보았다. 흥미롭다는 듯 힐끔거리는 스태프들의 시선들이 느껴졌기 때문이었다.

"나 진짜 남자 아니라 사람으로 하는 부탁이에요. 오늘 마음이 너무 힘들거든요."

유하가 주위 시선을 신경 쓰는 걸 느끼고 승후는 강조하듯 말했다.

"알겠어요. 빌려주기 싫으면 안 빌려줘도 돼요. 집중 못 해서 계속 NG 내도 어쩔 수 없죠. 고작 늦게 끝나기밖에 더하겠어요? 결과적으로 자는 시간이 조금 줄어들겠죠."

승후는 초강수를 던졌다. 스태프들이 제일 무서워하는 미끼를 던진 것이다.

'그냥 빌려줘! 우리 아무 말도 안 할게!'

유하는 자신에게 쏟아지는 시선들 속에 이 말이 담겼다는 걸 느꼈다.

승후가 이렇게까지 부탁하는데 매몰차게 거절할 수도 없었던 유하는 알았다며 고개를 끄덕였다. 이렇게라도 그가 평소의 밝은 모습으로 돌아오면 좋겠다는 생각에서였다.

"팬으로 좋아하는 스타님을 위해 다리 정도는 기꺼이 희생할게요. 내가 민승후 스타님 팬인 건 사실이니까?"

"그럼 허락도 떨어졌으니!"

승후는 유하를 바닥에 앉히고는 다리를 폈다. 그리고 그대로 그녀의 다리를 베고 누웠다.

"엄청 피곤해 보여요. 컨디션도 별로인 것 같고. 이대로 괜찮겠어요? 촬영 중단해야 하는 거 아니에요?"

유하의 걱정 덕분일까, 승후의 얼굴에 화사한 미소가 떠올랐다.

"역시 인간은 사랑의 힘으로 사는 것 같아. 유하 씨가 걱정해 주니까 좋네. 힘이 마구마구 솟는 기분이야."

"사랑? 조금 전까지 남자가 아니라 사람이라면서요?"

"남자가 좋아하는 여자 마음 얻기 위해서 뭔 말을 못 하겠어요?"

"아! 나 속인 거구나?"

"네. 속은 거예요. 나 그렇게 선량한 사람 아닙니다!"

승후의 장난스러운 말투에 유하는 잠깐 그의 얼굴을 멍하니 내려다보다가 결국 웃음을 터뜨리고야 말았다.

"오늘의 교훈을 바탕으로 다음부턴 절대 속지 않길 바랍니다!"

유하는 가볍게 "네, 알겠습니다. 명심하죠."라고 말한 뒤에 또다시 하하 웃었다.

"사실 오랫동안 궁금해했던 사람의 소식을 들었어요. 지난 몇 년 동안 하루에도 몇 번씩 궁금해하고 보고 싶어 하던 사람이었거든요."

"여자구나?"

유하는 장난치듯 가볍게 말했다.

"형이 사랑하는 여자예요."

설마 형의 여자를 사랑한 건가?

생각이 막장의 방향으로 흐르려는 그 순간 유하는 서둘러 고개를 가로저었다. 민승후는 절대로 그런 막장 드라마 같은 상황은 만들지 않을 거라 믿고 싶었기 때문이었다.

"오늘 그 여자 소식을 들었어요. 잘 살길 바랐는데……."

"그 여자 상황이 별로 안 좋아요?"

"많이 아프대요. 엄청 아팠나 봐요."

"잘 안 됐구나. 그런 거면 신경 쓰이겠네."

"이상하죠? 왜 내 심장이 아프지? 말만 많이 들었지, 단 한 번도 보지 못한 여자인데, 그 여자가 아프다는 소식에 왜 내 심장이 아픈 걸까요?"

승후는 유하를 올려다보며 슬프게 웃었다.

"그 여자가 불행하면 우리 형이 많이 슬플 거예요. 저 위에서 오지도 못하고 그저 속만 태울 텐데……."

"저기…… 혹시…… 형이…… 멀리…… 갔나요?"

저 위에서란 말이 자꾸 신경이 쓰인다. 유하는 망설이다가 어렵게 말을 꺼냈다.

"여행 갔어요. 아주 먼 곳으로. 다시는 안 돌아온대요. 참 웃긴 형이죠?"

승후는 가늘게 한숨을 내쉬며 눈을 감았다.

"그 여자가 행복했으면 좋겠어요. 그 여자를 만나면 그 말을 하고 싶었는데, 아무래도 행복해지긴 힘들 것 같아요. 그래서 마음이 아파. 이건 형이 아파하고 있다는 뜻인데, 내가 그 여자의 짐을 덜어줄 방법이 없어요. 난 형이 아니니까."

유하의 몸쪽으로 돌아누운 승후는 고개를 더 돌려 그녀의 다리에 얼굴을 묻었다. 승후가 힘들어해서였을까. 자신도 모르게 손을 올려 그의 머리를 쓸어내리려던 유하는 흠칫 놀라며 곧 손을 거두었다.


"어째 분위기가 심상치가 않아. 스태프들 모두 의심하는 눈치야."

성찬은 민석이 유하와 승후를 가만히 보고 있자 가까이 다가오며 작은 소리로 말했다.

"젊은 남녀가 마음 맞으면 만날 수도 있는 거지."

대수롭지 않게 말은 하고 있지만, 사실 민석도 걱정하던 중이었다.

승후는 대한민국 톱 중의 톱스타로 어디에 있든 엄청난 시선이 집중되는 그런 사람이었다. 그런데 유하는 그런 시선을 받으면 안 되는 직업을 가졌다.

스타와 특수사건전담반 형사, 이건 결코 좋은 조합이 아니었다. 자칫 잘못하면 한쪽이 큰 위험에 빠질 수도 있었다.

"민승후 저 녀석, 인간 자체는 사윗감으로 탐나는데, 유하와 연결되는 건 걱정스러우니, 저걸 말려야 하는지 아니면 그냥 둬야 하는지 모르겠다."

"일단 두고 보자. 젊은 애들이니 꼭 둘이 연결된다는 보장도 없고. 혹시 모르니까 스태프들 입단속이나 해둬. 난 액션신 있을 때나 오지만, 넌 여기 계속 있잖아."

민석은 이렇게 말하며 시선을 다른 곳으로 돌렸다. 시선이 너무 한곳에 고정되어 있으면 의심하는 눈이 생길 게 뻔하기 때문이었다.

"그러고 있으니까 걱정 마. 다들 승후 스캔들 터지면 끝이라는 거 알고 있으니까, 당분간은 안심해도 돼."

성찬의 말을 들으며 고개를 끄덕인 민석은 조금씩 무거워지는 속을 감추지 못하고 깊고 긴 한숨을 토해냈다. 그리고 그런 한숨은 몇 번 계속되었다.


어둠을 깨우는 날카로운 경보음과 함께 근처 교도소의 교도관들은 무장까지 하고 바쁘게 움직였다.

"이 새끼 반드시 잡아!"

분노를 품은 날카로운 목소리가 들리자, 죄수복을 입은 한 사내가 커다란 나무 뒤로 몸을 숨겼다. 하하 거친 숨이 입 밖으로 터졌다. 그리고 그 숨소리보다 더 거칠게 심장이 뛰었다.

"발포해도 좋다! 이 새끼 죽여서라도 잡는다!"

여기에 더 머물러서는 안 된다. 여기까지 어떻게 왔는데, 허무하게 잡힐 순 없었다. 사내는 몸을 잔뜩 낮추고 조심스럽게 움직였다.

"절대 잡히지 않아. 절대 잡힐 수 없어."

도망가는 내내 사내는 주문을 걸듯 웅얼거렸다. 여기까지 오기 위해 사내는 그동안 엄청난 피눈물을 쏟아야만 했다. 몸이 으스러지는 고통 속에서도 탈옥의 의지를 굽히지 않은 건, 교도소에서 나가서 꼭 해야 할 일이 있어서였다.

복수. 아들을 죽게 한 원수를 제 손으로 직접 죽이기 위해, 사내는 남은 목숨을 모두 내걸고 탈옥을 감행한 것이다.

"잡히지 않아. 그년을 죽이기 전까진 절대 잡히지 않아."

고통스러워 포기하고 싶을 때마다, 사내는 아들을 죽게 한 원수의 얼굴을 기억했다.

죄 없는 아이를 죽이고도 여유롭게 웃던 그 여자. 여린 아이를 죽게 하고도 일말의 죄책감도 없었던 그년. 원수가 고통 속에 죽어가는 모습을, 단 1초도 놓치지 않고 이 두 눈으로 똑똑히 지켜볼 것이다.

원수를 생각한 순간, 사내의 눈에 살기가 번뜩였다.

넘어져 깨지고 나뭇가지에 옷이 찢기고 살이 긁혔다. 숨이 턱까지 찬 탓에 심장이 조이듯 아팠지만, 사내는 멈출 수가 없었다.

1초라도 빨리 이곳을 빠져나가야 하는 걸 알기에, 여기서 잡히면 다음은 없다는 걸 아주 잘 알기에…….

이동하다가 숨기를 반복하면서 조금씩 교도관들과 멀어지던 사내는, 음산한 기운이 감도는 산길에 덩그러니 세워진 차를 발견한 순간 서늘한 미소를 머금었다.

"조유하, 기다려. 내가 곧 갈 테니."


새벽, 아니, 이른 아침까지 이어진 지방 촬영에 모두 숙소에서 기절 상태로 자고 있을 시간, 유하는 드라마 야외 세트장에서 제일 가까운 도시, 이곳 사람들이 읍내라고 하는 그곳을 구경 중이었다.

이렇게 한가로웠던 적이 언제였나? 이런 곳을 그냥 구경만 하기 위해 다녔던 적이 있었나?

유하가 지방에 가는 건 늘 탐문수사를 하기 위해서였다. 용의자의 고향, 부모·형제, 지인이 지방에 있으면 당연히 그곳으로 갔다. 그렇게 온 경우에는 늘 신경이 곤두서 있었다. 이곳 어딘가에 용의자가 숨어 있는 건 아닌가 하는 마음에 자세히 관찰하고 살피기 때문에, 해당 지역 사람들의 소박한 삶에는 크게 관심을 두지 않았었다.

어머니의 강압이 아니었으면 맛보지 못했을 한가로움이다. 이것만 두고 보자면 어머니의 결정이 조금은 고마운 듯도 했다.

"여기서 뭐 해요?"

이런 곳에서도 우연은 존재하나 보다. 유하가 눈을 반짝이며 시골 장터를 구경하고 있을 때, 귓가에 익숙한 목소가 들렸다.

"민승후 씨?"

유하는 언제부터인지는 모르겠지만, 옆에서 나란히 걷고 있는 승후를 발견하고는 눈이 휘둥그레졌다.

"자야 할 시간 아닌가? 자야지 저녁에 다시 일해요. 지금 안 자두면 분명히 졸 텐데? 영준 형, 그거 용납 못 할 거예요."

다시 기분이 좋아진 모양이다. 한결 밝아진 승후의 표정을 보니 유하의 얼굴에도 미소가 떠올랐다.

"그러는 승후 씨는 왜 안 자고 나왔어요?"

"나는 잠이 별로 없어요. 죽으면 쭉 잘 텐데, 뭐 하러 아까운 시간을 잠으로 허비하겠어요. 유하 씨는 왜 안 자고 나왔어요?"

"그동안 잠자는 시간보다는 깨어 있는 시간이 더 많았거든요. 그래서 딱 안 쓰러질 만큼만 자요."

"스튜어디스가 그렇게 빡센가?"

유하는 대답 대신 웃기만 했다. 지금 입을 열면 거짓말만 해댈 게 빤하기에, 웃고 넘기는 쪽을 선택할 수밖에 없었다.

"나 진짜 궁금한 거 있는데 물어도 되나?"

"물어요. 대답할 수 있는 거면 대답할게요."

"조민석 감독님이 그렇게 멋있어요?"

이 남자 끝이 아주 긴 모양이다. 유하는 황당하다는 표정으로 잠깐 승후의 얼굴을 보다가 결국에는 큭 웃고 말았다.

"민승후 씨가 제일 멋있어요."

"뭘까? 우는 애한테 사탕 물리는 것 같은 이 느낌은?"

"맞아요. 우는 애한테 사탕 물리는 거예요. 자꾸 울면 주위가 시끄러우니까."

"그래도 듣기는 좋네. 나중에 내가 또 물으면 똑같이 대답해야 해요. 일았죠?"

"또 묻게요? 끝이 길어도 너무 길다. 난 짧은 게 좋은데."

"포기해요. 내가 있는 한 그런 사람 절대 못 만나니까. 그냥 나한테 맞춰서 적응하는 게 빨라요."

민승후라는 남자에 적응하기 전에 유하는 원래의 세계로 돌아가게 될 것이다. 그리고 다른 세계에서 각자 살아가게 되겠지. 일 년이와의 대결에서 살아남을지 아니면 반대로 죽을지는 모르겠지만, 적어도 좋은 추억 하나는 건진 것 같단 생각이 들었다.

"틀에 박힌 데이트보다는 이런 데이트가 더 좋은 것 같아. 이렇게 좋아하는 사람 얼굴을 자세히 볼 수 있으니까."

빠르게 앞으로 걸어와 유하의 앞을 막은 승후는 허리를 굽혀 시선을 같게 해 그녀의 얼굴을 정면에서 똑바로 보았다.

"조유하, 유하야, 내 여자, 아니, 내 사랑."

승후는 부드럽게 달콤한 목소리로 그녀를 불렀다.

"내가 한 살 밑이니까 말 놓는 건 당연하다 치고, 내 여자, 내 사랑, 이건 좀 아니지 않아요? 잘못하면 나 혼삿길 막혀요. 이 대한민국 땅에서 남자 못 만나면 민승후 씨가 책임질 거예요? 나요, 손해배상에 정신적인 피해보상까지 엄청 많이 청구할 건데?"

마음으로는 놀라고 당황스러웠지만, 겉으로는 절대로 드러내지 않았다. 유하는 빙긋 미소를 머금으며 그저 평범한 대화를 하듯, 아니, 재미난 장난을 치듯 가볍게 말했다.

"원하시는 대로. 나 돈 많아요. 모아둔 재산도 꽤 되고. 원하신다면 그거 다 줄게요. 덤으로 민승후도 드립니다. 어때요? 괜찮죠?"

"여자 돈으로 유혹하는 타입인가 봐요?"

"그 여자가 내 매력만으로는 좀 부족한 것 같아서. 내가 요즘 밤을 너무 샜나? 왜 내 매력이 안 통하지?"

"그 여자가 민승후 씨 팬이거든요. 팬은 스타를 지켜주기 위해 있어요. 그 여자는 팬으로서 자기 임무를 다할 생각입니다. 아자! 할 수 있다!"

유하가 두 주먹을 불끈 쥐고 기합을 불어넣자 기가 막히는지 승후의 입에서 웃음이 터졌다.

"스타가 확인하고 싶대요. 팬이 스타를 얼마나 사랑하는지. 팬이 스타를 사랑하는 만큼 표현해주면 스타는 엄청 감동받을 겁니다. 눈물 흘릴 수도 있어요."

"소심한 편이라 표현을 잘 못 한대요."

"사랑하는 스타가 바로 눈앞에 있는데, 표현 못 한다는 게 말이 되나? 마음이 어떻게 숨겨지지? 난 숨길 수 없던데? 내 눈을 봐요. 눈동자 안에 하트가 뿅뿅 날아다니잖아요. 난 이렇게 내 모든 걸 유하 씨에게 보여주고 있어요."

말장난이 끊어지지 않는다. 지금 승후의 눈빛은 이 말을 하고 있었다.

네가 무슨 말을 하든 다 받아넘겨 주마!

이런 식의 말장난은 유하의 전공이 아니었다. 장난치듯 범인을 자극하는 건 블랙팀 선배인 한찬우가 제일 잘하는 분야로, 유하는 상대의 약점을 잡아, 상처를 후벼 파는 말을 쏟아내는 쪽이었다. 그러니까 그녀의 능력으로는 재미와 장난 그리고 유쾌함으로 중무장한 승후를 상대할 수가 없었다.

"나 곤란하게 하는 거 재미있죠?"

"곤란하기는 해요? 내가 무슨 말을 하든 한 귀로 듣고 한 귀로 흘리는 것 같은데?"

승후는 입을 삐죽이며 자리를 이동해 유하의 옆으로 돌아왔다.

"구경이나 합시다. 좋아하는 스타가 치근거려도 0.01의 동요도 없는 강철 심장 팬님."

밉지 않게 장난치듯 유하를 노려본 승후는 몸으로 그녀를 툭 치며 생긋 웃었다.

"민승후다!"

그때 승후의 이름을 부르는 소리가 들리고, 신속 정확하게 주위를 둘러본 유하는 오른쪽 떡볶이 포장마차에서 이쪽을 보고 있는 여학생들을 발견했다.

"뛰어요!"

승후는 유하의 손목을 덥석 잡고는 뛰기 시작했다. 그 덕에 유하도 덩달아서 뛰어야만 했다. 소박하고 한가로운 주위 환경과 어울리지 않게 여학생과의 추격전을 벌어진 것이다.

여학생들을 따돌리기 위해서는 큰 골목보다는 작은 골목이 유리하다고 판단한 승후는 곧장 작은 골목으로 뛰어갔고, 낡고 허름한 집 뒤쪽에 몸을 숨겼다. 그리고 유하와 함께 벽에 바짝 붙어서 상황을 살폈다.

"어디야? 어디로 갔어?"

"어디로 숨은 거야?"

"아이씨, 그 여자 누구야? 여자랑 같이 있었던 것 맞지?"

"설마 애인?"

"민승후 애인 없어!"

"그걸 믿어? 연예인들 비밀 연애 잘만 하더라."

"됐어! 잡아서 물어보면 돼."

이 말이 '잡히면 죽었어!'라고 들리는 건 나만의 착각인 걸까?

유하는 엄청난 죄를 지은 사람처럼 바짝 긴장하며 마른침을 꿀꺽 삼켰다.

"어디 간 거야? 분명히 얼마 못 갔을 텐데."

우왕좌왕하던 여학생들이 이리저리 살피자, 승후는 여기서 잡히면 끝이라는 생각에 몸을 조금 웅크렸다. 그 순간 의도치는 않았지만, 자신의 얼굴과 유하의 얼굴이 내쉬는 숨결까지 닿을 정도로 가깝다는 걸 깨달았다.

"쌩! 도망치는 거 겁나 빨라."

여학생들이 주위를 이 잡듯 뒤지고 있었지만, 승후와 유하는 서로를 응시한 채로 굳어 누구도 시선을 돌리지 않았다.

쿵쿵쿵 심장이 뛴다. 막 뜀박질해서 심장이 뛰는 것인지, 아니면 이렇게 가까이 있어서, 그 긴장감 때문인지 알 길이 없었지만, 하여튼 심장 뛰는 소리가 귓가에 들릴 정도로 둘의 심장은 거칠게 뛰고 있었다.

"씨, 저쪽으로 가보자."

다행히 여학생들은 승후와 유하가 숨어 있는 곳까지는 오지 않고 다른 쪽으로 몰려갔다. 다다다 뛰는 발소리가 점점 멀어지다가 이내 들리지 않게 되었을 때, 유하는 서둘러 이 어색한 상황에서 벗어나려 했다.

"애들 간 것 같……."

"키스해도 돼요?"

그만 숨어 있어도 될 것 같다는 말을 하기 위해 입을 열었던 유하는 승후가 던진 폭탄 덕분에 그만 할 말을 잃어버렸다.

"셋 셀 동안 거절 안 하면 나 키스할 거예요. 하나!"

이 남자, 사람 정신 빼놓는 건 수준급인가 보다. 당연히 안 된다는 답을 해야 한다는 걸 알면서도, 너무 놀란 나머지 유하는 그 말을 하지 못하고 멍하니 그의 얼굴을 올려다볼 뿐이었다.

"둘!"

"저기……."

"셋."

승후가 셋을 센 순간, 유하의 눈이 휘둥그레졌다. 입술에 승후의 따뜻한 체온이 느껴졌기 때문이었다.

입술을 빠는 부드럽고 따뜻한 느낌 때문일까, 유하의 눈꺼풀이 조금씩 아래로 내려가더니 결국에는 감겨 버렸다. 승후를 위해서라도 지금 그를 밀어내야 한다는 알면서도 그럴 수가 없었다. 아니, 그러고 싶지 않았다.

승후의 향기는 은은하고 상쾌했다. 향수 냄새를 별로 안 좋아하는 유하였지만, 이상하게 그의 향기는 좋았다. 일하다가도 가까이서 승후의 향기가 코끝에 닿으면 자신도 모르게 빙긋 웃을 정도로, 유하는 승후 특유의 향기가 좋았었다. 그래서 더 밀어낼 수 없었던 것 같다. 아니다. 가면 안 될 길이기 때문이었다. 가면 안 되니까 더 가고 싶은 마음. 그 마음이 그를 받아들이고 있었다.

입술이 열리고 승후를 받아들이면서 유하의 머리는 안 되는 이유를 잠깐 지웠다.

아주 잠깐은 괜찮지 않을까? 다시 오지 않을 순간인데, 잠깐은 감정에 휘둘려도 되지 않을까?

숨결과 숨결이 엉기고, 입안을 헤집고, 입술을 빠는 짙은 키스에 유하는 애써 붙잡았던 이성적인 끈을 놓아버렸다.

"유하 씨."

폭풍이 지나가고 하하 내쉬는 거친 숨이 두 사람 사이에 일었던 폭풍의 깊이를 말해줄 때, 승후는 달콤한 목소리로 그녀의 이름을 불렀다. 그리고 승후의 다음 말은 유하는 정신을 다시 한 번 더 빼놓았다.

"내가 유하 씨 좋아해요. 아주 많이. 거절은 안 들을 겁니다. 그러니까 오래오래 생각하고 결국에는 받아들이는 것으로 우리 합의 봐요."

# 제3장.
## 여중생 성폭행 사건 I

승후와 유하는 여학생들이 없다는 걸 확인하고 조심스럽게 골목에서 나오며, 서둘러 숙소로 돌아가야 한다는 쪽으로 의견을 맞췄다.

"악!"

그렇게 큰길로 나왔을 때, 승후는 한 여학생과 충돌했다.

여학생은 승후와 부딪친 후 바닥에 넘어졌고, 그것 때문에 치마가 허벅지 위로 올라가 버리고 말았다. 그리고 그 순간 유하의 눈이 매섭게 빛났다.

"괜찮아?"

"괜찮아요!"

승후는 여학생을 일으키기 위해 팔을 잡았다. 하지만 여학생은 닿으면 안 될 것이 닿은 것처럼 손을 거칠게 뿌리치고는 스스로 일어나 옷에 묻은 흙을 털어냈다.

"안 다쳤어?"

"네. 안 다쳤어요."

여학생은 승후의 얼굴을 보고 흠칫 놀랐지만, 곧 황급히 시선을 피해 버렸다. 그리고 꾸벅 인사를 하고 도망치듯 가려 했다.

"장나경!"

유하는 이름을 불러서 도망치려는 여학생을 세우고는 다가갔다.

"이름표."

어째서 내 이름을 아느냐는 듯 불안한 눈빛으로 유하를 보던 나경은 자기 이름표를 기억해 내고는 서둘러 가리며, 또다시 시선을 돌렸다.

"촬영장에 안 놀러 올래? 알지? 여기 드라마 세트장 있는 거. 내가 너만 특별히 보여줄게. 와서 언니 이름 말하면 돼. 언니는 조유하야."

"그 세트장은 출입 금지라고……."

"그래서 내가 보여준다는 거잖아. 대신 민승후랑 부딪친 거 비밀이다? 그리고 놀러 올 때는 혼자서 와야 해? 여러 사람 몰려오면 나 깨져!"

나경은 잠깐 유하를 보더니 어떤 대답도 없이 그냥 뒤돌아 뛰어갔다.

"세트장에 일반인 데리고 오면 혼나는데?"

나경이 간 후에 승후는 그녀에게로 다가오며 말했다.

"안 올 수도 있고, 온다면 우리 감독님부터 차근차근 깨지고 허락받으면 돼요. 걱정 마요. 설마 죽기야 하겠어요? 죽기 직전까지만 깨지겠죠."

적어도 엄청나게 깨질 것은 아는 모양이다. 승후는 나지막하게 픽 웃음을 터뜨렸다.

"그때는 나도 힘을 보탤게요. 가죠?"

유하는 숙소를 향해 걸어가면서 계속 뒤를 돌아보았다. 꼭 와야 할 텐데. 나경을 생각하며 유하는 무거운 한숨을 내쉬었다.


"그러니까 여학생이 너 찾으면 세트장 볼 수 있게 허락받아 달라고?"

숙소로 돌아온 유하는 아버지인 민석과 조명감독인 성찬을 조용히 불러냈다.

"무슨 일 있어? 그 애한테 왜 그런 약속을 해?"

"아빠, 그냥 부탁해요. 부탁해요, 아저씨."

"말해주면 안 되는 거야? 혹 사건이니?"

민석의 조심스러운 질문에 유하는 덤덤하게 고개를 끄덕였다.

"진짜 사건이야? 무슨 사건?"

성찬은 민석과 반대로 조금 소란스럽게 물었다.

"그냥 그렇게만 해주세요."

유하가 이런 부탁을 하는 데에는 다 이유가 있다는 걸 알기에 민석과 성찬은 걱정하지 말라며 어깨를 툭툭 두드려 주었다.

민석과 성찬이 방에 가서 쉬어야겠다며 사라진 후, 휴대폰을 꺼내 어디론가 전화를 걸었다.

[잘 쉬고 있냐?]

"당연히 나는 잘 쉬죠. 선배는 어때요? 열심히 구르고 있는 거죠?"

유하는 자기 파트너인 김주영에게 전화를 걸었다.

[열심히 구르긴 하는데, 효과는 없다.]

유하는 소리 내서 웃음을 터뜨렸다.

[쉬는 인간이 뭣 때문에 전화했을까?]

"여기 잠깐만 내려와 주세요."

[왜?]

유하는 나경을 본 이야기를 차근차근 설명하기 시작했다.

허벅지와 허벅지 안쪽에 있던 흔적, 옷깃 사이로 쇄골 아래쪽에 얼핏 보인 흔적, 그리고 사람의 손길을 거부하고 시선을 안 맞추는 행동 등 이러한 이야기를 상세하게 설명하자 주영의 숨소리가 조금씩 무거워졌다.

[그러니까 지금 유하 네가 한 생각을 지금 나도 하는 거지?]

"아니길 바라지만, 몇 가지가……."

[이유 없는 흔적이 없고, 이유 없는 행동도 없지. 그런데 넌 뭐 하고 나보고 내려오래?]

"제가 지금 묶여 있어서 마음대로 나다닐 수가 없어요. 그러니까 선배가 좀 알아봐 주세요."

[놀고 있는 녀석이 빡세게 일하는 선배를 부려먹어? 이거 말 안 되는 거 알지?]

"선배, 제발⋯⋯."

[일단 알았어. 파트너가 부르면 내려가야지. 이래서 파트너 복은 타고나야 한다는 거야. 이건 파트너라는 인간이 일에 일을 더하네. 끊어! 이 자식아!]

주영이 버럭거리면서 통화를 끊자, 유하는 또다시 웃었다.

말은 이렇게 해도 유하를 위해 제일 먼저 몸을 날릴 사람이 주영이었다. 얼마 전 유하가 칼에 찔렸을 때도 그랬다. 그녀를 향해 제일 먼저 달려왔고, 손으로 상처를 틀어막고 끊임없이, 정신줄 놓으면 지옥 끝까지 쫓아가 죽여 버리겠다고 협박 아닌 협박을 해댄 사람이 주영이었다. 그때 그녀는 선배가 너무 시끄러워서 정신줄 못 놓겠다며 웃었었다.

"이젠 나경이가 스스로 찾아오길 바라면 되나?"

유하는 휴대폰을 주머니에 넣으며 하늘을 올려다보았다.

"그냥 내가 잘못 짚은 거였으면 좋겠어요. 내 촉이 빗나갔으면 해. 그러면 진짜 좋을 텐데."

그동안 무수히 많은 사건을 수사했다. 대부분이 흉악하고 잔인한 사건들이었지만, 그중에서 제일 화가 나는 건, 힘없는 아이를 대상으로 하는 범죄였다. 할 수만 있다면 사건 자체를 그 아이 인생에서 완전히 파냈으면 좋겠는데, 현실은 아이 가슴에 평생 끔찍한 상처로 남는다는 게 더 안타깝고 아팠다.

"현실이 그 정도까지 잔인하면 안 되는 건데⋯⋯."

불도 켜지 않은 허름한 집.

교복 입은 여자아이가 방구석에 쪼그리고 앉아 몸을 잔뜩 웅크리고 있었다. 끼익 방문이 열리고, 여자아이의 눈에 사내의 발이 보였다.

한 발, 또 한 발.

여자아이는 사내의 발이 자신에게 다가오자 두 눈을 감았다.

"우리 나경이 저녁은 먹었어?"

사내는 나경의 앞에 앉으며 아이의 머리를 쓰다듬었다.

"하지 마."

떨리는 음성에 가늘게 흐르는 거부의 말. 남자의 입에서는 큭 웃음이 흐른다.

"우리 예쁜 나경이."

"신고할 거야."

나경은 눈을 떠 남자를 매섭게 노려보았다.

"이미 알잖아. 네가 뭐라고 하든 소용없다는 거. 그리고 네 엄마 죽어도 돼?"

사내의 손이 나경의 볼을 쓸어내렸다.


촬영 준비가 한창인 이른 아침.

승후는 의자에 앉아 대본을 들여다보며 힐끔힐끔 유하의 위치를 살폈다.

언제쯤 답을 해줄까?

오래오래 생각해 보라고 하면 안 되는 건데, 빨리 생각하고 빨리 답하라고 해야 했는데, 고작 하룻밤에 지나지 않았는데도 벌써 조급증이 밀려왔다.

"뭐 하냐?"

정훈은 승후에게 바짝 붙어서 그가 보는 쪽을 살피더니 곧 그의 머리를 한 대 세게 쳤다.

"이 팔푼아!"

"머리 때리지 마. 안 그래도 요즘 대본이 눈에 안 들어오는데."

"들어올 턱이 있냐? 너 대본 10분 보면서 조유하 몇 번 쳐다봤는지 모르지?"

"많이? 아주 많이?"

너무 해맑다. 정훈은 혀를 쯧쯧 차면서 고개를 절레절레 저었다.

"대본을 보든지, 아니면 조유하를 보든지, 둘 중 하나만 하는 게 낫지 않겠냐? 어차피 여기서 네가 조유하 힐끔거리는 거 모르는 인간이 어디 있어?"

"그러겠지? 그래! 두 가지는 못해. 내가 그 정도로 천재는 아니야."

승후는 대본을 품에 안고 대놓고 유하만 쫓아다니며 보았다. 유하가 이쪽으로 가면 승후의 시선도 덩달아서 이쪽으로, 유하가 저쪽으로 가면 승후의 시선도 덩달아서 저쪽으로 향하자, 그와 가까이 있던 사람들은 킥킥킥 웃음을 터뜨리기 시작했다.

"그 상태 그대로 입 벌려. 그러면 침 떨어질 거야. 세트잖아. 정신줄 놓은 김에 침까지 흘리면 딱 바보일 테니까?"

"그럴까 봐 못 벌려. 안 그래도 이상한데 침까지 흘리면 유하 씨가 뭐라 생각하겠어?"

"네가 이상한 건 아는구나?"

"내 상태인데 내가 모를까 봐. 걱정 마. 촬영은 잘할 테니까."

승후는 유하를 보며 어디 모자란 사람처럼 히죽 웃음을 흘렸다.

"그러지 말고 고백해. 고백하고 당당히 네 여자로 침 딱 발라. 너 딱 봐도 병적이야. 아무래도 짝사랑으로 해결될 증상은 아닌 듯싶어."

"내가 누군데 고백도 안 하고 정신줄 풀었을까 봐?"

"뭐?"

놀란 마음 때문에 목소리가 비정상적으로 커져 버린 정훈은 모두의 시선이 자신에게로 향하자 히죽 웃으며 머리를 긁적였다.

"대답은?"

"아직."

"너 그래서 따라다니면서 협박하는 거야? 빨리 대답하라고?"

"그건 아니었는데, 네 말을 들어보니까 그런 생각을 했었나 봐. 지금부터는 그 생각을 가득 담아서 봐야지. 아주 불편하게."

승후가 눈에 힘을 주자, 순간 서늘함을 느꼈는지 유하가 주위를 둘러보았다.

"승후야, 아니, 지현아, 내가 진심으로 하는 말인데, 네가 미쳤다는 걸 적에게 알리지 마."

"그럼 넌 죽어야 해. 내 큰 적은 바로 너니까."

장난기를 쏙 뺀 말 때문일까. 순간 움찔한 정훈이 뒤로 물러나 승후와 몇 걸음 떨어졌다.


순간 뼛속까지 한기가 밀려들어 온다. 유하는 가늘게 몸을 떨면서 주위를 살폈다.

"왜요? 뭐가 느껴져요?"

재호는 뭐가 그렇게 재미있는지 말하면서 킥킥 웃음을 터뜨렸다.

"내가 느끼는 이 한기의 정체를 너 아는 거지?"

"나뿐만 아니라 스태프 전체가 알고 있을 걸요?"

재호는 눈짓으로 유하 뒤를 가리켰다.

"민승후?"

유하는 소리 없이 입만 벙긋했다.

"네."

재호도 유하와 똑같이 소리 없이 입만 벙긋하고는 다시 킥 웃었다.

"나 노려보고 있어?"

"노려보는 건 아닌 것 같은데, 저 부담스러운 시선을 계속 받으면 노려보는 것과 비슷한 한기를 느낄 것도 같아요."

유하가 최대한 목소리를 작게 해서 말하자 재호도 똑같이 목소리를 줄여서 말했다.

"오늘 키스신 있던데 어떻게 찍으려고 저러지? 마음이 콩밭에 가 있는데 키스신이 몰입이 되나?"

재호는 진짜 모르겠다는 듯 고개를 갸웃했다.

"접수할 거면 빨리 접수하고, 버릴 거면 빨리 버려. 하긴 네가 버린다고 버려질 사람은 아니다. 한번 꽂히면 흥미가 떨어질 때까지 그 한 가지에만 목숨 거는 거, 그게 민승후 스타일이니까."

영준는 일하는 척하며 유하에게 다가와 어깨 너머로 승후를 힐끔 보았다. 그러고는 혀를 쯧쯧 차며 고개를 절레절레 흔들었다.

"진짜 손 엄청 가는 남자네."

속이 부글부글 끓는다. 짜증이 치밀어 길게 한숨을 토해낸 유하는 갑자기 휙 돌아 민승후에게로 걸어갔다. 그 순간 촬영 준비를 하던 드라마 스태프들이 일제히 손을 멈추고 유하와 승후를 지켜보았다.

"뭐 하세요?"

유하는 승후 앞에 멈춰 서서 차갑게 물었다.

"유하 씨 보는데요? 사랑을 가득 담아 예쁘게."

"사랑을 가득 담아 노려본 거겠죠. 순간적으로 춥던데?"

"더운 거겠지. 내 뜨거운 마음이 갔는데, 추운 게 말이 돼?"

"그 마음이 오는 중간에 차갑게 식었어요. 그러니까 나 그만 보고 대본 봐요. 오늘 키스신 찍는 날 아닌가?"

유하는 때마침 들어오는 이 드라마의 여주인공인 주나를 보았다.

"때마침 민승후 사랑 저기 오네요."

"그러지 말고 리허설 유하 씨랑 하면 어때요? 그럼 몰입도 대박일 텐데."

여기저기서 이 드라마가 더 재미있는 것 같다며 웃기 시작한다. 척추를 타고 무언가 슬금슬금 기어오르는 것 같은 느낌에 유하는 자기 뒷목을 움켜잡았다.

"리허설이요? 좋아요. 그까짓 리허설 할게요. 지금 당장!"

"조명팀 빨리 유하 잡아!"

유하의 말이 떨어지기가 무섭게 성찬의 다급한 목소리가 들렸다. 하지만 조명팀이 뛰어오는 거리보다 유하가 승후 사이의 거리가 더 짧다는 게 문제였다. 그녀는 손을 뻗어 그의 멱살을 움켜잡고는 자기 쪽으로 끌어당겼다.

"뭘 원하십니까?"

"네?"

"순수? 멜로? 에로? 뭘 원하세요? 원하는 대로 맞춰 드릴게."

"아, 아니…… 그, 그게…….

생각도 못한 공격이었는지 승후의 얼굴에 당황한 빛이 고스란히 드러났다.

"여기서 더하면 민폐예요. 그러니까 장난 그만 치고 일하세요. 아시겠어요?"

"네."

승후가 짧지만 진심으로 대답하자 유하는 그를 놓아주었다. 그리고 경고의 의미로 그를 매섭게 노려본 후 획 돌아 원래 있던 자리로 왔다. 그리고 무슨 일 있었냐는 듯 태연한 표정으로 조명기기들을 살폈다.

"보통 애는 아닌데, 전직이 뭐였을까?"

"한 성질 할 것 같은데."

"멱살 잡아끄는 폼이 초보는 아닌 것 같은데……."

몇몇 스태프들이 웅성거렸지만 유하는 못 들은 척했다. 어떤 질문이든 한 번 답해주면 끝이다. 바로 과거가 탈탈 털릴 테니까.

"누나, 설마 여기 오기 전에 살짝 어두컴컴한 곳에 있었던 건 아니죠?"

재호가 심각한 얼굴로 조심스럽게 한 이 질문에 유하의 입에서는 크게 하하 웃음이 터졌다.

"살짝 어두컴컴한 곳에는 없었어. 내가 어딜 봐서 그쪽 같아? 딱 봐도 아니잖아."

"그죠? 아닐 줄 알았어."

안도하며 가볍게 웃는 재호를 향해 유하는 마지막 말을 했다. 하지만 그 말에 재호는 물론 그 주위에 있는 스태프들의 표정은 딱딱하게 굳어 버렸다.

"아주 깜깜한 곳에 있었지. 날고 기는 형님들하고 같이."

며칠 후, 오래간만에 하채민이 A팀 촬영장에 나타나는 날이라, 촬영 준비 단계부터 스태프들 표정이 좋지 않았다.

깐깐한 감독 특성상 채민의 연기가 마음에 들 리 없고, 그렇다고 하나씩 계속 지적했다가는 채민의 성격상 길길이 뛸 게 뻔하기 때문에, 스태프들은 감독과 하채민 눈치를 동시에 보느라 현장 분위기는 간단하게 정리해서 살얼음판이었다.

"오늘 승후 씨 언제 와?"

스태프들이 여기저기서 승후를 찾았다. 그도 그럴 것이 오늘 승후는 스케줄 때문에 오후나 촬영장에 도착하는 것으로 알고 있었다. 하채민을 상대할 승후가 없는 상황에서, 정훈까지 오늘은 B팀 촬영이라, 이 촬영장은 하채민 천하라 해도 과언이 아닌 상황이었다.

"씨! 얼굴 그늘졌잖아!"

승후가 없는 지금 이 순간, 하채민의 밥은 조명팀이었다. 아니, 조명팀 막내이자 민승후가 애틋하게 챙기는 여자인 조유하였다.

"죄송합니다."

촬영한 장면을 확인한 채민이 유하에게 억지를 부리기 시작했다.

"죄송하면 다야? 너 민승후 믿고 이러는 거지? 너 나 깔보고 설렁설렁하는 거 내가 모를 줄 알아?"

채민이 손끝으로 유하의 머리를 거칠게 밀자, 그녀는 더러운 성격 어디까지 지랄을 떠나보자 하는 마음으로 순순히 밀려나 주었다.

"죄송합니다. 막내가 아직 잘 몰라서 그러니 제가 반사판 들게요."

영준은 재빨리 유하의 앞을 막으며 그녀의 손에 있는 반사판을 빼앗아 들었다.

"누가 너보고 들래? 그거 쟤한테 줘."

"하지만……."

"시발, 주라고. 오늘 내가 저년 버르장머리 제대로 고쳐 줄 테니까, 나중에 나한테 고맙다고나 해."

채민은 영준의 손에 있는 반사판을 빼앗듯 들어 유하 품에 안겼다.

여기저기서 어떻게 하느냐며 웅성거리자 유하는 입가에 빙긋 미소를 머금으며 앞으로 걸어나가 영준의 옆에 섰다.

"걱정 마세요, 선배. 제가 해요. 저 새끼가 어떻게 지랄을 떠나 한 번 지켜보려니까."

유하는 차갑게 씩 웃으며 채민에게로 걸어갔다.

"저 새끼?"

채민의 얼굴이 험악하게 일그러지자 반대로 유하의 얼굴엔 미소가 더 짙어졌다.

"그럼 오는 말이 쓰레기인데 가는 말이 비단결일까?"

"죽고 싶어 환장했구나?"

"죽이고 싶으면 죽여봐. 기대되네. 어떻게 죽일지?"

저러다 큰일 나겠다 싶어 조명팀이 모두 유하에게로 달려가려 하자 성찬이 그걸 막았다. 잘못하면 일이 커진다는 걸 잘 알기 때문이었다.

"좋아. 네가 언제까지 고개 빳빳하게 들고 있나 보자? 촬영 시작하죠!"

그 뒤로 채민은 같은 촬영만 계속했다. 클로즈업 촬영을 계속해야 유하가 반사판을 들고 가까이 다가올 것이고, 트집도 잡을 수 있기 때문이었다.

"야! 너 이거 안 보여? 그늘져서 얼굴 이상하잖아!"

"생긴 게 이상한 거지. 우리 승후 씬 내가 옛 같이 반사판 대도 얼굴이 반짝반짝 빛나더라."

스태프들은 갑질 끝판왕인 하채민과 조명팀 막내가 대놓고 으르렁거리는 장면을 안절부절못하며 보았다. 저러다 하채민이 주먹이라도 휘두르면 어쩌나 하는 표정으로 조명팀 수장인 박성찬 조명감독을 보았지만, 그는 전혀 말릴 생각이 없는 것처럼 보였다. 오히려 어디까지 가나 보자는 듯 흥미진진한 표정으로 응시할 뿐이었다.

"뭐 이런 게 다 있어? 야! 네년이 지금 민승후 그 새끼와 날 비교하는 거야?"

"비슷해야 비교도 하는 거야. 그쪽과 우리 승후 씨가 어떻게 비교가 돼? 어디 가서 승후 씨가 라이벌이라고 하지 마. 모두 비웃어."

유하는 채민이 성격 밑바닥까지 다 드러내도록 작정하고 자존심을 건들고 있었다.

"이년이 진짜 죽으려고!"

채민이 유하의 멱살을 움켜잡자 여기저기서 어떻게 하느냐며 발을 동동 굴렀다. 저러다 진짜 폭력 사태가 벌어지면 어쩌나 하는 마음에서였다.

유하가 채민에게 멱살을 잡히자 영준과 재호가 뛰어가려 했다. 그러자 성찬이 이번에도 그들을 막았다. 영준과 재호가 뛰어가 봤자 채민이 더 길길이 날뛸 구실만 만들 뿐이라는 걸 잘 알기 때문이었다.

"무슨 짓이야?"

그 순간 날카로운 승후의 목소리가 촬영장을 울렸다. 그리고 승후가 달려와 유하에게서 채민을 떨어뜨리며 그의 멱살을 잡았다.

"너 지금 뭐 한 거야? 유하 씨 상대로 뭐 한 거냐고!"

"너, 너 여기 왜……."

승후의 스케줄이 벌써 끝날 리가 없다는 건 채민이 더 잘 알고 있었다. 그런 그가 눈앞에 있으니, 채민이 당황하는 건 당연했다.

저 인간이 이 시간에 왜 여기 왔어?

당황한 건 유하도 마찬가지였다. 승후의 스케줄은 죽었다 깨어나도 지금 시간에 나타날 수가 없었다. 그런 승후가 나타났다는 건 일어나면 안 될 사고가 터졌다는 것밖에 설명이 안 됐다.

"네가 유하 씨 잡고 작정하고 미친 짓 하는데, 나한테 연락이 안 올 거라 생각한 거야?"

"너 여자 때문에 스케줄 펑크 내고 왔다고? 돌아도 완전히 돌았구나?"

이 상황이 재미있는지 채민은 승후와 유하를 번갈아 보면서 하하 웃음을 터뜨렸다.

"와! 설마 했는데, 너 진짜 쟤 여자로 보고 있었어!"

채민이 갑자기 미친 듯 웃으며 저를 잡고 있는 승후의 손을 뿌리쳤다.

"송윤석! 내 입 어떻게 막을래? 나 비밀 지켜줄 생각 없는데? 조명팀 막내, 너 들어오자마자 큰 건 하나 했다?"

상황이 이상한 쪽으로 흘러간다. 이번에 사정이라도 해야겠다는 생각으로 아니라고 그저 챙겨주는 것뿐이라고 말하려는 그때, 유하보다 먼저 승후가 입을 열었다.

"맞아. 나 조명팀 막내, 조유하 좋아해. 좋아하는 여자가 미친 개 같은 새끼에게 물리게 생겼는데, 그깟 스케줄이 문제겠어?"

심증은 있으나 물증이 없었던 열애 스캔들이 승후의 입을 통해 빵 터지고 말았다. 승후와 둘 사이에만 있는 일이라면 어찌 해보겠는데, 저리 공포해 버리면, 이건 누가 와도 수습할 수 있는 범위가 아니었다.

이걸 어떻게 해야 하나…….

순간 뇌 속이 이리저리 엉키는 기분이 들자, 유하는 자신도 모르게 깊게 한숨을 푹 내쉬었다.

"나 지금 조유하밖에 안 보여. 그러니까 한 번만 더 내 여자 건들면, 너 죽어."

모두 민승후는 절대 악역이 안 어울린다고 생각했었다. 하지만 지금 승후의 표정은 서늘한 그 자체였다. 험악하게 인상을 찌푸리는 것도 아닌데, 시선 하나만으로 사람을 움찔하게 할 만큼, 지금까지 승후가 보여 줬던 이미지와 완벽하게 다른 사람의 모습이었다.

"승후 씨?"

유하가 승후의 팔을 살짝 잡자 그의 고개가 그녀에게로 돌아갔다.

"아! 유하 씨."

유하와 시선이 마주친 순간 승후의 얼굴에 미소가 번졌다. 그리고 모두 가 알고 있던 맑고 밝은 민승후로 돌아왔다.

"앞으로 저런 놈 상대하지 마요. 봐요, 큰일 날 뻔했잖아요."

놈이란 말에 채민이 길길이 날뛰었지만 승후는 그러든지 말든지 신경 안 쓴다는 표정으로 유하만 살폈다. 그런 승후의 모습에 유하는 하하 웃음을 터뜨리고 말았다. 그리고 상황 딱 맞춰 채민의 전화가 울렸고 그걸 받은 그는 얼굴이 새하얗게 질려 버렸다. 몇 번의 대답 후 통화를 끝낸 채민은 분노가 머리끝까지 오른 것처럼 보였지만, 전화한 상대가 입에 자물쇠를 채운 듯 입 밖으로는 찍소리조차 내지 않은 채 승후를 매섭게 노려보기만 할 뿐이었다.

"촬영 들어가죠."

살얼음판처럼 아슬아슬한 분위기에서 다시 촬영이 시작되었다. 스태 프들 누구도 승후에게 스케줄은 어떻게 하고 왔냐고 묻지 않았다. 어떻게 했을지 뻔하니 물을 필요가 없어서였다.

"넌 나가서 바람 좀 쐬고 와."

영준은 유하 손에 있는 반사판을 뺏고는 그녀를 밖으로 내보내려 했다. 아슬아슬한 분위기 때문이기도 했고, 유하를 쉬게 해주려는 뜻도 있어서였다.

영준의 말대로 유하는 밖으로 나올 수밖에 없었다. 모든 걸 승후에게 넘긴 채로……

숨이 막힐 정도로 긴장감 넘치는 촬영이 이어지고.

"컷! OK. 10분간 휴식!"

감독이 10분간 휴식을 외쳤다.

"화장실!"

사납게 화장실을 외친 채민이 촬영장에서 사라지자 스태프들의 질문이 일제히 승후에게로 향했다.

"승후 씨, 어떻게 된 거야? 어떻게 알고 왔어?"

"정훈이가 전화했어요. 채민이 저 돌아이가 유하 씨 잡고 있으니까 빨리 가보라고. 걔 A팀에 스파이 붙었잖아요."

"스케줄은?"

"당연히 뒤로 미뤘죠. 다행히 상대도 일이 꼬여서 난감하던 차에 잘 됐다고 하더라고요."

"진짜 천만다행이네. 난 조명팀 막내 주저앉아서 울까 봐 조마조마했다니까!"

스태프 중 한 사람이 한 이 말에 모두 아니라는 듯 고개를 저었다.

"모르는 소리! 조유하 씨 울 표정이 아니었어. 잘 하면 하채민을 울릴 수도 있었을 것 같은데?"

"맞아. 맞아. 간 큰 건 어느 정도 눈치챘지만, 그렇게 간 큰 앤 또 처음 봐. 그런데 우리 조명감독님 너무 조용하셨어요. 그땐 좀 나서주셔야 하는 거 아니에요?"

별안간 화살이 성찬에게로 향했다. 그러자 여기저기서 진짜 너무하셨다는 말이 터졌다.

"누가? 내가? 내가 나섰으면 그 선에서 안 끝났어. 너희는 모른다. 우리 막내 성격을."

"조유하 씨가 왜요?"

"자세한 건 말 못 하지만 하나만 알려줄게. 오늘 하채민은 민승후 덕분에 산 거야. 안 그랬으면 하채민의 종말이 어떻게 되는지 너희 눈으로 직접 봤을 테니까. 난 은근 설렜는데. 재미난 구경하는 줄 알고."

성찬의 이 말에 스태프들은 모두 '뭐지?' 하는 표정으로 고개를 갸웃했다.


"쌍! 김정훈 그 자식이 또 아버지한테 일러바쳤어!"

촬영장 밖에서 어슬렁거리며 쉬고 있던 유하는 채민의 목소리가 들리자 미간을 일그러뜨리며 소리가 들리는 쪽으로 고개를 돌렸다.

"민승후, 가만두나 봐. 스캔들 하나 터지면 바로 끝인 주제에. 박 기자 전화번호 알지? 가지고 와. 민승후에게 이 세계가 얼마나 무서운지 똑똑히 느끼게 해줄 생각이니까."

채민의 입에서 이 말이 나온 순간 유하의 입에서 피식 웃음이 터졌다.

유하는 사실 채민이라면 대충 이럴 거라 생각하고 길목에서 기다리고 있었다. 하지만 예상과 한 치의 어긋남도 없는 그의 단순함에 웃음이 터지는 건 막을 도리가 없었다.

"하채민 씨?"

유하는 채민을 부르며 앞을 가로막았다.

"나랑 얘기 좀 하시죠?"

"생각해 보니까 '아차!' 싶지? 나 잘못 건드렸어. 네가 그렇게나 좋아하는 민승후 자근자근 씹어줄게. 기대해?"

채민이 품에서 휴대폰을 꺼내자 빠르게 다가간 유하는 그의 팔을 가볍게 툭 쳐서 휴대폰을 바닥에 떨어뜨렸다. 그리고 욕설을 내뱉으며 손목을 움켜잡는 채민의 매니저의 팔을 비틀어 꺾어버리고는 쿵 소리가 날 정도로 거칠게 벽에 밀어붙였다.

자기보다 두 배는 덩치가 큰 매니저를 힘 하나 안 들이고 제압한 유하를 보며, 채민은 놀란 마음에 눈이 휘둥그레졌다.

"나는 경찰청 특수사건전담반 블랙팀 조유하 경위다!"

유하는 고통을 호소하는 채민의 매니저를 놓아준 뒤, 점퍼 안주머니에서 신분증을 꺼내 보여주었다.

"장명옥, 박희수, 라향미, 많이 들어본 이름이지?"

유하 입에서 익숙한 이름이 튀어나오자 채민은 움찔하며 뒤로 한걸음 물러섰다.

"네가 아무리 돈 많은 집안 자식이라 해도, 내가 블랙팀인 이상 털지 못하는 선은 없다. 네가 그들과 합의한 대가로 어떤 거래를 했든, 블랙팀에서 터는 그 순간 넌 매장이야."

무섭게 미간을 일그러뜨린 유하는 채민에게 한 발 가까이 다가가며 나지막하게 경고했다.

"행동 조심해. 그 아가리도 닥치고. 네 모든 것이 다 눈에 거슬리는데도 조용히 있는 건, 그렇게 하겠다고 약속했기 때문이다. 하지만 자꾸 거슬리면 나도 어쩔 수 없지 않겠어?"

부들부들 떠는 모습이 아주 볼만했다. 아버지 없으면 아무것도 못 하는 한심한 인간. 그런 채민의 민낯을 확인한 순간, 유하의 입에선 비웃음이 터졌다.

"내가 널 블랙팀에서 맡은 사건 피의자로 체포하게 하지 마. 나도 내가 나서서 이 대한민국을 연예계 성 스캔들로 떠들썩하게 만들 생각은 없으니까."

유하는 채민에게 바짝 다가서며 귓가에 속삭였다.

"내가 늘 항상 지켜본다는 사실 잊지 마. 한 번만 더 더러운 소문이 들리면, 넌 블랙팀 조사실로 직행이니까."

어깨를 스치며 채민의 옆을 지나간 유하는 곧장 촬영장으로 복귀해, 아무 일 없다는 듯 평소의 조명팀 막내로 돌아가 생글생글 웃으며 촬영장 여기저기를 뛰어다녔다.

몇 시간 후, 오늘 촬영을 모두 끝낸 채민이 조용히 촬영장에서 사라지자 스태프들은 일제히 안도의 한숨을 내뱉었다. 하지만 깊은 곳에 자리 잡은 불안한 마음은 어쩔 도리가 없었다. 내일 당장 민승후의 스캔들이 터지면 드라마에 큰 지장을 주기 때문이었다.

"우리는 모르는 거야. 우리 모두 민승후 열애 스캔들 보거나 듣지 못했어. 하채민이 어째서 그렇게 떠드는지도 알지 못하는 거다."

감독의 명령에 가까운 이 말에 스태프들은 동시에 고개를 끄덕였다. 그들에겐 하나의 목표가 있었다. 이 드라마는 무조건 대박 시청률로 끝내야 했다. 그리고 그 목표가 바로 눈앞에서 있었다. 스태프들은 시청률의 변동에 가장 중심이 되는 민승후 열애 스캔들이 터지면 큰일이라는 걸 아주 잘 알기에, 모두 같은 마음으로 입에 지퍼를 채웠다.

"어떻게 됐어?"

채민이 사라진 촬영장. 모두 편안해진 분위기 속에 쉬는 중간 농담과 웃음이 터지는 그때, 성찬이 유하에게 다가와 나지막하게 물었다.

"하채민 입에 지퍼 채웠어?"

"그냥…… 살짝……."

유하가 말을 얼버무리자 성찬의 입에선 작은 소리의 웃음이 터졌다.

"민승후 그때 도착 안 했으면 어쩔 생각이었냐?"

"블랙팀 경위가 촬영장을 뒤집었겠죠. 연쇄 성추행범 잡으러 블랙팀이 출동했을 수도, 블랙팀이 뜨면 사이코패스나 가학적 성향 어쩌고저쩌고하면서 요란한 기사가 쏟아져 나왔을 수도 있습니다."

"그래서 하채민 어떻게 되는데?"

"드라마 끝나고 블랙팀이 아닌 다른 곳에서 털겠죠. 가령 여성 사건만 전담하는 형사님들 같은."

"경찰청에 그런 곳도 있나?"

"당연히 경찰청엔 없죠. 하지만 다른 곳에는 있어요. 그리고 그곳 형

사 중에 경찰대 동기가 있더라고요. 저번에 통화 한 번 했는데, 우연히
도 동기가 하채민을 잘 알던데요?"

"우연히? 어째 믿음이 안 간다?"

"거짓말해서 뭐 합니까? 하채민, 내가 이 촬영장에 온 첫날 바로 꼬
리가 잡혔어요. 그렇게 질질 흘리고 다녔는데, 경찰이 눈이 멀지 않고서
야 그걸 못 볼 리가 없죠. 그냥 살짝 힘은 실어 줬어요. 거기서 털면 블
랙팀에서 지원 팍팍 해주겠다고."

"제발 드라마 하는 중간에는 소란 일으키지 마. 이 드라마 망하면 드
라마 관련 스태프들 모두 죽어. 다들 여기에 밥줄이 걸려 있다고."

유하는 대답 대신 장난스럽게 거수경례를 했다. 그리고 생긋 웃으며
영준이 있는 곳으로 다다다 뛰어갔다.

"그래, 이 정도면 조용히 넘어가는 거다. 내가 저놈 성격을 모르는 것
도 아니고."

어린 시절부터 한 번 움직이면 소리가 요란하게 들렸던 유하였다. 그
런 유하가 지금까지 조용했으면 진짜 많이 참아낸 것임을 성찬은 잘 알
고 있었다.

"조명팀에 그냥 눌러앉으라고 하면 안 되겠지?"

조명팀 사이에 껴서 장난치며 웃는 유하를 가만히 보던 성찬은 이곳
에 있을 날이 얼마 남지 않았음을 느끼고 깊은 한숨을 아주 짧게 내뱉
었다.


'집에 가기 싫다.'

하교 시간, 터덜터덜 교문을 벗어난 나경은 길 위에 서서 이쪽저쪽을
번갈아 가며 쳐다보았다.

어디로 가야 할까? 어디로 가면 벗어날 수 있을까?

쓸모없는 마음이라는 걸 알면서도 나경은 오늘도 같은 생각을 하고
있었다.

까르르 웃는 소리가 들린다. 같은 학년이다. 쟤들은 뭐가 그리 재미있는 거지? 뭐가 그리 좋은 걸까? 세상이 쟤들 눈에는 사랑스러운 핑크빛일까? 아니면 따뜻한 노란색? 어쩌면 밝은 연두색일 수도 있겠다.

그게 뭐든 저들이 있는 세상과 나경이 있는 곳은 다르게 느껴졌다. 같은 곳에 있으나 절대 섞이지 못할 전혀 다른 세상이었다.

나경은 중학생의 입에서 나온 거라고는 믿어지지 않게 무겁고 긴 한숨을 내쉬며 집을 향해 터덜터덜 걷기 시작했다. 그렇게 열 걸음 정도 걸었을 때, 갑자기 나경의 우뚝 멈춰 섰다.

"촬영장에 안 놀러 올래? 알지? 여기 드라마 세트장 있는 거. 내가 너만 특별히 보여줄게. 와서 언니 이름 말하면 돼. 언니는 조유하야."

맞다. 그때 그 언니가 그랬었다.

그럼 적어도 오늘만큼은 갈 곳이 생겼다. 곳곳이 끔찍한 기억이 숨어 있는 집에는 조금이라도 늦게 갈 수 있다.

나경은 발길을 돌렸다. 그리고 집이 아닌 촬영장을 향했다.

촬영은 계속 되었고 순조롭기까지 했다. 그리고 거의 막바지에 다다르고 있었다.

"애! 여기 들어오면 안 돼!"

"조유하 언니가 오라고 했어요."

한창 촬영이 이어지고 있을 때 진행팀에서 이런 말이 들려서, 유하는 고개를 돌려보았다. 그리고 나경을 보게 되었다.

"나경이……."

유하는 나경이를 향해 빙긋 웃어주고는 민석과 성찬을 번갈아 가면서 보았다. 부탁했던 걸 들어달라는 뜻이었다.

"어! 나경이네? 어서 와! 감독님, 제가 며칠 전에 이 아이에게 실수했었어요. 그래서 촬영장 보여주는 것으로 퉁 치자 했는데, 잠깐 보여주는 거 괜찮을까요?"

민석과 성찬이 나서기 전에 승후가 먼저 나섰다. 촬영장에 다른 누군가를 데리고 온 적이 없었던 승후라, 감독은 부탁을 흔쾌히 허락해 주었고, 나경이는 그렇게 촬영장 견학을 할 수 있게 되었다.

"유하 씨, 나경이 좀 부탁해요. 둘이 안면 있죠?"

자연스럽게 나경을 유하에게 부탁하는 것으로 자기 역할을 다 한 승후는 다시 일에 매달렸다.

"나경아, 어서 와!"

유하가 오라고 손짓을 하자 나경을 불안한 눈으로 이리저리 두리번거리며 그녀 곁으로 다가왔다.

"잘 왔어. 일단 촬영하는 거 봐."

유하는 나경에게 따라오라고 손짓하고는 촬영장이 잘 보이는 쪽, 하지만 스태프들이 잘 안 다니는 곳에 세웠다. 그리고 잠깐 지켜보라고 한 뒤에 다시 촬영장으로 들어갔다.

그렇게 한 30분 정도 촬영이 이어졌다. 유하는 중간중간 나경을 확인하면서 성찬의 지시를 따랐고, 나경은 유하와 눈이 마주칠 때마다 희미하게 미소를 머금었다. 해당 장면 촬영이 끝난 후, 잠깐의 휴식이 주어지고, 유하는 빙긋 웃으며 나경에게로 다가갔다.

"재미있지?"

"네."

나경은 고개를 끄덕이며 메이크업을 수정하고 있는 승후를 힐끔 보았다.

"민승후 좋아해?"

"……그냥……."

"같이 사진 찍을래?"

"아니에요. 싫어요."

나경은 굳은 얼굴로 고개를 흔들다가 '아차!' 하며 고개를 푹 숙였다.

"그래. 그건 나중에 해도 되고. 그런데 나경이 몇 살이야?"

"열다섯."

"오! 열다섯이구나? 예쁠 때네. 귀여워."

유하는 킥 웃으며 손을 올렸다. 손이 머리 근처에 닿자 나경을 흠칫하며 몸을 움츠렸다. 나경의 이 행동에 유하의 눈에 서늘함이 스쳐 지나갔다.

"그럼 이 근처 둘러볼래? 재미있는 거 많은데?"

나경이 고개를 끄덕이자 유하는 잠깐 기다리라고 말하며 성찬에게로 다가갔다. 그리고 나경이와 잠깐 있을 테니까, 한 시간만 빼달라고 부탁한 뒤에, 음료수 두 개를 들고 촬영하고 있는 야외 세트장을 빠져나왔다.

"신기하지? 처음에는 나도 엄청 신기하더라고. 아니다. 지금도 신기해. 사실 언니 이 일 한 지 얼마 안 됐거든."

"네."

유하는 군데군데 지어놓은 세트장을 하나하나 소개해 주면서 나경의 표정을 살폈다. 처음 경계하듯 보던 아이의 눈빛이 점점 편안해지고 곧 미소가 감돌았다. 적당히 다 둘러봤다고 생각한 유하는 대충 앉을 수 있는 자리에 나경을 앉히고, 준비해 왔던 음료수를 내밀었다.

"감사합니다."

나경은 음료수를 받자마자 따서 한 모금 마셨다.

"나경아, 언니가 여기 왜 부른 것 같아?"

"촬영하는 거 보여주려고……."

나경은 유하의 표정에서 자기 생각이 아니라는 걸 깨닫고는 말을 끝마치지 못했다.

"나경아, 언니 여기 잠깐 일하는 거야. 원래 직업은 따로 있어. 그리고 곧 다시 복귀할 거고."

"그게…… 왜요?"

유하는 주머니에서 명함 하나를 꺼내 나경에게 내밀었다.

"언니…… 경찰이에요?"

새하얗게 질려서 굳어버린 나경의 얼굴. 유하는 그런 나경을 안타깝게 보았다.

"언니는 네가 안 좋은 일을 당한 것 같다는 생각이 들어. 물론 이건 단순히 언니 추측이야. 사실 확인은 네가 해줘야 하고."

"아니에요. 그런 일 없어요."

이내 정신을 차린 나경은 명함을 바닥에 던지고는 벌떡 일어나 걸어갔다. 이 자리에서 도망치려 하는 것 같았다.

"나경아!"

유하는 그런 나경의 팔을 잡아 세우고는 교복 주머니에 명함을 넣었다.

"무서워하지 마. 언니 경찰이야. 나쁜 놈 잡는 게 내 일이잖아. 그러니까 언니 믿고 잘 생각해 봐. 생각해 보고 전화해."

"그놈이 그놈이잖아!"

나경은 원망 가득한 눈으로 유하를 보며 목소리를 높였다.

"다 그놈이 그놈이라고! 나쁜 놈 잡는 경찰? 나쁜 놈 보호하는 경찰이겠지! 아니면 똑같이 나쁘든지!"

눈에 눈물이 차오르더니 이내 뚝 떨어진다. 나경은 흐르는 눈물을 아무렇게나 닦아내고는, 거의 뛰다시피 하면서 사라졌다.

"그놈이 그놈이다. 그러니까 그 쓰레기가 이 지역 유지 내지는 감투 쓴 인간 중 한 명이든지, 그 가족이라는 뜻이겠네?"

나경이 사라진 후, 혼자 나지막하게 이렇게 중얼거린 유하는 차갑게 빙긋 미소를 머금었다.

"어떻게 됐어?"

나경이 가고 유하가 다시 촬영장으로 돌아오자 민석이 옆으로 다가와 물었다. 대답 대신 깊은 한숨을 짧게 토해낸 유하는 촬영하는 중간 출연자 중 한 사람이 낸 NG에 하하 웃음이 터진 승후에게로 시선을 돌렸다.

"민승후, 참 밝은 사람인 것 같아요."

"밝고, 해맑고, 순수한 캐릭터지. 상처 하나 없이 사랑만 받으며 자란 티가 나는데, 어이없게도 예의도 바르고 친절하기까지 해. 민승후만 보면 그 부모 좀 만나고 싶다니까. 자식 저렇게 키우는 비법 좀 알려달라고 부탁하고 싶어."

"고로 아빠 딸은 그런 자식이 아니라는 뜻이네요?"

유하가 장난처럼 던진 이 말에 민석의 입가엔 미소가 떠올랐다.

"부모 속 썩이는 자식을 자랑스럽다고 말할 순 없지."

유하의 입에서 킥킥 낮은 웃음이 터지던 그때 승후가 고개를 돌려 그녀를 보았다.

"유하 씨, 나경이 갔어요?"

승후는 화사하게 웃으며 밝게 물었다.

"네. 지금 막 갔어요."

"고마워요! 고생했어요! 나중에 근사하게 은혜 갚을게요."

자기가 친 사고도 아니면서 책임지려 하는 승후의 모습에 유하는 빙긋 미소를 머금었다. 미안하다는 뜻이 담긴 미소였다.

"좋은 사람이다. 괜찮은 남자고."

"내 세계에 절대로 끌어들이면 안 될 사람이기도 하고요."

유하가 덤덤하게 한 이 말에 민석은 시선을 돌려 그녀를 보았다.

"너랑 민승후 무슨 일 있는 거 맞지?"

"걱정 마세요. 정리 잘 할 테니까."

"정리하라는 뜻이 아니라 냉정하게 생각하라는 뜻이야. 민승후의 입장에서."

"그러니까 정리가 맞아요. 저 사람에게 형사 조유하는 해가 될 뿐이
니까."

다시 일에 집중해 대사를 맞추다가, 어떤 이유에서인지 승후는 큰 웃
음을 터뜨렸다. 웃음소리가 서서히 번지고, 촬영장에 있는 스태프들도
웃기 시작했지만, 딱 두 사람, 유하와 민석만은 웃지 않았다. 오히려 아
주 밝게 웃는 승후를 걱정스럽다는 표정으로 보고 또 보았다.

'장나경, 열다섯 살. 중학교 2학년. 식구는 2년째 병원에 입원 중인
엄마뿐. 어려운 가정환경. 병원비는 이 지역 유지인 박형일 후원금으로
충당하고 있음. 박형일, 이 지역에서 상가와 땅을 가장 많이 소유하고
있음. 10년 전 국회의원으로 활동한 이력이 있음.'

국밥 한 그릇을 시켜놓고 주영은 밀려오는 짜증에 머리를 벅벅 긁었
다.

"고로 현재 이 지역에서 가장 막대한 영향력을 가진 사람."

지금까지 조사한 걸 쭉 떠올려 보던 주영은 나지막하게 중얼거리며
깊은 한숨을 내뱉었다.

"선배, 아이가 분명히 신고했어요. 그걸 이 지역 경찰이 덮어버린
거고. 어쩌면 아무도 아이의 말을 듣지 않으려 했을 수도 있어요.
경찰도 손에 틀어쥘 정도로 막강한 영향력을 가진 인물인 것 같아
요."

자신이 알아낸 자료와 유하가 한 말을 종합하면 대충 답은 나왔다.
범인은 박형일일 가능성이 컸다. 문제는 이걸 어떻게 입증을 하느냐
인데, 가족의 생명이 달린 일이니 아이는 절대로 신고 못 한다고 봐야
했다. 피해자가 입을 다물면, 이런 사건은 파헤치기 힘들었다.

이런 사건이 제일 답답하다. 주영은 밀려오는 짜증에 또다시 긴 한숨을 푹 내쉬었다.

"젊은 사람이 무슨 한숨을 그리 쉬누?"

국밥을 가져다주며 나이 지긋한 주인 할머니가 물었다.

"그러니까요. 젊은데 한숨이 터져 나오네요."

주영은 하하 웃으며 숟가락을 들었다.

"경찰이지?"

"아니에요."

"갈 날이 얼마 안 남았지만, 아직 이 눈썰미 정도는 쓸 만해. 들어올 때 주머니에 집어 넣은 그거 경찰수첩이던데? 경찰 표식은 내가 아주 잘 알지. 왜? 뭐 알려줄까? 내가 이 동네 소식통이야. 이 동네 소문은 다 내 귀를 지나가. 어서 물어봐. 내가 다 알려줄 테니."

주영은 국밥에 밥을 말아서 몇 숟가락 떠먹었다.

"뭐 알려고 왔어?"

"그냥 지나가는 길이었습니다. 배고파서 잠깐 들른 거지, 아무것도 없어요."

"그럼 내가 하나 말해줄까?"

"뭐요? 뭐 재미난 사건 있어요?"

주인 할머니는 밖을 살핀 후에 식당 문을 걸어 잠갔다.

"장사 안 하세요?"

"잠깐 안 한다고 어찌 되는 건 아니야."

할머니는 물을 한 잔 떠 주영 맞은편에 놓고는 의자를 빼 앉았다.

"박형일 그 사람 왜 알아보고 다녀?"

생각지도 못한 말이 할머니 입에서 흘러나오자 주영의 얼굴에 잠깐 당황하는 빛이 스쳤다. 하지만 곧 평정심을 되찾고는 빙긋 웃음을 흘렸다.

"무슨 말씀이세요?"

"에이, 내 눈은 못 속이지. 이미 몇몇은 숙덕거리는데."

작은 동네라서 그런지 소문이 빨리 퍼진 모양이다.

이러면 박형일 그 사람 귀에 들어가는 건 시간문제라는 건데, 아니면 벌써 들어갔나?

일을 빨리 진행해야 한다는 생각에 주영의 마음이 급해졌다.

"혹 그 사람 조사 중이야? 그 사람 무슨 잘못 했어?"

"아니에요, 그런 거. 이 동네 유지라서 물어본 거죠. 동네에 관해선 그분이 가장 많이 안다더라고요."

"여기 경찰 아니지?"

"왜요? 왜 자꾸 물어보시는데요? 저 여기 수사하러 온 것 아니에요. 수사 때문에 지나가는 길에, 혹시나 해서 알아본 겁니다. 제가 쫓던 범인이 혹시 여기에 머물렀을 수도 있고 해서."

"말투를 보니 서울인데, 맞지?"

"네. 맞아요."

"그럼 장나경이라고 있어, 걔를 알아봐. 요 근처, 중학교에 다녀."

할머니 입에서 나경의 이름이 흘러나오자 주영은 표정을 숨길 생각도 못 하고 미간을 찌푸렸다.

"왜…… 요?"

"내가 자세한 말은 못 해. 알아도 못 하지. 내 눈으로 직접 본 게 아닌데. 경찰 양반이 걔 좀 자세히 알아보고 도와줘. 여기는 경찰부터 마을 사람들까지 다 걔 못 도와줘."

"왜……."

"왜긴, 알아도 모르는 척해야지. 자기 먹고사는 게 걸린 문제인데. 그러니까 서울에서 온 경찰 양반이 조사 좀 해. 알았지?"

"장나경 학생한테 안 좋은 일이 있는 건가요?"

"경찰 양반 온 거, 이미 소문났어. 아는 사람들은 일단 입단속을 하고 있는데, 오래 못 가. 그러니까 빨리 알아내. 시간 지나면 안 돼."

할머니는 둘만 있는데도 목소리까지 죽이며 말했다. 그리고 아무 일도 없었던 것처럼 식당 문을 열고 주방을 치우기 시작했다.

알 만한 사람들은 대충 짐작하고 있지만, 보복이 두려워 말을 못 한다는 것이 분명했다.

'나경이를 설득해야겠네.'

숟가락을 꽉 움켜쥔 주영의 손이 부들부들 떨렸다.


"수고하셨습니다!"

촬영이 끝나고 지친 스태프들이 하나둘 숙소로 향했다. 하지만 어쩐 일인지 승후는 자기 일이 끝났음에도 불구하고 촬영장을 떠나지 않았다. 마치 누구를 기다리는 듯, 한 곳을 살피며 상황을 지켜보다가, 어느 정도 마무리가 되는 것처럼 보이자 다가갔다.

"유하 씨?"

정리가 끝난 조명팀으로 다가와 유하를 부른 승후는 빙긋 웃으며 가까이 오라고 손짓을 했다.

"네."

조명팀 선배들과 숙소로 돌아가려던 유하는 승후가 부르자 그에게로 걸어갔다.

"지금 잠깐 볼 수 있어요? 시간 많이 빼앗지 않을게요."

"왜요? 뭐 할 말 있어요?"

"그…… 냥이요."

승후는 주위를 한 번 살피고는 쑥스럽다는 표정으로 웃었다.

"아! 네. 은혜 갚아주세요. 저도 오늘이 좋겠어요."

유하는 승후가 무슨 말을 하고 싶은지 정확하게 읽어냈다. 그러고는 조명팀 선배들에게 푹 쉬라고 말하며 인사를 했다.

"승후 씨, 가요."

유하가 밝게 말하며 먼저 앞장을 서자 승후가 빠르게 다가와 그녀와 나란히 걸었다.

"저놈 진짜 이상한 놈이다. 이런 생각 하죠?"

"전혀요. 승후 씨가 이상하면 세상 남자 다 이상하죠. 그런데 왜 그런 생각을 했어요?"

"도와달라고 청한 적도 없는데 도와줬다고 생색내잖아요. 생각해 보니 진짜 이상한 놈일세. 자기 마음대로 돕고는 도운 값 내놓으라니. 나빠도 이런 나쁜 놈이 없어."

승후가 과장된 표정과 말투로 약간 큰 소리로 말하자 유하는 하하 소리 내 웃음을 흘렸다.

"치사해도 어쩔 수 없어요, 어떤 식이든 기회는 잡아야 하니까."

"사실 승후 씨가 도와줘서 고마웠어요. 얼마큼 깨질지 몰라 엄청 긴장했었거든요."

"빈말이라는 걸 알지만, 난 들리는 대로 듣는 사람이니까, 그냥 좋아할 거예요."

"빈말 아니라 말한 그대로예요."

진심이었다. 물론 민석과 성찬이 도와줄 테지만, 드라마 감독에게 일차적으로 깨진 뒤에나 가능할 것 같아, 사실 유하는 조금 긴장했었다.

"나 잘했다는 말로 들을 거예요?"

"네. 잘하셨어요."

유하가 생긋 웃자 승후의 얼굴에는 더 화사한 미소가 떠올랐다.

"자. 말하세요. 뭘 원하십니까?"

"이대로 숙소까지 걸어가기?"

"네?"

"피곤하잖아요. 난 유하 씨의 자는 시간 빼앗고 싶진 않아요. 그러니까 이대로 우리 둘이 오붓하게 숙소까지 걸어가요. 난 그것 외에 다른 건 필요 없어요."

"이런 기회 흔치 않을 텐데요?"

"그 흔치 않은 기회 잡은 거잖아요. 좋아하는 여자 집까지 바래다주는 게 내 오랜 로망이라."

"그렇다면 들어드려야죠. 로망은 이루기 위해 있는 거니까."

"고맙습니다. 내 로망을 이루게 해줘서."

장난스럽게 말을 주고받던 승후와 유하는 동시에 풋 웃음을 터뜨렸다.

한가로운 날, 적당한 피로감에 나른한 몸을 이끌고 그들은 소소한 이야기를 나누며 숙소로 향했다.

숙소, 자신의 방으로 돌아온 승후는 쉴 생각도 하지 않고 손가락으로 입술을 매만지며 생각에 잠겼다. 왜 자꾸 나경이에서 걸리는지 모르겠다. 분명히 나경이한테서 놓친 부분이 있는데, 그게 뭔지 도통 알 길이 없어 답답했다.

"잘 봐. 사람이 무의식적으로 하는 행동에는 다 이유가 있어. 그 사람에 대해 알려면 무의식적으로 하는 작은 행동을 잘 관찰해야 해."

형은 분명히 이렇게 말했다.

"무의식적으로 하는 행동이라……."

며칠 전 처음 만난 날, 넘어진 나경을 일으키기 위해 팔을 잡았을 때 나경은 닿으면 안 될 것이 닿은 것처럼 승후의 손을 거칠게 뿌리쳤었다. 그리고 스스로 일어나 옷에 묻은 흙을 털어냈었다.

"그 행동 분명히 좀 이상했어. 오늘 남자 스태프들이 지나갈 때마다 움찔하면서 조금씩 뒤로 물러났고. 더군다나 넘어졌을 때 분명히 몸에 이상한 멍 자국들이 있었던 것 같아."

생각이 자꾸 불길하게 한곳으로 향했다. 절대로 벌어지면 안 될 한 가지 사건으로…….

"나경아, 어린 너에게 도대체 무슨 일이 있었던 거니?"

이렇게 중얼거리며 승후의 얼굴은 그가 이런 표정을 지었다는 게 믿어지지 않을 정도로 험악하게 일그러졌다.

답답한 마음에 쉬지도 못하고 밖으로 나온 유하는 숙소 근처에서 주영과 통화 중이었다.

주영은 자신이 알아낸 것들을 파트너인 유하에게 말했고, 그들은 앞으로 어떤 방향으로 수사해야 나경이 입을 피해가 줄어들지 깊은 고민에 빠졌다.

[나경이 설득이 우선이야. 나경이가 모든 키를 쥐고 있어.]

이미 짐작하고 있었던 일이다. 나경이가 입을 다물어 버리면, 성폭행 현장을 잡지 않는 한, 범죄를 증명할 방법이 없었다. 이런 범죄는 그래서 힘든 사건이었다. 피해자에게서 증거를 찾아야 하는데, 피해자가 범죄 사실을 부정해 버리면 그대로 끝이니까.

유하는 짜증스러운 마음에 깊은 한숨을 토해내며 머리를 헝클었다.

[우선 나경이에게는 여자인 네가 유리할 테니까, 만나서 설득해 봐.]

"내가 경찰이라서 쉽지 않아요. 나경이 머릿속에는 이미 경찰은 나쁜 놈과 한패라는 인식이 강하니까. 선배가 완전 공적으로 밀고 들어가면 안 될까요? 그 나이 또래는 조금만 분위기를 만들어주면 알아서 술술 말할 텐데."

[완전 공적으로 밀고 들어가면, 완전 확실하게 은폐하지. 박형일이 나경이 후견인인데. 모르긴 해도 법적인 조치까지 다 되어 있을걸?]

"아! 그게 있었죠? 미성년자라 보호자 허락 없이는 안 되지. 아! 미치겠다. 어떻게 해야 하지?"

[우선 나경이를 박형일 눈을 피해 은밀히 만나야 해. 그럴 방법 없어?]

"은밀히 만날 방법이라."

이렇게 중얼거리며 주위를 둘러보던 유하는 마침 저 멀리 보이는 한 사람을 발견하고는 빙긋 미소를 머금었다.

"하나 있어요. 나경이 관심을 끌 딱 하나."

[그게 뭔데?]

"일단 그건 나한테 맡겨요. 내가 알아서 할게요."

[그래? 그럼 난 박형일 주변을 좀 더 팔게. 분명히 지역경찰서에도 줄이 있을 거야. 사건을 덮고 은폐하는 나쁜 놈이 있어.]

"알았어요. 전화할게요, 선배."

유하는 서둘러 통화를 끝내고 자신이 있는 쪽으로 걸어오는 사람을 향해 방긋 웃어 보였다.

"민승후 씨."

여기 있다. 나경을 유인할 최고의 미끼. 승후는 나경을 이곳으로 데려올 수 있을 것이다. 유하는 이런 일로 승후를 이용할 생각을 하는 자신이 좀 비겁하다고 느꼈지만, 뭐든 해야 하니 어쩔 도리가 없었다. 이것 외에 나경을 따로 만날 방법이 좀처럼 생각나지 않았기 때문이었다.

"뭐지, 이 불안한 미소는?"

유하가 갑자기 달콤하게 웃자, 다가오던 승후는 순간 움찔하면서 두어 걸음 뒷걸음질 쳤다.

"자지 않고 뭐 해요?"

"잠이 안 와서. 그러는 유하 씨는요?"

"나도 잠이 안 오더라고요. 그래서 말인데, 나 부탁이 있어요."

"부탁? 무슨 부탁? 이상한 부탁은 안 들어줘요. 아무리 조유하라도 사회에 물의를 일으키는 부탁이라면 안 들을래."

"간단한 거예요. 아주 간단해. 쉬워요. 진짜 쉽다니까?"

유하는 승후에게 한 걸음씩 다가갔다.

"쉬워요. 엄청 간단해."

재차 쉽고 간단하다는 걸 강조한 유하는 승후를 보며 최대한 밝게 생긋 웃었다. 그리고 다시 한 번 더 강조했다.

"땅 짚고 헤엄치기보다 더 쉬워요. 진짜!"

"간단하고 쉬운 일이라고 하면서 자꾸 말을 반복하는 게 수상한데?"

승후는 잔뜩 의심하며 뒷걸음질 쳤다.

"에이! 날 그렇게 못 믿어요?"

유하는 도망가는 승후보다 더 빠르게 그에게 다가가 팔을 가볍게 톡 쳤다.

"못 믿는 건 아닌데, 그렇다고 다 믿어야 하는 건지도 모르겠어요. 설마 나 팔아먹으려는 건 아니겠죠? 스타라 몸값도 비쌀 텐데."

예민한 사람. 이런 건 좀 둔해도 되는데. 유하는 예리한 승후의 질문에 순간 뜨끔해서 어색하게 하하하 웃었다.

"맞네. 팔아먹을 생각. 싫어요. 안 해."

승후는 고개를 절레절레 흔들면서 뒤로 휙 돌아 걸어갔다.

"제발! 승후 씨, 내 부탁 들어주면 소원 한 가지 들어줄게요."

"싫어. 그 소원 하나 때문에 날 팔고 싶진 않아."

유하가 팔을 잡고 최대한 불쌍한 표정으로 매달렸지만, 승후는 그런 그녀를 보지 않으려 애쓰면서 매정하게 고개를 저었다.

"그럼 소원 두 개. 아니, 세 개! 다 들어줄게요! 사회에 물의를 일으킨다 해도 다 들어줄게요. 그러니까 제발 승후 씨, 내 부탁 하나만."

"소원 세 개?"

살짝 구미가 당기는지 승후는 우뚝 멈춰서 새침하게 고개만 살짝 돌려 유하를 보았다.

"응. 세 개."

"사회에 물의를 일으키는 소원이라 해도?"

"……네."

이게 무슨 짓을 시키려고?

서늘한 기운이 등줄기를 타고 올라왔다.

까짓 살인만 아니면 해보자. 설마 좋아하는 여자한테 이상한 것 시키겠어?

이렇게 마음먹은 유하는 엄청나게 진지한 표정으로 고개를 끄덕였다.

"그럼 우선……."

"내 부탁 들어주지도 않고 소원부터 말해요?"

"싫으면 말고."

주먹을 부르는 인간!

욱한 마음에 주먹을 불끈 쥐었던 유하는 마음속으로 참을 인을 쓰며 억지로 미소를 지었다.

"말해요. 그 소원."

"나랑 별 보러 가기."

"네?"

어떤 충격적인 소원을 들어도 다 감당해 내리라.

강하게 결심한 마음이 부끄러울 정도로 승후는 아주 소박한 소원을 말했다.

"데이트하자고. 나랑."

"아니, 그걸 무슨 소원까지 써서 해요. 이런 기회 흔치 않아요. 나라면 더 크고 중요한 소원을 말할 거예요."

"나한테 그것 외에 더 크고 중요한 건 없으니까. 대답해요. 별 보러 갈 거예요?"

"알았어요. 가요. 간다고요. 소원이잖아요. 무조건 들어줘야 하는."

승후의 얼굴에 화사한 미소가 번졌다. 순수한 소년 같은 승후의 얼굴을 보고 있자니, 유하의 얼굴에도 저절로 미소가 떠올랐다.

"자, 말해요. 유하 씨 부탁 다 들어줄게요. 오는 게 있으면 가는 게 있어야죠."

"그럼. 말할게요. 나경이 승후 씨가 불러주면 안 돼요? 승후 씨가 부르면 올 수도 있는데. 직접 가서 데리고 와주시면 더 좋고."

"나경이는 다시 왜요?"

"전에 왔을 때 실수를 좀 했어요. 그래서 사과하고 싶은데, 휴대폰 번호도 모르고 해서."

"나경이 보자고 소원을 세 가지나 썼어요?"

이해 못 하겠다는 표정이다. 하긴 승후가 이런 반응인 건 당연했다.

"찝찝해서요. 찝찝한 거 엄청 싫어하거든요."

"알았어요. 마침 내일 오후에 나가야 하니까. 그 김에 중학교에 들러서 나경이 데리고 오면 되는 거죠?"

"진짜 마침 나가야 해요? 와! 엄청 잘 됐다."

승후가 나경이 때문에 일부러 나가는 걸 알면서도 유하는 모르는 척 해맑게 웃으며 손뼉까지 쳤다.

"에고, 내 앞날이 훤하네."

승후는 픽 웃으며 과할 정도로 크게 한숨을 내쉬었다.

"왜요?"

"잡혀 살 팔자니까."

"누구한테?"

"애인한테. 누군지 모르겠지만, 진짜 대단하죠? 아직 애인도 아니면서 벌써 잡고 흔들잖아."

"대단하네요. 진짜 누군지 모르겠지만."

승후의 시선이 똑바로 유하를 응시했다. 순수하게 유하를 믿는 마음. 유하는 그런 승후의 시선에 양심이 콕콕 찔려서 쓰리고 아팠다.

내가 죽을 때 심장 찢어질 사람은 부모님이면 충분하다.

유하는 늘 이런 생각으로 살았다. 아니, 그녀는 최근 몇 년간 항상 이런 생각을 가슴에 품고 살았다. 최근 두 번의 큰 사건이 있었고, 유하는 그 두 번 모두 황천 강 바로 앞에서 돌아왔다. 그리고 지금 유하는 또 한 번의 죽을 고비를 기다리고 있었다. 그런 자신이 승후를 받아들인다는 건 말도 안 되는 일이었다. 그건 자신에게도 승후에게도 큰 불행

일 테니까.

'미안해요. 그래도 고마워요. 좋아한다고 말해줘서. 나중에 내 소식 들어도 마음 아프지 않게, 내가 승후 씨 그 마음 잘 끝내줄게요.'

빙긋 웃는 유하의 미소 속에 이 말이 담겼다.

중학교 앞.

나경이를 기다리던 승후는 삼삼오오 귀여운 학생들이 친구와 함께 하교하는 것을 가만히 지켜보다가 옛날 제 학창시절을 떠올리며 빙긋 웃었다.

"형, 형, 나 중간고사 성적 나왔는데, 1등 했어!"

승후의 모교는 중·고등학교가 함께 있던 학교였다. 그래서 승후는 곧잘 형을 보러 고등학교로 넘어가곤 했었다.

"대단한데? 멋지다, 내 동생!"

형이 엄지손가락을 쳐들면 승후는 기분이 좋아 헤헤헤 웃음을 터뜨렸다. 그때는 그렇게 형과 함께 있으면 행복하고 좋았다.

'형은 싫지?'

승후는 슬프게 하늘을 올려다보았다.

'내가 다시 연예인이 돼서 지금 형 엄청 화내고 있지?'

"더 늦기 전에 유학 가. 네 꿈 중에 연예인이 있었다면 모를까, 이건 네 꿈이 아니잖아."

군 복무 중 형이 한 이 말에 승후는 엄청난 고민을 했었다. 진짜 내가 원하는 삶이 뭘까 하고. 그렇게 군 복무 내내 생각하고 또 생각하고 내린 결론은 형의 말처럼 원래대로 유학을 떠나는 것이었다. 계획만 하고 실천에 옮겨보지 못했던 그 삶을 살아보는 거였다.

하지만 그 생각은 형의 죽음으로 곧 끝이 났다. 지금 승후의 최대 목표는 형을 죽인 놈이 잡히는 장면을 이 두 눈으로 똑똑히 보는 것. 이것 외에 아무것도 없었다.

"내 동생, 난 네가 세상의 밝은 면만 보면 좋겠어. 어두운 건 이 형이 다 볼 테니까, 넌 맑고 깨끗한 밝은 면만 봐. 그게 내 소원이야. 내 동생, 들어줄 거지?"

형은 승후에게는 스승이었다. 인생 스승. 지금의 승후는 형이 자르고 다듬어서 만든, 바로 형 작품이니까.

나경이 교문을 빠져나오는 모습을 본 승후는 캡모자를 더 푹 눌러썼다. 그리고 고개를 푹 숙이고 터덜터덜 걷고 있는 나경에게로 다가갔다.

"안녕?"

승후는 나경과 마주 보고 섰을 때, 쓰고 있던 선글라스를 살짝 내려서 얼굴을 확인시켜 주고 다시 올렸다.

"장나경, 맞지?"

땅을 보고 터덜터덜 걷던 나경은 우뚝 멈춰서 고개를 들어 올려다보았다. 그리고 승후의 얼굴을 확인하고 눈이 휘둥그레졌다.

"나랑 좀 걸을래? 여기 어디 산책할 만한 곳 있어? 여자애들이 너무 많아서. 나 알아보고 달려오면 골치 아프니까."

경계하듯 조금 떨어지던 나경은 그제야 지금 하교하는 시간이라 주위에 여학생들이 많다는 걸 눈치채고 따라오라고 한 뒤에 먼저 앞장서서 걸어갔다. 그렇게 몇 분을 걷던 나경은 사람들이 많지 않은 조금 한적한 길로 승후를 안내했다.

"어? 이 길로 쭉 가면 우리 숙소 나오는데. 맞지?"

나경은 대답 없이 고개만 끄덕였다.

"하긴 외부 사람이 들어와 있는데 소문이 안 날 리가 없겠지."

"저한테 할 말 있어요?"

"내가 너 왜 찾아온 것 같아?"

"유하 언니 부탁받고 왔어요? 나 설득하라고?"

"부탁 맞아. 그런데 설득은 아니야. 난 유하 씨가 뭘 설득하려고 하는지도 모르거든. 하지만 유하 씨 부탁이 아니더라도 나 너 만나려고 했어."

"왜요?"

"뜬금없는 이야기지만, 내가 제일 믿고 의지하는 사람이 경찰이야. 그래서 난 사람을 관찰하는 법을 그 사람한테서 배웠거든. 처음에 부딪쳤을 때는 잠깐 본 거라 스치듯 그냥 넘어갔는데, 우리 촬영장에 왔을 때, 자세히 보게 됐지."

"그게 왜요?"

"그 사람이 한 말 중에 가장 기억이 남는 건, 아이는 스스로 지킬 수 없어서 어른들이 보호해야 한다는 얘기야. 아이에게 일어나는 모든 불행은 바로 어른들의 탓이라는 거지. 너도 어른이 아닌 이상 아이잖아. 그럼 어른들의 보호를 받아야지. 힘든 일이 있으면 어른들한테 말해야 해. 가슴에 품고 있는 건, 네가 할 일이 아니야. 그래서도 안 되고."

"보호 같은 거 안 받아요. 그러니까 언니한테 말해요. 경찰은 내가 더 잘 알아요. 내 문제, 경찰은 해결 못 해요."

나경은 사납게 말하고는 휙 돌아서 가려 했다.

"내가 도와줄게. 내가 믿을 수 있는 경찰 소개해 줄게."

몇 걸음 가던 나경을 우뚝 멈추고는 뒤돌았다.

"믿을 수 있는 경찰은 없어요. 여기는 그래요."

"내가 사는 곳은 안 그래. 난 여기 사람이 아니니까. 사람, 아니, 특히 남자들이 지나갈 때마다 움찔움찔 놀라고. 타인의 손이 네 몸에 닿는 걸 극도로 싫어하며, 그리고 첫날 너와 부딪쳤을 때 내가 봤던 흔적들……. 나 그게 무엇을 뜻하는지 정도는 알아. 아마 유하 씨도 그걸 발견했기 때문에 널 보려 한 거겠지. 나경아, 난 네가 용기를 냈으면 좋겠어. 너만 용기 내준다면 우리가 널 도와줄게. 나 민승후잖아. 그 정도 능력은 되는데, 못 믿겠어?"

"용…… 기?"

"응. 용기."

"상대가 힘이 세면? 그래서 아무도 못 건드리는 사람이면?"

"아무리 힘이 세도, 감옥에 처넣을 순 있어. 너만 확실하게 마음먹어주면."

갑자기 툭 끼어드는 유하의 음성에 나경과 승후는 목소리가 들리는 쪽으로 고개를 돌렸다. 그리고 언제부터 와 있었는지 얼마 떨어지지 않은 곳에서 승후와 나경을 지켜보고 있던 유하를 발견했다.

"그러니까 넌 아무 걱정 하지 말고 나만 믿어. 그러면 돼."

유하는 다가와 승후 옆에 서며 나경과 마주 보았다.

"그래봤자 안 돼요, 그 사람은."

절망이다. 자기 삶 자체를 포기해 버릴 정도의 절망. 유하는 나경에게서 이걸 읽었다.

"나경아, 그건……."

그건 모르는 거야. 해보지도 않고 안 될지 어떻게 알아?

이렇게 말하려고 입을 열었던 유하는 승후의 강한 음성에 하려던 말을 삼켰다.

"장나경, 그 생각은 네가 잘못한 거야. 되든 안 되든 해봐. 벽은 부수든지 넘든지 하면 돼. 시도는 해봐야지. 안 된다고 포기하는 건 바보 같은 짓이잖아."

승후는 강한 음성과 반대로 나경과 시선을 맞출 땐 부드럽게 웃었다.

"포기는 그것 외에 다른 방법이 없을 때 하는 거야. 포기해야 한다는 결론이 날 때까지는 무슨 일이든 직진. 막혀서 더는 꼼짝도 할 수 없을 때까지 일단 가봐. 벼랑 끝에서 떨어지는 것밖에 더는 할 게 없을 때, 포기는 그때 해도 늦지 않아."

"난 이미 벼랑이에요."

"아니. 넌 아직 아무것도 안 했어. 그러니까 지금부터라도 해. 우리가 도와줄게. 우리가 네 편이 돼서 함께 싸워줄게."

나경의 눈에 눈물이 그렁그렁 차오르자, 승후는 반대로 더 화사하게 웃었다.

"내가 말이야, 시작하면 끝을 보는 사람이거든. 절대로 중간에 유턴 같은 거 안 해. 그러니까 믿어도 돼."

눈물이 떨어지는 걸 느꼈는지 나경을 서둘러 옷소매로 눈가를 훔쳤다. 그리고 생각해 보겠다는 말을 끝으로 그대로 휙 돌아서 가버렸다.

"연락 올까요? 연락 안 오면 어쩌죠? 경찰에 그냥 신고해야 하는 건가?"

설득하지 못해서일까. 승후의 음성이 차이가 확연하게 드러날 정도로 어두워졌다.

"신고해도 쟤가 부정해 버리면 끝이에요."

"미성년자라 부모가 법정대리인이잖아요. 쟤 부모를 만나야 하는 거 아니에요?"

"엄마밖에 없어요. 그 엄마도 지금 병원에 있고. 중환자실에 있다는 것 보니까, 상태가 심각한 것 같아요. 아이는 엄마 때문이라도 더 입 다물 거예요. 그게 엄마를 조금이라도 더 붙들고 있는 길이라 여길 테니까."

"그렇구나. 불쌍한 애네."

무겁게 한숨을 푹 내쉬던 승후는 이상하다는 걸 느끼고 고개를 갸웃했다.

"뭐지? 나경이에 대해 어떻게 그렇게 잘 알지? 내가 이상하다 느낀다는 건 진짜 이상한 건데?"

아차! 나 이 사람한테 경찰 아니지. 그냥 전직 스튜어디스지. 그제야 자신이 뭔 잘못을 했는지 느낀 유하는 최대한 빠르게 머리를 굴렸다.

"알아봤어요. 나경이가 이상해서 조금. 이런 지방에 작은 도시들은 옆집 숟가락이 몇 개인지까지 다 알고 그러잖아요. 그냥 몇 마디 물은 것뿐인데 아줌마들이 참 적극적이더라고요."

"아! 그렇구나."

승후는 고개를 끄덕이다가 갑자기 피식 웃었다.

"왜요?"

"순간 이 여자 경찰인가 하고 생각했었어요. 등에서 식은땀 흐를 뻔했네."

승후의 이 말에 움찔한 유하는 아주 조금 긴장한 표정으로 그를 보았다.

경찰을 싫어하면 고민할 필요도 없는 건가? 직업만 말하면 바로 고백 철회하는 거 아닐까?

유하의 머릿속에는 번뜩 이 생각이 떠올랐다. 하지만 동시에 아쉬운 마음이 드는 건 그녀도 어쩔 도리가 없었다.

거절할 생각이었으면서 이런 마음이 들다니. 자신이 참 간사하다는 생각이 드는 그 순간, 어이없는 마음에 유하의 입에선 소리 없는 웃음이 터졌다.

"난 유하 씨가 조명팀이라 얼마나 좋은지 몰라요. 내가 마음만 먹으면 어디에서 뭘 하는지 다 알 수 있잖아요."

승후는 이렇게 말하며 숙소를 향해 천천히 걸어갔다.

"경찰 싫어요? 아까 들으니까 믿고 의지하는 사람이 경찰이라 하던데? 왜 경찰이 싫을까? 아니다. 꿈 중에 경찰도 있었다고 하지 않았어요?"

유하는 승후와 보폭을 맞춰서 나란히 걸으며 그의 표정을 가만히 살폈다.

"경찰 안 싫어해요. 나 경찰 엄청 좋아해요. 내가 믿는 사람이 다 경찰이기도 하고. 할아버지와 아버지도 경찰이셨고."

할아버지가 경찰 높으신 분이었다는 소문은 들었지만, 아버지가 경찰이셨다는 건 새롭게 안 사실이다.

두 분 다 경찰 대선배님이신데, 성함 한번 물어볼까? 혹시 아는 분일 수 있잖아. 장난으로 이런 생각을 하던 유하는, 이럴 때가 아님을 인지하고 금방 정신을 차렸다.

"경찰을 좋아는 하는데, 애인이 경찰인 건 싫다는 거네요?"

"위험하잖아요. 아침에 멀쩡하게 나가서 저녁에 시체로 돌아올 가능성이 있는 직업이라서. 그렇게 허무하게 사랑하는 사람을 떠나보내는 건 하고 싶지 않아요."

이 말에 유하는 우뚝 멈춰 섰다. 그리고 유하의 이 행동에 승후도 멈춰 섰다.

"혹시 그런 경험이 있는 건가요?"

할아버지나 아버지일 가능성이 높았다. 아니다. 할아버지는 정년퇴직했다고 했으니 아버지일 확률이 높았다.

승후는 잠깐 유하의 얼굴을 가만히 보다가 부드럽게 빙긋 미소를 머금었다.

"사랑하는 사람이요. 사랑을 순서로 나열한다면 아마 첫 번째겠죠. 아니면 가장 많이, 그리고 누구보다 깊게 사랑했던 사람일 수도 있고. 그 사람이 경찰이었어요."

유하는 승후가 말한 사랑하는 사람이 누군지 더는 묻지 않았다. 아버지일 수도 있고 형제 중 누구일 수 있으며, 아니면 사랑하는 연인을 가리키는 것일 수도 있었다. 그게 누구든 승후는 그 사람의 죽음으로 깊은 상처를 받은 게 틀림없었다. 그런 슬픔은 헤집는 게 아니라는 생각에 유하는 그저 조용히 그가 하는 말을 듣고 있었다.

"그때 충격이 컸어요. 하늘이 무너져 내리는 것 같았거든요. 아무것도 할 수 없었죠."

사랑하는 사람. 그건 바로 승후의 형이었다. 블랙팀 경위 민지후. 이 사람이 바로 작별 인사도 없이 가버린 승후의 형이다.

"남을 위해 목숨 내던지는 인간은 우리 집에 지후 한 명이면 돼. 넌 안 돼! 절대로 안 돼!"

승후가 형을 따라서 경찰대에 가겠다고 말했을 때 어머니는 반대하셨다. 그때 승후는 형이 하는 건 무조건 그대로 따라 할 정도로 형 바보에다, 형만 바라보는 지후 바라기였다. 그래서 경찰을 꿈꿨다. 경찰에 뜻이 있어서가 아니라, 형이 경찰대에 갔기 때문이었다.

"경찰이 뭐라고 내 아들 둘을 잡아먹으려고 하는 거야? 그깟 경찰이 뭐라고 자식들이 죄다 경찰에 목을 매? 결국, 돌아오는 건 개죽음밖에 없는데! 너까지 그 개 같은 일 하려면 날 죽이고 해!"

그때 승후는 알게 됐다. 두 살 때 돌아가셔서 승후는 기억도 못 하는 아버지가 바로 경찰이었다는 것을. 그리고 피해자를 살리려다 대신 돌아가셨다는 사실까지. 그래서 승후는 경찰의 꿈을 포기했다. 자신까지 경찰이 돼버리면 진짜 어머니께서 돌아가실 것 같아서. 사실 크게 미련도 없었다. 형이 갔으니 꿈으로 꾸게 된 거지, 그게 아니었다면 경찰이 될 생각 같은 건 하지 않았을 테니까.

"경찰은 좋아하지만, 내가 사랑하는 사람이 경찰인 건 싫어요. 작별인사도 못 하는 건, 내 가슴에 평생 간직할 응어리를 남기는 거니까."

"그렇겠네요."

지금 그분들도 그렇게 아프겠지? 하루아침에 아들과 형을 잃은 그분들도 이 사람처럼 고통스러워하겠지?

'지후 선배, 선배의 가족도 이 사람처럼 아프겠죠? 간다고 만나줄 리 없지만, 그래도 선배 가족이 어떻게 사는지는 눈으로 직접 보고 싶어요. 그래야 나중에 선배에게 할 말이 있을 테니까. 안 만나줘도 멀리서라도 꼭 보고 갈게요. 거기서 선배 만나면, 모두 어떻게 사는지 말해줄게요.'

유하는 하늘을 올려다보며 마음으로 지후에게 말을 했다.

"오늘은 날이 엄청 좋았구나."

빙긋 웃는 모습에 슬픔이 감돌았다가 사라진다.

작별 인사도 못 하는 건, 내 가슴에 평생 간직할 응어리를 남기는 거다. 승후의 이 말이 비수가 돼서 유하의 심장에 꽂혔다.

만약 자신이 작별 인사도 없이 죽게 된다면 부모님 가슴에도 응어리가 생길 것이다.

자식을 심장에 묻고, 엄마는, 또 아빠는 다시 웃을 수 있을까?

승후의 말에 유하는 자신이 지금까지 남겨질 부모님 생각은 전혀 하지 않았다는 걸 깨달았다.

설명해야 할까? 어째서 그럴 수밖에 없는지 설명하면 이해해 주실 수 있으려나?

지금은 아니더라도, 적어도 죽을 날짜가 눈앞에 다가오면 말해야 한다. 그게 부모님께 얼마나 큰 불효인지는 알지만, 그래도 이미 정해진 운명이니까.

"별 보기 좋은 날이네."

"그러니까요, 별 보기 좋은 날이네요."

유하는 빙긋 웃으며 승후를 보았다.

'그리고 민승후, 당신한테 난 그냥 매정한 여자면 되겠다. 경찰이 아니라, 그냥 스쳐 지나간 매정한 여자면 잊기 쉬울 거야. 잠깐 불었던 바람처럼, 그렇게 사라질게요. 그럼 민승후 당신도 금세 잊을 수 있을 거

야. 기억할 가치가 없는 사람은 금방 지워지는 법이니까.'

유하의 미소에 이 말이 담긴 줄도 모르고 그녀가 자신을 보고 있다는 것에 기분 좋아진 승후는 얼굴 한가득 화사한 미소를 머금었다.


"나경이 지금 집에 오는 거야? 오늘은 좀 늦었네?"

현관문을 열고 집으로 들어오던 나경은 주인의 허락도 없이 집으로 들어와 있는 사람을 발견하고 우뚝 멈췄다.

"어디 갔다 왔어?"

남자는 다가와 머리를 쓸어내리더니 귓불을 매만졌다.

"연예인을 봤어요. 그래서 구경을 좀 하느라."

"누구?"

"민승후."

"아! 며칠 드라마 촬영한다고 소란스럽더니, 민승후가 왔구나? 그래서 사인 받았어?"

"아니에요. 사인 안 해주더라고요. 팬 사인 행사 아니면 안 해주는 모양이에요."

나경은 신발을 벗고 집 안으로 들어와 가방을 대충 아무 곳에나 내려놓았다.

"오늘 엄마 병원에 갔었어. 병원비 계산하러. 여전하시네. 크게 좋아지지도 않고 또 크게 나빠지지도 않고."

"감사합니다."

남자의 손이 어깨에 닿더니 등을 타고 내려와 허리에 머무르자, 나경을 떨리는 손을 꼭 맞잡았다. 그리고 숨까지 삼키며 두 눈을 꼭 감았다.

더러워. 구역질 나. 소름 끼쳐. 아니, 죽어버렸으면 좋겠어.

여러 감정이 나경의 머리와 마음을 가득 채웠다.


[어떻게 될 것 같아?]

유하는 숙소로 돌아오자마자 주영에게 전화를 걸었다.

"아무래도 다른 방법도 염두에 둬야 할 것 같아요. 엄마 병원비가 걸린 문제라 나경이도 마음먹는 게 쉽지 않을 거예요."

[아무런 증거도 없는데 사건으로 키울 순 없어. 미성년자 성폭행이 강력범죄인 것은 분명한데, 우리 분야는 아니야.]

블랙팀이 당당하게 가지고 올 수 있는 사건은 연쇄살인으로 의심되는 경우였다. 같은 미성년자 성폭행이라도 가해자가 인신매매나 장기매매 일당 중 한 명이라면 가져올 수 있었다.

하지만 장나경 사건 경우엔 어디에도 속해 있지 않아, 무서울 것 없는 블랙팀이라 해도 관할로 배정되어야 할 사건을 멋대로 가지고 오는 건 힘들었다. 제아무리 윗분들의 비호를 받는 블랙팀이라도 그건 불가능했다.

그래도 언제나 예외는 있는 법. 사건을 블랙팀이 먼저 인지하고 수사를 시작해, 피해자와 증인, 증거까지 모두 블랙팀에서 확보한 상태라면 우선권은 블랙팀이 가지고 있었다.

단! 이럴 경우엔 대체로 관할 형사들과 공동으로 수사하거나, 사건을 관할로 넘기는 게 보통이었다. 그래서 블랙팀은 이번 나경이 사건을 예외의 규정에 넣을 생각이었다.

일단 나경이 사건을 인지한 이 지역 경찰이 사건을 묵인했다고 판단, 마을 전체가 조직적으로 사건을 덮은 것에 수사의 초점을 맞출 생각이었다. 그리고 피해자 나경과 나경의 진술 그리고 증거까지 모두 블랙팀이 확보해서, 블랙팀 단독으로 수사할 생각이었다.

[우리가 관할이 있는 건 아니니까 관할 싸움은 신경 안 써도 되지만, 블랙팀 담당 분야도 아닌데 사건을 키웠다가는 공격당하기 딱 좋아. 나경이를 우리가 확보해서, 직접 이곳 경찰이 묵인했다는 진술을 받아내야 해. 그래야 나경이 사건을 우리가 당당하게 빼앗아 올 수 있어.]

한마디로 지역 경찰은 피해자인 나경의 신뢰를 받지 못하고, 공정성 또한 믿을 수 없으니, 가장 객관적으로 판단할 수 있는 블랙팀이 이 사건을 맡겠다는 뜻이었다.

"선배는 어떻게 됐어요? 뭐 좀 잡은 거 있어요?"

[끼리끼리 잘 해 처먹고 있더라고. 경찰서장과 병원장이 친한 선배에 친척이야. 한마디로 은폐하기 딱 좋은 집단이란 뜻이지.]

"그러니까 수사를 한다 해도 이 지역 경찰의 개입을 일절 용납하면 안 된다는 뜻이네요?"

[이 지역 의사마저 믿을 수 없다는 뜻도 되고. 백 퍼센트 서울에서 공수해 와야 해. 그것도 합법적으로. 아니면 도망가기 딱 좋은 사이즈야.]

"이제야 그들은 건드릴 수 없다고 했던 나경이 말이 이해가 되네."

유하는 재미있지도 않으면서 낄낄낄 웃음을 터뜨렸다.

"유하 누나, 촬영 일정이 당겨졌대요. 지금 바로 준비 들어가야 합니다."

재호가 문을 열고 얼굴만 삐죽 내밀며 말하고 다시 사라졌다.

"선배, 나가야 해요. 끊고 나중에 통화해요."

[너 혹 민승후가 있는 그 드라마팀에 있어?]

서둘러 통화를 끝내고 튀어 나가려 했던 유하는 주영의 이 질문에 멈춰 섰다.

"네. 그건 왜요?"

[아니야. 그냥 그런 것 같아서. 여기 사람들이 민승후가 왔다고 하도 떠들어서 그런가 했지.]

"사인 받아줘요?"

[친해? 민승후랑?]

"뭐…… 나이가 비슷하니까 편하게 대하죠. 민승후가 성격이 엄청 좋거든요. 사인 받아줘요? 필요하면 받아줄게요."

[아니야. 그냥 물어본 거지. 일해. 열심히!]

"나 조금 있으면 그만둬야 해요. 그전에 필요하면 말해요. 사인 받아줄 테니까.”

유하는 통화를 끝내고 숙소를 뛰어나갔다. 그리고 조명 장비들을 확인하고 있는 조명팀에 합류해 서둘러 일을 시작했다.

유하와 통화를 끝낸 후, 주영은 다시 어딘가로 전화를 걸었다.

[보고해. 너희 사건 어떻게 됐어?]

태석은 전화를 받자마자 무뚝뚝하게 툭 내뱉듯 말했다.

“아직 그대로입니다. 별다른 진전 없습니다.”

[이것들이 미쳤나? 열다섯 살짜리 애야! 네놈들이 한가하게 띵까띵까 놀 동안 애가 무슨 짓을 당할지 생각 안 해? 정신 안 차려, 이 새끼들아!]

태석의 사나운 고함이 휴대폰을 찢고 주영의 귀로 정확하게 꽂혔다.

“저희도 답답합니다. 저희는 이러고 싶어서 이럽니까? 아니면 팀장이 직접 와서 위에서부터 쫙 정리하든가요!”

[이게 뭐 뀐 놈이 성낸다고, 일도 제대로 못 하면서 성질까지 부려?]

“그게 아니라, 여기저기 엄청 엉켜 있어서 안 된다니까요! 이 마을 사람들, 대충 짐작은 하면서도 입 안 열어요. 입 잘못 뻥긋했다가는 자기 밥줄이 날아가는데 누가 하겠어요?”

“그럼 수사 안 하고 놀 거야?”

“아니, 누구 한 명이라도 신고해야 정식으로 잡아들여 수사하죠! 피해자부터 입에 지퍼 채워서 우리가 뛰고 날아도 아무 소용없다니까요!”

[야이, 새끼야! 그럼 다른 방법으로 뚫어야지!]

“뚫으려고 애쓰잖아요!”

[뚫는데 아직도 그 모양이냐?]

“사건은 저희가 알아서 하니까 넘어가고, 팀장, 나인후, 민승후와 함께 일하는 거 아세요?”

버럭버럭 고함을 질러대던 사람이 갑자기 조용해졌다. 주영은 팀장의 이 반응에 말로 듣지 않아도 대답을 알아낼 수 있었다.

"조유하하고 민승후가 함께 일하고 있어요. 심지어 친하기까지 해요. 이거 어떻게 해야 해요?"

[친하다고?]

"네. 사건도 골치 아픈데, 그 둘 일도 머리 터지겠습니다. 저 어떻게 합니까?"

[그러니까 친한 정도가 어디까지인데? 그냥 단순히 친한 거야, 아니면 감정이 오간 거야?]

"그걸 제가 어떻게 알겠습니까? 어쨌거나 답해주세요. 어떻게 할까요? 그냥 저대로 둬요? 아니, 저러다가 마음이라도 통하면 어떻게 해요?"

[마음이 통해?]

"민승후가 민지후의 동생 민지현인데, 그걸 유하가 알게 되면 제정신으로는 살 수 없을 거잖아요? 그러니까 제가 유하에게만큼은 말해주라 했잖아요. 이게 무슨 꼴입니까?"

[둘이 좋아한다는 것도 아닌데, 뭐 그렇게 호들갑이야?]

"친하다니까요! 민승후, 아니, 민지현, 친한 사람 아니면 개인적으로 사인 부탁 안 들어주는 것 알죠? 그런데 나인후가 그 사인을 받아준답니다. 그럼 둘이 얼마나 친한지 짐작 가죠?"

[그러니까 정리하면 민지현이랑 조유하가 함께 있다는 거지? 남녀 사이인지는 모르겠지만, 둘이 엄청 친하고. 맞지?]

"네. 그러니까 빨리 조치해야 합니다. 민지현을 불러서 얘기하든, 나인후, 아니, 유하 불러서 얘기하든, 둘 중 하나를 해야 한다고요. 더 늦기 전에."

[아이고, 머리야.]

태석의 입에서 참으로 오래간만에 앓는 소리가 터져 나왔다. 그 순간 주영은 생각했다.

'머리는 내가 더 아프네.'

"고생하셨습니다!"
전쟁 같았던 촬영이 끝났을 때는 다음 날 오후 3시쯤이었다.
'까만 밤을 일하느라 하얗게 불태우는 건 형사뿐만이 아니었어.'
미처 다 회복하지 못한 몸으로 일하려니 힘들다. 유하는 어깨를 주무르면서 나지막하게 한숨을 토해냈다.
"어깨가 뭉쳤네. 곧 몸살로 앓아눕겠어."
승후는 걱정스럽다는 목소리로 말하며 유하의 어깨를 주물러 주었다.
"괜찮아요."
"가만있어 봐요. 이것 봐. 딱딱하게 뭉쳤잖아. 안 풀어주면 큰일 나."
승후는 벗어나려는 유하를 억지로 잡아 세웠다.
"이 정도로는 안 앓아누울 테니까 걱정 마요."
승후의 손에서 벗어난 유하는 뒤돌아 그를 보며 빙긋 웃었다.
"피곤하죠? 들어가 쉬세요. 고생하셨어요."
"일단 푹 쉬고, 오늘 별 보러 가요. 소원 잊지 않았죠?"
어쩌면 처음이자 마지막으로 꾸는 달콤한 꿈이 아닐까.
머리가 안 된다며, 이 이상 더는 민승후와 가까워지는 건 두 사람 모두에게 좋지 않다고 경고했지만, 유하는 이 경고를 무시했다. 어쩌면 진짜 얼마 남지 않은 삶일 수 있으니까, 아주 작은 선물을 자신에게 주고 싶었던 건지도 모를 일이었다.
"알았어요. 그나저나 별 보러 어디 가는 거예요? 숙소 옥상?"
"설마요. 나만 따라와요. 내가 한때는 천문학도를 꿈꿨을 정도로 별에 관심이 많았습니다."
"그럴게요."
유하는 이 순간 자신에게 꽂히는 시선도 다 느끼고 있었다. 그 시선에는 '쟤가 어쩌려고 민승후와 가까워지는 거지?' 하는 물음이 섞여 있었다. 그걸 모두 느끼고 있으면서도 유하는 모르는 척했다. 어차피 자신은 곧 이곳을 떠날 인물이니까, 잠깐의 수군거림은 기꺼이 감당하자고 마음먹었기 때문이었다.

숙소로 돌아온 유하는 간단하게 샤워한 뒤에 옷을 갈아입고 다시 밖으로 나가, 곧장 주영이 있는 곳으로 향했다.

"선배."

주영은 나경의 엄마가 입원해 있는 병원에서 한 잔의 커피로 엄청난 짜증을 꾹꾹 누르는 중이었다.

"나경이는 병원에 있어요?"

"응. 그런데 넌 엄청 피곤해 보이네?"

"밤새도록 엄청난 무게의 조명기기들을 나르고 옮기느라 죽다 살아났어요."

"네가 고생이 많다. 우리 나인후 일 복 터진 건 예전부터 알아봤지."

주영은 뭐가 그리 재미난지 큭큭 웃음을 터뜨렸다.

"웃지 마요. 여기서 더 가면 맛 갈지도 몰라."

유하의 경고에 주영은 거짓말처럼 웃음을 멈췄다. 유하는 눈 뒤집히면 뭔 짓을 할지 모르는 후배였다. 지랄 같은 성격이 실력과 비례한다는 말을 들을 정도로, 열받으면 어디로 튈지 알 수 없는 인간이라, 될 수 있으면 성격을 안 건드리는 게 상책이었다.

"선배는 뭐 알아낸 것 있어요?"

"있어. 여기 병원비는 주로 박형일의 아들인 박수영이 와서 처리한다고 하더라고."

"박수영? 뭐 하는 사람인데?"

"변호사야. 로펌에 있다가 아버지 밑으로 들어온 지 한 3년 정도 된 것 같아. 그 뒤로 박형일 대신 박수영이 굵직한 일들을 대신 처리하고 다녔대. 아무래도 입지를 다지는 것 같아."

"입지?"

"이 지역이 박형일의 텃밭이잖아. 박수영도 정계 쪽으로 나갈 생각이라면 이 지역에서 시작하겠지."

"앞으로는 사회사업 하는 사람 흉내 내며 돈을 뿌리고, 뒤에서는 온갖 더러운 짓을 다 한다 이거지? 어디서 많이 본 캐릭터이긴 하네?"

"그동안 우리가 상대한 윗분들과 별반 차이가 없지?"

유하는 킥킥 웃으며 고개를 끄덕였다.

"그나저나 나경의 어머니 상태가 별로 안 좋아."

"많이요?"

"서울 큰 병원으로 옮겨서 확인했으면 좋겠는데……."

주영은 지금 터뜨리면 안 된다는 걸 아주 잘 알고 있었다. 그래서 커피를 들이부으며 끓는 속이 가라앉길 바랐는데, 잘 안 된 모양이었다.

"우리가 너무 쑤셔서 이미 박형일도 알았다고 봐야 해요. 한 가지 유리한 건 우리가 아직 어디 소속인지 모르니까 안심하고 있을 가능성이 크다는 거예요."

"문제는 아직 박형일이 나경이의 집에 들락거리는 걸 못 봤다는 거야. 내가 나경이를 24시간 지켜볼 수 없으니까, 그사이에 왔다 갔겠지."

"나경이가 아직 안 움직여요. 그냥 오늘부터 제가 따라붙을까요?"

"알바는 어떻게 하고? 그거 잘못되면 너희 어머니한테 죽는 거 아니야?"

아! 맞다. 그 생각을 못 했다. 끓어오르는 마음을 어떻게 풀 도리가 없어, 유하는 자기 머리카락을 한 움큼 움켜쥐었다.

"내가 나경이 집 앞에서 잠복할게. 혼자 해보고 안 되면, 그때 어머니한테 죽어. 아직은 혼자 감당할 수 있어."

주영은 나지막하게 한숨을 토해내며, 나경이가 내려올 엘리베이터를 응시했다. 그렇게 그들은 한동안 말이 없었다. 유하와 주영 모두 딱 한

곳만 응시한 채 하염없이 보고 또 보기만 했다.

"그런데 너 민승후랑 얼마나 가까워? 많이 친해?"

침묵이 지루해질 때쯤 주영이 조심스럽게 입을 열었다.

"왜 갑자기 남 교우관계에 이렇게 관심이 많아지셨어요? 왜요? 내가 지금 이 상황에 연애라도 할까 봐 불안해요?"

"연애하면 좋지. 연애해. 이래도 한세상 저래도 한세상인데, 몸 사려 봤자 나중에 한만 남는다? 그런데 민승후랑은 하지 마. 다른 사람은 다 돼도 민승후는 안 돼."

주영은 말을 빙글빙글 돌려서 하는 걸 잘 못 하는 사람이다. 하고 싶은 말이 있으면, 요점만 간단히, 솔직하고 직설적으로 내뱉는 것으로는 블랙팀 내에서도 둘째라면 서러워할 그런 사람이었다.

"왜요? 왜 다른 사람은 다 돼도 민승후는 안 되는데요? 연예인이라서?"

"아니."

"그럼요?"

"민지현이니까."

"네?"

웃으며 반 장난처럼 말을 받던 유하는 민지현이라는 이름이 주영의 입에서 흘러나오자마자 놀란 그 상태 그대로 굳어버렸다.

"민승후가 민지현이라고."

"어, 어떻게 민승후가…… 민지현일 수 있어요? 그, 그건 말도 안……."

유하는 당황한 나머지 말까지 더듬었다. 생각도 못한 반전이다. 민승후가 민지현이라는 공식은 유하에게는 하늘이 거꾸로 뒤집힐 만한 사건일 만큼 충격으로 다가왔다.

"민승후, 이 이름이 가명이니까. 민승후가 처음 연예계 일 시작할 때, 지후가 경찰대에 다녔을 때야. 민승후는 처음부터 그 생활을 길게 할 생각 없었으니까, 자기 진짜 이름을 내걸 필요가 없었던 거지."

"……."

"그래서 지후에게 잠깐 쓰고 버릴 이름 하나만 지어달라고 했어. 그렇게 만들어진 이름이 민승후야. 지후는 처음부터 동생이 연예계 쪽에 잠깐이라도 몸담는 거 싫어했다더라. 원래 민승후가 천문학에 관심이 있었대. 그 당시 유학이 결정 난 상태였으니까, 지후는 동생이 이상한 헛바람이 드는 거 싫었겠지."

충격이 크면 웃게 된다. 처음에는 정신이 아득해지더니 곧 유하는 실성한 사람처럼 하하 웃음을 터뜨렸다.

"소개해 줄 사람 있어. 그 사람 보면 너 엄청 좋아하게 될 거야."
"남자요? 나 눈 높은데?"
"걱정 마. 분명히 좋아하게 되어 있어. 어쩌면 내게 큰절할지도 몰라."
"내가? 선배한테? 그 남자 소개받고? 말도 안 돼!"
"말이 될 걸?"

이때 지후는 분명히 승후를 소개해 주려 했을 것이다. 유하가 승후를 좋아하는 건 지후도 알고 있었으니까.

"나, 너 사랑해. 여자로. 설마 몰랐던 거야?"

그로부터 며칠 후, 지후는 갑자기 사랑 고백을 했다. 꿈에도 생각 못했던 지후의 고백에 유하는 당황했다. 어떻게 거절해야 파트너 관계가 어색해지지 않을까 고민하느라 머리가 터질 지경이었다. 그리고 지후가 죽은 거다. 그녀가 대답하기 전에.

갑자기 극심한 두통이 밀려오는 듯했다. 유하는 깨질 것 같은 머리가 조금이라도 편해질까 하는 마음에 긴 한숨을 토해내며 두 눈을 감았다.

"나인후. 너 지금부터 나인후야."

유하가 블랙팀으로 발령받고 두어 달 정도 지났을 때, 지후가 갑자기 그녀의 별명을 지었다.

"나인후요? 그게 무슨 뜻인데요? 한자예요?"
"나의 인형 같은 후배. 줄여서 나인후."
"그게 뭐야? 오글거려! 닭살 돋았잖아요!"
"누가 예쁜이 인형이래? 못난이 인형. 개성 강한 못생긴 인형들 많잖아. 그 인형."
"알아요, 못난이 인형. 누가 뭐래요?"
"에이, 아닌데?"
"에이, 맞아요. 내 특기가 정확한 상황 파악인데, 그걸 몰랐을까 봐요?"
"몰랐는데?"
"알았어요. 진짜로!"

처음에는 순전히 지후가 장난치면서 부르던 이름이었다. 하지만 곧 얼마 지나지 않아, 블랙팀 전체가 놀리듯 나인후라 칭했고, 시간이 지나가면서 경찰청 여기저기서 그녀를 나인후로 불렀다. 그리고 차츰 경찰들 사이에서는 조유하라는 이름 대신 나인후라는 별명이 쓰이게 되었다.

지후, 승후, 인후, 이름이 다 연결되어 있다. 마치 일부러 이렇게 지은 것처럼.

지금 생각해 보면 그게 지후 나름의 애정 표현 방법이었던 모양이다. 동생의 예명을 짓고, 후배의 별명을 지으면서, 품고 있는 애정을 예명과

별명에 그대로 집어넣은 것이다

왜 처음부터 알아차리지 못했을까?

유학 갔던 승후가 다시 나타난 게 지후가 죽은 다음이었는데, 어째서 승후가 지현일 거라는 생각을 못 했을까?

"그쪽 사람들이 우리를 찾는 일은 없었으면 해요. 우리는 우리대로 잘 살 테니까, 제발 그냥 내버려 둬요."

퇴원하고 얼마 후, 유하는 태석 몰래 지후의 집을 찾았었다.

그때 문도 열지 않고 지후의 어머니께서 이렇게 말했다. 그래서 더욱 지현을 만나볼 생각을 못 했었다. 아니, 당연히 민지현은 한국 땅에 없을 거라 여겼다. 분명히 유학 중이라 했으니까. 그런데 민승후가 바로 그 민지현이었다니.

갑자기 숨이 턱 하고 막혀 고통스러울 정도로 숨쉬기가 어려워지자, 유하는 가슴을 움켜쥐고는 얕은 숨을 빠르게 몰아쉬었다.

"사랑하는 사람이 지후 선배였어? 아침에 나갔다가 시체로 돌아온 사람이 바로 선배였던 거네?"

유하가 멍한 얼굴로 중얼거린 이 말에 주영은 놀란 표정으로 그녀를 보았다.

"민승후가…… 그런 말도 했어? 너에게?"

형이 멀리 떠났다고 말했던 날, 유하는 그게 죽은 거라는 걸 알고 있었다. 톱스타 민승후가 은퇴했다가 다시 돌아온 시기, 높은 곳에 있다가 정년퇴직한 경찰이셨던 할아버지 그리고 아버지까지. 조금만 머리를 굴려보면 민지후로 연결시킬 수도 있었는데, 민승후가 민지후 동생 민지현일 수 있다는 사실을 꿈에도 생각 못 했었다.

조금만 더 빨리 알았으면 어땠을까? 만약 그랬더라면, 승후가 받을 충격을 조금은 줄일 수도 있지 않을까?

'나…… 벌받는 거겠지?'

그 벌은 나만 받으면 될 텐데, 왜 어째서 승후와 함께 받아야 하는 건지.

유하는 머릿속이 엉켜서 아무런 생각도 할 수가 없다. 하지만 자신이 지금 무슨 생각을 해야 하는 건지는 아주 잘 알았다.

'어떻게 정리해 줘야 하는 거지?'

어떻게 하면 미련조차 남지 않을 정도로 깨끗하게 마음 정리를 할 수 있을까?

지금 유하가 할 고민은 이거 딱 하나였다.


그날 밤.

"어때요?"

"전기가 사라지니까 별이 쏟아지네요. 예쁘다."

숙소에서 밭과 들, 그리고 산만 있는 방향으로 한동안 걷던 승후는 주위에 전기가 모두 사라지고 세상이 암흑에 갇혔을 지점에 이르렀을 때 발을 멈추고 하늘을 보라고 했다. 그리고 유하는 그곳에서 쏟아질 듯 촘촘히 박혀 있는 별들을 보게 되었다.

"전기는 인간에게 편리함을 주지만, 대신 이런 아름다움을 빼앗아갔죠. 그래도 조금만 벗어나면 볼 수 있으니 다행이에요."

"그러네. 진짜 이렇게 볼 수 있다는 게 다행이네요. 이런 모습 못 보고 죽었으면 억울할 뻔했어요."

"말만 해요. 내가 많이 보여줄 테니까."

유하는 근처 커다란 나무에 기댔다.

"왜 다시 연예인이 됐어요? 어렵게 다 내려놓고 유학 간 것 아니에요?"

"봐야 할 상대가 있어서요. 꼭 만나고 싶어서 다시 되돌아오긴 했는데, 만날 수 있을지는 모르겠어요."

승후는 이렇게 말하며 유하에게 다가가 가까운 거리에 마주 보며 섰다.

"그 사람을 만나면 묻고 싶은 게 뭐예요?"

"없어요. 아무것도. 그냥 가만히 얼굴만 보겠죠. 그리고 처음이자 마지막으로 말할 거예요. 평생, 죽을 때까지 잊지 않겠다고."

이건 일 년이에게 하는 말이다. 유하는 승후가 한 말을 그내로 마음에 새겼다.

"그리고 또 만나고 싶은 사람 없어요?"

"있어요. 또 한 사람. 사랑하는 사람이 사랑했던 사람."

이건 나다. 유하의 얼굴에 아주 잠깐 아픔이 지나갔지만, 승후가 그걸 인지하기도 전에 그 표정은 사라져 버렸고 빙긋 미소만 떠올랐다.

"그 사람은 왜 보고 싶은데요?"

"그냥 보고 싶어요. 역시 할 말은 없는데, 얼굴은 한번 보고 싶어요. 어떻게 생긴 사람이었는지, 어떤 목소리인지, 웃을 때 어떤 표정인지, 다 알고 싶어요. 역시 처음이자 마지막으로."

"그랬구나."

질문이 있다면 답을 해주려고 했었는데, 승후가 궁금해하는 것들이 이미 다 알고 있는 내용이라 해줄 필요가 없었다.

"나 승후 씨한테 할 말 있어요."

빙긋 미소를 머금고 있던 승후의 얼굴이 순간 굳어졌다. 느꼈기 때문이다. 지금 유하가 할 말이 무엇인지를…….

"내 생각에는 아직 때가 아닌 것 같아. 그러니까 좀 더 깊게 생각해요. 잠을 잘 못 잤더니 갑자기 피곤하네. 가죠."

듣고 싶지 않았다. 지금 이 말을 들으면 다시는 가까이 갈 수 없을 것만 같아서. 휙 뒤돌아선 승후는 앞으로 걸어 나갔다. 그렇게 도망치듯이 자리를 피하려 했다.

"고마워요. 나 좋게 생각해 줘서."

하지만 얼마 못 가 유하의 입에서 흘러나온 말이 승후의 발을 잡아 세웠다. 유하는 천천히 그에게로 다가와 상대가 지금 어떤 표정을 짓고 있는지 눈으로 확인할 수 있는 거리에서 멈춰 섰다.

"스타 민승후 씨를 많이 좋아합니다. 잘생기고 멋있으니까."

"그런데요?"

"스타는 스타일 뿐인 것 같아요. 동경의 대상은 될 수 있지만, 사랑은 될 수 없죠. 남자로 안 느껴져요. 죄송합니다."

우리는 이러이러해서 안 되는 사이다. 이런 말로 선을 그으면 미련이 남는다. 장애물 때문에 다가갈 수 없다는 건, 감정이 더 애틋해지고 간절해질 가능성이 있으니까.

"아직 나에 대해 잘 모르잖아요. 지금은 남자가 아니라 스타일 수 있지만, 곧 남자가 될 겁니다. 자신 있어요."

"아니요. 남자가 될 수는 없어요. 스타 민승후에 대한 환상으로 첫 번째 키스는 할 수 있지만, 딱 거기까지. 민승후 씨가 나에게 남자가 될 가능성은 없다는 게 지금까지 생각한 결론입니다."

"받아들일 수 없다면요? 나는 아직 아무것도 안 했어요. 유하 씨의 그 생각, 바꿀 수 있습니다. 기회를 한 번 줄 수는 없는 건가요?"

"팬은 스타에 대한 환상을 품고 좋아하는 거잖아요. 환상이 무너지면 그 마음은 식기 마련이죠."

"그러니까 지금 스타 민승후를 좋아하는 마음조차도 식었단 말입니까?"

"네, 그래요."

날카로운 말보다 차가운 유하의 표정이 비수가 돼서 승후의 마음에 꽂혔다.

꿈을 꿨다. 한 여자를 사랑하는 달콤한 꿈을. 하지만 꿈은 꿈일 뿐 현실로 착각해서는 안 되는데, 승후는 잠깐 그 꿈을 현실로 착각했었다. 바보처럼…….

승후는 아픈 마음을 가다듬기 위해 나지막하게 한숨을 내뱉었다. 그리고 빙긋 미소를 머금었다. 아니, 지금 이 순간 필요한 연기, 바로 웃는 연기를 했다.

"알았어요. 아니라면 어쩔 수 없죠. 미안해서 어쩌죠? 스타에 대한 환상을 깨버려서. 크게 실망하지 않았으면 해요."

"죄송합니다. 이렇게밖에 대답 못 해서."

"아닙니다. 자, 그럼 갈까요? 별도 봤으니 가서 미뤄놓은 일을 해야죠. 외울 대사가 엄청나요."

하하하 웃음을 터뜨리며 돌아서 몇 걸음 가던 승후는 갑자기 우뚝 멈췄다. 그리고 다시 돌아서 유하를 보았다.

"나 때문에 불편해하지 않았으면 해요. 내가 잘 정리할게요. 유하 씨 불편하지 않게."

"네. 고맙습니다."

이게 두 사람의 마지막 대화였다. 숙소로 돌아오는 길. 둘은 아무 말이 없었다. 유하는 승후의 뒤를 따르며, 고개를 아래로 떨어뜨리고 걷는 그를 아프게 볼 뿐이었다.

# 제4장.
## 여중생 성폭행 사건 Ⅱ

새벽, 나경의 집 근처.

지루함에 하품을 하던 주영은 유하가 갑자기 차 문을 열고 들어와 조수석에 앉자 흠칫 놀랐다.

"야! 귀신인 줄 알았잖아!"

"귀신도 취향이라는 게 있어요. 선배는 그냥 줘도 귀신이 싫어할 거야."

"이게 그냥! 야! 이 새벽에 갑자기 나타나서 한다는 말이 선배 속 긁는 소리냐?"

"빨리 짐승 새끼 잡고 여기 떴으면 좋겠어요. 이 마을 짜증이 나네."

이 짜증의 근원은 마을이 아니었다. 암담한 현실과 답답한 상황 때문이었다. 하지만 유하는 그 모든 원망을 마을로 돌렸다. 그렇게라도 해야 견딜 수 있을 것 같아서였다.

"우리가 온 거, 박형일 그놈 귀에 들어간 모양이야. 안 나타나."

"안 되겠어. 나경이 직접 설득해야겠어요."

유하는 차에서 내려 곧장 나경의 집으로 향했다. 그리고 자고 있을 거라 생각하면서도 이름을 불러서 깨웠다.

"나경아, 나경이 자니? 나 조유하 언니야. 나경아, 나경아!"

이렇게 몇 번 나경을 부르자 불이 켜지고 나경이 문을 열었다. 그리고 들어오라고 하고는 안으로 들어가 버렸다. 유하는 주영과 눈빛으로 무언의 대화를 한 후에 집 안으로 들어갔다. 엄마의 손길이 없어서일까, 집은 썰렁했고 어두운 분위기까지 풍겼다.

"우리가 왜 온 거냐면……."

"알았어요. 언니 뜻대로 할게요."

유하가 말을 꺼내기도 전에 나경은 그녀가 원하는 대답을 했다. 그리고 고개를 푹 숙이고 뚝뚝 눈물을 떨어뜨렸다.

"내가 이대로 계속 살면 엄마도 편안하게 눈 못 감으실 것 같아요. 엄마가 힘들게 버티고 있는 건 아무래도 그것 때문인 것 같은데, 이젠 엄마 편안하게 해주고 싶어요."

"나경아……."

"언니 뜻대로 할게요. 그러니까 언니, 꼭 그 사람 감옥에 넣어줘요. 꼭 벌 받게 해줘요. 부탁이에요."

유하는 울고 있는 나경을 꼭 끌어안고 부드럽게 등을 쓸었다.

"그래. 이 언니가 꼭 그 새끼 처넣을게. 약속해."

누구도 도와주지 않아 혼자 견뎌야 했던 작은 아이였다.

선배, 우리 그 새끼 꼭 잡자.

주영을 응시하는 유하의 눈이 이 말을 하고 있었다.


다음 날.

활기가 넘치는 촬영장에서 먹구름이 잔뜩 껴 있는 사람. 그는 바로 대한민국 대표 미남 배우 민승후였다.

"얼굴에 어두운 그림자가 가득 드리워져 있다? 어떤 짓을 해도 회복이 안 되네?"

유하에게 거절당한 것을 아는 정훈은 놀리듯 승후의 귀에 속삭였다.

"놀리지 마. 난 지금 정상적인 정신 상태가 아니야. 이런 날은 건드리지 않는 게 좋지 않겠냐?"

"놀리다니? 난 지금 위로를 하는 거지."

"그러시겠지."

승후는 비꼬듯 말하고는 열심히 일하는 조명팀을 살폈다. 그런데 있어야 할 사람이 없었다. 이리저리 눈 씻고 찾아봐도 있어야 할 그 사람이 눈에 보이지 않았다.

"없지?"

승후는 자기 눈이 잘못됐나 싶어서 정훈에게 물어보았다.

"응. 없어. 어디 갔지?"

정훈도 사라진 유하가 어디 있는지 궁금해 이리저리 두리번거리며 찾았지만, 역시나 그녀는 보이지 않았다.

설마 불편해서 그만둔 건 아닐까?

불안한 마음에, 승후는 일하고 있는 재호에게 다가가 유하는 어디 있냐고 물어보았다.

"모르겠어요. 감독님이 일이 있어서 며칠 못 나오니까 그렇게 알라고 하던데요. 숙소에도 없어요."

직장을 때려치우면서까지 하고 싶었던 일인데, 자신 때문에 그만뒀으면 어쩌나 하는 마음에 승후는 스태프에게 이리저리 지시하는 중인 성찬에게로 다가갔다.

"감독님."

"응? 승후 씨 왜?"

"유하 씨는요?"

"일 있어서 며칠 못 나와."

"혹 저 때문에 그만둔 건 아닌가요?"

"승후 씨가 왜? 둘이 무슨 일 있어?"

"그게······."

고백했다가 어제 근사하게 차였다는 말은 차마 할 수가 없었다. 두꺼운 철판을 얼굴에 깔았다 해도 차인 걸 동네방네 떠들 만큼은 아니었다.

"그게 뭐든 유하는 남자랑 어색하다고 안 나올 인간이 아니야. 진짜 일 있어. 그 일 해결하느라 못 나오는 거니까, 걱정 마."

"그만둔 건 아니죠?"

"모르겠네. 일이 터져서 예전 직장으로 잠깐 돌아간 건데, 돌아간 김에 다시 일할 수도 있고, 아니면 돌아올 수도 있고. 나도 돌아오길 바라고는 있지만, 어떻게 될지는 모르겠어."

다시 예전 직장으로 돌아간다?

이 촬영장에는 다시 못 나온다는 뜻이다. 아니, 불편해서 안 나올 가능성이 컸다.

"아무래도 저 때문인 것 같아서······."

"아니야. 둘 사이에 무슨 일이 있든 그런 거 신경 안 쓸 녀석이야. 내가 그 녀석을 어렸을 적부터 봐 와서 아주 잘 아는데, 부딪쳐 죽기 직전까지 깨질지언정 도망가지는 않는, 어떻게 보면 무식할 정도로 한 가지밖에 생각 안 하는 녀석이거든."

"네······."

"사생활로 일을 흔들 만큼 가벼운 녀석이 아니니까, 걱정 말고 있어. 다시 예전 직장으로 돌아간다면, 그만한 이유가 있는 거니까, 일단 두고 보자고."

성찬은 승후의 어깨를 두드려 주고는 다시 조명팀에게 이리저리 지시하면서 사라졌다.

'조유하, 설마 나 때문에 꿈을 포기한 건 아니지?'

성찬은 아니라고 했지만 승후는 역시 자기 때문인 것 같아 마음이 무거웠다. 이렇게 될까 봐 어제 자기가 알아서 정리할 테니 불편해하지 말라고 했었는데 결국 이런 상황이 오고 만 것이다.

'제발 다시 나와야 할 텐데.'

모두가 바쁘게 움직이는 촬영장 안. 승후는 조명팀이 일하는 모습을 쭉 둘러보며 깊고 무거운 한숨을 토해냈다.


과학수사대가 나경의 집에서 증거를 수집할 동안 유하는 나경과 함께 보건소 산부인과에 와 있었다.

"블랙팀이 대단하긴 하다? 날 여기까지 불러 내리고?"

나경을 진찰한 여의사가 유하를 보며 빙긋 미소를 머금었다.

"이곳 출신들은 믿을 수가 없어서요."

"그래도 이곳 경찰 반발이 심할 것 같은데?"

"이 사건 블랙팀이 제일 먼저 인지했고, 피해자도 확보했으니, 모든 게 블랙팀 룰대로 가야죠."

"하긴, 블랙팀이 이렇게 하겠다는데 누가 그걸 막겠어? 그나저나 이 사건, 이렇게라도 세상에 드러나서 다행이야. 계속 묻혀 있었으면 어쩔 뻔했어? 역시 블랙팀이야. 대단해."

여의사는 유하의 팔을 가볍게 톡톡 쳤다.

"어때요?"

"예상한 그대로. 죽일 놈. 아직 꽃도 안 피운 봉오리인데."

여의사는 조금 떨어진 곳에서 여경과 함께 있는 나경을 보았다.

"그래서 죽이려고요. 다시는 못 일어나게."

감정이 들어간 백 퍼센트 진심이다. 여의사는 동의한다는 뜻으로 고개를 끄덕였다.

"서 선배가 상담 준비하던데, 조 형사도 들어가?"

"아니요, 카메라 설치했어요. 밖에서 보고 있을 거예요. 나경이가 버틸 수 있을지 모르겠어요. 상처를 헤집는 일인데."

"걱정 마. 성폭행 피해자들에 대해서는 서 선배가 전문가니까. 블랙팀 일이라서가 아니라, 피해자가 열다섯 어린 여학생이라서 서 선배가 직접 뜬 거야. 피해자가 성인이었으면 다른 의사가 왔지. 저 바쁜 서 선배가 어떻게 오겠어?"

"두 분 다 와주셔서 감사합니다."

"제발 부탁이니까, 부르지 마. 나 블랙팀 일만 하면 며칠 동안 잠을 못 자. 이 땅에 대한 불신이 무럭무럭 자란다고."

"그래도 선생님은 아직 자랄 불신이 있죠, 저는 다 자라서 더는 안 큽니다."

유하는 나지막하게 한숨을 토해내며 나경이 있는 곳을 향해 걸어갔다.


"나경아, 잘 듣고 기억해. 나쁜 건 그들이고, 잘못한 것도 그들이야. 그러니까 벌을 받아야 할 사람도, 부끄러워해야 할 사람도 그들이야."

의사는 나경을 부드럽게 응시하며 빙긋 미소를 머금었다.

"사람들은 날 욕할 거예요."

"아니야. 사람들은 널 용기 있는 아이로 기억할 거야."

"그런 건 상관없어요. 나한테 나쁜 짓 한 그 사람만 벌주세요. 이번에는 꼭 벌줬으면 좋겠어요."

"나도 경찰을 안 믿는 사람이야. 하지만 딱 한 팀은 믿어. 그들은 자기보다 100배는 힘센 사람도 척척 감옥에 잘 집어넣거든. 네가 용기 내준다면, 그들은 꼭 네 용기에 답을 해줄 거야."

긴장해 굳어 있던 나경은 희미하게 미소를 머금으며 대답 없이 고개만 끄덕였다.

"대답하기 싫거나 너무 힘들면 끊어도 돼. 너에게 대답을 강요하는 게 아니야. 네가 말하고 싶은 때 말하면 돼."

"네. 그런데……."

나경은 비디오카메라를 잠깐 응시하다가 다시 의사에게로 시선을 돌렸다.

"저걸로 누구누구 보는데요?"

"조유하 형사랑, 조유하 형사가 소속된 블랙팀 대장."

"드라마 보니까 거울 있고 어두컴컴한 곳에서 하던데."

의사는 나지막하게 하하 웃으며 카메라를 힐끔 보았다.

"무서운 곳에 가서 다시 말해야 하나 싶어서요. 원래 계속 말하고 또 말하잖아요. 내가 거짓말할 수도 있고."

"대충 알고 있는 것 같네? 알아봤나 봐?"

나경은 고개를 끄덕였다.

"저쪽에서 네가 한 말이 거짓이라는 증거를 들고 오면, 형사들이 그 증거를 바탕으로 다시 네게 물어볼 거야. 하지만 밖에 있는 형사들은 될 수 있으면 네게 상처가 될 일은 안 만들려고 할 거고. 지금 네가 얼마나 힘들지, 밖에 있는 형사들은 아주 잘 알아. 저들은 널 힘들게 안 할 거야. 자신할 수 있어."

"네."

"조유하 형사가 네게 꼭 붙어 있을 테니까 걱정 말고."

"네."

"그럼 진짜 시작해 볼까? 그 사람이 처음으로 너에게 나쁜 짓 한 게 언제인지 말해줄 수 있어?"

"엄마 수술한 날이요."

의사가 나경과 상담을 하는 그 시간, 태석과 주영, 그리고 유하는 다른 방에서 카메라로 녹화되고 있는 장면을 지켜보았다.

"그 사람이 뭐라 그랬는데?"

"입 다물지 않으면 엄마는 죽는다고 했어요."

"그 남자가 그럴 때 어떤 느낌인지 말해줄 수 있을까? 싫으면 말 안 해도 되고."

"싫다고 말했는데, 하지 말라고 말했는데도…… 그 남자는 웃기만 했어요. 죽이고 싶었어요. 할 수만 있다면 진짜…… 죽이고 싶었어요."

"누구한테 말한 적은?"

"경찰한테 말했어요."

"그런데 어떻게 됐는데?"

"그 경찰이 거짓말하지 말라고 무섭게 화냈어요."

"그 경찰 아직도 여기 있지?"

나경은 아무 말 없이 고개를 끄덕였다.

"다른 사람에게 도와달라고 해본 적은?"

"말했다 해도 안 도와줬을 거예요."

"왜?"

"그 사람한테 맞아서 입술이 터졌는데도, 아무도 물어보지 않았으니까. 나중에 알았어요. 모두 다 나만 빼고 잘 먹고 잘산다는 걸. 원래 그런 거잖아요."

"그래서 조유하 형사가 도와준다고 할 때 싫다고 했었던 거야?"

"내가 아는 어른들은 다 똑같이 비겁한 인간들이니까. 날 눈감아주는 대가로 그들이 뭘 얻는지 알아요. 어른들은 그렇게 얻은 것으로 자기 딸 비싼 옷과 신발, 그리고 가방을 사주겠죠. 그 애들이 펑펑 쓰는 돈, 내가 주는 거예요. 나 그거 알고 있었어요."

끓어오르는 분노를 참을 수 없어 유하는 욕설을 내뱉으며 이리저리 서성거렸다.

"한동안 시끄럽겠네."

의자에 앉아 가만히 나경이 상담하는 장면을 지켜보던 태석이 서늘할 정도로 차갑게 픽 웃음을 흘렸다.

"지금부터 썩어서 지독한 악취를 내뿜는 이 마을 청소 작업을 시작한다. 김주영, 조유하, 둘은 지금 당장 그놈을 잡아들여. 일단 제일 썩은 놈부터 치우자!"

"넵!"

동시에 대답한 유하와 주영은 가자는 말도 없이 동시에 몸을 움직였다.

"지금 여기 블랙팀이 와 있대."

촬영 중 잠깐 외출했던 정훈이 승후에게 전한 소식이었다.

"블랙팀이 여기 왜?"

"사건이 터졌나 봐. 자세한 건 모르겠고. 그런데 블랙팀까지 뜬 것 보면 엄청난 사건 아니야? 단순 살인사건으로는 블랙팀 안 뜨잖아."

"블랙팀은 연쇄 살인 같은 것만 뜨지. 아니면 인신매매나 장기매매 같은 큰 조직이 개입된 사건이나."

"이 작은 동네에 그런 사건이 있나?"

"일이 있으니까 왔겠지. 그 사람들이 여기까지 온 것 보면, 중요한 사건이란 뜻이니까."

정훈에게서 소식을 전해 듣고 잠깐 멍하니 있던 승후는 휴대폰을 꺼내 들어 전화를 걸었다.

"형, 바빠?"

[바쁘고 정신도 없지. 중요한 기 싸움을 앞두고 있기도 하고. 왜?]

"소문이 나서. 블랙팀이 여기 왔다고 하더라고."

[아! 사건 때문에 지금 블랙팀 전체가 와 있어.]

"그랬구나. 이 작은 동네도 사건이 터지는구나."

[나인후 형사 여기 와 있어. 만나볼래? 사건 해결하고 물어볼게.]

나인후란 이름에 승후의 표정이 순식간에 굳어버렸다. 진짜 볼 가능성이 생긴 지금, 막연하게 만나고 싶다고 생각하던 그때와 뭔가 느낌이 아주 많이 달랐다. 설레기도 하고, 두렵기도 하고, 하여튼 여러 감정 때문에 복잡했다.

"만나…… 줄까?"

[지후가 사랑할 정도면 인간성은 증명이 된 거잖아. 분명히 기쁘게 만난다고 할 거야.]

"부탁해, 형. 나 딱 한 번만 만나게 해줘."

[알았어.]

통화를 끝낸 승후는 떨리는 심장을 진정시키기 위해 가늘고 긴 한숨을 내쉬었다.

"드디어 만나네. 나인후 형사."

승후의 입가에 옅은 미소가 떠올랐다.


OO경찰서.

"아무리 블랙팀이라도 그렇지, 남의 구역에 와서, 남의 사건을 가로채는 게 말이 돼?"

경찰서에는 우주와 찬우가 있었다.

"블랙팀이 잘나면 얼마나 잘났어? 자기 사건만 쑤시고 다니면 되지, 왜 남의 사건까지 쑤시고 난리야?"

"남의 사건이라니요? 수사는 우리가 시작했습니다. 그리고 피해자 또한 우리가 확보했고, 우리 팀이 그럴 동안, 이곳에 계신 분들은 손 놓고 있었잖아요! 그래놓고 관할을 따져요? 무능이 죄는 아니지만, 창피한 줄은 아셔야 하는 거 아닙니까?"

이곳 경찰들이 험악하게 나오자 찬우는 그들의 눈을 똑바로 응시하며 무뚝뚝하게 말했다.

"무능? 뭐, 이런 새끼가 다 있어? 너희가 설치지만 않았더라면 우리가 수사했을 거야!"

"퍽도 수사했겠네요. 묻는 거라면 몰라도."

수사했을 거란 말에 우주의 입에선 비웃음이 터졌다. 순간 욱한 형사가 우주의 멱살을 잡으려고 하자, 근처에 있는 경찰 몇 명이 달라붙어서 그를 막았다.

"든든한 뒷배가 있다는 거지? 아무리 그렇다 해도 객이 와서 주인 행세하는 건 도리에 어긋나잖아! 잘난 너희는 위아래도 없어?"

경력으로 밀고 나갈 생각이다. 우주와 찬우는 아주 잠깐 서로 시선을 맞췄다가 다시 이곳 경찰들을 응시했다.

"이곳 경찰이 사건을 인지하고도 수사하지 않고, 더 나아가 고의로 사건을 덮은 정황까지 있습니다."

"이런 개소리……."

"이건 경고입니다! 이곳 경찰은 손도 대지 마세요!"

우주는 욕설을 내뱉는 경찰의 말을 중간에 잘랐다. 그리고 한 명씩 정확하게 눈을 맞추며, 한마디, 한마디 힘주어 강하게 말했다.

"오늘부터 장나경 사건은 우리 블랙팀이 맡습니다. 그러니 이곳 형사님들은 이 사건에 관해선 관심도 가져선 안 됩니다. 아시겠습니까?"

찬우는 딱딱하게 말하고는 차갑게 픽 웃음을 흘렸다.

"야! 너 형사 생활 몇 년 했어? 이게 새파란 것이 누구한테 명령이야?"

"자존심 세울 일이 아닌 것 같은데요? 이쪽 경찰 능력으로는 절대로 건드릴 수 없는 사건이라 우리가 맡겠다는 것 아닙니까?"

우주까지 비꼬듯 말하자, 제일 길길이 날뛰던 형사는 주위 사람들의 만류에도 험악하게 달려들어 우주의 멱살을 잡았다.

"이 새끼들이 진짜! 너희가 블랙팀이면 다야? 이것들이 오냐오냐해 주니까, 너희가 잘나서 그런 줄 알지? 입으로만 떠들 줄 알면서, 그게 소꿉장난이지 어떻게 형사야! 이름 하나 붙여서 고개 빳빳하게 쳐들고 다니니까, 넌 선배도 뭐도 없냐?"

"뭐 하는 짓들이야?"

잘하면 주먹까지 올라갈 것 같은 상황에 딱 맞춰서 이 경찰서 서장이 등장해 끓었던 분위기를 일단 가라앉혔다. 서장은 제일 길길이 날뛰던 형사에게 뒤로 물러나라고 손짓했다. 형사가 우주를 놓고 뒤로 물러나자 서장이 입을 열었다.

"블랙팀 팀장은?"

"곧 올 겁니다."

"여긴 우리 관할이다. 하지만 제일 처음 사건으로 접수한 건 블랙팀이니 완전히 블랙팀을 배제할 수 없다. 그러니 두 팀이 공조해. 그건 허락하지."

"그건 안 됩니다."

우주와 찬우가 서장을 상대로 뭐라고 대답해야 할지 몰라서 고민할 때 뒤에서 태석이 등장하며 서장 앞에 섰다.

"사건은 오롯이 저희 블랙팀만 맡습니다."

"이태석!"

자신의 말이 바로 묵살되자, 민망함과 동시에 분노가 끓어올라 서장은 얼굴까지 벌겋게 달아올랐다.

"장나경에 대한 모든 사건 저희 블랙팀이 맡습니다. 불만 있으시면 상부에 직접 이의 제기하시기 바랍니다."

"건방진……."

"이제부터 블랙팀에서 수집하는 모든 자료는 보안이다. 블랙팀 외에 누구도 허락 없이 그 자료를 본다면 증거 조작으로 즉시 체포한다. 이 사실은 이곳 서장님도 예외일 수 없다."

"네!"

나경이 사건에 한해서, 태석과 서장의 기 싸움은 태석이 유리했다. 블랙팀이 자신들의 관할 구역 사건을 가지고 간다는 이유로, 동료 형사들은 그들에게 악담 비슷한 걸 퍼붓기 일쑤였다. 주로, 얼마나 잘하는지 어디 두고 보자는 식이었다. 하지만 블랙팀은 늘 힘이 아닌 실력으로 그들의 입을 막았고, 그런 일들이 하나둘 쌓이면서, 블랙팀은 명실상부 대한민국 최고 엘리트 팀으로 우뚝 서게 되었다.

이번 경우도 마찬가지였다. 서장이 태석보다 계급이 아무리 높다 해도, 블랙팀에서 직접 사건을 접수했고, 피해자까지 확보한 이상 우선적인 권한은 블랙팀에게 있다고 봐야 했다.

"만약 억울한 사람 엮어 넣으면 내가 가만 안 둘 줄 알아. 이태석 팀장, 내가 네 옷 벗기고 말 테니까, 명심해!"

서장의 말에 태석의 입가에 찬 미소가 번졌다.

"우리가 누굴 지목할지 알고 계신 것 같습니다? 저도 경고하죠. 만약 나경이 사건에 이곳 경찰이 개입해 묵인한 증거가 포착되면, 제 목을 걸어서라도 관여된 모든 이들의 죗값을 받아낼 겁니다. 아시겠습니까?"

태석의 서늘한 경고에 서장의 얼굴이 점점 딱딱하게 굳어갔다.

경찰 조사실.

"우리 입씨름으로 입 아프게 하지 말고, 쉽게, 쉽게 가죠? 묻기 전에 대답하면, 더는 힘들지 않게 적당히 배려하겠습니다."

유하는 형일과 수영의 맞은편에 앉았다.

"난 이 마을 발전을 위해 불철주야 노력하는 사람이야! 내가 이 마을을 위해 해놓은 게 얼마인데! 내가 고작 열다섯 살짜리 애를 건드리겠냐고! 다 거짓말이야! 나경이 그 애가 한 말이 다 거짓말이라고! 마을 사람 모두에게 물어봐! 내가 나경이에게 어떻게 했는지!"

박형일은 조금도 거리낌 없다는 듯 당당하게 말했다.

"참 이상하죠? 다른 곳 CCTV 멀쩡한데, 꼭 나경이 집 CCTV만 고장인 게? 아니, 고장 나면 고쳐야 할 것 아니야. 그런데 왜 다른 곳은 잘만 고치면서 나경이 집 앞 CCTV는 2년째 고치지 않고 그대로일까요?"

이렇게 말하며 유하는 범인의 표정을 살폈다.

"그건 아무도 고장 난 걸 몰랐던 겁니다. 설마 저희가 일부러 CCTV를 안 고쳤겠습니까?"

박형일의 아들이면서 변호사인 박수영은 흥분한 형일과 반대로 침착했다.

"그러니까 그쪽 주장은 나경이 털끝 하나도 안 건드렸다는 말입니까?"

"당연히 억울합니다. 저희 아버지는 지역 유명인사입니다. 그리고 이 지역에서 많은 재산을 소유하고 있죠. 분명히 나쁜 생각으로 나경이를 뒤에서 떠미는 사람이 있습니다. 형사님들은 무고한 사람을 상대로 이럴 게 아니라, 가서 나경이를 나쁘게 이용하는 그 사람들을 잡으셔야 할 겁니다."

"그럼 하나만 물어보죠. 박형일 씨가 장나경 집에 갔을 가능성은 있습니까? 최소 한 번이라도."

"없습니다. 아버지는 나경이 집에 간 적이 없습니다. 돈으로 그냥 부쳐 주면 될 걸 뭐 하러 번거롭게 가서 생색을 내겠습니다. 아버지께서는 그런 분이 아닙니다."

"그럼 반대로 피해자를 집으로 부른 적은 있습니까?"

"그것도 없습니다. 반대로 나경이를 집으로 부를 일도 없습니다."

"그럼 나경이를 만난 적이 있습니까?"

"아버지께서는 개인적으로 나경이를 만난 적이 없습니다. 딱 한 번 나경이 어머니가 병원에 입원했을 때, 병원에 일이 있어서 가셨다가 저와 함께 잠깐 스친 게 다입니다. 그 이후로 단 한 차례의 만남도 없었습니다."

"그걸 어떻게 확신합니까? 박수영 씨가 박형일 씨를 24시간 따라다니는 것도 아닌데."

"나경이 일은 제가 주로 처리했습니다! 아버지께서는 나경이 어머니 병원비가 한 달에 얼마가 들어가는지도 알지 못하십니다."

유하는 입 꾹 다물고 울긋불긋한 얼굴로 씩씩 거친 숨을 몰아쉬는 형일을 힐끔 보고는 다시 수영을 응시했다.

"박수영 씨만 나경이를 만났다는 사실을 어떻게 입증하실 건데요?

저희는 믿지 못하겠는데요? 박수영 씨의 눈을 피해 만날 수도 있지 않습니까? 박수영 씨 사무실에 나경이가 왔다가 은밀히 불려갔을 수도 있고."

"나경이는 제 사무실에 온 적 없습니다. 사무실 직원들한테 물어보세요. 나경이를 봤다는 직원이 단 한 명이라도 있는지."

수영은 확신에 찬 듯 단호했다.

"조금 전 병원에서 잠깐 나경이를 스쳤다고 하던데, 그 일이 단 한 번뿐이라고 확신할 수 있겠습니까? 거듭 말하지만, 박수영 씨가 박형일 씨를 24시간 따라다니는 것도 아니고? 박수영 씨 눈을 피해 나경이를 은밀히 부를 수도 있는 것 아닙니까?"

"병원에 가실 땐 저랑 함께 가십니다. 병원비 정산하러 갔다가, 가끔 스칠 때 빼놓고는, 저조차도 나경이를 만나지 못합니다. 그런데 전혀 나경이와 접점이 없는 아버지께서 어떻게 나경이를 만날 수 있겠습니까? 병원 CCTV 다 털어보세요. 아버지가 몇 번이나 잡히나 세어보시란 말입니다!"

일이 풀리지 않는지 유하의 표정에 답답함이 드러났다. 변호사를 상대하면 늘 이렇게 애를 먹기 마련이니까. 수영은 유하의 표정에서 자신이 유리하다는 걸 느끼고 비웃음을 담아 싱긋 미소를 머금었다.

"그럼 DNA를 주실 수도 있겠네요? 당당하면 상관없는 거 아니겠습니까?"

"영장 가지고 오시죠. 그전에는 절대로 안 됩니다."

박형일은 이곳 경찰의 비호를 받고 있으며 정치인들과도 어느 정도 연줄이 있는 인물인 데다, 아들 박수영이 변호사이니 무턱대고 DNA를 채취했다가는 공격당하기 딱 좋은 사람이었다. 이럴 때는 일절 다른 말이 흘러나올 수 없도록 허점을 보이지 않는 게 방법이라는 걸 유하는 잘 알고 있었다.

"당당하면 상관없지 않을까요? 범인으로 나올 것도 아닌데, 뭐가 문제인지 모르겠네요?"

"성폭행범으로 수사를 받는 것 자체가 아버지께는 엄청난 수치입니다. 그런데 검사까지 받았다고 하면 진짜 무슨 잘못이 있는 건 아닌가 하는 소문이 돌겠죠. 여기는 작은 곳입니다. 지금도 충분히 저희 아버지는 타격을 받았어요. 영장을 가지고 오세요. 영장 없이는 DNA는 주지 않겠습니다."

"뭔가 구린 모양이네? 그냥 잠깐이면 될 일을 영장까지 들먹이는 것 보면?"

유하는 비아냥거리듯 말하고는 박형일을 힐끔 보며 가볍게 픽 웃었다.

"간단하게 영장 하나만 받아오면 될 일을 이렇게 질질 끄는 것 보면, 영장 받아낼 자신이 없는 모양입니다?"

"협조적이었다. 이게 모양이 좋지 않을까요? 비협조적이라 영장까지 등장하면 명성에 누가 될까 봐."

"그 걱정까지는 안 하셔도 됩니다. 그러니 영장 가지고 오세요. 그럼 최대한 협조해 드리겠습니다."

상대는 변호사다. 그러니 조금이라도 말리면 불리해진다. 유하는 짙은 미소를 머금으며 수영을 응시했다.

"영장이 도착하는 데 얼마나 걸릴 것 같습니까? 하루? 이틀? 아닙니다. 지금부터 딱 한 시간 뒤면 영장을 가지고 올 수 있는데, 한 시간 뒤나 지금이나 별반 차이 없을 텐데요?"

"저희는 절차대로 하길 원합니다."

"DNA만 채취하면 보내 드리려고 했는데, 그럼 어쩔 수 없죠. 영장 도착할 때까지 저랑 오붓하게 대화를 나누고 계시죠."

"저희는 최대한 협조하기 위해……."

"그냥 줘! 나 티끌만큼도 잘못 없어! 내가 나경이를 건드렸으면 이 손에 장을 지져! DNA 줄 테니까 가져가! 어서!"

수영이 또 말꼬리를 잡고 늘어지려고 할 때 분노로 얼굴이 벌겋게 달아오른 형일이 버럭 소리를 질러댔다. 인내심의 한계를 느낀 것이다.

"아버지 하지만……."

"됐어! 줘! DNA 가지고 가! 머리 뽑아줄까? 침 뱉어줘? 뭐든 말만 해!"

"대신 아버지가 혐의를 벗게 되면 대단한 블랙팀 모두 고소당할 각오해."

아버지를 설득할 수 없다고 판단했는지 수영은 이를 바드득 갈며 유하를 노려보았다. 순간 유하의 눈빛이 매섭게 빛났다.

"내 이년을 그냥! 불쌍해서 뒤를 봐줬더니, 내 뒤통수를 이렇게 쳐? 당장 모든 지원 끊어! 배은망덕한 년."

형일이 씩씩 거칠게 숨을 토해낼 때 밖에서 나오라는 소리가 들렸다. 유하는 일어나서 조사실 밖으로 나갔다.

"야! 아주 당당하네?"

하프 미러를 통해 조사실 안을 지켜보던 찬우는 재미있다는 듯 킥킥 웃음을 터뜨렸다.

"나올 게 없다고 자신하는 거죠. 저들 눈에 우리는 호구로 보이는 모양이에요."

유하도 가볍게 말하며 하하 웃었다.

"나경이 몸에서는 DNA를 찾기 어렵다는 걸 알고 있고, 나경이 집에서도 증거가 될 만한 건 없다고 확신하고 있어. 그러니 저렇게 당당하게 나올 수 있는 거야."

우주는 팔짱을 끼며 미간을 찌푸렸다.

"허락도 떨어졌는데 뭐가 문제야? 준다는 DNA는 받아야지. 유하는 어서 DNA 가지고 와!"

태석의 말에 유하의 입가에 미소가 번졌다.

진짜 며칠 동안 유하는 촬영장에 나오지 않았다. 승후가 매일 물었지만, 성찬의 대답은 딱 하나였다.

"아직 일이 안 끝난 모양이야."

정말 이대로 돌아가는 것 아닐까?

연락조차 없는 유하를 두고, 조명팀 내에서도 책임감이 좀 있는 줄 알았더니 무책임하다며 수군수군했고, 그런 소리를 듣고 있는 승후의 마음은 무겁기만 했다.

아침에 인터뷰가 잡혀 있어 잠깐 서울에 올라갔다가 내려오는 길.

승후는 차창 밖을 응시하며 한숨을 내쉬었다.

"어?"

그러다 길에서 반가운 누군가를 발견하고는 금세 얼굴이 밝아졌다.

"멈춰."

승후는 매니저가 차를 멈추자 곧장 차 문을 열고 내렸다.

"우주 형!"

이곳에서 우주를 보게 되다니. 생각지도 못한 만남이 어두웠던 승후의 마음에 작은 기쁨을 불어넣었다.

"그래! 바빠서 촬영장이 여긴 줄 알면서도 한 번도 못 가봤어. 미안하다."

"블랙팀, 대한민국에서 제일 바쁜 경찰들이잖아. 길에서 이렇게 만나니 더 반가운 것 같아. 인연을 넘어 필연인 것 같은 느낌?"

"자식."

우주는 큭 웃으며 승후의 어깨를 툭 쳤다.

"배부르다. 어? 민승…… 후?"

그때 근처 식당에서 블랙팀들이 하나하나 나오더니 모두 승후를 보고 눈이 휘둥그레졌다.

"안녕하세요?"

최대한 밝게 웃으며, 한 명 한 명 눈을 맞추며 인사하던 승후는 블랙팀 안에 있는 한 사람을 발견한 순간 마치 시간이 멈춘 듯 그렇게 굳어 버렸다.

"조…… 유…… 하?"

블랙팀 안에서 그들과 자연스럽게 어울리는 사람. 며칠 사이에 세상이 뒤집혀진 게 아니라면 유하가 분명했다.

"승후 넌 처음 보지? 나인후 형사야. 지후의 전 파트너."

"……네?"

우주가 유하를 나인후로 소개하자 승후의 얼굴은 놀라는 것을 넘어 핏기 하나 없이 새하얗게 변해갔다. 아니, 무서움을 넘어서는 공포. 승후의 표정은 지금 그랬다.

"나…… 인후?"

"진짜 이름은 조유하야. 나인후는 네 형이 붙인 별명이고. 보고 싶다고 하더니, 결국 이렇게 만나네?"

우주가 뭐라 말하는 것 같지만, 승후의 귀에는 아무것도 들리지 않았다. 그저 자신을 아주 덤덤하게 보고 있는 유하만 응시할 뿐이었다.

"당신이…… 나인후…… 라고?"

"정식으로 인사드리겠습니다. 저는 지후 선배 파트너인 조유하, 아니, 나인후 형사입니다, 민지현 씨."

유하의 입에서 자신의 본명이 튀어나오자 승후는 순간 하늘이 핑 도는 느낌에 휘청거렸다.

"나…… 인후…… 나인후라고?"

"네. 제가 바로 나인후입니다."

정신이 아득해진다. 승후는 할 말도, 할 일도, 아니, 자신이 지금 어떻게 행동해야 하는 건지도 알 수 없었다.

나인후. 지후 형이 사랑한 여자. 그 사람이 조유하란다. 바로 며칠 전까지 승후 자신이 좋아한다고 들이대던 그 여자가 바로 지후 형이 사랑했던 사람이란다. 다시 말해 형의 여자를 동생이 좋아한 거다. 지금까지 무수히 많은 드라마와 영화를 찍었지만, 이런 막장은 없었다.

"승후 형, 이제 촬영장에 가보셔야 하는데요. 지금 스태프들 기다려요."

머릿속이 이리저리 뒤엉켰다. 승후는 표정 하나 없이 차갑게 자신을 응시하는 유하를 멍한 눈으로 보고 또 보았다.

"승후 형, 인사하고 가야죠. 늦었다니까요?"

"인사? 해야지."

매니저인 윤석은 지금 승후의 상태가 어떤지 단번에 알아차리고 서둘러 그가 해야 할 행동을 알려주었다. 승후가 멍한 상태로 "가보겠습니다." 하고 말하며 꾸벅 인사를 하자, 윤석은 그를 차에 태웠다.

차가 움직이고, 얼마 안 가 비포장도로로 들어선 탓에 몸이 이리저리 흔들렸다. 하지만 승후의 정신은 한참 동안 돌아오지 않았다.

몇 분 뒤, 곧장 촬영장으로 온 승후는 스태프에 방해가 되지 않게 한쪽 구석에서 정훈과 이야기 중이었다.

"뭐? 조유하가 그 나인후라고?"

승후가 털어놓은 말에 정훈의 언성이 날카롭게 주위를 울렸다. 잠깐 그런 정훈 때문에 스태프들의 주목을 받게 된 정훈은 능글맞게 히히 웃으며 손짓으로 하던 일 계속하시라고 하면서 죄송하다는 뜻으로 꾸벅 고개를 숙였다.

"동네방네 소문을 내라!"

"놀라서 그런 거지. 자세히 말해봐. 진짜야?"

"조유하는 내가 누군지 알고 있었던 모양이야. 놀라지도 않더라."

"그 여자 능력 좋네. 형에 이어 동생까지 흔들고?"

놀란 것도 잠시, 정훈은 눈까지 반짝반짝 빛내며 하하하 웃음을 터뜨렸다.

"어떻게 하면 좋을지 모르겠다."

승후는 답답해 미칠 것만 같았다. 거절당했을 때는 심장이 약간 쓰린 정도였는데, 지금은 딱 숨 막혀 죽을 것만 같았다.

"뭘 몰라? 거절당한 김에 마음 접는 거지."

"날 거절했던 게 내가 민지현이라서일까? 아니면 진짜 내가 싫어서일까?"

"넌 이 상황에 그게 궁금하니?"

"그러게. 이 상황에 그게 궁금하네. 나도 내가 제정신은 아닌 걸 알고 있지만, 지금 내 상태를 보니 심각한 수준인 모양이야."

사람이 너무 기가 막히면 웃음이 터지는 모양이다. 승후는 껄껄껄 웃음을 터뜨리다가 갑자기 얼굴에서 미소를 지우고는 길게 한숨을 토해냈다.

"그나저나 그 여자 끝내주네. 하긴 처음부터 평범하지 않긴 했는데 그렇다고 블랙팀 형사일 줄은……."

"나보다 연기를 더 잘하는 것 같아."

"그러니까 그 해맑음이 진짜 해맑음은 아니라는 뜻이지? 블랙팀 전체가 잠입, 잠복, 이런 게 전문이라고 하더니, 대단해. 진짜 엄청 대단해."

정훈은 연거푸 몇 번이나 감탄사를 흘려댔다. 저거 잘하면 조유하에 대한 존경심이 샘솟겠네. 승후는 절레절레 고개를 흔들며 정훈을 보았다.

"우리 승후 충격 좀 받았나? 말만 해. 내가 위로해 줄게. 내 넓은 가슴은 널 위해 대기 중이야."

갑자기 콧소리를 내며 느끼하게 다가오는 정훈 때문에 승후는 나지막하게 욕설을 흘리며 그가 다가오는 거리만큼 떨어졌다.

"내가 이 드라마만 끝나면, 아주 인연을 끊든지 해야지, 친구라는 이유로 너무 붙어 있었어. 징글징글한 놈."

정훈은 승후가 뭐라 하던 상관이 없다는 얼굴이었다. 만나면 서로 놀리는 게 둘의 일상이기 때문에, 지금 잡아먹을 것처럼 으르렁거려도 그건 그저 대화일 뿐이라는 걸 알고 있기 때문이었다.

"포기해. 우리 둘이 결별하면 진짜 사귀다 헤어진 줄 알아. 동성애설에 생명 불어넣고 싶냐?"

민승후와 이정훈은 사실 친구가 아니라 사귀는 사이다.

예전부터 스케줄이 없을 땐 늘 붙어 있어서 이런 루머가 나돌았었다. 지금까지 정훈이 꾸준히 여자 연예인과 스캔들을 터뜨리고 있지만, 사람들은 이것 또한 동성애자라는 걸 감추기 위한 방패라는 식으로 떠들곤 했었다. 물론 말 만들기 좋아하는 사람들 이야기고, 친한 기자들은 진짜 백 퍼센트 어이없는 루머라는 걸 알고 있지만, 당사자인 승후에게는 딱히 기분 좋은 소문은 아니었다. 하지만 정훈은 이 소문을 오히려 갖고 노는 재미난 장난감처럼 자주 입에 올렸다. 승후의 신경을 긁고 싶을 때 특히 더.

"내가 왜 너랑 엮여서 이 고생을 하는지 모르겠다! 내가 도대체 여기서 뭐 하고 있는지. 순간의 선택이 평생을 망친 기분이야."

"순간의 선택으로 톱 중의 톱스타 됐는데, 이 정도면 너 나한테 고마워해야 한다?"

맞다. 이 녀석을 따라 엑스트라로 촬영장에 놀러 간 그 순간부터 인생이 꼬여 생각지도 않았던 연예인이 된 거다. 그때 그 일만 없었더라면, 자신은 지금 외국에서 공부 중이었을 것이다. 진짜 그랬더라면, 형의 여자였던 유하를 이 촬영장에서 만나지도 않을 테니까.

형의 여자 나인후로 처음 만났더라면 과연 그때도 좋아했을까?

승후에게 답은 하나였다. 형의 여자 나인후로 처음 만났더라면 절대로 유하를 마음에 품는 일은 없었을 것이다. 민지후의 동생 민지현에게는 형밖에 없으니까.

"지금 내 상황을 봐. 너라면 고맙다는 말이 나오겠냐?"

"오호! 우리 민승후님 충격이 큰 모양이다?"

"내 인생에서 몇 안 되는 사건 중 하나지 싶어. 충격받은 순위로 따지면 두 번째?"

"첫 번째가 지후 형 죽었다는 소식을 들었을 때니까……, 와! 너 진짜 충격받았구나? 그 정도 충격이었으면, 머리가 백지상태가 됐었다던 그 말이 어떤 뜻이었는지 알겠다."

고개를 끄덕이던 정훈은 갑자기 뭐가 그리 재미있는지 큭큭 웃음을 터뜨렸다. 정신 나간 느끼함도 싫지만, 신경 거슬리는 이 웃음도 싫다.

승후는 미간을 일그러뜨리며 정훈을 노려보았다.

"기분 나빠. 웃지 마."

"어느 쪽이 더 기억에 남았을까?"

"뭐가?"

"그 여자는 형하고도 키스하고 동생하고도 키스한 거잖아."

"야! 죽을래?"

애써 밀어내던 기억을 정훈이 콕 하고 집어내자 승후는 얼굴에 이어 목까지 시뻘겋게 달아오른 채로 버럭 소리를 질러댔다.

"약혼이나 결혼, 그딴 걸 한 것도 아니고, 사람과 사람이 사귀다 보면 이런 일도 있고 저런 일도 있는 거지. 고려 시대에는 삼촌하고 조카 사이에도 결혼했어."

"비교해도, 꼭. 이게 그거랑 같아?"

"조선 왕조 500년, 딱 그 시기만 제약이 많았지, 그전에는 상대적으로 자유로웠다는 말을 하고 싶은 거지. 핏줄끼리 혼인하던 세상도 있었는데, 형이 사랑했던 여자를 사랑하지 말라는 법이 어디 있어? 너도 형의 여자임에도 불구하고 감정이 딱 안 끊어져서, 거절한 진짜 이유가 궁금한 거 아니야?"

정훈에게 마음을 정확하게 들켜 버리자, 승후는 한숨을 내쉬는 척하며 슬쩍 시선을 딴 곳으로 피했다.

"내가 우리 민승후를 필요 이상으로 많이 알지. 형과 사귄 여자라는 게 가던 감정을 돌릴 정도로 큰 이유는 되지 않잖아. 막다른 길에 다다랐을 때나 포기가 가능한 인간이, 막다른 길도 아닌데 포기한다? 절대로 있을 수 없는 일지."

"그래도 안 되는 건 안 되는 거야. 안 되는 게 맞아."

"그래. 안 되는 게 맞는 거긴 해. 하지만 죽은 형 때문에 널 포기하지는 마. 넌 지나칠 정도로 형을 너무 많이 의식해. 형이 이 세상에 없는 지금까지도."

"……."

"형이 사랑한 여자 임에도 불구하고 포기할 수 없을 정도의 사랑이라면, 민승후스럽게 가보는 것도 괜찮다는 뜻이야. 내가 아는 민승후는 마지막까지 가봐야 잊을 수 있는 사람인데, 지금은 아무래도 그 마지막은 아닌 것 같다."

정훈이 한 말이 맞았다. 머리는 끝이라고 생각하고 있지만 마음은 끝이 아니었다. 형의 여자라는 건 갈등 요소는 될 수 있지만 끝낼 이유가 될 수는 없기 때문이었다.

"말이 안 되는 걸 알면서 이런 얘기를 하는 건, 네가 조유하를 평생 기억하는 건 싫기 때문이야. 쓸데없이 기억력만 좋은 친구가, 나에겐 죽은 친구 형보다는 더 소중하니까."

정훈은 승후의 어깨를 두어 번 툭툭 친 후, 촬영 준비가 한창인 스태프들 사이로 사라졌다.

"하긴 저 녀석 말대로 내가 쓸데없이 기억력이 좋긴 하지."

혼자 남은 승후는 나지막히 이렇게 말을 흘리며 힘없이 피식 웃음을 흘렸다.


"DNA가 맞지 않더군요. 박형일 씨는 범인이 아닙니다."

유하는 서류를 뒤집어서 책상 위에 놓고 그 위에 손을 올렸다.

"내가 뭐랬어? 난 아니라고 했잖아! 수영이 너, 모두 싸잡아서 고소

할 준비해! 이것들이 날 어떻게 보고 그따위 더러운 죄를 뒤집어씌워!"

예상대로 형일은 거의 미친 사람처럼 펄쩍펄쩍 뛰었다.

"그런데 말입니다. 이걸 좀 보셔야겠습니다!"

차갑게 씩 웃음을 흘린 유하는 뒤집어 놓았던 서류를 수영 앞으로 밀었다.

"이게 뭐죠?"

수영은 그 서류를 들어 빠르게 쭉 읽어 내려갔다. 아주 짧은 순간 당황한 듯 수영의 미간이 일그러졌지만 곧 흔적도 없이 사라졌다.

"박형일 씨는 아니나, 박형일 씨의 혈육 중 한 명이 범인이더라고요? 그리고 이곳에서 박형일 씨의 남자 혈육은 박수영 씨밖에 없죠."

수영은 평온함을 유지하며 빙긋 미소를 머금었다.

"증거 있습니까? 경찰에서 가지고 있다던 범인의 DNA가 정상적으로 얻은 건지 아니면, 편법으로 가지고 간 건지 입증할 증거 있냐는 말입니다. 나경이가 어머니 일로 만나자고 하고, 계획적으로 내 DNA를 슬쩍 가지고 갔을 가능성이 더 높은 거 아닙니까?"

"변호사니 증거 좋아하겠네. 뭐든 확실한 게 좋으니까."

유하 근처에서 상황을 지켜보던 주영이 큰 웃으며 수영 앞에 사진 하나를 내려놓았다.

"이건 우리 과수대가 나경이 집에서 찾은 체모입니다. 박형일 씨는 아니나, 박형일 씨와 혈육관계인 남성의 체모죠. 그러니 혐의를 벗은 박형일 씨는 귀가하셔도 좋지만, 혐의를 받은 박수영 씨는 남아주셔야겠습니다."

유하가 픽 웃자, 주영이 박형일을 일으켜서 데리고 나갔다. 끌려 나가다시피 하면서 박형일이 고래고래 소리를 질러댔다. 하지만 유하는 그 인간이 무슨 말을 하는지 아무런 관심도 없었다. 그저 앞에 있는 박수영이 무슨 궤변을 늘어놓을지 그것만 궁금했다.

"이건 얼마든지 변론 가능합니다. 나경이가 몰래 들고 갔을 수도 있죠. 원래 체모라는 게 어디서든 내가 생활하는 곳이면 떨어지는 거니까."

"그렇죠. 나경이가 박수영 씨가 생활하는 곳에 들어갔다면 당연히 들고 갔을 수도 있죠. 하지만 저번에 분명히 그 입으로 말했을 텐데요? 병원에서 잠깐씩 스친 것 빼고는 나경이를 만난 적이 없다고?"

수영의 눈동자가 아주 미세하게 흔들린다. 이건 분명히 자신이 무슨 실수를 했는지 인지했다는 뜻이었다.

"한두 번은 사무실에 왔을 수도 있습니다. 난 없다고 생각했는데, 내가 없을 때 왔을 수도 있죠. 없다 생각하고 확인 안 했는데, 다시 직원을 통해 확인해 보겠습니다."

"아! 그러니까 박수영 씨 없는 틈에 사무실에 왔다가 성기 부분의 체모가 떨어진 걸 나경이가 용케도 알아보고 딱 집어 갔고요?"

"그건 구하려고만 하면 구할 수 있는 거란 말을 하고 싶은 겁니다. 작정하고 덤볐으면 못 구할 리가 없으니까요."

유하는 어이없다는 듯 픽 웃음을 터뜨리고 다시 사진 하나를 수영 앞에 툭 던졌다.

"그럼 이건 무엇일 것 같아요?"

사진을 확인한 수영은 흠칫 놀라며 가늘게 눈을 찌푸렸다.

"이게 뭔데? 이 쓰레기가 무슨 증거라는 건데요?"

"휴지는 증거가 아니지. 휴지에 묻어 있는 게 증거지. 자, 그럼 설명 좀 해보실까요? 나경이가 어째서 박수영 씨로 추정되는 남자의 정액이 묻어 있는 휴지를 가지고 있었을까요? 이번엔 또 어떤 궤변을 늘어놓을지 상당히 궁금하네?"

유하는 당황해 표정은 물론 몸까지 굳어버린 수영을 보며 차갑게 씩 미소를 머금었다.

'박수영, 너 절대로 못 빠져나가. 내가 널 무슨 짓을 해서든 쓰레기처리장으로 보낼 거니까.'

유하는 생각을 짜내기 위해 이리저리 머리를 굴리고 있는 수영을 몇 초 가만히 보다가 다시 입을 열었다.

"박수영! 당신은 아픈 엄마를 미끼로 어린아이를 2년간 성폭행했어! 아무 말도 하지 말라고, 입만 뻥긋했다가는 네 엄마는 죽는다는 말로 어린아이를 협박했지! 그리고 그걸 눈치챈 주위 사람들을 돈으로 입막음했던 거야."

"아…… 아니야!"

"개쓰레기 어른들 속에서 아이는 지난 2년간 지옥에 갇혔어! 박수영, 당신은 절대로 용서받을 수 없는, 고통스럽고 잔인하게 천천히 죽어가도 그 죄를 다 못 갚는 쓰레기야!"

목에 핏대까지 올리며 유하의 얼굴은 분노로 일그러졌다.

"난 아니야! 장나경 진술에 신빙성이 없어! 처음에는 아버지라더니 이젠 나라고? 이랬다가 저랬다가 그때그때 말을 바꾸는데, 그 진술을 어떻게 믿어?"

지금까지 냉정을 잃지 않았던 수영이 고래고래 고함을 질러댔다.

마지막이다. 수영은 이제 마지막 발악을 하고 있었다. 유하는 노트북으로 동영상 하나를 틀어서 수영에게 보여주었다. 동영상 속에서 나경의 뒷모습과 의사의 얼굴이 보였다.

[그 사람 이름 말해줄 수 있어?]

의사의 말에 나경은 말이 없었다.

[말하기 싫어? 말하기 싫으면 하지 마. 안 해도 돼.]

[아니요. 말할 수 있어요.]

[그럼 내가 다시 물어볼게. 너에게 나쁜 짓 한 그 사람이 누구야? 그 사람 이름이 박형일이야?]

의사의 말에 나경은 고개를 저었다.

[그럼 누군데?]

[박수영. 박형일 그 사람의 아들이요. 나를 성폭행한 그 사람 이름이

바로 박수영이에요.]

흘러내리려는 눈물을 이 악물고 꾹 참던 나경이는 박수영의 이름을 말한 순간 더는 참지 못하고 그만 떨어뜨리고 말았다.

[박수영이란 사람에 대해 알고 있는 거 있어?]

[변호사래요. 경찰과도 친하고, 병원 의사들과도 친했어요. 내 주위에는 모두 그 사람 편이 가득했어요. 내가 뭐라 해도 사람들은 듣지 않았어요. 모두 날…… 모른 척했어요.]

나경이의 울음소리가 애처롭게 노트북을 통해 흘러나왔다.

[처음으로 용기 내서 경찰에게 말했었는데, 그날 박수영 그 사람이 그랬어요. 아무도 자신을 못 집어넣는다고. 자신은 법을 아주 잘 알기 때문에, 백 번이고 천 번이고 나를 거짓말쟁이로 만들 수 있다고.]

유하는 노트북을 동영상을 멈추고는 새하얗게 질려 버린 박수영의 얼굴을 차갑게 응시했다.

"우리가 언제 나경이가 박형일, 네 아버지를 지목했다고 말했어? 그렇게 지레짐작한 건 당신들이지. 우리가 말한 건, 너랑 너희 아버지, 두 사람에게 '경찰서로 동행해 주시죠.' 이 말을 한 것뿐이었는데. 기억 안 나?"

"여기 와서 아버지를 용의자……."

수영은 버럭 소리를 지르다가 순간 흠칫하며 굳어버렸다. 생각해 보니 형사들은 두 사람 중 누가 용의자인지 직접 입에 올린 적이 없었다. 아버지가 지레짐작으로 자신이라 생각하고 버럭거렸던 거다.

"이건 함정이야! 당신들이 아버지를 함정에 빠뜨려 수사한 거라고! 이건 분명히 불법이야!"

"불법이라니? 우리는 애초 너랑 네 아버지 박형일, 두 사람을 동시에 용의 선상에 올려놓고 수사한 거야."

"이……."

"나경이가 지목한 범인은 너, 소문의 주인공은 네 아버지. 두 사람 모두 수사하는 게 당연하잖아. 그런데 왜 나경이가 네 아버지 이름을 말했을 거라 생각했을까? 아! 대답은 이걸 본 이후에."

다시 동영상을 틀어서 보여주었다.

[그런데 왜 사람들은 박형일 그 사람이 너에게 나쁜 짓을 했다고 생각했을까?]

[그건 잘 모르겠어요. 저는 그런 소문이 돈 것도 몰랐어요. 다만 박수영 그 사람이 며칠 전에 나를 찾아와서 협박했어요.]

[무슨 협박?]

[경찰이 찾아와서 물어보면 박형일 그 사람 이름을 대라고. 그럼 어떤 일이 있어도 엄마 병원비는 끊지 않겠다고 말했어요.]

동영상을 멈춘 유하는 차갑게 웃으며 입을 열었다.

"나경이가 처음 경찰에 신고했을 때, 넌 네가 나경이에게 한 말 그대로 진짜 거짓말쟁이 나쁜 애로 만들 생각이었어. 그래서 슬쩍 네 아버지가 범인이라는 소문을 흘린 거야. 넌 이 지역에서 아버지가 어떤 위치인지 잘 알고 있었으니까."

힘과 권력을 가진 아버지 밑에서 온갖 더러운 악행을 저지른 쓰레기 아들. 그리고 그런 아들을 보호한 똑같은 쓰레기 아버지. 그들은 바로 박수영과 박형일이었다.

"아버지가 그들의 생명줄을 잡고 있는 한, 사람들이 대놓고 말할 수 없다는 걸 아주 잘 알았지. 지금까지는 의도대로 잘 왔어. 그런데 갑자기 불청객이 끼어들었지. 블랙팀이라는 불청객이!"

"난 결백해! 아무리 블랙팀이라도 내게 이런 더러운 누명을 씌운다면 가만있지 않을 거야!"

수영의 사나운 고함에 유하의 입에선 오히려 차가운 웃음이 흘렀다.

"아니, 넌 알고 있었어! 우리가 네 죄를 밝혀낼 거라는 것을! 우리는 네가 가진 돈으로는 절대로 회유가 안 되는 사람들이니까! 그래서 도망갈 방법을 생각했지. 넌 나경이에게 엄마의 목숨을 미끼로 거짓말을 하게 했던 거야!"

"아니⋯⋯."

"입 닥쳐! 내 말이 끝날 때까지 그 입 열면, 내가 뭔 짓을 할지 나도 몰라! 경고하겠는데, 내가 블랙팀에서 가장 성격이 지랄 같거든!"

유하는 변명하려는 수영의 입을 틀어막았다. 적어도 죄를 밝히는 지금, 이 쓰레기의 변명은 듣고 싶지 않았다.

"넌 나경이가 당연히 네 아버지 이름을 말했을 거라 생각했어! 나경이가 네 의도대로 박형일 이름을 말하면, 당연히 나경이의 진술은 신빙성을 잃게 되지. 거짓으로 범인을 지목한 거니까. 그리고 넌 나경이 집에서 철저하게 네 흔적을 지웠다고 생각했을 거야."

꽉 다문 수영의 입술이 가늘게 떨린다. 유하는 자신이 한 말이 지금까지는 정확했음을 확신했다.

"그런데 나경이가 네가 생각했던 것보다 훨씬 똑똑했거든. 네 귀에 우리 존재가 들어가기 전에 나경이는 이미 나를 만났어. 네가 아무것도 모르고 나경에게 더러운 짓을 한 그날, 나경이는 정액이 묻은 휴지와 네 체모가 떨어져 있는 이불을 숨겼지. 그러니까 넌 한발 늦었던 거야."

"이건 함정이야! 누가 나한테 뒤집어씌운 거라고!"

수영은 눈이 뒤집혀서 히스테릭하게 소리를 질러댔다.

"그래. 그럼 이건 뭐라 설명할 건데?"

유하는 이번에는 다른 동영상을 찾아 틀었다. 그 동영상에는 나경이의 방 열린 창문이 보였다.

시간은 새벽 2시를 가리켰고, 나경의 집에 가지 않았다던 박수영이 창문을 통해 나경이 방에서 나타났다. 그리고 동영상 속 수영의 모습은 상의를 벗은 상태였다.

유하는 딱 그 상태에서 동영상을 멈추고는 차갑게 수영을 응시했다.

"딱 봐도 야심한 밤인데, 너 옷 홀러덩 벗고 여자애 혼자 있는 그 집에서 뭐 했냐? 나경이 집에는 단 한 번도 간 적이 없다며? 화면 속 저 사람은 너 닮은 귀신인가 봐?"

"으······."

생각지도 못한 증거가 나온 탓일까. 수영은 노트북 화면을 응시며 바들바들 가늘게 몸을 떨었다.

"블랙박스 확인해 보니까, 지난 몇 달간 나경이 집에 수없이 많이 들락거리던데, 그것도 남들 다 자는 야심한 밤에 가서 새벽에 나오던데, 그때까지 애 혼자 있는 그 집에서 뭔 짓 했는데?"

"이게······."

"길에는 차들이 참 많아. 그리고 그 차들에는 블랙박스가 하나씩 달려 있고. 요즘 우리는 CCTV보다 얘들을 더 선호해. 화질이 끝내주거든."

가득 차 있던 독기가 빠져나가더니 수영은 곧 체념한 듯 어깨를 툭 떨어뜨렸다.

"성폭행은 정신적인 살인이라는 말이 있어. 게다가 나경이는 자신을 지킬 최소한의 저항조차도 할 수 없었던 어린아이야. 네놈은 나경이 인생 전체를 망가뜨린 거야!"

"······."

"그 아이가 이 끔찍한 기억을 딛고 일어나기 위해서, 얼마나 많은 좌절을 겪을지, 또 얼마나 잔인하게 자기 자신과 싸워야 할지, 과연 딛고 일어설 수는 있을지, 앞날은 누구도 알 수가 없어. 넌 살인자야! 죽어도, 아니, 죽은 후에도 지은 죄를 다 못 갚는 살인자!"

치밀어 오르는 분노에 매섭게 소리친 유하는 벌떡 일어나 책상을 밀어버리고 수영에게 다가갔다. 그리고 그의 멱살을 움켜잡고는 끌어당겼다.

"내 얼굴 똑똑히 보고 기억해! 세상 사람들 모두가 잊어도, 절대로 널 잊지 않을 사람, 그게 바로 나야! 내가 두 눈 부릅뜨고 널 계속 지켜볼 거니까!"

수영을 놓아준 유하는 씩씩 거친 숨을 몰아쉬며 그에게서 멀어졌다. 그리고 마치 넋이 나가 버린 것처럼 멍하니 앉아 있는 수영을 서늘한 분노를 담아 노려보고 또 노려보았다.

"뭐라고? 진짜?"
촬영 중간 스태프들이 웅성거리기 시작했다.
"말도 안 돼. 대박!"
그리고 스태프들이 산만해지자 승후의 시선이 자신도 모르게 그쪽으로 향했다.
"여기가 시장통이야? 휴식 시간도 아닌데, 왜 일 안 하고 잡담하고 있어? 야! 넌 조감독이라는 놈이 같이 껴서 뭐 하는 짓이야?"
감독이 버럭 화내자 스태프들 속에 껴서 함께 놀라고 있던 조감독이 감독 앞으로 다다다 뛰어와 고개를 푹 숙였다.
"뭐야? 뭣 때문이야?"
"저기 그게……."
"뭐냐고?"
"이번에 새로 들어온 조명팀 막내 말입니다. 조유하 씨."
유하의 이름이 조감독 입에서 흘러나오자 성찬과 조명팀 그리고 승후의 표정에 긴장감이 떠올랐다. 조감독이 무슨 말을 할지 몰라 불안해하는 마음에 표정에 고스란히 드러나 있었다.
"조명팀 막내가 왜?"
"경찰이었나 봅니다. 경찰도 그냥 경찰이 아니라, 그 있잖아요, 경찰청에 있는 색깔팀 중 연쇄 살인범 상대하는 팀이요, 블랙이라고 하던데."
성찬과 승후를 제외한 모두가 놀라서 눈이 휘둥그레졌다.
"뭔 소리야? 그 팀 소속 경찰이 조명팀에 왜 들어와?"
모두의 시선이 성찬에게로 향했다.

"묻지 마, 다쳐!"

깊게 한숨을 푹 내쉰 성찬은 잠깐만 쉬자는 말을 남기고 밖으로 나가 버렸다.

"하여튼 지금 그 블랙팀이 마을 확 뒤집어놨대요. 어떤 사건이 발생했는데, 마을이 조직적으로 은폐를 했나 봐요. 지금 마을에선 모이면 그 말밖에 안 한대요."

"그런데 그 블랙팀에 조명팀 막내가 있는 건 어떻게 알았는데?"

감독이 사납게 묻자 조감독의 시선이 연출부 막내에게로 돌아갔다.

"경찰서 앞을 지나가고 있는데 우연히 유하 누나가 보였어요. 근처에 있는 경찰이 유하 누나 보고 블랙팀 조 형사님, 하고 부르더라고요. 그래서 무슨 일인가 해서 알아봤습니다."

감독은 연출부 스태프들을 한심스럽다는 눈으로 보고는 일이나 하라고 쏘아댔다. 그리고 감독 전용 의자에 앉았다.

"거기 아무나 못 들어가는 곳 아니야?"

"경찰 중에서도 톱클래스만 들어가는 팀이지. 그 팀 소속은 백 퍼센트 성공을 보장받는다는 소문이 있어. 죽지 않으면 무조건 높은 자리에 앉는다는 뜻이야."

스태프 중 이것저것 잡다한 소문을 잘 듣고 다니는 사람이 한 말에 여기저기서 감탄사가 터졌다.

"대박! 잘해줄걸. 사람 일은 모르는 건데……."

누군가 진심을 담아서 한 이 말에 촬영 스태프들은 동시에 풋 웃음을 터뜨렸다.

모두가 웃는 촬영장에서 웃지 못하는 딱 한 사람. 승후는 무거운 한숨을 토해내며 대본을 폈다. 그리고 성찬이 돌아오고 휴식이 끝날 때까지 한참 동안 대본만 들여다보았다.

유하는 곧바로 나경에게로 달려갔다. 그리고 수영의 체포 소식을 전했다.

"그 사람 풀려나면 어쩌죠? 찾아오면요?"

"그때는 널 도와줄 사람들이 많을 거야."

"아니요. 그때도 나를 도와줄 사람은 없을 거예요. 지금까지처럼."

사람들, 아니, 어른들에 대한 불신으로 가득 찬 나경을 가만히 보다가 유하는 빙긋 미소를 머금었다.

"내가 좋은 거 하나 들려줄까?"

유하는 휴대폰을 꺼내 녹음된 음성을 하나 들려주었다.

[이게 뭐예요?]

유하의 목소리였다.

[나경이 집 앞에서 나경이의 집을 찍은 차량 블랙박스입니다.]

젊은 남자의 목소리에 나경이는 눈이 휘둥그레졌다.

[이걸 왜 저희에게 주시는 건지 물어도 될까요?]

[몇 달 전 제대를 했습니다. 그리고 나경이 일을 알게 됐죠. 도와줄 방법이 없었어요. 하지만 무엇이든 해야 한다는 것도 알았습니다. 그래서 법대 다니는 선배에게 물었더니, 증거를 잡으라고 하더군요.]

[그래서요?]

[감정적으로 대처했다가는 나경이만 불리하다면서. 저에게는 몇 달밖에 시간이 없었고, 곧 복학하기 위해 서울로 가야 했기에, 블랙박스를 사다 차에 달고 일부러 나경이 집 앞에 세워뒀습니다.]

아주 잠깐 정적이 흐를 때 뚝뚝 책상 위로 눈물이 떨어지는 소리가 들렸다. 바로 나경이의 뜨거운 눈물이었다.

[적어도 범인이 나경이 집에 들락거렸다는 증거라도 잡기 위해. 그런데 며칠 전에 확인해 보니 쓸 만한 장면이 찍혔다는 걸 알게 됐습니다.]

[그때 이걸 경찰서에 가지고 가셨어도 되었을 텐데요? 물론 이건 비난이 아닙니다. 그냥 물어보는 겁니다. 이걸 저희에게 직접 주셔서 다행이라는 뜻이었습니다.]

[여기 경찰은 믿을 수가 없었어요. 그래서 이걸 어떻게 할까, 계속 고민만 했습니다. 인터넷에 올릴까, 그래도 경찰이니 이곳 경찰들을 믿어볼까. 그러던 차에 서울에서 블랙팀이 내려왔다는 소식을 들었습니다.]

[그래서 저희에게 가지고 온 겁니까? 저희를 믿어서?]

[선배에게 물어보니, 블랙팀은 믿을 만하다고, 거물들도 척척 잡아넣는 팀이라고, 이 증거 넘겨줘도 된다고. 그래서 왔습니다. 블랙팀을 믿고.]

[쉽지 않은 일을 하셨네요? 생각은 해도 행동으로 옮기는 건 어려운데.]

[내 동생이 그런 일을 당하고 있었다면 저는 아마 그놈을 죽여 버렸을 겁니다. 단 한 명이라도 나서서 싸워줄 사람이 있었더라면, 나경이의 삶이 지금보다는 덜 끔찍했겠죠.]

[사실 저도 그렇게 생각했습니다.]

[나경이가 세상 모두가 자신을 외면했다고 생각하지 않았으면 해서요. 적어도 단 한 명은 자기를 위해서 작은 일이라도 해보려 했다는 걸 알면, 조금이라도 힘이 될까 싶기도 하고요.]

[나경이도 이제는 알게 될 겁니다. 저를 위해 싸운 사람이 있었다는 것을.]

녹음된 파일을 들으며 나경의 눈에서는 수도꼭지를 틀어놓은 것처럼 하염없이 뚝뚝 눈물이 흘러내렸다.

"언니 파트너가 처음 이곳에 왔을 때, 파트너가 형사라는 걸 알아본 할머니가 계셨어. 그 할머니가 나경이 네 이야기를 하면서, 제발 도와주라고 했다더라."

"할머니…… 께서요?"

"모두가 그들 편에 섰던 게 아니야. 직접 나서지는 못했지만, 네 고통은 그들도 알고 있었어. 그래서 도와줄 수 있는 때가 다가오자, 다들 우리가 수사할 수 있도록 입 꼭 다문 거야. 범인 귀에 우리가 왔다는 사실이 들어가면, 그나마 남아 있는 몇 개의 증거까지 없어질까 봐."

"몰랐……."

"더 큰 용기를 내지 못한 그들도 분명히 잘못한 게 있지만, 모두가 네 고통을 자기 이득의 수단으로 삼으려 했다는 오해는 하지 마. 적어도 세상에는 나쁜 놈 수만큼 좋은 사람 수도 꽤 많으니까."

나경이는 흘러내리는 눈물을 손으로 대충 닦고는 빙긋 미소를 머금었다.

"언니가 알려줘서 이제는 알아요. 언니가 좋은 사람 대표예요, 나에게는."


유하가 나경이를 만난 다음 다시 경찰서로 돌아오자 태석은 곧장 블랙팀 전체를 집합시켰다.

"쇼 타임! 파티를 시작하자. 작게는 이 지역, 크게는 이 사회를 위해 대대적인 청소를 시행한다! 고약한 악취를 풍기는 쓰레기들이 바로 그 대상이다!"

쓰레기면서 인간인 척한 사람들. 그들은 체포라는 말도 아까운 쓰레기들이었다. 그러니 이건 소탕이 아니라 청소였다. 쓰레기 청소.

"지금부터 나경이 사건에 연루된 모든 인간을 잡아들여!"

박수영 계좌에서 돈이 넘어갔거나, 직·간접적으로 돈이 넘어간 인물들이 굴비 엮듯 엮여서 잡혀 들어왔다. 그들 중에는 지역 경찰과 공무원, 나경이 집 근처, 동네에서 인심 좋은 아줌마·아저씨 얼굴을 하고 살았던 이들도 많았다.

잡혀 온 사람들의 첫마디는 하나같이 똑같았다. 그런 사실 몰랐다. 난 모르는 일이다. 하지만 거듭되는 형사들의 추궁에 모두 나경이 일을 눈감는 조건으로 돈을 받았다는 사실을 털어놓았다.

"그저 눈을 감았을 뿐, 당신들이 지은 죄가 아니니 상관없다 여기고 있지? 하지만 당신들도 박수영과 똑같이, 인간이라는 껍데기를 뒤집어

썼을 뿐, 죽어 마땅한 짐승이야!"

형사들의 사나운 고함에 그들은 깊이 고개를 떨어뜨렸다.

"당신들이 돈에 양심만 안 팔았더라면, 그래서 그건 아니라고 목소리를 냈더라면, 나경이의 지옥은 어쩌면 더 빨리 끝났을 수도 있어. 나경이의 지옥이 지금까지 이어졌던 건, 바로 당신들의 방관과 방조 때문이야!"

"죄송합니다. 죄송합니다."

"죄송하다는 말로 죄가 없어지지 않아! 당신들은 박수영과 똑같은 죄를 나경이에게 지은 거나 마찬가지니까!"

형사들은 그들에게 이 말을 하며 조사를 마쳤다.


승후는 아침부터 전국을 떠들썩하게 한 뉴스를 보았다. 여중생 성폭행 사건, 그리고 그 속에 담긴 끔찍한 진실. 이 끔찍한 사건을 기사로 읽은 승후는 자신도 모르게 거친 욕설을 내뱉었다.

"와우! 블랙팀 대단하네? 이런 일은 이렇게 뒤집는 게 쉬운 일이 아닌데, 한 지역을 통째로 뒤집어엎어 버렸구나! 이건 블랙팀이기 때문에 가능했던 일이다!"

옆에서 같이 기사를 읽던 정훈은 음성에 진짜 존경심을 담았다.

"안녕하세요?"

승후도 괜히 뿌듯함을 느끼던 그때 촬영장에 거짓말처럼 유하가 나타났다. 순간 주위가 소란스러웠다. 이미 유하가 블랙팀 형사라는 사실을 스태프들도 들어 알고 있었던 터라, 그들은 한마음으로 힘든 사건을 해결한 그녀에게 고생했다는 말을 하고 있었다.

"마지막 인사 하러 왔습니다. 오래 있지 못해 죄송합니다."

"그래, 금방 나가는 건 엄청 죄송할 것 같네. 그래도 뭐, 그런 엄청난 일을 하는 사람을 여기에 잡아두는 건 아니지. 잘 가라! 그리고 지금처럼 나쁜 놈 많이 잡고!"

영준은 웃으며 유하의 어깨를 툭툭 쳐 주었다.

"쫑파티 할 때와도 돼요? 잠깐 있어서 안 되나요?"

"당연히 와야지! 내가 꼭 부를게."

"감사합니다."

유하는 다시 한 번도 조명팀과 마지막 인사를 하고는, 주위를 두리번 거려 성찬을 찾았다.

성찬은 구석에서 누군가와 심각하게 통화 중이었고, 그의 표정 때문 인지 근처에는 스태프들이 한 명도 없었다.

"감독님!"

통화가 끝나고 성찬이 휴대폰을 주머니에 집어넣자 유하는 그에게로 다가가며 빙긋 미소를 머금었다.

"결국, 돌아가는구나?"

"죄송합니다. 제가 속을 참 많이 썩이죠?"

유하는 혹시나 누가 지나가다가 들을까 하는 마음에 목소리를 낮춰 작게 속삭였다.

"알면 제발 다치지 마! 넌 어떻게 다쳤다 하면 혼수상태야? 네가 그 러니까 어른들이 걱정하는 거잖아."

유하와 똑같이 속삭인 성찬은 빠르게 주위를 둘러보며 스태프들 위 치를 파악했다.

"죄송합니다."

"그래도 이번에 가까이 있으면서 지켜보니까, 네가 죽어다 깨어나도 형사밖에 할 게 없는 놈이긴 하더라. 고생했다. 잘했어."

"이해해 주셔서 감사합니다, 아저씨. 이제는 감독님 아니니까."

"그래. 나도 네가 감독님이라고 할 때 어색했어."

성찬과 유하는 동시에 소리 없이 웃음을 터뜨렸다.

"아빠는요?"

목소리는 내지 않고 입만 벙긋. 유하는 아버지인 민석의 행방을 물을 땐 더 조심했다.

"볼일이 있다며 사라졌어."

"그렇구나. 그럼 저 갈게요."

유하는 성찬을 만난 후 다른 스태프에게 꾸벅 인사를 하면서 승후에게 다가왔다. 그리고 웃음기가 싹 빠진 얼굴로 아프게 승후를 보았다.

"어떻게 얘기를 해야 할지……."

"고생했어요. 잘했어."

빙긋 웃는 승후의 얼굴에 애정이 가득 담긴 부드러움이 묻어났다.

"나 승후 씨에게는 참 나쁜 사람이죠?"

"좀 놀라긴 했죠. 조명팀 막내가 나인후 형사라고는 꿈에도 생각 못 했으니까. 그런데 갑자기 다행이라는 생각이 들었어요. 형과 내가 똑같이 좋아했던 여자가 참 괜찮은 사람이라서. 자랑스러워요. 진심이에요. 그리고 형 몫까지 최선을 다해주셔서 감사합니다."

"죄송합니다. 선배를 지키지 못했습니다."

"형은 오히려 다행이라고 생각했을 겁니다. 뒤를 부탁할 사람이 있으니까. 형사님도 그걸 알기에 형 몫까지 열심인 거잖아요. 그러니까 앞으로도 잘 부탁합니다, 나인후 형사님."

지난 2년간 가슴을 답답하게 했던 응어리가 사라지는 느낌이었다. 지후 선배의 동생을 만난 지금에서 비로소 유하는 마음의 짐을 조금은 내려놓을 수 있었다.

"꼭 그놈 잡아서, 승후 씨가 하고 싶어 하는 그 말 하게 해줄게요."

"네. 믿어요. 믿고 기다릴게요, 나인후 형사님."

승후가 단 한 번도 이름을 부르지 않은 데에는 이젠 여자가 아닌 지후가 사랑한 블랙팀 형사로 대하겠다는 강한 의지가 담겨 있다는 걸 유하는 아주 잘 알고 있었다. 그리고 승후의 이 결정이 당연했다. 하지만 심장에 느껴지는 싸한 아픔은 막을 수가 없었다. 안 된다고 하면서도, 승후에게만큼은 여자가 되고 싶었던 자기 마음을, 유하는 그가 자신을 끊어낸 지금 절실하게 느꼈다.

"그놈 잡은 다음에 술 한잔해요? 형이 사랑했던 나인후 형사와 지후 형 동생 민지현으로."

유하는 고개를 끄덕이며 최대한 밝게 빙긋 웃었다. 배우 앞에서 웃는 연기를 해야만 했다.


세상 모두가 내 뒤에서 숙덕거리는 느낌. 사건이 터지고 나경은 계속 이런 느낌 속에 살고 있었다. 모르는 척하자. 바보처럼 그렇게 헤헤 웃으며 지내자. 스스로 이렇게 다짐했지만, 아직은 그 정도로 자신이 강하지 못하다는 걸 나경은 아주 잘 알고 있었다.

"나경이 왔네? 오늘 엄마 많이 좋아졌어."

간호사 언니가 아주 밝게 웃으며 말을 걸어왔다.

"감사합니다."

나경은 슬쩍 간호사 언니의 시선을 피했다. 그러지 말아야지 하면서도 시선이 아래로 가는 건 어쩔 도리가 없었다.

엄마의 병실 앞. 나경은 깊게 한숨을 토해내며 표정을 가다듬었다. 잠깐 상태가 좋아져서 일반 병실로 옮긴 엄마에게 어두운 얼굴을 보여주고 싶지 않았기 때문에 최대한 밝게 웃으려 애썼다.

"엄마, 오늘 날씨 엄청 좋아!"

나경은 힘차게 문을 열고 병실로 들어갔다. 그러다 낯선 아줌마 아저씨를 보고 움찔했다.

"우리 나경이 왔어?"

핏기 하나 없는 얼굴로 톡 만지면 바스러질 것 같은 엄마가 애써 밝게 웃으며 나경을 맞이했다.

"네가 나경이구나? 와! 얘기로 들었을 때보다 더 예쁘네?"

낯선 아줌마가 나경을 보며 아주 밝게 웃었다. 그녀는 잔뜩 경계하며 엄마 가까이 다가갔다.

"너랑 친한 유하 언니 부모님이라고 하던데."

유하의 이름이 엄마의 입에서 흘러나오자 나경은 놀란 얼굴로 낯선 아줌마와 아저씨를 번갈아 가면서 보았다.

"엄마께 건강이 조금만 더 회복되면 서울로 옮겨보자고 했어. 그래도 서울에 있는 큰 병원이 의술이 좋으니까. 너도 서울로 옮기고."

"유하 언니가 부탁했어요? 저 돌봐주라고?"

"너도 알다시피 걔 바빠. 이 아줌마도 걔 얼굴 못 본 지 꽤 됐어. 걔 내가 여기 온 것 모를 텐데?"

"그런데 저를 어떻게……."

"이 아저씨가 유하 언니 아빤데 여기 촬영장에서 일해. 무술감독이거든. 너랑 유하가 친하다고 하던데? 꼭 언니 동생 같다고."

나경은 빙긋 웃고 있는 민석과 미수를 번갈아 가면서 보았다. 아저씨는 웃는 입매가 유하 언니와 많이 닮았고, 아줌마는 눈매가 유하 언니와 닮았다. 아니다. 유하 언니가 두 분을 골고루 닮았다고 해야 옳았다. 그래서일까. 이상하게 나경은 두 분이 편했다. 꼭 유하 언니를 보고 있는 것 같아서.

"네 엄마께는 말씀드렸는데, 나경이가 우리랑 같이 살았으면 해서."

"네? 왜…… 요?"

당연히 불쌍해서라는 걸 잘 알면서도 나경은 뻔한 질문을 했다.

"내가 많이 심심하거든."

하지만 미수 입에서는 나경의 예상과는 달리 엉뚱한 대답이 흘러나왔다.

"너도 이번에 봐서 알겠지만, 아저씨가 한 번 촬영 나가면 며칠씩 안 들어 와. 게다가 유하 그 녀석도 일단 집 밖으로 튀어나가면, 들어올 생각을 안 하고. 그래서 아줌마 심심해."

순간 너무 당황한 나경은 적당한 대답을 찾지 못해 멍한 표정으로 미수와 민석을 번갈아 가면서 보았다.

"나경아, 뜬금없이 찾아와서 이런 말 던지면 네가 엄청 당황할 거 아는데, 내가 차근차근 단계 밟는 거, 그거 못해. 성격이 엄청 급하거든. 그러니까 생각해 주라. 아줌마가 집에 혼자 있으려니까 외로워 죽겠어. 너라도 옆에 있으면 의지도 되고 좋을 텐데."

"하지만······."

"지금 당장 대답하라는 거 아니야. 생각 좀 해보라는 거지. 그 단순 무식한 조유하를 감당해 낼 수 있을지에 대해서 심각하게 고려해 봐."

"어마마마, 어마마마는 어찌해서 틈만 나면 딸자식 험담입니까?"

나경은 언제 왔는지 병실 문에 기대서 이 대화를 다 듣고 있던 유하를 보게 되었다.

"그 딸자식이 마음에 안 들어서."

유하를 위아래로 쭉 훑는 미수의 눈매가 무서울 정도로 사늘했다. 아슬아슬한 분위기를 감지한 탓일까, 나경은 불안한 눈빛으로 미수와 유하를 보았다.

"따님, 꼴은 또 그게 뭐야? 도대체 며칠 동안 안 갈아입은 건데? 길바닥에 자리 깔고 누우면 딱 어울릴 것 같은 비주얼이다?"

미수는 잔뜩 비아냥거리며 혀까지 쯧쯧 찼다.

"이게 병원 온다고 깨끗하게 씻고 온 비주얼이거든요! 씻었는데 이런 몰골이면, 어마마마께서 낳길 잘못 낳은 겁니다. 내 꼴은 내 탓이 아니라 어마마마 탓이라고요."

으르렁거리는 모습이 유하도 져 줄 생각이 전혀 없는 눈치였다.

"죽을래? 난 분명히 잘 낳았어. 네 꼴을 그리 만든 건 바로 너지!"

"생김새는 내가 어쩔 수 있는 영역이 아니라서. 엄마 배 속에 있을 때 이 몰골로 만들어놓고 지금 누굴 탓하는 거예요?"

"너······."

"그만!"

미수와 유하의 입씨름이 끝날 것 같지 않자 민석이 경고하듯 강하게 한마디 했다. 그러자 거짓말처럼 조용해졌다.

"두 사람 싸우지 말고 말해. 나경이가 뭐라 생각하겠냐?"

민석은 부드럽게 아내와 딸을 야단친 다음 계속하라며 손짓했다.

"전화는 고물상에 팔아 드셨어요? 왜 안 해?"

아버지의 허락에 입을 연 유하는 엄마에게 다시 퉁퉁대다가 아버지
의 무서운 시선에 움찔했다.

"하고 싶지 않았거든. 오늘부터 널 호적에서 확 파버릴 생각이라."

"아! 예쁜 딸 한 명 생겼다는 거지?"

"어느 각도로 봐도 이보다 예쁠 순 없지."

미수는 나경을 아주 흡족하다는 표정으로 보며 고개를 끄덕였다.

"반대! 난 나경이가 우리 집에 들어오는 거 반대야!"

역시. 당연하다는 걸 알면서, 그래서 유하 집에 들어갈 생각도 없었으
면서, 나경의 마음은 밀려오는 서운함으로 가득 찼다.

"어마마마의 엄청난 폭력성에 여리고 착한 우리 나경이가 그대로 노
출되는 건데, 내가 미친 것도 아니고, 보기도 아까운 애를 엄마 먹잇감
으로 던져 줄······."

순간 병실에 짝하는 경쾌한 소리가 엄청나게 크게 울려 퍼졌고, 너무
놀란 나경은 입까지 떡 벌리고는 그대로 굳을 수밖에 없었다.

"엄마! 나경이가 이 모습 보고 잘도 오고 싶겠다!"

유하는 밀려오는 고통을 참을 수가 없는지 이리저리 몸을 비틀며 말
했다.

"나경이가 안 온다고 하면 너 때문이야!"

"엄마의 폭력성 때문이지."

유하는 이렇게 말하면서 뭐가 그리 재미있는지 하하 웃음을 터뜨렸
다. 잠시 그렇게 투덕거리던 유하는 나경이 어머니 피곤하시니까 그만
가시라며 부모님을 병실에서 쫓아냈다. 그러고 나자 병실에는 나경이와
나경이 어머니, 그리고 유하, 그렇게 셋만 남게 되었다.

"처음 뵙겠습니다."

유하는 정식으로 꾸벅 인사를 했다.

"저는 조유하라고 합니다. 나경이랑은 친한 언니 동생 사이예요."

유하는 유하의 부모님과 마찬가지로 자신이 형사라는 사실은 쏙 뺐다.

"어머니께서 참 재미있으시네요."

웃는 것조차 힘겨워 보이는 나경의 어머니는 그냥 보기에도 시간이 얼마 남지 않았음을 짐작케 했다.

"자식을 위해서라면 그 어떤 것도 하시는 분이세요. 저희 어머니한텐 자식의 안녕이 바로 정의예요. 남들이 생각하는 정의 같은 건 애초에 존재하지 않죠."

유하는 잔뜩 굳어 있는 나경이를 힐끔 보며 부드럽게 웃어주고는 다시 나경의 엄마에게로 시선을 돌렸다.

"예전에 제가 학교 다닐 때, 학교 일진들과 삼 대 일로 붙어서 세 명 모두 병원에 보낸 적이 있거든요. 아! 그렇다고 제가 그렇게 폭력적인 건 아니고요."

유하의 빠른 변명에 나경의 어머니 입에선 소리 없는 웃음이 흘렀다.

"그때 저희 어머니가 그 세 명의 부모님을 상대로 온갖 악담은 다 하셨어요. 그 뒤로 학교생활이 아주 편했죠. 조유하를 건들면 첫 번째로 내가 죽고, 두 번째로 부모님이 죽는다. 이 공식이 성립됐거든요. 그 일이 아직 전설로 남아 있다고 하더라고요."

"어머니께서 참 대단하세요."

"그러니까 걱정하지 마세요. 저희 어머니는 나경이 자식으로 받아들이고 싶어 하시는 거니까, 어머니 역할 저희 어머니께 맡기셔도 돼요."

"우리 나경이…… 내가 죽으면……."

"지금보다 더 튼튼하고, 더 씩씩하고, 더 용감하게 잘 키울게요. 그러니까 어머니께서는 나경이 걱정은 하지 마시고 건강 생각만 하세요."

나경의 엄마가 손을 뻗자 유하는 그 손을 조심스럽게 잡았다.

"아까 두 분께서 나경이가 외롭지 않게 항상 옆에 있어주겠다고 하셨어요. 꼭 필요할 때 힘이 되는 가족이 되겠다고. 감사해요. 우리 나경이에게 그렇게 해주겠다고 하셔서. 우리 나경이 잘 부탁합니다."

나경이 엄마의 온 마음을 담은 부탁에 유하는 밝게 웃으며 고개를 끄덕였다.

이 일이 있은 지 며칠 후, 나경의 어머니는 끝내 숨을 거두셨다.

'지금까지 힘들게 버텨 오셨던 건 혼자 남을 나경이가 걱정돼서는 아니었을까?'

유하는 자세한 건 모르셨겠지만, 나경이에게 무슨 일이 있다는 것만큼은 짐작하고 계셨지 않았을까 하는 생각이 저도 모르게 들었다.

힘도 돼주지 못하고 짐만 지우는 엄마의 심정은 어땠을까?

그래도 다행인 것은 나경이 옆에 새로운 가족이 생긴 걸 보고 가셨다는 거였다. 만일 그걸 보지 못했더라면, 나경의 어머니는 아마 눈을 감지도 못하고 돌아가셨을지도 모를 일이었다.

장례식장, 울고 있는 나경이를 미수는 꼭 끌어안았다. 그리고 나경이가 울다가 지쳐서 품에 잠들어 버릴 때까지 꼼짝도 하지 않고 그대로 있었다. 아니, 울다가 지쳐서 잠든 이후에도 나경이를 품에서 놓지 않았다.

"작은 애가 너무 많은 걸 겪네."

나경을 내려다보며 민석은 아프게 말했다.

"우리가 이 아이를 품에 안은 이상 더는 겪지 않게 해야죠. 유하가 이 아이를 우리 품에 안긴 건, 그만큼 우리를 믿기 때문일 테니까요."

미수는 잠든 나경을 내려다보며 그녀의 머리를 부드럽게 쓸어내렸다.

# 제5장.
## 민승후 납치 사건

모든 게 제자리로 돌아갔다.

승후는 촬영장에서 열심히 촬영하고, 유하는 다시 블랙팀으로 돌아가 최선을 다해 자기가 해야 할 일을 했다. 그렇게 두 사람의 인연은 끝났다.

하지만 그게 진짜로 끝낼 수 있는 인연인가?

끊었던 감정을 지우는 덴 시간이 필요했다. 유하와 승후 모두에게.

유하는 중간중간 시간 날 때마다 승후를 검색해 보았다. 이 남자 여전히 바쁘다. 가는 곳마다 화제를 뿌렸고, 드라마 시청률은 매회 최고를 갱신 중이다. 그리고 늘 그렇듯이 민승후가 입었던 옷, 썼던 모자, 선글라스, 시계는 완판 행진 중이고, 광고 업체들은 그를 잡겠다고 혈안이 됐다.

아, 민승후 이런 남자지. 감히 잡을 수 없는 존재지. 톱 중의 톱. 별 중의 별.

이 남자는 유하에게 이렇게 먼 세계 사람이었다. 그래도 보고 있으면 기분 좋아지는 건 어쩔 수 없었다. 유하는 승후 사진을 노트북 화면에 띄워놓고 히죽 웃음을 흘렸다.

"침 떨어지겠다!"

주영은 유하의 뒤통수를 가볍게 툭 치고는 그녀의 옆, 자신의 자리에 앉았다.

"침 떨어질 정도로 잘생기긴 했잖아요."

"그렇게 좋으면 진하게 한 번 사귀지 그러냐? 침 떨어지게 잘생긴 저 녀석도 너 좋다고 했다면서?"

"지후 선배 동생만 아니었어도, 눈 딱 감고 내 이 치명적인 매력을 마음껏 뽐내보는 건데, 인생이 참 서글프네요."

"저 녀석이 민지현이라서 일단 막긴 했는데, 지금 생각해 보면 뭐가 문제냐 싶어. 네가 지후랑 연애를 했냐, 썸을 탔냐. 지후 마음을 네가 책임질 필요는 없었는데."

"선배가 날 좋아하고 있었다는 사실도 몰랐어요. 내가 원래 그쪽은 엄청 무딘 편이라."

"사실 지후도 널 후배로 좋아하는 건지 여자로 좋아하는 건지 확실치 않았어. 너랑 너무 오래 붙어 있었잖아. 파트너를 믿고 의지하는 감정을 좋아하는 거라 착각한 건 아닐까? 뭐, 그런 생각을 좀 했지. 요즘 보면, 나도 너에게 느끼는 이 감정이 애정인지 애증인지 모를 때가 있으니까."

주영의 고백에 유하는 의자를 밀어 그에게서 조금 떨어졌다.

"선배, 지후 선배는 법적으로 솔로니까 아무런 문제가 없는데, 선배가 선을 잘못 타면 그건 바람이고, 불륜이에요. 그건 기억하시죠?"

"이게 어디에다 누굴 취직시켜! 죽을래?"

주영은 발로 유하의 의자를 밀 듯 걷어찼다. 뒤로 쭉 밀려났던 그녀는 다시 제자리로 돌아오면서 낄낄낄 웃음을 터뜨렸다. 장난이고 농담이었다. 주영이 무슨 뜻으로 하는 말인지 아주 잘 알고 있지 않으면, 이런 농담은 가능하지가 않을 만큼, 주영과 유하는 파트너로 또 동료로 믿고 의지하는 사이였다.

"그게 뭐든 민승후에게 난 형의 여자죠. 그건 변하는 게 아니니까. 그리고 한여름 밤의 꿈은 빨리 깨야 정신 건강에 이로워요. 특히 나처럼 앞날이 어두컴컴할 땐 더욱더."

유하는 길게 한숨을 내쉬며 화면 속 승후를 손으로 살살 매만졌다.

"민승후 넌 행복하게 살아라. 내 몫까지 열심히!"

유하는 진심으로 승후의 행복을 빌었다.

끽, 쇠 긁는 소리가 음산하게 들리고 느릿한 발소리가 뚜벅뚜벅 들렸다.

"하……."

길게 내쉬는 숨소리 끝에 큭큭 웃는 소리가 몇 번 들렸다.

"자, 이제 슬슬 때가 다가오는 건가?"

낮은 음성이 벽에 부딪혀 울렸다.

띠리리링.

스산한 분위기에 딱 어울릴 만한 음침한 벨 소리가 울리고 남자는 전화를 받았다. 그리고 한참 동안 듣기만 했다. 남자는 말 한마디 없이 통화를 끝내고 다시 킥킥 웃음을 터뜨렸다.

"어떤 반응일지 벌써 기대가 돼."

사물의 형체를 알아볼 수 없는 칠흑 같은 어둠 속에서 뚜벅뚜벅 발소리가 들리더니 곧 빛 한줄기가 앞으로 나아갔다.

"내가 준비한 선물이 마음에 들어야 할 텐데. 나인후, 아니, 조유하."

그 빛의 끝에는 환하게 웃고 있는 유하의 사진이 벽에 붙여져 있었다.

"호, 호, 호, 남편이 드라마 찍는 거 이제야 실감이 나네. 내가 톱스타 민승후를 실물로 보고."

미수는 승후 앞에서 입까지 막고 호호호 애교 섞인 웃음을 흘렸다.

촬영 중간 장소를 옮기는 과정에서 작은 일이 터져, 촬영 장소에 도착해야 할 시간이 2시간 정도 뒤로 미뤄졌다. 때마침 무술 감독인 조민석과 조명감독인 박성찬의 집이 촬영 장소와 가까웠고, 조명팀과 배우 그리고 감독은 양쪽 집에서 잠깐 신세를 지고 다른 촬영 스태프들은 팀별로 찢어서 촬영 장소 근처에서 쉬다가 모이기로 했다.

대한민국 최고 무술 감독인 조민석 감독을 손안에 넣고 사는 분. 승후는 미수를 이렇게 알고 있었다. 그래서 평소 어떤 분이기에 조민석 감독을 휘어잡았는지 궁금했었는데, 실물로 보니 느낌이 팍 왔다. 겉모습은 여성스럽지만, 풍기는 분위기는 전혀 그렇지 않은 분이었다. 옛날 나라를 한 손에 쥐고 움직인 여황제가 이런 분이지 않았을까 하는 생각이 들 정도로 엄청난 카리스마를 풍기는 그런 사람이 바로 조민석 감독의 아내인 김미수였다.

"식사는 하셨다고 하니까, 기다려요. 커피랑 과일 깎아서 내올게요."

"아닙니다. 괜찮습니다."

승후가 말하자 그와 함께 온 배우들과 감독은 서둘러 고개를 끄덕였다.

"에이!"

미수는 눈웃음을 치며 승후의 팔을 가볍게 찰싹 때렸다.

"기다려요. 김성찬 감독님 집으로 넘어가 서둘러 과일 가지고 오면 되니까, 편하게 쉬고 있어요? 내가 빨리 갔다 올 테니까."

미수는 생긋 웃고는 후다닥 집을 나섰다.

열린 문을 통해 마주 보는 집에 "해숙아!" 하고 성찬의 아내를 부르는 미수의 목소리가 들렸다.

"해숙아, 나 뭐 해?"

민석의 집에는 감독과 배우들, 성찬의 집에는 조명팀이 있었지만, 두 집 안에는 미수와 해숙의 높은 목소리만 경쾌하게 들렸다.

"그런데 딸 사진이 하나도 없네? 딸이 형사라며? 그러면 경찰복 입은 딸 사진 몇 장 정도는 걸려 있어야 하는 거 아니야?"

정훈은 거실을 둘러보다 고개를 갸웃했다.

"조민석 감독님 집에 온다고 했을 때, 혹시 딸을 만나지 않을까 하고 살짝 기대했었는데. 조민석 감독님 딸 임청 유명하잖아. 그 엄청난 무용담의 주인공은 대체 어떻게 생긴 사람일까?"

혹시 눈에 안 띄는 곳에 사진이 있을까 하는 마음에 주나는 말하면서 계속 거실 구석구석을 살펴보았다. 하지만 거실에는 부부애를 자랑하듯 부부가 서로 껴안고 찍은 사진만 있을 뿐, 딸 사진은 한 장도 없었다.

"사실 스태프들 사이에 유하 씨가 조민석 감독님 딸이란 소문도 있었어."

정훈은 현관문을 한번 슬쩍 본 후에 나지막하게 속삭였다.

"그래서 궁금해 미치기 직전인 스태프가 스턴트팀 중 한 명한테 물어봤대."

"그런데?"

주나는 잔뜩 흥분한 듯 눈을 빛내며 덩달아 목소리를 낮췄다.

"블랙팀은 아니래. 예전에 감독님이 사모님하고 통화하는 걸 살짝 들었었는데, 사모님이 딸한테 옷을 가져다주려 한다니까, 감독님이 '뭐가 예쁘다고 영등포까지 가?'라고 했었대."

"그럼 영등포 경찰서에 있다는 거야?"

"그런 가봐. 스턴트팀 모두 그렇게 알고 있대."

조민석 무술 감독님의 형사 딸.

조민석 감독과 일한 연예인과 스태프들은 이름도 모르는 그분을 아주 잘 알고 있었다. 그리고 그중에는 팬이라 자칭하는 이가 있을 정도였다.

소문 중 제일 그럴듯한 건, 대한민국 최고 무술 감독 딸답게 못 하는 운동이 없으며, 똘기와 미친 것을 적당히 버무려 놓은 것 같은 성격 탓에 범죄자들이 그림자만 얼핏 보여도 진저리를 치며 도망간다는 것이었다.

승후는 미소를 머금으며 거실을 쭉 둘러보았다. 현관과 가장 가까운 방문 앞에 적혀 있는 글귀에 픽 웃음을 터뜨렸다.

"재미있네. 사고뭉치 무사 무탈. 딸이 안전하길 바라는 사모님 마음이 팍 느껴진다."

승후의 말에 모두의 시선이 방문에 적힌 글귀에 고정되었다. 그리고 모두 승후와 같은 생각인 듯 고개를 끄덕였다.

"엄마! 나 왔어!"

그리고 얼마 후, 밖에서 익숙한 목소리가 들리더니 낯익은 사람이 집 안으로 들어왔다.

"조…… 유하?"

"조명팀 막…… 내."

"유하…… 잖아?"

유하가 눈앞에 나타난 순간 승후의 표정은 굳어버렸다. 그리고 그저 멍하니 눈앞에 있는 유하를 뚫어지게 볼 뿐이었다.


며칠 동안 밤을 새웠더니 피곤해 죽을 것만 같다. 아파트 엘리베이터에 올라탄 유하는 눈이 반쯤 감겨 거의 수면 상태에 빠졌다.

'띵!' 하는 소리가 들리고, 엘리베이터 문이 열리자 유하는 머리를 헝클며 내렸다. 그리고 성찬의 집에서 엄마 목소리가 들리자 집으로 들어가며 외쳤다.

"엄마! 나 왔어!"

현관에 들어서며 한쪽 운동화를 벗은 유하는 무수히 많은 신발을 보며 움찔했다. 그리고 천천히 안으로 들어가 거실을 살폈다.

많은 사람 중 유독 눈에 띄는 한 사람, 민승후.

유하는 놀란 승후를 보고는 시간이 멈춘 사람처럼 그렇게 굳어 있었다.

아! 저 남자는 여전히 반짝반짝 빛나는구나. 화려한 배우들이 모두 보이지 않을 만큼, 유독 혼자만 더 화려하고 화사하구나.

세상 사람 모두 그림자로 만들어 버리고 혼자 밝게 빛나는 승후의 모습에 잠들어 있던 유하의 심장이 또다시 두근두근 거칠게 뛰었다.

시간이 이대로 멈췄으면 좋겠다. 그러면 멈춘 시간만큼 더 보고 있을 텐데.

어쩌면 이게 마지막일지도 모른다는 사실 때문일까. 유하는 자신이 승후를 너무 뚫어지게 보고 있다는 사실도 모른 채 계속 그의 얼굴만 응시했다.

"조유하!"

살짝 **빼놓았던** 유하의 이성이 돌아온 건 그녀의 귀에 미수의 날카로운 목소리가 꽂혔을 때였다.

"야!"

당황한 유하는 목소리가 들리는 쪽으로 황급히 시선을 돌렸다.

"유하 너!"

매서운 고함을 내지르며 무서운 기세로 달려오는 미수 눈에 보이자 유하는 단 1초의 망설임 없이 그대로 무릎을 꿇었다. 쾅 하는 소리가 울리고 무릎에서 시작된 고통이 온몸으로 퍼졌지만, 유하는 아프다는 내색도 없이 곧장 외쳤다.

"잘못했어요!"

"뭘?"

후다닥 달려온 미수는 그런 유하를 차가운 눈빛으로 내려다보았다.

"……네?"

"뭘 잘못했냐고?"

그러게 내가 뭘 잘못했지?

생각 없이 몸이 먼저 반응한 거라 자기가 뭘 잘못한 건지 곰곰이 생각한 유하는 아무리 생각해도 떠오르지 않자 어색하게 히죽 웃었다.

"뭘 잘못한 것인지는 모르겠지만, 잘못한 것도 같고 아닌 것도 같지만, 하여튼 잘못했어요."

"우리 대단하신 형사 따님은 참 찔리는 게 많으신가 봐요?"

"움직이는 것 자체가 다 찔려서……."

서늘한 시선으로 유하를 아래위로 훑던 미수는 이내 픽 웃음을 터뜨렸다.

"밥은? 밥 먹었냐고 물어보려고 달려왔지!"

"안 먹었을 것 같은데……, 원하신다면 먹은 거로 해도 되고."

"며칠 만에 들어온 딸년 밥 안 먹이면 진짜 악질 계모란 소리 듣지! 기다려! 해숙이가 육개장 했어. 가지고 올게."

미수는 기분 좋으신 듯 콧노래까지 부르고 사라졌다. 미수 앞에서 히죽 웃던 유하는 엄마가 사라지자마자 털썩 주저앉아 무릎을 매만졌다. 무릎 꿇을 때 받은 충격이 사라지지 않고 계속 아팠기 때문이었다.

"안녕하세요?"

유하는 무릎을 비비며 배우들과 감독을 향해 꾸벅 인사를 했다.

"네, 유하 씨도 안녕하세요? 그런데 조민석 감독님 따님이었어요?"

정훈은 이 상황이 재미있다는 듯 승후와 유하를 번갈아 가면서 보았다.

"네."

"스턴트팀은 영등포 경찰서 형사라고 알고 있던데요?"

"아! 그거요? 지원 나갔다가 옷을 갈아입었어야 했던 적이 있어서 엄마가 가져다주신 거예요. 그렇게 알고 있다고 해서 그냥 그대로 뒀어요. 정정할 필요가 없는 거라서."

유하는 어색하게 하하 웃고는 승후를 슬쩍 보았다.

"무릎 괜찮아요?"

승후가 걱정하듯 한 이 질문에 유하는 대답 대신, 다시 하하 어색한 웃음을 흘렸다.

"저기…… 이건 비밀로 해주세요."

무릎이 괜찮아지자 자리에서 일어선 유하는 이렇게 말하며 머리를 긁적거렸다.

"네. 그렇게 할게요. 블랙팀은 가족도 보안에 속하는 거, 제가 더 잘 알죠. 여기 있는 사람들은 걱정 마세요."

승후가 부드럽게 웃으며 고개를 끄덕이자 유하도 미소를 머금었다. 그리고 이만 들어가 보겠다고 말한 뒤에 방으로 들어왔다.

심장이 거칠게 뛴다. 시작하지 않은 마음이라 생각했었는데, 그런 생각을 한 자체가 이미 시작을 했다는 뜻이었나 보다. 심장에 찌릿한 고통이 느껴지자, 유하의 입에선 쓴웃음이 터졌다.

"그래도 사진보다는 실물이 훨씬 낫다."

깊은 한숨을 길게 토해낸 유하는 점퍼를 벗어 던지듯 책상에 올려놓으며 침대에 털썩 주저앉았다.


"살 빠졌어."

유하가 방으로 들어가고 승후는 작은 소리로 웅얼거리듯 말했다.

"눈 밑에 다크서클이 짙은 거 보니까 엄청 피곤한 상태인 것 같기도 하고?"

승후의 말을 용케도 알아들은 정훈은 놀리듯 가볍게 말했다.

"익숙한 모습이야. 형이 집에 들어올 때마다 늘 저랬거든. 난 세상 범죄자 형이 다 잡을 생각 아니면 그만 일 좀 줄이라고 했었는데, 형만이 아니라 블랙팀 전체가 저 상태였던 거네."

"여러모로 우리 승후가 마음이 안 좋겠다."

정훈은 나지막한 한숨을 내쉬는 승후를 보며 몸으로 그를 툭 쳤다.

"그렇게 안타까우면 가서 말해. 나 아직 너 잊지 못했다고."

정훈이 아주 작은 소리로 속삭이듯 한 말이지만, 처음부터 끝까지 모두 다 승후의 귀에 들어왔다.

"미쳤냐? 자꾸 헛소리하면 내 손에 죽는다?"

마음을 들켰기 때문일까. 정훈을 향해 승후의 목소리가 엄청 날카로웠다.

"자꾸 그렇게 버티다가는 넘칠 수 있어. 내가 보기에 민승후 넘치기 직전 같아. 찰랑찰랑한다고."

"걱정 마. 안 넘칠 테니까."

"장담하지 마. 너 그렇게 애쓰다가 넘친 적 몇 번 있잖아. 해맑은 민승후처럼 살아. 다른 민승후는 나랑 안 어울려. 그건 지후 형도 싫어할 거야."

정훈의 말에 승후의 미간이 아주 잠깐 차갑게 일그러졌다. 하지만 곧 평소의 모습으로 돌아와 생긋 미소를 머금었다.

"걱정 마. 그럴 일 없어. 절대로."


봉안당.

검은 모자를 푹 눌러쓴 남자는 지후의 사진 앞에서 서늘하게 큭큭 웃었다.

"민지후 형사, 잘 지내고 있어? 곧 조유하 보내줄게. 그럼 외롭지 않을 거야."

남자는 손을 올려 지후의 사진을 매만졌다.

"동생이 네 여자를 엄청 사랑해. 상사병으로 가슴앓이를 꽤 하는 것 같은데, 넌 어때? 괜찮아? 하긴 안 괜찮아도 어쩔 수 없지. 넌 저쪽에 있고 네 동생은 이쪽에 있으니까."

손을 내린 남자는 웃는 지후의 얼굴을 가만히 보았다. 그렇게 얼마의 시간이 흐르고 남자는 다시 입을 열었다.

"동생까지 보내주면 거기서 꽤 재미있겠어. 한 여자를 사이에 둔 형과 동생의 치정극이라. 나 이런 장르 엄청 좋아하는데. 아쉽네. 내 눈으로 직접 못 보는 게."

킥킥킥, 음산한 웃음소리가 주위를 울리자, 솔솔 불던 바람까지 언듯 멈춰 버렸다.


드라마 촬영은 막바지에 접어들었다. 그리고 당연히 촬영도 마지막을 향해 달리고 있었다. 며칠 전쟁 같은 촬영 스케줄로 촬영장 구석에서 쪽잠을 자던 승후는 오늘 딱 하루 쉬게 되자 우주를 불러냈다.

"블랙팀으로 옮기니까 네가 불쑥불쑥 찾아오는 일도 없고 좋네."

커피숍. 우주와 만난 자리. 승후는 우주가 꺼낸 말에 픽 웃음을 흘렸다.

"블랙팀은 어때? 다 잘 있어?"

"뭐, 다들 바쁘지. 일하기 시작하면 무식하게 한 가지만 하고. 모두 불쌍할 정도로 다른 건 생각 안 하는 것 같아. 요즘은 내 집이 블랙팀인 것 같단 생각이 들어. 그렇게 붙어 지내니 사이가 끈끈해질 수밖에."

"조유하…… 형사는?"

블랙팀이 궁금한 게 아니었다. 딱 한 사람, 유하가 궁금해서 물어본 말이다. 자신의 일상은 검색만 하면 다 나오지만, 유하는 아니니까. 블랙팀 일상도 검색만 하면 주룩 나오면 좋을 텐데. 하루에도 수십 번 우주에게 전화해서 물어볼까 하는 생각을 하는 자신이, 승후는 미치도록 싫었다. 게다가 며칠 전에 만났을 때 피곤함에 찌든 유하를 본 탓에 그의 걱정은 나날이 커져만 가고 있었다.

"요즘 일 많아? 며칠 전에 봤을 때 살 엄청 빠졌던데. 얼굴빛도 별로 안 좋고."

시간이 지나면서, 유하와 안 되는 수십 가지 이유가 이해가 되지 않는다. 처음에는 왜 안 되는지 이해된 그것들이 이젠 어째서 안 되는지 모르겠다. 그러다 승후는 알게 됐다. 자신은 지금 유하를 사랑할 구실을 찾고 있다는 것을.

"그 녀석도 마찬가지. 원래대로라면 아직 병가 중인데, 나경이 사건 이후로 그냥 복귀한 거라서, 대충 컨디션 조절하면서 일해."

"크게 아프지는 않고? 건강하지?"

"응. 내 보기에는 지나칠 정도로 활력이 넘치는데, 원래는 병적일 정도라고 하니까, 몸 상태가 조금 안 좋은 거긴 한 거겠지?"

맞다. 칼에 찔렸었다고 했었다.

몸이 아직 회복이 안 돼서 얼굴이 그렇게 안 좋았던 건가?

이런저런 걱정에 마음이 아프지만, 만나서 볼 수는 없었다. 그냥 이렇게 잘 지내는지만 확인하는 사이. 지금 승후와 유하의 관계는 이것 이상은 될 수 없었다.

"그렇구나."

승후는 흘리듯 말하고는 나지막하게 한숨을 토해냈다.

"너랑 나인후 사이에 무슨 일 있지? 잠깐 네가 찍는 드라마 조명팀에서 일했다고 하던데, 그때 무슨 일 있었던 거지?"

이건 꼭 형사의 촉이 아니더라도 알 수 있었다. 감정이 가면 절대 숨기지 못한다. 우주도 승후의 그런 성격은 알고 있었기 때문이었다.

"내가…… 좋아했어. 조유하."

숨기지도 않는다. 아니, 숨겨봤자 어차피 아무런 소용이 없다는 걸 알고 있기에, 승후는 그냥 사실대로 털어놓았다.

"형 생각하면 이러면 안 되는데, 마음이 잘 안 끊기네."

"사실…… 나인후…… "

"나인후 듣기 싫다. 그냥 이름으로 불러주라. 별명 말고."

나인후. 이 별명을 들을 때마다 형이 떠오른다. 그리고 심장이 아프다. 자신이 형에게 이러면 안 된다는 걸 알면서도, 승후는 유하가 나인후로 불리는 게 싫었다.

"왜? 나인후는 지후 여자인 것 같아서?"

승후는 쓰게 픽 웃음을 흘렸다.

"나인후는 형의 여자, 조유하는 내 여자. 나 이렇게 생각하면 안 되나? 형까지 나인후로 부르지 말아주라. 다들 나인후로 부르더라도, 형만은 이름으로 불러줘. 나 그랬으면 좋겠어."

"알았어. 조유하. 꼭 이 이름으로 부를게."

딱 한 사람만은 유하를 보며 민지후가 아닌 민승후를 떠올렸으면 좋겠다. 이 바람이 있었는데, 우주 덕분에 이건 이뤄진 것 같아, 승후의 기분이 조금은 좋아졌다.

"지후와 조유하 아무 관계 아니야. 그냥 순수하게 파트너일 뿐이야. 지후가 좋아한 건 사실이지만, 조 형사는 아니었어. 거절하려고 했고, 지후도 처음부터 거절할 걸 알고 있었고."

"하지만 형은 나한테 소개해 준다고……."

"받아들였으면 형수 될 사람으로 소개했을 거고, 아니면 그저 친한 동생으로 소개했을 테지. 과정이 뭐든 결과는 하나야. 조유하는 너희 형과 남녀 사이가 아니라는 것."

"아……."

그랬구나. 그런 거였어.

"그렇다 해도 안 되는 건 안 되는 거겠지? 이미 거절당했거든. 그래도 알고 싶네. 내가 민지현이라서 거절한 건지, 아니면 정말 싫어서 거절한 건지."

"조유하 책상에 네 사진이 많더라. 책상 유리 안에 끼워 넣고, 노트북 배경화면에 띄워놓고. 네가 출연한 드라마나 영화는 DVD로 다 소장하고 있고, 아침마다 네 사진 보며 오늘 하루 잘 지내라고 인사도 하고."

"우주 형…… 무슨 말을 하고 싶은 거야?"

"네가 민지현이라서도 아니고, 네가 싫어서는 더더욱 아니라는 거야. 그 녀석 일 년이의 마지막 표적이야. 일 년이가 작년에 살인 예고장을 보냈대. 그 녀석에게."

공포에 가까운 불안으로 심장이 거칠게 뛴다. 너무 놀란 승후는 자신도 모르게 부들부들 떨고 있었다.

"널 생각하면 이런 말 안 해주는 게 맞는데, 그래도 남은 시간을 범인 잡는 일에만 몰두하는 그 녀석이 너무 안타까워서 알려주는 거야. 너도 그 녀석 잘못되면 충격이 클 테고."

"왜…… 일 년이는 왜……."

"그건 일 년이만 알겠지. 하지만 이유가 있지 않겠냐? 가령 지후가 죽은 이유와 같은 것일 수도 있고."

승후는 시선을 어디로 둘지 몰라 이리저리 헤매다가 벌떡 일어섰다.

"어디 있어?"

"청에."

"휴대폰 번호 찍어줘. 지금 당장."

승후는 이렇게 말하며 곧장 뛰어나갔다.

"그러니까 첫 희생자가 이해 안 가요. 원래 첫 번째는 익숙한 곳에서 범행 대상을 물색할 확률이 높고, 불안하기도 하고 아직 완성이 안 됐기 때문에 허점이 드러나기 마련인데, 일 년이는 좀 다른 느낌이에요. 일 년이가 희생자를 선택하는 기준이 뭘까? 그 의문점이 아직도 안 풀려."

유하는 주영과 함께 일 년이 관련 자료 파일을 뒤집고 있었다. 이미 수없이 뒤집고 또 뒤집었었다. 백 번은 넘게 본 파일들이라 이제는 열지 않아도 머릿속에 쫙 그려질 정도이지만, 유하는 이미 익숙한 내용을 또 보았다. 자신이 놓친 부분이 있지 않을까 하는 기대감 때문이었다.

"지후와 일 년이에 대해 마지막으로 나눈 대화가 뭐야?"

이미 수백 번은 더 거슬러 올라갔던 기억이다. 하지만 딱히 특별할 것도 없었다. 그저 일 년이의 스타일, 사건 패턴, 그리고 희생자 선택 기준

같은 걸 정리하는 정도였었다.

"특별한 건 없어요. 지금 내가 선배랑 나눈 대화와 비슷한 대화를 나눈 것밖에."

"결국은 지후만 알고 있었다는 뜻인데······."

"나 그것도 잘 모르겠는 게, 알잖아. 하루 24시간 붙어 있는 것. 나 몰래 수사할 만한 시간적 여유가 없어요."

계속 이 상태다. 같은 생각, 같은 말만 무한 반복.

일 년이, 도대체 어떤 놈이기에 블랙팀을 넘어 대한민국 형사를 전부 바보로 만들어 버리는 걸까? 하지만 정말 이해 안 되는 건, 그런 일 년이를 지후는 어떻게 찾은 건지 도통 모르겠다는 것에 있었다. 지난 시간 매일매일 그 생각만 했었는데, 점점 더 알 수 없다는 답만 나오는 자신이, 유하는 너무 싫었다.

"여보세요?"

일 년이 사건에 머리 깨질 것 같을 때, 유하의 휴대폰이 울렸다.

[민승후야.]

그리고 휴대폰에서 들린 목소리에 유하는 바짝 긴장했다.

[지금 경찰청이야. 잠깐 나와. 할 말 있어.]

그리고 지금 민승후는 화가 나 있었다. 그것도 아주 많이. 유하는 주영에게 잠깐 쉬자고 한 뒤 블랙팀을 나왔다. 그리고 경찰청 로비에서 버젓이 제 얼굴을 드러내고 기다리고 있는 승후를 발견했다.

저 인간, 자신이 누구라는 사실을 살짝 까먹어 버린 모양이다. 지나가는 사람이 구경하며 사진까지 찍고 있는데도, 승후는 아무런 미동이 없었다. 정신이 딴 세상으로 가버린 사람처럼 그저 깊은 생각에만 잠겨 있었다.

"따라와요. 여기는 눈이 너무 많아."

유하는 지나가면서 승후에게 말하고는 먼저 앞으로 걸어나갔다. 그리고 건물 뒤쪽, 사람들의 발길이 많이 닿지 않는 곳으로 승후를 데리고 갔다.

"왜요? 무슨 일인데요?"

승후의 표정에서 심각함을 느낀 유하는 안부 인사도 없이 그가 자신을 찾아온 용건을 물었다.

"내 인생에서 너처럼 나쁜 사람은 없었어! 네가 나인후라 했을 때도 이렇게까지 화나지는 않았는데, 너 정말 날 어디까지 떨어뜨릴 작정이야? 응?"

승후의 분노가 자신 때문이라는 사실에 유하는 놀라고 말았다.

도대체 무엇이 이 사람을 이토록 화나게 한 걸까? 유하 자신이 나인후라 했을 때도 웃어주었으면서, 무슨 이유면 이렇게까지 화를 내는 걸까?

승후가 무슨 말을 하는지 알 수 없었던 유하는 그저 물끄러미 그를 올려다보기만 할 뿐이었다.

"일 년이 잡을 수 있어?"

"잡겠다고 했잖아요."

"일 년이 진짜 잡을 수 있어?"

"잡겠다고……."

"네가 죽지 않고 잡을 수 있냐고!"

승후의 날카로운 고함에 유하는 할 말을 잃고 말았다.

"너 일 년이 마지막 표적이라며?"

마음속으로 계속 아닐 거라고 중얼거리던 유하는 승후의 이 말을 듣자마자 심장이 땅바닥에 쿵 처박히는 듯한 느낌에 사로잡혔다.

"어떻게 네가 일 년이 마지막 표적일 수 있어?"

승후의 분노에 유하는 아득해지는 정신을 부여잡으려 소리 없이 길게 숨을 내뱉었다. 그리고 빙긋 미소를 머금으며 그를 보았다.

"별일 아니에요. 일 년이 그놈이 나 죽이기 전에 내가 먼저 잡을 거니까."

보안이 뚫렸다. 그리고 범인은 딱 한 명, 박우주뿐이었다.

일 년이가 유하를 죽이려 한다는 건 블랙팀만 알고 있는 보안이었다. 그걸 승후가 안다는 걸 비밀이 새어 나갔다는 뜻이고, 블랙팀 안에서 그 비밀을 누설할 사람은 그의 가장 친한 형인 우주밖에 없었다.

"너까지 일 년이에게 당하면 난 어떻게 할까? 형은 기억할 추억이라도 있지, 기억할 추억도 없는 네가 잘못되면 난…… 어떻게 살까?"

승후는 떨리는 손으로 흘러내리는 머리를 쓸어 넘겼다.

"안 죽어요. 안 죽을게요."

"싫어! 그 약속 나 안 믿어! 못 믿어! 형도 똑같이 말했어! 무슨 일이 있어도 나쁜 새끼들 손에 죽는 일 없을 거라고. 그런데 결국 시체로 돌아왔지. 그런 내가 어떻게 네 말을 믿어? 어떻게 그 말을 믿고…… 발 뻗고 잘 수 있겠어?"

"승후 씨……."

"두 번째 소원 지금 말할게. 나랑 사귀자. 난 적어도 추억할 기억 하나는 남겨야겠어. 일 년이 잡으면, 그래서 너 안전해지면 헤어져 줄게. 그러니까 일 년이 잡기 전까지는 나랑 사귀는 거야. 그게 내 두 번째 소원이야."

"그게 무슨 소용인데요? 내가 죽으면, 추억 모두가 비수가 돼서 박힐 텐데. 차라리 추억거리가 없는 게 승후 씨를 위해서 좋아요."

"비수가 절망보다는 나으니까. 비수가 절망보다는 더 힘이 될 테니까."

"그게 어떻게 힘이 된다는 거죠?"

"추억은 때로는 힘이 되기도 해. 그런데 지금 너랑은 너무 아무것도 없어. 그 기억만으로 계속 후회만 남을 텐데, 내 남은 시간 후회하면서 사는 건 자신 없어. 그러니까 일 년이 피해 외국 어디로 도망가 숨어 살 것 아니면, 나랑 연애하자. 죽을힘을 다해 사랑해 보자."

"나 진짜 죽을 수도 있어요. 그런데도 사랑해 보자고요?"

"그래야 조유하를 추억할 수 있지. 그게 내가 슬픔을 이기는 방법이니까."

내가 죽는 날 나 때문에 가슴 찢어질 사람은 부모님이면 충분하다.

유하는 이렇게 생각하며 살았지만, 이미 많은 사람이 자신 때문에 울게 될 거라는 걸 알고 있었다. 그런데 그 속에 승후까지 끼워 넣을 순 없었다. 지후 때문에라도, 승후를 그렇게 만들고 저세상으로 갈 수는 없었다.

"좋은 방법이 아니에요. 지금은 감정이 깊지 않으니까 금방 잊겠지만, 감정이 더 깊어지면, 잊는 게 쉽지 않을 거예요. 저는 승후 씨가 그렇게 되는 건 바라지 않아요."

"안 깊다고 누가 그래? 내 감정을 왜 네가 판단하는데? 너희 블랙팀, 헤집어 분석하는 게 전문이지만, 그게 전부는 아니야. 그게 유일한 답도 아니고."

"하지만 승후 씨……."

"보고 싶었어."

승후의 고백에 유하는 심장이 쿵 아래로 내려앉는 기분이었다.

'이러면 안 되는데.'

머릿속은 온통 이 생각뿐이었다.

"보고 싶어서 미칠 것 같았어. 형 여자니까 안 된다고 수천 번 외쳤지만, 보고 싶은 마음을 당해낼 수가 없었어. 난 아직 끝이 아니야. 난 아직 가고 있는데 어떻게 멈추겠어. 멈추려면 난 아직 한참 더 가야 하는데, 네가 벌써 돌아서서 가버리면 나 어떻게 해야 할까?"

"승후 씨……."

"난 아직 가고 있는데, 네가 죽어버리면, 그 절망과 아픔은 또 어떻게 해야 하는데? 네가 진정으로 날 위한다면, 내가 잘 끝낼 수 있게 도와줘야 해."

잊고 있었다. 이 남자의 성격. 이 남자는 옆도 뒤도 안 보고 오직 한

곳만 보고 달리는 사람이었다. 브레이크 고장 난 기차처럼, 계속 달리고 또 달리다가 부딪쳐서 더는 갈 수 없을 때 멈추는 그런 사람이 바로 승후라는 걸 깜박했었다.

"그 녀석은 일단 시작하면 끝을 봐야 직성이 풀려. 안 그러면 바보처럼 그 일 하나만 생각하면서, 계속 미련을 못 버리거든."

"그거 좋은 성격 아닌가요? 쉽게 포기하지 않는다는 건 장점일 때가 많아요."

"장점이 아닌걸? 예를 들어줄게? 지금 하는 일이 자기가 원해서 시작한 게 아니야. 어쩌다 보니까 시작하게 됐는데, 못한다는 말에 열이 받아서 잘한다는 말 듣겠다고 지금까지 하는 녀석이거든."

"설마 못한다는 말 때문에 그게 직업이 된 거예요?"

"응, 원래 시작하려던 일은 전혀 관계없는 다른 분야면서."

"대박이다. 그럼 후회가 될 텐데. 안 그러나 봐요?"

"원래 하려던 일은 시작도 안 했고, 지금 하는 일은 시작했으니까. 이 단순한 놈이, 잘한다는 말을 듣기 전까지는 아무 생각도 안 해. 원래 하고 싶었던 일은 지우개로 지워 버린 것처럼 잊었거든."

그런 특이한 성격도 있구나. 유하는 이렇게 생각하며 나지막하게 하하하 웃었다.

"문제는 그 노력을 해서 잘한다는 말을 들어버린 거지. 많은 사람이 인정을 해줘서 목표에 다다른 거야. 그리고 거짓말처럼 자기가 하던 일에 흥미를 잃어버렸어. 그 순간 까맣게 잊었던 일이 생각났다는 거야. 자기가 원래 무엇을 하고 싶어 했는지."

그 말은 일단 목표가 생기면 그것 하나만 보고 무조건 가다가 목표에 다다르면 차갑게 돌아서는 성격이라는 뜻이다. 다시 말해 열정적이었다가 한순간에 냉정해지는 사람이었다. 이런 사람이 진짜 위험한 사람인데. 유하는 마음속으로만 이런 생각을 했다.

"그런 녀석이 사랑하면 어떻게 될 것 같아?"

"음……, 피곤한 스타일? 사랑의 방향이 어디로 향하느냐에 따라서 로맨스물이 될 수도, 그 반대가 될 수도 있을 것 같은데요?"

유하는 생각을 좀 하다가 조심스럽게 결론을 내렸다.

"내가 생각해도 그 녀석은 꼭 쌍방향이어야 해. 짝사랑이면……, 상상도 하고 싶지 않아."

유하는 이 남자를 위한다면 냉정하게 잘라내는 것이 아니라 이 남자 스스로 마지막에 다다랐다는 생각이 들 때까지 함께해야 한다는 걸 깨달았다.

"너에 관한 소식을 다른 사람을 통해 듣는 거 싫어. 너에게 무슨 일이 생기면 내가 제일 먼저 달려올 수 있게, 조유하의 남자로 네 옆에 있게 해줘."

사랑하는 형에 이어 사랑하는 여자까지 한 인간 손에 죽는다. 승후는 지금 자신이 할 일이 자신과 유하 두 사람에게 얼마나 잔인할지 알고 있었다. 그걸 모두 감수하면서까지 잡으려는 덴, 잡는 것 외에 다른 방법이 없기 때문이 있었다. 그리고 유하도 그걸 알고 있다는 걸 느낄 수 있었다.

"거절은 안 들을 거지만, 대답은 지금 안 해도 돼. 생각해 보고 결국에는 받아들이는 것으로 우리 합의 보자. 시간이 없으니까, 이 생각은 가능한 빨리. 제발 하루 이상은 넘기지 말고."

한 번 들어본 말이다. 승후의 이 말에 유하는 피식 웃음을 터뜨렸다.

"웃었네, 그럼 허락하는 것으로 받아들여도 되는 건가?"

"난 정말 시간이 얼마 안 남았을 수도 있어요. 지후 선배도 당한 그놈을 내가 잡은 확률은 그리 높지 않죠."

"그래서?"

"지후 선배의 동생이면서 내 남자라는 이유로 어쩌면 승후 씨까지 위험해질 수도 있어요. 그걸 다 감수하면서까지 나를 만나고 싶다면, 그렇게 해요. 우리 만나봐요. 사귀자고요."

승후는 쉽게 허락이 떨어질 리 없다고 생각했었다. 몇 번 밀어붙이다 보면 허락이 떨어질 거라고, 아니, 허락하지 않아도 혼자서라도 끝까지 달려보자는 마음이었다. 하지만 유하의 입에서 나온 대답은 생각지도 못한 답이었다. 예상외의 대답에, 승후는 놀란 마음에 눈이 휘둥그레졌다.

"내가 민지현의 성격은 좀 알지. 몇 달 뒤에 내가 민지현의 후회로 남지 않게 뜨겁게 사랑해 봅시다!"

말이 끝나기가 무섭게 승후는 유하를 끌어당겨 품에 꼭 끌어안았다.


승후와 헤어져서 다시 블랙팀 사무실로 돌아온 유하는 우주에게로 다가가 책상에 걸터앉았다.

"보안이었어요. 선배 지금 그거 어기신 거예요."

"징계받으면 되지."

우주는 걱정 없다는 듯 가볍게 빙긋 웃었다.

"왜 그러셨어요? 승후 씨를 위해서라도 말하면 안 될 일이었잖아요."

"그 녀석 성격은 너보다 내가 더 많이 알아. 그 녀석은 천천히 조금씩 마음을 주는 스타일이 아니야. 한 번에 많이, 아니, 전부를 주지. 내가 아는 그 녀석은 남아 있는 추억만으로도 충분히 살아갈 힘을 얻는 녀석이거든. 그러니 그 추억이라도 남겨줘야 하잖아."

추억만으로 충분히 살아갈 힘을 얻는 녀석이니 추억만이라도 남겨주라는 우주의 이 말이 유하의 심장에 강하게 꽂혔다.

아! 내가 진짜로 죽을 건가 보다. 동료조차도 살아날 가능성보다는 죽을 가능성을 더 높게 생각하는구나.

이런 생각이 드는 순간 유하의 심장 깊은 곳에서부터 찌릿한 아픔이 밀려왔다.

"내가 잘못되면, 정말 괜찮을까요?"

"지후 때 이미 한 번 겪었잖아. 잘 견딜 거야. 지후 때는 내가 좀 볶였지만, 너 때는 네 파트너가 많이 볶이겠지. 그렇게 김주영을 볶으면서 잘 살 거야. 그건 내가 장담하지."

"만약 그때 미리 소개만 받았었더라면, 나 찾아왔겠네요?"

"그랬겠지. 그때 지후에게는 네가 가장 가까운 사람이었으니까. 지금 너에게 김주영이 그 존재인 것처럼."

"선배한테 잘 받아주라고 아부 좀 해야겠어요."

"그러든지."

미래에 어떤 일이 벌어질지 안다는 건 불행한 일이었다. 정해진 미래 때문에 모든 일에 소극적이게 되고 더 나아가 아무것도 할 수 없으니까. 내일 사고로 죽게 되더라도, 오늘은 백 년은 더 살 사람처럼 아무것도 모르고 살았으면 좋으련만. 날짜가 하루하루 다가올수록 남겨질 것들이 너무 많아 유하는 가슴이 아팠다.

자리로 돌아와 의자에 털썩 앉은 유하는 책상 위에 있는 승후 사진을 보며 답답한 마음을 가득 담아 깊은 한숨을 내쉬었다.


수명을 다한 듯 가로등 불빛이 깜박이는 골목길.

어둠 속에 몸을 숨긴 검은 모자를 푹 눌러쓴 사내가 한곳을 응시한 채 서 있었다. 그리고 그의 시선이 닿아 있는 곳엔 한창 통화 중인 유하가 걸어가고 있었다.

'오래간만이야, 조 형사.'

사내는 점퍼 주머니에 손을 집어넣은 채 멀찍이 떨어져 유하를 따라갔다. 재미있는 통화인 듯 유하가 하하 웃는다. 그 순간 사내의 미간이 일그러졌다.

'재미있어? 그래 그렇게 많이 웃어. 곧 고통에 울부짖게 해줄 테니까.'

사내는 손을 빼내 점퍼 안주머니에 있는 것은 물건에 손을 올렸다.

"조유하 형사, 우리 곧 만나게 될 거야. 내가 널 위해 아주 근사한 선물을 준비했거든."

남자는 차갑게 씩 웃고는 뒤돌았다. 그리고 유하와 반대 방향으로 사라졌다.


늦은 밤. 집을 향해 걸어가던 중, 유하는 소파에 길게 누워 있다는 승후의 말을 듣고 그 모습을 상상하며 통화를 이어갔다.

[지금 집에 가는 거야?]

"거의 다 왔어. 잠깐 얼굴 좀 보이고 새벽에 출근해야죠. 요즘은 매일 들어가려고 노력해요."

유하는 제가 부모님께 할 수 있는 효도는 이게 다라고 생각했다. 도망가거나 물러설 수도 없는 지금, 부모님을 위해 자신이 할 수 있는 일이라고는, 얼굴을 최대한 많이 보여 드리는 것밖에 없다는 걸 알고 있기 때문이었다.

[나 곧 드라마 끝나. 당분간 스케줄 풀로 다 비워놓으라고 했으니까, 우리 그때 한 1박 2일로 근처 경치 좋은 곳에 여행 가면 좋겠는데.]

문제는 이 남자인데, 유하는 그것도 우주의 말을 믿어보기로 했다. 주영을 달달 볶으며 잘 살 거라는 그 말을.

"알았어요. 그렇게 할게요."

[순순히 말 잘 들으니까 좋은데? 진작 이랬으면 좋았잖아.]

암울한 앞날 같은 건 잊자. 어떻게 될지 알 수 없는 미래 때문에 행복할 수 있는 많은 날을 불행해하며 지낼 필요는 없으니까.

"진작 이랬으면 내 매력이 떨어졌을 텐데요?"

[그럴 리가 없을 텐데? 난 첫 만남부터 조유하 늪에 푹 빠져서, 스스로는 도저히 나올 수가 없는 상태였거든.]

승후의 웃음소리가 기분 좋게 귀를 간질인다. 그 순간 유하의 입가에도 미소가 번졌다.

"닭살! 여자들 유혹하려고 닭살 대사나 턱턱 날리고, 톱스타 민승후도 별수 없네?"

유하는 큭큭 웃음을 흘렸다.

[여자들이라니? 그냥 여자! 딱 한 명이지. 조유하 아니면 내가 이런 미친 짓을 하겠어? 참! 이거 국가 비밀이야. 절대 외부로 발설하면 안 돼?]

"여기도 보안이야? 내 인생은 어째서 공사 구분 없이 전부 보안일까?"

[생각해 보니 그러네?]

승후의 웃음소리를 들으며 따라 웃던 유하는 갑자기 우뚝 멈춰서 주위를 살폈다. 자신 외에 다른 인기척이 느껴졌기 때문이었다. 하지만 그녀 앞과 뒤, 어느 쪽에서도 지나가는 사람은 없었다.

[집은 아직이야?]

"도착했어요. 조금만 더 가면 아파트 입구거든요."

유하는 온 신경을 곤두세우며 다시 발을 옮겼다. 혹여 따라붙은 발이 있다면 지금 잡아내지 않으면 안 되기 때문이었다.

[지하철역에서 꽤 떨어져 있나 봐?]

간이 얼마나 큰 놈이기에 형사를 미행해?

형사 뒤를 미행한다는 뜻은 선량하고 친절한 시민과는 인연이 없을 확률이 높았다. 그렇다면 범죄와 연결될 가능성이 크니, 위험한 인물일 가능성도 컸다.

"조금. 사람이 많이 다니는 길이라 그리 위험하지는 않아요. 아! 우리 집에 왔었잖아요!"

[차에 갇혀 아파트 안에서 내렸는데 밖을 어떻게 알아? 내 밴 알잖아. 앞뒤 양옆 할 것 없이 다 막힌 것. 이동할 때는 그냥 감옥에 갇혀 있다고 생각하면 돼.]

"아! 맞다!"

[그때 조유하 집 가는 건 줄 알았으면 자세히 봐둘걸. 걱정되는데? 지금이라도 갈까? 데려다주러?]

"걱정 마요. 이 동네 좋아. 나쁜 놈 잘 없어요. 몇 명 있었던 거 내가 청소했거든요."

발소리가 아주 은밀하고 조심스러운 것으로 봐서, 분명히 계획적이고 신중한 성격이다. 한 마디로 지나가는 여자가 마음에 들어서 한 번 따라와 본 그런 사람이 아니라는 뜻이었다.

[그렇지! 조유하가 상대면 나쁜 놈이 위험한 거지? 잘못 걸리면 **뼈도** 못 추릴 테니까?]

"어떻게 알았지? 이거 일급비밀인데. 민승후 씨, 설마 블랙팀에 몰카 달았습니까?"

[조유하 주위에 있는 모든 사람이 다 아는 일급비밀이거든요!]

유하는 휙 돌아서 왔던 길을 거슬러 뛰어가 보았다. 그리고 나무 뒤에 몸을 숨기고 있는 사람을 향해 날카롭게 소리 질렀다.

"너 누구야!"

"엄마야!"

유하가 잡은 사람은 조폭이나 범죄자가 아니었다. 소스라치게 놀라며 비명을 내지르는 무서움 많을 것 같은 이십대 초중반의 여자였다.

"엄마……."

유하의 갑작스러운 행동에 여자는 귀신이나 치한을 만난 사람처럼 사색이 돼서 굳어 있었다.

"그쪽 이 아파트?"

"네."

유하가 아파트를 가리키자 여자는 짧게 대답하며 고개를 끄덕였다.

"가죠. 저도 이 아파트 사는데."

"먼저 가세요."

여자는 영 불안한지 유하를 먼저 보내려 했다. 하긴 요즘 세상에 같은 여자라고 믿을 수 있는 건 아니니까.

"나, 이 아파트에서 꽤 유명한 사람인데, 나 몰라보는 것 보니까, 이사 온 지 얼마 안 됐나 봐요?"

유하는 승후한테 나중에 전화하겠다고 한 뒤 통화를 끝냈다. 그리고 주머니에서 경찰 신분증을 꺼내 보여주었다.

"아! 알아요! 공인중개사가 말해줬어요. 유능한 형사가 산다고. 그분이시구나."

여자는 그제야 안심이 된다는 얼굴로 긴장을 풀었다. 유하는 뜻하지 않게 같은 아파트 주민을 경호해 가며 집으로 향했다.

"엄청 불안하셨나 보네. 인기척 아까부터 들려서 계속 뒤돌아봤어요."

"옷 입은 스타일이 보이시 하셔서, 저는 남자분인 줄 알았거든요. 길에 여자는 저 한 명뿐이고, 남자는 두 명이라 오해하고, 사실 좀 무서웠어요."

가볍게 말하던 유하는 여자의 말에 미간을 살짝 찌푸렸다.

"남자 두 명이요? 그럼 나 말고 사람이 한 명 더 있었다고요?"

"네, 형사님 뒤에 가던 남자가 한 명 더 있었어요. 형사님이 두리번거리니까 뒤돌아서 왔던 길 다시 가던데요?"

미행당하는 게 맞다. 그리고 정확하게 자신을 알고 미행한 거다.

어떤 놈이지? 어떤 놈이 날 미행하지? 설마…… 일 년이?

아파트 단지 입구, 유하는 그 자리에 멈춰 서서 자신이 온 길을 뒤돌아봤다.

일 년이가 나타났나?

일 년이가 나타난 건지도 모르겠다는 생각이 머릿속에 떠오른 그 순간, 유하의 얼굴에 아주 잠깐이지만 불안과 두려움의 빛이 떠올랐다.

[나중에 전화할게. 집에 가서. 길에서 사람 좀 만났거든.]

이렇게 말한 유하가 서둘러 통화를 끝내자 승후는 고개를 갸웃하며 잠깐 휴대폰을 내려다보았다.

무슨 일이 있는 건가?

통화하는 내내 긴장한 듯한 목소리였다.

"누가 뒤를 밟았던 걸까?"

승후의 머릿속엔 아주 잠깐 이 생각이 스쳤지만, 곧 아닐 거라 여기며 휴대폰을 테이블 위에 내려놓았다.

"샤워나 해야겠다."

괜한 생각으로 걱정거리를 만들진 말자는 생각으로 소파에서 일어난 승후는 윗옷을 벗으며 욕실로 향했다.

쏟아지는 따뜻한 물을 온몸으로 받으니 피곤함이 풀리는 느낌이다. 승후는 물줄기를 목과 어깨로 받으며 잠깐 그렇게 서 있었다. 얼마 후, 개운하게 샤워를 마친 승후는 가운을 입고 머리를 털어 거실로 나왔다. 그리고 리모컨을 집어 들어서 TV를 켰다.

띵동, 띵동.

집 안에 울려 퍼지는 소음에 승후는 TV가 켜지면서 들리는 소리라 생각했었다. 하지만 똑같은 소리가 몇 번 더 울리자 비디오폰이 있는 쪽으로 향했다.

"올 사람이 없는데?"

승후는 비디오폰 화면으로 밖을 확인했다. 아무도 없었다. 그저 텅 빈 복도만 보일 뿐이었다.

"뭐지?"

승후는 고개를 갸웃하며 현관으로 향했다. 그리고 천천히 문을 열어 밖을 확인했다. 역시 아무도 없었다.

"또 팬들이 누르고 도망갔나 보네."

늘 있었던 일이라 승후는 대수롭지 않게 여기며 문을 닫았다. '띠리링' 하는 소리가 들리고 자동으로 문이 잠기자 소파로 돌아온 그는 길게 누워 TV에 시선을 고정했다. 그리고 몇 분이 흐른 후, 피곤함에 저절로 눈이 감겨 버린 승후는 그만 잠이 들어버렸다.


다음 날.

유하는 자신이 지나간 길에 있는 CCTV를 모두 털어 블랙팀으로 가지고 왔다.

"분명히 누군가 뒤를 밟았다는 거지?"

"어떤 놈인지는 CCTV에 찍혔을 거고."

유하가 CCTV를 확인하자 주위로 블랙팀들이 몰려들었다.

"그런데 이해가 안 돼. 만약 일 년이라면 허술하게 네 뒤를 밟을 것 같지 않은데. 네 신상을 모르는 것도 아닐 테고."

우주가 의문을 제기하자 모두가 그 부분에 비슷한 의견을 내놓았다.

"분명히 내 뒤를 밟았어요. 일 년이가 아니라면 누가 내 뒤를 밟은 거죠?"

"우리가 잡아넣은 나쁜 놈과 잡아넣을 예정일 나쁜 놈이 무궁무진하잖아. 그중 누굴 수도 있고. 아니면 진짜로 일 년이가 모습을 드러낸 걸 수도 있고."

유하는 CCTV를 확인하다가 딱 한 장면에서 멈췄다. 모자를 푹 눌러 쓴 남자를 위에서 찍은 모습이었다.

"이 새끼가 분명히 날 미행한 건 확실한데……."

"너 누구냐? 일 년이냐 아니면 다른 놈이냐?"

주영은 노트북 화면을 노려보며 험악하게 얼굴을 일그러뜨렸다.

"이놈이 뭐든 간에, 내가 목표인 건 확실해요."

유하는 화면 속 범인을 응시하며 나지막하게 한숨을 토해냈다.


서울의 한 공원.

유하는 지금 드라마 촬영이 한창 진행 중인 곳에 와 있었다. 먼저 부모님께 당분간 몸조심하라고 전화를 건 후, 승후에게 직접 말하기 위해 이렇게 오게 된 것이다.

"설마 유하?"

몰려든 인파 속에서 촬영 중이던 승후는 무의미하게 주위를 살피다 구경꾼들 속에서 자신을 보고 있는 유하를 발견했다.

승후는 반가워하면 유하에게 다가가려고 했지만, 오지 말라고 고개를 젓는 그녀 때문에 그럴 수가 없었다. 그리고 곧 승후는 유하의 생각이 옳다는 걸 깨달았다. 요즘같이 인터넷이 발달한 세상에 사진 한 방만 잘못 찍히면 그날로 퍼지는 건 시간문제이기 때문이었다.

이내 유하는 구경꾼들 사이에서 사라졌고, 곧 전화가 울렸다.

[오늘도 여전히 멋지네요?]

"내가 원래 좀 그렇지?"

[나 할 말 있는데.]

"뭐야? 무슨 말이기에 바쁘신 분이 여기까지 행차하셨어?"

[사실 어제 누군가 날 미행했어요.]

"뭐야? 다친 거야? 혹 그놈이…….."

[아니에요. 그냥 미행만 당했어요.]

유하는 목소리가 날카롭게 높아지는 승후의 말을 중간에 잘랐다. 그리고 안심시켜 주었다.

[일 년이는 아니라는 의견이 모아졌어요. 저도 같은 생각이고.]

"다치지는 않았어?"

[안 다쳤죠. 그런데 아무래도 내가 잡은 범인 중 한 명이 아닌가 싶어요. 아니면 수사 중인 사건일 수도 있고.]

"위험한 거 아니야?"

[난 아니에요. 다만 내 주위 사람들이 위험해졌어요. 부모님, 나경이, 그리고 승후 씨까지.]

승후는 유하가 생각하는 내 사람들 안에 자신이 들어갔다는 사실만으로도 세상을 다 얻은 것처럼 기뻤다.

"나 이제 네 사람이야?"

[당연한 거 아니에요? 내 애인인데? 그러니까 조심해요! 승후 씨가 톱스타라 더 걱정된단 말이에요.]

애인이란 유하의 말에 승후의 얼굴 한가득 화사한 미소가 번졌다.

"내 걱정은 하지 마. 내 몸은 내가 지킬 수 있으니까."

[조심해요. 그놈 내가 꼭 잡을 테니까, 그때까지는 촬영장과 집 외에는 안 다녔으면 좋겠어. 놀러 다니지 말고. 심심해도 좀 참고. 항상 매니저와 함께 다니고.]

"알았어. 촬영 끝나면 바로 집에 들어갈게. 내 애인 걱정하지 않게."

[고마워요. 이만 전화 끊을게요. 촬영해요.]

통화가 끝나고 승후는 다시 주위를 살폈다. 그리고 다시 구경꾼들 사이에 모습을 드러낸 유하와 눈이 마주쳤다.

'몸조심해.'

유하는 보며 빙긋 웃는 승후의 눈빛에 이 말이 담겼다.

'승후 씨도 몸조심해요.'

똑같이 빙긋 웃으며 유하는 눈빛에 이 말을 담아 승후를 응시했다.


사람들 무리에서 조금 떨어진 곳 근처 나무.

사내는 몸을 반쯤 나무에 숨긴 채, 누군가와 통화 중인 유하를 응시하고 있었다.

"조유하……."

사내는 입꼬리를 씩 올리며 서늘한 미소를 머금었다.

"내가 당한 그대로 갚아줄게. 사랑하는 사람을 잃는 게 어떤 기분이 어떤지, 그게 얼마나 끔찍한 지옥인지, 내가 똑같이 느끼게 해줄게."

사내는 사람들 사이에서 언뜻 보이는 승후를 차갑게 응시했다.

"민승후의 죽음. 그것도 네년 눈앞에서. 이 정도면 꽤 괜찮은 선물이야. 그렇지?"

사내는 쇠 긁는 소리처럼 음산한 웃음소리만 남기고 곧 사라졌다.


승후를 잠깐 만난 후 블랙팀으로 돌아온 유하는 태석에게서 믿을 수 없는 소식을 듣게 됐다.

"뭐라…… 고요?"

"이재수가 탈옥했다."

"이…… 재수요?"

"잠깐 이재수라면, 몇 년 전에 사채업자 살해하고 감옥에 간 그 남자 말이죠? 사채업자에게 시달리다가 부인이 자살하고, 아이는 교통사고로 죽고?"

주영은 사건 핵심 내용을 정확하게 기억해 냈다.

"그런데 그 이재수가 탈옥한 게 조 형사랑 무슨 상관인데?"

사건 내용에 대해 잘 모르는 우주는 더 자세히 말해달라는 듯 물었다.

"유하가 자기 아들을 죽였다고 생각해."

이번에는 태석이 입을 열었다.

"유하가 체포만 안 했더라면, 아이는 안 죽었을 거라고."

"그럼 그놈이 아이가 혼자 있는 걸 알면서 살인을 저질렀다는 겁니까? 자기가 잡히면 아이가 어떻게 될지 예상도 안 하고?"

"그때 아이가 혼자 있는 걸 알고 유하가 분명히 경찰을 보냈어. 그런데 이미 아이는 사라진 뒤였지. 새벽에 아빠가 없다는 걸 안 아이가 아빠 찾겠다고 나갔던 거야. 그리고 사고가 난 거고."

"그럼 조 형사 잘못은 아니잖아요."

"이재수는 그렇게 생각 안 한다는 게 문제죠."

우주의 파트너인 찬우가 목소리에 잔뜩 못마땅함을 품고 툭 말을 내뱉었다.

"자기가 그 사채업자를 살해하던 그 순간에 아이가 죽었는데, 이재수는 자신이 체포되었기 때문에 아이를 돌보지 못했다, 이렇게 생각하고 있다는 거죠."

"뭐 이런 개소리……."

욱한 마음에 욕설을 내뱉었던 우주는 곧 말을 꿀꺽 삼키고 어색하게 빙긋 미소를 머금었다.

"언제 탈옥한 겁니까?"

"그놈 탈옥한 지 꽤 됐단다. 위에서 지금까지 쉬쉬한 모양이다. 다른 곳으로 이동하던 중에 탈옥한 거면 이렇게까지 쉬쉬하지는 않았을 텐데, 교도소에서 자기 발로 걸어나간 것 같아. 그래서 더 쉬쉬했고."

유하의 질문에 대답한 태석은 끓어오르는 짜증에 미간을 일그러뜨렸다.

"그럼 나를 미행한 게 이재수일 가능성도 있는 거죠?"

유하의 결론에 태석은 고개를 끄덕였다.

"이재수에 일 년이까지. 이런 인기는 반갑지 않은데……."

머리는 무겁고 가슴은 답답했다. 유하는 복잡한 마음을 담아 크게 한숨을 토해냈다.


승후는 촬영 중간중간 휴대폰을 꺼내보며 짧은 한숨을 내쉬었다.

"유하 걱정하지?"

민석이 승후가 있는 곳으로 다가와 다정하게 웃으며 말을 걸었다. 하지만 목소리를 작게 낮춘 상태였다.

"아버님 언제 오셨어요? 나경이 데리러 간다고 하셨잖아요."

"데려다주고 왔지."

유하와 사귀기로 한 그날, 승후는 곧장 민석을 찾아갔었다.

"따님과 사귀고 싶습니다. 허락해 주세요, 감독님."

처음 당황했던 민석은 걱정이 가득한 목소리로 물었다.

"죽음과 가까운 녀석이야. 그걸 옆에서 지켜보는 게 얼마나 힘든지 알고는 있나?"

"제 형도 블랙팀이었습니다. 유하의 파트너였죠."

"그런데도 유하와 사귀겠다는 거지?"

"형 일을 겪으면서 알게 된 사실은, 때를 놓치면 후회만 남는다는 겁니다. 사랑할 수 있을 때 사랑하려고요."

"더 가면 자네는 분명히 힘들어질 텐데, 내 딸을 위해 진짜 그 위험한 길을 걷겠다는 건가?"

"유하를 위해서가 아닙니다. 바로 저 자신을 위해서입니다."

흐뭇한 듯 민석의 얼굴에 미소가 번졌다. 그리고 내 딸 잘 부탁한다는 말을 끝으로 유하와 승후가 사귀는 걸 허락했었다.

"승후 네 표정에 걱정이 가득해. 다들 네 표정이 왜 어두운지 궁금해하고 있어."

승후가 유하와 사귀는 것은 이곳 스태프들에게는 비밀이었다. 물론 민석과 유하가 부녀 사이라는 것도 몇몇 사람들만 아는 비밀이었다. 그날 유하를 본 배우들과 감독에게 승후가 신신당부해서 모두 비밀을 지키겠다는 약속을 한 상태였다.

"안 그러려고 하는데, 자꾸 걱정됩니다."

"그 녀석, 이번 일도 잘 해결할 거야. 지금까지 그랬으니까."

"걱정 안 되세요? 위험하잖아요."

"걱정돼. 그래서 조명팀에도 밀어 넣었던 거고. 하지만 그 위험한 게 그 녀석의 삶이니 그것 또한 인정해 줘야겠지."

"유하가 다른 삶을 살길 바라는 건 아닙니다. 다만 다치지 않고 무사하길 바라고 있어요."

"나도 늘 그걸 바라지."

민석이 승후의 어깨를 툭툭 쳐 주고 스턴트팀이 있는 곳으로 돌아가자, 그는 다시 짧은 한숨을 내쉬며 휴대폰을 내려다보았다.

〈조유하 경위 이상 무! 안전한 경찰청 안에서 일하는 중!〉

그때 승후의 휴대폰으로 사진과 함께 문자 한 통이 왔는데, 유하가 거수경례를 하며 환하게 웃는 사진이었다.

"이쁜 짓만 골라서 하지."

갑자기 안도감이 확 밀려온다. 유하의 얼굴을 톡톡 건드린 승후는 얼굴 한가득 화사한 미소를 머금었다. 그의 표정이 바뀌자 계속 불안한 듯한 표정으로 힐끔거리고 보던 감독이 안심하며 스태프들을 향해 외쳤다.

"촬영 시작합시다!"


돌아갈 가족도, 집도 없는 인간이 어디로 사라진 걸까?

유하는 이재수 신상 정보를 살피며 예상 도주로를 파악해보려 했다.

"어, 엄마, 나경이 데리고 왔어요?"

이재수가 탈옥했다는 걸 안 다음 유하는 가족들에게 집에 들어오면 꼭 연락해 달라고 당부했다. 가족 중 한 명이라도 나가 있다는 건, 위험해질 확률이 그만큼 커진다는 뜻이니까.

[아빠가 나경이 끝나는 시간에 맞춰서 데려다주고 가셨어. 중요한 촬

영만 빨리 마치고 온다고 하셨으니까, 넌 걱정 마.]

"당분간 나경이 등하교 좀 시켜주세요. 주의도 좀 주고."

[벌써 했지. 무슨 일이 있어도 엄마 아빠가 직접 데리고 가지, 다른 사람 시키는 일 없다고 단단히 일러뒀어. 학교 선생님한테도 일러뒀고.]

"당분간이면 돼요. 곧 잡아요."

[그래. 너도 조심하고? 아! 잠깐! 나경이가 바꿔달래.]

[언니.]

나경이의 맑은 음성에 유하의 입가에 미소가 번졌다.

"우리 나경이 불편해서 어쩌니? 언니가 적이 많아서 미안해."

[언니는 괜찮은 거예요? 많이 위험한 거예요?]

"난 안 위험하지. 그런데 엄마랑 나경이가 위험할까 봐. 당분간 아빠가 등하교시켜 줄 거니까, 꼭 아빠랑만 다녀?"

[네. 걱정 마세요. 엄마 아빠 말씀 잘 듣고 있을게요.]

"착해, 우리 나경이."

나경이와 통화를 끝낸 유하는 길게 한숨을 토해냈다.

"당분간 집에 갇혀 있으려면 힘들겠다. 어머님이야 예전에도 한 번 있었던 일이라 괜찮겠지만, 나경이는 처음이잖아."

자칫 잘못하면 가족이 범행 대상이 될 수도 있겠다는 게 블랙팀 모두의 의견이라 주영도 이 상황이 걱정되었다.

"그러니까 빨리 잡아야죠. 지금까지 가족을 건드리는 인간은 없었지만, 이재수는 나 때문에 아들이 죽었다고 생각하니까, 엄마하고 나경이가 많이 걱정돼요. 어떤 식으로 접근할지 파악이 안 돼서 택배도 직접 받지 말라고 얘기해 뒀는데……."

골치가 지끈거린다. 스트레스가 원인인지 아니면 머리가 아픈 게 원인인지 모르겠지만, 눈이 튀어나갈 것 같다. 유하는 등받이에 머리를 기대며 두 눈을 꼭 감았다.

밤새 촬영하고 다음 날 늦은 오후, 어둠이 내려앉기 직전 승후는 스케줄을 끝내고 집에 도착했다.

"피곤하겠다. 푹 쉬어."

차가 지하 주차장에 도착하고, 승후는 대본을 챙겨 들고 서둘러 내렸다.

"집까지 올라갈게요."

승후보다 먼저 유하의 전화를 받은 건 그의 매니저인 윤석이었다. 윤석은 절대로 승후를 혼자 두지 말고, 집 안까지 함께 가달라고 부탁하는 유하에게 알았다고 걱정 안 해도 된다고 말하며, 그의 곁을 그림자처럼 지키겠다고 했었다.

"혼자 갈 수 있어."

"안 돼요. 집 안까지 꼭 함께 가라고 하셨어요."

"걱정 마. 집이잖아. 게다가 우리 아파트 보안 철저해. 아무나 못 들어오거든."

승후는 내리려는 윤석을 강제로 보낸 후에 엘리베이터가 내려오길 기다리며 유하에게 전화를 걸었다.

"지금 아파트야."

보고는 승후도 예외가 아니었다. 승후는 이재수가 자신은 알 리 없다고 자신 있게 말했지만, 유하는 그래도 모르는 일이니까, 꼬박꼬박 전화는 해달라고 신신당부했다.

[아파트 어디?]

"엘리베이터 기다려."

[매니저랑 같이 있는 거죠?]

"보냈지. 여기 방문객 관리 철저해. 이곳 주민 아니면 못 들어와."

[그래도 당분간 매니저랑 같이 다니지. 나 걱정되는데.]

"이재수인지 뭔지 그 남자가 나 어떻게 알고? 나 조유하의 숨겨진 남자잖아."

[내가 민승후의 숨겨진 여자가 아니고?]

"그런가? 그럼 우린 콘셉트가 숨겨진 연인인가?"

승후는 말장난을 하며 하하 웃음을 터뜨렸다.

틱, 틱, 틱, 계단 내려오는 소리가 들린다. 아파트 주민이 엘리베이터 대신 계단을 이용 하나 보다 하고 생각하며 승후는 엘리베이터가 지금 어디쯤 내려오고 있는지 확인했다.

[그나저나 우리는 언제 데이트해 보나? 데이트 비슷한 건, 그때 시장에서 만났을 때뿐이었던 것 같아.]

"그러네. 그 뒤에 달콤할 수도 있었던 순간에 누구께서 날 걷어찼었지."

[그때는 그게 최선이었지!]

"그 최선 때문에 내 심장은 구멍이 숭숭 뚫렸거든요!"

[내 심장도 그렇게 멀쩡하지는 않았거든요!]

"뭐야? 거절하면서 마음은 조금 아팠었나 보지?"

[딱 한 번만 만나봤으면 좋겠다던 그 민승후에게 고백받는데, 거절하는 마음이 어땠겠어? 안타까워서 심장이 녹았지.]

"난 배알이 없는 거야. 민승후 이름값을 생각해서라도 좀 튕겨야 하는데, 이 고백에 입 찢어지는 것 보면?"

[입 찢어지라고 하는 말이에요.]

엘리베이터가 1층에서 지하로 내려오는 걸 확인한 승후는 문이 열리면 서둘러 타기 위해 준비를 했다.

"이제 엘리베이터 탈 거야."

엘리베이터가 지하에서 멈춘 그 순간, 승후의 귓가에 음산한 음성이 나지막하게 들렸다.

"포기해. 넌 엘리베이터 못 타."

서늘한 기운이 등줄기를 타고 올라온다.

승후는 상대를 보기 위해 몸을 틀었다. 그리고 그 순간 목을 타고 몸

안으로 퍼져 가는 고통스러운 감각에 그대로 정신을 잃어버렸다.

[여보세요? 승후 씨! 민승후! 뭐야? 무슨 일이야?]

바닥에 쓰러진 승후를 내려다보던 남자는 그가 떨어뜨린 휴대폰을 들었다.

"어이, 안녕? 우리 오래간만이지? 조유하."

[너…… 이재수?]

남자는 큭큭 웃음을 터뜨리고는 그대로 통화를 끝냈다.


"이재수! 이재수!"

유하의 비명에 가까운 고함이 블랙팀 전체를 울렸다.

"뭐야? 무슨 일이야?"

주영의 질문에도 유하가 아무 대답 없이 그대로 뛰어나가 버리자, 그런 그녀의 모습이 심상치 않음을 느낀 블랙팀은 서둘러 뒤따라갔다. 그렇게 유하가 정신없이 달려 도착한 곳은, 만일을 위해 주소와 위치까지 알아놓았던 승후의 아파트였다. 경비의 도움을 받아 지하 주차장이 있는 층으로 내려간 유하는 엘리베이터 앞에 떨어져 있는 승후의 대본을 발견했다.

"말도 안 돼! 말도…….'

유하는 그 자리에서 털썩 주저앉고 말았다.

"빨리 CCTV 다 확인하고, 근처 CCTV 뒤져서 이재수 이동 경로 파악해!"

태석이 다른 블랙팀에게 명령하는 게 들렸지만, 손끝 하나도 움직일 수가 없었다.

어떻게 안 거지? 도대체 어떻게?

겉으로 유하와 승후는 어떤 접점도 없었다. 둘은 사람들 눈에 띌 정도로 무언가를 한 적이 없었으니까. 게다가 이재수는 탈옥범이었다. 마음대로 돌아다닐 수 없는 사람이, 유하의 근황을 알아보고 승후의 존재를 파악했다는 게 잘 이해가 되지 않았다.

"조유하! 정신 안 차려!"

태석은 거칠게 유하를 일으켜 세우고는 뺨을 후려쳤다. 태석 덕에 겨우 정신을 차린 유하는 떨리는 손으로 머리를 쓸어 넘겼다.

"너 빨리 들어가서 이재수가 숨어 있을 만한 곳 찾아내! 이재수 사돈의 팔촌까지 다 털어서라도 찾아내란 말이야!"

태석의 고함에 겨우 이성적인 판단을 할 수 있을 정도가 된 유하는 자동차가 세워진 곳을 향해 뛰었다.

"이재수! 민승후 털끝 하나도 다치게 하면, 너 내 손에 죽어!"

유하는 지금 이 순간 처음으로 죽이고 싶다는 마음이 어떤 것인지 알게 되었다.


"으......."

정신은 들지만 멍하다. 겨우겨우 눈을 뜬 승후는 주위를 살폈다. 창고다. 여기저기 지저분한 것으로 보아 아마 버려진 곳이 분명했다.

"이제 일어나셨나?"

승후는 목소리의 주인공을 보기 위해 고개를 들었다. 그리고 이재수로 추정되는 인물을 응시했다.

"당신이 유하 죽이겠다고 악담을 퍼부었다던 이재수인가?"

이재수가 탈옥했다는 말을 듣자마자 유하는 가족과 승후에게 이재수의 사진까지 보내서 비슷한 사람만 보여도 도망가라고 단단히 일렀었다.

"그러겠지?"

"날 어쩔 생각이야?"

승후는 테이프에 칭칭 감긴 손목을 움직여 보았다. 하지만 테이프를 얼마나 많이 감았는지 꼼짝도 할 수가 없었다.

"죽이겠지?"

"날 왜?"

"네가 조유하의 남자니까."

승후는 유하의 우려가 맞았다는 사실에 놀라면서도, 한편으로는 웃긴다는 생각이 들어 하하 웃음을 터뜨렸다.

"전기충격 한 번에 실성한 건가?"

"내가 조유하 남자라는 거 인정해 줘서 고마운데, 이 타이밍에 엄청 궁금하네. 나 어떻게 알았을까? 우리 사귄 지 얼마 안 됐는데."

"만난 건 꽤 됐던데? 잠깐 딴짓을 했더라고. 내가 쭉 관심 있게 지켜봤거든. 조유하가 누굴 만나는지. 누구와 무슨 짓을 하는지."

"어떻게?"

"서로 돕고 사는 세상이 아름다운 법이거든."

사람까지 써서 유하를 감시할 만큼 엄청난 증오심이다. 이러한 사실은 저 입으로 꼭 듣지 않아도 알 것 같았다.

"내 유하에게 이 정도로 관심과 애정이 있는 놈이 있는 줄 몰랐네. 하지만 유하 이젠 내 것이거든! 그만 관심 좀 꺼줄래?"

"네가 지금 어떤 상태인지 감이 안 오나 보네? 그럼 알게 해줘야지?"

재수는 주위에 뒹굴고 있는 나무막대 하나를 집어 들었다. 그리고 그를 매섭게 내려치기 시작했다. 바닥에 쓰러져 모진 매질을 당하길 몇 분, 재수는 씩씩 거친 숨을 몰아쉬며 승후를 일으켜 의자에 앉혔다.

"오, 우리 스타님께서는 핏빛으로 물들어 있어도 반짝반짝 빛나네?"

재수는 이 상황이 재미있다는 표정으로 크윽크윽 웃음을 흘렸다.

"그러게 대단한 스타님께서 왜 조유하 같은 인간과 엮였어? 스타라는 이름값처럼 반짝반짝 빛나면서 해맑게 살았어야지. 조유하 같은 인간과 엮이니까 이런 일을 당하는 거잖아."

조금 떨어져서 이쪽에서 저쪽으로 왔다 갔다 하던 재수는 품에서 무언가를 꺼내 승후에게로 다가왔다. 총이다. 저건 분명히 진짜 총이었다. 승후는 있는 힘껏 다리를 움직여 보았지만, 너무 단단하게 묶여서 움직이지 않았다.

"네가 살길을 알려줄게. 간단해. 어렵지 않아. 그것 하나만 하면 넌 살 수 있어. 조유하를 여기로 불러. 조유하가 오면, 넌 살려줄게."

"너 설마 내가 그런 짓을 할 거라 생각하고 말하는 건 아니지?"

두려워하는 마음을 조금이라도 내비치면 끝이다. 승후는 이 남자에게 휘둘리면 안 된다는 걸 아주 잘 알고 있었다.

"어차피 넌 아무 잘못도 없잖아. 살려달라고 빌어. 살고 싶다고 말해. 그럼 유하가 너 살려줄 거야."

승후는 이재수의 얼굴에 퉤 하고 침을 뱉었다.

"내 여자 죽이고 살 생각 없으니까, 그냥 나 죽이고 끝내."

재수의 눈을 본 순간 승후는 느꼈다. 이놈은 절대로 자신을 살려줄 생각이 없다는 것을.

"죽이고 끝내라고?"

퍽. 재수가 배를 걷어차자 엄청난 충격에 몸 곳곳으로 퍼져나갔다.

"그렇게 죽고 싶어?"

끔찍한 시간이었다. 죽어도 상관없다는 생각이 고스란히 담긴 폭력에 승후는 저항 한 번 못하고 그저 당할 수밖에 없었다.

"죽는 건 말이야, 이것보다 더한 고통에 시달리다가 가는 거야. 네가 할 말은 하나야. 살려줘. 다른 말을 하면 넌 죽어. 알아들어?"

승후는 아무 말도 하지 않은 채 재수의 시선을 피했다. 이런 놈과는 어떤 식으로든 말을 섞고 싶지 않았다. 특히 마지막일지도 모를 대화이기에 더더욱 싫었다.

[승후 씨?]

재수가 유하에게 전화를 걸고 화면에 그녀의 얼굴이 보이자, 승후의 꽉 다문 입술이 파르르 떨렸다.

"말해. 어서."

[승후 씨 기다려. 내가 승후 씨 구하러 갈게.]

승후는 가늘게 떨릴 정도로 주먹을 꽉 움켜쥐었다. 그리고 차마 유하를 볼 수 없어서 두 눈을 꼭 감았다.

[이재수, 나랑 말해! 승후 씨는 상관없잖아! 나와 너, 우리 두 사람 일이잖아. 그러니까 나하고 말하자고!]

유하의 악에 받친 고함이 승후의 귓가에 들리자, 승후는 눈을 떴다.

"조유하 경위, 네 남자를 이렇게 보니 어때? 스타님이라서 그런가? 피로 칠갑을 하고 있는데도 섹시한 것 같아."

[내가 갈 테니까, 승후 씨 건드리지 마, 이 새끼야!]

유하의 분노가 휴대폰을 뚫고 밖으로 터져 나오는 듯했다.

"해 뜨기 전에 내가 있는 곳으로 와. 날이 밝으면, 네 애인 죽어."

[어디야? 장소를 말해!]

"너 머리 좋잖아. 알아맞혀 봐."

재수는 재미있다는 듯 낄낄낄 웃어댔다.

"참! 너 외에 딴 놈들이 보이면 어떻게 될지 알지? 다시는 민승후 못 봐."

[알았으니까, 민승후 손대지 마! 또 손대면, 너 진짜 내 손에 죽어!]

"상황판단 못 하는 건 둘이 똑같다니까."

재수는 일부러 총을 든 팔을 쭉 뻗어 승후를 겨눴다.

[이재수!]

총을 본 순간 유하에게선 비명에 가까운 날카로운 고함이 터져 나왔다.

"넌 지금 빌어야 해. 제발 살려달라고 애원해야 하는 거야."

[알았어. 내가 이렇게 빌게. 그러니까 제발…… 손대지 마.]

유하의 애원에 승후는 두 눈을 감아버렸다.

'아! 내 여자에게는 내가 제일 큰 약점이구나.'

재수는 승후의 몸에 엄청난 흔적을 남겼지만, 애원하는 유하의 모습은 그의 심장을 찢었다.

'절대로 안 돼! 난 절대로 유하의 약점일 순 없어!'

약점은 없애는 게 합당하다. 그래야 지금까지 그랬던 것처럼 완벽한 조유하 형사로 살 테니까. 생각이 여기에 이르자 승후는 갑자기 아무것도 두렵지 않았다.

"유하야?"

승후는 굳은 결심을 한 후 눈을 떠 휴대폰 화면 속 유하를 응시했다. 그리고 그녀의 이름을 부드럽게 불렀다.

"나 소원 한 가지 남았어. 그 소원 지금 말할게."

"소원이라니?"

"절대로 오지 마. 네가 나 구하러 오면, 네 앞에서 혀 깨물고 죽을 거야. 그러니까 오지 마. 그게 내 마지막 소원이야."

[기다려. 내가 갈게. 내가 꼭 구할 거야. 승후 씨, 나 믿고 조금만 기다려. 나 사랑한다면, 포기하지 마. 알았지?]

승후는 더 밝게 웃으며 고개를 저었다.

"기억해. 네 탓 아니야. 이놈은 미친 거야. 미친놈이 벌인 일로 자책하지 마. 미친놈은 미친놈으로 남겨두고, 넌 이런 놈 잊어."

눈물이 차오른다. 유하를 조금 더 오래 보고 싶은데, 더 많이 보고 싶은데, 눈물 때문에 앞이 희미해졌다.

[내가 가. 내가 갈 테니까, 포기 말고 기다려. 기다릴 수 있지?]

"유하야, 너 사랑해서 행복했어. 그러니까 끔찍한 건 다 잊어."

"아이씨, 신파를 찍어라!"

재수의 발길질에 승후는 "윽" 하는 신음을 흘리며 바닥으로 나가떨어졌다.

[하지 마!]

유하의 비명이 귓가에 들린다. 이놈 발길질에 비참하게 널브러져 있는 꼴은 보이고 싶지 않다. 승후는 온 힘을 모두 짜내 몸을 일으켜 앉았다.

"콜록, 하. 하. 하."

고통이 섞인 거친 숨소리가 승후의 입에서 흘러나왔다.

"조유하, 아무래도 우리 둘 회포는 나중에 풀어야겠다. 마지막 인사나 해라. 너 때문에 죽을 네 남자와."

[하지 마! 이재수! 내가 가! 내가 간다고! 내가 갈 테니까, 그 사람은 살려줘. 내가 갈 테니까 그 사람은 제발…… 살려줘!]

싫었다. 승후는 유하가 여기서 더 이 자식에게 애원하는 것은 정말 보고 싶지 않았다.

'내가 죽는다 해도 유하가 이 자식에게 또다시 애원하는 건 안 봐!'

"죽여. 지금 죽여. 유하 손대지 말고 그냥 나 죽여! 그렇게 우리 끝내!"

[하지 마! 아무 말도 하지 마! 승후 씨 입 다물고 가만있어!]

울부짖는 내 여자의 목소리가 들린다.

"늦었어. 기회를 놓친 건, 민승후, 이 새끼야!"

재수는 마지막으로 승후를 비춰주고 휴대폰을 바닥에 던졌다. 휴대폰이 부서지는 둔탁한 소리가 메아리처럼 울려 승후의 귀에 꽂힌 순간 승후는 자기 죽음을 직감했다.

"난 여기서 죽겠지. 네 손에 내가 죽으면 유하는 영원히 날 기억할 거야. 고마워. 유하의 기억에서 지워지지 않는 사람으로 남게 해줘서."

"그렇게 죽는 게 소원이야? 그래. 그럼 죽여줄게."

재수는 발로 승후의 가슴을 걷어찼다. 그리고 승후가 윽, 하는 신음을 흘리며 뒤로 넘어가자 가까이 다가와 그의 배를 발로 있는 힘껏 내려쳤다. 승후는 비명조차 지르지 못한 채 고통에 몸부림쳤다.

"그렇게 죽는 게 소원이라면 죽어!"

재수의 총구가 자신을 향하는 걸 보며 승후는 눈을 감았다.

'유하야, 사랑해.'

어둠이 내려앉은 산속 버려진 창고.

탕! 날카로운 총소리에 잠들어 있던 새들이 날아올랐다.

어둠으로 앞도 구분할 수 없는 깊은 밤. 홀로 산길을 걷던 유하는 창고 가까이 오자 총을 빼 들었다. 그리고 발로 문을 걷어차며 안으로 들어갔다.

"오, 혼자 왔네?"

한 손에 총을 들고 의자에 앉아 있던 재수는 유하가 창고 안으로 들어오자 차가운 미소를 머금었다.

"조유하가 혼자 왔다는 건, 민승후가 살아 있다는 걸 확신한다는 뜻인데?"

"넌 나 없이는 절대로 민승후를 죽이지 못해. 내 눈앞에서 죽여야 고통이 몇 배가 되지. 나도 없는데, 내가 보지도 않는 곳에서 죽이면, 애써서 민승후를 납치한 보람이 없잖아?"

"맞아. 내가 민승후를 납치하기 위해 얼마나 노력했는데, 설마 써먹지도 않고 죽였을까 봐."

재수는 뒤로 몇 걸음 걷더니 총을 옆으로 겨눴다.

"재회의 시간 좀 가져."

유하는 재수를 향해 총을 정확하게 겨누고는 천천히 앞으로 걸어갔다. 그리고 어둠 속에서 드럼통 같은 곳에 기대어 앉아 있던 승후와 눈이 마주쳤다.

"내 남자가 대한민국 대표 미남이 맞나 보네. 어떤 모습을 하고 있어도 멋있어."

유하는 눈가가 촉촉하게 젖은 채로 승후를 보며 슬프게 빙긋 웃었다.

"많이 아프지? 조금만 참아. 알았지?"

승후는 그저 가만히 보기만 할 뿐, 아무 말도 없고, 어떤 행동도 없었다. 하지만 유하는 지금 그가 무슨 말을 하고 싶은지 다 알 수 있었다.

어째서 왔어? 왜 혼자 왔어? 왜 내 마지막 소원을 안 들어준 거야?

승후의 눈은 분명히 이 말을 하고 있었다.

"다리, 네놈 짓이야?"

피가 흐르고 있는 승후의 다리를 본 유하는 재수를 노려보며 더욱 가까이 다가갔다.

"교육 차원에서 친절하게 알려줬지. 고작 여자 한 명 때문에 목숨을 내놓는 게 얼마나 어리석은 건지 가르칠 필요성이 있었거든."

"아, 그래서 넌 고작 여자 때문에 사람을 죽였고?"

유하는 비웃듯 픽 웃음을 흘렸다.

"우리 조유하 경위님이 너무 충격을 받았나? 상황판단이 안 되는 모양이야?"

재수는 비아냥거리며 승후 머리에 바짝 총구를 댔다.

"쏴."

예상했던 말이 아니었는지, 재수의 얼굴에는 아주 잠깐 당황하는 빛이 떠올랐다가 사라졌다.

"넌 네 남자가 죽든 말든 상관없다는 거지?"

"내가 먼저 죽어도 승후 씨는 죽고, 내가 나중에 죽어도 승후 씨는 죽겠지. 내가 널 먼저 죽이지 않는 한, 결국 승후 씨는 죽어. 맞지?"

"잘 아네."

"처음부터 살려줄 생각 없었잖아. 그러니까 쏘라고. 죽여."

무서울 정도로 담담하다.

모든 걸 내려놓고 죽으러 온 걸까 아니면 연기인 걸까?

아무 감정도 담고 있지 않은 유하의 표정에서 생각을 읽어내려 애쓰던 재수는 결국 차갑게 픽 웃음을 흘렸다.

"네 남자 머리통을 날리는 대가로 날 체포하겠다. 와! 우리 조 형사님 대단한데?"

"쏴. 그래야 내가 네 머리통을 날리지. 이렇게."

유하는 한 손으로 총을 잡은 후 총구를 옆으로 틀었다.

탕! 총소리가 들리고 총알은 창문을 깨고 밖으로 나갔다.

"널 죽이고 나도 저 사람 옆에서 죽으면 돼."

총을 다시 재수를 겨눈 유하는 천천히 재수와 거리를 계속 좁혔다.

"혼자 죽게 두지 않아. 나도 같이 갈게. 그러니까 승후 씨, 마음 편히 먼저 가 있어. 알았지?"

유하는 눈동자만 힐끔 돌려 승후를 봤다. 그리고 다시 재수를 응시했다.

"알았어. 마음 편히 먼저 갈게. 그러니까 너무 서두르지 마. 천천히 와도 괜찮아. 나 아주 오래오래 기다릴 수 있어."

진심이다. 승후는 이미 자신이 죽었다고 여기는 듯 보였다.

"이놈만 처리하면 돼. 이놈만 처리하면 갈 수 있어."

"혼자 보기 아깝네. 신파 영화를 찍으세요."

재수는 총구로 승후의 머리를 살짝 밀면서 유하를 비웃었다.

"너만 하려고. 아내 죽이고, 아들도 죽이고, 박민준도 죽이고, 범인 잡아 감옥에 처넣은 정의로운 형사의 남자를 납치, 감금, 폭행. 네 영화는 잔혹 범죄물이잖아."

"박민준 그 새끼가 내 아내를 죽였고, 조유하 네년이 내 아들을 죽였어! 그런데 그런 네년이 정의로운 형사라고? 살인자인 네년 입에서 정의롭다는 말이 나와?"

재수의 얼굴에 분노가 떠오르자, 유하의 입가엔 서늘한 미소가 번졌다.

"웃기지 마. 네 아내와 아들을 죽인 건 너야. 박민준이 사채업자라는 걸 알면서도 사채를 빌려 쓴 건 너잖아."

"그 새끼가 내 아내를 겁탈했어! 그래서 내 아내가 자살한 거야!"

"아니지. 네가 돈을 못 갚았지. 그래서 박민준은 이자를 받은 거잖아. 네 아내한테서. 그게 뭐? 그건 거래야. 돈을 빌렸으면 어떤 방식으로든 이자를 받는 건 당연하잖아. 처음부터 네가 꼬박꼬박 돈을 잘 갚앗으면 그런 일도 없었을 거잖아.”

“그러고도 네가 형사야? 그런 더러운 생각을 하는 네년 같은 게 형사 짓을 하니까 내 아내가 죽었고, 내 아들이 죽었어!”

핏대까지 세우며 재수는 발악했다. 하지만 재수가 그러면 그럴수록 유하의 얼굴에는 미소만 짙어질 뿐이었다.

“아니지, 네가 죽였지. 네 아내가 박민준에게 그렇게 이자를 갚는데, 넌 못 본 척했잖아. 아! 아닌가? 오히려 부추겼나? 아니면 아내가 박민준한테 다리 벌려준 대가로 빚을 다 탕감해 주길 바랐나?”

“닥쳐!”

“네 아내가 죽은 건 너 때문이야. 네가 박민준한테서 돈만 안 빌렸으면, 그런 일 안 당해도 됐어. 박민준도 그래, 네가 자기 돈만 안 빌렸으면, 남의 여자를 왜 그랬겠어? 그 돈으로 술집에 가서 뿌리면 더 근사한 서비스도 받을 텐데. 그래, 돈은 빌릴 수 있다 치자, 그럼 책임져야지. 너 도망갔잖아. 네 아내가, 네 아들이, 무슨 짓을 당하든 상관없었잖아. 아니야?”

“닥쳐! 닥쳐! 너 같은 게 뭘 알아? 뭘 안다고 지랄이야?”

계속 재수를 향해 전진하던 유하는 그와 자신 사이의 거리가 채 1m 도 남지 않자 그 자리에 멈춰 섰다.

“너만 아니었으면 내 아들은 살았어!”

“아니지. 너 같은 짐승 새끼 아빠 밑에서 태어났기 때문에 네 아들은 죽은 거야! 너 같은 짐승 새끼를 남편으로 뒀기 때문에 네 아내가 그런 일을 당했던 것처럼!”

“그 입 닥쳐!”

“너만 아니었으면 됐어! 너만 아니었으면, 네 아내는 다른 남자와 결혼해서 행복하게 살았을 거고, 너만 아니었으면 네 아들은 다른 부모 밑에 태어나 사랑받으며 컸을 거야! 너 같은 짐승 새끼를 가장으로 뒀기 때문에 네 가족이 그렇게 비참하게 죽은 거라고!”

"닥치라고!"

"네가 짐승 새끼라서 다 죽은 거야! 네 아내와 아들을 죽인 건 바로 이재수 너야!"

말을 할수록 유하의 목소리가 조금씩 커지더니 곧 창고를 쩌렁쩌렁하게 울릴 정도까지 격양됐다.

"닥쳐! 닥쳐! 닥치라고!"

분노에 사로잡힌 재수는 몸을 부들부들 떨며 고함을 질러댔다. 그 순간이었다. 재수가 온몸의 힘을 모두 써가며 고함을 질러대자 승후의 머리에 닿아 있던 총구가 흔들렸고, 이내 총구가 머리에서 떨어져 위로 향했다.

탕! 탕! 탕!

세 번의 총성이 울리고, 세 발을 모두 맞은 재수는 뒷걸음질 치며 몸을 휘청거렸다. 하지만 재수는 자기에게 무슨 일이 벌어졌는지 인지 못한 듯 마치 넋이 빠진 사람처럼 멍했다.

그 순간 창고에 있던 창문들이 한꺼번에 깨지고, 창문과 문을 통해 경찰과 경찰특공대들이 한꺼번에 밀려들어 와 총을 받쳐 들고 일제히 재수를 조준했다. 그리고 유하는 바로 승후에게로 뛰어와 재수를 향해 총을 겨눈 채 승후의 앞을 막아섰다.

"너…… 너……."

재수는 바들바들 떠는 손으로 총을 겨우 잡고만 있을 뿐 이미 그 총을 쏠 수 있는 상태는 아니었다. 하지만 사람이 미치면 무슨 일을 벌일지 알 수 없는 법. 유하는 재수가 혹여 총을 쏜다고 해도 승후에게는 닿을 수 없도록 단단히 막았다.

"이재수, 네 가장 큰 잘못은 아내의 죽음을 아무것도 아닌 것으로 만든 거다. 네 아내가 그 엄청난 일을 겪고 그렇게 됐으면, 넌 네 아들과 살아남기 위해서라도 마음을 잡았어야 했어. 박민준 같은 개쓰레기를 네 손이 아닌, 경찰을 믿고, 법으로 심판해야 했었다고!"

"힘없는 날 누가 도와줄 수 있었는데?"

재수는 조금 전 유하가 쏜 세 방의 총상 때문에 이미 피를 많이 흘려 지옥으로 향하고 있었지만, 부들부들 떨면서도 마지막 분노를 토해냈다.

"네 아내의 죽음은 자살로 마무리됐지만, 우리는 박민준이 네 아내를 수차례 성폭행했다는 목격자 진술을 받아냈었어! 그리고 사채를 못 갚아 네 아내와 비슷한 피해를 본 피해자를 찾아내 진술을 받은 상태였다고!"

"……뭐?"

"네가 박민준 그 쓰레기를 그렇게 안 죽였으면, 아침에 그 새끼는 체포됐을 거야. 그런데 넌 그날 그 쓰레기를 죽였고, 나에게 체포됐지! 네가 박민준을 죽이러 간 그 시간, 잠에서 깬 네 아들은 널 찾아 이리저리 거리를 헤맸고, 그렇게 누구의 도움도 받지 못한 채 죽어갔어!"

"으……."

극한의 고통에 아프다는 표현조차 할 수 없는 흐느낌. 이재수 입에선 그런 흐느낌이 흘렀다. 그리고 그 흐느낌은 몸에 박힌 총알 때문이 아니었다. 심장에 박힌 죄책감 때문이었다.

"네 가족은 다름 아닌 바로 이재수 네가 죽인 거야!"

툭, 재수는 총을 바닥에 떨어뜨렸다. 그리고 그 자리에서 주저앉는 듯하더니 그대로 쓰러졌다. 동료 형사들이 재수에게 다가가 지혈하는 걸 본 유하는 뒤돌아 승후 가까이 붙어 마주 보며 앉았다. 그리고 아무 말 없이 손수건을 꺼내 그의 다친 다리를 꽉 붙들어 맸다.

"곧 구급대가 올 거니까, 넌 민승후 씨를 돌보고 있어."

뒤에서 주영이 이렇게 말하는 것 같았지만 유하의 귀에는 하나도 들리지 않았다. 엉망이라는 말보다 더 엉망인 승후를 이리저리 살피다가 차마 어떤 반응도 못 하고 뚝뚝뚝 눈물만 흘렸다.

"내 애인 정말 유능한 형사던데?"

승후는 손을 뻗어 유하의 볼을 타고 흘러내리는 눈물을 닦았다.

"정말 날 구하러 왔네? 진짜 믿음직스럽다니까."

마지막으로 온 힘을 짜내 빙긋 웃어준 승후는 그대로 유하의 어깨에 툭 고개를 떨어뜨렸다.

"구급대! 구급대!"

유하의 비명에 가까운 고함이 창고를 뚫고 나왔다.


끽, 턱. 온몸의 신경을 긁는 쇳소리가 들리고 둔탁한 소리와 함께 문이 닫혔다. 저벅, 저벅. 발소리가 어둠을 뚫고 흘러나오더니, 이내 불이 하나씩 켜지며 주위가 밝아졌다.

"하……."

서늘한 눈빛의 존재. 어떤 표정도 담고 있지 않은 얼굴은 한 인간이 아닌 이 세상과 동떨어진 어떤 존재로 느껴지게 했다.

"간단하게 죽이면 되는 건데, 그게 어렵나?"

이름은 모르지만, 별명은 이미 많이 알려진 존재. 사람들은 이 사람을 일 년이라 부른다. 지난 몇 년 동안 대한민국을 공포로 물들인 바로 그 존재 말이다.

"시시해. 너무 시시했어. 난 좀 더 재미있을 줄 알았더니."

느릿한 한숨을 흘린 일 년이는, 한숨보다 더 느릿하게 목운동하듯 머리를 한 바퀴 돌리더니, 벽에 붙어 있는 수많은 사진 중 승후와 유하의 사진을 응시했다.

"둘 중 누굴까? 둘 중 누구야? 둘 중 누가 그런 거야?"

일 년이는 승후와 유하의 사진을 보며 차갑게 미소를 머금었다.

"말하기 싫으면 안 해도 돼. 어차피 둘 다 죽일 거니까."

☾

새벽 1시. 민승후를 구하기 전.

조유하에게 고통을 주는 게 최대 목표라면 절대로 승후를 죽일 리가 없다. 블랙팀 모두의 의견이 이러했다. 그건 유하도 마찬가지였다.

유하는 이재수가 마지막으로 CCTV에 잡힌 곳이 경기도 포천 쪽 방향이라는 걸 바탕으로, 친척들이 소유하고 있는 땅이나 건물 중, 산속이나 버려진 공장 단지에 있으며 주위에 사람이 살지 않아 낮에도 사람들의 발길이 닿지 않은 곳을 찾았다. 그렇게 해서 추려진 장소는 이재수 외사촌이 소유하고 있는 땅으로, 산속에 있는 작은 창고였다.

"우리는 여기서 대기하고 유하 혼자 간다."

블랙팀은 경찰특공대와 조심스럽게 이동해 창고 근처로 추정되는 곳에 멈췄다. 작전을 짰지만, 계획대로 된다는 보장은 없다. 태석은 긴장감에 마른침을 삼키고는 입을 열었다.

"유하 넌 아무것도 달고 가지 마. 네가 무전기나 도청기, 그 어떤 것이라도 달고 갔다가 들키기라도 하면, 가까운 거리 안에 우리가 있다는 뜻이 돼서 너랑 인질 둘 다 위험하니까."

"네."

"처음 한 발의 총성은 준비다. 유하가 우리에게 이제부터 와도 좋다는 뜻으로 쏘는 메시지야. 그 메시지가 들리면 우리는 천천히 이동한다. 유하는 우리가 오는 걸 이재수가 눈치 못 채게, 온갖 말로 자극해서 흥분시켜. 너 외에 다른 소리에는 집중 못 하게."

"네."

"조유하는 인질의 안전히 확보됐다고 여겨지면 무조건 쏴라. 이재수를 사살해도 좋다. 이재수는 총을 가지고 있어. 네가 완벽하게 제압 못 하면 인질이 위험해. 죽여서라도 제압해. 뒤는 내가 책임진다. 모두 잘 들어! 사살 명령은 내가 내렸다!"

"네."

이번에는 블랙팀이 모두 한꺼번에 대답했다.

"총소리는 총 세 번 이상이다. 그 총소리가 들리면 우리가 들어간다. 유하 네 임무는 인질의 안전이야. 절대로 민승후에게서 떨어지지 마."

"네."

"조심해. 죽지 마라. 너도 민승후도."

유하는 굳은 얼굴로 태석을 응시하다 곧 빙긋 웃었다.

"그럴게요. 꼭 민승후 살릴게요. 나도 살고."

태석과 블랙팀은 소리에 온 정신을 집중했다. 그렇게 숨도 제대로 쉴 수 없던 시간이 흐르고, "탕!" 하는 총소리가 주위를 울렸다.

"이동해."

블랙팀은 절대로 들키지 않게, 유하가 이재수의 정신을 마구 흔들어 놓고 있기를 바라면서, 천천히 조심스럽게 최대한 발소리를 죽이며 이동해 나갔다.

얼마 후, 어렵게 창고에 다다른 블랙팀은 조심스럽게 안을 살폈다. 유하와 재수가 대치 중이었다. 재수의 총이 정확하게 승후의 머리를 겨누고 있는 것으로 봐서 아직 유하에게 시간이 더 필요한 듯 보였다.

"아니지. 너 같은 짐승 새끼 아빠 밑에서 태어났기 때문에 네 아들은 죽은 거야!"

유하의 목소리가 창고를 쩌렁쩌렁하게 울릴 정도까지 커졌다. 마지막이다. 유하가 마지막 주사위를 던진 거다. 블랙팀들은 모두 제 자리에서 들어갈 준비를 끝내고 유하에게서 신호가 오길 기다렸다.

"닥쳐! 닥쳐! 닥치라고!"

재수의 고함이 들리고, 곧이어 "탕! 탕! 탕!" 엄청난 굉음의 총소리가 들렸다.

"들어가!"

태석의 명령에 일제히 창고 안으로 들어갔다. 그렇게 피 말리던 인질 구출 작전이 끝났다.

받아들이지 말았어야 했다. 아니, 만나지 말았어야 했다.

수술실 문을 멍하니 보던 유하는 말 그대로 넋이 나가 있었다. 울음을 터뜨릴 마음의 여유도, 누굴 원망할 기운도 남아 있지 않았다. 아무 생각도 할 수 없는 백지상태. 지금 유하는 딱 그 백지상태였다.

"지현아!"

연락받고 도착한 승후 어머니인 정숙의 울부짖음이 귓가에 들렸다.

이건 무슨 악연일까?

큰아들을 못 지킨 형사가 작은아들까지 잡아먹은 꼴이다. 저 수술실에 내가 누워 있어야 하는데. 지금 생사를 오가는 사람이 자신이어야 하는데. 유하는 두 눈을 감아버렸다. 아니, 두 눈 똑바로 뜨고 정숙을 볼 용기가 나지 않았다.

"내가 말했잖아! 우리 찾지 말아달라고! 제발 그냥 내버려 두라고!"

정숙은 유하의 옷을 움켜잡고 원망을 쏟아냈다.

"죄송합니다."

자신이 승후를 만나지만 않았더라면 이런 일은 없었을 테니, 이분의 원망은 당연한 결과다. 유하는 그냥 그렇게 서서 정숙의 원망을 받아냈다.

"지후 목숨값으로는 부족했어? 어떻게 지현이까지 저렇게 만들어?"

"죄송합니다."

원망이 태석에게로 옮겨졌다. 태석도 정숙을 위로할 어떤 말도 생각나지 않는 모양인지, 죄송하다는 소리만 계속 되풀이하고 있었다.

하긴, 죄송하다는 이 말 외에 무슨 말을 더 할 수 있을까?

입이 백 개, 아니, 천 개가 있어도 할 수 있는 말은 아무것도 없었다.

그렇게 어느 정도가 흘렀는지도 가늠할 수 없었던 긴 시간이 지나고, 드디어 수술실 문이 열리고 의사가 모습을 드러냈다.

"어떻게 됐습니까?"

태석은 서둘러 승후의 상태를 물었다.

"다리에 박혔던 총알은 뺐고, 다행이 근육에 박혀서 큰 이상은 없을 겁니다. 팔다리 골절이야 깁스하고 붙을 때까지 기다리면 되겠지만, 갈비뼈 몇 개가 부러지면서 장기를 찌른 게 문제입니다. 최선을 다했으니까 일단 기다려 봅시다. 인간이 할 일은 끝났으니, 하늘에 맡겨보자고요."

의사의 이 말에 정숙은 결국 무너지고 말았다. 바닥에 쓰러지듯 주저앉아 가슴을 움켜잡고 오열에 오열을 거듭하더니 결국 그대로 정신을 놓아버렸다. 우주가 달려가 정숙을 안고 응급실을 향해 뛰자, 유하도 그 뒤를 따라 한발 한발 옮겼다. 하지만 결국 얼마 못 가 자신도 그 자리에 털썩 주저앉고 말았다. 주영이 달려와 자신을 부축해 안아 올리려 했지만, 유하는 꼼짝도 할 수가 없었다.

"죽지 마, 승후 씨. 제발 죽지 마."

유하의 입에선 주문을 외우듯 한참 동안 이 말만 흘러나왔다.


중환자실 앞에는 이러다 쓰러진다며, 밥이라도 먹고 오자는 주영의 부탁에도 떠나지 않고 고집을 부리고 있는 유하가 있었다.

"제가 잠깐이라도 자리를 비운 사이에 승후 씨에게 무슨 일이라도 생기면 어쩌죠? 그런 무서운 일을 승후 씨 혼자 당하게 할 수는 없어요. 절대 안 돼요. 승후 씨가 깨어날 때까지 여기서 기다릴 거예요."

유하는 중환자실 앞으로 더 가까이 다가갔다.

"정신 안 차려!"

그러자 유하의 이런 행동에 태석이 질책하고 나섰다.

"장기전이 될 수 있어! 어머니까지 챙겨서 끌고 가야 하는데, 정작 네가 넋을 놓으면 어쩌겠다는 거야! 너 이런 모습 보자고, 승후가 너 위해서 목숨을 던진 줄 알아? 너 살리고 싶어서 그런 거잖아!"

"……."

맞다. 죽음의 문턱에서 목숨 걸고 승후가 필사적으로 살리려 했던 건 바로 사랑하는 연인, 유하였다.

"네가 민승후 그 마음을 안다면 제대로 살아야지! 멀쩡한 정신으로 저 녀석 곁을 지켜야 할 것 아니야!"

태석의 고함이 유하의 심장에 날카로운 비수가 되어 꽂혔다.

"당장 가서 뭐라도 먹고 와! 산송장처럼 있지 말고 진짜 살아 있는 얼굴로 다시 와서 지켜! 그게 조유하, 네가 해야 할 일이니까! 김주영, 이 녀석 빨리 끌고 나가!"

태석의 이 말이 백 퍼센트 옳다. 산송장이 아니라 진짜 살아 있는 상태로 승후 곁을 지켜야 했다. 하지만 지금 유하에게는 그게 가장 어려운 일이었다.

"가자. 어서."

주영에게 억지로 끌려가면서 유하의 시선은 중환자실 문에 고정되어 있었다.

'나도 버틸 테니까, 승후 씨도 버텨! 제발…… 버텨줘.'

지금 유하가 할 수 있는 일은 마음속으로 끊임없이 승후에게 말을 거는 것뿐이었다.

잠시 후 병원과 가장 가까운 국밥집에서 유하는 숟가락만 쥐고 이리저리 휘휘 저을 뿐, 그걸 떠서 입에 넣지는 않았다.

"울어도 돼. 기 쓰고 참는 거 안 좋아. 너 그거 아주 잘 알잖아."

"아직은 아니에요. 아직은 울 때가 아니야."

주영은 승후가 정신을 잃을 그 순간부터, 눈물이 흐르면 세상이 끝나버리는 사람처럼, 기 쓰고 참아내는 유하가 걱정됐다. 자기 앞에서라도 울면 조금 나아질 텐데. 우는 것보다 참아내는 게 더 힘들 텐데, 유하는 온 힘을 모두 짜내 울음을 참고 또 참는 중이었다.

"그럼 그때가 언제인데?"

"승후 씨가 깨어나면. 그전에는 안 돼요."

"그럼 먹어. 억지로라도 먹어야 버틸 힘도 생겨."

유하는 터질 것 같은 마음을 깊은 한숨에 담았다. 하지만 그다지 효과는 없었다. 아니, 오히려 더 꽉 막힌 듯한 기분에 유하는 결국 숟가락을 놓아버렸다.

"황당한 건 뭔 줄 알아요? 이 와중에도 몇 가지 의문점 때문에 머릿속이 터질 것 같아요."

"그게 뭔데?"

"이재수가 그 사람을 어떻게 안 거지? 도대체 누가 이재수를 도와주고 있는 걸까? 이재수는 왜 하필 그 사람을 택한 거지?"

목표가 가족이 아니었다는 것부터 이해가 안 되는데, 승후가 노출됐다는 건 더더욱 이해가 되지 않았다.

승후와 함께 있었던 건 유하가 조명팀에서 일했던 그때가 유일했다. 더구나 둘이 사귀기로 한 것도 얼마 되지 않았고, 아는 사람도 극히 적은 상황인 데다, 아는 현장 스태프들은 지금까지 입을 다물고 있고, 승후와 유하를 연결할 어떤 기사도 나오지 않았다.

"아무리 생각해도 나랑 민승후를 어떻게 연결했는지 모르겠어요. 질문들은 자꾸 떠오르는데, 답은 모르겠어요. 아무것도."

"모르겠으면 잊어. 생각하지 마."

"이재수는요? 수술 끝났어요? 살았어요? 죽었나요?"

목소리에 분노가 섞였다. 이대로 죽는 것도 싫고, 살아나는 것도 열받았다. 천천히 죽어갔으면 좋겠다. 그래서 그녀 자신이 겪고 있는 이 고통보다 몇백 배는 더 고통스러웠으면 좋겠다. 이것이 형사 조유하를 내려놓은 진짜 마음이었다.

"수술은 잘 끝났는데, 살아날 가능성은 희박해."

"이렇게 미치나 보네. 내가 쏜 사람이 죽어간다는 사실을 듣고도, 양심의 가책이 조금도 안 들어요. 더 정확하게 말해서, 내가 사람을 죽였는데, 아무런 느낌이 안 들어."

"사살을 명령한 건 팀장님이셨어."

"총을 쏜 건 나죠."

"인질 살리는 게 우선이었지. 네가 총을 안 쐈으면 민승후는 죽었어. 피해자를 살리기 위해 범인을 죽여야 한다면, 나 역시 망설이지 않고 쐈을 거야. 범인의 인권? 피해자의 안전보다 중요한 건 없어. 우리도 그 것 때문에 목숨을 거는 거고."

"피해자가 민승후가 아니면, 난 내가 총으로 사람을 쐈다는 사실에 괴로워하고 있겠죠? 그런데 지금은 그 새끼 죽었으면 좋겠어. 총 쏘던 그 순간, 나 진짜 이재수 죽이려 했어요."

정말 정신이 어떻게 되는 것 같다. 유하는 이런 자신이 낯설어 많이 혼란스러웠다.

"말했잖아. 내가 그 자리에 있었어도 똑같이 했다고. 난 민승후와 아 무 관계도 아니지만, 너랑 똑같이 했을 거야. 그 순간의 넌 최선을 다했 어. 승후를 살리기 위해 네가 할 수 있는 모든 걸 했잖아. 그러니까 민 승후가 무사히 깨어나는 것. 이거 딱 한 가지만 생각해."

길게 내쉬는 숨소리가 가늘게 떨린다. 아니다. 떨리는 건 숨소리가 아 니다. 유하의 몸이었다. 불안한 승후의 상태 때문인지, 아니면 사람을 죽일 예정이라서인지 모르겠지만, 유하의 이 떨림은 아주 오랫동안 멈추 지 않았다.


한 숟가락도 못 넘기고 중환자실로 돌아온 유하는 면회 시간이 다가 오자 입구에서 기다리고 있는 정숙을 보게 되었다. 계속 정숙의 옆을 지켰던 우주는 유하와 정숙을 번갈아 가면서 보다가, 주영을 끌고 계단 으로 사라졌다.

"뭐라도 좀 먹었는지 모르겠네?"

예상 밖의 부드러운 음성에 유하는 움찔 놀라며 눈이 휘둥그레졌다.

"나도 참, 아무것도 못 먹은 얼굴인데, 그걸 또 묻네."

"죄송합니다. 지후 선배 일도, 민승후 씨 일도."

"지후는 조 형사 탓 아니지. 둘이 같이 있다가 사고 난 것도 아닌데, 뭘 그렇게 죄책감에 시달려? 그때 조 형사도 많이 다쳤던 거 내가 모르는 것도 아닌데. 지현이는 우리 깨어나길 빌어보자고. 좋아하는 여자 가슴에 대못을 박아놓고 무책임하게 가버리면 사람도 아니지."

정숙이 승후와 제 관계를 알고 있다는 사실에 유하는 당황하고 발았다.

형과 동생, 모두와 얽혀 버린 여자. 이 막장 드라마 같은 상황에 정숙은 얼마나 기가 막힐까?

유하는 여러 가지 의미로 이분께 죄인이 된 것 같단 생각에 얼굴을 들 수가 없었다.

"지후와 승후는 참 성격이 달라. 지후는 적당히 타협하고 적응하는 반면, 승후는 모든 게 다 끝나서 정리될 때까지 타협도 적응도 못 해."

정숙은 조심스럽게 유하의 손을 잡고 괜찮다고 말하듯 손등을 가볍게 톡톡 두드렸다.

"애들이 어렸을 때 강아지를 키운 적이 있었어. 한 몇 년 잘 키웠는데, 그 강아지가 사고로 죽었지. 내가 다른 강아지를 사주려 하니까, 승후가 이러더라고. 아직도 예삐를 좋아하는 마음이 안 끝났는데, 어떻게 다른 강아지를 귀여워할 수 있겠어? 그러니까 다른 강아지는 필요 없어."

정숙은 귀여웠던 그때의 승후를 떠올리며 빙긋 미소를 머금었다.

"그 뒤로 승후는 강아지를 안 키워. 이유는 하나야. 아직 강아지 예삐를 좋아하는 마음이 안 끝났으니까. 이것만 봐도 승후가 어떤 성격인지 대충 짐작 가지?"

"네."

"얼마 전에 승후가 갑자기 찾아와서 한다는 말이, 형 여자라는 건 알겠는데, 그래서 안 된다는 것도 알겠는데, 마음이 끊어지지 않는다며,

마음이 자꾸 가는데, 멈추는 법을 모르겠다고 했었지. 그때 짐작했어. 나는 죽은 자식 때문에 산 자식을 아프게 하고 싶진 않아."

정숙의 입에서 생각지도 못한 말이 나왔다. 유하는 무슨 말을 어떻게 해야 할지 몰라 그저 고개만 아래로 떨어뜨렸다.

"부모랍시고 두 사람 인생에 감 놔라 배 놔라 하는 짓은 안 해. 두 사람 일은 두 사람이 알아서 해."

"죄송합니다. 너무 죄송해서……. 저만 아니면, 승후 씨가 이런 일도 안 당했을 텐데, 저 때문이에요. 저 때문에 승후 씨가 저렇게 됐어요."

순간 마음이 요동친다. 유하는 눈물을 흘리지 않기 위해 아랫입술을 꽉 깨물었다.

"대신 구해줬잖아. 네 목숨 내놓고. 그걸로 됐어."

이번에도 우주가 설득했나 보다. 이런 면을 보면, 우주는 이래저래 블랙팀과 안 어울리는 사람이다. 아무리 동료를 위해서라지만, 보안이라고 분류해 두었으면 무슨 일이 있어도 끝까지 비밀을 지켜야 맞는 건데, 우주는 동료와 동료의 가족이, 아니, 사람이 먼저인 사람이었다.

"우리 승후, 겉은 유약해 보이지만, 속은 강한 애야. 겉은 강하지만 속은 유약한 자기 형이랑 정반대지. 무슨 일이 있어도 일어날 거야. 걱정 마."

정숙의 이 말은 유하에게 하는 얘기이기 전에 저 자신에게 하는 말이었다. 그리고 아들이 사랑하는 유하도 그리 생각해 주길 바라는 마음을 담아 그녀의 손을 꼭 잡아주었다.


"승후 씨, 일어나. 뭔 잠을 이렇게 길게 자."

유하의 부름에도 승후는 조금의 움직임도 없었다. 긴 잠에 꿈을 꾸고 있는 거면 좋겠다. 아주 달콤하고 행복한 꿈을. 그래도 다행인 건, 표정이 편해 보인다는 거였다.

"그동안 못 잔 거 이번에 다 자고 일어날 생각이지? 촬영 생각해야지! 밖에 지금 난리 났어. 너 이대로 안 일어나면, 방송사 역사상 제일 큰 방송 사고야. 알아?"

정숙의 애원에도 승후는 역시 아무런 반응이 없었다.

"누구 아들인지 환자복 입었는데도 멋있다."

정숙은 진담 섞인 농담을 하며 승후의 얼굴을 쓸어내렸다.

"선생님!"

갑자기 중환자실이 소란스럽다. 유하는 소란스러운 곳으로 시선을 돌렸다. 그리고 집중 치료실이라고 쓰여 있는 곳을 응시했다.

이재수가 있는 방이다. 이재수에게 무슨 일이 있는 건가?

유하는 정숙에게 잠깐 다녀오겠다고 한 뒤에 이재수가 있는 곳으로 향했다.

"환자분 정신 드셨어요? 여기가 어디인지 알아보시겠어요?"

의사가 여기저기 진찰을 하며 끊임없이 말을 걸었다.

"다시 한 번 말씀해 보세요. 조유하요?"

의사가 자기 이름을 말하자, 유하는 집중 치료실 유리 벽을 톡톡 두드렸다. 그리고 품에서 경찰 신분증을 꺼내 보였다.

어디가 안 좋은지, 어두운 얼굴로 나온 의사는 나지막하게 한숨을 토해냈다.

"무슨 일인가요?"

"들어가 보세요. 환자가 마지막으로 할 말이 있는 것 같으니까."

유하가 들어가자 재수를 살피던 간호사들도 뒤로 물러나더니 밖으로 나갔다.

"왜? 깨어났다고 나한테 보고하려고?"

말이 좋게 나갈 리가 없었다. 죽음을 눈앞에 둔 사람이라 해도.

"가까이."

희미하게 들리는 목소리는 분명히 이 말이었다.

"듣고 있어. 부탁할 것 있으면 얘기해. 하나는 들어줄 테니까. 네 가족 있는 곳에 데려다달라는 부탁이면, 그건 내가 알아서 해줄 테니까, 다른 것 말해."

"가까이."

유하는 깊게 한숨을 내뱉으며 재수에게 가까이 다가갔다.

"왜?"

"조심…… 해."

마지막 할 말이 조심하라는 것이다. 재수의 이 말에 유하는 당황했다.

"뭐?"

"그놈이…… 가까이에…… 있어."

"누구?"

"일 년이. 일 년이가 아주…… 가까이 있어. 아무도…… 믿지 마. 네가 믿고…… 의지하는 사람 중에…… 일 년이가 있어."

"네가 일 년이를 어떻게 알아?"

"민승후를…… 알려준 사람…… 일 년이야. 명심해. 아무도…… 누구도…… 믿지 마."

재수는 마지막 힘을 모두 짜내 유하의 팔을 움켜잡았다.

"일 년…… 민승후…… 죽이……."

"일 년이가 민승후를 죽이라고 했다고? 너에게?"

"분명히…… 죽이…… 조심……."

마지막 숨을 애써 붙잡고 있는 듯, 재수의 입에서는 '끄윽' 하는 소리가 터져 나왔다.

"미안……."

재수의 손이 툭 떨어지자 의사와 간호사들이 뛰어 들어왔다. 그리고 유하를 밖으로 밀어내보내고 심폐소생술을 하기 시작했다. 그렇게 얼마간 환자를 살리려는 의사의 노력이 이어졌지만, 재수의 숨을 끝내 돌아오지 않았다. 그렇게 이재수가 죽었다.

의사가 고개를 젓는 그 순간, 유하는 아찔해지는 느낌에 휘청거렸다.

내가 사람을 죽였다. 내가 누군가의 생명을 빼앗았다. 형사인 내가 이재수를 죽였다.

숨이 제대로 쉬어지지 않았고, 주위가 빙글빙글 돌았다.

이유가 뭐든 사람의 생명을 빼앗았으니, 나는 살인자다. 밀려드는 죄책감이 유하를 집어삼켰다.

"지현아!"

정신이 아득해지고 몸에 힘이 풀려서 모든 걸 놓아버리고 싶던 그 순간 정숙의 목소리가 유하의 귀에 꽂혔다. 그녀는 떨리는 마음으로 한발 한발 승후에게 다가가 보았다.

"지현아, 정신 들어? 엄마 알아보겠어?"

그리고 느리게 눈을 깜박이는 승후를 보게 되었다.

"지현아, 내 말 들려? 들리는 거지?"

승후의 눈동자가 정숙부터 쭉 주위를 살피더니 유하에게서 멈췄다.

"와! 이번 생은 대박인가 보다. 내가 제일 사랑하는 사람 두 명이 여기 다 있네?"

승후는 힘겹게 말하며 빙긋 미소를 머금었다.

# 제6장.
## 시크릿 박스, 범인을 잡을 힌트

"민승후 안 봐? 너 기다릴 텐데?"

승후가 깨어난 날 이후로, 아니, 이재수가 죽은 날 이후로 유하는 블랙팀에 틀어박혀 있었다.

"조유하!"

정신이 나간 유하를 가끔씩 이렇게 이름을 불러서 반짝 정신 차리게 하는 게 요즘 주영의 주된 일과 중 하나였다.

"내가 사람을 죽였는데, 너무 아무 일도 없네."

"대신 민승후를 살렸지. 대한민국 톱스타를. 경찰청으로 쏟아지는 선물 중에 외국에서 온 것들도 있더라. 민승후의 위치를 이번 일로 절실하게 깨달았다. 대단하긴 해. 그 덕에 우리가 후원하던 보육원 꼬맹이들 신났다. 험한 일 한다고 주로 먹는 것으로 보내줘서인지, 매일이 파티래."

주영은 가볍게 말하며 유하의 팔을 두어 번 톡톡 쳤다.

"세상은 다 양면이야. 어두운 면이 있으면 밝은 면이 있는 것처럼, 이재수가 죽은 건 안타깝지만, 민승후는 살았고, 덩달아서 민승후를 사랑한 팬들도 살았으니까. 스타가 죽으면 자살률도 높아져. 그 엄청난 비극을 네가 막은 거야. 그리고 우리 꼬맹이들도 매일이 해피하잖아. 그걸로 잊어. 잊어야 해."

유하의 양어깨에 팔을 올린 찬우는 이 말을 하며 그녀의 어깨를 몇 번 주무르더니 자기 자리로 가서 앉았다.

"넌 아직 일 년이라는 숙제가 남아 있잖아. 넋 빼지 마. 계속 이 상태면, 일 년이 상대 못 해. 지후처럼 허무하게 죽고 싶어? 그게 소원이라면 계속 정신 빼놓고 있던가! 너 이러는 것 일 년이에게 '제발 나 좀 죽여주세요.' 하고 광고하는 것밖에 안 돼!"

이번 악역 담당은 우주로 정해졌나 보다. 우주는 처음으로 차갑게 유하를 나무랐다.

"일 년이가 아주 가까이 있어. 아무도 믿지 마. 네가 믿고 의지하는 사람 중에 일 년이가 있어."

재수가 마지막으로 남기고 간 이 말.

가까운 사람. 가족, 친구, 그리고 동료.

이들 중 일 년이가 있다는 뜻이었다. 이재수가 복수를 위해 자신에게 거짓말을 한 게 아니라면, 진짜 이들 중 일 년이가 있다는 소리인데, 이들 중 민승후와의 관계를 아는 사람은, 가족, 친구, 동료. 다시 말해 유하 자신의 전부였다.

"너 이렇게 약한 녀석인 거 처음부터 알았다면, 승후 녀석 너에게 안 보냈어. 당장 정신 챙겨! 그리고 승후한테 갔다 와! 그 녀석 너 많이 기다리니까!"

"네. 그렇게 하겠습니다."

유하의 대답에 안심이 됐는지 우주는 어깨를 툭툭 쳐 주며 힘을 불어넣어 준 뒤 자기 자리로 갔다.

확실한 건 승후도 일 년이의 범행 대상이라는 것이다.

일 년이는 무엇 때문에 승후까지 죽이려 하는 걸까? 혹시 나 때문일까? 고작 나와 사귄다는 이유로?

정말 그렇다면 일 년이 그놈은 미친놈이 분명했다. 그런데 만약 다른 이유가 있다면, 그 이유 때문에 꼭 승후를 죽여야만 한다면……. 하지만 아무리 생각해도 모르겠다. 다만 한 가지 확실한 것은, 지후가 일 년이에게 가장 가까이 접근했고, 그것 때문에 일 년이는 지후를 죽여야만 한다는 것이다.

'일 년이, 너 누구야?'

수사를 다시 해야 한다. 지후 선배처럼 모두를 빼고 유하 혼자서만.

'선배, 선배도 안 거죠? 우리 가까이 일 년이가 있다는 것을. 그래서 혼자, 우리 눈 피해서, 수사했던 거죠? 이제야 선배의 마지막 행적이 이해가 가.'

모두가 용의자다. 이렇게 생각한 유하는 무덤덤하지만 날카로운 눈으로 블랙팀을 쭉 둘러보았다.


오늘도 안 오려나 보다.

"잠깐이라도 와주지. 오래 있지 않아도 되는데."

온종일 병실 문만 보던 승후는 밤이 깊어가자 조금씩 끓던 서운한 마음을 감추지 못했다.

사실 유하가 왜 안 오는지 대충 짐작은 하고 있었다. 쉽게 떨칠 기억은 아니라는 건 알고 있지만, 그래도 아주 잠깐, 얼굴만 보여줘도 좋을 텐데 하는 생각이 드는 건 승후도 어쩔 도리가 없었다.

그만 기다리고 잠이나 자자. 이런 마음으로 눈을 감으려던 그때 똑똑똑 노크 소리가 들렸다. 그리고 천천히 문이 열리고 승후가 며칠 동안 그렇게나 기다리던 사람이 모습을 드러냈다.

"유하야."

기쁜 마음에 승후가 기 쓰고 일어나려 하자, 유하는 서둘러 다가와 침대를 올려주고는, 미소조차 짓지 않은 채 그 자리에 멀뚱히 서 있었다.

"왔네?"

승후는 먼저 짧은 인사를 하며 빙긋 미소를 머금었다.

"응. 몸은?"

"좋아. 아주 많이. 넌?"

"나도."

짧은 인사 후 둘 사이에는 어색함이 흘렀다. 분명히 사람이 둘이나 있는 공간이었다. 서로 할 말이 없으면 내쉬는 숨소리라도 있기 마련인데, 둘은 입을 꼭 다문 채 숨소리까지 죽여가며 서로만 응시할 뿐이었다.

그렇게 둘은 한동안 그 상태였다. 누가 그들 사이에 흐르는 공기를 얼려 버린 것처럼, 둘은 조금의 움직임도 없었다. 분명히 할 이야기가 많을 것 같은데, 이렇게 말이 없는 건 비정상적일 텐데, 둘은 과하다 싶을 정도로 말이 없었다.

"언제까지 그러고 있을 거야? 옆에 안 올 거야? 내가 갈까?"

결국 먼저 입을 연 것은 승후였다. 유하는 아무 말 없이 가까이 걸어와 침대 옆에 있는 의자에 앉았다.

"마음에 안 들지만, 그래도 얼굴 보니까 좋네."

승후는 유하의 얼굴을 자세히 살피며 나지막하게 한숨을 흘렸다.

"얼마나 속을 끓였던 거야? 얼굴이 말이 아니야."

"일이 바빴어. 기분은?"

"좋아."

둘 사이에 또다시 침묵이 흐른다. 하긴 달리 할 말도 없었다. 입을 열어 말을 한다면, '미안하다.'일 텐데, 그런 말은 승후도 듣고 싶지 않을 테니, 유하도 그냥 멀뚱히 그의 얼굴만 볼 뿐이었다.

"나한테 할 말이 없어? 난 듣고 싶은 말 있는데."

"해야 하나 말아야 하나 망설이는 중."

"왜 망설이는데?"

"말하면, 민승후가 돌아올 수 없는 강을 건널 것 같아서. 지금은 도망가기 딱 좋잖아."

"말하고, 나 꼭 잡으면 좋을 텐데. 그게 내 소원인데."

"소원 이미 다 썼지 않나?"

"마지막 소원 안 들어줬잖아."

"들어줄 소원을 말해야 들어주지."

"난 그 소원이 제일 절실했는데."

승후의 이 말에 유하는 픽 웃음을 흘렸다. 하지만 웃겨서가 아니라 아파서였다.

"내가 듣고 싶은 말 진짜 안 할 거야?"

"정말 심각하게 고민했어. 이 남자랑 계속 만나야 하는 건가? 그냥 이대로 헤어져야 하는 건 아닌가?"

"말도 안 되는 고민을 정말 심각하게도 했네."

이번에는 승후의 입에서 웃음을 새어 나왔다. 하지만 이번 웃음은 허탈함에서 흘러나온 것이었다. 며칠 동안 연락도 없기에 대충 그런 걸 아닐까 하고 예상은 했지만, 진짜 예상했던 말이 유하의 입에서 흘러나오자, 온몸의 힘이 쫙 빠지는 것 같았다.

"그래서 결론은? 받아들인다는 보장은 없지만, 일단 말해봐."

"내 결론은, 보고 싶었어. 미치도록."

이번에는 진짜 진심이 담긴 웃음이 터졌다. 승후는 화사하게 웃으며 유하를 향해 팔을 뻗었다. 와서 안기라는 뜻이었다.

"그대 지금 환자거든요?"

"약하게 한 번 안아보자. 진짜 안고 싶어 미치겠어."

유하는 일어나 승후를 아주 살짝 끌어안다가 떨어졌다. 품에 안았던 시간이 짧아서일까. 승후의 얼굴에는 안타까움이 떠올랐다.

"내 팔자야. 애인을 앞에 두고도 못 안는 이 신세. 그림의 떡이란 이런 걸 두고 하는 말이구나."

승후는 크게 한숨을 토해내다 순간 밀려오는 고통에 얼굴을 일그러뜨렸다. 웃기는데 슬프다. 아니, 무섭다. 유하는 승후의 표정이 웃기다가도, 그를 저렇게 만든 그 사건을 떠올리면 슬픈 걸 넘어 서늘한 공포감까지 밀려와 그 감정을 통제하기가 쉽지 않았다.

"밖은 시끌시끌해. 방송은 어떻게 됐어?"

"일단 1주일 분량은 확보된 상태니까, 하이라이트, NG 모음, 미방송 분량으로 방송으로 시간 좀 벌기로 했어. 그동안 작가님이 내 몸 상태 고려해서 시나리오 좀 고치고. 조금이라도 움직일 수 있게 되면, 다시 입원하는 한이 있더라도 촬영해야지."

"고마워. 빨리 일어나 줘서. 못 깨어날까 봐 간이 쪼그라들었거든."

눈물이 차올랐지만, 유하는 이번에도 기 쓰고 참아냈다. 안아줄 수도 없는 상황에 눈물을 보이면, 괜히 승후 마음만 아플 것 같아서였다.

"그 사람 죽었다며?"

승후가 조심스럽게 꺼낸 말에 유하는 아무 말 없이 그냥 고개만 끄덕였다.

"많이 힘들었겠네."

"승후 씨가 잘못되면 더 힘들었겠지. 지금 이렇게 살아 있는 사람이 이재수가 아니라 승후 씨라서 다행이라고 생각해."

"나는 다행히 아닌데."

승후가 손을 내밀자, 유하는 그의 손을 잡았다.

"내가 조금만 더 생각했었다면, 그런 납치는 안 당했을 거잖아. 내 부주의가 너에게 큰 상처가 된 것 같아서 마음이 아파."

"아냐. 어떤 방법이든 승후 씨 납치당했을 거야. 그 남자 처음부터 승후 씨 납치할 생각으로 탈옥한 거야. 일 년이가 알려줬대. 승후 씨 존재."

일 년이란 말에 승후의 손에 힘이 들어갔다. 그 힘 때문에 손이 아팠지만, 유하는 아무런 내색 없이 그의 얼굴만 뚫어지게 응시했다.

"나 만난 거 후회해도 돼. 승후 씬 후회할 수 있어. 그거 당연한 감정이야."

"당연히 후회했지. 하지만 널 만난 걸 후회한 게 아니라, 네 경고를 너무 가볍게 들은 걸 후회했어."

"승후 씨……."

"내 인생은 어느 순간부터 민지후 동생 민지현은 없었고, 스타 민승후만 존재했었으니까, 너 그리고 형이 무슨 일을 하는지, 그 일이 얼마나 위험한지 몰랐어. 내가 조금이라도 알았더라면, 네가 경고했을 때 더 주의를 기울였겠지. 그랬더라면 그놈이 그렇게 쉽게 나를 납치하지도 못했을 거고."

"내 탓이야. 사실 나도 이재수가 승후 씰 노릴 확률은 낮다고 생각했으니까. 엄마나 나경이 쪽을 더 걱정했거든. 백 퍼센트 둘 중 하나라고 자신했었어. 그러니까 이번 일은 모두 내 탓이야."

유하의 자책에 승후는 빠르게 고개를 저었다.

"아니야. 이번은 알고 있었으면서 스스로 지키지 못한 내 탓이 커. 내 삶은 굴곡도, 실패한 경험도 없어서 세상이 너무 해맑았나 봐. 이번에 많이 배웠잖아. 다음은 더 잘 대처할 수 있어. 내가 학습 능력이 좀 특출 나. 그러니까 믿어 봐. 믿어도 돼."

"일 년이가 승후 씨를 알고 있대."

이재수 뒤에서 움직인 게 일 년이라는 말을 들었을 때, 이미 답은 나왔다. 어쩌면 이재수 다음은 일 년이일 수도 있겠다.

승후는 지금 유하가 뭘 걱정하는지도 알고 있었다. 그리고 그 모든 걸 자기 탓으로 돌리고 있다는 것도. 하지만 승후 생각은 좀 달랐다. 일 년이는 이미 예전부터 자신의 존재를 알고 있었을 것이다.

민지후의 동생 민지현, 아니, 민승후.

유학을 포기하고 다시 귀국할 정도로 형에 대한 애착이 강했던 자신을, 어쩌면 위협이 될 수도 있겠다고 생각하면서, 가만히 주시하고 있었을 가능성이 컸다. 다시 말해 이번 사건은 절대로 유하 때문이 아니다. 이미 예전부터 일 년이 레이더 안에 유하뿐만 아니라, 승후 자신도 있었다는 뜻이었다.

"걱정하지 마. 일 년이는 나 쉽게 못 건드려. 자칫 잘못하면 자신이 위험하다는 걸 알기 때문에 이재수를 조종한 거야."

"왜…… 그렇게 생각해?"

"일 년이는 머리가 좋고 상당히 교활해. 몇 년 동안 그 많은 사람을 죽였는데도 완벽하게 몸을 숨겼을 정도면, 엄청 신중한 성격이겠지. 일 년이는 안 거야. 나를 잘못 건드렸다가는 정체가 드러날 수도 있다는 걸. 그래서 이재수가 필요했을 거야."

이 남자 꽤 예리하다. 유하는 승후의 입에서 형사들이 할 법한 말이 나오자 놀라고 말았다.

"내가 조유하 눈에는 좀 모자란 인간처럼 보이겠지만, 우리 형이 인정할 정도로 머리는 좋아. 게다가 이 대한민국 땅에서는 모르는 사람보다는 아는 사람이 더 많은걸?"

"그래, 그건 인정."

"죽을 각오나 잡힐 각오 안 하면 나 못 건드려. 그러니까 조유하는 내 걱정 안 해도 돼. 그리고 사장이 이미 보디가드 두 명 정도 붙이기로 했어. 당분간은 24시간 내내 붙을 거야. 그러니까 넌 내 걱정은 하지 말고, 일 년이 잡는 일에 최선을 다하세요. 파이팅!"

"그래, 파이팅."

유하는 최선을 다해 웃어보았지만, 그 모습이 그리 밝지는 않았다. 하긴 그건 당연했다. 무슨 이유에서인지 모르겠지만, 일 년이가 승후까지 노리고 있다. 승후에게 어떤 식으로 접근할지 알 수 없는 지금, 이걸 경고해야 하는 건지, 아니면 일단 두고 봐야 하는지도 판단할 수 없어서 유하는 답답하기만 했다.

"그렇게 불안하면, 오늘 나랑 같이 잘래? 난 너랑 까만 밤을 하얗게 불태울 준비가 되어 있는데."

승후의 느끼한 음성에 유하의 입에서는 처음으로 밝은 웃음이 터져 나왔다.

"진통제를 끊어달라고 해야 하나? 이 남자 자기가 아픈 거 모르나 봐. 그 몸으로 애인이랑 까만 밤을 하얗게 불태울 수나 있겠어요?"

"뭐가 어려워? 밤새도록 대화하자는 건데? 우리 제대로 된 데이트만 못 한 게 아니라, 제대로 된 대화도 못 했어."

"대화? 대화 좋죠. 아주 좋지."

12세 관람가를 19세 관람 불가로 받은 꼴이 됐다. 승후가 작정하고 놀리는 걸 알면서도, 유하는 당할 수밖에 없었다. 이런 종류의 농담은 원래 당하는 사람이 불리하니까.

"까만 밤을 하얗게 지새우면서 뭐 하자는 줄 알았는데?"

승후는 잡고 있던 손을 살짝 끌어당겼다.

"말해봐. 뭐 하자는 줄 안 거야?"

승후의 입가에 야릇한 미소가 흐르는 걸 본 순간 유하는 생각했다.

'열받는데 진짜 뭐라도 해 봐?'

하지만 유하는 곧 이 생각을 서둘러 머릿속에서 지웠다. 만약 이런 생각을 한 걸 승후가 알게 되면 아프든 말든 상관없이 '뭐가 뭔지 잘 모르겠지만, 한 번 해보자!'라고 말할 게 뻔했기 때문이었다.

"빨리 말 안 해?"

승후는 조금 더 힘을 줘서 유하를 끌어당겼다. 꼭 듣고야 말겠다는 생각이 그의 표정에 고스란히 드러났다.

"대화하자는 줄 알았죠. 대화 말고 더 뭐 할 게 있어요? 대화밖에 없 잖아요."

유하는 승후에게 안 끌려가기 위해 상체로 뒤로 좀 뺐다.

"왜 갑자기 말을 높일까? 계속 말이 짧았었는데?"

"생각해 보니까 그런 것 같아서 다시 말을 높인 거죠. 승후 씨가 이해해요. 내가 요즘 정신이 좀 왔다 갔다 해서."

"엉큼한 상상 하다가 걸려서가 아니고?"

"난 백지처럼 새하얀 사람이에요. 날 어떻게 보고!"

최대한 침착하게 대화를 이어가려 했지만, 이미 주도권은 승후에게 넘어간 상태였다. 차라리 쭉 19금으로 밀고 갔더라면, 재미는 건졌을지도 모르는데, 이건 창피함만 남긴 꼴이 되고 말았다.

"대신 내가 새까맣지. 여기가 병원이 아니고 집이었다면, 이 침대가 병원 침대가 아니라 내 방 침대였다면, 내 애인이 그림의 떡이 되는 일은 없었을 텐데."

승후는 일부로 과장되게 크게 소리 내며 한숨을 푹 내쉬고는 살짝 미간을 일그러뜨렸다.

"알았어요. 까만 밤을 하얗게 새우든, 하얀 밤을 까맣게 새우든, 우리 한 번 이 밤을 즐겨보자고요."

"됐어. 안 그래도 잠 모자라는데, 내가 살짝 돌지 않고서야 불편할 거 뻔히 알면서 여기에서 자게 하겠어? 가서 자."

"싫어요. 그냥 여기서 잘래요. 집에 가는 것도 귀찮아."

유하는 올려져 있는 승후의 침대를 내려 잘 수 있게 해주고, 보조 침대를 꺼내 신발을 벗고 그 위에 올라앉았다.

"우리가 한방에서 자는 역사적인 날인데, 애석하게도 병실이네. 이 섹시한 남자를 잡아먹지도 않고 그냥 두는 건 엄청 아쉽지만, 앞으로 날은 무궁무진하니까? 자! 무슨 얘기 할까요?"

"19금 농담?"

"싫어. 재미없게 19금 농담은 왜 해? 19금은 행동이 제일 재미있거든요! 행동할 거 아니면 농담도 하지 마. 내가 맛이 확 가서 승후 씨 덮치면 어떻게 하려고?"

"반항은 안 할 생각이야. 나 애인 말 잘 듣기로 다짐한 남자거든. 절대로 실망 안 시킬 자신 있어."

"거울 가져다줘요? 본인 상태가 반항을 해줘야 할 상태거든! 몇 달 침대에서 누워만 있고 싶은가 봐?"

"애인의 즐거움을 위해서 이 한 몸 불태우겠다는데 뭐가 문제야?"

유하는 크게 하하 웃음을 터뜨리며 보조 침대에 누웠다.

"아이고, 좋다. 며칠 쪼그리고 잤더니 삭신이 쑤시네."

"우리 결혼할까?"

팔로 머리를 받히며 잘 준비를 하던 유하는 승후의 말에 숨 쉬는 것까지 잊을 정도로 굳어버렸다.

"왜? 싫어?"

"원래 프러포즈 받으면 생각해 보겠다고 말하는 거잖아요."

"우리 결혼하자. 민승후의 아내 조유하. 세상이 널 그렇게 기억했으면 좋겠어. 블랙팀 경찰 조유하, 이렇게 기억하는 건 싫을 것 같아."

유하는 몸을 틀어 옆으로 누우며, 침대에 누워 자신을 보고 있는 승후와 눈을 맞추었다.

"일 년이 곧 돌아와요. 그래서 불안한 거면, 그러지 마. 말했잖아. 나 일 년이 잡겠다고. 절대로 그놈 손에 죽을 일 없어요."

"너 잘못되면 나 죽어."

"그렇게 만들지 않아."

"일 년이, 나에게 먼저 오라고 할까 봐. 이번처럼 내가 일 년이 잡고 있으면, 네가 오면 되잖아."

"그런 끔찍한 얘기는 하지 마. 나 화낼 거야."

"무서워."

유하는 일어나 앉으며 승후의 손을 꼭 잡아주었다.

"내가 당했던 그 일을 너도 당할까 봐. 난 그게 내가 죽는 것보다 더 무서워."

당했던 사람만이 짐작할 수 있는 장면이 있다. 그 순간에 느낄 공포, 고통, 절망 그리고 좌절까지. 죽음보다 더 끔찍한 순간. 승후는 그 순간을 알고 있는 유일한 사람이었다.

"걱정 마. 멀쩡한 얼굴로 승후 씨 만나러 올 테니까. 설마 내 말 안 믿는 거야?"

유하의 밝은 미소에도 승후의 두려움은 멈추지 않았다. 아니, 계속될 감정이었다. 일 년이가 잡힐 때까지…….

"믿어. 믿을게."

승후는 이렇게 말하며 빙긋 미소를 머금었다.


가로등 불이 있어도 어둡기만 한 주택가 한 공원.

"어, 나야. 지금? 집에 가는 길이지. 자기는 어디야? 나도 보고 싶어."

애인과 통화하는 듯 여자의 얼굴에는 발그레 홍조가 떠올랐다.

"자기는 오늘도 바빠? 그럼 당분간 우리 못 만나겠네? 어쩔 수 없지. 바쁜 애인을 뒀으니까. 그래도 애인 생기니까 좋아. 마음이 든든해."

여자는 기분이 좋은 듯 호호 웃음을 흘렸다.

"나? 공원 지나고 있어. 곧 집에 도착해."

"아가씨, 나랑 함께 가실까요?"

여자는 흠칫 놀랐다가 상대 얼굴을 확인하고는 손바닥으로 가슴을 약하게 톡 쳤다.

"깜짝 놀랐잖아. 바쁘다며?"

"그래도 애인 얼굴은 봐야지."

남자는 공원 근처에 주차된 자기 차를 가리켰다. 곧 여자는 남자의 차에 올랐고, 남자는 차를 출발해 어딘가로 향했다.

"오늘 친구들 만났다며? 뭐 했어?"

"밥 먹고, 간단하게 술 한잔했는데, 친구들이 다 애인 자랑했어. 나도 자랑하고 싶은데."

여자는 예쁘게 칠해놓은 입술을 삐죽였다.

"미안. 잠깐만 있어. 곧 널 내 여자로 소개할 수 있을 거야."

"알았어. 자기 믿어."

남자는 여자의 다리를 힐끔 보며 입꼬리를 올려 씩 미소를 머금었다.

"우리 여행갈까? 바다 볼래?"

남자의 제안에 여자의 눈이 반짝반짝 빛났다.

"언제?"

"지금."

"바쁘다며?"

"오늘 내 애인이 나 때문에 기분이 안 좋았잖아. 애인이 돼서 애인이라고 당당하게 말할 수 없게 했으니까, 바빠도 기분은 풀어줘야지. 이 길로 달려서 바다 보러 가자."

"진짜?"

"진짜.

여자는 "꺅!" 소리를 지르며 남자의 볼에 입을 맞췄다.

"내가 엄청 사랑하는 거 알지?"

"응. 나도 엄청 사랑해."

"자기 최고!"

여자는 엄지를 내보였다.

◖

블랙팀 회의실.

"어제까지 신고된 실종자 명단입니다."

아침 일찍부터 일 년이 사건에 매달린 블랙팀은 실종자 명단을 훑으며 혹시 일 년이의 범행 대상이 되었을지도 모를 피해자를 살폈다.

"일단 일 년이는 머리가 길고 좀 마른 편인 여자를 선호해요."

유하가 말에 이십대에 머리가 길고 마른 편인 여자만 남기고 모두 걸러낸 블랙팀은 외적 조건으로 일 년이 피해자들과 비슷한 다섯 명의 여자를 추려냈다.

"문제는 일 년이가 이 여자들에게 접근하는 방법인데……."

실종자들과 일 년이의 피해자들의 사진을 번갈아 가면서 보던 찬우는 아무리 봐도 모르겠다는 얼굴로 고개를 갸웃했다.

"그래서 말인데, 이 여자들 모두 일 년이와 안면이 있는 사람들 아닐까? 피해자들 모두 사라진 지 며칠 후에서야 신고된 공통점이 있어. 혼자 사는 피해자들은 그럴 수 있다 쳐도, 가족이 있는 피해자들 역시 신고가 늦어졌다는 점도 고려해 봐야 할 것 같아. 그러니까……."

주영은 말을 잠시 끊고 몇 초 생각에 잠겼다가 다시 입을 열었다.

"피해자들이 여행이나 출장을 갔잖아? 그것도 급하게. 정상적인 여행이나 출장이 아니었다면, 분명히 일 년이가 연결된 걸 거야."

주영의 말에 유하는 피해자의 사진을 집어 들었다.

"일단 피해자들한테는 공식적으로 애인은 없었어요. 그런데 만약에 말이에요. 애인은 있었지만, 말할 수 없는 사람이었다면 어떨까요? 가령 말 못할 상대, 유부남이라든가 연예인이라든가. 그런 상대라면 분명히 숨기려 했을 거예요. 그러면 주위 사람은 모를 확률이 높습니다."

"그렇지. 말 못할 상대면 숨기겠지. 우리 조 형사가 민승후랑 사귄다고 떠들고 다니지 못하는 것처럼?"

찬우가 슬쩍 놀리듯 말하자, 그게 못마땅해 유하의 미간을 일그러뜨렸다.

"그러다 주름 생겨. 민승후는 핏빛으로 물들었어도 외모가 거의 국보급이던데, 넌 그 옆에 서면 거의 10년 터울 누나 같아."

"선배, 그냥 오늘 내 손에 죽자! 내가 와그작와그작 씹어 먹을 테니까!"

"우리 블랙팀 막내는 선배에 대한 존경심이 이렇게 없나?"

"선배는 존경받을 만한 인품이 아니거든!"

"네가 선배를 존경할 마음이 없는 게 아니고?"

유하와 찬우는 현재 블랙팀의 막내 라인이었다. 두 살 터울이라 붙으면 매일 지지고 볶으며 싸우기 일쑤라, 태석은 이 둘을 절대로 한 팀으로 붙여놓지 않았다.

"둘 다 더 했다가는 진짜 내 손에 뒤진다!"

태석이 이를 바드득 갈자 유하와 찬우는 서로 네 탓이라고 하며 소리 없이 입만 벙긋거렸다.

"그러니까 결론은 피해자들에게 비밀로 하고 사귈 만한 사람이 있는지 알아봐야 한다는 거지?"

우주가 이번 회의 결과를 정리하자 유하와 찬우는 동시에 고개를 끄덕였다.

"자! 블랙팀 일하자! 각자 찢어져서 알아봐. 비밀 연애라 해도 흔적 하나쯤은 남길 수 있는 거니까. 단! 주영이랑 유하는 찢어지지 말고 같이 행동해. 혹시 모르니까, 주영이는 유하 24시간 따라붙어. 화장실 갈 때도 같이 들어가. 절대로 혼자 두지 마. 알아들어?"

"넵."

"다 나가!"

태석의 명령에 블랙팀 모두 동시에 움직였다.


"선배?"

경찰청에서 나온 유하는 조금 뜸을 들이며 어렵게 입을 열었다.

"왜?"

"나 저녁에 한두 시간쯤 시간을 좀 주면 안 되나?"

"저녁에 잠깐 나갔다 온다 한들 누가 뭐라 그러겠어? 그런데 어디 가게? 혹시 민승후한테?"

"응."

"안 간다고 기 쓰더니, 이젠 거기서 산다?"

"나 때문에 다쳤잖아요."

주영은 쑥스러워하는 유하의 모습이 마냥 귀엽다는 표정이었다. 하긴 블랙팀으로 발령받은 이후로 사생활은 깔끔하게 포기한 후배라 늘 안타깝긴 했었다.

"그래. 그렇게 재미나게 살아. 그래야 후회가 없어."

"선배도 나 불안하죠? 하긴 불안하겠지. 왜 안 불안하겠어요."

"안타까워서야. 이 일을 하다가 보면 이런저런 일이 많은데, 넌 너무 빨리 겪는다 싶어서."

"사실 부모님이 제일 걱정이었는데, 이젠 나경이가 있으니까 안심이에요. 나경이 때문에라도 부모님은 빨리 일어나실 테니까. 승후 씨는 추억을 많이 쌓아둘 생각이에요. 승후 씨 말대로 추억만으로도 견딜 수 있길 바라면서."

"이번엔 꼭 잡자. 잡아서 어떤 놈도 감히 우릴 협박할 수 없게 하자."

"꼭 그랬으면 좋겠어요."

만약 진짜 블랙팀 안에 일 년이가 있으면 어쩌지?

지난 몇 년간 함께 웃고, 함께 떠들던 사람이 일 년이면?

늘 함께 붙어 있었으며, 무슨 일이 생기면 제일 먼저 달려와 주던 주영이 일 년이면?

믿고 의지하며 든든한 버팀목이 되어주던 태석이 일 년이라고 하면?

장난이 제일 많아 늘 활력을 불어넣어 주던 찬우가 일 년이면?

부드럽게 모두를 챙기던 우주가 일 년이라고 한다면?

일 년이가 누구든 결과는 끔찍할 것이다. 진짜 아무도 믿을 수 없다는 공식이 성립될 테니까.

'제발 아니길……'

유하는 길게 한숨을 토해내며 의자 몸을 기댔다.


똑똑똑.

바뀐 대본을 보던 승후는 병실로 들어오는 유하를 발견하고는 화사한 미소를 머금었다.

"내 애인 요즘 너무 자주 얼굴을 보여주는데? 이거 정상적인 모습은 아니지?"

유하는 어색하게 웃으며 의자를 끌어다 앉았다.

"나 승후 씨 이용해서 알리바이 만드는 중."

"알리바이? 무슨 알리바이?"

"나 혼자 조사할 게 있는데, 내가 그냥 빠져나가면 의심할 테니까, 승후 씨 만난다고 하고 조사하고 있어."

"혼자 하려면 힘들겠다."

승후는 조금이라도 힘을 불어넣어 주기 위해 손을 내밀었고, 유하는 그 손을 잡았다.

"난 어차피 조유하 소유니까, 어떻게 이용하든 주인 마음이잖아. 기꺼이 이용당해 줄 테니까 마음껏 가져다 쓰세요."

"고마워요. 이해해 줘서."

빙긋 웃는 것도 잠시, 유하는 곧 답답한 맘에 크게 한숨을 토해냈다.

"사실 지금 나 누구도 못 믿겠어. 누굴 믿어야 할지, 누굴 믿지 말아야 할지도 모르겠어."

"무슨 일 있는 거야? 나 비밀 잘 지키는데, 말해도 돼. 마음이 답답한 건 조금만 덜어내면 살 만해."

"보안인데?"

"블랙팀 일 거의 다 보안인 거 알아. 그런데 지후 형 나한테 곧잘 말해줬는데. 블랙팀 일, 내가 모르는 게 있는 줄 알아?"

"설마……."

지후가 승후에게 상의를 했다고? 유하는 절대로 믿을 수 없다는 얼굴이었다.

"일 년이 일도 나한테 말했었는데?"

"무슨 말?"

유하는 긴장해 잡은 손에 힘을 주었다.

"오, 손힘이 꽤 센데?"

승후는 잡은 손과 유하를 한 번씩 번갈아 보며 킥 웃음을 흘렸다.

"무슨 말 했었는데?"

"일 년이의 수법이 너무 완벽하다고. 경찰이 어떻게 수사하는지 잘 알고 있는 것 같다고. 그때그때 달라지는 경찰의 수사 방향도 잘 아는 느낌이고, 꼭 옆에서 보고 있는 것 같다고 했었어."

"그런 말을 했었다고? 지후 선배가?"

지후는 어째서 보안이었던 사건을 동생에게 말했던 걸까?

아니, 일 년이 사건뿐만 아니라 블랙팀 사건 대부분을 동생에게 말했다는 사실이 유하는 도무지 이해가 되지 않았다. 유하가 아는 지후는 입이 무거운 사람이었다. 절대로 함부로 비밀을 누설할 사람이 아닌데, 승후에게는 가볍게 입을 열었다는 사실이 믿어지지 않았다.

"그래서 내가 일 년이 사건이 드라마면, 일 년이는 경찰일 거라고 했었어. 그것도 수사팀 아주 가까이에 있는 경찰. 그래야 그 사람이 범인이라는 걸 알았을 때 다들 놀랄 거라고."

승후가 한 이 말에 놀란 마음을 감출 생각조차 하지 못한 유하는 굳은 표정 그대로 그를 응시했다.

"뭐야? 내 애인이 그런 표정으로 볼 땐 엄청 큰일이라는 뜻인데?"

'내가 잘못 말한 건가? 하면 안 될 말을 했던 거야?'

승후는 긴장한 마음을 숨기기 위해 더 장난스럽게 말했다.

"언제? 언제 그런 말을 했는데?"

유하는 승후의 표정을 살피며 조심스럽게 물었다.

"들어오라고 하기 한두 달쯤 전이었나? 그 말 하고 한두 달 뒤에 나보고 들어오라고 했고, 1주일 정도 뒤에 형이 죽었다는 연락을 받았으니까."

승후의 이 말에 지후는 혼자 수사 방향을 틀어버린 거다. 외부가 아닌 내부에서 일 년이를 찾아 나선 것이다.

도대체 누굴 용의자로 올렸던 걸까?

승후의 이 말을 들었을 때 지후의 머릿속에 스친 한 사람이 있었다. 그래서 지후는 그 사람을 조사하기 시작한 거다.

'진짜 블랙팀 안에 있는 거야? 진짜로?'

유하의 손이 가늘게 떨자 그걸 감지한 승후가 걱정하는 듯한 얼굴로 살짝 미간을 찌푸렸다.

"뭐야? 왜? 무슨 일인데?"

"사실…… 지후 선배가 경찰을 의심하고 있었어. 그래서 나도 지금 우리 블랙팀 안에 일 년이가 있지 않을까 하고 조사하고 있었거든."

"설…… 마!"

유하의 말에 소스라치게 놀란 승후의 눈에 공포감마저 떠올랐다.

"지금부터 내가 하는 말은 일급비밀이야. 절대로 밖으로 나가선 안 돼. 그럼 우리 둘 다 죽어. 지금 내가 믿을 수 있는 사람은 딱 한 명, 승후 씨밖에 없어. 왜냐하면, 우리 둘 다 일 년이의 표적이니까."

"알았어. 그렇게."

"일 년이는 이재수를 통해 승후 씨를 죽이려 했던 거야. 왜 어째서 일 년이는 승후 씨를 죽이려 한 걸까? 며칠 동안 계속 그 생각을 했는데, 도무지 답이 안 나왔어. 그런데 지금 그 이유를 알게 됐지."

"이유가 뭔데?"

"일 년이는 지후 선배가 수사 방향을 튼 게 우리 둘 중 한 사람이 어떤 말을 해서라고 본 거야. 그래서 날 죽이려고 하는 거고, 이재수를 통해 승후 씨를 죽이려 한 걸 거야."

끓어오르는 속을 달래려는 듯 승후는 눈을 감고 길게 숨을 내뱉었다. 그렇게 몇 초 정도 시간이 지나고, 아니, 어쩌면 1분이 넘었을지도 모를 시간이 흐르고, 겨우 마음을 다잡은 그가 눈을 떠 유하를 응시했다.

"그럼 내 그 말이 형에게 어떤 힌트를 줬다는 거네?"

"지후 선배는 승후 씨의 그 말에 일 년이를 정확하게 찍었어. 아마 지후 선배가 잘 알고 있는 사람이었을 거야. 블랙팀 같이 가까이에 있는 사람."

"하지만 지금까지 난 신경 안 썼어. 일 년이가 죽이겠다고 협박한 건 너야."

"신경 안 써도 됐을 거야. 블랙팀이랑 승후 씨 연결 고리가 없었으니까."

"내가 널 좋아하면서 그 연결 고리가 생긴 거네?"

유하는 고개를 끄덕였다.

"형이 일 년이를 어떻게 가려냈는지는 너도 모른다는 거지?"

유하는 이번에도 아무 말 없이 고개를 끄덕였다.

"형이 일 년이를 확정한 그 기준을 알아야지만 일 년이를 잡을 수 있다는 거네?"

"미안해. 내가 형사인데, 승후 씨한테 더는 할 말이 없네. 내가 알게 된 건 딱 여기까지거든. 꽉 막힌 느낌이야. 전혀 모르겠어."

승후는 잡은 손을 끌어당겼다. 그러자 유하는 일어나 그와 마주 보며 침대에 걸터앉았다.

"그런데 넌 블랙팀 안에 일 년이가 있을지도 모른다는 의심은 어떻게 하게 된 거야? 누가 말해준 건데?"

사태의 심각성을 인지한 승후는, 이 공간에 둘만 있다는 걸 알면서도, 유하만 들을 수 있도록 아주 작은 소리로 물었다.

"이재수가 죽기 전에 말했어. 일 년이가 가까이에 있대. 아주 가까운 사람 중에 일 년이가 있다는 거야. 지후 선배와 내가 알고 있는 사람. 교차점 안에 있는 사람 중에 일 년이가 있다고 여기고 생각해 보니까……."

"블랙팀으로 결론이 난 거야?"

"그럴 확률이 꽤 높아. 물론 다른 가능성도 배제해선 안 돼. 지후 선배는 발이 넓었어. 그래서 나도 이래저래 알고 지내는 사람들이 많아."

"어떻게 찾을 생각이야? 내가 알리바이가 된다 해도 얼마 못 버텨. 곧 네가 뭘 하는지 알게 될 거라고."

유하는 승후에게 더 가까이 다가갔다.

"지후 선배의 마지막 몇 달. 그 몇 달의 행적이 필요해. 분명히 그 몇 달 동안의 행적이 담긴 수첩이 있을 텐데, 블랙팀 안에는 없어."

수첩이라…….

유하까지 모르게 했을 정도면 당연히 블랙팀에는 없을 것이다. 비밀이었을 테니, 당연히 잘 찾지 못하는 곳에 숨겼을 가능성이 높았다.

형이 죽고 그 비밀이 그대로 간직되어야 하는 곳이며, 누군가 찾아주길 원한다면, 전혀 엉뚱한 곳에 숨기지는 않았을 것이다. 반드시 찾아낼 거라고 확신하는 곳이라면…….

"시크릿 박스."

"뭐?"

"집에 있을 거야. 시크릿 박스."

지후가 죽고 블랙팀은 그의 집 안까지는 들어오지 못했었다. 아니, 들어와서 찾아본다고 해도 쉽게 발견할 수도 없었을 것이다. 시크릿 박스 존재 여부는 형이 딱 한 사람에게만 가르쳐 준 거니까.

"시크릿 박스라니?"

"형이 예전에 말한 적 있어. 시크릿 박스에 대해. 어렸을 때부터 형 버릇이야. 중요하다고 생각하는 물건을 거기다가 넣어둬. 그 위치는 형만 알고 있고. 만약 형이 죽을 걸 알고 그걸 숨겼다면, 분명히 내가 찾아낼 것으로 생각했을 거야. 시크릿 박스 존재 여부는 이 세상에 딱 한 명, 나만 알고 있는 거니까."

"그게 어디 있는 데?"

"일단 내가 퇴원하면 찾아볼게. 나도 지금은 생각이 잘 안 나. 어렸을 때 들은 이야기라, 그 위치까지는 잘……."

"아니야, 내가……."

"넌 안 되지."

승후는 힐끔 문을 살피더니 유하를 바짝 끌어당겼다.

"네가 우리 집에 오면 일 년이가 알게 되지 않겠어? 네게 협박장까지 보냈다는 건 계속 주시하고 있다는 뜻이잖아."

"그건 그런데……."

"퇴원하면 어머니 집으로 갈 생각이니까 넌 나만 믿고 기다려. 내가 찾아서 줄게."

"안 돼! 위험해. 자칫 잘못하면 어머님도 위험할 수 있어!"

유하는 강하게 고개를 저었다. 일 년이가 수첩을 찾으려고 승후와 정숙에게 무슨 짓이라도 하면 큰일이기 때문이었다.

"어머니는 아무것도 몰라. 만약 경찰들이 집을 뒤집었는데도 수첩을 못 찾으면 일 년이도 찾으려 할 테니까, 그땐 어머니가 더 위험해져. 내가 찾는 게 더 안전해. 더 자연스러울 수 있어."

"하지만……."

"앉아서 그 미친놈한테 당할 순 없잖아. 이재수 때처럼 허무하게 당하는 거 이젠 안 해. 두 번 다시 날 미끼로 널 협박하게 두지 않아. 그러니까 넌……."

승후는 말하다 말고 유하를 끌어당겼다. 그리고 입술에 입을 맞췄다.

허리에 팔을 두르고 입술을 빤다. 유하는 눈을 감고 그 키스를 받았다. 심각한 이야기 하다가 이게 무슨 짓이냐고 한 마디 할만도 한데, 유하는 그냥 승후가 하는 대로 따라가 주었다.

휙! 휘파람 소리가 들린다.

유하와 승후는 서둘러 떨어졌다. 그리고 문 앞에 서 있는 여러 명의 남자를 응시했다.

태석, 주영, 찬우, 우주. 이들이 활짝 웃으며 유하와 승후를 보고 있었다.

"거봐. 내가 여기 오면 재미난 것 볼 거라고 했잖아!"

찬우의 장난 가득한 음성에 태석, 주영, 우주의 입에선 동시에 웃음이 터졌다.


빛이라고는 하늘에 떠 있는 별빛뿐인 곳.

발을 절며 넘어지고 구르며 도망치던 여자는 간신히 커다란 나무에 몸을 숨겼다.

여자는 신발을 신지 않은 맨발이었고, 옷은 여기저기 찢어져서 원래의 역할을 하지 못하고 그냥 걸쳐져 있었다. 하지만 그런 것은 아무것도 아니었다. 찢긴 옷보다도 맨발로 뛰어서 피멍이든 발보다도 그녀는 더 엉망이었다. 탐스러웠을 머리카락은 엉망으로 잘려 있었고, 맞은 듯 터져 버린 입술, 팔과 다리, 찢긴 옷 사이로 보이는 몸 등, 사방에 가는 줄처럼 패인 상처가 있으며, 날카로운 것에 베인 듯한 상처도 있었다.

여자는 두려움에 가는 흐느낌을 흘리며 바들바들 떨었다.

"이거 나 잡아봐라 놀이야? 에이, 이 놀이 재미없다."

일 년이는 조금의 망설임 없이 여자가 숨은 곳을 향해 걸어왔다.

"달밤에 하는 데이트치곤 이건 달콤하지 않잖아. 난 좀 더 짜릿한 데이트를 원했단 말이야."

숨어 있는 곳이 들켰다는 것도 모른 채 여자는 작은 숨소리까지도 들리지 않게 하려고 손으로 입을 막았다.

"우리 이제 집에 가자. 여기 재미없어."

일 년이는 손을 뻗어 여자의 머리를 움켜잡았다.

"악!"

여자의 날카로운 비명이 어둠을 뚫고 주위를 울렸다.


☾


"나경아!"

음침한 음성이 들린다.

싫어! 싫단 말이야! 저리 가! 저리 가!

소리치고 싶었다. 그래야 누군가 그 소리를 듣고 도와주러 올 테니까. 하지만 목을 솜으로 꽉 틀어막고 있는 것처럼 나경은 단 한 마디도 할 수가 없었다.

"내가 말했지? 넌 절대로 내 품에서 도망갈 수 없다고."

엄마! 아빠! 언니! 도와줘! 누가 좀 도와줘! 제발 도와줘!

누군가 손목을 움켜잡는다.

나경은 그 손을 뿌리치고 도망치기 시작했다.

살려줘! 나 좀 살려줘! 누가 나 좀 구해줘!

"넌 도망 못 가. 절대로!"

"싫어! 싫어! 가! 싫단 말이야!"


"나경아! 정신 차려! 엄마야! 엄마라고!"

손을 휘저으며 비명을 내지르던 나경은 눈앞에 미수를 발견하고는 그만 울음을 터뜨렸다.

"꿈이야. 악몽이라고. 네 옆에 이 엄마가 있는데 뭐가 걱정이야?"

미수는 나경이를 품에 꼭 안으며 등을 쓸어주었다. 나경은 미수의 품에서 목 놓아 울기 시작했다.

이 악몽이 언제쯤 끝나는 걸까?

겉으로는 밝게 생활하고 있지만 나경이의 악몽은 아직도 진행형이다.

"우리 나경이 엄마랑 같이 잘까? 엄마랑 자면 악몽 안 꿀 거야."

미수는 나경이와 눈을 맞추면서 눈물을 닦아주었다. 안심하라고, 네가 지금 누구와 함께 있는지 기억하라는 뜻에서, 미수는 나경이 오늘처럼 악몽을 꾸고 깨면, 늘 이렇게 눈을 맞춰서 자신을 확인하게 했다.

"엄마랑 같이 자자. 응?"

나경이 고개를 끄덕이자 미수는 딸을 눕히고 팔베개를 하며 끌어안았다. 그리고 부드러운 목소리로 자장가를 부르기 시작했다. 열린 문으로 나경을 보는 민석의 얼굴도 어둡긴 마찬가지였다. 며칠에 한 번씩 꼭 이렇게 악몽을 꾸고 있다.

이 악몽이 희미해지려면 얼마나 걸리는 걸까?

낮 동안 밝은 미소로 모두를 웃게 하던 나경이의 모습과 지금이 너무나 달라서일까, 마음이 더 아팠다. 민석 또한 나경이를 지켜보느라 잠을 못 이루던 그때 현관문을 열고 유하가 들어왔다.

"왜 안 주무세요? 나경이한테 무슨 일 있어요?"

민석이 서 있는 곳이 나경의 방문 앞이기에 유하는 단번에 나경이 일이라는 걸 알게 됐다.

"방에 들어가자."

민석은 유하의 방으로 그녀를 밀면서 들어갔다.

"왜요?"

"며칠에 한 번씩 악몽을 꿔. 아무래도 안 좋은 기억이 꿈으로 나타나는 것 같아. 꿈에서 그 나쁜 놈한테 자꾸 시달리는 모양이야."

아빠만 믿어! 내가 저놈 죽여서라도 너에게 접근 못 하게 할게!

저 악몽이 현실이라면, 민석은 이렇게 소리치며, 아이가 있는 곳으로 달려갔을 것이다. 그리고 떨고 있는 아이를 품에 안고 아빠가 지켜주겠다고 말하며 안심시켰을 것이다. 하지만 꿈은 그럴 수가 없었다. 그저 나경이 스스로 꿈속에서 당당하게 싸울 날이 오길 바랄 뿐이었다.

"의사는 뭐래요? 엄마 나경이 상담받을 때 같이 가죠?"

"쉽게 지울 수 있는 기억은 아니잖아. 계속 심리 치료받는 중이야."

"큰일이네요."

그동안 이런저런 사건으로 바빠서 나경이에게 신경을 못 썼다. 아니다. 핑계다. 부모님께 모든 짐을 떠넘기고 믿는다는 핑계로 눈앞에 닥친 급한 일에만 매달렸다. 유하 자신이 제대로 된 언니였다면, 좀 더 신경 써야 했는데, 미안한 마음에 싸한 아픔이 밀려왔다.

"좋아지겠지. 아직은 잘 견디는 것 같으니까 지켜보자."

"며칠 전 전화로 택견 재미있다고 열심히 배우고 있다며 자랑했는데."

나경이는 얼마 전부터 택견 도장에 다니고 있었다. 유하가 어렸을 때부터 다닌 도장으로 민석의 친구가 관장이었다.

"나경이가 수현이랑 같은 과야. 수현이랑 친자매라 해도 믿겠어."

"운동 신경 영 꽝인가 보네?"

유하는 대충 짐작이 가 자신도 모르게 픽 웃음을 흘렸다.

"미혜가 하나하나 잘 가르치고 있어. 체력이 너무 약하다고, 주말마다 불러내서 뜀박질도 시키고 줄넘기도 시키고 있는 것 같더라."

미혜는 현재 택견 도장 사범이며 유하와 수현과는 함께 택견을 배운 친구였다. 유하가 부탁과 협박을 동시에 해놔서 나경이를 더 애틋하게 챙기고 있다는 말은 들어 알고 있었다.

"하나하나 차근차근 가야죠. 단번에 되는 건 없으니까."

"아는데, 이겨낼 때까지 애가 마음고생 심하게 하니까 걱정이 돼서 그런 거지. 저 악몽만 안 꿨으면 좋겠는데, 제대로 못 자는 것 같아서 마음이 쓰이네. 안 그래도 체력이 약한 애인데."

"그럼 수면제를 먹여보는 건 어때요?"

"일단 엄마가 저렇게 끼고 자면 잘 자니까 두고 보자."

"네. 아빠도 걱정 말고 들어가 주무세요."

민석은 알았다며 말하며 고개를 끄덕였다. 하지만 할 말이 더 있는지 바로 나가지 않고 몇 초 가만히 유하의 얼굴을 살폈다.

"뭐 더 하시고 싶은 말씀 있으세요?"

대충 무슨 말을 하실지 짐작은 갔다.

"넌 어때? 승후 엄청 다쳤던데?"

소속사에서 민승후 납치 사건은 그의 몸값을 노린 사건으로 발표했다. 한류스타 민승후라는 사회적 위치에 맞게 블랙팀에서 사건을 맡아서 해결한 사건으로 포장이 된 것이다. 물론 경찰에서도 어떤 발표도 하지 않았다. 민승후 납치 사건에 대해서는 달리 브리핑할 사안이 없다는 게 블랙팀 공식 입장이었다.

"나경이도 걱정이지만 유하 너도 걱정돼. 정말 괜찮은 거야?"

민석의 걱정에 유하는 희미한 미소를 머금었다. 그리고 숨기지 않고 솔직하게 말했다.

"사실은 괜찮지가 않아요. 지금도, 아니, 앞으로도 계속 불안하겠죠."

평생 마음속으로 불안해하고 미안해할 게 뻔했다. 그리고 걱정 속에 살게 될 것이다. 같이 있어도 불안할 것이고, 떨어져 있으면 무서울 테니까.

"그래서 열심히 최선을 다해 지키려고요. 그런 일 두 번 다시 일어나지 않도록."

"그래, 그래야지. 그래야 자랑스러운 블랙팀 형사지. 그리고 내 딸이기도 하고."

유하가 다짐하듯 한 말에 민석은 흡족하다는 듯한 표정으로 고개를 끄덕였다.

"그나저나 드라마 난리 났죠?"

"승후가 무사히 돌아온 게 어디야? 짐승 같은 놈. 아무리 원한이 깊어도 그렇지, 그 주변을 건드리는 게 제일 나쁜 건데⋯⋯."

거듭 걱정하다 보니 화가 치미나 보다. 민석의 입에선 스쳐 지나가듯 나지막한 욕설이 흘렀다.

"내가 당하는 건 참을 만한데, 나에게 복수한다고 내 주변 사람들에게 손대는 건 참을 수 없어요. 그건 용서가 안 돼요."

"죽었다는 소문이 있어. 진짜 죽은 거야?"

"제가 쐈어요. 제가 쏜 총에 맞아서 죽은 거예요."

유하는 무거운 마음을 감추기 위해 일부러 덤덤하게 말하고 있다. 그런 딸의 마음을 알기에, 민석은 아무 말 없이 걱정스럽다는 눈빛으로 그녀를 보았다.

"또다시 그런 일이 벌어지고, 엄마나 아빠, 혹은 나경이가 인질이 된다면, 똑같이 총을 쏠 거예요. 그건 변하지 않아요. 하지만 뭐가 옳고 뭐가 그른 건지는 모르겠어요. 그냥 어떤 상황이든 간에 내가 쏜 총에 사람이 죽었으니, 평생 짊어지고 갈 짐으로 생각하며 살려고요."

"형사는 원래 짊어질 짐이 많은 거야. 해결 못 한 사건도 짐으로 남을 거고, 억울한 피해자도 짐으로 남을 테니까. 뻔히 보이는 나쁜 놈을 풀어줘야 할 때도 짐이 될 거고, 구하지 못한 피해자도 짐이 될 것이며, 범인의 불쌍하고 안타까운 사연도 짐이 될 거야. 그걸 모두 가슴에 담고 가면서, 그래도 해결해 보려고 노력하는 게 좋은 형사야. 내 딸은 어떤 경우든 좋은 형사가 될 거다. 그건 내가 장담할게."

민석은 빙긋 웃으며 유하의 어깨를 두어 번 톡톡 두드렸다. 그리고 다 지우고 편히 자라는 말을 남기로 방을 나갔다.

"좋은 형사라……. 좋은 형사는 못 되더라도 괜찮은 형사만 돼도 좋겠네."

민석이 나간 후, 혼자 남은 유하는 깊고 긴 한숨을 내뱉으며 목까지 차올랐던 답답함을 털어냈다.


그 시각 승후가 입원해 있는 병원에서는 검은 그림자가 잠든 그의 곁으로 다가왔다. 그리고 주머니에서 어떤 약물이 담긴 주사 한 개를 꺼내 혈관으로 이어진 수액 줄에 주삿바늘을 꽂아서 약물을 집어넣었다.

'우리 스타님, 자는 것도 어쩜 이리 잘생겼을까?'

승후를 내려다보는 여자의 눈에 사랑이 담겼다.

"외로웠지? 괜찮아. 내가 이렇게 왔잖아."

여자의 가늘고 긴 손이 승후의 얼굴로 향했다. 그리고 그의 머리를 조심스럽게 쓸어내렸다. 부드러운 머리카락에서 매끈한 이마, 오똑한 코, 감고 있는 두 눈, 붉은 입술, 잡티를 거의 찾아볼 수 없는 피부까지. 여자는 승후의 얼굴을 정성 들여 조심스럽게 매만졌다.

"기억해? 눈이 마주쳤잖아. 그때 알았어. 우리는 함께해야 할 운명이라는 것을. 내가 첫눈에 승후 씨를 사랑하게 된 것처럼, 승후 씨도 나 사랑하고 있다는 거 알아."

그리고 승후의 이마에 짧게 키스를 했다.

"우리 둘이 함께 있는 한 아무도 방해할 수 없어. 그러니까 승후 씨는 아무 걱정 하지 마. 알았지?"

여자의 입술이 잠든 승후의 입술에 닿았다.


아침에 일어난 승후는 손으로 어깨를 주무르며 고개를 갸웃했다.

간밤에 단 한 번도 안 깨고 잤었다. 잠결에 누가 들어온 것 같았는데, 그냥 그대로 잠이 들어 아무런 기억도 없었다. 그런데 몸이 무거웠다. 푹 자면 가뿐해야 할 텐데, 정신은 몽롱하고 몸은 무겁고 더 피곤했다.

"승후 씨, 기분 어때?"

수술한 교수가 밝게 웃으며 들어오자 승후의 입가에도 미소가 떠올랐다.

"몸이 무거워요. 정신도 몽롱하고."

"아직 회복이 안 돼 그러는 거니까 푹 쉬어. 드라마 걱정도 하지 말고. 자면서도 걱정하나 보네."

"그런가? 하긴 요즘 꿈자리가 사납긴 해요."

"병원이 원래 편안한 곳은 못 되지. 그래도 마음 편안하게 갖도록 노력해 봐. 회복 속도는 환자에게 달린 거 알지?"

"네. 걱정 마세요. 열심히 쉬겠습니다."

"제발 꼭 그렇게 해줘?"

의사의 장난스러운 말투에 승후는 빙긋 웃었다.

"아 참, 저 드릴 말씀이 있는데요."

"왜? 말해. 뭐?"

"조금 이따가 말할게요. 아직 그래도 되나 생각 중이라."

"불안하긴 한데, 일단 무슨 말인지 들어봐야 아는 거니까? 병실 회진
돈 다음에 다시 올게."

"네."

의사가 가고 병실에는 다시 승후 혼자만 남았다.

"왜 자꾸 찝찝하지?"

승후는 이마와 입술을 매만지며 고개를 갸웃했다. 하지만 곧 생긋 웃
으며 안 좋은 느낌을 저 멀리 날려 버렸다.

"우리 애인 어디쯤 왔을까나?"

승후는 히죽 웃으며 휴대폰을 찾았다. 그리고 설레는 마음으로 유하
에게 전화 걸었다.

유하가 전화를 받자, 승후는 애교를 잔뜩 넣어 외쳤다.

"애인님 언제 보러 올 거양! 나 애인 보고 싶어용."


막 출근 준비를 끝내고 방에서 나오던 유하는 울리는 전화를 받는
순간 승후의 코맹맹이 소리에 몸을 부르르 떨었다.

"죽을래?"

유하가 버럭 소리를 지르자 학교 갈 모든 준비를 끝내고 식탁에 앉아
서 여유롭게 밥을 먹고 있던 나경이 흠칫 놀라며 그녀를 보았다.

"나경아, 너한테 한 거 아니야. 미안해."

유하는 놀란 나경이를 안심시키기 위해 어깨를 토닥여 주고는 앞에
앉았다. 그리고 숟가락을 집어 들었다.

[나경이 무섭겠네. 언니가 너무 과격하면 안 되는데. 우리 나경이는
꽃같이 예쁘니까 부드럽게 대해주세요?]

"나경이에겐 부드럽게 하지. 민승후가 문제라 그렇지."

[내가 왜? 나도 꽃같이 예쁘니 당연히 부드럽게 대해줘야지?]

"누가 꽃같이 예쁜데?"

[민승후요!]

과하게 당당한 승후 목소리에 유하는 긴 한숨을 뱉었다.

"그래, 꽃같이 예쁘다. 그러니까 제발 부탁이니 그 짓 좀 하지 마. 나 소름 돋아!"

[무슨 짓? 나 아무 짓도 안 했어. 애인님이 와야 뭔 짓이든 할 거 아니야?]

"본인이 지금 충분히 뭔 짓 하고 있거든!"

유하는 이를 바드득 갈며 숟가락을 밥그릇에 수직으로 꽂았다. 그 순간 등을 강타하는 엄청난 충격에 그녀는 입만 쩍 벌릴 뿐 짧은 비명조차 내지르지 못했다.

"그게 제사상이야? 밥숟가락은 왜 꽂아?"

미수의 날카로운 목소리에 유하는 손으로 등만 가리킬 뿐 입 밖으로 단 한 마디도 할 수 없었다. 그 정도로 충격이 컸다는 뜻이었다.

[엄청 아프겠다. 여기까지 짝 소리가 들렸어. 대박! 장모님 멋있어!]

이걸 그냥! 옆에 있었다면 묻거나 따지지도 않고 손부터 올라갔을 상황.

나경이 앞에서 차마 화를 낼 수 없었던 유하는 숟가락을 꽉 움켜쥐고 긴 한숨을 토해내며 몸을 부들부들 떨었다.

"민승후 씨, 가서 봅시다. 밥만 먹고 갈 테니?"

부글부글 끓는 속을 엄청난 인내심으로 가라앉힌 유하는 억지 미소를 머금으며 다정하게 말했다. 하지만 이 말 속에는 '너는 죽었어! 뼈마디마다 뚝뚝 부러뜨릴 테니 각오해.'라는 의미가 담겨 있었다.

[진짜? 우와! 그럼 나 산책시켜 줘! 산책! 애인님 산책! 아잉!]

코맹맹이 소리에 유하는 통화 종료를 눌렀다. 더 듣고 있다가는 정신이 살짝 돌 것 같은 무서운 예감이 들었기 때문이었다.

"언니······."

"응? 왜, 나경아?"

"오빠······ 때리게요?"

"설마! 나 그렇게 폭력적이지 않아."

뻔뻔하게 유하가 거짓말을 하자 뒤에서 날카로운 미수가 목소리가 그녀의 귀에 꽂혔다.

"지랄해요. 네가 폭력적이지 않으면 세상 사람 다 천사야!"

'어마마마는 지금 그런 말 하실 처지가 아니세요. 내게 폭력성이 있다면 그건 다 어마마마를 닮아서겠죠. 옷 벗어서 등 보여줘? 그려놓은 것처럼 손자국 선명할걸?'

당장 이렇게 말하고 싶었지만, 입을 열면 살아서 집을 나설 수 없을 것 같아, 유하는 목까지 차오른 말을 꿀꺽 삼켰다. 그리고 열심히 아침밥만 먹었다.


유하가 병원에 도착하자 승후는 그녀를 졸라서 병실 밖, 환자와 그 보호자들 그리고 의료진을 위해 만들어놓은 휴식 공간에 휠체어를 타고 나왔다.

"아! 좋다."

승후는 오래간만에 바깥 공기를 마음껏 즐기기 위해 깊게 숨을 들이마셨다.

"미세먼지 폐로 들어가! 그게 얼마나 나쁜지 모르나 봐?"

유하는 휠체어를 벤치 앞에 세우고는 승후와 마주 보는 자리에 앉았다.

"조 형사님, 나 오래간만에 밖에 나와 기분 엄청 좋은데, 시비 걸지 말자?"

승후는 뚱한 표정으로 말했지만, 곧 얼굴 한가득 화사한 미소를 머금었다.

"시비 안 걸게 생겼어? 내 등 보여줘? 울 엄마 손자국 아직도 있을걸?"

"나처럼 귀여운 남자가 애교부리면 잘 어울린다고 칭찬해 줘도 모자

랄 판에 화는 왜 내? 그러니까 멋있는 울 장모님의 강한 가르침이 따라
오는 거 아니야?"

뻔뻔함은 감히 따를 자가 없다. 유하는 승후를 내려다보며 혀를 쯧쯧
찼다.

"그거 기분 나쁜 것 같다? 조 형사님, 내가 확 트인 이곳에서 무슨
짓을 할지 안 무서운가 봐?"

민승후 성격에 확 돌면 어떤 짓도 가능하겠지. 유하는 그의 협박에
바로 표정을 바꿔 방긋 웃었다.

"꽃같이 예쁘고 귀여운 민승후 씨, 애교 부려줘서 고맙습니다. 엄청
고맙게 생각하고 있어요."

"그러니까 나한테 잘하세요. 자주 이렇게 산책시켜 주고."

"그러죠. 스타님이 요구하는 거니 해줘야죠. 일단 팬이니까."

유하가 어색하게 웃으며 대충 승후의 장난에 장단을 맞춰주고 있을
때, 자꾸 이쪽을 힐끔거리는 시선들이 느껴져 빠르게 살폈다. 그 순간
사람들이 "민승후다!"라고 말하는 소리가 들렸다.

"이런 건 매니저 있을 때 말해. 사람들 자꾸 쳐다보는데, 왜 나한테
해달래?"

사람들이 자꾸 쳐다보며 수군거리는 게 영 신경이 쓰인 유하는 짜증
이 치밀어 살짝 미간을 찌푸렸다.

"걱정 마. 나 구해준 블랙팀 형사라고 말할 거니까. 구해준 인연을 계
기로 친구가 됐다고 하면 다들 아무 말 안 하겠지. 목숨을 구했는데,
그게 보통 인연이야?"

"잔머리 대왕이네. 잔머리 굴리는 건 최고다!"

유하는 승후의 병문안으로 하루를 시작하고 있었다. 승후 옆에 있고
싶은 마음도 분명히 있지만, 아침 일찍 오지 않으면 그가 삐치기 때문이
기도 했다.

"햇살이 좋아. 햇살이 이렇게 고마운 건지 처음 알았네."

승후는 고개를 뒤로 젖혀 하늘을 보며 두 눈을 꼭 감았다.

"민승후님, 얼굴 타요! 스타님은 피부가 생명인데, 그렇게 태우면 안 되지 않을까요?"

젖혔던 고개를 제자리로 내린 승후는 다시 숨을 크게 들이마셨다가 내쉬었다.

"답답한 속이 좀 뚫리는 것 같아. 너무 누워만 있었더니, 내가 침대인지 침대가 난지 구분이 안 됐어."

"본인만 구분 못 했지, 다른 사람은 다 구분했어."

"재미없는 인간."

승후는 살짝 눈을 흘겼다. 그 모습이 웃긴 듯도 하고 귀여운 듯도 해, 유하는 키득키득 웃음을 흘렸다.

"들어가세요. 얼굴 까맣게 타면 드라마 또 못 찍어."

"조금만 더. 조금만 더 햇살 좀 받고. 더불어 기운도 좀 받고."

"스타님 모셔다 드리고 들어가 봐야 한다니까!"

"그래서 이렇게 시간 끄는 거잖아. 조금이라도 더 함께 있으려고."

"여기서 더 늦으면 지각이야."

"보내줘야지. 알아. 안다고."

보내줘야 한다면서 표정은 그러기 싫은 표정이다. 이럴 땐 응석받이 동생 같다. 유하는 승후의 그 모습에 자꾸 피식 웃음을 터뜨렸다.

"죄송합니다. 늦었습니다."

윤석이 헐레벌떡 뛰어오고, 유하는 그제야 승후가 왜 안 들어가고 버텼는지 알게 됐다.

"매니저 오고 있다고 말하면 어디가 덧나?"

"그랬으면 벌써 갔을 거잖아. 나 두고 마음 가볍게 가는 모습 보기 싫어. 조금이라도 더 같이 있으려면 이 방법뿐이니까."

"차라리 십 리도 못 가서 발병 나라고 빌어!"

"내 여자가 아픈 건 싫으니까."

"지각하면 엄청 깨지거든요! 그 생각은 못 하지?"

"내 눈으로 확인 안 한 사실은 생각 안 하려고."

"무책임한 인간!"

유하는 살짝 노려보며 승후의 팔을 가볍게 톡 때렸다. 그리고 양손을 흔들며 인사를 했다.

"십 리도 못 가서 발병 나면 다시 와. 내 침대 옆에 침대 하나 더 놓아달라고 할 테니까."

가는 등에 대고 승후가 이렇게 말하자, 유하는 뒤돌아 주먹을 내보였다. 그녀의 이 행동에 그의 웃음소리가 기분 좋게 들렸다.

유하가 간 후, 병실로 돌아온 승후는 얼마 후 의사와 심각한 대화를 했다.

"아직은 안 돼, 조금 더 안정을 취해야만 해."

주제는 퇴원이었다. 하루가 늦으면 그만큼 유하가 위험해진다. 하루라도 빨리 수첩을 찾아야만 한다는 걸 알기에 승후는 마음이 급했다.

"안정은 집에서 취해도 되고. 저 때문에 기자들이나 팬들 통제하는 것도 힘들잖아요. 그거 민폐죠. 일단 집에 가고 영 힘들면 다시 올게요. 혼자 있겠다는 것도 아니고, 어머니한테 갈 거예요. 매니저도 항시 옆에 있을 거고. 제가 불편해서 그래요. 답답하기도 하고. 퇴원시켜 주세요."

"그럼 조금이라도 아프면 곧장 응급실로 와야 해? 알고 있지?"

승후의 고집에 의사는 어쩔 수 없이 항복을 선언하고 말았다.

"넵. 알겠습니다."

"저기 조 형사님이 이 사실을 알게 되면……."

교수가 아픈 머리를 감싸며 병실에서 나가 버리자, 윤석은 승후의 고집을 꺾어줄 유일한 사람의 이름을 입에 올렸다. 하지만 승후의 얼굴이 험악하게 일그러지자 곧 하려던 말을 꿀꺽 삼켜야만 했다.

"말하지 마. 일단 퇴원하고 내가 전화해서 적당히 말할 테니까, 넌 그냥 입 다물고 있어.”

이렇게 해서 승후는 모두의 만류에도 불구하고 퇴원을 감행했다.


승후의 퇴원 소식에 여자는 불안한 표정으로 입술을 깨물었다.

'왜 그래? 이게 겨우 우리 둘이 함께 있게 됐는데, 어째서 가는 건데?'

안 된다고, 나는 절대 허락 못 한다는 말을 할 생각으로 여자는 승후의 병실 쪽으로 향했다. 하지만 몇 걸음 못 가 저를 부르는 소리에 우뚝 멈췄다.

“네?”

여자는 밝게 대답하며 뒤돌았다. 그 사람을 향해 빙긋 미소를 머금었다.

“하하정 선생 민승후 팬이지? 어떻게 하냐? 가까이서 단 한 번도 못 봤겠네?”

하정은 대답 없이 그저 빙긋 미소를 머금었다.

승후를 취재하러 온 기자가 환자 보호자인 척하고 들어온 적이 있어서, 승후의 병실로 갈 수 있는 사람은 그를 구출한 블랙팀 그리고 어머니와 매니저가 다였고, 의료진은 교수와 주치의, 담당 간호사 외에는 일절 출입 금지였다. 그 탓에 승후가 입원하고 있는 병동이라 해도 그의 얼굴을 본 이는 몇 안 되었다.

“진 선배께서는 당연히 민승후 가까이서 봤겠죠?”

진 선배라는 간호사 옆에 있는 간호사가 눈까지 반짝이며 물었다.

“응.”

민승후 담당 진 간호사는 대수롭지 않다는 표정으로 짧게 대답했다.

“어때요? 엄청 잘생겼죠? 저번에 우연히 마주쳤었잖아요. 우와! 얼굴에서 빛이 나더라고요. 아픈 사람이라는 게 믿기지 않을 정도로. 저는 환자복 입고 화보 찍는 줄 알았어요.”

"어째서 그 얼굴을 보고 신의 영역이라 하는지 알겠더라. 잘생겼어."

"우리 하 선생이 가까이서 봐야 하는 건데. 이렇게 일찍 퇴원할 줄 알았더라면, 미친 척하고 병실 앞을 기웃거려 볼 걸 그랬다. 그렇지?"

하정이 민승후 팬이라는 것을 아는 다른 간호사들이 마치 자기 일처럼 안타까워하며 그녀의 어깨를 토닥여 주었다.

동료의 말에 하정은 겉으로 빙긋 웃기만 했다. 하지만 속으로는 다른 생각을 했다.

'그건 아무것도 모르는 너희 생각이고. 우리는 이미 서로 깊이 사랑하는 사이야. 너희는 꿈도 못 꿀 그런 사이라고.'

하정의 입가에 아주 짧은 순간 비웃음이 떠올랐다가 사라졌다.

"어머! 민승후야!"

환자복을 벗은 승후는 눈이 부셨다. 저 사람이 내 남자라니. 뿌듯하고 벅찬 마음에 하정의 얼굴엔 웃음꽃이 피어났다.

"명심해. 조금이라도 힘들다 싶으면 바로 입원하는 거야?"

불안한 표정이 교수의 얼굴에서 사라지지 않고 있다. 승후는 그런 교수를 보며 안심하라는 뜻에서 빙긋 미소를 머금었다.

"다시 올 가능성이 높지만, 마지막일 수도 있으니까, 그동안 감사했습니다."

의사와 간호사들이 아쉽다는 뜻으로 한마디를 하자 승후는 그들과 눈을 맞추며 꾸벅 인사를 했다.

'아직 몸도 다 안 나았는데 퇴원해서 어쩌려고?'

하정은 승후와 시선이 마주치자 눈빛에 이런 말을 담았다. 승후가 빙긋 웃었다. 자신은 괜찮으니 너는 걱정하지 말라고 말하고 있다는 걸 그녀는 느낄 수 있었다.

"승후 씨, 하하정 선생이랑 사진 한 장 찍어주시면 안 돼요? 우리 간호팀 막내인데, 민승후 씨 팬이에요."

진 간호사가 옆에 있는 하정을 가리켰다.

"부탁 한번 할게요. 사진 한 장이면 돼요. 다른 간호사들은 접근 못 하게 하겠습니다."

"선생님……."

하정은 난처하다는 표정으로 옆에 있는 선배를 보았다.

"그러죠. 나 돌봐주시는 선생님 부탁이시니 당연히 들어드려야죠."

승후는 빙긋 웃으며 하정에게로 다가왔다. 그리고 그녀의 옆에 섰다.

"자, 찍겠습니다."

간호사 중 한 명이 제 휴대폰으로 사진을 찍으려 하자 승후의 손이 하정의 어깨를 감싸 안았다.

여기저기서 "어머!"라는 비명에 가까운 소리가 터졌고, 승후의 이런 행동이 자신이 특별한 존재이기 때문이라고 알고 있는 하정은 기분 좋은 쑥스러움에 얼굴까지 붉게 달아올랐다.

"그럼 뵐 수 있으면 또 뵙겠습니다."

짧았던 순간이 지나고 승후는 다시 멀어졌다. 그리고 엘리베이터에 오를 때까지 여기저기에 인사를 건넸다.

"승후 씨 진짜 멋있다. 사진 엄청 잘 나왔어. 하하정 선생 사진 봐봐."

"그러네요."

사진을 내려다보는 하정의 얼굴에 행복한 미소가 떠올랐다. 그리고 하정은 마음으로 생각했다.

'내 남자, 내 사랑, 진짜 잘생겼어.'


승후의 등장에 너무 놀란 어머니는 퇴원해도 괜찮은 거냐는 안부를 물을 생각도 못 하고 멍하고 그의 얼굴만 보았다. 그리고 놀란 상태는 그가 어색하게 웃으며 배고프다는 말을 할 때까지 계속되었다.

"뭐 줄까? 뭐 해줄까? 빨리 장부터 봐 와야겠네."

갑자기 퇴원해 집으로 온 아들 때문에 정신이 없어 하던 어머니가 장을 본다며 나가자, 승후는 윤석을 어머니 좀 도와주라는 핑계를 대며 쫓아냈다. 그렇게 집에 혼자 남은 그는 어렵게 2층 형 방에 올라가 방 안을 살폈다.

"그거 보지 마. 그거 형 비밀이야. 시크릿 박스. 형 비밀 상자라고. 절대로 보면 안 돼?"

중학생 때, 승후는 지후의 방에 올라갔다가 작은 상자 하나를 보게 되었다. 이게 뭐냐고 물어보며 손을 뻗던 승후는 형의 경고에 그 손을 거둬들여야만 했다.

"여기에 뭐 들었어?"
"몰라도 돼. 넌 알 필요 없는 거야."
"연애편지?"
"음……, 지금 나한테 가장 중요한 것."
"언제부터 시크릿 박스가 있었던 거야? 나 몰랐는데?"
"꽤 오래됐지, 초등학교 5학년 때부터니까. 어쨌거나 이거 절대로 보면 안 돼? 누구한테도 말하면 안 되고. 이건 규칙이야. 알겠지?"
"알았어. 비밀은 지켜줄게."

존재하는 건 알겠는데, 형이 시크릿 박스를 어디에 숨겼는지는 알 수가 없다.
아픈 몸 때문에 여기저기 헤집어서 찾아볼 수 없었던 승후는 방을 찬 찬히 살피며 시크릿 박스가 숨겨져 있을 만한 곳을 찾기 시작했다.
옷장 안에 숨겼나?
아니다. 옷장은 어머니께서 수시로 열었다 닫는 곳이다. 다시 말해 옷장 구석구석 어머니의 손길이 닿지 않는 곳이 없었다. 그런 곳에 상 자를 숨겼다면 어머니께서 모를 리가 없었다. 어머니께서 그 박스를 발견했다면, 그래서 그 안에 형 수첩이 있었다면, 곧장 우주 형이든 블랙 팀이든 가져다주었을 것이다. 어머니께서 발견 못 했다는 건 옷장은 아니라는 뜻이었다.

그럼 침대 밑?

그것도 아니었다. 어머니는 두세 달에 한 번 정도 침대 밑까지 청소하는 습관이 있었다. 업체를 불러서 여기저기 쌓인 먼저들을 털어낼 정도로, 침대 밑은 승후의 어머니가 중요하게 생각하는 청소 영역이었다. 그걸 아는 형이 침대 밑 같은 곳에 상자를 숨길 리가 없었다.

"형, 어디에 숨겼어?"

어머니가 헤집어놓아도 절대로 드러나지 않는 곳. 가구를 이리저리 움직여도 발견되지 않는 곳. 그런 곳이 어디 있을까?

"책상. 형이 유일하게 건드리지 못하게 했던 곳."

형은 절대로 책상을 치우지 못하게 했었다. 책이 이리저리 어지럽게 펴져 있는 것처럼 보였지만, 다 공부하면서 연관된다고 생각하는 부분을 펴놓은 것이기 때문에, 책상에 손대는 걸 엄청나게 싫어했었다. 그러니 책상에 숨긴다면 어머니도 찾지 못한다. 책상은 유일하게 어머니께서 건드릴 수 없는 영역이니까.

승후는 의자를 빼 앉으며 책꽂이부터 여기저기 살피기 시작했다.

"분명히 여기 어디쯤 있을 텐데?"

서랍과 책꽂이를 아무리 뒤져도 상자 비슷한 것도 보이지 않자, 승후는 다시 생각에 잠겼다.

분명히 형이 했던 말 중에 단서가 있을 것이다. 시크릿 박스가 발견되길 원했다면, 시크릿 박스에 대해 알고 있는 유일한 사람, 바로 자신에게 장소에 대한 어떤 단서라도 줬을 테니까.


"형이 직접 책상을 디자인했다고?"

"응. 꽤 잘 빠졌어. 만족해."

"갑자기 책상은 왜?"

"요즘 이상하게 가구 만드는 게 근사해 보여."

전화 통화할 때 지후가 이 말을 한 적이 있었다. 죽기 한 달 전쯤에.

"요즘 블랙팀 일없어? 얼마나 한가하면 가구 만들 생각을 다 해?"

"일이 많아도 틈틈이 하면 되지. 내가 만들었지만, 아주 특별해."

"원래 모든 부모는 자기 자식이 천재인 줄 안다더라."

"진짜 특별해. 특별한 가구야. 내 맞춤형 가구거든."

형이 가구를 디자인하고 만들었으면, 분명히 시크릿 박스를 보관할 공간을 만들었을 가능성이 컸다.

"내가 조만간 들어가서 얼마나 잘 만들었는지 본다! 이상하기만 해 봐?"

"옛날에 아버지께서 이런 비슷한 책상을 쓰셨어. 하긴 넌 모르겠네. 아버지 책상을 못 봤을 테니까."

"알아! 지하에 있었잖아. 어렸을 때 그 책상 서랍에 장난감 같은 거 숨겨놓고 했었는데?"

아버지 책상!

아버지 책상에서 제일 특이했던 건 비밀 서랍이 하나 더 있었다는 것이었다. 승후의 기억에, 제일 큰 서랍을 빼면 그 뒤에 작은 서랍 하나가 더 있어서 그 안에 좋아했던 장난감들을 숨겨놓곤 했었다.

승후는 의자에서 내려와 바닥에 앉은 다음 제일 아래에 있는 큰 서랍을 쭉 뺐다. 턱 하고 걸린다. 걸린다는 건 뺄 수 없다는 뜻인데…….

이게 아닌가 하는 마음에 빼놓은 서랍을 주먹으로 툭 내려친 승후는 서랍이 덜컹하자 흠칫 놀랐다.

"어? 이거 고정이 안 됐네?"

승후는 서랍을 살짝 위로 들어보았다. 서랍이 들렸다. 그는 서랍을 쭉 빼 옆에 놓고는 안쪽으로 손을 뻗었다.

"있다!"

정말 비밀 서랍이 하나가 있었다. 책 한 권을 세로로 집어넣을 수 있는 아주 얇은 서랍이었다. 승후는 그 서랍을 빼내 거꾸로 뒤집어 보았다.

틱. 그곳에서 수첩 하나가 떨어진 순간, 승후의 입가에 미소가 번졌다.

"형, 이번 시크릿 박스는 책상 서랍이었구나?"


"퇴원? 미쳤나 봐!"

유하는 승후가 퇴원했다는 소식에 놀라 목소리를 높였다. 주위 시선은 아랑곳하지 않은 채였다.

[지금부터 연기해. 역할 정해줄게. 생각 없이 퇴원해 버린 애인을 혼내는 여자 역할이야. 할 수 있지?]

"미치겠다. 스타님, 진짜 제정신 아니지?"

[OK. 형 수첩 찾았어.]

유하는 옷을 잡고 펄럭이며 크게 한숨을 토해냈다.

"미친 것 맞네. 그 몸으로 퇴원해서 집에 있다는 게 말이 돼?"

[예상했던 게 맞아. 유하 네 옆에 일 년이가 있어.]

"내가 걱정하는 건 생각 안 하나 봐?"

[형 수첩엔 정확하게 일 년이 이름이 거론되진 않아. 아마 이 수첩이 발견될 때를 대비해 일부러 이름을 안 쓴 것 같아. 수첩만 봐서는 일 년이가 누군지 몰라. 내가 한 번 훑었는데, 모르겠더라. 어쩌면 넌 알 수있을지도 몰라. 형사들 특징은 나보다 네가 더 잘 알 테니까.]

"승후 씨가 이렇게 무모하니까 내가 마음 놓고 일을 못 하는 거잖아!"

[수첩에 편지가 하나 있어. 밀봉된 건데, 정확하게 네 이름이 적혀 있는 것으로 봐서, 너만 읽길 원했던 것 같아. 편지 봉투에 '내 사랑하는 나인후에게.' 이렇게 적혀 있어.]

유하는 아무 말도 없었다. 그냥 깊고 길게 한숨을 토해낼 뿐이었다.

[형이 마지막 편지를 남길 정도로 널 사랑했던 것 같아.]

"나…… 진짜 화나. 이거 진심이야."

[응?]

"승후 씨 퇴원할 정도 아니야. 아무리…… 그건 아니지. 지금 승후 씨 행동…… 미친 짓이라고."

지금까지 했던 말이 진심이었다. 연기가 아니라, 유하는 진짜 승후에게 화를 내고 있었던 거다.

"조금 있다가 잠깐 들를게. 그때 얘기해. 지금은 더 못 하겠다."

유하는 일방적으로 통화를 끝내고 책상에 던지듯 툭 휴대폰을 내려놓았다.

"뭐야? 민승후 설마 퇴원했대?"

주영의 질문에도 유하는 대답 없이 씩씩 거친 숨만 몰아쉬었다.

"민승후 마조히스트 그런 거야? 설마 고통을 즐기는 거야? 그게 아니면 그 몸으로 퇴원은 왜 하겠어?"

"어이, 김주영! 너 승후에게 뭐라는 거야? 마조 뭐? 죽으려고!"

우주가 주먹을 내보이자 주영은 움찔하며 히죽 웃었다.

"다시 집어넣어야죠. 진짜 미쳤나 봐."

"그러니까! 자기 몸 상태 자기가 더 잘 알 것 아니야? 이상한 취향 있는 거 아니면, 그 몸으로 퇴원은 왜 하겠어?"

당연히 주영은 이해 못 한다. 주영은 죄는 죄로써 판단해야만 하지, 안타까운 사연은 죄를 판단하는 기준에는 포함하면 안 된다는 주의였다. 냉철하게 상대의 약점을 파고들기 때문에, 지능적인 사이코패스 같은 부류의 범인들을 상대할 때 강했다. 그리고 그런 주영의 영향을 가장 많이 받은 사람이 바로 유하였다.

"몰려드는 기자들하고 팬들 때문에 병원에도 피해가 컸을 테니까, 민승후가 퇴원 결정한 것도 어느 정도 이해가 돼. 얼마나 불편했겠어. 자기가 여기저기 피해를 줬다고 생각했을 수도 있어."

찬우는 사실 지후와 성향이 비슷했다. 지후는 일단 상대를 이해하는 것부터 시작했다. 안타까운 사연 때문에 그런 선택을 할 수밖에 없었던 범인을 불쌍하게 여겼었다. 그래서 지후는 불우한 어린 시절을 보낸 범인들을 상대할 때에 강했다. 그리고 그런 지후의 영향을 강하게 받은 사람이 찬우였다.

"잘 봐. 김 선배가 범인을 어떻게 다루는지."

블랙팀에 배정받고 두어 달이 흘렀을 때, 지후는 유하에게 주영을 유심히 관찰하라고 지시했었다.

"넌 냉철한 판단이 주 무기야. 범인에게 감성보다는 이성으로 접근하는 스타일이고. 그럼 네가 복사하듯 그대로 배워야 할 사람은 바로 김주영 선배야."

"저는 민 선배 스타일이 좋은데요?"

"너랑 안 맞아. 내 스타일은 찬우가 어울리지 너는 아니야. 넌 김 선배가 맞아. 그러니까 잘 보고 배워."

그 당시에는 이해 못 했었다. 지후와 파트너인데 롤 모델은 김주영으로 하라는 말을. 하지만 지금은 알고 있다. 서로 다른 스타일의 두 사람이 손을 잡았을 때 발생하는 시너지. 태석이 그걸 노리고 서로 반대되는 스타일을 파트너로 묶었다는 사실을…….

"얼마나 답답했겠어. 기자들이 밖에서 소란스럽게 하는 것도 신경 거슬렸을 거고. 승후 그 녀석, 갑갑한 거 진짜 싫어하는데, 그 정도 참았으면 많이 참은 거야. 그렇게 생각 없는 녀석 아니니까 걱정 안 해도 돼. 하지만 오늘 가서 경고는 좀 해. 내가 생각해도 좀 빠르긴 하네."

승후에 대해 제일 많이 아는 우주는 당연히 승후 편이다. 하긴 지금 이 자리에 우주는 그냥 민승후 형이었다.

"블랙팀! 좋은 머리 맞대고 민승후 퇴원에 관한 찬반 논란 계속할 거야? 곧 일 년이 활동 시작할 텐데, 너희 민승후 걱정은 되고, 일 년이 걱정은 안 되나 봐?"

태석의 험악한 질책에 블랙팀 전원은 보고 있던 서류로 시선을 돌렸다.

"민승후 걱정은 조유하 한 명만 한다. 나머지는 일 년이 잡을 생각 좀 하자! 응?"

태석이 이를 바드득 갈자, 블랙팀은 마치 짜기라도 한 듯 동시에 보고 있던 서류를 한 장 넘겼다.


뚜벅 뚜벅 뚜벅. 발소리가 유난히 크게 들린다.

"어디 있어? 또 나랑 숨바꼭질하자는 거지?"

낮은 음성이 음산하게 울려 퍼졌다.

뚜벅 뚜벅 뚜벅. 천천히 들리던 발소리가 우뚝 멈춰 섰다.

"왜 자꾸 이래? 자기야, 나 정말 난 술래는 하기 싫어."

뚜벅 뚜벅 뚜벅. 다시 발소리가 들린다.

"왜냐하면…… 너무……."

"악!"

여자의 날카로운 비명이 주위를 울렸다.

아무렇게나 쌓인 상자 뒤에 숨어 있던 여자를 발견한 남자는 도망치는 여자의 머리채를 움켜잡았다. 그리고 발버둥 치는 여자를 벽에다 집어 던졌다. 벽에 머리를 부딪친 여자는 외마디 비명도 지르지 못하고 그대로 스르륵 쓰러졌다.

"왜냐하면, 너무 시시하니까."

붉은 피가 여자의 머리와 얼굴선을 타고 아래로 흘러내렸다.

"자기야."

남자는 다시 여자의 머리채를 움켜잡고 뒤로 젖혔다.

"왜 자꾸 도망치고 그래? 아까 끝냈어야 할 일인데, 시간이 너무 지났잖아."

"살려……."

여자의 입에서 신음에 섞여 들리듯 말 듯 한 소리가 새어 나왔다. 남자가 들고 있는 칼끝이 여자의 볼에서 시작해 천천히 아래로 내려갔다.

"우리 예쁜 자기, 여기 어때? 난 이번 여행이 아주 오랫동안 기억에 남을 것 같은데, 우리 자기도 그렇지?"

천천히 내려가던 칼끝이 여자의 희고 가는 목에 멈췄다.

"난 자기와 만든 이 추억을 기억할 거야. 영원히……."

남자의 입꼬리가 씩 올라간다. 그리고 서늘한 미소가 감돌았다.

"으……."

"안녕."

날카로운 칼날이 여자의 목을 스치고 지나갔다. 그리고 뜨거운 피가 앞으로 뿜어져 나왔다.

"자기, 이번 여행도 재미있었어."

붉게 물든 남자가 빛을 잃어가는 여자의 까만 눈동자를 보며 화사하게 미소를 지었다.

# 제7장.
## 범인은 가까이에 있다

"다시 들어가. 안 돼. 아직은 무리야."

저녁에 잠깐 승후를 만나러 온 유하는 앞뒤 다 자르고 이 말부터 했다.

"약도 다 받아왔고, 몸 상태도 집에 오니까 한결 좋아졌어."

유하가 들어오기 전 침대에 누워 있던 승후는 다리를 바닥에 내려 침대에 걸터앉으며 화사한 미소를 머금었다. 평소 같으면 승후의 이 모습에 배시시 웃음을 흘렸겠지만, 지금은 웃을 상황이 아님을 알기에 유하는 미간을 잔뜩 일그러뜨리며 그를 노려보았다.

"나 화낼까? 내가 화내는 거 보는 게 소원이야? 그럼 화내고."

"알아서 할게. 내가 애야? 의사도 안 된다고 생각했으면 퇴원 안 시켰어. 우긴다고 될 일이 아니잖아."

"하지만……."

똑똑똑.

버럭 화내려던 그 순간 노크 소리가 들리고 문이 열렸다. 그리고 정숙이 과일과 차를 가지고 들어왔다.

"감사합니다."

유하가 황급히 쟁반을 받아들자 정숙은 아들과 그녀를 번갈아 가면서 보다가 이내 빙긋 웃었다.

"많이 혼내. 눈물 쏙 빠지게. 퇴원했다며 갑자기 들이닥쳤는데, 기절하는 줄 알았다니까!"

"네. 그럴게요."

유하가 기다렸다는 듯 바로 받아 대답하자 승후는 뚱한 얼굴로 어머니와 그녀를 번갈아 보았다.

"내가 세상에서 제일 사랑하는 두 분! 이러면 곤란하지! 둘 중 한 사람은 내 편을 들어줘야 하는 거 아니야?"

"애야? 편 가르게?"

"덜 컸나 보죠. 막내가 커봤자 막내지."

이 남자 가끔가다 귀여운 모습이 보인다. 진심으로 삐친 듯한 표정에 유하는 그만 풋 웃음을 터뜨리고 말았다.

"그렇지. 이게 우리 막내 모습이지. 조 형사, 잘 생각해. 수많은 팬이 떠받드는 민승후가 사실은 나랑 지후 과보호 속에 자라서 어리광이 장난이 아니야. 아들 한 명 키울 생각 아니면 다시 고려하는 게 좋을 거야."

정숙은 한심스럽다는 듯 혀까지 쯧쯧 차며 두 사람을 위해 자리를 비켜주었다.

"진짜 살짝 고민되네."

"가! 가! 간다고! 지금 당장 다시 입원하러 가면 되지? 퇴원 조금 일찍 했다고 애인한테 버림받는 게 말이 돼?"

유하는 의자를 끌어다 승후 앞에 놓고 마주 보며 앉았다.

"민승후 씨, 나 성질 고약해. 화나게 하지 마."

"알았어. 알았다고. 퇴원할 만하니까 한 거야. 그리고 조금만 아파도 다시 들어갈 거니까, 진짜 걱정하지 마."

"나 수첩 찾아주려고 무리한 거 아는데, 이런 거 싫어요. 진짜 화났었다고."

"알았어. 미안해. 엄청 미안해."

승후의 사과에도 유하의 얼굴은 밝아지지 않았다. 승후가 이렇게 무리한 게 자기 때문이라는 걸 아주 잘 알고 있기 때문이었다.

"이거, 수첩."

승후는 분위기를 바꿀 생각으로 수첩을 내밀었다. 조금이라도 유하의 기분을 좋게 해주길 위해서였지만, 수첩을 받고도 그녀의 표정은 풀리지 않았다.

"웃어주라. 너 웃는 모습 보겠다고 이 미친 짓을 한 거잖아."

"자기 행동이 미친 짓인 건 아네?"

"당연하지. 내 행동인데."

유하는 나지막하게 한숨을 푹 내쉬며 수첩 겉장을 넘겼다. 그리고 승후가 말한 '내 사랑하는 나인후에게'라고 쓰인 편지를 집어 들었다.

"나갈게. 편히 읽어."

"그냥 앉아 있어요. 괜찮아. 그 몸으로 자꾸 어딜 돌아다녀?"

유하는 나가려는 승후를 잡아 앉히고는 편지를 뜯었다.

-조유하, 내 사랑하는 후배에게.

이 제목에 유하의 눈이 살짝 일그러졌다.

-그런 일은 일어나지 않길 바라지만, 만약 지현이가 이걸 너에게 줬다면, 내가 너에게 모든 짐을 떠넘기고 죽었다는 뜻이겠지?

그래도 이게 네 손에 들어가면 난 안도감에 가슴을 쓸어내릴 거야. 저승에 있더라도.

뭐부터 써야 할까?

아! 사랑한다고 고백한 것부터 써야겠지?

나 너 사랑해. 넌 내가 키운 내 후배잖아. 꼬꼬마 형사를 어엿한 어른 형사로 키웠는데, 어떻게 안 사랑해. 당연히 사랑하지. 하지만 여자는 아니야. 그러니까 죄책감이 남았다면 그냥 지워. 지워도 돼.

그런 거짓말을 하게 된 이유를 설명하자면, 내 동생 기억 속에 널 박아 넣어야 했기 때문이야. 그래야 이 수첩을 다른 사람이 아닌 너에게 전할 테니까. 내가 널 사랑한다고 하는 편이 지현이 기억에 가장 강하게 남겠지. 그리고 주위 사람들에게까지 거짓말한 건, 일 년이가 가까이 있어서야. 앞으로 넌 지현이를 자주 만나야 할 텐데, 사람들에게 말할 표면적인 이유 하나는 만들어줘야 하잖아.

민지후가 사랑한 나인후. 이 이름이면 지현이가 널 자주 찾는다 해도, 일 년이가 의심의 눈으로 보지 않을 테니까. 아니다. 그러길 바라고 있어. 형이 사랑한 여자를 찾는 거지, 형사 조유하를 찾는 건 아니라고 생각하길 빌고 있어.


사랑한다고 거짓말을 했단다.

진짤까? 아니면 남은 사람의 고통을 덜어주기 위한 배려?

생각해 보면 지후의 이 선택은 어느 정도 이해가 갔다. 지후가 상상할 수 있는 이야기는, 형사 조유하로 승후와 만나는 자릴 테니까.

냉정하게 생각해서 승후가 이 수첩을 발견했을 때 누구를 제일 먼저 떠올릴까?

당연히 블랙팀 팀장인 태석 아니면 제일 친한 형인 우주일 것이다. 만약 지후가 이 두 사람을 중 한 명을 의심하는 상태라면, 그걸 막아야 했을 것이고, 승후가 두 사람보다 먼저 유하를 기억하게, 나인후란 이름을 머릿속에 단단히 박아 넣을 필요가 있었을 것이다.

형이 사랑하는 여자, 나인후.

이게 가장 확실한 방법이다. 이것 외에 더 좋은 방법은 없었다.


340 파트너

-처음 내 주위 경찰 중 일 년이가 있을 거라는 의심을 한 날, 어쩌면 죽을 수도 있겠다는 생각을 했어. 그때부터 고민해 봤는데, 내가 제일 믿고 의지하는 경찰, 내가 죽으면 내가 하던 일을 이어서 해줄 사람은 너뿐이더라.

유하야, 지금부터 똑똑히 읽어. 일 년이가 경찰이야. 아주 가까이에 있어서 꿈에도 생각 못 했던 그 사람. 그 사람이 내 눈을 가리고 내 귀를 닫고 있었는데도, 그래서 한 번도 의심하지 않았는데, 바로 그가 일 년이었어. 여자들을 죽인 연쇄살인마였던 거야.

"선배…… 어떻게……."

편지를 들고 있던 손이 가늘게 떨린다. 유하는 읽던 편지를 잠깐 멈추고는 눈을 감고 소리 없이 긴 한숨을 내쉬었다. 그리고 다시 편지를 읽기 시작했다.

-그를 막아. 유일한 방법은 피해자를 납치 감금하고 살해한 곳을 찾아내는 거야. 그것 외에 그를 일 년이로 단정할 단서는 아무것도 없어.

기억해. 절대로 네가 알고 있다는 사실을 들키지 마. 그는 교활해. 그리고 아주 영리하지. 조금도 방심하지 마. 미세한 틈이라도 보이면, 넌 죽어.

선배는 동료의 손에 죽었다. 그것도 가장 믿고 의지하던 동료 손에.

"선배……."

유하는 눈을 감고 길게 한숨을 토해냈다.

끓었던 감정이 한숨에 조금 가라앉자 유하는 눈을 뜨고 다시 편지를 읽기 시작했다.

-내가 너무 위험한 일을 너에게 맡기고 가지?

그래도 사진이 아닌 진짜 민승후를 네 앞에 데려다놓았잖아.

민승후 실물을 가까이서 딱 한 번만 보면, 당장 죽어도 좋다며?

살아 있는 민승후 네 앞에 데려다놓고 일대일로 대화도 하게 해줬으니까, 너 위험에 빠뜨린 거 용서해 주라. 응?

아참! 내 동생을 잘 부탁해. 그 녀석은 사랑하는 사람 기억과 흔적은 엄청 소중하게 간직하거든. 너 많이 찾을 거야. 형이 사랑하는 여자라 생각하면 더 찾을 거고. 처음에는 네가 위로를 좀 해줘야겠지만, 곧 그 슬픔에 빠져나올 테니까 걱정은 말고. 슬픔에 빠져 길게 허우적거리는 녀석은 아니니까.

유하야, 조유하! 아니, 내 파트너 나인후! 꼭 일 년이 잡아줘. 부탁이다.

유하는 편지를 들고 있던 팔을 아래로 툭 떨어뜨리며 긴 한숨을 토해냈다.

심증만으로 동료를 일 년이로 지목할 수는 없기에, 동료 형사가 일 년이라고 주장할 수 있으려면 증거를 손에 쥐고 있어야 했을 것이다. 그 순간 지후가 할 선택은 뻔했다. 아니, 유하 자신이 지후와 같은 상황이었다 해도 똑같이 행동했을 것이다. 증거를 잡기 위해서 조금 더 가까이 접근하는 방법밖에 없다. 심증 말고 물증 하나만 손에 쥐면, 모든 걸 해결할 수 있을 테니까.

뒤를 든든하게 받쳐 줄 동료도 없는 상황에서 지후는 혼자 얼마나 외로웠을까?

"왜…… 나에게조차 비밀이었을까? 나한테 말했으면 함께 있었을 텐데."

유하가 무언가를 물었다는 걸 알면서도 승후는 말이 없었다. 그저 그녀 손에 있는 편지를 가지고 가 뚫어지게 보기만 할 뿐이었다.

"승후 씨."

유하가 자신의 이름을 불렀다는 걸 알면서도 승후는 입을 꼭 다문 채 편지만 보고 또 보았다.

"민승후, 정신 차려!"

점점 이성을 잃어가는 듯한 승후의 표정에서 불안감을 느낀 유하는 그를 잡고 흔들었다.

"도움이…… 필요하겠어."

가늘게 떨리는 음성이 승후의 입에서 흘러나왔다.

"도움?"

"우리 둘로는 안 될 것 같아. 도와줄 사람이 필요해."

"안 돼. 현직 경찰을 일 년이로 지목하는 일이야. 이건 심증만으로 안 돼. 물증도 없이 심증만으로 현직 경찰을 범인, 그것도 일 년이로 지목하는 일인데, 누가 그 일을 같이 해주겠어?"

"그러니까 도움이 필요하다는 거지. 증거를 찾아야 하잖아."

"그러니까 그 증거를 찾고 도와달라고 청해야 한다고!"

"도와줄 사람, 알아. 그 사람이라면 도와줄 거야."

"누구? 누가 도와주는데? 그게 가능했으면, 지후 선배가 혼자 수사했겠어? 안 돼. 그리고 비밀은 혼자 알고 있을 때나 지켜지는 거야. 둘, 셋, 하나씩 늘어나면 그건 비밀이 아니야. 터지기 직전의 시한폭탄이지."

"한 사람 있어. 딱 한 사람. 그 사람이면 도와줄 거야. 비밀도 지킬 거고. 지금 우리에겐 그 사람밖에 다른 대안은 없어. 그 사람만이 우리를 도와줄 수 있어."

"그게 누구든 안 돼! 너무 위험해. 나뿐만 아니라 그 사람까지 일 년이의 표적이 될 수 있어!"

"한 사람보다는 두 사람이 이길 확률이 높아. 그러니까 내 계획대로 따라줘. 네가 싫다 해도 난 말할 거야. 난 일 년이 이 새끼 잡히는 거 꼭 보고 싶어."

편지를 잡고 있던 승후의 손이 바들바들 떨렸다. 아니, 그의 몸은 분노로 부들부들 떨고 있었다.

퇴근 후 승후의 본가로 온 하정은 손톱을 물어뜯으며 주위를 살폈다.

승후를 만나려면 어떻게 해야 할지 몰라서 망설이고 있을 때 집 앞에 차가 한 대 섰고, 그 차에서 여자가 한 명 내렸다.

"저 사람 블랙팀 형사인데……."

골목에 숨어서 집을 살피던 하정은 유하의 등장에 표정이 굳었다.

형사가 왜 자꾸 승후를 찾아오지? 승후를 납치한 남자는 죽었다고 들었는데, 어째서 자꾸 찾아오는 거지?

하정의 심장이 거칠게 쿵쾅거리며 뛰었다. 불안감이 극에 달했고, 입도 바싹바싹 말랐다.

몇 시간 후, 문이 열리고, 블랙팀 형사라는 여자가 대문으로 나왔다. 그리고 그 뒤로 승후가 아픈 몸을 이끌고 따라 나왔다.

"들어가. 내일 해 뜨자마자 바로 입원하고. 입원 안 하고 도망가면 내 손에 죽는다?"

유하가 주먹까지 내보이며 협박하자 승후는 짧고 깊게 한숨을 푹 내쉬었다.

"윤석이 내일 아침 일찍 오라고 했잖아. 불안하면 오늘 나랑 같이 자고 내일 아침에 병원에 데려다주면 될 거 아니야?"

"민 스타, 내가 데려다주면 오늘 밤 안으로 입원시키지 않겠어? 설마 내 성격에 내일까지 기다릴 거라 생각해? 퇴원하기 위해 애쓰신 민 스타 님을 위해서 인내심을 발휘하고 있다고는 생각 안 하시나 봐요?"

머리를 긁적인 승후가 히히 어색한 웃음을 흘렸다.

"내일 아침 일찍 꼭 들어가자? 전화할 때 안 들어가고 집에 있으면, 조유하 성격이 얼마나 지랄 같은지 그 끝을 볼 수도 있다는 걸 명심해?"

"네."

짧게 대답한 승후는 크게 고개를 끄덕였다.

"들어가. 가는 거 보고 출발할 테니까."

"네. 그럼 잘 가요, 조 형사님?"

승후는 부드럽게 인사하고는 주위를 살폈다. 그리고 아주 빠르게 유하의 입술에 입을 맞췄다. 승후가 대문 안으로 사라지고, 유하는 픽 웃음을 흘렸다.

"못 말려."

고개를 절레절레 흔들며 차 문을 연 유하는 차에 오를 생각도 하지 않고 주위를 살폈다. 그리고 고개를 갸웃하며 차에 올랐고, 얼마 후 그녀는 승후의 집 앞에서 완벽하게 사라졌다.

"승후 씨 지금 뭐 하는 거야? 설마 아니지? 승후 씨 나 사랑하잖아. 승후 씨가 사랑하는 사람은 나잖아?"

그 모습을 지켜본 하정의 눈동자가 이리저리 불안하게 흔들렸다. 하지만 금방 그 얼굴에 미소가 떠올랐다.

"그래, 그거야. 불안해서 사랑하는 척하는 거야. 형사니까, 그것도 블랙팀 형사니까 승후 씨 지켜줄 수 있을 것 같아서. 우리 승후 씨 많이 힘들었구나? 그날 많이 무서웠던 거야. 걱정 마. 내가 지켜줄게. 내가 승후 씨 안 무섭게 해줄게. 알았지?"

혼잣말로 이렇게 중얼거린 하정은 승후의 집으로 다가갔다. 그리고 대문에 손을 댔다.

"우리 곧 함께할 거야. 우리 둘 행복해질 거야. 걱정 마."


다음 날, 유하의 협박과 강압으로 승후는 결국 다시 입원하게 됐다.

교수는 이렇게 다시 끌려 들어올 걸 왜 나갔냐며 놀렸지만, 승후는 상관없었다. 해야 할 일을 다 했기 때문이었다.

"승후야!"

"우주 형."

우주가 병실로 들어오자 승후의 얼굴에 미소가 번졌다.

"결국 다시 입원할 거 처음부터 조 형사한테 의논 좀 하지."

우주는 의자에 앉으며, 한심하다는 얼굴로 혀를 쯧쯧 찼다.

"그러니까. 이번에 난 유하를 절대로 이길 수 없다는 걸 알게 됐어."

"남자가 여자를 어떻게 이겨? 여자는 이기는 존재가 아니야. 떠받드는 존재지."

"그걸 몰랐네. 좀 일찍 알려주지. 그랬더라면 유하 허락받고 나갔을 텐데."

승후는 가볍게 하하 웃다가 갑자기 심각해졌다.

"무슨 일이야? 무슨 일로 보자고 했어?"

"나 형한테 보여줄 게 있어."

망설이는 듯한 얼굴로 몇 초 생각에 잠겼던 승후는 베개 아래서 수첩을 꺼내 우주에게 내밀었다.

"이게 뭐야?"

"지후 형 수첩. 여기에 쓰인 인물이 아무래도 일 년이 같아."

우주는 그 수첩을 받아 겉장을 넘겼다.


-일 년이, 그 사람은 내가 가장 믿고 의지하는 선배이고 스승이며 형이었다. 그리고 유능한 형사였다.


이 글이 보이자 우주의 미간이 일그러졌다.

"잠깐…… 이거……."

"일 년이가 형하고 친했던 경찰 중 한 사람이래. 이 수첩에 일 년이 이름은 없어. 난 누군지 짐작도 안 돼. 형이 봐. 형은 누군지 알 수 있을 거잖아."

"이거 어디서 찾았어?"

"형 방에서. 지후 형에게는 중요한 물건을 넣어주던 비밀 상자가 있어. 까맣게 잊고 있었는데, 이번에 기억나더라."

"갑자기?"

승후는 빙긋 웃으며 고개를 저었다.

"당연히 아니지. 요즘 시간이 너무 많잖아. 유하랑 이런저런 이야기 했었는데, 그때 말하더라고. 형 수첩이 이상하다고. 분명히 일 년이에 대해서 써놓은 다른 수첩이 있을 텐데, 그걸 못 찾겠다고. 그래서 혹시나 해서 찾아봤지. 그랬더니 있더라고, 이 수첩이."

우주는 굳은 얼굴로 수첩을 잠시 보다가 나지막하게 한숨을 내쉬었다.

"너 설마 이것 때문에 고집부려서 퇴원했던 거야? 이거 찾으려고?"

"시간이 없잖아. 유하까지 일 년이 손에 잘못되면, 나 미쳐. 형 그거 알잖아."

"조 형사는? 이거 봤어?"

"수첩은 봤는데, 읽지는 않았어. 복잡한 모양이야. 그 수첩을 보는 게 힘들어 보였어. 형이 유하랑 함께 이거 수사 좀 해라. 유하 좀 구해줘. 형은 할 수 있잖아."

우주도 복잡한지 한동안 말이 없었다. 그냥 수첩과 승후를 번갈아 가면서 보다가 푹푹 한숨만 내쉴 뿐이었다.

"수첩에 정말 일 년이 이름이 안 나와 있는 거 맞아? 일 년이에게 가장 가까이 접근한 거면 일 년이 이름을 알고 있다는 뜻이잖아."

"읽어봐. 안 나왔어. 난 경찰들 모르잖아. 블랙팀 안에 있지 않을까 하는 예상은 했었는데, 자세한 건 모르지. 내가 블랙팀도 아니고. 형하고 유하가 머리 맞대고 추리 한번 해봐. 그건 두 사람 전문이잖아."

"그래. 일단 보자."

"그런데 형, 이 수첩 블랙팀에 가지고 갈 건 아니지? 만약 일 년이가 블랙팀 안에 있으면……. 수첩에 이름은 안 나와 있지만, 분명히 경찰이라고 했어."

"아, 맞다. 그러네."

"그러지 말고 둘에서 여기 와서 수사하면 안 돼? 그럼 눈도 피하고 좋을 텐데?"

"조 형사랑 파트너라면 상관없는데, 각자 파트너가 따로 있잖아. 여기서 자주 만나면 의심만 살 거야."

"그렇구나. 그럼 안 되겠네."

우주는 미간을 찌푸리며 생각에 잠겼다가 결심한 듯 벌떡 일어섰다.

"파트너 체인지 요청할게."

"그거 가능해?"

"원래는 나랑 조 형사가 파트너여야 맞아. 성향이 비슷한 사람끼리 파트너로 이어져 있으면, 일부분만 보기 때문에 효율성이 떨어지거든. 일년이가 큰 사건이기 때문에 파트너 체인지 하는 게 더 이득이라고 우겨볼게. 받아들여질지는 모르겠지만."

"유하 좀 부탁해, 형. 그리고 고마워."

우주는 빙긋 웃으며 승후의 어깨를 가볍게 툭툭 쳤다.


블랙팀 회의실.

"피해자가 연애한다는 말을 들어본 사람은 일절 없습니다. 연애는 고사하고, 죽기 몇 달 전에 알게 된 사람도 없답니다."

주영의 말에 다들 비슷한 생각인지, 모두 짧은 신음을 터뜨렸다.

"그럼 우리가 잘못 짚었단 말이야?"

"잘못 짚었는지는 모르겠지만, 겉으로 드러나는 게 없는 건 확실합니다."

태석의 신경질적인 물음에 찬우는 담담하게 대답했다.

"수사 방향을 다시 잡아야 하잖아. 의견 내봐."

태석의 날카로운 눈빛에 블랙팀 모두 슬쩍 시선을 피하며 한숨을 푹 내쉬었다.

"블랙팀! 대한민국 경찰 중, 위에서 손가락 안에 드는 인간들만 모아 놓은 게 여기 블랙팀이야! 그런데 수사 방향 하나 제대로 제시 못 한다는 게 말이 돼?"

버럭 소리를 지르는 태석의 음성이 회의실 여기저기를 울렸지만, 블랙팀은 입에 본드를 붙여놓은 것처럼 모두 입을 꾹 다물고 있을 뿐이었다.

"일 년이가 다시 범행 시작할 때까지 우리 손가락 빨아? 그냥 놀고 있을까? 너희 파트너랑 주고받은 의견 없어? 파트너랑 둘이 나가서 사건 이야기는 안 하고 술만 퍼마셨냐고?"

"그래서 하는 말인데, 파트너를 체인지 해보는 건 어떨까 합니다."

"왜요? 선배 나 마음에 안 들어요?"

우주의 갑작스러운 발언에 가만히 듣고 있던 찬우가 눈이 휘둥그레져서 물었다.

"그게 아니라, 지금은 너무 성향이 비슷한 사람끼리 파트너로 묶여 있잖아. 파트너끼리 마음이 맞는 것도 중요하지만, 약간의 대립도 있어야 못 보던 것들도 보이는데, 지금은 아무래도 상대가 무슨 생각을 할지 너무 잘 아니까, 제자리걸음만 하는 것 같아."

"하긴 그런 것도 있지. 나만 해도 유하 이 녀석이 무슨 생각을 할지 빤히 보이니까."

주영까지 우주의 생각에 동조하고 나서자 막내 라인인 찬우와 유하는 달리 할 말이 없어 그냥 고개만 끄덕였다.

"파트너를 체인지 한다?"

"일단 일 년이 사건을 해결할 때까지만 한시적으로 체인지 해보면 어떨까 합니다."

우주의 제안에 생각에 잠겼던 태석은 유하와 찬우를 번갈아 가면서 보다가 결심한 듯 입을 열었다.

"좋다. 우주는 유하랑, 주영은 찬우랑. 이렇게 체인지 해. 주영이와 찬우는 몇 년간 파트너였으니까 상관없고, 우주와 유하는 서로 알아가는 단계가 필요할 테니까, 양보 좀 해가면서 잘해봐."

"넵."

"일단 나가서 다시 한 번 훑어봐. 비슷한 눈일 때와 지금은 다를 수 있으니까."

"넵."

태석의 명령에 블랙팀은 동시에 일어나 회의실을 나갔다.

"헤어졌다가 다시 만나니 설레는데? 전처와 다시 결혼한 기분이 이런 건가?"

찬우는 몸으로 주영을 툭 치며 느끼하게 웃었다.

"원래 불꽃은 처음이 제일 화려하게 터지는 법이에요. 우리는 초혼이니까 열정적으로 잘해보자고요?"

유하는 우주를 보며 생긋 웃음을 흘렸다.

"불꽃은 너희 둘이 붙어야 제일 화려하게 터지지. 난 파트너 체인지 하자 할 때 기대했었는데."

주영은 수첩으로 유하와 찬우를 한 대씩 툭툭 쳤다.

"하루도 못 가 둘이 머리끄덩이 잡고 싸운다는 것에 내 차를 건다! 그건 범인을 잡자는 게 아니라 놓아주자는 뜻이지."

찬우는 생각만 해도 끔찍한지 몸을 부르르 떨었다.

"하루? 한 시간도 못 가 둘이 사표 집어 던진다는 것에 난 민승후 건다! 그건 형사 생활 하라는 뜻이 아니지, 둘 다 나가라는 뜻이지!"

둘이 으르렁거리자 우주는 유하와 찬우만 뒤로 남겨두고 주영과 나란히 걸었다.

"둘이 왜 저러고 싸워? 사연 있는 거 아니야?"

우주는 진짜 진심으로 궁금해서 물었다.

"저게 쟤네 애정 표현이야. 그냥 내버려 둬."

"저게 애정 표현이라고? 아무리 생각해도 저건 감정 있는 건데?"

"저러면서 먹을 거 있으면 제일 먼저 챙겨. 그러니까 쟤들은 그냥 저게 일상인가 보다 해."

우주는 뒤에서 말도 안 되는 말로 으르렁거리고 있는 유하와 찬우를 보며 고개를 절레절레 흔들었다.

"특이한 인간들."

우주는 둘에 대한 결론을 간단하게 내리고는 자기 자리로 돌아갔다.

"파트너 돼서 제일 먼저 오는 게 민승후 병실이라는 건 좀……."

유하는 우주가 승후 병실로 들어서자 약간 못마땅하다는 듯 미간을 찌푸렸다.

"너하고 나 따로 해야 할 일 있잖아. 그거 하자는 거야. 그래서 파트너도 바꾼 거고."

우주는 병실 문을 열면서 이렇게 말했다.

"설마 승후 씨가 선배한테 그 수첩 보여준 거예요?"

유하는 놀란 얼굴로 우주를 잡아 세웠다.

"그럼 그 중요한 걸 너 혼자 하려고 했어?"

"그게 얼마나 위험한지 알잖아요!"

"알지. 알고 있지. 그래서야. 민지후도 못 당한 놈이야. 너 혼자는 안 돼."

"선배까지 위험하게 만들 순 없어요."

"블랙팀이라는 사실 자체만으로도 이미 위험해! 블랙팀 여기저기 협박에 시달리는 거 한두 해 일도 아니고, 그 사실 모르는 경찰 없어. 그거 다 감수하고 블랙팀 발령 받아들인 거야. 죽음까지 각오하고 덤비는 사람, 너 하나만 있는 거 아니야. 내 소속이 블랙팀이 된 그 순간부터, 나도 이미 죽음과 맞닿아 있다고 생각하고 있어. 그러니까 쓸데없는 생각 하지 마."

우주는 병실로 들어갔지만, 유하는 좀처럼 발을 내디딜 수가 없었다. 여러 가지 생각이 머릿속을 어지럽힌다. 그녀의 얼굴에 고민하는 흔적이 떠오르자 우주는 빨리 들어오라며 소리를 질렀다.

"네. 가요. 간다고요!"

어쩔 수 없이 발을 병실 안으로 발을 들어놓으면서 유하는 깊게 한숨을 푹 내쉬었다.

승후의 병실.

-일 년이, 그 사람은 내가 가장 믿고 의지하는 선배이고 스승이며 형이었다. 그리고 유능한 형사였다.

승후가 침대에서 대본을 팔 때, 우주와 유하는 소파에 앉아 지후의 수첩을 들여다보고 있었다.

"이 부분은 지후의 선배들을 뜻하네. 나도 포함되고."

"그런데 스승이라는 단어가 있잖아요. 그러면 한참 위의 선배 아닐까요?"

"일단 더 보자고."

우주와 유하는 다시 수첩을 읽기 시작했다.

-그 사람은 후배를 잘 챙기는 선배이고 따뜻한 형사이다. 나는 그런 그 사람을 존경했다. 그래서 그의 모든 걸 닮길 원했고, 그렇게 하려고 노력했었다.

"선배, 지후 선배 롤 모델이 누구예요? 내 롤 모델이 주영 선배고, 찬우 선배가 지후 선배잖아요. 제가 알기로는 주영 선배는 우리 팀장이 롤 모델이거든요. 지후 선배는 잘 모르겠어요."

"나도 잘 모르겠는데? 지후도 너랑 비슷한 케이스라. 경찰대 졸업하고 경찰 생활 대부분을 블랙팀으로 한 녀석이잖아. 블랙팀 안에 있지 않을까?"

"내가 들어오지 전에 있던 선밴가?"

생각이 좀처럼 떠오르지 않자 유하는 '에라 모르겠다.'라며 휴대폰을 꺼내 어딘가로 전화를 걸었다.

[뭐? 헤어진 지 몇 시간 만에 벌써 내가 보고 싶었어?]

휴대폰 안에서 주영의 음성이 흘러나오자 유하의 입가에 미소가 번졌다.

"그러니까요. 갑자기 너무 보고 싶은데?"

[불안하게 왜 이러실까? 나 심장 떨려.]

[헐! 이 야릇한 공기는 뭘까? 여기도 그거야? 내가 하면 로맨스, 남이 하면 불륜?]

음흉한 찬우의 웃음소리에 유하는 진심으로 발끈했다.

"아, 진짜! 난 일편단심 민승후밖에 없어! 내가 조각같이 멋있는 우리 민승후 두고 유부남하고 뭘 해? 나도 취향이라는 게 있거든!"

[난 취향 없는 줄 알아? 사내 녀석들을 맨주먹으로 때려눕히는 너도 내 취향은 아니거든!]

[일부러 이러는 것 봐. 일 년이 빨리 잡고 파트너 돌려줘야겠네. 서로 애달아서 잠도 못 자겠어.]

건수 하나 잡은 찬우는 대놓고 놀려댔다. 그러자 몇 초 후 '악!' 하는 비명이 휴대폰 안에서 날카롭게 흘러나왔다.

[선배, 이거 살인 미수야!]

[그냥 오늘 내 손에 죽자! 내가 살인죄로 들어갈게.]

당황한 듯한 찬우의 목소리가 들리고 뒤이어 날카로운 주영의 음성도 들렸다.

"선배, 파이팅! 내가 사식 빵빵하게 넣어줄게!"

[알았어, 알았어. 내가 잘못했어! 다시는 이상한 장난 안 쳐! 맹세할게.]

[한 번만 더 이상한 장난쳐라? 그날로 목을 확 비틀어 버릴 테니까!]

"역시 김주영이야! 선배 멋져!"

[야! 넌 말려야지!]

찬우의 원망에 가득한 목소리가 들렸지만, 유하는 바로 콧방귀를 뀌었다.

[왜? 왜 전화했어?]

다시 처음으로 돌아간 건 한바탕 쇼가 벌어진 다음이었다.

"아! 지후 선배 롤 모델이 누구예요? 갑자기 그게 궁금하네?"

[너도 진짜 뜬금없다. 지후랑 몇 년을 함께했는데 그걸 몰라?]

"그러니까. 내가 파트너로 자격이 없었어요. 누군데요?"

[팀장이잖아.]

"네? 팀장은 선배잖아요. 나 그렇게 아는데?"

[팀장이 양면성이 있어. 그래서 블랙팀 팀장 자리에 오른 거고. 블랙팀 팀장 아무나 못 하는 건 알지? 팀장이 냉정함과 따뜻함을 교묘하게 오가거든. 그래서 두 스타일의 조화가 얼마나 중요한지도 잘 알고 있지. 나랑 지후는 팀장을 보며 컸어. 왜? 안 믿겨?]

"아니에요. 믿어요. 그렇구나. 지후 선배 스승이 바로 팀장이구나. 알았어요. 끊어요. 수고!"

주영과 통화를 끝내고, 유하는 한동안 말이 없었다. 그리고 아무 말 없이 통화를 듣고 있던 우주도 조용했다.

아니다. 누구도 함부로 말을 꺼낼 수가 없다고 해야 옳았다. 가장 강력한 용의자로 팀장 이태석이 떠오른 지금, 유하와 우주, 둘 중 그걸 먼저 입에 올릴 사람은 없었다.

"이태석 팀장이 일 년인 거야?"

병실을 가득 채웠던 무거운 침묵을 깬 건 바로 승후였다.

"아니야. 다른 사람이 있을 거야. 다른 사람 있어. 분명히 다른 사람이……."

현실을 부정하듯 유하는 벌떡 일어나 강하게 고개를 저으며 병실을 이리저리 서성거렸다.

"다른 사람…… 이야. 팀장은…… 아니라고."

"이재수가 일 년이가 가까이에 있다고 했다며? 이태석 팀장 정도면 너랑 엄청 가까운 거 아닌가?"

"아니야. 아니야. 진짜 아니라고! 우리 팀장, 우리를 위해선 목숨도 내놓는 사람이야! 절대로 아니야! 절대로!"

거칠게 숨을 몰아쉬며 날카롭게 소리를 지르던 유하는 머리를 헝클다가 그대로 병실을 나가 버렸다.

"이태석 팀장이 일 년이일 가능성 있는 거야? 우주 형, 말해봐."

승후가 매섭게 따져 물었지만, 우주는 고개만 푹 숙인 채 말이 없었다.

"나 답답해. 유하는 냉정하게 말할 상태가 아닌 것 같으니까, 우주 형이 말 좀 해봐. 이태석 팀장이 일 년이일 가능성 있어?"

"나도 모르겠다."

"모르겠다는 것은 답이 아니잖아! 가능성 있는 거냐고! 블랙팀에서 일 년이에 관해 분석해 놓은 자료 있을 거잖아! 이태석 팀장하고 맞는 거 있어? 형은 알 거 아니야?"

답답한 마음에 승후의 목소리가 점점 커졌지만, 우주는 속 시원하게 대답하지 않았다. 그냥 길게 한숨을 토해낼 뿐이었다.

"그럼 내가 이태석 그 인간한테 전화해서 물어? '당신 일 년이야?' 하고 물으면 대답해 줄 것 아니야?"

승후가 휴대폰을 꺼내자 우주는 빠르게 움직여 그 휴대폰을 빼앗았다.

"흥분 가라앉혀. 전화해서 어쩔 건데? 일 년이가 아니어도 문제고, 일 년이면 더 문제잖아! 냉정하게 생각해. 아직 확실한 건 없어."

우주는 승후의 휴대폰을 테이블에 던지듯 놓고는 다시 소파에 앉았다.

"그럼 말해. 이태석 그 인간이 일 년이일 가능성 있어?"

"일단 알아봐야 해. 확실해지기 전까지는 몰라."

"있는 거네? 그렇지?"

"그렇게 의심하기 시작하면 블랙팀 모두 믿을 수 없어! 다시 말해 유하도 그 의심에서 벗어나지 못한다고! 일단 좀 더 알아보자. 뭔가 더 있을 거야."

"만약에 이태석 팀장이 일 년이면 어떻게 되는 거야?"

승후의 질문에 우주는 골치가 아픈지 양쪽 관자놀이를 꾹 눌렀다.

"어떻게 되는 거냐고!"

승후가 거듭 질문을 던지자 우주는 다시 한숨을 내쉬었다.

"만약 팀장이 일 년이면 끔찍하겠지. 형사 조유하의 삶에서 이태석의 존재는 절대적이니까."

우주의 대답에 승후는 그대로 얼었다. 모든 사고가 마비된 듯 멍한 상태로 한참을 넋 놓고 있던 승후는 답답한 듯 하하 짧은 숨을 뱉었다.

"뭐가 이렇게 엿 같은 거야. 어째서 세상이 이렇게 엿 같은 거냐고."

승후는 떨리는 음성으로 나지막하게 중얼거리며 유하가 박차고 나갔던 문을 응시했다.


비가 쏟아지는 이른 새벽.

사람들이 웅성거리며 보고 있는 그곳에 나신 상태의 시체가 두 손을 배에 가지런히 모은 채 반듯하게 눕혀져 있었다.

현장에 도착한 블랙팀 형사들은 동시에 고개를 아래로 떨어뜨렸다.

지금 형사들의 머릿속에는 한 가지 생각뿐이다. 돌아왔다. 그놈이 돌아왔다. 일 년이, 바로 그 미친 살인마가 돌아와 또다시 살인을 저지른다. 이 미친놈을 이번에는 꼭 잡고야 말리라. 내리는 빗소리도, 웅성거리는 사람들 소리도, 경찰차 사이렌 소리도, 모두 사라져 간다.

형사들은 말이 없었다. 그냥 일 년이 손에 목숨을 잃은 이번 피해자를 한참 동안 보고 있을 뿐이었다.

[오늘 새벽, 주택가에서 시체 한 구가 발견되었습니다. 사체는 이십대의 여자로 보이며, 이 사건을 맡은 블랙팀은 일 년이의 범행으로 추정, 수사를 시작했습니다. 일 년이는 1년마다 나타나 세 명의 여자를 살해하는 연쇄살인마로……]

오전 내내 여기저기서 일 년이가 나타났다는 뉴스만 떠든다. 욱하고 치미는 짜증에 승후는 TV를 끄고 리모컨을 근처 탁자에 툭 던졌다.

결국 일 년이가 나타났다. 승후는 불안하고 답답해 심장이 터질 것만 같았다. 이 상황이 어떻게 흘러갈지, 상상하는 것만으로도 불안하고 두려웠다.

"휴."

승후가 무겁게 한숨을 내쉬고 있을 때 밖에서 발소리가 들렸다. 바로 유하였다. 그녀의 발소리는 늘 힘차고 경쾌했다. 하지만 오늘은 힘이 없었다. 그리고 망설이고 있었다. 문 앞에서 멈춘 발소리가 들어올 생각을 하지 않자, 승후는 휴대폰을 들어 유하에게 전화를 걸었다.

[승후 씨?]

"왜 안 들어와?"

[나 어디 있는지 알아?]

"당연히 알지. 문 앞에 있잖아. 발소리가 그런데?"

문이 열리고, 유하는 몇 걸음 안으로 들어와 문을 닫았다. 하지만 더는 움직이지 않았다. 그냥 멀찍이서 승후를 볼 뿐이었다.

"발소리로 누군지 맞힐 수 있어? 와! 대단한데?"

애써 밝은 척한다.

이렇게 밝은 척하는 걸 다행이라고 해야 할까, 아니면 복잡한 속을 터뜨리라고 해야 할까?

둘 중 뭐가 됐든, 지금 유하에게는 그다지 도움이 되지는 않았을 것이다. 지금까지 해온 것처럼 하나씩 견뎌내는 것. 지금 유하가 할 일은 그것뿐일 테니까.

"조유하만 그런 거지, 내가 초능력자냐? 발소리로 다 알게?"

"내 발소리가 어떤데?"

"힘차고 경쾌하지. 늘 바쁘고."

"내가 그래?"

"응."

"내 발소리가 그렇구나."

유하는 중얼거리듯 이렇게 말하고는 한숨을 푹 내쉰다. 이런 유하의 모습에 승후도 마음이 아팠다. 아무리 다잡는다 해도 무서울 텐데, 공포와 압박감을 꿋꿋하게 견뎌내려 하는 그녀가 안쓰럽고 걱정됐다.

"TV 봤어?"

"응. 계속 일 년이 뉴스만 나오더라. 일 년이가 대단하긴 해?"

"우리 이길 수 있을까?"

"난 너 믿어. 이 세상에서 제일 멋지고 용감한 형사잖아. 내 애인이기도 하고."

"그렇지? 내가 좀 멋지고 용감하긴 하지? 그러니까 대 한류스타 민승후를 애인으로 둔 거겠지?"

"그렇지."

"아! 힘이 난다. 사실 기운이 다 빠져나가는 것 같았거든. 그래서 승후 씨 얼굴 보면 힘 좀 날까 해서 온 거야. 내가 선택을 잘했네. 기운이 막 솟아나고 있어. 일 년이 내가 이 손으로 팍 때려눕혀야지. 기대해!"

"응. 기대할게."

그냥 대화를 이어가듯 덤덤하게 말하고 있지만, 눈빛은 복잡하고 불안하다. 저 마음을 조금이라도 달래줘야 한단 생각에 승후는 말없이 오라고 손짓했다. 그러자 유하는 고개를 저으며 오히려 뒤로 물러나 문에 기댔다.

"그냥 여기서 조금만 이렇게 보고 있을게. 그래야 멋있는 내 애인 머리끝부터 발끝까지 모두 담지."

"난 멀리서 보는 것보다 가까이서 보는 게 더 멋있는데?"

"그건 그거대로 많이 담을 거야."

어쩌면 마음으로 마지막 인사를 하는 게 아닐까?

이 생각이 머리를 스치자 승후의 심장이 거칠게 뛰었다. 아니다. 심장이 갈기갈기 찢어지는 것처럼 아팠다.

승후는 유하를 향해 손을 내밀었다. 그리고 아주 밝고 화사하게 생긋 웃으며 말했다.

"난 멀리서 보는 거 싫어. 가까이 와. 안고 싶으니까."

"얼마큼? 나 얼마큼 안고 싶은데?"

반짝반짝 빛나는 승후의 미소 덕분일까, 아니면 더 예쁜 마음 덕분일까. 어두웠던 유하의 얼굴에 장난기 가득한 미소가 떠올랐다.

"지금 안 안으면 죽을 수도 있을 만큼. 올 거야?"

"음……, 싫어."

유하는 생각하는 척하다가 고개를 저었다.

"내 남자 애태우기 작전 중이거든."

"그런 작전 안 짜도 충분이 애타는데. 그럼 어떻게 유혹해야 이 여자가 내 품속으로 뛰어올까?"

"쉽지 않을걸?"

"가까이 오면 섹시한 민승후를 볼 수 있어."

걱정하는 말보다, 불안해하는 눈빛보다, 웃는 얼굴과 장난치는 밝은 모습이 보고 싶을 것이다. 승후는 많이 힘든 애인을 위해 자신이 할 수 있는 최고의 연기를 하기 시작했다.

"섹시한 민승후? 음, 구체적으로 어떤 모습?"

승후는 침대 헤드에 등을 기대며 조금 풀어진 듯한 모습으로 유혹하듯 유하를 보았다.

"무엇을 상상하든 그 이상을 보겠지? 오직 내 애인만 볼 수 있어."

"조금, 아주 조금 흔들리는 것도 같고."

"강적이네. 이렇게까지 안 하려고 했는데."

승후는 첫 번째 단추를 톡 풀고는 옷을 살짝 내리며 싱긋 미소를 머금었다.

"이렇게 색시한 민승후는 보기 힘들어. 환자복의 완성은 섹시미거든."

"오! 솔깃한데? 그런데 아직 조금 약하다."

승후의 노력에 답을 한 걸까. 유하의 입가에 미소가 번졌다.

"이게 약해? 민승후 면역력이 생겼나?"

난처하다는 얼굴로 밉지 않게 살짝 미간을 찌푸리던 승후는 결심한 듯 단추를 모두 다 풀어헤치고 한쪽 옷을 내려 어깨를 살짝 보였다.

"이런 걸 두고 초콜릿 복근이라고 하지? 여자들이 깜박 죽어. 지금 오면 만지게도 해주는데."

"솔깃한데? 한 번 만져 볼까?"

"단 지금 당장 와야 해. 셋 셀 동안 안 오면 닫는다? 하나!"

"어우, 민승후가 이렇게 야한 남잔지 팬들은 알까?"

"둘!"

"이런 유혹에 넘어가면 안 되는데."

"셋!"

승후가 셋을 외치는 것과 동시는 유하는 다다다 뛰어서 침대에 앉았다. 유하나 승후. 둘 중 한 사람이 조금만 움직여도 상대를 끌어안을 수 있는 거리. 그 거리에서 둘은 서로를 응시했다.

"역시 벗어야 하는구나? 밝히기는."

"그래서 싫어?"

"당연히 좋지. 나도 엄청 밝혀."

승후는 유하의 손목을 잡아서 진짜로 제 복근에 올렸다. 장난은 쳤지만, 그가 정말 이렇게 나올지 몰랐던 유하는 흠칫 놀라 손을 뒤로 빼려 했다. 하지만 승후는 그런 그녀의 손을 단단히 잡고 놓아주지 않았다.

"병원이야. 이 장면 남들이 보면 어쩌려고 그래? 민승후의 은밀한 사생활. 이 제목으로 대대적으로 스캔들 터지고 싶어?"

"괜찮아. 나 보여주는 거 엄청 좋아해. 그깟 스캔들? 겁 안 나."

"민승후하면 깨끗한 이미지 아니던가?"

"오늘부터 퇴폐적인 이미지로 바꿀래. 어울리는 것 같지 않아?"

승후의 손이 조금씩 위로 올라간다. 아니다. 그녀의 손이 체온과 탄탄한 복근의 감촉을 느끼며 위로 올라가고 있었다. 눈빛이, 떠오른 미소가, 그리고 조금씩 거칠어지는 숨소리, 그의 모두가 그녀를 유혹했다.

"환자분 이러시면 안 되는데요?"

손끝이 가슴에 닿자, 유하는 움찔하며 또 손을 빼내려 했다. 하지만 이번에도 역시나 승후의 손이 그녀의 손목을 단단히 잡고 있어서 뺄 수가 없었다.

"키스하자."

"여기 병원이야. 승후 씨는 환자고. 요즘 몸이 한결 좋아졌나 봐? 장난치는 강도가 센데?"

장난으로 어물쩍 넘어가려 했지만, 승후는 그럴 생각 없는지 고개를 저었다.

"안고 싶어."

"그런 건 백 번이라도 해주지. 와! 내가 이 넓은 품으로 꽉 안아줄게."

유하가 다시 손을 빼내려 했지만, 똑같이 힘으로 그걸 막은 승후는 짙게 미소를 머금었다.

"사랑. 자는 거. 관계. 아니면……."

"그쪽 아픈 사람이야. 까먹었어요?"

"많이 나아졌어. 곧 촬영장에도 복귀할 거고."

"내가 보기엔 그 정도 아닌 것 같은데."

유하는 노골적으로 유혹하는 승후의 시선을 슬쩍 피하면서 침을 꼴깍 삼켰다.

"입술에 키스하고 싶어. 목을 타고 내려와 쇄골에도. 봉긋한 가슴은 상상만으로도 짜릿해. 얼마나 탐스럽고 예쁠까? 하지만 제일 기대가 되는 건, 가슴을 지나 천천히 내려가……."

"그만해."

더한 말이 나올 것 같아 중간에 자른 유하는 승후와 시선을 맞췄다.

"키스해. 키스하고 싶어. 키스하자. 응?"

이 남자를 누가 당할 수 있을까?

아니다. 이 순간 키스를, 아니, 사랑을 원하는 건 유하 자신이었다. 승후의 품에서 키스하고, 체온을 느끼고 싶은 건, 자신이 더 간절할 것이다. 이 감정이 다가올 위험에 대한 불안감 때문일지라도, 승후 품에 안기고 싶은 건 진심이었다.

유하의 입에서 결국 웃음이 새어 나왔다. 그게 허락을 뜻한다는 걸 안 승후는 그녀를 끌어당겼다. 그리고 입을 맞췄다.

이 키스는 불안감을 저 멀리 집어던지는 치료의 키스다.

서로의 입술을 빨고, 상대의 숨결을 느끼며, 둘은 조금씩 머릿속을 꽉 채웠던 힘든 기억을 지웠다.

그래, 지금 이 순간, 함께 있는 것만 생각하자. 지금 이 순간 이렇게 체온을 느낄 수 있다는 사실만으로 감사하게 생각하는 거야.

꼭 말하지 않아도 둘은 똑같은 생각을 하고 있었다.

"사랑해. 지금 죽어도 상관없을 만큼 사랑해. 사랑한다, 조유하."

승후의 달콤한 고백에 유하의 입가에 환한 미소가 번졌다.

"나도."


승후의 병실. 유하는 우주와 함께 다시 수첩을 들어다보고 있었다.


-처음 일 년이가 경찰일지도 모른다는 생각을 했을 때, 사실 난 다른 사람

을 의심했었다. 우리가 추정한 일 년이와 비슷한 또 한 사람을. 하지만 그 사람의 그 말에 난 일 년이임을 확신하게 되었다.

"비밀 연애 같은 걸 하면 납치하기는 쉬웠겠네. 다른 사람들이 만남 자체를 몰랐을 테니까."

ㅡ난 분명히 일 년이가 피해자들과 연인 같은 사이가 아닐까 하는 말을 했던 것뿐인데, 그 사람은 그걸 받아 단번에 비밀 연애라고 했다. 아직 유하에게도 말 안 한 사실들이었다. 단지 내 머릿속에만 있을 뿐 그걸 입 밖으로 내놓지는 않았는데, 그 사람은 연인이라는 단어 하나에 너무 많은 말을 했다.

방심한 거다. 아니면 나를 떠본 거든가.

톡, 톡, 톡. 손톱을 물어뜯으며 유하는 불안한 심리를 그대로 드러냈다.

"부유한 가정. 직장에서는 인정받는 엘리트. 삼십대 중반에서 사십대 초반. 준수한 외모에, 매너 좋고 따뜻한 성격으로 포장해 여자들에게 인기가 많을 것으로 예상함."

우주는 일 년이에 대해 추정해 놓은 자료를 읽다가 집중 못 하는 유하를 보았다.

"너 자꾸 이딴 식으로 할래?"

우주가 버럭거리자 유하는 자리에서 벌떡 일어나, 머리에 손을 올렸다 내렸다 하면서 불안한 감정을 그대로 보여주었다. 그러고는 다시 털썩 주저앉았다.

"팀장이 아니라는 증거를 찾으면 되잖아."

"날 먼저 보낸 게 팀장이에요."

"뭐?"

유하는 떨리는 목소리로 웅얼거렸다.

"나를 먼저 보낸 게 팀장이라고!"

날카롭게 소리를 지른 유하는 이내 눈물을 글썽거렸다.

"지후 선배가 고백한 이후부터 계속 서먹했어요. 그걸 안 팀장이 잠깐이라도 자고 오라면서 퇴근하라 했고, 난 그렇게 선배를 두고 경찰청을 나갔어요. 그리고 그 사고가 난 거예요."

우주는 소파에 등을 기대며 안타깝다는 눈으로 유하를 보았다.

"이재수가, 일 년이가 가까이 있을 거라고 했다며? 그거 승후 납치된 그날 팀장을 보고 한 말일 수 있는 거지? 이재수라면 일 년이 얼굴을 알았을 테니까."

"팀장이 언제 들어왔어요? 내 눈으로 못 봐서."

"내 앞에 들어갔어. 아마 제일 먼저일 거야. 그날 경특대는 얼굴을 확인할 수 없었으니까, 이재수가 일 년이를 봤다면 팀장이 먼저였을 거다."

눈물이 뚝 떨어지기가 무섭게 유하는 손으로 그걸 재빨리 닦아냈다. 그녀의 손이 떨리고 있다. 이는 아직도 충격에서 벗어나지 못했다는 걸 뜻하기도 했다.

"그러고 보니 이재수 사살 명령 내린 것도 이재수의 입을 막기 위한 방법이었을 수 있겠다."

우주의 말에 모든 걸 놓아버린 듯, 유하는 팔을 뚝 떨어뜨렸다.

"팀장이지. 퍼즐이 이렇게 맞춰지네. 이렇게."

엄청난 충격 때문일까, 아니면 기가 막혀서일까. 우주는 하하하 헛웃음을 터뜨렸다.

"어떻게…… 팀장이 어떻게…… 그럴 수 있죠?"

"요 몇 년간 팀장 혼자 개별적으로 행동했었지?"

유하는 대답 없이 빠르게 고개를 끄덕였다.

"그럼 이번 피해자가 납치됐을 거라 추정되는 그 시간에 팀장이 어디 있었는지 알지 못한다는 거야?"

"집에 안 들어갔으면 모르는 거죠."

뒷골이 당기는 듯 우주는 목과 어깨를 주물렀다. 그러고는 테이블에 있는 커피를 들고 한 모금 마셨다.

"그리고 뭐 다른 건 기억나는 거 없어? 지후 사건 때."

"없어요. 아니…… 모르겠어요. 어디부터 기억을 더듬어야 할지."

"두어 달쯤 전. 지후가 이상행동을 했을 무렵. 지후의 이상행동을 팀장이 감지했을 가능성이 커."

여전히 불안한 듯 시선을 한곳에 두지 못하고 여기저기 옮기던 유하가 고개를 들어 우주를 보았다.

"두어 달쯤 전? 지후 선배가 이상행동을 했을 무렵이요?"

"응. 그쯤부터 뭐 이상한 거 없었어?"

"사실 지후 선배가 이상하다는 것도 못 느꼈어요. 왜 못 느꼈지? 선배 행동이 조금이라도 이상하면 알아차려야 하는데, 어째서 몰랐을까요? 파트너인데 어떻게 모를 수가 있죠?"

"지후가 숨겼으면 모를 수 있어. 너무 깊게 생각하지 마."

우주는 서류를 집어 들면서 죄책감 같은 건 털어버리라는 뜻으로 빙그레 웃었다.

"이건 비공식적인 루트로 뚫은 자료인데, 팀장과 팀장 가족 소유의 땅이야. 피해자를 납치하고 감금하는 장소가 여기 있을 수도 있어."

유하는 우주가 내민 서류를 받아들고 쭉 한 번 훑었다. 하지만 곧 고개를 저었다.

"자기나 가족 이름은 아닐 거예요. 치밀하고 섬세한 사람이니까, 그런 흔적을 남길 리가 없어요."

"미행도 소용없을 거야. 예민한 사람이라 알아차릴 게 분명해."

"주영 선배랑 찬우 선배한테 도움을 청해볼까요?"

"글쎄다. 그건 생각 좀 해봐야겠어. 그들이 믿어준다는 보장도 없고, 만약 믿어준다고 해도, 자칫 잘못하면 팀장이 눈치챌 수도 있어."

그걸 생각 못 했다. 유하는 고개를 끄덕이며 지후의 수첩을 내려다보았다.

"선배는 왜 일 년이 이름을 안 쓴 걸까요? 이것만으로는 누가 일 년인지 알 수 없는데."

"2년 전 사건이 벌어진 그 무렵, 분명히 팀장의 알리바이가 없었을 거야. 그걸 지후가 알았을 거고."

유하는 떨리는 손을 수첩 위에 올렸다.

"선배 나한테 이 사건 맡겼잖아. 확실하게 일 년이가 누군지 그 이름을 말해."

유하는 수첩이 지후라도 되는 것처럼 이렇게 말하며 한 장을 넘겼다.

-경찰대 선배. 내가 일 년이를 처음 만난 건 경찰대에 막 입학했을 때였다. 그때 일 년이는 내 선배였다. 사람 좋은 선배. 후배들에게 인기 많은 선배. 모두와 아주 잘 지내는 선배. 일 년이의 특징은 주위에 사람이 많다는 거다.

"잠깐요. 팀장과 지후 선배는 경찰대에서 만났을 리가 없어요."

"그건 모르는 거야. 우리도 가끔씩 학교에 가잖아. 학교에서 불렀을 수도 있어."

"바쁜데 부른다고 갔을까요? 아닌가? 모르겠어. 아무것도 모르겠어요."

머릿속이 이리저리 엉켜서 정리가 안 되는 기분이다. 유하는 정신 좀 차릴 생각으로 양손으로 머리를 두드렸지만, 그다지 효과는 없었다.

"이거 나 아니에요. 지금 내 모습, 이거 내 스타일 아니에요. 내가 이렇게 헤맬 리가 없어. 뭔가 잘못됐어. 이건 잘못된 거야."

유하는 머릿속 정리 하나 제대로 못 하는 자신이 바보 같아서 괴로웠다. 아니, 자신이 진짜 바보가 된 것만 같아 죽고 싶었다.

"유하야."

우주가 다정하게 부르는데도 유하는 대답조차 못 하고 그저 가만히 보기만 할 뿐이었다.

"네가 얼마나 팀장을 의지하는지 알아. 하지만 언제까지 이럴 거야? 아마 지후도 너랑 비슷한 상태였을 거다. 믿기 싫어서 혼자 그렇게 기 썼던 건지도 몰라. 하지만 너 형사잖아. 형사면 형사답게 굴어야지. 언 제까지 갈팡질팡할 거야?"

"내가 이러고 싶어 이러는 게 아니잖아요!"

"믿기 싫다고 있었던 일이 없었던 게 되지는 않아. 지금 네가 할 일 은, 형사 조유하로 이 사건을 맡는 거야. 언제까지 인간 조유하로 이 사 건을 바라볼 건데?"

"형사 조유하?"

"그래. 형사 조유하. 형사답게 행동해. 너 이성적인 판단 좋아하잖아. 감정에 휘둘리는 것 극도로 싫어하는 스타일이잖아."

유하는 크게 한숨을 들이마셨다가 내쉬었다.

"맞아요. 형사 조유하로 일 년이를 꼭 잡아야죠. 그래야 당당히 지후 선배 보러 갈 수 있죠."

"잘했어. 내가 네 소문 전해 들을 때부터 기대가 컸지. 역시 경찰대 수석 졸업생다워."

우주의 칭찬에 유하의 입가에 미소가 번졌다.

유하와 우주가 다시 이태석이 일 년이라는 증거를 잡기 위해 수첩을 파고 있을 때, 이 병실의 진짜 주인인 승후가 운동한다며 나간 뒤 2시 간 만에 나타났다.

"잘들 하고 계십니까?"

"2시간이나 지났어. 이게 잠깐이야?"

심증은 무궁무진한데 물증을 찾을 수 없어 머릿속이 터지기 직전이 었을 때, 마치 그걸 알기라도 하듯 짜잔 하고 나타난 승후가 유하는 기 쁘기도 하고 고맙기도 했다.

"일 방해 안 하려고 자리 피해준 거야. 내 깊은 뜻을 이렇게 모르나?"

승후는 유하에게 다가와 볼을 살짝 잡았다가 놓아주었다.

"어디 갔다가 오는데? 혹시 나 몰래 병원 간호사랑 바람피워?"

"왜 질투나?"

"나 성격 엄청 더럽거든! 이제 막 움직이는 게 자유로워졌는데, 다시 침대에 눕고 싶으면 그렇게 해주고."

"침대에 눕는 거야 당근 환영이지."

승후는 야릇한 미소를 머금으며 유하와 딱 붙어 앉았다.

"긴긴밤 너무 외로운데, 조유하 씨 나 언제 재미있게 해줄 거야?"

승후는 유하 쪽으로 몸을 틀며 한 손은 소파에 걸치고 다른 한 손은 그녀의 허벅지 위에 올렸다.

"뭐지? 이 엄청난 소름은?"

유하는 상체를 옆으로 빼서 승후와 조금 떨어졌다.

"요즘 내 컨디션이 까만 밤을 하얗게 불태워도 거뜬할 것 같은데."

승후의 손이 조금씩 이동해 올라오자 유하는 그의 손과 얼굴을 번갈아 보며 살짝 미간을 찌푸렸다.

"우주 형 빨리 보내고 우리 둘이 있으면 안 되나?"

"죽을래?"

승후의 손이 골반 바로 밑에 다다랐을 때 유하는 서늘한 목소리로 경고했다.

"지금 안 떨어지면 영원히 드라마 복귀 못 하게 이 손목을 그냥 확 꺾어버린다?"

유하의 경고가 끝나기도 전에 화들짝 놀란 승후는 재빨리 떨어져 우주 옆으로 자리를 옮겼다.

"아, 아니, 자, 자기 애인한테, 이, 이런 협박을 하는 여자가 어, 어디 있어?"

당황한 승후가 말까지 더듬자 우주는 참지 못하고 풋 웃음을 터뜨리고 말았다.

"열받는데 확 주지 말까 보다."

승후가 주머니에서 상자 하나를 꺼내자 유하는 눈까지 반짝이며 그 상자를 낚아채듯 가지고 왔다.

"뭐야? 뭔데? 뭐지?"

좋아서 목소리가 조금씩 높아진다. 유하의 이 모습에 승후의 얼굴에 화사한 미소가 떠올랐다.

"시계다! 와! 설마 이거 사러 갔었어?"

유하는 선물이 마음에 드는 듯 배시시 웃으며 상자에서 시계를 꺼냈다.

"내가 학교 때도 땡땡이 한 번 안 친 사람인데, 애인 선물 산다고 탈출을 감행했어. 조유하! 너 도대체 나한테 무슨 짓을 한 거냐?"

"사랑은 원래 미쳐야지만 가능한 거래. 사랑에 빠진 남자가 그 정도는 기본이지. 어때? 예뻐?"

유하는 빠르게 시계를 찬 후에 자랑하듯 보여주었다.

"저 시계 좀 투박한 것 같은데? 여자 스타일은 아닌 것 같아."

"우주 형, 똑똑한 머리로 잘 생각해 봐. 얇고 예쁜 시계를 저 손목에 채우면 한 달은 갈까? 내 생각에는 못 갈 것 같은데?"

우주는 잠깐 생각에 잠겼다가 하하하 웃어버렸다. 백 퍼센트 승후 생각에 동감이다. 한 달은 고사하고 1주일도 못 버틸 게 뻔하다. 범인과 추격전 한 번이면 끝날 테니까.

"저게 맞아. 그리고 커플 시계 하기도 딱 맞고. 누가 이걸 커플 시계라고 생각하겠어?"

승후는 손목을 들어 보여주면서 자기도 똑같은 시계를 차고 있다며 자랑했다.

"와! 커플 시계야? 우리 둘이?"

그걸 또 해맑게 좋아하는 유하를 보고 있자니 어이없어 웃음만 나온다. 우주는 아무 말 없이 일어나 문으로 향했다.

"형 어디가?"

"답답해. 바람 쐬러 갈 거야."

"선배, 나도 가요. 나도 바람이 필요한 것 같아."

"됐어!"

우주는 따라 나오려는 유하를 강하게 막았다.

"둘이서 아까 찍으려던 19금이나 마저 찍어. 진하고 화끈하게."

우주는 "파이팅!" 하고 기운까지 불어넣어 주고는 병실에서 사라졌다.

"그럼 허락도 떨어졌으니 한 번 찍어볼까?"

승후는 느끼하게 웃으며 눈짓으로 침대를 가리켰다.

"음흉하기는! 사람이 때와 장소를 가려야지. 병원은 아픈 사람이 치료받는 곳이에요. 그런 상상 하는 것 자체가 비정상적인 인간이란 뜻이지!"

"그래서 싫어?"

"당연히 좋지. 침대요? 빨리! 빨리 가!"

유하는 후다닥 뛰어서 자기가 먼저 침대에 올랐다.

"그 행동 마음에 들어."

승후는 만족한다는 듯 웃고는 자기도 침대에 올랐다. 그리고 유하의 어깨를 감싸 끌어당겨 안았다.

"잘 돼가?"

"아니. 잘 안 돼. 그래도 결국엔 잘 될 거야. 난 운이 좋은 편이거든."

"우리 일 년이 잡으면 여행 가자. 어디가 좋아?"

"음……, 제주도?"

"너무 좁잖아. 조금만 더 넓게 봐."

"어디 갈 건데?"

"다음 달에 나 파리 화보 촬영 잡혔는데, 너도 갈래?"

"일하러 가는데 여잘 데리고 가냐?"

"보디가드로 데리고 가겠다는데 뭐가 문제야?"

"좋은 머리를 참…… 엄청 좋은 데 쓰네. 머리는 그렇게 써야 하는 거야. 역시 내 남자는 똑똑해."

승후는 유하를 더 꽉 끌어안으며 이마에 입을 맞췄다.

"좋다. 이렇게 안고 있는 거 너무 좋아. 우주 형한테 이대로 탐문수사 같은 거 나가라고 할까? 물론 혼자서만."

"어이구!"

유하는 승후의 가슴을 톡 때리고는 약하게 뒤로 밀었다.

"시간이 여기서 멈췄으면 좋겠다."

유하의 머리를 귀 뒤로 넘기며 볼을 감싼 승후는 입술에 가볍게 입을 맞췄다.

"머리 아픈 내 여자를 위해 내가 처방하는 약."

"와! 그 약 잘 듣네? 갑자기 머릿속이 맑아지는 느낌이야."

"오! 그럼 한 번 더?"

"음…… OK."

유하의 허락에 승후는 그녀를 침대에 눕혔다.

"우리 여행 꼭 가자?"

"알았어. 꼭 갈게. 화보 촬영이든 뭐든 승후 씨가 가자고 하면, 어디든 따라갈게."

"사랑해."

"나도."

승후의 입술이 제 입술을 덮은 순간, 유하는 눈을 감았다. 그리고 다른 골치 아픈 생각들은 모두 잊었다.


블랙팀 회의실.

"피해자 김선진, 나이 스물여섯, 여행사 직원입니다. 보시다시피 이번 피해자도 기존의 일 년이 피해자와 비슷한 외모입니다. 시체가 발견되기 8일 전, 친구들과 저녁을 먹은 후, 2차로 맥주를 마신 뒤에 헤어졌는데, 그날부터 실종 상태였습니다."

유하는 피해자 신상을 브리핑하며 조심스레 태석의 표정을 살폈다. 아무런 감정도 없이 그저 무표정한 얼굴이다. 유하는 그런 태석을 보며 살짝 미간을 찌푸렸다.

"표정 관리해."

우주가 귓속말이 이렇게 경고한 건 유하의 미간이 일그러진 직후였다. 그녀는 서둘러 표정을 바꾸고 다시 화면을 응시했다.

"목에 있는 저 자상이 피해자를 죽음에 이르게 한 결정적 상처입니다. 피해자 몸에 고문을 받은 듯한 흔적들이 많은데, 모두 죽기 전에 생긴 상처라는 게 부검의 소견입니다. 아무래도 피해자를 납치, 성폭행하고, 고문한 뒤에 죽인 것으로 추정됩니다."

발견된 당시 피해자의 사진이 화면에 떠오르자, 브리핑하던 찬우는 살짝 미간을 찌푸렸다. 하지만 태석은 조금의 흐트러짐도 없이 화면을 응시하고 있었다.

"이번 피해자 역시 애인은 없습니다. 피해자가 마지막으로 목격된 건 집 앞 공원 쪽 CCTV인데, 지나가는 모습만 있을 뿐, 다른 사람이 지나 갔다거나 피해자가 되돌아간 흔적은 없었습니다. 다만, 피해자가 지나가고 5분 뒤에 검은색 차량 한 대가 CCTV에 잡혔는데, 번호판까지는 확인이 안 됩니다."

화면이 바뀌고 이번에는 유하가 설명했다.

"목격자는 없어?"

"없습니다. 밤도 늦었고, 인적이 드문 공원이라……."

태석의 질문에 주영은 자기가 말하고도 한심스러운지 푹 한숨을 내 쉬었다.

"이번에도 역시 피해자 몸에서는 어떤 증거도 나오지 않았습니다. 일년이가 실수하지 않는 한, 사체에서 증거를 얻는 건 무리일 듯합니다."

우주의 말을 마지막으로 블랙팀 안에서는 침묵이 흘렀다. 그렇게 어느 정도 시간이 흘렀을 때, 짧게 한숨을 내쉬며 태석이 입을 열었다.

"일 년이 패턴으로 보면, 지금쯤 두 번째 피해자를 납치할 가능성이 크다. 그러면 곧 세 번째겠지."

태석의 이 말에 블랙팀은 모두 유하를 응시했다.

"두 번째 피해자는 무조건 구출합니다. 내 손으로 꼭 일 년이 그놈을 잡고, 두 번째 피해자도 살릴 겁니다. 나도 당연히 죽지 않을 생각입니다."

유하가 다짐하듯 한 말에 블랙팀은 모두 굳은 얼굴로 고개를 끄덕였다.


경찰청 주차장.

탐문을 핑계로 밖으로 나온 우주와 유하는, 미리 준비한 렌터카 안에서 멀찍이 태석의 차를 감시 중이었다.

"오늘 안 가면 어쩌죠? 그러면 하루를 그냥 허비하는 건데?"

"그러면 그 하루 동안 피해자는 무사할 거야. 걱정 마."

"하긴."

유하는 태석의 차에서 눈을 떼지 않으면서 계속 손톱을 물어뜯었다.

"요즘 너 계속 그거 하네? 손톱 물어뜯는 거. 지후에게선 너한테 특별한 버릇은 없다고 들은 것 같은데."

"아!"

무의식적으로 손톱을 뜯던 유하는 제 손을 내려다보며 어색하게 웃었다.

"버릇이 새로 생긴 거야?"

"지후 선배 죽은 다음부터 생긴 버릇이에요. 나도 모르게 불안하면 손톱을 물어뜯더라고요. 몰랐었는데, 주영 선배가 그렇다고 해서 알았어요."

"지후의 죽음이 너한테 충격이 컸나 보네?"

"사실 얼마 전까지 죄책감에 시달렸어요. 꼭 내가 지후 선배를 죽게 만든 것 같아서."

"그런데 지금은 아니라는 거야?"

"승후 씨가 그 죄책감 반 정도 덜어줬어요. 그리고 나머지는 어머니께서 덜어주셨고."

우주는 대충 알겠다는 듯 고개를 끄덕였다. 그리고 둘은 말이 없었다. 과연 태석이 움직일 것인지, 움직인다면 어디로 갈 것인지만 생각할 뿐이었다.

그렇게 얼마의 시간이 흘렀을까?

드디어 태석이 움직이기 시작했다. 우주는 조심스럽게 태석을 따르기 시작했다.

너무 가깝지도 않고 멀지도 않게. 태석은 누가 뭐래도 대한민국 형사 중 제일 유능한 사람이었다. 그런 태석을 미행하는 건 쉬운 일이 아니었다. 자칫 잘못했다가는 들키기 쉬울 테니까.

"이 방향으로 가면 어디예요?"

"그러게."

신중하다. 이리저리 빙글빙글 도는 기분이 들어서인지 태석의 최종 행선지가 파악되지 않았다.

"설마 눈치챈 건 아니겠죠?"

"아니길 빌어야지."

얼마를 따라갔을까, 태석의 차가 서울을 빠져나가 경기도로 진입했다. 그러더니 갑자기 속력을 내기 시작한 것이다.

"어? 뭐야?"

우주의 얼굴에 당황한 빛이 떠오를 때, 태석은 급좌회전과 급우회전을 여러 차례 반복했다. 그리고 눈앞에서 사라졌다.

"미행당하는 걸 알았어."

어이없게 태석을 놓쳐 버린 탓일까. 우주는 거칠게 핸들을 내려쳤다.

"우리 들켰을까요?"

"아마 그건 모를 거야. 얼굴을 확인할 수 있는 거리가 아니었어."

"두 번째 피해자 무사하겠죠?"

"그것도 빌어보자고."

지금 할 수 있는 일이 오직 비는 것뿐이라니.

"악!"

유하는 답답한 마음에 짧은 외마디 비명을 지르며 씩씩 거친 숨을 내뱉었다.


"뜬금없이 그쪽으로 가진 않았을 거예요. 분명히 그곳 어디쯤 뭔가 있는 겁니다."

대본을 보던 승후는, 벌컥 문을 열고 들어오던 유하가 날카롭게 말하자, 미간을 살짝 일그러뜨렸다. 오늘 이태석을 미행해 피해자를 숨긴 장소를 알아내겠다고 했었다. 그런데 반응이 이렇다는 건 잘 안 됐다는 뜻이었다.

승후는 짧고 약하게 한숨을 내쉬고는 침대에서 내려왔다. 그리고 냉장고 문을 열어 캔 커피 두 개를 꺼내 내밀었다.

"마셔. 기회는 또 있을 거야. 속 끓이지 마."

유하는 커피 하나를 받아 들고는 소파에 털썩 주저앉았다.

"그 지역이라도 뒤져 봐요. 분명히 뭔가 있을 거예요."

"그건 너무 무모해. 그곳이 아니라 다른 장소일 수도 있어. 우리 미행을 따돌리기 위해 그리로 갔을 확률이 크다는 건 나보다 네가 더 잘 알잖아."

우주는 승후가 내민 커피를 받고는 짧게 고맙다며 인사했다. 그리고 자연스럽게 유하와 마주 보는 자리에 앉았다.

"두 번째 피해자가 위험하단 말이에요! 뭐라도 해야지 이렇게 손 놓고 있어요?"

목소리가 높다는 건 흥분했다는 의미다. 형사 조유하는 감정 기복이 크지 않은 사람이었다. 그런 유하가 이렇게 흥분한다는 건, 분노 수치가 머리끝까지 올라 있음을 뜻한다는 걸 승후는 느낄 수 있었다.

"일단 지금부터는 죽은 김선진에게 집중해. 탐문한다고 해놓고 어디를 갔었는지 알리바이를 못 대면, 미행한 게 우리라는 결론밖에 안 나와. 그러니까 일단 나가서 뭐라도 했다는 흔적을 남겨야 해."

유하는 캔을 따려다 말고 거칠게 테이블에 내려놓았다.

"화나 돌아버리겠어! 일 년이는 우리가 어디서 뭘 하는지 다 보고 있는 거잖아!"

"그래서 범인이 형사면 어렵다는 거야."

"범인에게 형사가 꼬박꼬박 수사 진행 과정을 얘기해서 도망가게 도와주는 꼴이잖아요! 내가 공범이 된 기분이라고!"

"그러니까 잡아야지. 블랙팀 모두를 공범으로 만들 그놈을."

욱하고 치민 짜증을 누르는 데 실패한 유하는 자기 머리를 신경질적으로 헝클었다.

자기 머리를 아무리 괴롭혀도 끓는 속이 좀처럼 가라앉지 않자, 유하는 자리에서 벌떡 일어났다.

"친구들이나 직장 동료를 만나야겠어요. 일 년이를 본 사람이 적어도 한 명 정도는 있을 겁니다. 비밀 연애라 해도 한두 명은 봤을 수도 있잖아요. 엮이고 싶지 않아서 그냥 모르는 척하는 걸 수도 있어요."

"가서 물어보기는 하겠지만 기대는 마. 일 년이에 대해 그렇게 몰라? 그런 거 남길 녀석이 아니야. 김선진, 가족은 물론 성격, 사교성, 친구들까지 탈탈 털어서 알아보고 접근했어! 일 년이는 목격자를 남기지 않아. 절대로!"

"아니요! 인간이 하는 일에는 완벽이라는 건 없어요! 난 선배가 왜 그렇게 확신하는지 이해가 안 돼! 선배는 일 년이가 완벽하다는 전제하에 일하는 것 같은데, 일 년이는 완벽한 신이 아니라, 그냥 흉악한 범죄자일 뿐이에요! 인간이 아닌 쓰레기란 말이에요!"

"넌 몇 년 동안 이 사건을 파고도 일 년이에 대해 그렇게 몰라? 일 년이는……."

"잠깐!"

유하와 우주가 언성까지 높이자 승후가 둘 사이를 막고 나섰다.

"마음이 잘 맞아도 될까 말까 한데, 두 사람이 이렇게 싸우면 범인만 도와주는 꼴이잖아요! 그리고 두 분! 제발 자중 좀 하시면 안 될까요? 여기 병원이에요. 의사나 간호사가 왔다가 두 분 이렇게 다투는 거 들으면 어쩌려고 이러세요? 동네방네 광고하시게요? 블랙팀 이렇게 헤매고 있다고?"

승후의 질책에 할 말이 없어진 유하는 고개를 아래로 떨어뜨렸다.

"같은 편끼리는 싸우지 맙시다. 그거 힘 낭비예요."

승후는 빙긋 웃고는 앓는 소리를 내며 침대에 올라갔다.

"문 닫고 가주세요. 가끔 기자가 올라오는 것 같아. 빨랑빨랑 가서 누구를 만나든 만나봐요. 운 좋으면 뭐라도 나오겠지."

나가라고 손짓하며 승후는 침대에 누웠다.

"나가요."

유하는 소리 없이 입만 뻥긋하며 손가락으로 문을 가리켰다. 그러자 우주도 고개를 끄덕이며 나가자는 말을 손짓으로 주고받았다.


경찰청 블랙팀.

회의 전, 잠깐 시간이 나자 유하는 승후에게 전화를 걸었다.

"곧 회의 들어가."

유하의 말에 승후는 아무 답도 없었다. 그저 휴대폰을 통해 다 들릴 정도로 거친 숨만 내쉴 뿐이었다.

"잘…… 할게. 걱정 마. 안 깨져."

여전히 승후는 말이 없었다. 하지만 그의 마음은 길게 내쉬는 숨소리에 고스란히 담겨 있었다. 가늘게 떨리는 숨결은 지금 승후가 불안해하고 있음을 알려주었다. 아니, 두려움을 넘어 공포를 느끼고 있음을 알게 했다.

"사랑해."

유하의 고백에 짧은 웃음이 터졌다. 하지만 곧 깊은 한숨 소리가 들려왔다.

"진심인데 안 믿어주네?"

[잘 끝내고 와. 기다리고 있을게.]

"그래. 알았어."

그때 회의 시작하자는 태석의 목소리가 들렸다.

"끊어야겠다. 지금 회의 들어가야 해."

유하가 통화를 끝내려 하자 승후는 다급하게 그녀를 불렀다.

[제발…… 조심해.]

간절함이 담긴 승후의 목소리에 유하는 아프게 웃었다. 그리고 소리 없이 긴 한숨을 내쉬며 마음을 가다듬은 다음에 입을 열었다.

"기다려. 빨리 끝내고 승후 씨 옆으로 갈게."


블랙팀. 회의실.

"잘들 한다. 너희들이 동네 흥신소냐? 수사하라니까 뒷조사를 해?"

김선진의 숨겨진 애인 찾기에 열을 올렸던 블랙팀은 예상했던 대로 태석에게 줄줄이 깨졌다.

"뭐라도 건졌으면 말도 안 해! 고작 가지고 온 답이 '아는 사람 없음'이야?"

"아니, 없으니까 없다고 하는 거죠! 있으면 우리가 뭐라도 가지고 왔겠지!"

이렇게 말하며 발끈하던 찬우는 태석의 매서운 시선 앞에 금세 꼬랑지를 내렸다.

"너희, 일 년이 밖에 두고 한가하게 앉아 있는 거, 대한민국 국민한테 미안하지도 않아? 블랙팀이면 이름값을 해! 도대체 그 새끼 한 명 때문에 몇 년을 죽 쑤고 있는 거냐고!"

이걸 언제까지 듣고 있어야 하는 걸까?

유하는 짜증스러운 마음에 삐딱하게 앉아 자기도 모르게 손가락으로 귀를 팠다.

"듣기 싫다는 거냐? 조유하, 말해봐! 듣기 싫어?"

태석이 사납게 묻자 유하는 서둘러 자세를 고쳐 잡았다.

"아닙니다. 그런 거 아닙니다."

"너희는 뭐 제대로 잡은 거 있나 보지? 그러니까 듣기 싫지!"

"그런 거 아닙니다. 유하도 하루하루 시간이 가니까 답답해서 그런 겁니다."

유하를 힐끔 보며 인상을 팍 쓰던 우주는 태석을 향해 빙긋 미소를 머금었다.

"그래? 그럼 나가! 나가서 뭐라도 잡아와. 하루하루 가는 시간이 아까우니까, 당장 나가서 뭐라도 잡아와!"

태석의 날카로운 고함에 주영과 찬우는 소리 없이 한숨을 토해냈다.

"네, 알았어요. 알았습니다!"

유하는 신경질적으로 대답하고는 수첩을 들고 회의실을 나갔다.

"저거 요즘 왜 저래?"

"예민하죠. 두 번째 피해자가 나오면 바로 자기 차례인데. 팀장이 이해해 주세요. 부탁합니다."

우주는 유하를 따라서 회의실을 나오면서 "아이고." 하며 답답함을 담은 짧은 신음을 흘렸다.

승후는 병실 창문에 기대 어두운 창밖을 한참 동안 응시하고 있었다.

어두운 얼굴빛, 일그러져 있는 표정, 그리고 내쉬는 한숨까지, 누가 봐도 걱정이 많은 상태였다. 그렇게 얼마간의 시간이 흐르고 휴대폰이 울리자 승후는 화면을 보았다.

〈신구 톰〉

화면에 이 글자가 뜨자 승후는 굳은 얼굴로 그 전화를 받았다.

"혼자야. 말해도 돼."

이 짧은 말에 서늘함이 묻어 있었다. 악역은 절대로 할 수 없을 것 같다는 평이 내려질 정도로 늘 밝고 해맑은 승후의 얼굴에 섬뜩할 만큼 차가운 빛이 떠올랐다.

"마음 같아서 지금 당장 죽이고 싶어. 아주 고통스럽게 천천히."

상대의 말에 대한 승후의 대답은, 그가 내뱉은 거라고는 절대로 믿을 수 없을 만한 그런 내용이었다.

"조유하만 내 앞으로 데리고 와. 그러면 돼."

친구의 말이 이어지고 승후는 뒤돌아 창문에 등을 기댔다.

"그놈이 어떻게 죽든 상관없어. 내가 원하는 건 딱 하나야. 조유하."

또다시 친구의 말이 이어지고, 승후의 얼굴에 불안, 걱정, 두려움, 공포 같은 감정들이 떠올랐다.

"일 년이 손에 유하가 잘못되면 그 새끼 내가 꼭 갈기갈기 찢어 죽일 거야. 그러니까 내가 이성을 잃기 전에 네가 꼭 유하를 구해줘."

승후의 진심에 친구도 심각해졌다.

[걱정 마. 우리 애들이 계속 조 형사를 지켜보고 있으니까 넌 안심해도 돼. 이상한 생각 하지 말고. 지후 형 떠올리면서 마음을 다스려. 지금 네 모습 너랑 안 어울려. 알잖아.]

"알아. 알고 있어. 하지만 다스려지지 않아. 시간이 흐를수록 자꾸 내가 아닌 내가 튀어나와."

지금 그 표정 너랑 안 어울려. 친구들이 이 말을 할 때 자신이 어떤 표정인지 승후는 아주 잘 알고 있었다. 그래서 친구들이 이 말을 할 때마다 표정을 아주 밝게 바꿨었다. 그래야 모두가 아는 민승후를 남을 수 있으니까.

하지만 지금은 표정을 바꾸는 게 마음대로 되지 않았다. 아니, 그런 연기를 할 때가 아니었다.

[민지현, 다스려. 절대로 안 돼.]

오래된 사이임을 말해주듯 친구는 승후를 지현이라 부르며 경고처럼 이야기했다.

"유하면 돼. 유하만 지켜내. 그러면 돼."

통화를 끝내고 휴대폰을 들고 있는 손을 아래로 툭 떨어뜨린 그때 승후의 손이 가늘게 떨렸다. 아니, 몸이 바르르 떨렸다.

"여기서 더 날 자극하면 일 년이 넌 죽어. 내 손에."

승후가 혼잣말로 이렇게 중얼거린 그 순간 그의 얼굴이 무섭게 일그러졌다.


태석에게 쫓겨난 유하와 우주는 퇴근 시간이 지난 밤거리를 막힘없이 시원하게 달리고 있었다.

"너 진짜 자꾸 그렇게 티 낼래? 표정 관리가 그렇게 안 돼서 잠입은 어떻게 해?"

운전대를 잡는 그 순간부터, 우주는 계속 유하를 야단치는 중이었다.

"화가 나는 걸 어떻게 해요?"

"형사가 다 꺼내놓고 범인은 어떻게 잡아? 네가 그러고도 형사야?"

"잘못했습니다."

감정 없이 입으로만 잘못했다고 말한 유하는 뚱한 얼굴로 창밖 지나가는 거리의 풍경을 보았다.

"이런 널 지후는 어떻게 감당한 거냐? 도통 이해가 안 되네."

"이해하지 마요. 나도 내가 이해가 안 되니까."

우주는 기가 막혀 하하 웃고는 고개를 절레절레 흔들었다.

"선배, 그런데 참 이상하죠?"

유하는 머릿속을 계속 맴돌았던 문제를 꺼냈다.

"뭐가 이상하다는 거야?"

"일 년이 말이에요. 어째서 지후 선배를 죽였을까요?"

"지후가 일 년이 정체를 알아서겠지."

"어차피 심증만이잖아요. 물증은 하나 없는 심증. 수사 방향이 틀어지면 혐의도 벗었을 텐데."

"지후가 무언가를 발견해서가 아닐까?"

"뭘 발견했을까요?"

"그건 나도 잘 모르지?"

"생각해 봤는데, 가령 도청기 같은 건 어떨까? 수사 정보를 빼내기 위해 블랙팀 안에 도청기를 설치한 거라면? 그리고 그걸 지후 선배가 발견했다면?"

유하는 우주를 응시하며 차갑게 씩 미소를 머금었다.

"그거 말도 안 되지. 팀장은 수사 진행 상황을 아주 잘 알고 있는 사람인데, 뭐 하러 도청기를 설치하겠어?"

우주는 조금씩 속력을 올렸다. 유하도 그게 무엇을 뜻하는지 알고 있었지만, 겉으로는 그저 여유롭게 웃고 있기만 했다.

"그렇겠죠? 나도 그렇게 생각해요. 팀장이 범인이라면 그런 일을 할 필요가 없죠. 그러니까 팀장이 아니라 외부의 인물 중 하나라는 거죠."

유하는 주머니에서 무언가를 꺼내 우주에게 보여주었다.

"지후 선배 책상에 액자 모양 시계가 있었어요. 누구한테 선물을 받았다고 했는데……. 아! 맞다! 내가 가장 믿고 의지하는 선배이고 스승이며 형인 사람. 그리고 내가 아는 한 가장 유능한 형사. 바로 박우주 형사한테서 받은 선물이라고 이렇게 말했었다. 두 사람이 경찰복 입고 나란히 찍은 사진으로 기억하는데, 그 속에 왜 이게 있었을까요?"

때마침 차가 신호에 걸리자, 우주는 몸을 틀어 유하를 보았다.

"그러니까 그게 왜 거기에 있었을까?"

"그걸 나한테 물으면 어떻게 해요? 도청기를 지후 선배 액자에 숨긴 사람이 대답을 알고 있을 텐데?"

지금까지 사람 좋은 형사 행세를 하던 우주가 갑자기 표정을 싹 바꿔 잔인한 살인마의 얼굴을 했다.

"설마 날 의심하는 거야?"

"설마요. 그냥 난 우주 선배가 선물해 준 액자에 도청기를 집어넣은 사람이 궁금한 거죠."

잔인한 연쇄살인마 일 년이. 아니, 연쇄살인마 박우주.

유하는 수첩을 처음 펴든 그 순간부터 알고 있었다. 일 년이는 바로, 경찰서에서는 친절하고 사람 좋은 형사로, 지후와 승후 옆에서는 친한 형 노릇을 하고 있던 박우주라는 걸.

"처음부터 네가 거슬렸어. 엉뚱한 생각은 사람을 엄청 피곤하게 하거든."

"네?"

우주는 주머니에서 손수건을 꺼내 유하의 입을 틀어막았다.

"읍!"

유하는 우주의 손에서 벗어나기 위해 저항했다. 하지만 손수건에 묻어 있는 마취약 때문에 그녀는 곧 정신을 잃고 말았다.

"상관없어. 어차피 너도 오늘 데려가려고 했으니까."

우주는 축 늘어진 유하를 보며 끄윽끄윽 음산한 웃음을 흘렸다.

# 제8장.
## 연쇄살인마 일 년이 I

얼마나 지났을까?

머리가 깨질 듯 아프고 몸에 힘이 들어가지 않는 상태에서 깨어난 유하는 어렵게 몸을 일으켜 앉으며 주위를 둘러보았다.

"깼어요? 난 죽은 줄 알았어요."

여자의 가녀린 음성에 유하는 어렵게 초점을 맞췄다.

일 년이의 두 번째 피해자다. 유하는 피해자가 있는 곳으로 자리를 옮기려다가 수갑이 채워져 있는 팔과 테이프가 칭칭 감긴 다리를 보게 되었다.

"이름이…… 뭐예요?"

"주명희라고 해요."

"언제 납치된 거예요?"

"어제요. 그쪽 형사라면서요? 이 사람 진짜 일 년이에요? 진짜 일 년이가 맞아요?"

"범인이 그래요? 자신이 일 년이라고?"

명희는 고개를 끄덕였다.

"네. 맞아요. 그런데 어떻게 납치된 거예요?"

"자기가 블랙팀 형사라고 했어요. 이름이 이태석이라고. 위험한 사건을 맡아서 사귄다는 게 알려지면 나까지 표적이 된다고. 그래서 사귄다는 거 절대로 말하면 안 된다고. 그러다 어제 여행 가자고 했어요. 그러다 기절했는데, 여기였어요."

역시나 자기 이름은 쓰지 않았다. 게다가 더 용서할 수 없는 건, 사랑하는 사람으로 접근해 잔인한 살인마로 얼굴을 바꾸는 극악무도함이었다.

피해자들은 달콤한 상상을 하며 사랑하는 사람을 따라 부푼 마음으로 여행길에 올랐다. 상대가 곧 잔인한 연쇄살인마로 변할 줄도 모르고. 행복이 절망으로, 기쁨이 두려움으로 바뀌는 순간, 박우주는 강한 쾌감을 맛봤을 테고 피해자는 지독한 공포를 느꼈을 것이다.

'선배, 선배는 아팠겠다. 아주 많이 아팠겠어.'

박우주의 손에, 아니, 일 년이에게 납치된 지금, 유하는 죽은 지후의 마음을 아주 조금은 알 수 있을 것 같았다.

"우리 도망칠 수 있는 거죠? 형사라면서요?"

형사라는 말에 희망을 품고 있었나 보다. 유하는 자신이 기절해 있던 그 시간, 명희가 얼마나 간절한 마음으로 자신을 보고 있었을지 짐작이 갔다.

"우리 힘으로는 도망 못 간다는 게 결론이에요. 싸워서 이겨봐야죠. 저놈은 한 명이고, 우리는 둘인데."

끼익 문이 열리고 불이 켜지더니 갑자기 주위가 환해졌다.

"그럴 일은 없어. 알잖아. 지금 그 상태로는 네 몸조차 못 지킨다는 걸."

우주는 느릿하게 걸어오며 재미있는지 낄낄낄 웃어댔다.

"수첩이 발견된 거 알고 있었지? 도청기로 들었던 거야."

"그래, 맞아."

유하 앞에서 멈춘 우주는 서늘한 눈빛으로 그녀를 내려다보았다.

"그게 네 진짜 얼굴이었나 봐? 연쇄살인마 일 년이의 얼굴? 가식적인 형사 박우주의 얼굴보다는 그쪽이 더 어울려."

"고맙네. 칭찬해 줘서."

"고맙긴. 팩트를 말한 것뿐인데."

유하는 떨고 있다는 사실을 우주에게 들키는 게 싫었다. 그건 우주를 더 기쁘게 할 테니까.

유하는 '너 같은 건 하나도 겁 안 나!'라고 말하는 눈빛으로 고개를 빳빳하게 들어 우주를 노려보았다.

"질문. 언제부터 내가 일 년인 거 알았을까?"

이 질문을 하며 우주는 입꼬리만 올려 씩 미소를 지었다. 감정을 담고 있지 않은 눈과 끌어 올린 입매. 연쇄살인마 일 년이의 표정에 짧은 순간 숨을 멈춘 유하는 마른침을 어렵게 꿀꺽 삼켰다.

"대답해 봐. 우리 조 형사님 언제부터 내가 일 년인 거 알았던 거야?"

"그게 그렇게 중요해? 언제부턴지 알면 뭐 달라지는 것 있나?"

"달라지는 건 없지. 그런데 궁금하잖아. 우리 조 형사님이 언제부터 날 의심하기 시작했는지?"

"지후 선배에 관해서 나만 알고 있는 것들이 몇 개 있어. 그중 하나가 지후 선배의 롤 모델이야. 지후 선배가 누구를 닮으려 애썼는지는 오직 나만 알고 있었던 사실이었거든."

우주는 소리 없이 "아!" 하고는 대충 짐작이 간다는 듯 고개를 끄덕였다.

"수첩 첫 장 넘겼을 때 바로 알았어. 박우주, 바로 네가 연쇄살인마 일 년이라는 걸!"

"오호! 이런 기특할 때가?"

"지후 선배가 당신을 어떻게 생각했는지는 당신보다 내가 더 잘 알아. 지후 선배는 당신을 엄청 좋아했어. 줄곧 승후의 형으로 살았는데 이제 누군가의 동생도 돼본다고 좋다고 했었거든. 그래서 당신의 모든 걸 보고 배우려 했다고 말했었어!"

"그래서 내가 고맙다는 말이라도 해야 한다는 거야?"

"입 닥치고 들어! 널 형으로 믿고, 의지하고, 사랑한 유일한 사람, 민지후의 마지막 진심일 테니까! 지후 선배가 말했어! 박우주는 후배들한텐 참 다정한 선배이고, 범인들한테는 참 따뜻한 형사라고!"

뭐가 그리 웃긴 걸까? 우주의 입에선 차가운 웃음이 픽 흘렀다.

"계속해 봐."

"범인을 죄인이 아니라 한 인간으로 대하는 게 좋다며, 블랙팀에는 안 어울린다는 걸 알면서도 당신을 보며 배우려 했었다고! 그 정도로 지후 선배는 당신을 믿고 의지했어! 그래서 지후 선배는 이름을 쓰지 않은 거야! 꼭 당신 이름을 쓰지 않아도, 그 글 자체가 박우주를 뜻한다는 걸 내가 알고 있으니까!"

우주는 목 운동을 하듯 천천히 고개를 돌리더니 차갑게 씩 웃었다.

"그럼 너랑 승후가 짜고 날 놀린 건가?"

"민승후를 끌어들일 만큼 내가 그렇게 생각이 없는 사람처럼 보이나 봐?"

"하긴, 민승후가 아무리 복수에 눈이 멀어도 자기 여자를 연쇄살인마 옆에 붙일 정도로 미친 건 아니니까. 그런데 이해가 안 되네? 넌 왜 민승후에게 말하지 않았을까? 말할 시간은 충분했을 텐데?"

"널 철석같이 믿고 있는 그 사람에게 네 추악한 본 모습을 보이고 싶지 않았던 것뿐이야! 지후 선배가 혼자 끙끙 앓아가면서 수사한 그 마음이 이해가 됐거든!"

"민지후를 이해한다?"

"도대체 일 년이가 어떤 놈이기에 지후 선배가 그렇게 허무하게 당했는지도 궁금했었는데, 네가 일 년이라는 걸 처음 안 그날, 지후 선배 마음이 이해가 가더라."

"……."

"얼마나 아팠을까? 아니, 얼마나 끔찍했을까? 그 마음을 내가 누구보다 잘 아는데, 민승후에게 지후 선배가 받았던 그 충격을 똑같이 받게 할 순 없지. 너 같은 놈 때문에 두 명이나 고통 속에 사는 건 내가 용납 못 해."

"차라리 말하지 그랬어? 그랬더라면 혹시 알아? 네가 조금 더 살 수 있었을지?"

"그 대신 민승후가 죽었겠지. 그 성격에 가만있지 않았을 테니까."

"블랙팀 형사들에게는 왜 말 안 한 걸까? 나 그게 진짜 궁금한데."

유하는 우주가 뚜벅뚜벅 걸어가는 길을 따라 시선을 움직였다. 피해자를 납치한 후 고문할 때 사용했던 도구들. 그 도구들이 쭉 벽에 걸려 있는 걸 발견한 유하는 바닥에 납작 엎드려 팔꿈치를 이용해 조금씩 명희가 있는 쪽으로 기어갔다. 그리고 계속 힐끔거리며 우주의 행동을 유심히 살폈다.

"말해봐. 왜 동료들한테 얘기 안 했어?"

"당신은 주위 평판이 아주 좋은 형사지. 잡힌 범인들도 이상할 정도로 당신을 좋아하고. 형사와 안 어울린다는 말이 나올 정도로 선량하다고 소문이 자자한 사람이니까. 과연 내가 당신을 일 년으로 지목하면 그걸 믿어줄 경찰이 몇 명이나 있을까?"

"역시 민지후가 키운 놈다워. 나인후, 똑똑하네?"

"당신도 그걸 알기 때문에 지후 선배가 죽은 다음에도 계속 이곳에 있었던 거 아니야? 내가 과연 당신의 정체를 아는지 모르는지 관찰해 가면서."

"그래, 맞아. 네가 떠들면 블랙팀은 믿어줄지도 몰라. 하지만 너희가 날 미행한다고 쳐도, 내가 그런 걸 당할 사람은 아니지. 게다가 섣불리

덤볐다가는 바로 증거를 싹 없앨 테니, 너희가 일 년이를 잡을 기회는 영원히 없어지는 거고."

손과 발이 묶인 상태로 기어서 힘겹게 조금씩 앞으로 나아가고 있기 때문에 유하의 입에선 하하 거친 숨이 터졌다. 하지만 힘들다고 여기서 멈출 수는 없었다. 조금이라도 더 빨리 주명희가 있는 곳까지 가야 했기 때문이었다.

"미친놈."

"칭찬이지? 고마워. 지후도 그래서 말 못 한 거야. 증거 하나 잡겠다고 무리해서 따라붙었던 것도 그래서고. 결과적으로 그것 때문에 죽은 거지만."

눈은 우주를 응시한 채 계속 기어가던 유하는 그가 벽에 걸린 작은 칼 하나를 집어 들자 숨을 멈추고 몇 초 그렇게 굳어 있었다.

"그래도 대단하긴 해? 지금까지 쭉 난 줄 알고 있으면서도 연기한 거네? 네가 앙큼한 건 알고 있었는데, 이 정도일 줄은 몰랐어. 그건 인정해 줄게. 조유하 형사, 너 좀 대단한 것 같아."

뚜벅뚜벅 다시 이쪽으로 걸어오는 소리가 들려왔다. 그리고 그 소리는 곧 유하 바로 앞에서 멈췄다.

"고맙네. 인정해 줘서, 아주 고마워."

유하는 기어가던 걸 멈추고는 고개를 뒤로 젖히며 그를 올려다보았다.

무서워하는 건 절대로 들키고 싶지 않았다. 하지만 마음이 그렇다고 몸까지 따라주는 건 아니었다. 유하의 몸은 이미 가늘게 떨며 최악을 상상하고 있었다.

"그럼 질문. 이태석을 범인으로 몰았던 건 뭐야?"

"지후 선배가 알려준 대로 진짜 네가 일 년인지 확인하는 단계가 필요했어. 네가 일 년이라면, 일 년이의 심리 상태를 가장 잘 알 테니까. 딱 맞춰서 네가 파트너 체인지를 주장했기 때문에 상대적으로 쉬워졌어, 얼마나 고맙던지. 네가 날 이렇게 도와주는구나 하고 감탄했거든."

"아니, 네 애인 작품이지. 네가 날 알아가는 계기를 만들어준 것도, 내가 널 이렇게 쉽게 데리고 올 수 있었던 것도 다 네 애인 덕이지. 나중에 이 사실을 알면, 민승후는 어떤 얼굴일까? 자기가 사랑하는 애인을 직접 사지로 몰았다는 걸 알면, 그 잘생긴 얼굴 볼만할 거야. 그렇지?"

상상만 해도 재미있는 보양이다. 낄낄낄 웃는 우주의 얼굴은 만들어진 것이 아니라 진심이었다.

"개쓰레기 같은 놈."

유하의 입에서 욕설이 흘러나오자 우주는 그녀 앞에 한쪽 무릎을 땅에 대고 앉으며 머리를 움켜잡아 위로 올렸다. 그리고 유하의 목에 칼끝을 가져다 댔다. 뾰족한 칼끝이 아주 조금 살을 파고 들어왔고, 그로 인해 그녀의 목에선 한줄기 피가 흘러내렸다.

"말조심해. 두 번째가 되고 싶지 않으면."

유하는 아랫입술을 깨물며 우주를 노려보았다.

"그래서 네가 알게 된 게 뭘까?"

우주는 유하의 머리를 움켜잡은 채 일어났다. 머리카락이 뽑히는 고통과 함께 유하의 상체가 들어 올려졌다. 우주가 그녀의 몸을 뒤집으며 놓자 쿵 하고 둔탁한 소리를 내며 등이 바닥에 떨어졌다.

"윽."

등이 먼저 떨어진 뒤, 엄청난 소리를 내며 뒤통수가 바닥에 부딪치자 유하의 입에선 고통스러운 신음이 짧게 터졌다.

"말해. 나랑 파트너가 돼서 네가 알게 된 게 뭐야?"

우주는 테이프로 칭칭 감긴 유하의 발목에 자기 발을 올렸다.

"제대로 말해! 발목 부러지면 많이 아프잖아."

"중요한 사실을 알았지."

유하는 이렇게 말하며 키득 비웃음을 흘렸다.

"중요한 사실 뭐?"

"네가 바보 새끼라는 것."

우주는 서 있던 그 자리에서 한쪽 무릎을 꿇고 앉았다.

"말조심해. 입을 잘못 놀리면 고통이 따라오거든. 이렇게!"

금속의 날카로운 느낌이 순식간에 유하의 허벅지를 파고들었다가 빠져나갔다. 외마디 비명이 창고를 울렸고, 공포를 이기지 못한 명희의 작은 흐느낌도 함께 울렸다.

"명심해. 다음은 진짜 목을 그을 테니까. 생명은 소중한 거잖아. 잘 지켜야지. 그래야 며칠만이라도 더 살아."

속삭이듯 나지막하게 말하는 우주의 음성이 그 어떤 소리보다 섬뜩하게 들렸다.

"마지막으로 물을 거야. 제대로 대답해. 뭘 알아냈어? 대체 뭘 알아낸 거야?"

"박우주, 당신은 지후 선배에게 했던 것처럼 똑같이 나에게 말실수를 했어. '두어 달쯤 전. 지후가 이상행동을 했을 무렵.' 당신 입으로 직접 이 말을 했었지? 그런데 난 그런 말 한 적 없어. 적어도 네 앞에선."

"아! 그렇구나!"

"지후 선배도 그때는 정확하게 누굴 의심해야 할지 몰랐었거든. 그래서 다른 사람에게 보일 정도의 이상행동 같은 건 없었어. 물론 블랙팀도 몰랐지."

"맞네. 그랬네. 생각해 보니 그랬어."

우주는 몰랐던 사실을 이제야 깨달았다는 듯 소름 돋게 웃으며 고개를 끄덕였다.

"아무도 몰랐는데, 넌 정확하게 그 무렵부터 선배가 이상했다고 찍었어. 왜 그랬을까? 넌 그 말을 들어 알고 있었기 때문이야. 나랑 민승후의 대화로. 당신, 민승후 병실에 도청기 설치했지? 바로 그때 시크릿 박스의 존재 여부도 알게 되었을 거야."

"역시 똑똑해. 그걸 잘도 집어냈네? 명희야, 똑똑한 여자는 참 피곤해. 그렇지?"

우주가 웃으며 명희가 있는 쪽으로 걸어가자, 유하는 아픈 몸으로 온 힘을 다해 기었다. 그리고 명희 앞으로 가 자기 몸으로 최대한 막았다.

"곧 죽어도 형사란 거지? 자기가 죽을지도 모르는 이 마당에?"

"건드리지 마. 뭐든 내가 먼저야. 이 여자는 그다음이야. 부탁이야. 이건 들어줄 수 있잖아."

"하."

우주는 느릿하게 한숨을 내쉬고는 칼등으로 유하의 머리를 톡톡 때렸다.

"너랑 지후는 어쩌면 그렇게 똑같을까? 지후도 너처럼 똑같이 그랬거든. 뭐든 자기가 먼저라고. 그래서 내가 어떻게 했을까? 지후 보는 앞에서 세 번째 목을 땄어."

우주가 명희를 보자 유하는 이번에도 그 시선을 막았다.

"뭐든 다 해. 하라는 것 다 할게! 그러니까 내가 먼저야!"

우주는 잠깐 유하를 가만히 보더니 대수롭지 않다는 듯 고개를 끄덕였다.

"그래. 급하지 않으니까. 너한테 고마운 것도 있고 하니, 그 부탁 정도는 들어줄게. 네가 일 년이 퍼즐을 팀장에 맞춰줘서 내가 편안해졌어. 여차하면 이태석을 일 년이로 몰면 되니까."

"아니. 안 맞아. 아무것도. 우선 민승후가 납치되었던 그날, 이재수가 팀장 얼굴을 봤을 리 없어! 바로 당신 얼굴을 제일 먼저 봤지. 팀장은 들어서는 그 즉시 경특대랑 같이 이재수 등 쪽으로 갔었거든."

"오~ 진짜?"

"나랑 팀장이랑 눈이 딱 마주쳐서 아주 잘 알아. 내 쪽으로 온 건 바로 너고. 그러니까 이재수가 제일 먼저 본 얼굴은 바로 박우주 너야. 경특대 모두를 죽이지 않는 한, 그건 절대로 일 년이랑 맞지 않아."

"아! 그래서 누가 먼저 들어왔냐고 물었구나? 내가 언제 들어왔는지 알아내기 위해서? 난 또 왜 그 질문을 했나 했네?"

우주가 낄낄낄 웃자 그 웃음소리가 이리저리 부딪쳐 울렸다.

"어우, 그래도 사살 명령을 팀장이 내렸다고 했을 때는 설득력 있었는데."

"팀장의 사살 명령은 이유가 있어. 팀장은 가족을 인질로 잡는 걸 증오해. 그 이유를 우리는 아주 잘 알고 있고. 팀장 형이 그렇게 죽었거든. 팀장을 불러낼 미끼로 납치됐다가 납치범 손에 죽었지. 그 뒤로 팀장은 가족이 인질로 잡히는 걸 못 견뎌해. 백 퍼센트 사살 명령을 내리거든. 그러니까 이 또한 팀장이 일 년이라 이재수를 죽였다는 증거는 못 돼."

"그럼 팀장이 지후만 남겨두고 널 보낸 건? 그것도 설명할 수 있어? 그때 네가 먼저 퇴근만 안 했어도, 그래서 사고만 안 났어도, 지후는 살았어."

"그런 이미 설명됐잖아. 네가 블랙팀 안에 설치해 놓은 도청기로."

우주는 배까지 움켜쥐며 미친 듯이 웃어댔다. 재미있지 않았던 대화였는데, 우주는 엄청나게 재미있는 사람처럼 웃었다. 그 순간 유하는 생각했다. 진짜 미친놈.

"그럼 원래 계획대로 해야겠네. 민승후로."

"뭐?"

"민승후가 일 년인 거야. 두 번째에 이어 너까지 시체로 발견되면 민승후는 자살하는 거야."

우주는 아주 중요한 말을 하듯 속삭이듯 말했다.

"미쳤구나?"

"시나리오는 이래. 널 세 번째로 찍은 승후는 계속 관찰했어. 그리고 쉽게 납치하기 위해서 접근했지. 그런데 중간에 네가, 승후가 일 년이라는 걸 안 거야. 그래서 승후는 널 조금 더 일찍 납치했지. 그러다가 결국 죽이는 거지."

"완전히 돌았구나?"

"자! 이제부터가 진짜야. 승후가 미처 생각 못 한 게 있었어. 자기가 널 사랑한다는 걸 몰랐던 거지. 당연히 아팠겠지? 괴로움에 힘들어하던 승후는 결국 자살해. 살인마도 사랑 앞에서는 어쩔 수 없었다는 교훈을 남기는 거지. 어때, 시나리오 죽이지?"

"넌 널 믿고 의지하는 사람을 그렇게 이용해? 지후 선배를 이용하다가 죽이더니, 이젠 민승후에게 네 죄를 뒤집어씌우겠다고?"

"그러니까 왜 그랬어? 민승후가 경찰이 일 년이라는 말만 안 했으면, 그래서 지후가 날 의심하지만 않았으면, 아무 일 없었어. 그냥 1년에 한 번씩 여기저기 걸리는 여자 중에 딱 세 명만 죽으면 됐어. 그런데 왜 쓸데없는 말을 해서 이런 비극을 만들어?"

"넌 사람 목숨이 그렇게 하찮아?"

우주는 혀를 쯧쯧 차며 고개를 저었다.

"아니지. 있어도 그만 없어도 그만, 그런 한심한 인생들만 죽이는 거지. 지금까지 내가 죽인 사람 중에 제일 안타까운 건 지후야. 살아 있었으면 좋은 일 많이 했을 녀석인데. 아니다. 이젠 둘인가? 너도 계속 살아 있으면 좋은 일 많이 했을 사람이니까?"

"아깝다고 해줘서 고마워해야 하는 거야?"

"괜찮아. 고마워하지 않아도 돼. 아! 생각해 보니 너도 억울할 게 없네. 네가 죽게 된 건 다 승후 때문이니까. 난 네가 지후에게 이상한 말 한 줄 알았지. 승후 말 때문에 이런 비극이 생겼을지 누가 알았겠어?"

"아니! 제일 한심한 건 바로 너야! 너 도망칠 수 있을 것 같지? 내가 발견되면 제일 먼저 네가 의심받아! 형사라는 인간이 그걸 모른다는 게 말이 돼?"

"아니지. 난 파트너 구하려다 다친 의로운 형사가 되는 거야."

유하는 큭 비웃음을 흘렸다.

"과연 그럴까? 블랙팀이 너 같은 새끼한테 속을 정도로 그렇게 호락호락한 팀이라 생각해?"

"그럼 내기할까? 과연 블랙팀이 속는지 안 속는지?"

"넌 이길 수 없어! 너 같은 새끼는 나한테 안 돼. 절대로."

"널 여기에 데려다놓은 것 자체가, 내가 이겼다는 의민데?"

"아니지. 널 따라 여기까지 왔다는 사실 자체가 내가 이겼다는 거지!"

"뭐?"

"박우주!"

유하는 눈을 시퍼렇게 뜨고 매섭게 우주를 불렀다.

"아니, 일 년이! 널 납치, 성폭행, 살인, 기타 등등 여러 가지 죄목으로 체포한다!"

유하의 이 말이 창고를 울리자, 펑 하는 소리와 함께 문이 날아가고 열린 문으로 블랙팀과 경찰특공대가 밀려들어 와 그를 둘러쌌다.

우주는 자신을 둘러싼 블랙팀을 쭉 훑어보며 어이없다는 듯 하하 웃음을 터뜨렸다.

"내가 말했지? 너 바보 새끼라고. 이재수 사건을 겪고도 똑같은 작전에 당한 바보 새끼."

"이년이!"

우주가 칼을 잡은 손을 올린 그 순간 탕 하고 총소리가 들렸다. 칼이 바닥에 떨어지는 맑은 소리가 울리고, 우주는 총알이 박힌 팔을 감싸며 바닥에 털썩 무릎을 꿇었다.

주영이 우주를 제압하며 수갑을 채우는 게 보였고, 찬우가 명희에게로 뛰어가는 것도 보였다.

"유하야! 유하야!"

그리고 방금 총을 쏜 태석이 이름을 부르며 뛰어오는 것이 보였다.

"다행이다."

이 말을 끝으로 유하는 지금까지 꽉 붙들어 잡고 있던 의식의 끈을 놓아버렸다.

승후가 수첩을 발견한 날, 저녁. 승후의 본가.

승후의 방에 들어선 유하는 책상에 있는 액자 시계를 발견하고는 살짝 미간을 찌푸렸다. 저건 예전에 지후 선배가 가지고 있던 거다. 지후 물건을 치울 때 박스에 함께 담았었는데, 승후가 그걸 자기 방에 가져다놓은 모양이었다.

"다시 들어가. 안 돼. 아직은 무리야."

유하는 앞뒤 다 자르고 이 말부터 했다.

"약도 다 받아왔고, 몸 상태도 집에 오니까 한결 좋아졌어."

유하가 들어오기 전 침대에 누워 있던 승후는 다리를 바닥에 내려 침대에 걸터앉으며 화사하게 미소를 머금었다.

"나 화낼까? 내가 화내는 거 보는 게 소원이야? 그럼 화내고."

"이거, 수첩."

승후는 자신이 일방적으로 야단맞은 이 분위기를 바꿀 생각으로 수첩을 내밀었다. 조금이라도 유하의 기분이 좋아지길 바랐지만, 수첩을 받고도 그녀의 기분은 좋아지지 않았다. 아니, 오히려 더 화가 치미는 듯 보였다.

"죽어."

매섭게 승후를 노려본 유하는 나지막하게 한숨을 푹 내쉬며 수첩 겉장을 넘겼다. 그리고 유하는 밀려오는 여러 감정에 사시나무 떨듯 떨었다.

-일 년이, 그 사람은 내가 가장 믿고 의지하는 선배이고 스승이며 형이었다. 그리고 유능한 형사였다.

수첩 첫 장에 쓰인 말. 이 문장이 뜻하는 사람은 바로 박우주였다.

"왜…… 읍."

유하의 이상 행동에 걱정이 돼서 입을 열려고 했던 승후는 곧 그녀가 손으로 입을 막아버려서 더는 말을 하지 못했다.

"뭐야? 브로맨스? 헐! 선배, 이건 좀 아니잖아요!"

지후가 이 액자 시계를 가지고 와 책상에 놓은 그날 유하는 경찰 정복을 입은 남자 두 명의 사진에 배를 잡고 깔깔깔 웃었었다.

"이게 웃겨? 왜 웃기는데?"
"원래 이런 건 여자랑 찍은 사진으로 해야죠. 애인 사진을 올려놓아야지, 남자 사진은 좀 이상하죠. 좀 남다른 취향이 있다면 모를까."
"이 사진 보며 놀리면 재미없을 줄 알아? 이 사람이 누군지 알아? 내 형이야. 이 세상에서 내가 세 번째로 사랑하는 내 가족이라고!"
"설마 출생의 비밀 있어요? 선배 남동생뿐이잖아요. 형은 도대체 어디서 뚝 떨어진 거야?"
"박우주, 경찰대 선배야. 난 태어나면서부터 챙겨줘야 할 동생만 있는 형이었잖아. 그런데 형을 만나면서 나도 누군가를 믿고 의지한다는 게 어떤 건지 알게 됐지. 우주 형은 내가 가장 믿고 의지하는 형이고 선배이며 스승이야. 그리고 내가 아는 한 이 대한민국 땅에서 가장 유능한 형사고."

사진을 보는 지후의 얼굴에 미소가 떠오른다. 맞다. 지후는 늘 이 사진을 흐뭇하게 보았었다. 이 사진을 들여다보는 지후는 유하의 눈에 엄청나게 행복해 보였을 정도였다.

"그렇게 대단하신 분이 어째서 블랙팀에 안 들어왔어요? 위에서 가만 안 됐을 것 같은데?"

"여기랑 안 맞아. 우주 형, 경찰대 다닐 때도 소문이 자자했어. 유명한 일화를 몇 개나 남겼을 정도니까."

"일화까지?"

"그중 하나는 자기가 잡아넣은 소매치기의 동생을 그 소매치기가 감옥에서 나올 때까지 생활비 주는 것도 모자라 보호자 역할까지 했었어. 시간 날 때마다 틈틈이 공부도 시키고, 고민 상담도 해주고, 나중에는 대학까지 보냈지. 내가 그때 우주 형한테 반해서 껌딱지처럼 딱 붙어 있잖아."

"설마 지금도 그래요?"

"지금도 똑같아. 자기가 잡아넣은 범인들 면회 가서 이거 해라 저거 해라, 이거 하지 마라 저거 하지 마라, 얼마나 귀찮게 하는데. 열에 한두 명이지만, 그중 마음잡은 범인들도 있어. 형은 내가 평생을 두고 닮고 싶은 사람이야. 그러니까 형은 내 롤 모델인 거지."

지후가 이렇게 믿고 의지하던 우주가 일 년이다. 그리고 일 년이는 마치 옆에서 보는 것처럼 블랙팀 수사 진행 상황을 잘 알고 있었다.

첫 장을 읽는 순간 유하의 머리는 빠르게 돌아갔다.

이게 뭘 뜻하는 걸까?

지후가 보안으로 분류된 수사 내용을 우주에게 말할 확률이 몇이나 되지?

자기 사건을 담당하는 곳에, 자기를 절대적으로 믿고 따르는 사람이 있다면, 일 년이는 과연 어떻게 할까? 아니, 만약 내가 일 년이라면 어떤 선택을 할까?

답은 간단하게 나왔다. 우주가 일 년이라면 수사 진행 상황을 알고 싶었을 것이고, 도청기를 설치해야겠다는 생각을 했을 수도 있다. 만약 도청기가 있었다면, 그 교통사고도 말이 된다. 도청을 통해 유하가 혼자 퇴근한다는 걸 알게 됐을 것이고, 기다렸다가 교통사고를 낼 수도 있었다.

결론은 저 액자 시계 안에 도청기가 설치될 확률 구십 퍼센트 이상이었다.

유하는 아무 말도 하지 말라는 뜻으로 손가락을 입에 대고는 휴대폰 메모에 무언가를 찍어 승후에게 보여주었다.

〈여기 도청기 있을지도 몰라. 입 다물어.〉

글을 읽은 후 승후의 눈이 휘둥그레지자, 유하는 손짓으로 액자 시계를 가리켰다.

〈여기 도청기가 있을 확률이 높아. 그러니까 지금부터 내가 하라는 말만 해.〉

글을 다 읽은 승후가 고개를 끄덕였다.

〈나갈게. 편히 읽어.〉

유하는 편지를 집어 들고는 이렇게 찍어 보여주었다.

"나갈게. 편히 읽어."

"그냥 앉아 있어요. 괜찮아. 그 몸으로 자꾸 어딜 돌아다녀?"

편지를 읽어내려 갈수록 유하는 몸을 점점 더 심하게 떨었다. 선배는 동료 손에 죽었다. 그것도 가장 믿고 의지하던 박우주 손에.

"선배……."

유하는 눈을 감고 길게 한숨을 토해냈다.

끓었던 감정이 한숨에 조금 가라앉자 유하는 눈을 뜨고 다시 편지를 읽기 시작했다. 편지를 다 읽어 내려갔을 때, 유하는 편지를 들고 있던 팔을 툭 아래로 떨어뜨리며 긴 한숨을 토해냈다.

"왜…… 왜 나에게조차 비밀이었을까? 나한테 말했으면 함께 있었을 텐데."

유하가 떨리는 눈으로 자신을 보자 승후는 입만 벙긋하며 "왜?"라고 말했다.

〈박우주가…… 일 년이야. 여기에 쓰인 이 글, 이거 박우주를 뜻해.〉

유하는 찍은 글을 보여주고는 수첩을 가리켰다.

승후는 떨리는 손으로 유하에게 있는 편지를 가지고 갔다. 그리고 곧 그의 눈에 눈물이 맺혔다.

"승후 씨."

유하가 자신의 이름을 불렀다는 걸 알면서도 승후는 입을 꼭 다문 채 편지만 보고 또 보았다. 아니, 말을 할 수가 없었다. 잠긴 목소리를 들켜 버릴 테니까.

"민승후 정신 차려!"

유하는 매섭게 소리치고는 다시 글을 찍어 보여주었다.

〈도움이 필요하겠어.〉

"도움이…… 필요하겠어."

가늘게 떨리는 음성이 승후의 입에서 흘러나왔다.

"도움?"

지금까지 따르던 우주가 사실은 자기 형인 지후를 죽인 일 년이라는 사실을 인지하고 받아들이기도 전에, 승후는 일 년이를 잡기 위해 연기를 해야만 했다.

〈우리 둘로는 안 될 것 같아. 도와줄 사람이 필요해.〉

"우리 둘로는 안 될 것 같아. 도와줄 사람이 필요해."

승후는 휴대폰을 보며 유하가 쓴 대본을 그대로 읽어내려 갔다.

"안 돼. 현직 경찰을 일 년이로 지목하는 일이야. 이건 심증만으로 안 돼. 물증도 없이 심증만으로 현직 경찰을 범인, 그것도 일 년이로 지목하는 일인데, 누가 그 일을 같이 해주겠어?"

〈그러니까 도움이 필요하다는 거지. 증거를 찾아야 하잖아.〉

"그러니까 도움이 필요하다는 거지. 증거를 찾아야 하잖아."

승후의 얼굴이 점점 흙빛으로 변해갔다. 유하의 의도를 파악했다는 뜻이었다.

"안 돼! 하지 마! 나 그거 싫어!"

승후의 눈빛에 공포가 떠올랐다. 승후는 소리 없이 입만 벙긋거리며 거칠게 고개를 저었다.

〈그러니까 그 증거를 찾게 도와달라고 청해야 한다고!〉

"그러니까 그 증거를 찾게 도와달라고 청해야 한다고!"

유하가 보낸 문자를 읽은 승후는 절대로 입을 열지 않겠다는 듯 아랫입술을 깨물었다. 그녀가 뭘 하려는지 정확하게 알아차렸기 때문이었다. 어찌나 세게 깨물었는지 입술에서 피가 흘러 비릿한 피 맛이 느껴졌지만, 이 정도의 작은 고통은 아무것도 아니라는 듯 꽉 다문 입술을 열지 않았다.

"승후 씨 제발……."

유하 역시 소리 없이 입만 벙긋했다. 그녀의 이 부탁에도 승후는 강하게 고개를 저었다. 절대로 물러서면 안 된다는 걸 알기 때문이었다.

"나 꼭 살게. 믿어줘. 제발 승후 씨……."

유하는 손을 뻗어 가늘게 떨고 있는 승후의 손을 꽉 움켜잡았다.

〈도와줄 사람, 알아. 그 사람이라면 도와줄 거야.〉

"도와줄 사람, 알아. 그 사람이라면 도와줄 거야."

"누구? 누가 도와주는데? 그게 가능했으면 지후 선배가 혼자 수사했겠어? 안 돼. 그리고 비밀은 혼자 알고 있을 때나 지켜지는 거야. 둘, 셋, 하나씩 늘어나면 그건 비밀이 아니야. 터지기 직전의 시한폭탄이지."

유하가 말하면서 찍어 보여준 대본을 읽은 승후는 또다시 고개를 강하게 저었다.

"미안해."

유하는 또다시 소리 없이 입만 벙긋하며 이 말을 했다.

유하는 아주 잘 알고 있었다. 지금 이 순간 승후 심장에 가장 잔인하게 상처를 내는 사람은 바로 자신이라는 걸. 자신이 그의 심장을 갈기갈기 찢고 있다는 걸 알면서도 지금 하려는 일을 멈출 수가 없었다. 이게 마지막 기회일 수도 있다는 걸 누구보다도 잘 알고 있기 때문이었다.

〈한 사람 있어. 딱 한 사람, 그 사람이면 도와줄 거야. 비밀도 지킬 거고. 지금 우리에게는 그 사람밖에 다른 대안은 없어. 그 사람만이 우리를 도와줄 수 있어.〉

"한 사람 있어. 딱 한 사람. 그 사람이면 도와줄 거야. 비밀도 지킬 거고. 지금 우리에게는 그 사람밖에 다른 대안은 없어. 그 사람만이 우리를 도와줄 수 있어."

이 말을 하며 승후는 결국 눈물을 떨어뜨리고 말았다.

"그게 누구든 안 돼! 너무 위험해. 나뿐만 아니라 그 사람까지 일 년이 표적이 될 수 있어!"

〈한 사람보다는 두 사람이 이길 확률이 높아. 그러니까 내 계획대로 따라줘. 네가 싫다 해도 난 말할 거야. 난 일 년이 이 새끼 잡히는 거 꼭 보고 싶어.〉

"한 사람보다는 두 사람이 이길 확률이 높아. 그러니까 내 계획대로 따라줘. 네가 싫다 해도 난 말할 거야. 난 일 년이 이 새끼 잡히는 거 꼭 보고 싶어."

자기 입으로 유하를 사지로 내몰았다는 걸 알기에, 승후의 눈에서는 끊임없이 눈물이 뚝뚝 떨어지고 있었다.

〈우주 형이 도와줄 거야.〉

"우주 형이…… 우리를 도와줄 거야."

마지막 말을 하며 승후는 결국 무너지고 말았다.


승후가 우주에게 수첩을 보여주던 그 시간.

유하는 태석 그리고 주영, 찬우와 함께 호텔 룸에 들어가 있었다. 혹시 우주가 블랙팀 안에 도청기를 설치했을 때를 대비해서였다. 유하는 편지와 함께 수첩 복사본을 꺼내놓고 태석, 주영, 그리고 찬우가 다 읽을 때까지 기다렸다.

"그러니까 여기에 쓰인 일 년이가 바로 박우주라고?"

형사 생활 하면서, 그것도 블랙팀으로 살면서, 지금처럼 충격적인 사건은 없었다. 늘 냉철함을 잃지 않았던 태석도 지금 이 순간만큼은 평정심을 유지하기가 힘들었다.

"네."

유하의 대답에 주영과 찬우의 입에서는 욕설이 터져 나갔다. 이들도 태석만큼이나, 아니, 어쩌면 태석보다 더 충격을 받았다는 걸 그대로 보여주는 순간이었다.

"지후 선배의 글처럼 범행 현장을 찾아야 해요. 그래서 말인데요. 저랑 박우주를 파트너로 묶어주세요."

"야!"

유하의 요청에 태석은 1초의 생각도 없이 버럭 소리를 내질렀다.

"어차피 제가 잡혀가야 합니다. 그 장소를 알아내야 박우주를 검거할수 있어요. 그러니까 뜻대로 잡혀가 줘야죠."

"안 돼! 미친 거야? 어떻게 그 새끼에게 목을 들이밀어?"

"그래, 안 돼! 그건 박우주 손에 죽겠다는 뜻이라고!"

"나도 그건 찬성 못 해. 그 인간에게 널 내주느니 그냥 내가 확 쏴 죽이고 말 거야!"

태석과 주영, 찬우, 이렇게 순서대로 비슷한 말을 하며 반대했다.

"두 번째 피해자가 잡혀 있을 가능성이 높잖아요. 그리고 지금 못 잡으면 다시는 기회가 없을 수도 있어요."

"절대로 안 돼! 그런 위험한 작전은 승인할 수 없어!"

태석의 단호한 음성에서 또다시 팀원을 잃고 싶지 않다는 그의 의지가 강하게 드러났다.

"이미 주사위는 던져졌어요. 민승후가 박우주에게 이 수첩을 보여줬습니다. 그리고 되돌아가기엔 너무 늦었어요. 그러니까 계속 앞으로 나가야만 해요."

"조유하 이 미친년아!"

태석은 현실을 부정하고 싶은 듯 두 눈을 꼭 감았고, 주영은 얼굴이 벌겋게 달아오를 정도로 고함을 질러댔다. 그리고 찬우는 핏기라곤 전혀 없이 하얗게 변한 얼굴을 하고 도망치듯 화장실로 뛰어 들어가서 몇 분 후 잔뜩 충혈된 눈을 하고 나왔다.

"그러니까 결국은 널 미끼로 쓰겠다는 거지?"

"네."

유하는 태석의 질문에 짧게 대답하고 고개를 푹 숙였다.

"……좋다. 좋아. 그렇게…… 하자."

가늘게 떨리는 태석의 목소리에 유하는 고개를 들었다. 그리고 태석과 주영 그리고 찬우를 차례대로 보며 말했다.

"무사할게요. 절대로 죽지 않을게요. 믿어줘요."

"아니. 너 혼자는 안 돼. 우리도 같이한다. 우리가 하나하나 세밀하게 작전을 짜면, 그 새끼 속일 수 있어."

태석은 겨우 머릿속이 정리된 듯 이성을 되찾았다.

"일단 박우주 시선을 잡을 다른 미끼가 필요하다. 그리고 그건 내가 한다. 유하는 넌 지금부터 나를 일 년으로 몰아."

"팀장을요? 어떻게요?"

유하가 고개를 갸웃하자 주영이 복사물을 폈다. 그리고 제일 첫 장, 첫 문구를 가리켰다.

"스승. 이 단어에 넌 지후의 롤 모델을 물어."

"그거 박우주잖아요."

"박우주는 이게 누굴 뜻하는지 알지. 하지만 넌 모르는 거야. 그리고 나한테 전화해서 물어. 그럼 내가 팀장 이름을 댈 거야. 그리고 넌 팀장을 일 년으로 몰아가는 거야. 크게 걱정할 거 없어. 운만 띄워놓으면, 나머지는 박우주가 알아서 할 테니까."

주영의 말이 무슨 뜻인지 이해한 유하는 고개를 끄덕였다.

"내가 일 년으로 지목되면, 유하는 나에 대해 이것저것 알아보고 미행도 하면서 박우주의 시선을 꽉 잡아. 그러면 주영과 찬우가 박우주의 작년 행적들을 조사할 거야. 범행 시간과 박우주의 알리바이를 맞춰보면 진짜 일 년인지 아닌지 알 수 있을 테니까."

태석의 지시에 찬우는 더 불안한 듯 잔뜩 얼굴을 일그러뜨렸다.

"하지만 문제는 박우주가 유하를 납치한 다음이잖아요. 박우주, 미행 당하면 바로 알아차릴 겁니다."

"그래서 유하한테 위치추적기를 달 거야."

"네?"

태석의 말에 셋은 똑같이 놀라고 말았다.

"휴대폰은 납치당하는 그 즉시 없앤다고 보면 돼. 그러니까 몸에 붙어 있어도 박우주가 전혀 신경 안 쓸 물건으로 위치추적기를 다는 거야."

"그게 뭔데요?"

유하의 질문에 태석은 자기 손목시계를 가리켰다.

"이렇게 된 거 민승후한테 끝까지 연기 좀 하라고 해. 민승후는 박우주가 보는 앞에서 너에게 선물하는 척하고 위치추적기가 달린 손목시계를 주는 거야. 커플 시계라고 하면서 민승후도 똑같은 것을 차면, 크게 의심 안 할 테니까. 민승후 시계도 똑같이 위치추적기가 달린 것으로 준비할 생각이니까 안심하고."

"그러니까 내가 납치되면 위치추적기 신호 따라서 오면 되겠네요? 알았어요. 그건 팀장이 알아서 해주세요."

"단 여기서 문제는 박우주 이놈이 유하를 언제 납치할 지인데……."

"그리 오래 걸리지는 않을 것 같으니까, 그냥 막노동으로 하죠. 지금 이 시각부터 24시간 대기하면 되잖아요."

주영의 말에 찬우도 찬성한다는 뜻으로 고개를 끄덕였다.

"우리가 접근하는 걸 박우주가 알면 안 되는데……."

태석의 말에 유하가 씩 미소를 머금었다.

"한 번 했잖아요. 이재수에게 써먹은 그거. 박우주 혼 빼놓는 거 잘할 수 있어요. 이미 한 번 해봤고."

"좋아! 한 번 해보자. 이왕 이렇게 된 것, 그 새끼 꼭 잡고, 우리 모두 지후 보러 가자!"

"넵!"

태석의 다짐이 담긴 외침에 주영과 찬우, 그리고 유하는 짧고 굵게 대답하며 저 밑바닥에 있던 힘까지 모두 끌어올렸다.

병원, 태석이 따로 마련해 준 안전 병실에 유하와 주영 그리고 찬우는 승후를 만나러 와 있었다.

"유하 넌 팀장이 일 년이라고 믿어야 해. 절대로 박우주가 일 년이라고 생각하면 안 돼. 머리와 마음이 분리되면 연기에 허점이 보이는 거야. 연기가 어색해진다고. 넌 지금부터 머리와 마음 모두 팀장이 일 년이라고 생각해. 알아들어?"

그리고 승후는 본격적으로 유하와 주영, 그리고 찬우에게 연기 지도를 하기 시작했다.

"가능할지 모르겠지만, 노력은 해볼게."

"정 안 되면, 아무리 노력해도 너무 어색하다고 느껴지면, 그냥 손톱을 물어뜯어. 일단 표정도 가릴 수 있고, 손톱을 물어뜯는 것 자체가 불안을 의미하니까. 박우주가 물어보면 적당한 이유를 대. 형이 죽은 다음부터 생겨난 버릇이라고 하면 어느 정도 이유는 설명이 되니까."

"OK."

대답은 힘차게 했지만, 역시나 떨리는 건 어쩔 수 없다. 유하는 마음을 가다듬기 위해 길게 한숨을 토해냈지만, 떨리는 숨결만은 숨길 수가 없었다.

"그런데 승후 씨, 나도 자신이…… 없는데……. 일 년이를 옆에 두고 모르는 척 연기하는 건 좀……."

찬우까지 자신 없어 하자 승후는 잠시 생각에 잠겼다.

"그러면 한 형사님은 유하랑 붙을 땐 농담하면서 장난치세요. 너무 길게 일 년이에 대해 대화하다 보면, 한 형사님뿐만 아니라 누구라도 걸릴 수 있거든요. 그럴 땐 슬쩍 넘어가는 게 상책이죠. 자잘한 일로 장난치세요. 그럼 모두에게 잠깐이라도 숨 쉴 시간이 생길 겁니다."

"알았습니다. 그렇게 할게요."

"일 년이가 보든 보이지 않든 연기하는 걸 멈추지 마세요. 그런 허점은 뜻밖에도 잘 걸리거든요. 연기를 시작하면 그 무대가 끝날 때까지는 배역을 내려놓으면 안 됩니다. 그게 무대에 오르기 전 배우에게 필요한 마음가짐입니다."

유하와 찬우는 강하게 다짐하듯 굳은 표정으로 동시에 고개를 끄덕였다.

"참, 승후 씨도 명심하세요. 이번 우리 작전에 승후 씨는 절대로 개입하지 않은 겁니다. 승후 씨는 박우주가 잡힌 다음에서야 그의 정체를 안 겁니다. 이건 저희 생각인 동시에 팀장 뜻이니까, 안전을 위해서 꼭 명심해 주세요."

주영은 태석의 뜻을 전했다.

"안전이요?"

"그런 녀석은 어디로 튈지 모르거든요. 게다가 박우주는 범죄자들이 꽤 믿고 따릅니다. 그 상태에서 일 년이라는 사실까지 밝혀지면, 추종자들이 생겨날 겁니다. 다시 말해, 승후 씨가 이번 체포 작전에 개입한 걸 알면 위험해질 가능성이 높아진단 뜻이에요."

"그럼 저뿐만 아니라 다들 위험한 거잖아요."

승후의 이 말에 세 명은 동시에 픽 웃음을 흘렸다.

"그 살생부에 우리는 진작 올라가 있지. 그런 건 겁 안 나. 다만 승후 씨는 형사가 아니니까, 표적이 되면 바로 생명과 직접 연결이 돼. 그러니까 빠지는 게 맞아."

"모르는 척할 테니까, 잡힐 때까지 임시 거점은 내 병실로 해."

모르는 척하겠다면서 이 말은 또 뭐야?

골이 지끈거리는 것 같아 유하는 저도 모르게 얼굴을 일그러뜨렸다.

"박우주 앞에서 네가 어떤 표정인지 확인해야 하잖아. 자칫 잘못해 일이 틀어지면 바로 어떻게 될지 모르는 건데, 병실에서만큼은 내가 지켜볼 수 있으니까, 내 병실로 하자. 여차하면 두 분 형사님께 도움을 청할 수도 있고."

"내가 반대할 거 알지?"

"고집부릴 것도 알지? 내가 한 번 고집부리면 형도 못 꺾었어. 네가 어떤 협박을 해도 나 안 꺾일 거야."

유하는 어떻게 하냐는 눈빛으로 주영을 보았다.

"승후 씨 위험한 거 알죠?"

"이재수 사건도 이겨냈잖아요. 별로 안 무서워요. 그리고 조금이라도 위험하면 도움 청하면 되죠. 제 병실에서 몇 발만 나가도 도와줄 사람 많아요. 나 민승후예요. 대한민국 톱스타, 바로 그 민승후."

승후가 자신만만해하자 주영과 유하는 난감해졌다. 그러자 잠시 생각하던 찬우가 입을 열었다.

"위험하지만 어떻게 보면 좋은 방법일 수 있어요. 유하가 조금이라도 흔들리면, 승후 씨가 막아줄 거잖아요. 연기로 슬쩍 넘기는 건 우리보다 승후 씨가 더 잘할 테니까."

"위험해질 것 같으면, 유하에게 짐 안 되게 바로 도망칠게요. 그러면 되잖아요."

주영은 생각에 잠겼다. 안 된다고 말려도 승후는 하고 싶은 대로 할 것이고, 그렇다고 허락하는 것도 마음에 안 놓여서, 결정하기가 쉽지 않았다.

"위험하면 꼭 도망가야 해? 박우주 만만한 사람 아니야. 나 승후 씨까지 보호하면서 그놈 상대 못 해."

"알았어. 믿어. 내가 달리기는 끝내주게 잘해."

원하는 걸 얻어서일까, 박우주가 일 년이란 사실을 안 이후로 웃지 않았던 승후가 처음으로 미소를 보였다.

"우리 잘 해보자. 한 명도 실수하지 마. 절대로!"

주영의 말에 모두 똑같이 굳은 얼굴로 고개를 끄덕였다.


주영 그리고 찬우는 박우주가 죽은 피해자들을 비밀 연애라는 방법으로 유인했을 거란 추측이 나온 후, 진짜 비밀 연애를 했는지, 혹시 목격자는 있는지 알아보기 위해 탐문에 나섰다. 물론 목격자가 나왔다 하더라도 공식적으로는 '확인할 수 없음'으로 마무리가 될 것이다. 지금부터 수사한 모든 내용은 보안이다. 블랙팀, 아니, 박우주를 제외한 블랙팀만 알고 있는 보안이었다.

지후가 죽은 년도의 마지막 피해자, 최수빈의 직장 동료를 만나는 자리.

"수빈이는 애인 같은 거 없다고 했죠. 아마 다들 그렇게 알고 있었을 거예요. 그런데 만나는 사람 있었어요. 내가 봤어요. 분명히 애인 같았는데, 다음날 애인 아니냐며 물었더니, 아니라고 딱 잡아떼더라고요. 그래서 생각했죠. 혹시 유부남 아닐까 하고."

"혹시 이름도 들으셨나요?"

"네. 지후라고 했던 것 같아요. 성은 잘⋯⋯."

여기서 지후가 왜 나올까? 지후라는 이름이 이 시점에서 왜 튀어나오는 거냐고!

지후라는 말에 주영과 찬우는 움찔했다.

"혹시 얼굴 기억하실 수 있습니까? 사진 보여주면 확인 가능할까요?"

죽은 최수빈 직장 동료에게 주영은 휴대폰에 저장된 지후의 사진을, 찬우는 우주의 사진을 보여주었다.

"가만있자⋯⋯, 그때 밤이기도 하고, 모자까지 쓰고 있어서 잘 기억은 안 나는데⋯⋯, 이 사람인 것 같아요. 아니, 이 사람이에요. 확실할 것 같아요."

최수빈 직장 동료가 정확하게 한 사람, 바로 우주를 찍자, 주영과 찬우의 눈매가 동시에 가늘게 일그러졌다.

병원, 안전 병실.

"여기에 위치추적기가 있다는 거죠?"

유하와 우주가 한창 태석을 일 년이로 몰고 있던 그때, 승후는 찬우를 만나고 있었다.

"이걸 선물하는 척하며 유하에게 주면 돼요."

"네, 그렇게 할게요."

"다시 한 번 더 확인할게요. 이제 거의 때가 됐을 겁니다. 두 번째 피해자는 이미 납치되어 있을 것이고, 세 번째는 가까이에 있으니, 곧 유하도 납치하려 할 겁니다."

"두 번째 피해자가 안 나왔는데, 유하를 납치한다고요? 너무 이른 거 아니에요?"

"아니요. 곧 납치할 겁니다. 이미 유하가 세 번째라는 걸 예고한 상태라, 박우주도 우리 쪽에서 대비할 거라는 걸 알고 있을 겁니다. 그러면 조금 더 일찍 납치해서 뒤통수를 때려야겠다는 생각을 하겠죠."

"그렇……."

승후는 말을 끝까지 하지 못하고 마른침만 꿀꺽 삼켰다.

"우리는 그걸 역이용할 겁니다. 지금까지 유하가 팀장을 일 년이의 조건에 짜 맞추려고 여러 가지 시도를 했어요. 하지만 오래 갈 수는 없어요. 곧 그게 어색하다는 걸 알게 될 겁니다. 게다가 우리가 박우주를 털기 위해 여기저기 알아봤기 때문에, 그 소문 또한 곧 그놈 귀에 들어갈 겁니다. 그러면 우주는 자기 알리바이도 만들면서, 팀장이든 누구든 일 년이로 만들어 죄를 뒤집어씌우려 할 거예요. 그 작업을 하기 위해서는 박우주에게도 시간이 필요해요. 시간을 벌기 위해서라도 조금 더 일찍 유하를 납치할 겁니다."

"그럴 수도 있겠네요."

심장이 두근두근 뛴다. 불안한 마음 때문일까. 내쉬는 승후의 숨소리가 가늘게 떨렸다.

"우리도 며칠 안으로 박우주가 유하를 납치할 수밖에 없도록 할 겁니다. 유하가 승후 씨 본가로 가서 우연히 도청기를 발견하는 척하면, 그 뒤에 팀장이 박우주가 유하를 납치할 조건을 만들어줄 겁니다. 밤에 둘을 내보낼 거예요. 박우주는 그때를 놓치지 않을 가능성이 높습니다."

"박우주가 함정이라는 걸 알면 어쩌죠?"

"그런 이성적인 생각을 하기에 앞서 불안감 먼저 들겠죠. 그걸 파고들 생각입니다. 생각할 시간 없이 바로 유하를 납치할 수 있게 조건을 만드는 겁니다. 불안한 박우주는 그때를 놓치지 않을 가능성이 높아요. 일단 유하를 제거해야 한다는 생각을 먼저 할 테니까요."

"이게 도움이 될까요?"

제발 도움이 됐으면 좋으련만. 승후는 떨리는 손으로 자기가 찰 시계를 집어 들었다.

"늦지 않게 도착할 겁니다. 저희를 믿어주세요. 허무하게 동료를 잃는 일은 두 번 다시 없을 겁니다."

"네. 알겠습니다. 믿어요, 믿을게요."

찬우는 승후의 손을 꼭 잡았다.

"실수하시면 안 됩니다. 배우니까 우리보다 더 잘하겠지만, 그래도 혹시나 해서 말하는 겁니다. 실수하면 안 됩니다. 절대로!"

"걱정 마요. 나 최연소 연기 대상 수상자예요. 몇 년이 지났지만, 아직도 그 기록 안 깨졌다고 하던데요?"

승후는 시계를 손목에 차고 유하의 시계가 담긴 선물 상자를 집어 들었다.

"일 년이 잡은 다음에, 블랙팀 회식에 저 끼워줘야 해요? 이 사건만큼은 저도 블랙팀이니까."

승후는 불안한 마음을 가벼운 농담으로 누르려 했다.

"알았습니다. 당연히 승후 씨도 참석해야죠. 이 사건만큼은 승후 씨도 블랙팀이니까."

승후가 무슨 마음으로 농담하는지 알기에 찬우는 최대한 환하게 웃으며 그 말을 받았다.


태석은 박우주의 과거로 접근했다. 도대체 어떤 과거를 겪으면 그런 미친놈으로 성장할 수 있는지 알아보기 위함이었다. 박우주가 살던 경기도의 한 동네에 도착한 태석은 박우주 할머니와 가까웠던 동네 노인을 만났다.

"우주가 여덟 살 때 아버지가 돌아가셨어. 그 뒤로 쭉 할머니와 살았지. 에고……, 휴."

머리에 하얗게 서리가 앉은 노인은 우주를 떠올리며 안타깝다는 듯 혀를 쯧쯧 찼다.

"무슨 일이 있었습니까?"

"그 엄마가 우주를 할머니 손에 두고 여동생만 데리고 가버렸거든. 하긴 그놈이 장남이니, 그 집안을 위해서 안 데리고 갔을 수도 있지. 문제는 그 할머니가 우주 엄마를 아들 잡아먹은 년이라고 하면서 엄청 미워했다는 거야."

"아들…… 잡아먹은 년이요?"

"그러니 우주한테 어떻게 했겠어? 아들 잡아먹은 년이 낳았다며 엄청 싫어했지. 그 할머니가 우주 열아홉 살 때 죽었는데, 10년이 넘는 세월 동안 그 구박이 말도 못 했어. 요즘 말로 학대! 맞아! 학대였지. 쯧쯧쯧."

"학…… 대요?"

"공부 잘해, 어른들에게 깍듯해, 친척들 모이면 동생 다 챙겨, 틈틈이 알바인지 뭔지 해서 할머니 좋아한다고 빵이며 과일 같은 것 사서

오곤 했지. 그래도 그 할머니는 죽는 그 순간까지 '아들 잡아먹은 년이 낳은 놈.' 이러면서 엄청 미워했어."

"박우주 어머니께서는 왜 박우주만 보냈을까요? 집안 대를 이어야 한 다는 이유는 좀 이해가 되지 않는데요. 혹시 두 아이를 키울 형편이 아 니었습니까?"

"아니야. 그 할머니가 이 동네서 소문난 알부자야. 그 아들 결혼할 때 서울에 집도 사줬는데. 마당 있는 단독주택이라 들었어. 그리고 그 박 우주 아빠 죽으면서 사망 보험금도 몇 억이나 나와서 먹고 사는 것엔 문 제없었어."

그 정도면 남편 죽은 후에 최소 십 억이 훌쩍 넘는 돈을 쥐었을 텐 데, 어째서 아들을 할머니께 보낸 건지, 태석은 박우주 어머니의 행동 이 도통 이해가 되지 않았다.

"돈도 많은데 아들을 보냈으니, 이유는 한 가지지. 그 할머니 재산을 노린 거겠지. 할머니 죽은 뒤에 그 많은 재산이 박우주한테 돌아갔으니 까. 그걸 노렸으면, 아들 밀어 넣을 수 있지."

"그럼 박우주는 어머니나 동생과 연락하고 지냈습니까?"

"겉으로는 전혀 연락 없는 것 같은데, 그것도 모르는 거고. 아들인데, 어미가 돼서 자식 안 보고 싶었겠어? 몰래몰래 연락했겠지."

들은 이야기는 이게 다다. 돈 많은 부잣집 도련님인 줄 알았더니, 과 거가 상당히 어둡다. 하지만 이것만으로는 박우주가 일 년이가 된 이유 가 설명이 안 된다고 느낀 태석은 다음으로 그의 어머니를 찾았다.

박우주의 어머니는 곱게 나이를 먹은 분이었다. 우아함과 고상함이 뚝뚝 떨어지는 듯한 느낌이라 이런 사람이 돈 때문에 아들을 할머니한 테 보냈다는 것이 잘 이해가 되지 않았다.

"우주요? 걔 왜요? 나쁜 짓 했죠? 무슨 짓 했나요? 혹시 사람 죽였어 요?"

고상하신 분의 반응치고는 참 극단적이다. 태석은 자기도 모르게 살짝 미간을 찌푸렸다.

"왜 그런 생각을 하세요?"

"걔는 미쳤어요. 뭐에 비유해야 할까? 아! 악마. 걔는 지옥에서 막 올라온 악마예요."

지옥에서 막 올라온 악마.

엄마가 자식에게 쓸 단어는 아니다. 태석은 움찔하며 앞에 계신 분이 하는 말을 조용히 듣기만 했다.

"우리 집에 고양이나 강아지가 들어오면 이상하게 몇 달 못 견디고 죽는 일이 반복됐어요. 저는 대수롭지 않게 여겼죠. 그럴 수도 있겠거니 했으니까. 그러다 우연히 본 거예요. 걔가 고양이를 죽이는 모습을."

"애완동물을 죽였다고요? 박우주가?"

"그렇다니까요! 그때 그 표정, 호기심이 아니었어요. 자기가 하는 일을 똑똑히 알고 있는 표정이었거든요. 그리고 몇 달 뒤에 딸아이가 계단에서 굴러 다리가 부러지고 팔에 금이 갔죠. 그 뒤로 난 딸아이를 우주와 둘만 있게 하지 않았어요. 우주가 딸아이에게 또 무슨 짓을 저지를 것 같아서."

"그 뒤 어떻게 됐습니까?"

"남편이 죽고, 그래서 우주를 할머니에게 보낸 거예요. 아니, 우주한테서 도망쳤어요. 그 애가 무서웠거든요. 꼭 딸아이에게 무슨 짓을 할 것만 같아서. 난 딸아이를 보호해야 했으니까."

여덟 살. 이게 박우주가 어머니한테서 첫 번째 버림을 받은 때다. 그리고 우주도 알고 있었을 것이다. 어머니가 자신을 버렸다는 사실을.

"죽은 남편분도 알고 있었나요?"

우주 어머니는 아니라는 듯 고개를 저었다.

"모르셨군요?"

"남편은 인정하려 들지 않았을 거예요. 겉으로는 남편이 원하는 최고의 아들이었으니까. 머리 좋고, 공부 잘하고, 성격도 좋고, 말도 잘 들는 이상적인 아들. 우주는 그런 아들이었으니까요."

"그랬군요."

"그 애가 무슨 짓을 했든 난 상관없는 사람입니다. 그 애와 인연 끊고 산 지 꽤 됐어요. 만난 것도 몇 년 전에 잠깐 길에서 본 게 전부예요. 그러니까 다시는 그 애 일로 이렇게 찾아오지 마세요."

"봤다고요? 박우주를? 언제요?"

"5년 전인가, 6년 전인가, 그때 한 번 봤어요. 길에서."

일 년이가 등장한 시점과 비슷하다. 태석은 잔뜩 긴장하며 숨까지 조심스럽게 쉬었다.

"그때 무슨 일이 있었습니까?"

"아무 일도 없었어요. 무슨 짓을 하고 다니는지, 쫓기고 있더라고요. 하고 다니는 꼴도 형편없었고……."

쫓기고 있었던 게 아니라 용의자를 쫓고 있었을 것이다. 몰골이 형편없었던 건 잠복하느라 긴 시간 집에 못 들어갔거나, 노숙자 같은 신분으로 위장해 잠복했을 확률이 높았다. 그렇게 몇 날 며칠 고생고생해서 겨우 범인을 찾아냈을 테고, 쫓아가던 중에 어머니를 만난 게 분명했다.

"쫓기고 있다고 그러던가요?"

"물어야 아나요? 뻔하지. 난 걔 상관하고 싶지 않아요. 이제 와 엮이고 싶지 않으니까."

좀 물어보지 그랬습니까? 아들의 몰골이 형편없으면 걱정이 안 돼도 걱정하는 척 물어봐야 하는 거 아닙니까? 이 말이 목까지 차올랐지만 태석은 입술을 팍 깨물며 정작 하고 싶은 이야기는 꿀꺽 삼켜야만 했다.

"뭐라 그러셨습니까? 그때 박우주에게?"

"그 녀석이 그러더라고요, 잘 지내냐고, 딸아이 이름을 입에 올리며, 잘 지내고 있냐고. 그래서 내가 그랬죠. 우리는 너와 상관없는 사람이니까, 다시는 앞에 나타날 생각 하지 말라고."

이게 어머니한테서 두 번째 버림을 받은 날이다. 그리고 일 년이가 탄생한 날이기도 했다.

여성에 대한 극도의 분노. 이건 자신을 버린 어머니와 그 어머니가 사랑한 여동생에게로 향한 분노가 분명했다.

만약 이때 이 어머니가 조금만 더 따뜻하게 대해줬더라면 어떻게 되었을까?

사이코패스 성향이 있었더라도, 우주는 그 감정을 꽤 잘 누르며 살았을 것이다. 사이코패스라 해도 다 범죄자가 되는 건 아니니까. 게다가 어머니를 만나기 전까지 경찰인 박우주는 꽤 좋은 사람으로 기억되고 있었다. 머릿속과 마음이 어지러웠더라도, 그걸 잘 누르고 제어하며 살았을 정도로, 우주는 자신을 위해 끊임없이 노력했다.

하지만 이날, 어머니를 만난 이 순간, 그 모든 노력이 물거품이 되어버린 거다. 그리고 우주는 이성의 끈을 놓아버렸다. 모두의 존경을 받던 형사 박우주가 연쇄살인마 일 년이로 다시 태어난 것이다.

뭐 하고 지내냐? 잘 지내고는 있냐? 몸은 어떠냐? 언제 밥 한번 먹자.

이분은 이 말을 하기가 그렇게 힘들었던 걸까?

이분이 이 말만 했더라면, 어쩌면 현실은 많이 달랐을지도 모른다.

태석 자신도 자식을 키우는 사람이다.

"적어도 부모는 자식을 끝까지 포기하면 안 된다. 세상 모두가 손가락질해도, 적어도 부모만큼은 자식을 감싸 안아야 해. 자식이 엇나가면 바로 잡고, 잘하면 더 잘하게 칭찬도 좀 해주며, 그렇게 자식을 보듬어 안아야 한다."

태석이 부모가 된 그날, 그의 어머니께서 태석을 불러다 하신 말씀이었다.

그런데 우주의 어머니는 너무 쉽게 자식을 포기한 거다. 너무 쉽게,

그리고 너무 잔인하게 자식을 버렸다. 그것도 두 번씩이나. 일 년이는 자식에게 그렇게 잔인했던 우주 어머니가 낳은 결과물인 셈이다.

태석은 밋밋하게 "감사합니다."라고 말하며 자리를 떴다.

"죄는 죄일 뿐, 범인의 사연이, 죄를 대변하는 변명거리가 될 수는 없다. 일 년이 사건의 결론은, 일 년이는 잔인하고 흉악한 연쇄살인마일 뿐이라는 거다."

태석은 혼자만 들릴 정도로 아주 작게 중얼거리며 한숨을 쉬었다.


"둘이서 아까 찍으려던 19금이나 마저 찍어. 진하고 화끈하게."

승후가 커플 시계를 유하에게 선물하는 모습을 본 우주는 바람 쐬러 간다고 하면서 밖으로 나왔다. 그리고 한적한 비상계단으로 자리를 옮겨서 이어폰을 귀에다 꽂았다.

[우리 일 년이 잡으면 여행 가자. 어디가 좋아?]

해맑은 민승후답게 한가롭게 여행 타령이다. 승후와 유하의 대화에 우주의 입에선 작은 비웃음이 터졌다.

[좋은 머리를 참…… 엄청 좋은 데 쓰네. 머리는 그렇게 써야 하는 거야. 역시 내 남자는 똑똑해.]

대화 중간에 유하가 이 말을 하자 우주의 입가에 서늘한 미소가 번졌다.

"똑똑하지. 너무 똑똑해서 자기 여자 옆에 살인마를 붙였으니까."

더는 몰래 들을 필요 없는 것 같다. 대화가 이렇게 흘러가자 우주는 이어폰을 빼려 했다.

[어머니?]

그런데 곧 휴대폰이 시끄럽게 울리더니 승후가 전화를 받았다.

[네? 유하 밥 먹이려고요? 그런데 유하가 요즘 바빠서……. 네. 물어볼게요.]

승후는 확실한 답 없이 그냥 통화를 끝냈다.

[어떻게 할래? 어머니가 너 밥 한 끼 먹이고 싶다고 하는데? 너 요즘 얼마나 바쁜지 짐작하니까 안쓰러워서 그러시는 것 같아.]

[먹으러 갈게. 내일 가면 돼?]

[그래. 그러면 어머니한테 그렇게 전해둘게.]

여기까지 들은 우주는 짜증스럽게 이어폰을 뺐다.

"여기저기서 사랑이 넘쳐 나잖아? 이래서 너무 해맑게 자란 놈들이 싫은 거야."

순간 우주의 얼굴이 험악하게 일그러졌다.

팀장 미행이 실패로 돌아간 후 승후의 병실에 들렀다가 경찰서로 돌아간 유하는 승후 어머니의 전화를 받았다.

[조 형사, 오늘 밥 먹으러 오는 거지?]

"네. 잠깐 경찰서에 들렀다가 가려고요. 승후 씨 데리고 갈까요?"

[아니야. 조 형사만 와. 먹고 도시락 싸줄 테니까, 그거 블랙팀 가지고 가. 고생하는데 밥이라도 한 끼 제대로 먹어야지.]

"네. 감사합니다. 곧 갈게요."

유하가 통화를 끝내자 운전하던 우주는 힐끗 그녀를 보았다.

"이젠 거의 며느리다? 고생한다고 불러다 밥 먹이고?"

"왜요? 선배도 갈래요?"

"혼자 갔다 와. 너 먹이고 싶어서 준비하셨을 테니까, 그거 다 먹고 와."

"넵. 대신 맛난 거 많이 가지고 올 거니까 기대해요?"

"알았네요."

그 뒤 경찰서에 도착한 유하는 자기 차를 끌고 승후 어머니 집으로 향했다. 그렇게 유하가 밥 한 끼를 위해 승후 어머니 집에 가자, 그 근처에 자리를 잡은 우주는 이어폰을 꽂고 방 안 소리에 귀를 기울였다.

아직은 아무런 소리가 안 들린다. 하긴 도청기가 승후 방에 있을 테니, 소리가 안 들리는 게 당연하지만, 그래도 혹시나 하는 마음에 들리는 소리에 온 신경을 집중했다.

어머니와 둘이 있는데 무슨 일이 있기야 하겠냐마는 조심해서 나쁠 건 없으니까.

[그때는 승후 씨 야단치느라 이 방을 제대로 못 봤어요. 여기가 꼬맹이 민승후가 어린 시절을 보낸 방이라는 거죠?]

[여기 어디 앨범이 있는데. 찾았다.]

퉁탕거리는 소리가 들리고, 승후 어머니가 앨범 찾아 유하에게 내밀었다.

[보고 있어. 커피 내려서 가지고 올게.]

[네.]

문소리가 들리고, 뒤이어 앨범이 넘어가면서 비닐이 바스락거리는 소리가 약하게 들려왔다. 그리고 곧 "어유, 귀여워." 하는 소리도 들렸다.

[선배, 승후 씨도 승후 씨지만, 선배도 엄청 귀여웠구나? 선배가 이런 시절이 있었다는 게 믿어지지가 않아.]

달그락하고 무언가를 집는 소리가 들리자 우주는 바짝 긴장했다. 이건 분명히 도청기가 들어 있는 액자 시계를 집어 드는 소리였다.

[선배, 나 우주 선배랑 파트너 됐어요. 선배가 엄청 좋아하던 그 박우주 선배랑. 좋은 사람이더라고요. 선배가 좋아할 만해. 일 년이 잡고 승후 씨랑 선배 보러 갈게요. 약속해요.]

턱. 다시 책상에 놓는 소리가 들린다.

[이게 뭐야? 설마 이거 일기장?]

잔뜩 흥분한 목소리가 들리더니 이내 턱 하고 무언가 바닥으로 떨어지며 박살나는 소리가 들렸다.

[어? 어떻게 해? 액자 시계. 지후 선배가 엄청 아끼는 건데…….]

유하의 목소리가 당황을 넘어 심각하게 변했다.

[이거 도청기 같은데?]

도청기가 발견됐다. 그것도 조유하에게.

납치를 조금 서둘러야 했다. 하지만 지금은 아니었다. 유하를 납치하려면 그녀가 차에 오르기 전이어야 하는데, 이 동네는 CCTV가 많고, 지나가는 사람들도 많아서, 적합하지가 않았다.

"일단 블랙팀으로 돌아가야 해. 조유하가 나보다 먼저 블랙팀으로 돌아가면 일이 복잡해질 테니까."

우주는 이어폰을 빼고 그대로 차를 출발했다.


블랙팀. 회의실.

"잘들 한다. 너희들이 동네 흥신소냐? 수사하라니까 뒷조사를 해?"

우주는 유하보다 먼저 블랙팀에 도착해, 그녀가 다른 팀원들에게 아무 말도 할 수 없게 막았다.

"뭐라도 건졌으면 말도 안 해! 고작 가지고 온 답이 아는 사람 없음이야?"

"아니, 없으니까 없다고 하는 거죠! 있으면 우리가 뭐라도 가지고 왔겠지!"

찬우가 말을 하고 있지만, 유하는 딴생각에 빠진 것처럼 보였다. 하긴 도청기가 왜 거기에 들어 있는지 생각하고 있을 테니까, 이 대화에 집중못 하는 건 당연했다.

"너희, 일 년이 밖에 두고 한가하게 앉아 있는 거, 대한민국 국민한테 미안하지도 않아? 블랙팀이면 이름값을 해! 도대체 그 새끼 한 명 때문에 몇 년을 죽 쑤고 있는 거냐고!"

유하가 귀를 판다. 머릿속이 정리가 안 돼서 짜증이 치미는 모양이었다. 지금 유하에게는 이런 의미 없는 회의보다는 도청기가 왜 거기에 있었는지가 중요할 테니, 지금 저 행동은 당연한 거였다.

"듣기 싫다는 거냐? 조유하 말해봐! 듣기 싫어?"

태석의 목소리가 사나워졌다.

"아닙니다. 그런 거 아닙니다."

"너희는 뭐 제대로 잡은 거 있나 보지? 그러니까 듣기 싫지!"

"그런 거 아닙니다. 유하도 하루하루 시간이 가니까 답답해서 그런 겁니다."

지금부터 유하의 입은 시한폭탄이었다. 입을 잘못 열면 터질 테니까. 그래서 우주는 유하보다 먼저 나서서 그녀의 변명을 했다. 아니, 유하가 말하는 걸 막았다고 해야 옳았다.

"그래? 그럼 나가! 나가서 뭐라도 잡아와. 하루하루 가는 시간이 아까우니까, 당장 나가서 뭐라도 잡아와!"

태석의 날카로운 고함에 유하는 벌떡 일어났다.

"네, 알았어요. 알았습니다!"

나가서 도청기에 대해 알아볼 생각인지, 유하는 신경질적으로 대답하고는 수첩을 들고 회의실을 벗어났다.

"저거 요즘 왜 저래?"

"예민하죠. 두 번째 피해자가 나오면 바로 자기 차례인데. 팀장이 이해해 주세요. 부탁합니다."

우주는 좋은 선배답게 유하의 행동에 변명을 해주고 따라 나왔다.

"어디 가? 같이 가자."

유하는 잠시 우주를 보다가 시선을 옮겨 태석을 응시했다.

이 행동은 하나다. 우주와 태석. 도청기를 설치한 인간이 두 사람 중 어느 쪽인지 생각하고 있다는 뜻이었다.

"유하야, 유하야, 조 형사야."

찬우가 유하의 어깨를 감싸며 앞장서서 블랙팀을 빠져나왔다.

"왜 그래?"

"그냥 예민해서 그래. 곧 나잖아."

"그래도 그렇지. 팀장한테 그리지는 마."

"내가 맛이 가서 그래. 팀장도 이해해 주겠지."

경찰청 건물을 나와 주차장으로 향한 찬우는 우주의 차 앞에 섰다.

"너무 마음 졸이지 마. 우리가 있잖아."

"알았어요. 가요."

"너 타는 거 보고. 이 야심한 밤에 뺑뺑이 돌게 될 우리 예쁜 막내, 내가 배웅해 줘야지."

유하는 몇 초 찬우를 보다가 피식 웃음을 흘렸다.

"알았어요."

우주가 문을 열자, 유하는 순순히 차에 올랐다.

'한찬우, 네가 블랙팀 예쁜 막내를 지옥으로 밀어 넣는구나.'

어떻게 태워야 하나 망설이고 있었는데, 운 좋게도 찬우가 그걸 해주고 있었다. 차에 오르는 우주의 얼굴에 서늘한 미소가 떠올랐다.


[조유하 형사가 납치당했다.]

불안한 마음으로 창밖만 하염없이 보던 승후는 친구가 전한 소식에 휘청거렸다.

이렇게 될 줄 알면서도 한편으로는 아니길 빌었다. 박우주가 일 년이라는 걸 알면서도 제발 유하가 오해했길 바라는 마음도 있었다.

드라마에서나 가능할 거라 여긴 그 일이 실제로 일어났다. 연기로 경험해도 싫을 것 같은 그런 일들이 현실로 다가오니 절망이란 단어로 부족할 정도의 감정이 승후를 덮쳤다.

[걱정 마. 무사할 거야.]

신경이 온통 박우주와 함께 있는 유하에게 향해 친구의 말이 단 한마디도 귀에 들어오지 않았다.

"어디야? 내가 가야겠어. 내가 가서……."

[민승후!]

승후가 병실 문손잡이를 막 잡았을 때, 친구는 크게 그의 이름을 불렀다.

[승후야, 믿어. 네가 박우주 따라간다 해도 조 형사에겐 하나도 도움이 안 돼. 기다려. 블랙팀을 믿어. 조 형사 무사할 거야.]

"부탁해. 제발…… 유하 좀 무사히 데리고 와줘."

승후는 친구에게 간절히 애원하며 손잡이를 잡은 채 바닥에 털썩 주저앉았다.

[용의자 차량 OO을 지나 OO로 이동 중.]

[위치추적기도 동일함.]

그렇게 블랙팀은 박우주를 추적하기 시작했다.

블랙팀은 각자의 차량으로, 지원 경찰들과 경찰특공대는 블랙팀만 따라서, 그리고 경찰청 상황실은 위치추적기와 CCTV를 함께 보며 용의자 추적에 나섰다.

[너무 위험하지 않을까요? 두 번째 피해자를 감금한 장소에 도착하기도 전에 박우주가 유하를 죽이려 할 수도 있습니다. 유하는 형사예요. 상황 변화에 따라 박우주가 어떤 행동을 할지 알 수 없습니다.]

찬우가 불안해하는 그 부분은 사실 태석도 걱정하는 점이었다. 만약 박우주가 순서를 바꿔서 유하를 먼저 죽이려 한다면, 블랙팀은 동료를 두 명이나 잃게 되기 때문이었다.

[지금까지 박우주 패턴을 생각하면 그렇게 쉽게 죽이려 하지 않을 거야. 박우주는 자신을 버린 어머니에 대한 엄청난 증오를, 여성을 고문하고 죽이는 방법으로 드러내니까. 여자인 유하도 다른 피해자와 똑같이 납치, 성폭행, 고문, 살해의 순서를 밟으려 할 거다.]

주영은 차분하고 냉정하게 이번 사건을 보려 애쓰고 있었다. 블랙팀은 모두 각자 스타일대로 유하를 걱정하고 있었다.

"나도 김주영 말에 동의한다. 박우주는 자기 스타일을 쉽게 바꾸려 하지 않을 것이다. 아니, 그리길 빌자. 지금은 박우주가 자기 패턴을 고수하길 비는 수밖에 없어."

이게 함정이라는 걸 절대 들켜서는 안 된다. 태석의 머릿속은 온통 이 생각뿐이었다.

[용의 차량 OO로 빠졌음.]

[위치추적기 반응도 동일합니다.]

[용의 차량 신호에 걸렸음.]

"경찰 무전 라인 막은 기 맞습니까? 우리 무전이 용의자 귀에 들어가면, 피해자와 조 형사, 둘 다 죽는 거 알죠?"

치미는 불안과 짜증에 태석의 목소리는 자기 자신도 모르게 사나워졌다.

[내가 이 작전을 위해, 위에서부터 얼마나 깨진 줄 알면서 그 말이 나와?]

"죄송합니다."

상사가 버럭거리자, 태석은 금세 기가 팍 죽었다.

하긴 지금은 이 작전에 참여한 경찰 전체가 예민한 상태였다. 상대는 꽤 유능한 형사였다. 그리고 잡혀 있는 인질 또한 형사였다. 이번 작전이 실패하면, 내부에 일 년이가 있으면서도 그걸 알아채지 못한 건 물론, 피해자도 구하지 못하고 동료까지 잃는 무능한 경찰이 되니, 모두 당연히 신경이 날카로울 수밖에 없었다.

[용의 차량 움직입니다. OO 방향으로 향하는 중.]

[위치추적기도 동일함.]

피를 말리는 듯한 시간이 흐르고, 블랙팀의 귓가에 날카로운 목소리가 다급하게 들렸다.


[조 형사 휴대폰 꺼졌음. 다시 말합니다. 조유하 형사 휴대폰 꺼졌습니다.]

이 소식에 태석과 주영, 그리고 찬우의 얼굴은 똑같이 딱딱하게 굳었고, 핸들을 잡은 손은 가늘게 떨렸다.

유하가, 블랙팀 예쁜 막내가 진짜 납치당한 것이다.

"현장 지휘를 맡은 블랙팀 이태석 팀장이다. 전 경찰 긴장해. 조유하 형사 납치됐다. 여기서 우리가 박우주를 놓치면 유하는 죽는다."

내쉬는 태석의 숨소리가 가늘게 떨렸다.

사이렌 소리 하나 없는 추격전이었다. 지금 이 길에 일 년이를 잡기 위해 경찰이 쫙 깔려 있는데도, 아무도 그걸 눈치채지 못하는 아주 조용한 추격전이었었다.

[용의 차량 CCTV에서 사라졌습니다! 다시 말함! 용의 차량 CCTV에서 사라졌습니다! 용의 차량이 보이지 않습니다!]

경찰의 다급한 목소리가 또 들리고, 블랙팀 모두 잔뜩 예민해져서 숨조차 제대로 쉴 수 없을 정도였다.

[추적기 OO으로 향하는 중. 위치추적기 OO으로 향하는 중!]

다행히 위치추적기를 담당하는 경찰이 침착하게 이어받았다.

[위치추적기 OO 부근입니다. OO 부근입니다.]

[CCTV 확인 중. 지금 CCTV 확인 중입니다.]

무전 너머에서 부산스럽게 움직이는 소리가 들렸다. 상황실에서 여러 분야 전문 경찰들이 빠르고 신속하게 움직이고 있는 게 소리로 다 느껴질 정도였다.

[CCTV 용의자 포착. 용의자 O번 국도에서 포착됐습니다. 용의자 서울을 빠져나갔습니다. 다시 말합니다. 용의자 서울을 빠져나갔습니다.]

"전 경찰, 용의 차량 발견해도 접근하지 않는다. 다시 말한다. 전 경찰, 용의 차량이 멈출 때까지 일정 거리를 유지해라."

태석의 명령에 지금 현장에 나와 있는 여러 경찰들이 일제히 자기 위치를 알리며 대기하고 있다는 말을 전했다. 그렇게 한참을 CCTV와 위치추적을 통해 뒤를 쫓던 경찰은 한적한 시골에 도착하자 차량을 멈추고 주위를 두리번거렸다.

[CCTV로는 더는 추적 불가능. 다시 말합니다. CCTV로 더는 추적

못 합니다.]

[추적기 멈췄습니다. 추적기 멈췄습니다!]

태석은 블랙팀과 지원 경찰, 그리고 경특대를 쭉 둘러보았다.

"지금부터 인질 구출 작전을 시작한다. 최대한 조심스럽게 움직여라. 경솔한 행동 하나가 인질 목숨을 위협한다는 사실을 명심, 또 명심해라!"

"넵!"

"저희 블랙팀이, 우리 가족이 잡혀 있습니다. 제발 잘 부탁합니다."

태석은 허리 굽혀 지원 경찰들과 경특대에게 인사를 했다.

그룹으로 찢어져, 주위를 살피며 천천히 움직여 이동하던 경찰들은, 한적한 곳에 덩그러니 있는 창고 하나를 발견했다. 그리고 그 앞에 세워져 있는 용의자 박우주의 차도 발견했다.

"용의자 차량 발견. 접근한다."

경찰들은 내부 상황을 살피기 위해 조심스레 움직이기 시작했다. 그중 경특대가 창고에서 흘러나오는 소리를 듣기 위해 장비를 이용했다.

몇 초 미세한 소리라도 잡힐까 해서 경찰들 모두 숨소리까지 죽였다.

경특대가 창고를 가리키며 손가락으로 동그라미를 만들어 보이자, 모두 밀고 들어갈 준비를 했다.

"셋 하면 문을 부수겠습니다."

모두가 긴장하는 순간, "셋!" 하는 소리가 함께 문이 날아갔다. 그리고 경찰들은 창고 안으로 밀고 들어갔다.

"내가 말했지? 너 바보 새끼라고. 이재수 사건을 겪고도 똑같은 작전에 당한 바보 새끼."

유하의 이 말이 들리고 태석은 우주를 향해 정확하게 총을 겨누었다.

"이년이!"

우주가 칼을 잡은 손을 올린 그 순간, 태석은 망설임 없이 총을 쏘았다. 칼이 바닥에 떨어지는 맑은 소리가 울리고, 우주는 총알이 박힌 팔을 감싸며 바닥에 털썩 무릎을 꿇었다.

"유하야! 유하야!"

태석은 급히 유하에게로 뛰어갔다.

"다행이다."

이 말을 끝으로 유하가 쓰러지자, 태석의 입에서는 날카로운 고함이 터졌다.

"조유하!"

[조유하 형사 구출 성공했다. 일 년이도 체포했단다.]

초조한 마음에 병실을 서성거리던 승후는 유하가 무사하다는 소식을 듣고 힘이 풀려 근처 소파 팔걸이에 털썩 걸터앉았다.

얼마나 무섭고 두려웠을까? 그 마음 꼭꼭 숨기느라 또 얼마나 힘들었을까?

죽음이 눈앞에서 왔다 갔다 하던 순간 느꼈던 공포를 누구보다도 잘 알고 있는 승후이기에 지금 이 순간 유하가 너무 걱정됐다.

[위치추적기 신호 놓치고 우리 애들 땀에 눈물 콧물 다 쏟고 난리가 아니었어. 역시 블랙팀이야. 추격은 우리보다 블랙팀이 한 수 위인 것 같아. 조 형사 구출하는 거 두 눈으로 똑똑히 봤다니까 안심해도 돼.]

"몸은?"

[다리를 좀 다친 것 같긴 한데, 생명에는 지장 없고. 지금 병원으로 가고 있다고 하니까 곧 도착할 거야.]

상대의 말에 승후는 안도의 한숨을 길게 토해냈다.

[조 형사는 구출했으니까 됐고, 다음은 어떻게 할까? 일 년이 네가 해달라고 하는 대로 해줄게. 어떻게 해? 죽여? 구치소 안에서라면 가능할 것 같은데, 그렇게 해줘?]

"지금 일 년이가 잘못되면 블랙팀 업적에 스크래치가 생겨. 그건 내가 못 보지. 죗값을 어떻게 치르는지 두고 보자고."

[OK. 그건 그렇게 알고 있을게. 이만 끊자. 나중에 조 형사 소개해 줘. 둘이서 손 꼭 잡고 클럽에 놀러 와도 좋고.]

상대의 말에 승후는 오늘 처음으로 빙긋 미소를 머금었다.

"고맙다. 친구야."

[천만에. 딱히 한 일도 없지만.]

친구와 통화를 끝내고 승후는 긴 한숨을 토해냈다. 그리고 일어나 창가로 향했다.

"형…… 일 년이 잡았대."

승후는 창밖 컴컴한 하늘을 올려다보며 하늘 어디쯤 있을 지후에게 말을 걸었다.

"형 후배, 나인후, 대단하지? 결국 잡았잖아. 그런데 형, 나 왜 마음이 쓰리지?"

박우주가 일 년이라는 걸 안 그 순간 지후의 마음은 더 아팠을 것이다. 그런 형의 마음을 생각하니 심장이 찌릿 아팠다.

"나 지금 이 순간부터 박우주를 내 인생에서 도려낼 생각이야. 아파하지도 않고 불쌍해하지도 않을 거야. 유하가 무사해서 기뻐. 나 그것만 생각할래. 그래도 되지?"

승후는 빙긋 웃었다. 그리고 얼마 후 유하가 병원에 도착했다는 기쁜 소식이 승후에게 전달되었다.

# 제9장.
## 연쇄살인마 일 년이 II

　유하는 지후가 죽은 다음부터 제대로 된 잠을 잔 적이 없었다. 그리고 일 년이의 살해 협박을 받은 다음부터는 더더욱 편한 잠은 잘 수가 없었다.

　간이 배 밖으로 나온 미친 인간.

　늘 덤덤한 유하를 보며 동료들은 이렇게 말했지만, 사실은 아니었다. 지난 시간, 유하는 엄청난 공포로 극도의 스트레스에 시달렸다. 비록 말은 안 했지만 그녀는 매 순간순간이 지옥이었다.

　"유하야? 유하야? 얘 왜 또 안 깨어나? 이년은 어째서 사고만 당하면 혼수상태냐고!"

　엄마 목소리다.

　유하는 지금 자신이 자고 있다는 걸 알고 있었다. 그동안 못 잔 잠을 한꺼번에 자는 것이다. 사실은 너무 피곤했다. 그래서 모두가 얼마나 걱정할지 알고 있으면서도 일어날 수가 없었다.

　"언니? 언니? 언니 일어나요. 언니 제발 일어나."

나경이의 가녀린 음성에는 망설여진다.

일어날까? 내 동생 마음고생이 심할 텐데.

하지만 역시나 너무 피곤해서 눈이 떠지지 않았다.

"어디 잘못된 거 아니야? 애가 왜 이렇게 안 깨어나?"

좀처럼 흥분하지 않는 아버지도 흥분 상태다.

일어나야 하나? 아닌데. 나 조금 더 자고 싶은데.

몸은 아직 잠이 부족한 상태라 일어나고 싶지 않은 모양이다. 유하는 일어나는 건 포기하고 그냥 잠을 청했다.

그런데 이 인간 어디 있어? 민승후 목소리는 왜 안 들려? 설마 옆에 없어?

자면서도 밀려드는 궁금증은 어쩔 수 없는 모양이다. 옆에 있어야 할 인간이 없으니까 슬쩍 화가 치밀기도 했다.

에이, 잠이나 자자. 피곤해. 피곤해 죽겠다.

그렇게 다시 잠이 들어서 어느 정도 시간이 흘렀을까?

조용해졌던 병실이 소란스러워졌다. 찬우다. 이런 소란을 몰고 다니는 건 찬우뿐이었다.

"너 지금 안 일어나면 박우주 조사하는 거 우리끼리만 한다?"

아! 그건 싫은데? 박우주는 내가 목숨 걸고 잡은 거잖아요!

당장 이렇게 말하며 일어나고 싶은데, 유하는 눈이 떠지지 않았다.

"민승후 담당 간호가 바뀌었어. 엄청 예뻐. 눈웃음 살살 치는 모습이 매력 쩔어. 민승후가 그 간호사에게 넘어간다는 것에 내 신형 드론 건다!"

"그 입 확 뽑아버린다? 선배 자꾸 그런 유언비어 퍼뜨릴래?"

갑자기 잠에서 확 깨버린 유하는 눈을 뜸과 동시에 얼굴을 일그러뜨렸다.

"거봐요. 좋은 말로는 이 녀석 절대 못 깨운다고 했죠?"

그리고 자신만만해하는 찬우의 표정이 눈에 보였다.

이후 유하는 부모님께 엄청나게 혼나야 했다. 여러 가지 이유로. 게다가 나경이까지 목 놓아 울음을 터뜨리는 바람에 병실은 일대 혼란에 빠졌었다. 그렇게 한바탕 폭풍이 지나가고, 찬우는 깨어났다는 보고는 해야 한다며 휴대폰을 꺼내 들고 나갔고, 가족들도 기진맥진해 집으로 갔다. 그리고 유하는 한쪽에 조용히 있었던 승후와 둘만 남게 됐다.

"발병 나면 내 침대 옆에다 데려다놓겠다고 했더니, 진짜로 발병 나서 왔네?"

일어나 앉던 유하는 붕대에 감긴 다리를 보고는 빙긋 웃었다.

"그래서 여기 민승후 병실인가?"

"발병 난 내 애인은 움직이지 못할 테니까, 내가 오려고. 이제 거의 다 나았거든."

승후는 근처 벽에 기댔다. 가까이 올 생각이 없다. 아니, 가까이 오고 싶어도 올 수 없는 것 같았다.

"우리 연애는 참 왜 이러냐? 각자 하나씩 병실 차지하고 누워 있는 이 모습 평범한 건 아닌데?"

복잡한 승후의 마음을 알기에 유하는 가까이 오라 강요하지는 않았다. 그저 복잡한 마음이 빨리 정리돼서 스스로 다가오길 기다릴 뿐이었다.

"블랙팀 형사에 톱스타. 이 조합이 엄청 특이하잖아."

"조합이 문제였구나? 그냥 내가 평범한 회사원 같으면 이럴 일도 없었을 텐데. 나 이참에 경찰 그만두고 아빠 밑에 들어갈까? 스턴트우먼, 멋있을 것 같지?"

"블랙팀 형사 조유하가 좋아. 스턴트우먼 조유하는 안 어울려. 그리고 난 톱스타인 거 바꿀 생각 없어. 우리 공평하게 서로 직업은 건드리지 말자?"

말은 가볍게 하고 있지만, 표정은 어둡다. 미소를 잃어버린 승후의 얼굴 때문일까. 유하의 심장에 찌릿한 아픔이 밀려왔다. 잠깐의 대화 후,

둘은 말이 없었다. 그저 어두운 얼굴로 서로만 바라볼 뿐이었다. 그렇게 몇 분의 시간이 흘렀을까, 먼저 입을 연 것은 유하였다.

"미안해. 잘못했어."

"뭐가?"

"다시는 범인 잡겠다고 날 미끼로 쓰는 짓 안 해."

"거짓말."

승후는 전혀 안 믿는다는 얼굴이었다.

"거짓말…… 인 것 너무 빨리 들켰다."

유하는 말하듯 하하하 웃고는 이내 푹 한숨을 내쉬었다.

"형이 가끔 나에게 사건 이야기해 주면서 너라면 어떻게 하겠냐고 물었어. 그때 난 블랙팀 사건이 보안이라는 것도 몰랐거든. 형은 그 정도로 날 믿었나? 내 어떤 모습을 보고 믿었던 걸까?"

"지후 선배는 사건을 다른 시선으로 바라보고 싶었던 것 같아. 형사의 시선이 아닌, 그렇다고 평범한 사람들 시선도 아닌, 잘 짜인 영화나 드라마처럼 좀 더 특별한 시선으로 보는 사람이 필요했고, 그 조건에 딱 맞는 게 승후 씨였던 모양이야."

"난 그저 내 엉뚱한 상상력을 형한테 말한 것뿐이었어. 형사 민지후가 아닌, 내 형 민지후에게 말한 거였는데, 그 대가가 너무 잔인한 것 같아."

"승후 씨……."

"그로 인해 형은 일 년이 손에 죽었고, 넌 스스로 위험에 걸어 들어갔으며, 난 형 대신 의지했던 사람이 사실은 일 년이라는 걸 알게 됐어. 이게 다 내가 생각도 하지 않고 아무 말이나 한 결과야. 정말 어이없게도 내가 원인이야. 바로 내가."

"그걸 뒤집어 생각하면 달라져. 승후 씨가 그 말을 안 했으면, 일 년이 손에 얼마나 많은 희생자가 나왔을지 몰라. 게다가 주명희, 이 사람은 승후 씨 덕분에 살았어. 그리고 나도 살았고. 일 년이는 잡혀야 했고, 승후 씨는 그런 일 년이를 잡은 거야. 그러니까 승후 씨는 대단한 일을 한 거야."

큰 위로는 되지 않을 걸 알면서도 유하는 자신이 할 수 있는 최선의 위로를 했다.

"우리 이번 일 잊지 못하겠지?"

"잊지는 못해도 점점 아무것도 아닌 일이 되겠지. 시간이 흐르면."

맞다. 시간은 굉장한 힘이 있었다. 절대로 안 될 것 같은 사람 마음도 움직이고, 절대로 잊지 못할 것 같은 기억도 차츰 지우니까. 유하는 지금의 이 기억도 시간에 맡겨보기로 했다. 그리고 승후도 그러길 바랐다.

"사람 마음이 간사해. 너 납치당한 거 알았을 땐 현실이 지옥 같았는데, 깨어나니까 그래도 살 만해져."

"난 예전부터 살 만했었는데? 꿈에 그리던 민승후가 내 애인이잖아."

지금까지 웃음기 없이 심각하기만 했던 승후의 얼굴에 미소가 떠올랐다. 그런 그를 보니 유하도 확 안심돼, 잔뜩 긴장했던 마음을 풀었다.

"그만 옆으로 오시죠? 나 좀 안아줘. 내 애인 품이 그리워 미칠 것만 같아."

유하가 양팔을 쭉 뻗자 승후는 곧장 다가와 그녀를 품에 꼭 안았다.

"고마워. 많이 안 다치고, 이렇게 무사히 와줘서."

"그럼 나 소원 하나만 들어줘."

"말해. 다 말해. 뭐든 다 들어줄게."

"내 소원은……."

유하는 팔을 휘감아 승후를 꼭 끌어안았다.

"우리 퇴원하면 1주일 동안 집에서 잠만 자자."

"뭐?"

뜻밖의 소원에 당황한 승후는 유하에게서 떨어져서 뒤로 조금 물러났다.

"응. 1주일 내내 집에서 안 나오는 거야. 어때? 엄청 신날 것 같지?"

"1주일?"

"응. 1주일."

"1주일 동안 잠만 자자고?"

"응. 1주일 동안 잠만 자는 거야. 생각만 해도 좋아."

유하는 생각만 해도 행복한지 배시시 웃음을 흘렸다. 하지만 승후는 사정이 달랐다. 등줄기를 타고 식은땀이 흐르는 것이, 아주 살짝 무섭기도 했다.

"왜? 안 좋아?"

승후의 반응이 영 마음에 안 드는지 유하는 서늘하게 식어버린 목소리로 물었다.

"아, 아니. 좋아! 엄청 좋아! 와! 신난다. 1주일 동안 신나겠다. 그런데 어쩌지? 나 촬영장 가봐야 하는데?"

신나는 연기를 하려 했는데, 순간 신나는 발연기를 하고 말았다.

"도대체 무슨 상상을 하셨기에 천하의 민승후께서 발연기를 하실까?"

유하의 눈매가 가늘게 일그러지자, 승후는 잔뜩 긴장하며 침을 꼴깍 삼켰다.

"상상은 무슨! 나 아무 상상 안 했어."

"야한 상상 하셨지?"

유하는 낮은 목소리로 은밀하게 물었다.

"말해봐. 야한 상상 했지?"

"그럼 당연한 거 아니야? 나 남자야. 그것도 한창나이의 남자. 잔다는 단어를 순수하게 잠만 자는 것으로 연결하는 바보가 아니라고! 나에게 잔다는 말은 곧 사랑을 의미해. 1주일 동안 자겠다는 말은, 내 귀에 1주일 동안 사랑을 하겠다는 뜻으로 들린단 말이야."

당황하지 않고, 오히려 당당하게 쭉 19금으로 밀고 나간다.

그래, 이런 대화는 네가 한 수 위다. 유하는 크게 하하 웃음을 터뜨리고 말았다.

"나 피곤해서 퇴원하면 시체처럼 누워 잘 테니까, 그사이에 드라마나 마무리 잘 부탁해요?"

"누구 집에서 시체처럼 누워 잘 건데? 그 집이 설마……."

"당연히 민승후 집이겠지?"

"진짜? 진짜로 내 집에 있겠다는 거야?"

승후는 배시시 웃으며 손가락으로 유하의 어깨를 쿡 찔렀다.

"말해봐. 진짜 내 집으로 가겠다는 거지?"

"지금부터 달콤한 연애 좀 해보려고. 사귀는 그 순간부터 우리 장르는 잔인한 추리 스릴러였잖아. 이제 달콤하고 끈적끈적한 에로틱 로맨스로 바꾸려고."

"그런 소원이면 당연히 도와줘야지. 내가 이 한 몸을 불태워 최선을 다해 그 소원 들어줄게."

승후는 두 주먹을 불끈 쥐며 다짐하듯 강하게 말했다.

"그 정도의 다짐이라면, 맛보기도 있겠지? 드라마 예고편이라 생각하고, 맛보기 조금만 보여주면 안 되나?"

유하는 느끼하게 히죽 웃었다.

"당연히 맛보기 있지."

승후는 유하의 볼을 감쌌다. 그리고 입술을 향해 천천히 내려갔다.

"훽! 우와! 나 이런 장면 정말 좋아해."

입술과 입술이 닿을락 말락 한 그 순간, 분위기를 와장창 깨는 목소리가 들렸다.

"한찬우 형사님!"

딱 키스할 타이밍인데, 그 순간을 망쳐 놓은 찬우를 승후는 원망이 가득한 눈빛으로 노려보았다.

"난 잘못 없어요. 유하 데리고 가야 한단 말이야."

찬우는 진짜 억울하다는 표정이었다.

"환자를 어디로 데리고 가요?"

"일 년이 조사해야 하는데? 상관없다면, 그냥 하던 거 계속하시고. 팀장한테, 유하가 민승후랑 러브신 찍느라 일은 저 멀리 던졌다고 말할게."

"아니야! 나 데려가! 두고 가면, 아무리 선배라 해도 가만 안 둬요?"

유하는 이불을 확 걷어버리고 두 다리를 바닥에 내렸다.

"갔다 올게요!"

유하는 승후가 뭐라 하기도 전에 찬우의 부축을 받아 병실을 나가 버렸다.

"다리 다친 애 맞아?"

승후는 믿을 수 없다는 얼굴로 그렇게 멍하니 서 있었다.


경찰청 블랙팀 조사실.

"네가 들어가."

"네?"

당연히 태석이나 주영이 들어갈 거라 생각했던 유하는 팀장의 뜻밖의 결정에 소스라치게 놀라고 말았다.

"네가 들어가라고."

"하지만 저보다는 팀장이나 주영 선배가……."

"박우주가 싸움을 건 것은 블랙팀보다는 유하 너로 해야 옳아. 그러니까 네가 들어가서 마무리하는 게 맞아."

"그건 그렇지만, 상대는 경찰 선배잖아요."

자신 없어 하는 이 모습, 조유하 답지 않았다. 하지만 상대는 경찰 선배로 자칫 잘못하면 이리저리 휘둘리다가 웃음거리만 될 게 뻔하기에 자신감이 줄어드는 건 당연했다.

"들어가서 이런저런 질문을 해서 약점을 찾아. 분명히 박우주를 흔들수 있는 포인트가 하나는 있을 테니까, 초반은 그걸 찾는 데 집중해."

유하는 깊게 한숨을 토해낸 후 우주가 있는 조사실로 들어갔다.

"대단하네. 깨어나자마자 바로 왔나 봐?"

"부상이 그리 깊지 않았어."

"팀장 판단력이 떨어지는 건가? 아니면 조유하 우기기에 모두 손을 든 건가? 아무리 블랙팀이라 해도 나보다 경력이 짧은 경찰을 들여보내면 어쩌자는 건지."

우주는 쯧쯧쯧 혀를 차며 고개를 흔들었다.

"뭐라 불러줄까? 일 년이? 아니면 피의자? 그것도 아니면 박우주?"

"뭐든 다 괜찮아."

유하는 절뚝거리며 걸어와 의자에 앉았다. 그리고 둘은 말이 없었다. 시선이 먼저 돌아가면 지는 게임처럼, 아니면 입을 먼저 열면 패배하는 게임이라도 하듯, 유하와 우주는 탐색하듯 서로의 얼굴만 볼 뿐이었다.

몇 초가 흘렀다. 아니다. 어쩌면 몇 분이 흘렀을지도 모른다. 그리고 둘 중 먼저 입을 연 것은 우주였다.

"뭐지? 눈싸움? 아니면 자꾸 보고 싶을 만큼 내가 그렇게 잘생겼나?"

"뭐, 그건 인정해야겠네. 꽤 잘생겼어."

"민승후를 애인으로 둔 여자 입에서 나온 말이라 믿음은 안 가지만, 어쨌든 그렇게 생각해 줘서 고마워."

"그 얼굴로 피해자들을 유혹한 거야?"

"그렇겠지?"

"다들 잘 넘어왔나 봐?"

"경찰대 출신에 블랙팀 형사라고 하니까 다들 금방 넘어오더라고. 블랙팀이 유명하잖아."

"너 블랙팀 아니었잖아."

"순진한 거야, 확인이야? 너 같으면 죽일 대상을 고르는데, 내 진짜 이름과 직업을 까겠어?"

"그래서 이번에는 이태석 팀장을 내세웠구나?"

"원래 실제로 있는 인물을 가명으로 내세워야 하는 거야. 거짓은 금방 들통나."

하긴, 피해자들이 블랙팀에 진짜로 그런 인물이 있는지 확인하게 되면, 가상의 인물보다는 실제로 팀에 그 인물이 있는 게 더 이득일 테니까.

"아!"

유하는 몰랐던 사실을 알게 된 것처럼 고개를 끄덕였다.

"그래서 마지막 피해자 주명희는 널 이태석으로 알고 있었던 거구나. 그런데 어떻게 다들 비밀로 했을까? 난 진짜 그게 이해가 안 됐어. 원래 연애하면 여기저기 소문내고 싶잖아. 그런데 어째서 친구들조차도 모르게 연애할까?"

"블랙팀에게 자주 일어나는 그거 있잖아. 유하 네가 지난 1년간 당했던 그것."

잠깐 생각에 잠겼던 유하는 우주가 무슨 말을 하는지 알아채고는 하하 웃음을 터뜨렸다.

"너랑 내가 사귀는 게 알려지면 네가 제일 먼저 표적이 될 수도 있다. 그러니까 안전해질 때까지 절대로 나와 사귄다고 말하지 마라. 가족이나 친구들에도 비밀이다. 자칫 잘못해서 말이 새어 나가면, 넌 죽는다."

"이해가 가네."

지금 이건 평소 형사가 범인이 다그치는 장면과 많이 달랐다. 아는 사람과 대수롭지 않은 주제로 가볍게 대화하듯 편안한 분위기였다.

"그럼 쭉 팀장 이름을 팔았던 거야?"

"아니."

"그럼 누구?"

"누굴 것 같아? 생각해 봐. 너 머리 좋잖아."

"이거 진술이야. 진술은 네 입으로 직접 해야지. 경찰이었으니 잘 알지? 자, 이제 말해 봐. 누구 이름을 팔았던 거야?"

우주는 웃긴 분위기도 아닌데 큭큭 웃음을 터뜨렸다.

"부탁 하나 들어줘. 그럼 너희가 모르는 것까지 다 진술할게."

우주는 순순히 알려줄 생각이 없어 보였다. 유하는 차갑게 비웃고는, 의자 등받이에 몸을 기댔다.

"지금 나랑 거래하자는 거야? 이거 증거에 증인까지 있는 사건인 데다, 넌 현장에서 체포됐어. 묵비권이 너한테 이득 될 리가 없어. 알고 있잖아?"

"그 여자 한 번만 만나게 해줘."

"그 여자가 누…… 설마 어머니?"

"지금쯤이면 보겠다고 할 거야. 가서 데리고 와. 그 여자 만난 후에 네가 하라는 대로 다 할게. 약속해."

"진술해. 그럼 만나게 해줄게."

어차피 결정은 유하가 아니라 팀장이 한다는 걸 알기에, 우주는 시선을 돌려 검은 유리만 보이는 하프 미러를 응시했다.

"팀장, 그 여자 데리고 오세요. 그럼 경찰이 모르는 사건까지 다 말한 다니까요?"

'삑' 하는 소리가 울린다. 이게 나오라는 뜻이라는 걸 알기에 유하는 일어나서 조사실을 벗어났다.

"길에서 잠깐 스친 것도 싫어하던 분인데, 살인범이 된 지금 만나고 싶어 하겠습니까? 박우주, 순순히 협조할 생각이 없는 겁니다. 그래서 이런 조건을 내건 겁니다. 이래서 다 아는 놈은 골치 아픈데……."

유하의 입에서 낮은 욕설이 흘렀다.

"제가 가보겠습니다. 혹 모르잖아요."

주영이 먼저 나섰다.

"박우주 어머니를 설득해야 하는 일이니, 이번 일은 제가 더 적당할 것 같습니다."

찬우까지 나서자, 태석의 입에서는 낮은 한숨이 터졌다.

경찰이 모르는 사건이라 했다. 이건 일 년이 사건 말고도 숨겨진 범행이 더 있다는 뜻이었다. 태석은 결정을 내리기에 앞서 깊은 생각에 잠겼다.

"팀장!"

쉽게 결정이 나지 않아 골치가 아플 때 휴대폰으로 무언가를 검색하던 찬우의 다급한 목소리가 들렸다.

"뭐야?"

"인터넷에 일 년이 가족이라면서 게시물이 올라와 급속도로 퍼지고 있습니다."

찬우의 말에 태석은 물론, 주영과 유하까지 휴대폰을 꺼내 들었다.

"이게 어떻게 된 거야? 어떻게 일 년이 가족 신상이 퍼져!"

일 년이가 체포됐다는 기사는 나갔다. 하지만 그 외에 다른 건 하나도 나가지 않았다. 일 년이가 경찰이라는 것과 체포 과정 같은 건 추후에 발표한다고 했을 뿐이었다. 그런 시점에 우주 가족의 신상이 털렸다는 건 이해가 되지 않았다. 이 게시물만 보면 또다시 보안이 뚫렸다는 것밖에 안 됐다.

일 년이와 일 년이 가족이라는 제목으로 올라온 게시물을 보던 태석은 당황함을 감추지 못했다. 게시물에는 사진은 물론 박우주 어머니가 그를 버린 자세한 사연과 우주의 동생인 박선주의 신상이 상세하게 적혀 있었다.

이건 우연히 올라온 게 아니었다. 이건 분명히 고의로 올렸다고 봐야 옳았다.

"심영미라는 분이 오셔서, 블랙팀 팀장님을 찾는다고 합니다."

찬우는 어디에선가 걸려온 전화를 받은 후에 한 여자의 이름을 입에 올렸다. 심영미, 우주의 어머니다. 태석은 찬우를 가리키며 모시고 오도록 지시했다. 그리고 유하에겐 다시 조사실로 들어가도록 지시했다.

"무슨 일 터졌나 보지?"

모두 다 알고 있다는 얼굴이다. 유하는 우주의 여유로운 미소에 미간을 일그러뜨렸다.

"우연이야? 우연히 보안이 뚫린 거고, 또 우연히 이런 게시물이 인터넷에 올라온 거냐?"

유하는 노트북으로 해당 게시물을 찾아 우주에게 보여주었다.

"이게 우연이라면 우연 아닌 게 없지. 안 그래?"

"그럼 묻자. 이게 어떻게 올라온 거야? 너 설마 네가 붙잡힐 걸 예상이라도 한 거야?"

"아니, 그런 예상은 안 하지. 하지만 대비는 해. 내가 잡히면 이걸 올려달라고."

"지금 너 공범이 있다고 자백하는 거야?"

우주는 천천히 고개를 저었다.

"이왕 입 연 것 속 시원하게 말하는 게 어떨까?"

"알잖아. 이 세상에는 수많은 일 년이가 있다는 것을. 그중에 몇 명은 인터넷이라는 것을 이용해 서로 교류하기도 해. 아! 쓸데없는 힘 낭비는 하지 않는 게 좋아. 어차피 추적 못 해. 나 같은 스타일이 어떤지 너도 잘 알잖아. 나 같은 사람이 여러 명 모였는데, 흔적을 남겼겠어? 당연히 안 남겼지."

"너랑 교류하는 사이코 중 한 명이 이 짓을 했다는 거지?"

"그러겠지?"

우주는 가볍게 대답하며 만족하는 듯 환하게 방긋 웃었다.

"너 분명히 형사로 자질이 있었어. 지후 선배는 그런 널 존경하고 좋아했었다고! 그런데 어째서 변한 거야?"

유하가 지후를 입에 올리자 우주의 눈동자가 아주 잠깐 흔들리다가 제자리를 찾았다. 찰나였다. 너무 순식간에 지나간 감정이라 확실하지 않은데, 분명히 흔들린 것 같았다.

"난 아직도 기억해. 당신 이야기를 할 때의 지후 선배를. 지후 선배의 그 표정, 동생인 민지현, 아니, 민승후 이야기를 할 때와 똑같았거든. 지후 선배는 자기 형이 좋은 형사라서 자랑스러워했어! 당신이 굵직한 사건을 해결하고 범인을 체포했다는 소식을 들으면, 마치 자기 일처럼 좋아했다고! 그런 사람이 어떻게 일 년이일 수 있어? 좋은 형사였던 당신이 어떻게 사이코패스 살인마일 수 있는 거냐고!"

"처음부터 자질 같은 건 없었어. 다만 그런 척하고 싶었던 거지. 하지만 안 됐어. 태생이 살인마인 내가 다르게 사는 게 될 리가 없지. 그래서 내 태생대로 살기로 한 거야. 살인자로 태어났으면 살인자로 살아야지."

"그래서 지후 선배를 죽였다고? 널 가장 믿고 따르던 사람을? 널 가족으로 생각해서 어머니와 동생 다음으로 널 사랑한다며 행복하게 말하던 그 사람을 네 손으로 죽였어?"

점점 유하의 음성이 날카롭게 커졌다.

"형! 형! 우주 형! 지후 선배는 당신을 형이라 불렀어! 어떻게 당신은 그게 아무것도 아니야? 어떻게!"

넌 짐승이다. 넌 인간이 아니다. 원망이 담긴 유하의 말에 이런 뜻이 담겼다.


"형……, 우주 형, 자수해. 형은 이렇게 살 사람이 아니야. 형 좋은 형사였어. 이건 진짜 형 모습이 아니야."

마지막까지 지후는 우주를 형이라 불렀다. 일 년이나 박우주가 아닌 그냥 '형, 우주 형'이라 했었다.

"시끄러워! 네가 뭘 안다고 그래? 너처럼 밝은 면만 보고 자란 놈이 뭘 안다고 지껄여!"

목에 칼을 가져다 댔지만, 지후의 눈빛은 변하지 않았다. 안타깝고 아파하는 그 표정. 지후는 마지막 순간까지 그런 눈으로 우주를 보고 있었다.

"걱정 마. 난 늘 형 옆에 있을 거야. 형은 내 형이니까, 절대로 떠나지 않아. 그러니까 형, 자수해. 자수해서 편안해져. 응?"

"시끄러워!"

"나 죽여도 돼. 괜찮아. 하지만 형은 아직 늦지 않았어. 돌아갈 수 있어. 형은 꼭 그렇게 할 거야. 내가 아는 형은 일 년이로 살다가 죽을 리가 없으니까."

"입 닥치라고!"

칼날이 살을 조금 파고 들어가자 주룩 피가 흘렀다.

"꼭 내가 아는 우주 형으로 돌아와. 내가 지켜보고 있을게. 어느 쪽에 있든 형 옆에 있을 거야. 걱정 마. 너무 무서워도 하지 말고. 내가 옆에 있으니까."

지후는 웃고 있었다. 죽는 그 순간까지 지후는 웃었다. 꼭 인사하는 사람처럼 그렇게 웃으면서 갔다.

그게 지후의 마지막이었다. 우주가 기억하는 마지막이었다.


"날 믿고 따른다면, 내가 조금 의심스러워도 그냥 넘겨야지. 꼭 그렇게 확인하려 하니까 험한 일을 당하는 거잖아. 바보같이."

우주의 눈빛이 흔들린다. 분명히 지후를 떠올리면서 아파하고 있다. 그건 확실했다. 서늘하던 우주가 흔들린 순간, 유하는 그 찰나를 놓치지 않았다.

'드러냈다. 약점.'

약점이 지후였다. 그래서 우주는 지후를 죽여야만 했을 것이다. 약점이 있다는 건 그만큼 불리하니까.

유하가 본 것을 태석과 주영도 봤을 것이다. 태석이 내릴 명령은 뻔했다. 지후의 모습이 담긴 사진과 동영상 같은 것을 찾으라고 할 테고, 주영은 승후에게 전화를 걸어 지후와 박우주가 함께한 사진이나 동영상들을 보내달라고 할 것이다.

지금 유하가 할 일은 기다림이었다. 주영이 박우주를 흔들 무기를 만

들어 올 때까지 느긋하게 기다리기만 하면 되는 거였다.

웃으면 안 될 순간에 유하의 얼굴에 미소가 번지자, 그녀의 예상 밖의 행동에 우주의 표정이 차갑게 일그러졌다.

"뭐야? 왜 웃는 거지?"

"그냥 너도 참 힘들게 산다 싶어서."

"힘든 것으로 치면 우리 조유하를 따를 자가 없지. 안 그래?"

유하는 하하 웃음을 터뜨리며 책상을 두어 번 톡톡 쳤다. 그러자 불이 켜지면서 유리 반대편 방 안이 보였다. 그곳에는 태석, 찬우와 함께 심영미, 바로 우주의 어머니가 있었다. 우주는 차갑게 씩 웃으며 천천히 일어나 어머니가 쪽으로 걸어갔다.

"안녕하셨어요? 잘 지내죠?"

분노로 부들부들 떨고 있는 영미의 모습에 우주는 더 환한 미소를 머금었다.

"어때요? 원하시는 대로 유명한 살인마가 됐는데, 안 기쁘세요?"

"우리가 너 같은 놈 때문에 왜 이런 고통을 당해야 해? 우리가 왜!"

영미는 씩씩 거친 숨을 내쉬며 사납게 소리 질렀다.

"차라리 죽였어야죠. 감당이 안 됐으면, 버릴 게 아니라 죽였어야 했어요. 어쩔 수 없이 버렸으면, 이 정도 각오는 해야 했고. 그 여자들이 죽은 건 다 어머니 탓이에요. 아셨어요?"

"네가 선주를 계단에서 밀었잖아! 네가 선주를 죽이려고만 안 했으면, 내가 왜 그 노인네에게 널 보냈겠어? 살인마 옆에 어떻게 선주를 두겠냐고!"

"말했잖아요. 선주를 밀지 않았다고. 그건 사고였다고."

우주는 느릿하게 한숨을 토해내며 유리에 더욱 바짝 다가갔다.

"네. 가끔 동물들을 죽이긴 했어요. 궁금했거든. 그런데 그걸 알면서 아무것도 안 한 것은 당신이었어요. 다른 부모님 같으면 어땠을까?"

우주는 생각하는 척하다가 피식 웃음을 터뜨렸다.

"나랑 비슷한 아이가 한 명 있었어요. 그런데 그 아이 어머니는 당신과 다른 선택을 했습니다. 그 아이 어머니는 자기 인생을 다 바쳐서 사람답게 키우려 노력했고 끝까지 자식을 끌어안았죠. 그 아이가 지금 어떻게 됐는지 아십니까? 아주 사랑스러운 사람으로 자랐습니다."

"네놈이 살인마가 된 게 어떻게 내 탓이야!"

"당연히 당신 탓이지! 당신은 자식을 위해 아무것도 안 했으니까! 아니, 딱 하나만 했죠. 날 그 노인네 밑에 밀어 넣고, 내가 개 취급당할 동안 당신은 선주만 데리고 잘 먹고 잘살았죠."

"이······."

"그동안 잘 지냈으니, 이제부터라도 지옥 속에 살아요. 당신은 살인마를 낳은 어머니로, 선주는 살인마 오빠를 둔 동생으로, 평생 손가락질당하면서 그렇게 살게 될 거예요. 어때요? 신나겠죠? 가세요. 면회는 올 필요 없습니다. 당신 얼굴, 나도 안 보고 싶으니까."

우주는 끄윽끄윽 쇳소리를 내며 웃더니 자리로 돌아와 앉았다.


"왜 너 때문에 우리가 이런 고통을 당해야 하는데? 어째서 너 같은 놈 때문에 우리가 이런 고통을 당해야 하는 거냐고!"

영미가 히스테릭하게 소리를 질러댔지만, 이미 이쪽은 불과 마이크가 꺼진 다음이었다.

"당신들이 막아줘. 우리는 피해자라고! 저런 살인마 때문에 왜 우리가······."

"당신 때문에 박우주가 저렇게 됐잖아!"

영미가 화를 내자, 태석이 차갑게 일그러진 얼굴로 날카롭게 소리쳤다. 생각지도 못한 말을 들은 탓일까, 영미는 놀란 얼굴로 태석을 보았다.

"박우주는 어머니인 당신을 만나기 전까지 꽤 괜찮은 형사였습니다. 당신이 피해자라고? 애초에 당신이 한 아이를 시궁창에 처박지만 않았어도, 오늘날 일 년이는 없었을 겁니다."

"처음부터 살인마였어! 어릴 때부터!"

"아니! 살인마 일 년이를 만든 건 당신이야! 적어도 당신이 어머니라면, 적어도 당신이 엄마라는 이름으로 불리는 인간이라면, 세상 사람 모두가 비난해도 당신만은 그래선 안 되지. 당신은 박우주에게 왜 그렇게 살았냐고 야단칠 자격도 없지만, 비난할 자격은 더더욱 없습니다."

"뭐?"

"몇 년 전 그때, 당신이 박우주에게 '너는 잘 지내고 있냐?' 이 말만 했어도, 마음은 조금도 궁금하지 않더라도, 겉으로는 안 그런 척 이 말만 했었더라도, 지금 박우주는 좋은 형사로 남았을 거고, 괜찮은 형으로 살았을 겁니다. 그러니까 심영미 씨, 당신이 살인마 일 년이를 만들어 낸 겁니다."

"아니야! 아니…… 야."

"일 년이 손에 죽은 피해자들과 형사, 그들의 목숨값, 당신은 절대로 잊지 마셔야 합니다. 모두 당신 때문에 일어난 비극이니까."

태석은 서늘할 정도로 차갑게 외치고는 찬우에게 모시라는 말을 하고는 시선을 돌렸다.

"가시죠."

찬우는 넋이 나가 멍해 있는 영미를 데리고 밖으로 나갔다. 그러자 태석은 다시 조사실 안에 있는 유하와 우주를 응시했다.


"자, 이제 뭐든 말할 테니 물어봐. 뭐부터 말할까? 처음부터 갈까, 아니면 거꾸로 갈까?"

씩 웃는 우주의 얼굴에 편안함이 떠올랐다.

"지후 선배부터 하자. 사실 제일 궁금한 게 지후 선배가 처음 널 일 년이로 찍은 이유야. 처음에는 분명히 다른 사람을 일 년이로 생각했었다고 수첩에 적혀 있었는데, 별안간 널 일 년이로 확정한 계기가 확실하게 나와 있지 않아."

"순서가 그게 아니잖아. 그건 중간부터 말하라는 거야. 알고는 있지?"

"그래. 그렇게 하라는 거야. 바로 딱 중간부터. 그러니까 말해. 지후 선배가 널 일 년이로 확정한 계기가 뭔지."

"그년과 찍은 사진을 들켰거든."

자신이 내건 조건을 이쪽이 들어줘서일까. 우주는 순순히 말문을 열었다.

"뭐?"

"그해 첫 번째 피해자. 이름이…… 소현, 차소현이었던 것 같네. 그년이 내가 자고 있을 때, 나 몰래, 내 휴대폰으로 사진을 찍었더라고. 미친. 난 그걸 아주 나중에 알았지. 지후가 내 휴대폰을 본 다음에."

"그럼……."

"내 생일이라 지후 녀석이 제일 먼저 축하해 준다며 찾아왔어. 그때 승후가 내 휴대폰으로 사진 한 장을 보냈지. 나도 없는 곳에서 내 생일 파티 장식을 하고 고깔모자를 쓴 사진이었어. '우주 형! 생일 추카!' 이렇게 쓰인 티를 입고. 또 승후네. 이날 승후가 사진만 안 보냈으면……."

우주는 갑자기 무척 재미있는 사실을 알게 된 듯 하하하 웃었다.

"지후는 자연스럽게 내 휴대폰을 보게 됐고, 그 속에서 첫 번째 피해자 사진을 본 거야. 침대에서 자는 나와 차소현이 함께 찍힌 그 사진을. 그 몇 시간 전에 블랙팀은 그해 첫 번째 피해자였던 차소현 사체를 발견했었거든. 딱 걸린 거지. 보면 안 될 사람한테 보이면 안 될 사진을 들킨 거야."

그게 계기였다. 살인사건이 발생하면 가까운 사람부터 조사하기 시작한다. 그럼 당연히 애인이 조사 대상이 될 테고, 우주는 그렇게 조사 대상이 됐다. 그리고 차소현이 납치된 것으로 추정된 시각과 사체가 유기된 것으로 추정되는 시각에 지후는 우주의 알리바이를 찾지 못했을 것이고, 그렇게 용의 선상에 올랐던 거다.

"넌 언제 안 거야? 지후 선배가 널 의심하고 있다는 걸?"

"분명히 승후 사진을 확인하는데, 아주 잠깐이지만, 지후의 얼굴에 미소가 사라지더라고. 사실 그때는 대수롭지 않게 여겼어. 휴대폰 속에 사건과 연관된 이런저런 사진이 있는 건 당연하니까, 보고 껄끄러운 사진이라도 있었나 보다 했지."

"그런데?"

"지후가 간 뒤에 아무리 생각해도 이상해서 봤더니, 차소현 사진이 떡하니 있더라. 곧바로 전화해서 변명했지. 몇 번 만났지만, 금방 헤어졌다고 말했는데, 믿지 않는 것 같았어. 그래서 알았지. 지후가 나를 의심하기 시작했다는 걸."

지후는 사건을 거꾸로 거슬러 올라갔을 것이다. 일 년이 사건이 일어난 시기와 우주의 알리바이를 추적했을 것이고, 알리바이가 파악이 안 된다는 공통점을 발견한 지후는 우주가 일 년이 임을 확신했을 가능성이 컸다.

그 모든 게 사진 때문이다. 만약 차소현이 사진을 남기지 않았더라면, 만약 승후가 딱 그때 맞춰 사진을 보내지 않았더라면, 아니, 우주가 중간에 휴대폰에 앨범을 단 한 번이라도 들여다보았더라면, 일 년이 사건은 오랫동안 풀지 못할 숙제로 남았을 가능성이 높았다.

하늘의 뜻일까, 사람의 간절함이 만든 우연일까?

아니, 유하는 둘 다라 믿고 싶었다. 완벽 범죄는 없다. 죄는 언제가 되었든 꼭 드러나기 마련이다. 아직은 이 말을 믿고 싶으니까.

"다음으로 넘어가자. 지후 선배 어떻게 죽였어?"

우주는 답답하다는 얼굴로 "하!" 하고 깊은 한숨을 토해냈다.

"좋아하는 선배라 그게 제일 궁금한 건가, 아니면 날 흔들어보겠다는 건가?"

"둘 다. 지후 선배는 내가 존경하는 선배이기도 하고, 널 흔들 유일한 사람이기도 하니까. 자, 말해. 민지후 선배 어떻게 죽었어?"

유하는 의자 등받이에 편안하게 기댔다.

"칼로 목을 그었어. 사방에 피가 튀었지. 내 얼굴과 몸에도 튀었어."

우주는 담담하게 말하기 시작했다.

"그때 지후 선배 얼굴, 어땠는데?"

"어땠을 것 같아?"

"모르니까 물어보는 거잖아. 지후 선배 마지막 표정이 어땠는데? 널 형이라 부르며, 너만 보면 하하 속없이 웃던 사람의 마지막이야. 그러니까 말해봐. 지후 선배 마지막 표정이 어땠어?"

"웃어. 평소와 똑같이 하하하 웃었지. 속없이."

일 년이의 가면이 벗겨지지 않는 한, 박우주의 진짜 얼굴은 보기 힘들다. 아니, 그것까지는 바라지 않았다. 적어도 저 덤덤한 표정만큼은 지우고 싶었다. 유하는 짧게 한숨을 내쉬고는 살짝 미간을 일그러뜨렸다. 그때 작업을 끝낸 주영이 노트북을 들고 들어와 그녀 앞에 내려놓고는 나갔다.

"뭐지? 뭘까?"

"뭔지 궁금해?"

유하는 화면을 확인하는 중간중간 앞에 앉아 있는 일 년이를 보며 차갑게 픽 웃음을 흘렸다.

"내가 모르는 증거가 나왔을 리는 없는데? 그리고 있는 증거도 충분하지 않아?"

"맞아. 일 년이 사건은 이미 그 창고에서 가지고 온 증거만으로도 충분해."

"내가 다른 사건에 개입되어 있다는 증거라도 찾아?"

"그러면 좋고."

유하는 보고 있던 노트북을 돌려서 우주 앞으로 밀었다. 화면 속 사진을 본 순간 우주는 말이 없었다. 그냥 일정한 간격으로 저절로 넘어가는 사진을 그저 조용히 보기만 할 뿐이었다.

"지후 선배 노트북이 아직 블랙팀 안에 있더라고. 너와의 추억이 많은 것 같아. 동생인 민승후보다 더 사진이 많아."

경찰대 시절부터 쭉 이어온 인연이었다. 나란히 경찰 정복을 입고 찍은 사진, 술집에서 여럿이 찍은 사진, 언제인지 모르겠지만, 바닷가에서 둘이 나란히 앉아 있는 사진 등, 화면 속 사진에는 좋았던 그 시절이 고스란히 담겨 있었다.

처음에는 덤덤하게 화면을 보던 우주가 조금씩 흔들린다. 유하는 우주의 표정을 살피며 자신이 입을 열어야 할 타이밍을 찾았다.

[짠! 지현아!]

화면에 동영상이 재생되자 우주의 눈동자가 더 거칠게 흔들렸다.

[짜잔! 우주 형도 같이 있지!]

지후가 승후에게 보낸 동영상이다. 소리 없이 재생해 보았는데, 지후와 우주가 나란히 앉아 아주 밝고 화사하게 웃고 있는 장면이었다. 이 동영상이 지후가 승후에게 보낸 거라는 걸, 유하는 소리까지 재생한 지금에서야 알게 되었다.

[민지현, 잘 지내지?]

우주의 목소리다. 그리고 지후의 웃음소리도 함께 들렸다.

[외롭다고 징징거리며 나쁜 짓 하면 혼난다? 형들이 경찰이라는 걸 잊지 마! 알았냐?]

[우주 형 말하는 거 잘 새겨들어! 너 나쁜 짓 하면 우리 손에 죽는다?]

지후와 우주가 함께 웃음을 터뜨린다. 분명히 이때는 행복했을 것이다. 화면 속 밝은 우주의 표정이 그걸 말하고 있었다.

[지현아, 감기 다 나았어? 건강 챙기고, 공부한다고 밤새고 그러지 마. 알았지? 곧 휴가 받아서, 우주 형이랑 날아갈게. 그때까지 이 형들 보고 싶어도 꾹 참아라. 알았지?]

[어이, 대스타! 혼자서 외롭고 힘들 거야. 그래도 잘 견디고, 곧 보러 갈게. 그때까지 첫째도 건강, 둘째도 건강! 건강 조심하는 거 잊지 마. 알겠냐?]

우주의 시선이 옆으로 돌아가자, 유하는 노트북을 시선이 향한 그곳으로 옮겼다.

"봐. 또다시 시선이 돌아가면, 주영 선배가 억지로 보게 할 거니까."

유하가 이 말을 하기가 무섭게 주영이 들어와 우주가 앉아 있는 쪽 벽에 기댔다.

[형, 우주 형…….]

다음 동영상에 잔뜩 풀이 죽은 지후의 음성이 들렸다.

[지후 너 얼굴이 왜 그래? 무슨 일 있어?]

영상통화였다. 지후는 지치고 힘들 때마다 우주와 영상통화를 했었다. 그걸 안 블랙팀은 지후에게 '너 박우주랑 연애하지?' 이러면서 놀렸던 기억이 있었다.

[형 지금 어디야?]

[경찰서.]

[우리 청춘은 왜 이러냐? 이 좋을 때 경찰서에나 박혀 있고?]

[그럼 그만둬. 민지후 한 명쯤 내가 먹여 살릴 수 있어.]

[와! 나 지금 프러포즈받은 거야? 그것도 남자에게?]

[뭐?]

우주의 높은 목소리가 함께 지후 근처에 있던 블랙팀들이 휘파람을 불며 축하한다고 장난치는 소리가 들린다. 그 속에 유하도 있었다.

아, 맞다. 생각났다. 이날 새벽이었다. 인신매매 조직을 쫓느라 한 달 넘게 집에 못 들어갔었다. 밤낮없이 열심히 뛰었는데도 수사는 진척이 없었고, 설상가상으로 인신매매 조직은 꼬리를 자르고 사라진 뒤라 다들 지치고 힘들어서 늘어져 있었던 날이었다.

[그래! 알았어! 여차하면 형 믿고 그만둔다!]

[프러포즈의 완성은 '사랑해'입니다. 고백하세요! 제가 있는 힘을 다해 응원하겠습니다. 아자!]

[나인후! 이게 선배 무서운 줄 모르고 자꾸 기어오른다?]

겉으로는 담담하게 박우주를 보고 있었지만, 유하의 심장은 이미 찌릿한 아픔으로 찢어지고 있었다.

[좋다! 이왕 이렇게 된 것 고백하지, 뭐. 사랑해, 우주 형!]

지후의 이 말에 블랙팀 모두 "우와!" 하고 소리 지르며 박수를 쳤다.

[놀림거리 찾느라 전화했지? 끊어!]

사진과 동영상은 여기까지였다. 그리고 노트북을 덮은 유하는 가늘게 떨고 있는 우주의 손을 보게 되었다.

"처음 정말 이해가 안 됐어. 왜, 어째서, 지후 선배는 혼자 그렇게 애썼을까? 파트너인 나조차도 모르게, 일 년이를 쫓았을까? 그러다가 알게 됐지. 지후 선배는 널 살인마 일 년이로 체포하는 게 아닌, 인간 박우주로 자수시키고 싶어 했다는 걸."

"……."

잠깐이었지만 우주의 눈동자가 심하게 흔들렸다. 아픈 마음이 짧은 순간 겉으로 드러난 것이었다. 하지만 곧 감정을 지워 버린 그는 다시 살인마 일 년이의 표정으로 돌아와 서늘하게 유하를 응시했다.

"그게 뭐? 바보 같은 민지후가 무슨 생각을 했는지, 내가 왜 알아야 하는데?"

"너도 알 것 아니야? 지후 선배가 널 얼마나 좋아했는지! 얼마나 의지했고, 또 얼마나 믿었는지! 지후 선배는 끝까지 널 믿었어! 네가 살인마 일 년이가 아닌, 자기 형 박우주로 돌아올 거라고! 그런 지후 선배를 넌 죽였어! 네 손으로 직접 목을 그었다고! 네가 그러고도 인간이야? 이 세상에서 널 믿고 사랑한 딱 한 사람을 네 손으로 직접 죽이고도 네가 사람이라고 말할 수 있어?"

"내가 말했잖아. 난 태생이 살인마라고. 그런 나한테 뭘 기대하는 거야? 인간이길 기대하는 게 더 이상한 거 아닌가?"

우주의 음성이 가늘게 떨리기 시작했다. 이는 우주가 더는 마음을 다스릴 수 없을 만큼 동요하고 있다는 걸 의미했다.

"자, 말해! 지후 선배 어떻게 죽였어? 네 손에 죽기 전, 선배 마지막 얼굴이 어땠는데? 어떤 표정으로, 어떤 눈빛으로 널 보며 죽어갔는데? 마지막 말은 뭐야? 마지막으로 너에게 남긴 그 말이 뭐냐고! 너 같은 놈을 일 년이가 아닌 박우주로 끝까지 믿었던 선배의 마지막이 어땠냐고!"

유하의 음성이 점점점 커졌다.

"그만. 그만!"

날카로운 음성이 우주의 입에서 터져 나왔다.

"형! 우주 형! 형! 형! 형! 널 이렇게 형이라 부르는 민지후 선배를 어떻게 죽였냐고!"

유하의 매서운 음성이 조사실 안을 울렸다.

"형, 우주 형⋯⋯."

"그만! 그만!"

우주의 귓가에 자신을 부르던 지후의 목소리가 환청처럼 들리자, 지금까지 꽉 틀어잡고 있던 평정심이 그대로 무너지고 말았다.

"형, 형, 형, 우주 형!"

"그만! 그만해!"

마지막이다.

우주가 무섭게 소리 지르며 벌떡 일어나자, 지금 부상 중인 유하는 깜짝 놀라 뒤로 물러났고, 주영은 우주에게 조금 가까이 다가갔다.

"그렇게 부르지 마! 자꾸 그렇게 부르지 말라고!"

우주가 앞에 놓인 노트북을 집어 유하에게 던지려 하자, 주영이 달려들어 그를 막으며 책상에 강제로 엎드리게 했다.

"말해줘야지. 나와 민승후에게는 말해줘야 하잖아. 지후 선배 마지막 말이야. 말해. 마지막 말이 뭐였어?"

"자기가 옆에 있어줄 테니 자수하라는 말이 마지막이었어."

일 년이의 가면이 벗겨졌다. 쭉 유지해 왔던 서늘한 표정이 사라지니 슬픔이 묻어 있는 박우주의 얼굴이 떠올랐고, 감정에서 덤덤함이 사라지니 목소리에 아픔이 담겨 떨렸다.

주영은 우주를 다시 의자에 앉혔다. 그리고 바로 그 옆 의자를 일 년이 쪽으로 틀어서 앉았다.

"이제 좀 할 만하네. 조사 시작하자. 처음부터 할래, 거꾸로 할래?"

유하는 의자에 앉으며 노트북을 끌어당겼다.

"역시 아주 잘 배웠어. 민지후 후배다워. 내가 다 흐뭇해."

빙긋 웃는다. 하지만 지금까지 일 년이 가면을 쓴 박우주와 달랐다. 웃는 그 모습, 영상 통화할 때 바로 그 모습, 민지후의 형 박우주였던 그때 모습과 비슷했다.

"한 가지 부탁이 있어. 이건 조건이 아니라 부탁이야. 안 들어줘도 돼. 괜찮아."

"뭔데? 말해."

"난 백 프로 사형이야. 그럼 내가 죽기 전에 딱 한 번만, 더도 덜도 말고 딱 한 번만, 면회를 와달라고 부탁해줘. 지현이에게."

"알았어요. 그렇게 전할게요."

유하의 음성에도 날카로움이 사라졌다.

"그럼 시작하자. 처음부터 가자. 그게 좋겠어."

"네. 그렇게 하죠. 그럼 첫 살인, 일 년이의 제일 첫 번째 살인사건부터 시작합니다."

"그게 아니야. 첫 살인은 그게 아니야. 첫 번째는 할머니였어."

"네?"

"그게 내 첫 번째 살인이었어."

"하지만 선배 할머니는 심장마비로……."

우주는 고개를 저었다.

"그날 물을 마시러 내려오다가 열린 문틈으로 할머니께서 고통스러워하는 걸 봤어. 119를 부르려 전화기를 집어 들었는데, 갑자기 그럴 필요 있나 하는 생각이 들더라."

"그게 무슨……."

"처음에는 '남편 잡아먹은 년이 낳은 놈' 이러더니, 얼마 지나지 않아 '아비 잡아먹은 놈'으로 바뀌었지."

"선배……."

"날 보던 그 사늘한 눈빛, 내가 그 노인네 주겠다고 사 온 빵이나 과일들을 바닥에 버리고, 늘 내 밥그릇은 던지듯 툭. 준비물을 사야 한다며 돈 좀 달라고 하면, 제대로 주는 법이 없었지. 늘 바닥에 던졌거든."

괴롭고 힘들었던 기억을 떠올리고 있으면서도 우주의 목소리엔 슬픔도 아픔도 없었다. 그저 재미난 이야기하듯 가볍게 말하고 있을 뿐이었다.

"할머니가 죽던 그날, 난 고통스러워하는 할머니를 모른 척하고 방으로 올라갔어. 그리고 다음 날 할머니가 시체로 발견됐지. 그게 내 첫 번째 살인이고, 일 년이가 탄생한 날이야."

"우주 선배……."

"다 적어. 분명히 이게 첫 번째야."

유하는 우주의 진술 내용을 노트북에 적었다. 조사실에는 무거운 침묵이 내려앉았다.


"팀장, 둘 중 하나만 없었더라면, 그래도 일 년이가 탄생했을까요?"

우주의 진술을 가만히 듣고 있던 찬우가 안타까움에 입을 열었다.

"둘 중 하나만 없었더라도 일 년이는 없었겠지. 그래서 어린 시절이 중요한 거야. 어린아이를 어른들이 어떻게 가르치느냐 따라 어떤 성장을 할지 결정되니까."

태석은 답답한 마음을 어쩌지 못하고 깊게 한숨을 내뱉었다.

"할머니라도 좋은 사람이었다면 좋았을걸."

"그러게. 버린 어머니 대신 할머니가 어린 박우주를 잘 키웠더라면, 어머니가 두 번이나 자기를 버렸다 해도 박우주는 흔들리지 않고 좋은 형사로 남았을지도 모르는데, 안타깝네."

"그래도 하늘이 무심하지 않아서 박우주에게 지후 선배를 내려줬잖아요. 그런데 어째서 박우주는 그걸 못 잡았을까요?"

"나도 그게 안타까워. 그래도 냉정하게 생각해 보면, 사랑을 받은 사람만이 사랑을 줄 수 있다는 말이 있어. 사랑을 받은 기억이 없었던 우주는 어쩌면, 지후가 주는 사랑이 진짜 사랑인지 몰랐을 수 있어. 그렇게 생각하면 더 안타깝다."

"박우주에게 여자는 자신을 버린 엄마고, 그 엄마가 선택한 여동생이고, 자신을 학대한 할머니네요?"

"박우주가 우리 가족이어서가 아니라, 사건 자체가 씁쓸해."

우주의 진술을 들으며 태석과 찬우는 말없이 허공만 응시했다.


진술이 어느 정도 마무리가 되어갈 때쯤 우주는 고개를 돌려 하프 미러가 있는 벽으로 시선을 돌렸다.

"팀장, 다 보고 있습니까?"

우주의 이 말에 불이 켜지고, 하프 미러 안쪽 방이 보였다.

"그래, 보고 있어."

태석은 입을 열었다.

"잘됐네."

우주는 천천히 일어나 태석에게로 걸어가 바로 앞에 멈춰 섰다.

"앞으로 조심해야 할 거예요."

"무슨 뜻이야?"

"블랙팀 원래 이런저런 협박 많이 받는 거 아는데, 조금 더 조심해야 할 겁니다. 내가 블랙팀 형사를 한 명 죽여서 자극받은 사이코들이 꽤 돼요. 그러니까 언제 또 누가 표적이 될지 모른다는 말이죠."

"너랑 교류하는 그 사이코들 얘기지? 그런 놈들 겁 안 나."

"아닐 텐데? 겁을 좀 내야 할 텐데요?"

우주는 수갑 찬 손을 들어 손가락으로 자기 머리를 톡톡 건드렸다. 우주의 그 행동에 태석의 얼굴이 새하얗게 변하더니 이내 굳어버렸다.

"지금…… 뭐 한 거야?"

"알고 있잖아요. 내가 뭘 말하는지."

"박우주?"

"조심해요. 나도 누군지는 몰라요. 인터넷으로 만난 게 다니까. 추적을 해봤는데, 대충 알겠지만, 찾지 못했습니다."

"그놈은 이미 잡혔어."

"에이, 다 알면서 왜 이러실까? 그것 때문에 팀장 형이 죽은 건데. 아! 그때 죽은 사람이 한 명 더 있었죠? 여자던데……."

"박우주 너 뭘 알고 있는 거야?"

"팀장의 형을 죽게 한 그 사건, 범인은 죽었죠? 그때 유일하게 팀장하고 팀장 파트너가 경찰들과 좀 다른 방향으로 수사했고, 범인은, 팀장의 형과 파트너의 아내를 납치해서 죽였죠. 여기까지가 알려진 것들. 하지만 난 딱 하나를 더 알고 있어요. 바로 팀장과 파트너가 수사했던 그 방향이 맞았다는 것을."

문이 벌컥 열리고 태석이 안으로 들어와 우주의 멱살을 잡았다.

"말해! 도대체 네가 알고 있는 게 뭐야?"

늘 이성적이고 냉철했던 태석이라 유하는 이렇게 감정적인 팀장의 모습을 처음 접해 조금 놀랐다.

"말했잖아요. 나도 딱 거기까지밖에 몰라요. 더는 알아내지 못했습니다."

"설마……."

태석은 잡았던 멱살을 놓고는 뒷걸음질 쳤다.

"조심하세요. 블랙팀 모두. 그놈은 형사가 아닌 그 가족을 건드리는 놈입니다. 자칫 잘못하면, 가족이 죽는다는 걸 명심하세요."

"정말…… 진짜 헤드가 따로 있다고?"

"네. 그도 그렇게 멀리 있는 게 아니에요. 생각보다 아주 가까이 있죠. 나처럼. 그러니까 늘 조심하고 또 조심해요. 이게 한때라도 경찰이었던 내 마지막 양심이니까, 이건 믿어도 돼요."

우주의 마지막 말에 태석은 그대로 방을 나가 버렸다. 그런 태석을 유하, 주영, 찬우는 걱정스럽다는 듯 보았다.


모두가 퇴근한 그 시간, 빈 블랙팀 사무실.

며칠 머리 싹 비우고 놀라는 말을 끝으로 블랙팀을 모두 내보낸 태석은 텅 빈 사무실에서 혼자 고민에 빠졌다. 그렇게 몇 시간 동안 조금의 움직임 없이 생각만 하던 그는 휴대폰을 꺼내 어딘가로 전화를 걸었다.

[어, 선배? 웬일이세요? 일 년이 체포했다고 하더니, 자랑하려고 전화했습니까?]

밝음 음성에 태석의 입가에 희미한 미소가 번졌다.

"잘 지내지?"

[나야 잘 지내죠.]

"힘은 안 들어?"

[힘들죠. 여기 사건이 얼마나 많은 줄 아세요? 도망한 돼지도 쫓아야죠, 닭장 습격한 족제비도 잡아야죠, 지붕도 고쳐야죠, 무너진 담도 들여다봐야죠.]

상대는 말하면서 계속 킥킥킥 웃음을 터뜨렸다.

"도준아."

[선배, 불안하게 왜 이러세요? 나 선배가 그렇게 다정하게 부르면 겁나.]

"너 좀 돌아와야겠다. 돌아와. 블랙팀으로."

[싫어요. 나는 여기가 딱입니다. 시골 파출소 경찰로 사는 게 얼마나 재미있는지 모를 겁니다. 나는 여기서 안 떠나요.]

"헤드…… 우리가 맞았단다."

태석의 말에 도준은 답이 없었다. 그저 씩씩 거친 숨만 내쉬었다.

"돌아와. 우리 블랙팀이, 아니, 우리 블랙팀 가족들이 위험하다. 이 위험을 해결하는 방법은 딱 하나야. 헤드 그놈을 잡아야 해. 우리 그놈을 잡자."

[그때도 안 됐습니다. 위에서 그 수사를 허락할 리가 없습니다. 그때도 우리가 그렇게 말했지만, 안 먹혔어요. 그런데 지금 그게 먹힐 리가 없어요.]

"방법은 너 올라오면 같이 찾자. 빨리 올라와. 지금 블랙팀 전력으로 안 돼. 만약 대비도 안 했는데 그놈이 돌아온다면, 우리는 끝이야."

[누구 제보입니까? 믿을 수 있는 제보입니까?]

"일 년이, 바로 일 년이 제보다. 마지막 남은 경찰 양심을 걸고 한 제보야. 믿을 수 있다."

도준은 긴 한숨을 내뱉었다. 그리고 한동안 말이 없었다.

[알겠습니다. 돌아갈게요. 저 블랙팀으로 복귀시켜 주세요. 선배, 아니, 지금은 팀장이죠? 바로 복귀 명령 부탁합니다.]

도준의 결정에 태석의 입가에 안도의 미소가 번졌다.

# 제10장.
## 로맨스를 꿈꾸며

유하는 병실 문을 열며 조심스럽게 노크를 했다.

"자기 병실 들어오면서 노크하는 경우는 도대체 뭘까?"

보조 침대에 앉아 대본을 읽던 승후는 눈치 보며 병실로 들어서는 유하가 우스운지 나지막하게 웃었다.

"난 승후 씨 자는 줄 알고."

"자? 이미 깰 시간인데? 동 텄어. 다친 사람 맞아? 입원 몇 시간 만에 병원 탈출하더니, 다음 날 들어온다는 게 말이 돼?"

"일이 많았어."

유하는 절뚝거리며 들어와 침대에 걸터앉았다.

"그래서 그 일 다 처리하고 왔다고?"

"진술서 받는 게 얼마나 힘든지 알아? 나 그 힘든 걸 하고 왔단 말이야. 대단하지 않아? 존경해도 돼. 난 존경받아 마땅한 사람인 것 같아. 조유하, 대견해."

셀프 칭찬을 어마어마하게도 한다. 승후는 스스로 자기 머리를 쓰다 듣는 유하를 가만히 보다가, 우습기도 하고 어이없기도 해서 그냥 웃고 말았다.

"잘하셨어요. 내가 아는 사건만 아니었으면 한바탕 난리를 쳤을 텐데, 모르는 것도 아니라 그럴 수도 없고."

승후는 진짜 밉다는 얼굴로 조금 매섭게 유하를 노려보다가 이내 빙긋 웃었다. 그러고는 그녀가 신고 있는 운동화를 벗기고 다리를 침대에 올려주었다.

"좀 자. 사건 해결하고 마무리도 했으니까, 오늘은 푹 자."

유하를 침대에 눕힌 승후는 이불을 덮어주고는 머리도 뒤로 넘겨주었다.

"나 퇴원시켜 달라고 할 거야. 어차피 이 정도는 왔다 갔다 해도 되니까."

"퇴원하시든, 계속 입원을 하시든, 일단 주무세요."

유하는 팔을 올려 승후의 목에 둘렀다. 그리고 조금 끌어당겨 그가 더 가까이 다가오게 했다.

"같이 자자."

"사양합니다. 나 안 졸려. 푹 잘 잤거든."

"그러지 말고 우리 자자. 승후 씨는 내 인형이야. 살아 숨 쉬는 인형. 지금부터 꼭 끌어안고 잘 거니까, 나 일어날 때까지 움직이면 안 돼?"

유하는 승후를 더 가까이 끌어당겨 입술에 가벼운 입맞춤을 했다.

"인형 안고 자는 취미 있는 줄 몰랐네?"

"음, 없었는데, 지금부터 안고 자려고. 인형이 너무 사랑스러워서. 같이 자줄 거지?"

"살아 숨 쉬는 인형은 선택권 없어? 선택권 주면 좋을 텐데."

"왜? 주인이 마음에 안 드나 보지?"

"당연히 마음에 안 들지. 요즘 그 주인 하는 행동을 보니까 눈에 거슬리는 게 한두 개가 아니야. 내가 진정으로 믿고 따라도 되나 고민하게 되거든."

목에 두른 팔을 푼 유하는 승후의 얼굴을 감쌌다. 그리고 엄지손가락으로 입술을 매만졌다.

"키스하자."

"불리해지니까 입을 막는 듯한 애매한 느낌은 뭘까?"

"키스가 하고 싶어서야. 먹고 말하고 숨 쉬라고 있는 게 입인데, 그걸 못 하게 하면 어떻게 해? 나 그렇게 치사한 인간 아니야."

"그러시겠죠."

승후는 유하의 이마에 아주 약하게 박치기를 하고는 슬리퍼를 벗고 침대로 올라갔다.

"자, 인형 대령이요. 뭘 할까요?"

"우선 팔베개하고 꼭 끌어안아 주기."

"OK."

승후는 유하가 시키는 대로 팔베개를 하고 그녀를 꼭 끌어안았다.

"내 남자 향기 좋다."

유하는 승후의 향기를 깊게 맡았다. 그러고는 그의 허리에 팔을 두르며 꼭 끌어안았다.

"고생했어."

"박우주가 나중에, 아주아주 나중에, 딱 한 번만 면회 와달래."

승후는 대답 대신 유하를 더 꼭 끌어안았다.

"승후 씨."

"응?"

"우리 선배한테 가자."

"형한테?"

"응. 자랑해야지. 내가 일 년이 잡았다고."

"그래. 우리 형한테 가자. 너 퇴원하면, 같이 가자."

승후는 유하의 등을 토닥거리며 작은 소리로 속삭였다.

"자. 푹 자. 그동안 힘들었으니까, 오늘은 푹 자."

민지후·봉안당.

일 년이 사건을 해결한 후, 블랙팀 모두는 경찰 정복을 입고 승후와 함께 지후를 만나러 왔다.

"선배, 일 년이 잡았어요. 나 잘했죠?"

유하는 경찰 정복을 입고 있는 지후의 사진을 보며 빙긋 미소를 머금었다.

"내가 멋지게 복수해 줬으니까 선배는 이젠 편히 쉬기만 해요. 알았죠?"

찬우의 말에 옆에 서 있던 주영이 "모르는 사람이 들으면 너 혼자 일 년이 잡은 줄 알겠다!"고 말하며 일부러 발끈했다.

"블랙팀 차렷!"

태석의 명령에 블랙팀은 순서대로 서서 자세를 고쳐 잡았다.

"경례!"

주영과 찬우 그리고 유하는 지후를 향해 거수경례를 했다.

"블랙팀 이태석, 김주영, 한찬우, 조유하는 일 년이 박우주를 체포했음을 민지후에게 보고합니다!"

태석은 마지막으로 거수경례를 하고 팔을 내렸다.

"바로."

태석의 명령으로 팔을 아래로 내린 블랙팀은 서로를 보며 눈짓을 주고받았다. 그러고는 모두 동시에 모자를 벗었다.

"우리가 일 년이를 잡았다!"

주영이 이렇게 외치자 블랙팀은 똑같이 "와!" 하고 함성을 지르며 동시에 모자를 하늘 높이 던졌다.

블랙팀이 아이처럼 좋아하는 모습을 흐뭇한 표정으로 웃으며 지켜보던 승후는 지후에게로 시선을 돌렸다.

"형한테 참 많은 걸 받았는데, 또 커다란 선물을 받았네. 유하 나한 테 보내줘서 고마워. 형이 유하 많이 아꼈다는 거 알아. 내가 더 많이 아끼고 사랑할게."

승후는 손을 올려 사진 속 지후의 얼굴을 매만졌다.

"형 동생 민지현, 앞으로도 형이 바라던 모습으로 살아갈 테니까 거 기서 계속 지켜봐 줘. 알았지?"

승후가 지후를 보며 슬프게 빙긋 웃고 있을 때 유하가 달려와 와락 끌어안듯 그에게 어깨동무를 했다.

"선배, 민승후 이제 내 거예요. 대박이죠?"

"지후 선배, 이건 뜯어말려야 해! 저 포악한 조유하가 예쁜 민승후를 어떻게 다룰지 불 보듯 빤하잖아! 동생의 행복을 위해서는 이건 절대로 안 된다고 강하게 반대해야 하는 거야!"

찬우가 뒤에서 장난으로 살살 긁자 유하는 버럭 화를 내며 그에게 달 려들었다.

잡히면 죽는다며 쫓아다니는 유하와 잡을 수 있으면 잡아보라며 이 리저리 도망가는 찬우, 막내 라인들의 재롱에 하하 웃고 있는 태석과 정신없다며 가만 좀 있으라고 잔소리하는 주영이 승후의 눈에 보였다.

'몇 년 전까지 저들 속에 형도 있었겠지?'

이런 생각을 하다 보니 승후는 심장이 찌릿하며 아팠다.

"그만 밥 먹으러 가자!"

태석의 명령에 블랙팀 모두 동시에 뒤돌아 승후에게 오라며 손짓을 했다.

"형, 또 올게. 잘 있어."

승후는 지후에게 마지막 인사를 하고 블랙팀 속으로 뛰어 들어갔다.

"뭐 먹을 건데요? 팀장, 우리 뭐 먹어요?"

"밥."

찬우가 눈을 반짝이며 태석에게 물었다.

"밥은 당연히 먹죠. 무슨 반찬을 먹는 거냐고 묻는 거잖아요."

"개구리 반찬."

유하의 질문에 태석은 웃음기 하나 없는 얼굴로 농담했다.

"대박! 이렇게 재미없기도 힘든데, 어떻게 이 정도로 재미없지?"

주영의 말에 승후와 블랙팀 모두 웃음이 터졌다. 그리고 그 웃음은 꼬리에 꼬리를 무는 농담으로 한동안 계속되었다.


상갓집에 갔다 왔는지 승후는 검은색 양복을 입고 잠깐 외출했다가 돌아왔다. 그리고 그 옆에는 경찰 정복을 입은 유하도 함께였다.

"저 둘 아무래도 심상치 않아. 사귀는 사이 맞는 거 같아."

"사귈 수 있지. 목숨까지 구해준 사람인데, 전기가 통할 만하지."

"며칠 전에 저 형사 다쳐서 왔을 때, 민승후 표정 봤어? 핏기 하나 없이 창백하더라니까."

"톱스타와 블랙팀 형사라. 안 어울리는 조합인데 토를 달 수가 없어. 민승후가 연예계의 톱이라면, 저 형사는 대한민국 경찰계의 톱이잖아."

"톱과 톱의 만남이라. 저 둘이 결혼하면 어떤 애가 나올까?"

"너무 갔다."

"그런가?"

간호사들의 대화에 하정의 표정이 딱딱하게 굳어버렸다.

민승후의 애인은 난데 왜 저런 여자를 갖다 붙이냐고 말하고 싶었다. 필요해서 저 여자와 함께 있는 것뿐이라고 소리치고 싶었다. 하지만 그와의 관계는 모든 게 비밀이기 때문에 아무 말도 할 수가 없었다. 아무 것도 아닌 저 여자는 당당히 승후 옆에 있는데, 정작 그의 여자인 자신은 이렇게 숨어서 저런 말을 듣고 있어야 한다는 게 아프고 화가 났다.

"하하정 선생, 선생은 민승후 팬이잖아. 기분 안 좋겠지? 자기 좋아하는 스타가 연애하면 괜히 배신감 느끼고 그렇지 않나?"

"설마요. 저는 오빠가 행복하다면 그걸로 만족해요."

하정은 철저하게 팬이 해야 할 말을 하며 생긋 웃었다. 그런 하정의 반응에 동료 간호사들은 "쿨한 팬이네."라고 말하며 시원한 웃음을 터뜨렸다.

모두가 가볍게 웃는 가운데, 하정은 이곳에서 거짓 웃음을 짓는 유일한 사람이었다.

승후의 집.

"편해 보이네?"

잠깐 외출 허락을 받아 형 봉안당에 다녀온 뒤 승후와 유하는 며칠 병원에서 함께 있었다. 하지만 이틀 전, 승후의 퇴원이 결정 나자 유하는 자신도 퇴원하겠다며 박박 우겼고 의사는 어쩔 수 없이 그녀를 퇴원시켜 주었다. 그리고 그녀는 정말 승후의 집으로 왔다.

"자자!"

편한 홈웨어, 민소매 티와 3부 반바지로 갈아입은 유하는 이 말을 외치며 침대로 뛰어들었다. 그리고 진짜 자기 시작했다. 쿨쿨, 깊은 숙면에 빠져 버린 것이다.

"이건 날 말려 죽이겠다는 거지. 내가 내 집에 애인 데려다놓고 감상만 하고 있다는 게 말이 돼?"

승후가 귓가에 이렇게 속삭였지만, 유하는 아무 반응이 없었다. 아니다. 생각해 보니 반응은 있었다. 드르렁 하고 잠깐 코를 골아주셨으니까.

퇴원 다음 날, 그러니까 어제 새벽, 승후는 촬영장에 복귀했고, 밤샘 촬영을 하고 몇 시간이라도 쉬기 위해 들어왔는데, 역시나 유하는 자고 있었다.

─샌드위치 넣어두었으니까 일어나면 먹어.

휴대폰에 이렇게 쓴 쪽지를 붙여놓고 나갔었는데, 단 한 번도 안 건드렸는지, 그대로 붙어 있고, 냉장고에 샌드위치는 밤새 너무 안녕하셔서 그대로 보존되어 있었다.

상황이 이쯤 되면 어린 꼬마도 눈치챈다. 이 여자 "자자!" 하고 침대로 뛰어든 그 순간부터 쭉 자고 있었다는 사실을.

"이것 때문에 기 쓰고 우리 집에 왔구나? 자기 집으로 가면 어머니께서 끼니때마다 깨웠을 테니까. 난 또 깜박 속았네. 나랑 떨어지기 싫어서 온다고 한 줄."

승후는 혀까지 쯧쯧 차며 고개를 절레절레 흔들었다.

"그나저나 뭐라도 먹여야 할 텐데?"

유하를 흔들어 깨우려던 승후는 너무 곤하게 자고 있어서 차마 깨우지 못하고 그냥 방을 나가 버렸다.


햇살이 얼굴에 닿는 느낌이 좋다. 폭신한 침대도 좋고, 나른한 기분으로 하루를 시작하는 것도 좋다.

"으~"

유하는 기지개를 한껏 켜고는 미처 다 뜨지 못한 눈으로 일어나 앉았다. 하지만 역시 아직은 졸리다. 그녀는 앉은 상태 그대로 다시 잠의 나라로 빠져들었다.

"조 형사님, 가지가지 하십니다."

놀리는 것처럼 들리지만 절대로 놀리는 건 아니다. 유하는 무거운 눈꺼풀을 겨우 들어 올리고는 소리가 나는 방향으로 고개를 돌렸다.

"승후 씨."

한 손에 대본을 든 승후가 눈에 보이자 유하의 입가에 미소가 번졌다.

"나 몇 시간이나 잤어?"

"이틀 내내 밤낮없이 잠만 잤어. 난 죽은 줄 알았다니까!"

승후는 다가와 침대에 걸터앉았다. 유하는 아주 가까운 거리에 그의 얼굴이 보이자 헤헤헤 웃음소리를 흘렸다.

"그렇게 많이 잤어?"

"어제 새벽에 나가서 밤새 촬영하고 지금 들어왔는데, 그것도 모르지?"

"잠 귀신이 붙었나 보다. 아니면 진짜 죽었었나?"

"내 애인 그동안 너무 힘들었나 보다. 맥이 풀려서 자꾸 자는 것 보면."

승후는 흘러내린 유하의 머리를 귀 뒤로 넘겨주며 안쓰럽다는 얼굴로 "에고." 하고 한숨을 내쉬었다.

"촬영은?"

"잘했어. 세 시간 정도 자고 다시 나가야 돼."

"무리하는 건 아니지? 승후 씨 심각했다는 거 잊지 마."

"걱정 마. 무리 안 해. 아버님, 아니, 조민석 감독님께서 나를 지나치게 아껴서, 다들 벌써 사위 챙기는 거냐고 놀렸어."

승후는 드라마 스태프들에게 유하와 사귀고 있음을 밝히며, 그녀가 조민석 감독님의 딸이라는 것까지 털어놓았다. 그 탓에 스턴트팀 촬영이 있는 날이면, 스태프들이 장난 반 진담 반으로, 민석과 승후를 두고 장인과 사위 사이라 한다는 걸 들어 알고 있었다.

"그래도 승후 씨가 더 조심해."

"너무 힘들면 안 해. 나 아픈 거 싫어. 내가 엄살이 얼마나 심한데, 내 몸 생각 안 하고 무리할까."

거칠게 움직이는 장면은 거의 다 대역이 하고 있지만, 승후는 그래도 할 수 있는 건 직접 하려고 노력 중이었다. 부상이 심했기 때문이라는 건 시청자 대부분이 알고 있지만, 할 수 있는 부분까지 대역을 쓰는 건 승후의 자존심이 허락하지 않았다.

"와. 옆으로."

유하는 살짝 옆으로 물러나며, 누우라는 뜻으로 침대 위를 툭툭 쳤다.

"나 끌어안고 또 자게?"

"안 되나?"

"밥은 안 드시고?"

"아! 그걸 생각 못 했네."

"나 자러 들어온 게 아니라, 너 밥 먹이려고 들어왔어요. 아시겠습니까?"

승후는 일어서서 유하의 손을 잡고 끌어당겼다.

"나가자. 도시락 사 왔어."

"그냥 조금 더 자면 안 되나?"

"안 돼. 먹고 자."

"송 스타님, 먹기 전에 샤워도 안 됩니까?"

"먹고 해."

한 번 꽂히면 물러서는 법이 없다. 지금 승후의 저 머릿속은 온통 '조유하 밥 먹이기.'뿐이라는 걸 알기에 유하는 빠르게 고민을 거듭했다.

어떤 방법이면 저 인간을 꺾을까?

딱 몇 초 동안 생각에 잠깐 유하는 느끼하게 히죽 웃으며 승후를 살짝 끌어당겼다.

"유하님, 무섭게 왜 이래?"

순간 서늘함이 느껴졌는지 승후는 끌려오지 않고 버텼다.

"나 엄청 샤워하고 싶은데, 승후 씨 같이할래? 같이하자. 승후 씨도 샤워해야 하잖아."

갑자기 훅 들어온다. 순간 당황한 승후는 잡은 손을 놓으려 했다. 하지만 승후의 그런 행동을 이미 눈치챈 유하는 더욱더 꽉 움켜잡았다.

"너 이거 반칙이야?"

"좋은 말 할 때 따라와. 안 그러면 확 덮치는 수가 있다?"

"오! 어떻게 알았지? 나 이런 거 좋아하는 거."

"그럼 같이 샤워하는 건가?"

유하의 질문에 잠깐 생각하는 척하던 승후는 매정하게 "싫어! 그냥 혼자 해."라고 말하며, 뜻을 파악하기 힘든 야릇한 미소를 머금었다.

이 남자 진짜 싫다는 거야, 아니면 떠보는 거야?

승후의 표정을 읽지 못한 유하는 그의 생각을 들여다보기 위해 다시 미끼를 던졌다.

"오늘따라 민승후의 복근이 보고 싶어 미칠 것 같아. 그거 보여주면 안 돼?"

유하는 승후의 배를 가리키며 싱긋 웃었다.

"지금 봐. 보여줄게. 단, 복근만."

안 흔들린다. 하긴 이 정도에 헤벌쭉할 승후가 아니었다.

"복근만 보는 게 어디 있어? 다 봐야지. 머리끝부터 발끝까지. 섹시 민승후가 미치도록 보고 싶은데, 안 되나? 안 됩니까? 안 되시나이까?"

침대에서 내려와 승후 앞에 선 유하는, 최대한 애교를 담아 눈을 빠르게 깜박이며 그를 올려다보았다.

"그동안 일이 너무 많아 진도를 못 나갔잖아."

유하는 잡히지 않은 손을 올려 손가락으로 승후의 입술을 쓸었다. 그녀의 손가락은 곧 턱을 지나 목으로 내려왔다.

"승후 씨 우리 뭐 할까?"

손가락이 울대뼈를 지나 더 아래로 내려가자, 승후의 입가에 짙은 미소가 떠올랐다.

"말하면 다 들어주나?"

"말해봐. 혹시 모르잖아. 들어준다고 할지."

손가락이 셔츠에 딱 막혀서 더는 내려갈 수 없자, 유하는 눈살을 아주 살짝 찌푸렸다.

"안 더워? 난 덥던데?"

톡 단추 하나를 풀어낸 유하는 그제야 마음에 드는 듯 빙긋 웃었다.

"괜찮아. 아직 참을 만해."

다시 톡 단추가 풀리고 승후의 탄탄한 가슴이 유하의 눈에 들어왔다.

"아니지. 이런 섹시한 몸을 가진 남자는 더우면 벗겨줘야 해. 그래야 그걸 보는 여자가 신나지."

또 단추 하나가 풀리고, 얼핏 복근이 눈에 들어오자, 유하의 입에서 "와!" 하는 탄성이 흘렀다.

"그걸 보는 여자가 누군데?"

"민승후 애인?"

마지막 하나 남은 단추까지 모두 풀어낸 유하는 "휙!" 하고 휘파람을 불었다.

"전에도 느꼈지만, 역시 화면보다는 실물이 더 근사하다니까?"

"병원에 있으면서 너무 잘 먹었나 봐. 살이 좀 찐 것 같아."

"이 완벽한 몸을 두고 살쪘다고 하는 건 거짓말이지. 사기죄로 확 잡아간다?"

유하는 손을 들어 승후의 가슴에 올렸다. 따뜻한 맨살의 감촉과 탄탄한 근육의 느낌에 그녀는 자신도 모르게 감탄사를 내뱉었다.

"원하지 않는 스킨십은 성추행이라지?"

"그래서 신고하려고? 신고해. 블랙팀 조유하 경위, 애인 민승후를 성추행한 혐의로 고소당함. 제목 근사하고 좋네."

유하는 자기 입술을 핥으며 히죽 웃었다.

"내가 먹을 거냐? 입맛은 왜 다실까?"

"몰랐나 봐?"

유하는 더 환하게 웃으며 승후에게 한발 다가갔다. 둘 중 누구 한 명이라도 조금만 움직이면, 서로의 체온을 느낄 수 있을 정도로 가까운 거리였다.

"샤워 안 할래? 나 깨끗하게 씻고 싶은데."

계속 유하의 한쪽 손을 잡고 있던 승후는 손을 놓고 허리를 감싸며 바짝 끌어당겼다.

"남자를 자극해서 어쩌려는 거야?"

유하는 상체를 조금 뒤로 빼 승후를 올려다보았다. 그 때문에 하반신은 승후와 더욱 바짝 붙게 되었고, 그의 몸에 일어난 변화도 고스란히 느껴졌다.

"내 남자가 생각하는 그걸 원하는 거겠지?"

"그게 뭔데?"

"씻는 거?"

"얼마나 깨끗하게 씻으려고 날 이렇게 자극할까?"

"아주 깨끗하게. 반짝반짝 빛나면 좋잖아."

"반짝반짝?"

"응. 반짝반짝."

유하는 양손을 승후의 가슴에 댔다. 그리고 천천히 위로 올렸다.

"씻으려면 일단 옷은 벗어야겠지? 내가 벗겨줄게."

유하가 승후의 어깨에 걸친 셔츠를 아래로 흘리자, 아래로 떨어지던 셔츠는 그녀를 안은 팔에 걸려서 하늘하늘 흔들렸다.

"운동을 얼마나 한 거야? 어깨 근육 쓸 만한데?"

"어깨 근육만 쓸 만하겠어? 다른 근육은 쓸모없을 것 같고?"

"다른 근육은 모르지. 안 봐서. 지금 날 안고 욕실로 가면, 두 눈으로 직접 보고 쓸 만한지 어떤지 알려줄 수 있는데. 어때? 좋은 제안이지?"

"마음에 드네. 대신 이후로 내가 할 행동에 대해선 다 네 책임이다? 난 분명히 경고했어?"

"걱정 마. 그게 뭐든 다 책임질 수 있어. 그 정도의 능력은 돼."

말이 끝나기 무섭게 유하의 입에서는 "꺅!" 하고 높은 비명이 터졌다.

승후가 그녀를 어깨에 들쳐 멨기 때문이었다.

"가자! 욕실로!"

욕실에 유하를 내려놓은 승후는 샤워기 물을 틀고는 재빠르게 뒤로 물러났다.

"꺅!"

위에서 쏟아지는 물줄기를 그대로 맞은 탓에 유하의 입에서 기분 좋은 비명이 터져 나왔다.

"스타님, 이거 물고문이야."

내리는 물줄기로 인해 흠뻑 젖어버린 유하는 흘러내린 앞머리를 뒤로 쭉 쓸어 넘기며 여유롭게 웃는 승후를 노려보았다.

"오! 내 여자 섹시한데?"

젖은 옷이 몸에 착 달라붙었고, 때문에 유하의 몸 곡선이 그대로 모두 다 드러났다.

"나만 젖으면 짜증 나지."

유하는 이리 오라며 손짓을 했다. 하지만 승후는 들어올 생각이 없는지 고개를 흔들며 몇 걸음 뒤로 물러났다.

"이거 협찬이야. 젖으면 돈 줘야 해."

셔츠는 벗겨졌지만 바지는 입고 있었던 승후는 자기 옷을 가리키며 얄밉게 씩 웃었다.

"스타님 돈 많잖아. 그냥 사. 꼴랑 바지 하나인데."

"싫어. 안 돼. 이거 엄청 비싸. 내 능력으로 안 되는 옷이야."

"금실로 짰어? 민승후 능력으로 안 되는 옷이 어디 있어?"

"있어. 이 옷."

난 이렇게 젖게 해놓고 자기는 내빼겠단다. 유하가 손에 물을 받아 그대로 승후에게 뿌렸지만, 그녀의 행동을 눈치챈 그는 빠르게 뒤로 도망갔다.

"진짜 안 들어와?"

"젖는 거 싫어. 대신 감상할게. 에로틱하게 샤워해 봐."

"헉! 변태냐? 남 샤워하는 것 감상하게?"

"변태라서 그러냐? 내 애인이니까 그러지?"

"그럼 벗고 와. 안 보이는 곳 근육을 봐야 쓸 만한지 어떤지 알려주지."

유하는 승후의 바지를 가리키며 싱긋 웃었다.

"일단 너부터 씻어봐. 그럼 나도 보여줄게. 난 하나를 받아야지 하나를 주는 스타일이거든. 일단 줘. 그럼 나도 줄게."

"비겁하게 여기까지 와서 빼?"

"그러니까. 요즘 느낀 건데, 내가 그렇게 정의롭진 않더라고."

진심으로 한 대 때릴까 하는 충동이 살짝 끓어오른다. 유하는 주먹을 움켜쥐다가 곧 마음을 고쳐먹었다. 겨우 촬영장에 복귀했는데 상처 내서 다시 촬영 못 하게 만들면, 이번에는 진짜로 아버지 손에 죽을 수도 있기 때문이었다.

"마음대로 하세요. 자기 여자랑 욕실에 들어와 놓고선 아무것도 못 하는 바보."

유하는 혀를 삐죽 내밀고는 휙 뒤돌았다. 그리고 젖은 티를 벗어서 바닥에 떨어뜨렸다.

물줄기가 흠뻑 젖은 머릿결을 타고 흐르다가 어깨로 떨어지자 승후의 시선도 따라서 어깨로 이동했다. 그리고 어깨에서 등을 타고 내려가던 물줄기가 브래지어 선에 멈추자, 그의 한쪽 눈이 살짝 위로 치켜 올라갔다.

조금 더 지켜봐?

이렇게 생각하던 승후는 유하가 브래지어 한쪽 끈을 아래로 내리자 낮은 신음을 흘렸다.

네가 이래도 안 와?

브래지어 끈을 내리던 유하는 승후가 움직이는 소리가 안 들리자 짜증이 확 치고 올라왔다.

자기 여자가 앞에서 벗고 있는데 아무렇지도 않은 저놈이 이상한 거야, 작정하고 벗고 있는데도 자기 남자 유혹 못 하는 내가 이상한 거야?

자존심이 상해 열이 확 뻗치던 그 순간 뒤에서 허리를 감싸며 끌어안는 느낌에 유하의 입에선 풋 웃음이 새어 나왔다.

"스트립쇼를 좀 더 감상하려 했는데, 안 되겠다. 이래서 성질 급한 놈이 불리한 거야."

"그러니까. 몇 초만 참지. 그랬으면 내가 먼저 덮치려고 했는데."

안타까움에 머리를 유하의 어깨에 떨어뜨린 승후는 "조금만 참을걸." 하는 말을 칭얼거림과 함께 흘렸다.

귀엽다. 귀여워.

이 남자, 형에게 어떻게 했을지 대충 짐작이 간다. 지후가 왜 동생 바보가 됐는지도 살짝 이해도 되는 것 같아, 유하는 가볍게 웃으며 승후의 머리를 헝클었다.

"자, 이젠 옷 속에 숨겨둔 근육을 볼 차례인가?"

언제 칭얼거렸나 싶게 승후는 유하의 귓가에 끈적끈적한 목소리로 속삭였다.

"보이는 근육이 너무 훌륭해서 눈이 상당히 높아졌는데, 괜찮겠어?"

"무슨 근육을 말하는 거지? 아! 배?"

승후의 손이 유하의 늘씬한 배에 머물렀다.

"설마 복근이 내 매력의 전부라 생각하는 건 아니겠지? 자신할 수 있어. 다른 근육들도 기대 이상일걸?"

"그건 본 다음에 평가할게. 지금은 안 봤으니까, 복근이 제일 멋있어."

"복근만? 보이는 데에 더 멋있는 곳이 있을 텐데."

승후는 입술을 유하의 귀에 바짝 대고는 일부러 입김까지 불어 넣으며 말했다. 그 순간 온몸을 휘감은 소름에 그녀는 움찔 몸을 움츠렸다.

"어디? 아! 얼굴? 얼굴은 평가 기준에 넣지 말아야지. 승후 씨 얼굴은 신의 영역이거든. 사람이 평가할 수 없는."

승후는 기분 좋은 듯 킥 웃더니 유하를 휙 돌려세워 허리를 감싸며 바짝 끌어당겼다.

"아부가 심해. 기분 너무 좋잖아."

그사이 쏟아지는 물줄기에 이미 승후도 흠뻑 젖어 있었다.

"누가 아부래? 승후 씨 화보 기사 내용인데. 그의 얼굴은 신의 영역이다. 난해한 옷도 그의 얼굴만 있으면, 멋진 작품이 된다."

"진짜 내 팬이구나?"

"자, 그럼 보여주시죠? 안 보이는 곳에 있는 근육."

일부러 아주 작게 속삭인 유하는 승후의 입술에 짧게 입을 맞췄다.

"내가 말했잖아. 난 하나가 와야 하나가 간다고. 내 것 보기 전에 내 여자 것 먼저 보고."

승후는 말이 끝나기가 무섭게 유하를 다시 돌려서 뒤에서 끌어안았다.

"보고 싶은 곳이 어디라고?"

승후의 긴 손가락이 유하의 팬티 속으로 들어와 속옷과 바지를 동시에 흘러내리듯 벗겼다. 그리고 목에서 어깨로, 또 어깨에서 목으로, 승후의 입술이 뜨거운 키스를 남겼다.

"씻고 싶다고 했지? 씻겨줄게."

나지막한 승후의 목소리가 유혹하듯 귀를 간질이자, 유하의 입가엔 기분 좋은 미소가 번졌다.

"어디부터 씻을까? 여기부터?"

승후의 한 손이 브래지어를 끌어올려 가슴을 조몰락거리고, 나머지 한 손이 매끈한 배를 지나 더 아래, 다리 사이로 들어가자, 유하의 입에서는 나지막한 신음이 흘렀다.

"우리 둘 다 부상자인데, 이래도 되나?"

승후는 장난스럽게 말하며 딱 하나 남아 있던 브래지어를 벗겨서 아래로 떨어뜨렸다.

"괜찮아. 난 이보다 더할 때도 일했어. 그런데 민승후는 안 괜찮을 수 있겠네. 많이 다쳤잖아. 힘들면 그만둬도 돼."

유하도 장난스럽게 말을 받으며 승후의 품에서 벗어나 휙 돌았다. 그러고는 그의 바지 벨트에 손을 뻗어 꽉 움켜잡았다.

"강요하지는 않아. 다만……."

유하가 바지 벨트를 풀고 지퍼를 내리자, 승후의 한쪽 눈썹이 조금 치켜 올라갔다.

"서운하겠지? 그래서 어떻게 할까? 가? 말아?"

바지가 아래로 툭 소리를 내며 떨어지자, 승후는 유하의 얼굴을 감싸며 끌어당겼다.

"가. 무조건."

얼굴 한가득 화사한 미소를 머금은 승후가 다가오자 유하는 눈을 감았다. 그리고 두 사람의 입술이 겹쳐졌다. 둘은 서로의 입술을 느끼고, 오가는 숨결을 삼켰다.

"사랑해."

승후의 달콤한 고백이 귀를 간질인다. 유하는 킥 웃으며 몸을 움츠렸다.

"넌? 고백 안 해?"

피부에 닿는 물의 느낌에 자꾸 신경이 거슬린다. 승후는 손을 뻗어 물줄기를 내뿜고 있는 샤워기를 껐다. 그리고 유하의 허리를 감싸며 더욱 바짝 끌어당겨 안았다.

"생각해 보니 넌 정식으로 내게 '사랑해'라고 고백한 적 없어. 매번 내가 고백했지."

"그랬나?"

유하는 생각하는 척하더니 느끼하게 히죽 웃었다.

"기분 나빠. 살짝 삐치려고 해. 너 나 조금밖에 안 사랑하지? 생각해 보니 그런 것 같아."

승후는 일부러 입술을 이리저리 삐죽거렸다.

"예쁜 애가 앙탈 부리니까 더 예쁘잖아. 민승후 씨 자꾸 이렇게 예쁘게 앙탈 부리면 내가 무슨 짓 할지 몰라."

"무슨 짓? 무슨 짓 할 건데?"

유하는 씩 웃으며 승후와 자기 자리를 바꿨다. 그리고 그를 뒤로 밀어 벽에 딱 붙였다.

"어쩜 좋아. 나 이렇게 터프한 거 좋아하는데, 내 여자께서 그걸 어떻게 알았지?"

"내가 민승후에 관해 모르는 게 있을 것 같아?"

유하는 이렇게 말하며 승후의 몸에 자기 몸을 바짝 붙였다. 그리고 발꿈치를 살짝 들어 그의 입술 가까이 자기 입술을 가지고 갔다. 미세한 움직임에 입술이 닿았다가 떨어지는 걸 반복한다. 그러는 사이 두 사람 모두 들이마시고 내쉬는 숨결이 조금씩 거칠어지고 있었다.

"사랑해."

세상 어떤 말도 이보다 더 달콤할 수는 없을 것이다. 유하의 고백에 승후의 얼굴 가득 행복한 미소가 떠올랐다.

"나도."


샤워 후 물기를 털며 거실로 나온 승후는 뒤따라서 나오는 유하의 머리에 수건을 씌웠다. 그리고 장난을 조금 담아 조금 거칠게 물기를 닦아 냈다.

"아, 진짜!"

승후의 장난에 머리가 이리저리 흔들리자 유하는 그의 손을 쳐 내고 직접 물기를 닦았다. 나오는 웃음을 억지로 참는 듯 앙다문 입술이 상당히 거슬린다. 손가락으로 머리를 빗던 유하는 "왜? 뭐?"라고 사납게 물으며 그를 노려보았다.

"이제야 애인이랑 둘이 있는 게 실감이 나서."

"이전에는?"

"내가 내 애인한테 방 대여해 준 줄 알았거든. 하도 잠만 자서."

"함께 있다는 게 중요한 거지. 뭘 하느냐는 중요하지 않아."

"아니지. 함께 있는 것도 중요하지만 뭘 하느냐는 더 중요한 거야. 한 창 불꽃이 팍팍 튈 시기에 둘이 한 침대에서 그냥 순수하게 잠만 쿨쿨 잔다는 게 말이 돼?"

"네, 네, 알겠습니다. 잠만 쿨쿨 자서 죄송합니다. 됐죠?"

유하는 장난으로 비꼬듯 말하고는 소파에 가서 앉았다. 그리고 승후 가 테이블에 올려놓은 쇼핑백에서 도시락을 하나씩 빼냈다.

"배고파. 며칠 아무것도 안 먹었더니 눈앞이 뱅글뱅글 도는 것 같아."

"하긴 빈속에 운동까지 하셨으니 더 하겠지."

승후는 기분 나쁠 정도로 느끼하게 웃으며 도시락을 하나씩 풀었다.

"팬들은 알려나? 민승후가 이렇게 음흉한 거."

"이 세상에 딱 한 사람만 알면 되지 않겠어? 많은 사람이 알아서 좋 을 거 뭐 있나?"

승후는 일회용 숟가락으로 밥을 조금 떠서 그 위에 제육볶음을 올렸 다. 그리고 그걸 유하에게 내밀었다.

"아!"

"내가 먹을 거야."

유하가 테이블에 있는 수저에 손을 뻗자, 승후는 재빨리 그걸 치우고 밥과 제육볶음이 담긴 숟가락을 그녀의 입 근처로 더 바짝 가져갔다.

"아!"

그래, 내가 맞춰준다.

유하는 이렇게 생각하며 입을 벌려 승후가 주는 밥을 먹었다.

"다음에는 뭐 줄까?"

"음, 계란말이."

유하가 시선으로 반찬을 가리키자 승후는 알았다고 말하며 계란말이를 집어 내밀었다.

"내 애인, 많이 먹고 쑥쑥 크자?"

"송 스타님, 내가 여기서 더 크면 감당은 할 수 있으세요?"

승후는 아주 잠깐 생각하는 척하더니 장난스럽게 생긋 웃었다.

"그건 그때 가서 생각해 볼게."

"나중에 너무 컸다며 원망해도 나 모릅니다."

유하는 커다란 계란말이를 한입에 다 넣었다. 그러자 승후가 빠르게 다가와 입술에 짧은 입맞춤을 하고 멀어졌다.

"너무 커서 하늘 끝까지 닿아도 좋으니까, 지금보다 더 강해져서 다치지만 마. 알았지?"

승후의 진심이 담긴 당부에 유하는 빙긋 웃으며 고개를 끄덕였다.


밥을 먹은 뒤 노곤해진 유하는 침대에 올라가 등을 기대고 앉았다.

"나 어제 촬영하다가 꽤 재미있는 괴담 들었어. 이젠 별별 괴담이 다 나온다며 웃었다니까."

승후는 가볍게 말하며 유하의 앞에 앉았다.

"괴담?"

"요즘 중고등학생 사이에서 아주 유명하다고 하더라고."

"뭔데?"

"비가 보슬보슬 내리는 밤이야. 중고등학생 정도의 여자아이가 가로등 불도 없는 골목길을 톡, 톡, 톡, 걸어갔어. 그런데 뒤에서 누가 따라오는 느낌이 들어 휙 돌아봤는데, 아무도 없는 거야. 이 여학생은 '내가 잘못 봤나?' 하며 다시 톡, 톡, 톡, 걸어갔어. 그런데 이번에 조금 더 가까이서 저벅, 저벅, 저벅 하고 걷는 소리가 선명하게 들리는 거야. 여학생은 무서워서 빠르게 걸었어. 그런데 뒤에서 들리는 발소리도 같이 빨라져. 그래서 이 여학생이 다시 휙 뒤돌아봤는데, 역시나 아무도 없어. '뭐지? 귀신인가?' 이 생각이 여학생 머릿속에 스쳤지. 당연히 여학생은 뛰기 시작했지. 그런데 뒤에 발소리도 뛰기 시작하는 거야. 여학생은 '뭐야? 누가 날 놀리나?' 이런 생각을 하며, 큰마음 먹고 마지막으로 휙 돌아봤어. 그 순간!"

승후는, 숨까지 죽이며 귀를 기울이고 있는 유하를 "워!" 하고 놀라게 했다.

"악! 야!"

잔뜩 긴장한 채로 듣고 있던 유하는 승후가 놀라게 하자 짧은 비명을 질렀다. 그러고는 주먹으로 그의 가슴을 퍽 때렸다.

"데이트 폭력이라는 말 들어는 봤어도 내가 그걸 당할 줄은 몰랐네. 그 주먹으로 때리면 나 죽이겠다는 거지!"

승후는 맞은 자리를 손으로 비비며 엄청나게 억울하다는 얼굴을 했다.

"놀랐잖아! 나 이런 거에 약하단 말이야."

"말도 안 돼. 조 형사님, 믿을 말을 하세요. 납치된 애인 구하겠다고 위험한 곳에 혼자 오는 건 기본이고, 연쇄살인마 잡겠다고 자기를 미끼로 던지고, 심심하면 총상에, 걸핏하면 혼수상태로 병원에 누워 있는 인간이 고작 '워!' 하고 놀라게 하는 것에 약해? 지나는 개가 웃겠다."

승후는 코웃음까지 치며 비웃듯 느릿하게 하하 웃었다.

"놀려도 무서운 건 무서운 거야. 난 귀신 이야기 무서워해."

"귀신이 널 무서워해."

순간 팍 기분이 상한 유하는 얄밉게 웃고 있는 승후를 매서운 눈으로 노려보았다.

"미안. 장난이야. 그렇게 무서웠어? 우리 유하 무서웠어요?"

뒤늦게 상황을 파악한 승후가 분위기 진압에 나섰지만, 이미 뒤틀어진 마음을 바로잡기에는 역부족이었다.

"우리 잘까? 나 졸려."

승후는 어색하게 하품하며 유하 옆자리에 누웠다.

"나 조금만 자면 안 되나?"

"자."

사늘하다. 순간 승후의 머릿속에 죽음이라는 단어가 스쳤다.

어떻게 하지? 어떻게 해야 잘 빠져나갈 수 있으려나?

잠깐 고민에 빠졌던 승후는 '에라 모르겠다'는 마음으로 유하의 다리를 뺐다.

"뭐야?"

못마땅함으로 유하의 눈이 가늘어졌다. 승후는 있는 힘껏 화사하게 웃으려 했지만, 이것마저도 어색하기 그지없었다.

"이런 남자가 어떻게 연기 잘한다고 소문이 났지? 이봐요, 스타님! 이럴 땐 연기라도 해서 빠져나가야지!"

"그러니까. 나도 그러고 싶은데, 이상하게 조유하 앞에서는 연기가 안 되네? 나 왜 이럴까?"

"내가 연기도 안 될 만큼 무서운가?"

"그건 아닌 것 같아."

"그럼 뭔데?"

"내가 내 여자에게만큼은 거짓된 모습은 보여주고 싶지 않은 것 같아. 아무래도 내가 널 엄청 사랑하고 있나 봐."

"아! 진짜!"

승후 입에서 나왔다는 게 믿어지지 않을 정도로 오글오글한 말에 유하는 진심으로 짜증을 내며 그의 이마를 손바닥으로 톡 때렸다.

"알았어, 알았어. 우리 유하 이런 거 좋아하는구나?"

승후는 느끼하게 웃으며 손가락으로 유하의 배를 콕 찔렀다.

"아니거든요! 나 그런 거 진짜 싫어하거든요!"

"에이, 좋아하는데 뭐. 그럼 더 해줄까? 우리 유하 눈에 무슨 짓을 한 거야? 너무 맑고 깨끗해서 내가 폭 뛰어 들어가 헤엄치……."

참을 수 없었던 유하는 결국 승후를 확 밀어버리며 다리를 뺐다. 그리고 도망치듯 침대에서 내려가려고 했다.

"안 되지!"

승후는 유하의 발이 바닥에 닿기도 전에 그녀를 잡아서 그대로 눕혔다. 그리고 탄탄한 팔로 지탱하며 위에서 그녀를 내려다보았다.

"내가 이런 말 했나? 넌 누워 있을 때가 가장 예뻐."

"느끼한 말 그만하세요. 화 안 낼 테니까."

"진심이야. 순도 백 퍼센트 진심이 느끼하다고 하면, 나보고 어쩌라는 거야?"

"믿을 수 있어야지."

혼잣말로 작게 이야기할 생각이었는데, 유하의 입에서 말이 나올 때는 생각보다 크게 흘렀다.

"애인 말을 못 믿으면, 이 세상에 누굴 믿나? 생각해 보니까 열받네. 그럼 내가 너 예쁘다고 할 때마다 여태 하나도 안 믿은 거야? 다 거짓말이라고 생각했어?"

"반만 믿었지. 그게 백 퍼센트 진심이라고는 생각 안 하지."

"나 화났어. 각오해!"

유하는 마음대로 하시라는 생각이 담긴 얼굴로 픽 웃음을 터뜨렸다.

"이젠 비웃기까지? 좋아. 나도 이젠 못 참아!"

승후는 말이 끝나기가 무섭게 유하의 입술에 두어 번 연달아 뽀뽀했다.

"입술이 없어질 때까지 뽀뽀해야지!"

승후는 배시시 웃고는 쪽쪽쪽 소리를 내며 계속 유하의 입술에 입을 맞췄다.

"하지 마!"

승후를 피해 머리를 돌린 유하는 그의 입술이 목에 닿자 움찔하며 몸을 움츠렸다.

"간지러워."

유하는 승후를 밀어내려 했다. 하지만 힘으로 유하에게 밀릴 승후가 아니었다. 그는 틈이 생기면 목이며 이마, 코, 귀 등, 아무 데나 상관없이 뽀뽀를 퍼부었다. 그러다가 입술에 틈이 생기자 그대로 입을 맞췄다.

가볍게 입을 빠는 느낌에 유하는 눈을 감고 입술을 열었다. 그러고는 승후의 목에 팔을 휘둘렀다.

혀와 혀가 엉켰다가 입술을 빨고, 다시 입을 열고 안으로 들어가 치아를 훑었다. 서로의 숨결까지 삼키며 키스를 하던 그 순간.

"승후 씨."

유하는 뭔가 불현듯 생각난 사람처럼 승후를 밀었다.

"왜? 뭐?"

갑자기 밀려난 승후는 큰일이라도 났나 싶어 눈이 휘둥그레졌다.

"그거 결론이 뭐야?"

"무슨 결론?"

"워! 다음에 뭐냐고? 따라오던 그거 뭐였어?"

어이없는 질문에 승후는 기운이 쫙 빠져 하하하 헛웃음을 뱉었다.

"넌 지금 그게 궁금해?"

"결론을 들어야지. 결론 없이 그렇게 끝나면 기분 나쁘잖아. 온갖 상상을 하게 된단 말이야. 말해. 그 뒤에 없어?"

"있지. 검은 옷을 입은 남자가 여학생을 데리고 간다는 게 끝이야."

"무슨 결론이 그렇게 나? 귀신 이야기 아니었어?"

"괴담이라고 했잖아. 흔한 도시 괴담인 것 같아. 나도 어제 들었어. 배우 중에 여고생이 있었거든."

"도시 괴담이 여학생 납치로 끝난다고?"

"응. 납치당했는데 장기가 없어졌더라. 이런 괴담 많잖아."

"그렇긴 하지. 그렇긴 해."

유하는 속을 알 수 없는 모호한 표정으로 고개를 끄덕이며, 잠깐 딴 세상에 간 사람처럼 생각에 빠졌다.

"뭐 이상한 거 있어?"

승후가 걱정스럽게 물었지만, 유하는 금세 얼굴을 확 바꿔 방긋 웃었다.

"아니, 없어. 이상할 게 뭐 있겠어?"


하굣길. 아파트 앞.

"장나경!"

집으로 향하던 나경은 자신을 부르는 목소리에 뒤돌아보았다.

"나 3반 장나경이지? 나 4반 정시빈이야."

"그런데?"

"너 나랑 사귀자."

"싫어."

나경은 단칼에 잘라 말하고는 휙 돌아 다시 집으로 향했다.

"장나경!"

시빈은 빠르게 뛰어가 나경을 막고 섰다.

"뭐가 그렇게 간단해? 생각 좀 해봐야 하는 거 아니야?"

"너랑 사귈 마음이 없는데, 뭐 하러 생각해 보겠다 말해?"

"나 괜찮아. 꽤 인기도 있고. 공부도 잘하는데?"

"그거랑 나랑 무슨 상관인데?"

나경은 잔뜩 경계하며 한 발 뒤로 물러섰다.

"내가 너 공부 가르쳐 줄 수도 있어."

"됐어."

차갑게 거절한 나경은 시빈을 지나 다시 집으로 가려 했다.

"나경아, 잠깐!"

"만지지 마!"

시빈이 자신의 팔을 잡자 생각하기도 전에 몸이 먼저 반응해 버려 거칠게 뿌리친 나경은, 움찔 놀라며 잡혔던 팔을 툭툭 털어냈다.

"미, 미안. 미안해. 기분 나쁘게 할 생각은 없었어."

"난 더 할 말 없어."

"왜, 왜 그래? 난 그저……."

나경의 예민한 반응에 놀란 시빈은 말까지 더듬으며 몇 걸음 뒤로 물러났다.

"어이, 길 위에 두 청춘!"

언니 유하의 등장에 굳었던 나경의 얼굴에 미소가 감돌았다.

"언니."

유하는 나경을 감싸 안으며 어깨에 팔을 걸치고 시빈에게는 가까이 오라고 손짓했다.

"누, 누구세요?"

다가오던 시빈은 더듬거리며 물었다.

"나경이 언니."

유하는 싱긋 웃으며 시빈의 어깨에도 감싸 안듯 팔을 걸쳤다.

"길 위의 두 청춘은 여기서 뭐 하나?"

"아무것도 아니에요. 같은 학교인데 그냥 집에 가는 길이었어요."

"저 나경이 좋아해요."

나경이는 슬쩍 넘어가려 했는데, 시빈은 뜻밖에도 정면으로 부딪쳤다.

"한쪽은 아니고, 한쪽은 좋다. 짝사랑인 것 같네?"

유하는 시빈을 보며 씩 웃었다.

"네. 근데 조금 전에 나경이한테 차였어요."

시빈은 고개를 푹 숙이며 한숨을 토해냈다.

"마음이 아프겠다."

"쓰려요."

"어쩌겠어? 우리 나경이가 눈이 엄청 높아."

"저도 꽤 괜찮거든요! 인기도 좋고, 공부도 좀 하고, 운동도 제법 하고."

시빈은 실연의 아픔이 꽤 큰지 퉁퉁 부어서 입을 쭉 내밀었다.

"나경이 이상형이 민승후인데?"

"민승후는 연예인이잖아요! 만나지도 못하는 사람을 좋아해 봤자, 그건 감정 낭비라고요."

"이놈 똑똑하네? 그런데 과연 그럴까?"

유하는 나경과 시빈을 감싸 안은 팔을 풀고 휴대폰을 꺼내 누군가에게 영상통화를 했다.

[황송하게 영상통화를 다 걸고? 웬일이래?]

"오!"

화면에 민승후가 턱 튀어나오자, 놀란 시빈은 눈이 휘둥그레졌다.

[옆에 그 꼬꼬마 남자는 누구야?]

"이 꼬꼬마랑 같은 학교."

유하가 나경이 쪽으로 살짝 휴대폰을 틀자 승후가 반갑게 "나경아!" 하고 목소리를 높였다.

"안녕하세요?"

"이 꼬꼬마가 오빠 보고 싶대."

[촬영장에 놀러 와. 아빠만 조르면 바로 볼 수 있잖아.]

"일하시잖아요."

[너랑 놀 시간 정도는 있거든요. 놀러와. 내가 맛있는 거 사줄게.]

"네. 놀러 갈게요."

"스타님, 약속 지키세요? 내 동생 서운하게 하면 죽습니다!"

[네 동생 서운하게 하면 너보다 먼저 옆에 계신 분께서 죽일걸?]

승후가 휴대폰을 조금 틀자 웃고 있는 민석이 화면에 보였다.

[너희 거기서 뭐 해? 어서 집에 들어가. 덥다.]

"네, 아빠. 고생하세요!"

[그래!]

나경이 웃으면서 손을 흔들자 민석도 똑같이 손을 흔들었다.

[꼭 놀러와? 나경이 나중에 보자!]

승후까지 손을 흔드는 것으로 통화는 끝이 났다.

"이래도 감정 낭비야? 나경이 민승후랑 친한데?"

기가 꺾인 듯 꿍 소리를 낸 시빈의 어깨가 축 내려갔다.

"민승후 따라잡은 다음에 다시 고백해. 그럼 나경이도 생각해 보겠지?"

"민승후를 어떻게 따라잡아요?"

"그 방법은 네가 스스로 찾아야지. 그리고 나경이가 나에게는 금쪽같은 동생인데, 민승후도 못 따라잡는 남자 만나게 하고 싶겠어? 안 돼! 나경이 너도 명심해! 민승후도 못 따라잡는 남자는 남자도 아니야. 절대로 친하게 지내지 마. 이상한 녀석 만나다가 내 손에 걸리면 확 전학시켜 버린다. 알겠어?"

"네."

나경이는 밝게 대답하고는 유하는 보며 방긋 웃었다.

"하지만……."

"나경이 확 전학시켜 버린다! 여학교가 어디 있지? 분명히 근처에 있었는데?"

"누나……."

시빈은 애원하는 듯한 표정으로 유하의 팔을 잡았다.

"나 무서운 사람이야. 너 나경이 만나고 싶으면 민승후 따라잡은 다음에 나한테 검사 맡으러 와. 누나 경찰이니까, 대충 속이려 들면 바로 들켜. 그러니까 편법은 쓰지 말고. 준비 다 되면, 경찰청 블랙팀으로 와라. 알았냐?"

"네? 블, 블랙팀이요?"

"블랙팀이다. 자, 이제 가! 누나 피곤해."

시빈은 나경이와 유하를 번갈아 가면서 보다가 꾸벅 인사를 하고는 뒤돌아 걸어갔다. 그렇게 점점 멀어지는 시빈을 가만히 보던 유하는 그가 완전히 사라진 다음에서야 킥 웃음을 터뜨렸다.

"자, 이제 우리도 집에 가자."

"저, 언니……."

나경은 어두운 얼굴로 유하를 올려다보았다.

"우리 나경이 다 컸는데? 남자한테 고백도 받고? 하지만 명심해. 이 언니를 통과해야지만, 만나볼까 하고 생각을 좀 해보는 거야. 누구든 너한테 고백하면 정확하게 말해. 우리 언니 통과 못 하면 안 된다고. 알았지?"

유하가 밝게 싱긋 웃자, 나경의 얼굴에도 미소가 번졌다.

"네. 그럴게요."

"그런데 저놈 성격 꽤 좋은가 보다?"

"네. 착하대요."

나경의 입에서 긍정적인 반응이 나오자 유하는 동생을 가만히 내려다보았다.

"친구들이 그랬어요. 공부도 잘하고, 운동도 잘하는데, 성격도 좋다고. 4반에 은근히 따돌림을 당하던 애가 있는데, 쟤가 챙겨서 같이 다니고 친구 하면서, 이제는 다른 애들하고도 잘 어울린다고."

"오! 저놈이 그런 놈이라고? 그럼 점수가 꽤 올라가는데?"

"그래도 사귀는 건 별로……."

"쟤 몇 년 안에 민승후 못 따라잡아. 민승후를 어떻게 따라잡아? 잘 났잖아. 여러 방면으로."

유하의 말에 나경도 그런 생각이 드는지 키득 웃음을 터뜨렸다.

"우리 집으로 갑시다, 동생님!"

유하는 나경의 어깨를 감싸 안으며 다다다 집을 향해 뛰기 시작했다.


"여학생 괴담이요?"

유하는 나경과 같이 밥을 먹다가 승후에게 들은 그 괴담을 동생도 알고 있는지 물었다.

"네, 알고 있어요. 비 오는 날에 여학생이 납치당하는 괴담이잖아요."

"너도 알고 있구나?"

"요즘 애들 사이에 쫙 퍼졌어요. 괴담인데, 간혹 결석하는 애가 있으면 그런 거 아니야 하고 의심해요."

"언제부터 그런 괴담이 돌았어?"

"그건 잘 모르겠고, 저 전학 왔을 때도 그 괴담 있었어요. 꽤 오래된 듯한데."

"너 예전 학교는 그런 괴담 없었지?"

"서울하고 경기도에만 있는 괴담인 것 같아요. 얼마 전에 우리 반에 경기도에서 친구 한 명이 전학 왔었는데, 거기도 그런 비슷한 괴담이 있대요. 경기도 괴담은, 가출한 여학생을 납치한대요. 경기도 괴담은 날씨랑 상관없어요."

"그렇구나."

유하는 젓가락으로 밥을 집어 먹으며 고개를 끄덕거렸다.

"경찰 따님?"

괴담에 정신이 팔린 그때, 유하는 어머니의 음산한 목소리에 흠칫 놀라고 말았다.

"네?"

유하는 자신도 모르게 목소리 높게 대답하고는 밀려오는 긴장감에 꿀꺽 침을 삼켰다.

"밥 먹을 땐 밥만 드시면 어떨까요? 왜 밥 먹을 때 이상한 걸 물어여리고 여린 우리 막둥이 밥도 못 먹게 하실까?"

"밥 먹어. 밥만 먹는다니까?"

어머니의 눈치를 보며 숟가락을 집어 든 유하는 밥을 푹 떠 그걸 한 입에 밀어 넣었다.

"안 그래도 집에 나랑 막둥이 둘밖에 없는데 자꾸 무서운 얘기 할래?"

아! 맞다. 어머니도 무서운 것 싫어하지. 깜박했다.

유하는 하하하 웃고는 더는 안 한다고 거듭 대답하며 어머니를 안심시켰다. 그러고는 앞에 놓인 계란말이를 집어 나경의 밥 위에 얹었다.

"먹어. 맛있어."

"네."

계란말이를 입으로 가지고 간 그 순간 나경이의 입에서 풋 하고 짧은 웃음이 터졌다.


[평생 그 기억을 안고 살 텐데, 극복 못 하면 어떻게 하지?]

다시 승후의 집으로 돌아온 유하는 소파에 길게 누워 그와 통화 중이었다.

"많이 좋아졌대. 그리고 얼마나 됐다고 극복해. 천천히 해야지. 그래도 엄청 밝아졌어."

[다행이다. 난 사실 적응 못 하면 어쩌나 걱정했었는데.]

"왜? 우리가 나경이 구박할까 봐?"

[그건 아닌데, 평범한 가족은 아니잖아. 조유하 패밀리의 독특함을 누가 감당해? 그 소문으로만 듣던 조민석 감독님의 무시무시한 따님이 조유하일 줄이야.]

무시무시하다고?

도대체 나에 대한 소문이 어떻게 났기에 민승후 입에서 '무시무시하다'라는 단어가 나와?

아니, 유하는 연예계와 인연이 없었던 자신의 소문이 그쪽에까지 났다는 자체가 이상했다.

연예인 2세도 아닌데 어째서, 그리고 무슨 소문이 난 걸까?

한 귀로 듣고 흘리자니 이상하게 신경이 쓰였다.

"무슨 소문이 났기에 무시무시하다는 거야?"

[너 고등학교 때 1 대 3인가 4로 싸워 그 애들 다 병원 보냈다며? 그
것도 일진 애들을?]

"그거야…… 그랬지."

없는 사실은 아니기에 유하는 그건 순순히 인정했다.

[선생님들이 엄청 좋아했다더라? 학교 문제아들을 싹 정리해서? 전
교, 아니, 인근 학교에서 난다 긴다 하던 문제아들이 다 네 발아래에 있
었다고 하던데?]

"그 정도까지는 아니었을 거야. 자신은 없지만……."

[범인들이 너보고 하는 첫 마디가 '저 미친년'이라며? 언제, 어디서,
어떻게 튀어나올지 몰라서. 어떨 땐 하늘에서 떨어지고, 또 어떨 땐 옆
에서 튀어나오고, 또 어떨 땐 뒷덜미를 잡고, 또 어떨 땐 피를 철철 흘
리면서도 기 쓰고 따라온다고, 너만* 보면 '저 미친년' 그런다며?]

"그랬…… 나?"

[아니, 우리 형은 왜 그런 얘기를 안 했지? 난 두 사람이 한 인물이라
고는 꿈에도 생각 못 했어. 형은 늘 '귀여운 내 후배'였거든. 저 미친년
이 아니라.]

"우리 아빠가 촬영장에서 별 이상한 말을 다하셨네."

갑자기 열 있는 사람처럼 얼굴이 화끈 달아오른다. 유하는 소리 없이
아버지에 대한 원망을 쏟아냈다.

[너 술 마시고 아파트 놀이터 벤치에서 자다가 경비 아저씨 부축받고
온 적도 있지?]

"그걸…… 어, 어떻게……."

근 한 달 동안 잠도 제대로 못 자고 나쁜 놈 잡겠다고 쏘다니다가, 피

곤함에 절어 있는 상태에서 술을 한잔 딱 했는데, 바로 맛이 간 경우였다. 1년에 몇 번 안 되는 것으로 기억하고 있다. 기억은 그렇게 하고 있었다.

[아무리 무서울 게 없는 인간이라 해도 아파트 놀이터에서 주무시는 건 좀 그렇지 않나?]

"요즘은 안 그래. 조심한다고. 그럴 시간도 없고. 그런데 아빠는 거기서 별 이야기를 다 하신다? 딸 사생활을 왜 거기서 다 까발려?"

[그러고 싶어서 그러시겠어? 어머님께서 전화해서 화내시면, 아버님께서 계속 변명을 해주셔. 그렇게 통화가 끝나면, 주위 모두가 아는 거지. 내 여자의 과거 행적들을.]

"아! 그렇겠구나. 음, 그랬어."

유하는 대충 장면이 그려지는 것 같아 이해한다는 듯 고개를 끄덕였다.

[엄청난 전설의 소유자인 무시무시한 조유하가 언니인데, 너 같으면 나경이 걱정이 안 되겠어?]

"되겠네, 되겠어. 될 것 같아."

유하는 순순히 인정했다.

[그래서 더 안심할 수 있었어. 앞으로 나경이는 어디서 뭘 하든 마음은 엄청 든든할 거야. 나만을 완벽하게 지켜줄 것 같은 형이 있다는 게 어떤 기분인지 내가 알잖아. 나경이도 자기를 완벽하게 지켜줄 것 같은 언니가 있다는 게 어떤 기분인지, 그것만으로도 내가 얼마나 큰 용기를 낼 수 있는지 알아갈 거야.]

"그렇게 생각해 주면 감사하지."

[그렇게 생각할 거라니까. 내가 장담할게.]

승후는 분명히 미소 짓고 있을 것이다. 보이지는 않지만, 분명히 확신할 수 있었다.

"이렇게 통화하니까 보고 싶잖아. 촬영하지 말고 나랑 놀자고 해볼까? 애정도 테스트 겸해서.”

[부르시면 바로 달려가는데. 갈까? 안 그래도 요즘 죽을 맛이야. 넌 노는데 난 일해야 하잖아. 아직 많이 아프다고 하고…….]

“잘못했어. 진짜 잘못했어.”

단순 장난이 큰 사건으로 발전할 수도 있음을 직감한 유하는 급 사과로 일을 마무리했다. 그리고 빨리 일하라는 말을 끝으로 서둘러 통화를 끝냈다.

하긴, 이런 날은 많지가 않다. 승후도 이젠 많이 바쁠 것이고, 이 휴가가 끝나면 유하 자신도 정신이 없을 텐데. 한가하게 만날 수 있는 날이 며칠이 되지 않을 테니, 볼 수 있을 때 많이 봐둬야 했다.

“그거 한번 부탁해 볼까?”

잠깐 생각에 잠겼던 유하는 히죽 웃으며 누군가에게 전화를 걸었다.


“승후 씨 몸도 다 안 나았는데, 피곤해서 어떻게 하지?”

밤늦도록 계속되는 촬영에 승후가 피곤해하자 감독은 걱정스럽다는 얼굴이었다.

“아닙니다.”

“두 시간 정도 쉴 수 있으니까, 차에 가서 좀 자.”

“네. 감사합니다.”

“촬영 시작하면 조연출 보낼 테니까 마음 놓고 쉬어.”

승후는 윤석에게 차에 가서 좀 자겠다고 말하고는 주차장으로 가려 했다.

“잠깐 다녀와야 하는데, 형님 혼자 가시면 안 될까요?”

“알았어. 차 키나 줘.”

“아! 지금 차에 새로운 매니저가 있을 겁니다.”

“새 매니저? 경호원이야?”

사장에게, 매니저를 한 명 더 배치하려는데 경호원과 매니저를 겸할 사람으로 뽑을 거라던 말을 들은 승후는 당연히 그러겠거니 생각하고 물었다.

"네. 경호원입니다."

"잘됐네. 사람 어때? 좋아?"

"성격 좋아요. 엄청 좋아요."

"오! 다행이다. 기대되네? 알았어. 일 봐."

새로운 사람이 성격까지 좋다는 말에 기분이 좋아진 승후는 콧노래를 부르며, 혼자 밴이 주차된 주차장으로 왔다. 그리고 힘차게 문을 열었다.

"없네. 어디 갔어?"

기대감으로 부풀어 있다가 한꺼번에 바람이 빠져나가 버린 듯한 느낌이었다.

"잠깐 화장실 갔나? 어디 가려면 차 문이라도 잠그고 가지."

있다 보면 오겠지 하는 마음으로 차에 올라탄 승후는 문을 닫고 의자에 지친 몸을 맡겼다. 그리고 두 눈을 감았다.

사실 계속 긴장해 있었다. 몸도 아직 완전히 회복이 안 됐고, 얼굴을 조금만 찌푸려도 걱정을 쏟아내는 스태프들에게도 미안해, 승후는 계속 신경이 곤두서 있었다. 몸은 편했지만, 마음이 불편한 상황. 촬영장에 복귀한 이후로 줄곧 스트레스에 시달리던 승후는 곧 잠에 빠져들었다.

부스럭, 부스럭. 뒷좌석에서 이상한 소리가 들리는 것 같다.

수상한 소리에 눈을 뜬 승후는 뒤돌아 뒷좌석을 확인하다가 순간 눈이 두 배는 커지며 놀라고 말았다.

"안녕하세요? 오늘 하루 민승후의 새로운 매니저 겸 경호원이 된 조유하입니다."

생각도 못 한 선물에 말문이 막혀 버린 승후는 그저 하하하 웃음만 터뜨렸다.

"민승후를 위한 서프라이즈! 나 예쁘지?"

유하는 제 얼굴에 손으로 꽃받침을 만들고는 고개를 살짝 기울였다.

승후는 서둘러 뒷좌석으로 자리를 옮겨 유하를 와락 끌어안았다. 그리고 가슴 깊이 그녀의 향기를 들이마셨다.

"예쁜 내 애인. 생각도 참 예쁘지."

"내가 생각해도 난 예뻐."

"이렇게 떨어지기 싫은데, 너 출근하면 어떻게 하지?"

"그러니까. 벌써 걱정돼."

"그래도 지금 이렇게 함께 있으니까 좋아."

"나도."

몇 초 있는 힘껏 꽉 끌어안은 승후는 기쁜 마음에 유하의 입술에 가볍게 입을 맞췄다.

"언제 왔어?"

"두 시간 전쯤?"

"그럼 두 시간이나 여기서 나 기다린 거야?"

"서프라이즈 하려고."

"사실 나, 네가 조명팀에 있을 때가 그리웠거든. 그때는 거의 매일 함께했잖아."

승후는 유하의 손을 꼭 잡고 등받이에 편안하게 몸을 기댔다.

"그랬지. 그때는 매일 민승후를 볼 수 있어서 행복했었는데. 승후 씨 기억해? 나 캔 커피 따준 날. 내 손 잡고 따줬잖아."

"응. 그때 나 일부러 그렇게 딴 거야. 슬쩍 스킨십하려고."

"어쩐지. 따고 주면 될 걸, 왜 주고 땄을까 하고 잠깐 생각했었는데. 그런 엉큼한 속셈이 있었을 줄이야."

"슬쩍 몰래 하는 것들이 짜릿하지. 지금 생각해 보면 아무것도 아닌 건데, 그때는 좀 설렜어."

잡은 손을 깍지 손으로 바꾼 승후는 이번에는 유하의 볼에 짧은 키스를 남겼다.

"아! 그것도 생각난다. 우리 첫 키스. 시장에서 우연히 만났잖아. 그날 우연히 그렇게 만나지 않았더라면, 우리가 이렇게 될 수 있었을까? 아마 서로 생각만 했지 않았을까?"

유하의 말에 승후는 큭 웃음을 터뜨렸다.

"뭐야? 이 기분 나쁜 웃음은?"

승후의 저 웃음은 분명히 다른 무언가가 있다는 의미다. 유하는 빨리 말하라는 뜻에서 몸으로 그를 가볍게 톡 치며 밀었다.

"나 사실 숙소에서 네가 나가는 모습 보고 따라간 거야."

"뭐?"

"네가 몇 호에 있는지는 알아냈는데, 널 어떻게 불러내나 고민하고 있었거든. 그런데 네가 마침 딱 나오더라. 그래서 뒤따라갔지."

유하는 어이없다는 얼굴로 승후를 보다가 결국엔 웃고 말았다.

"그럼 그게 우연히 만난 게 아니라……."

"세상에 우연히는 없어. 다 노력으로 만들어야지만 가능한 거야."

"이 남자 생각보다 더 음흉하네?"

"이 음흉한 남자의 노력이 없었으면, 지금의 우리도 없어요."

승후는 잡은 손을 들어 유하의 손등에 입을 맞췄다.

"그럼 한 번 물어보자. 첫 키스도 계획적이었어?"

"쫓기는 건 어느 정도 예상은 했지만, 그건 충동적이었지."

"쫓기는 것도 예상했다고?"

"학생들이 눈에 보이더라고. 나는 그게 일상이잖아. 쫓기겠다고 예상은 했지. 키스는 진짜 계획 아니야. 난 끝까지 매너를 지키려고 했다니까! 누가 내 품에서 그렇게 예뻐 보이래? 사고치고 나서 얼마나 떨었던지. 내 생전 그렇게 떤 건 또 처음이네."

"사고 친 거라는 건 아네?"

"겉으로는 허락을 구한 거지만, 대답할 시간을 안 준 건 사실이잖아. 거절할 것 같아서 대답을 들을 수가 없었지. 그냥 너도 나랑 같기를 바랄 뿐이었어. 아니라고 하면 각오는 어느 정도 했어. 배우 인생 종 쳐도 어쩔 수 없다 생각했지."

"키스 한 번에 배우 인생을 걸었어?"

생각지도 못한 말에 유하는 놀라 눈이 휘둥그레졌다.

"몰랐다고 하기엔 내가 너무 많은 걸 알고 있잖아. 형이 블랙팀 경찰 이었는데 몰랐다는 게 더 이상한 거 아니야?"

"각오했다는 거 거짓말이지? 배우 인생 종 쳐도 상관없다 생각했다 는 그 말도 거짓이지? 사실은 이럴 줄 알고 있었지?"

"네 마음인데 내가 어떻게 알아? 초능력이 있는 것도 아닌데."

유하를 향해 몸을 튼 승후는 손을 올려 그녀의 볼을 매만졌다.

"정말 다행이야."

"배우 생활 계속할 수 있게 돼서?"

"아니. 널 사랑한다고 당당하게 말할 수 있게 돼서. 조유하에 대한 소유권을 주장할 수 있다는 게 난 아직도 꿈만 같아."

"버터를 통째로 먹었지? 느끼해."

"느끼하다니! 진심이 담겼는데, 어떻게 느끼하다고 말할 수 있어? 감 동이라고 해야지."

"감동이 겨울에 다 얼어 죽었냐?"

"너 자꾸 삐딱하게 받으면 더 느끼하게 한다? 어떤 게 좋을까? 아! 이건 어때? 우리 애칭 만들까? 허니, 달링, 꿀물, 이런 건 너무 흔하니 까, 내 베이비?"

졌다. 온몸에 소름이 돋는 것 같아 유하는 파르르 떨었다.

"잘못했어. 내가 잘못 말했어. 감동이야. 순간 너무 감동해서 눈물 흘 릴 뻔했다니까!"

반응이 바로 오자 승후는 만족스럽다는 표정으로 고개를 끄덕였다.

"심장이 엄청 거칠게 뛰었어. 이제 죽어도 좋다. 일 년이와 싸우다 결 국 내가 진다 해도 원도 한도 없다. 이렇게 생각했을 정도로 심장이 미치게 뛰었지."

생각지도 못한 유하의 진심에 승후의 얼굴에 놀라움이 떠올랐다.

"그럼 그때 내가 억지로 밀어붙이듯 키스한 거 안 미안해해도 되는 거지?"

"내가 조민석 무술 감독님의 딸이에요. 싫었으면 키스 안 했어. 그전에 반 죽였지."

서늘한 기운이 등줄기를 타고 위로 올라온다. 가볍게 장난치듯 한 말이지만, 진심이라는 걸 알기에, 승후는 유하가 자신을 좋아해 준 걸 아주 고맙게 생각했다.

"고마워."

하지만 고맙다는 고백은 승후가 아닌 유하의 입에서 나왔다.

"키스해 줘서 고맙다고? 고맙다고 할 정도야? 안 했으면 어쩔 뻔했어?"

승후는 목소리에 장난스러움을 가득 담았다.

"소원까지 써서 나 잡아줬잖아. 그래서 고마워. 나 계속 승후 씨에게 갈 구실을 찾고 있었어. 일 년이가 아니면 어떻게 확 우겨봤을 텐데, 일 년이 때문에 그럴 수가 없어서, 너무 속상했거든."

"내가 위험해질까 봐?"

유하는 고개를 저었다.

"그럼?"

"내가 죽으면 마음이 아플 테니까. 내가 승후 씨에게 상처로 남는 건 싫었거든. 어차피 잠깐 머물다가 갈 거면 그저 지나는 바람이길 바랐어. 아픔이나 상처가 아니라."

잠깐 머물다 가는 바람. 이 말을 듣는 순간, 승후는 유하가 자신의 마음을 모른 척한 게 아니라 덜 아프고 덜 상처받도록 배려했다는 것을 깨달았다.

"사실 나 평소 마음속으로 품고 있던 생각이 있어."

유하는 승후를 응시하며 빙긋 웃었다.

"무슨 생각인데?"

"첫째, 내가 죽어 피해자가 산다면, 그 또한 경찰의 명예다. 둘째, 내가 죽을 때 심장 찢어질 사람은 우리 부모님이면 충분하다."

"그게 거절의 진짜 이유였구나? 내가 지후 형 동생이기 때문이 아니라."

유하는 아무 말 없이 고개를 끄덕였다.

"지금 보니 조유하 바보네. 아니, 이기적인 건가? 넌 너밖에 생각 안한 거야. 난 아무것도 못 했는데 네가 잘못됐단 소식이 들리면 그땐 심장이 찢어지는 차원에서 끝나지 않지. 나는 평생 후회와 원망과 그리움 속에 살게 될 거야. 기억이 지워지고 아픔이 무뎌질 때까지 그 긴 시간은 나에게 지옥일 텐데, 그건 아니지."

"그래서 고맙다고 한 거잖아."

"받을게. 내가 생각해도 넌 나에게 고마워해야 할 것 같아."

유하는 잡은 손을 풀고 굳은 얼굴로 승후를 보았다.

"나 실은 할 말이 있어요. 이 말을 해야 해서 승후 씨 따라온 거야."

"뭐야? 나 불안해야 하는 거야?"

"이재수 사건 때처럼 승후 씨 위험할 수 있어요."

"알아."

무슨 말을 할지 짐작이 간다. 승후는 아무 걱정 하지 말라는 얼굴로 부드럽게 미소를 머금었다.

"일 년이 때처럼 내가 위험해질 수도 있고."

"그것도 알아."

"그래도 나 승후 씨 옆에 있어도 되지?"

"당연하지. 나 너 절대 안 보내. 그리고 걱정 마. 이재수 사건을 겪으면서 나도 배운 게 있잖아. 조심 또 조심하면서, 걱정시키지 않을게."

"됐다. 이제 다 정리가 된 것 같다."

유하는 편안하게 웃으며 자기 어깨를 툭툭 쳤다.

"자, 이제 편안하게 쉬세요. 조유하 매니저의 역할은 우리 스타님의 편안한 휴식을 돕는 겁니다."

"그래? 좋아. 난 매니저 말 잘 듣는 연예인이니까."

승후는 유하의 어깨에 머리를 기대며 "아! 좋다." 하고 말했다. 그리고 눈을 감았다. 그리고 둘 다 말이 없었다.

아무도 없는 주차장. 지나가는 바람에 나무가 흔들리고, 잠이 들었는지 승후의 고른 숨소리가 참 한가한 시간이었다.

"기억해. 민승후가 수술실에 들어간 그 순간을. 제일 먼저 네 사람을 지켜라. 범인의 인권 같은 건 네 사람을 지킨 다음에 생각해도 늦지 않아."

이재수가 죽고 괴로워하는 유하에게 태석이 한 말이었다.

"이건 경찰 선배로 하는 말이 아니야. 빌어먹을 경찰 껍데기 때문에 사랑하는 사람을 잃은 인생 선배로 하는 말이야."

"후회하고 계십니까? 그때 바로 안 쏜 것을?"

"그래, 후회해. 그리고 앞으로도 후회하겠지. 형을 살릴 기회가 있음에도 불구하고, 그놈의 경찰 껍데기 때문에 더 일찍 총을 쏘지 못한 내 무능함을."

"그렇다 해도 제가 사람을 죽인 건 사실이지 않습니까?"

"네가 쏘지 않았더라면 민승후가 죽었어. 네 사람을 죽게 하고도 네가 과연 제정신으로 살 수 있을 것 같아? 그 지옥은 겪어보지 않으면 몰라. 그러니까 억지로라도 지워. 그게 지금 네가 할 일이야."

유하는 고개를 돌려 잠든 승후를 내려다보았다.

'셋째. 나를 협박하기 위해 민승후를 건드리는 놈, 누구든지 죽인다.'

갑자기 쏟아지는 빗줄기에 음산함마저 감도는 길.

"미친. 그 새끼 때문에 재수 옴 붙었어."

잘 봐야 중학교 3학년에서 고등학교 1학년쯤 되는 여학생이 친구와 전화를 하면서 걸어가고 있었다.

"쌍! 비까지 오고 지랄이야. 오늘 왜 이렇게 되는 일이 없니?"

오늘 하루 일진이 얼마나 사나웠던 것일까?

여학생은 짜증이 잔뜩 난 상태였다.

"나? 조금만 더 가면 돼. 기다려. 알았지? 알았어. 끊어."

통화를 끝내고 휴대폰을 내려놓은 여학생은 툭툭 떨어지는 빗소리 속에 다른 소리가 섞이자 우뚝 멈춰서 뒤를 살폈다.

아무도 없다. 잘못들은 건가?

여학생을 고개를 갸웃하고는 다시 걷기 시작했다. 저벅, 저벅, 저벅. 누군가 걸어오는 소리가 들린다.

뭐지? 분명히 아무도 없었는데?

예감이 안 좋다. 여학생은 뛰기 시작했다. 가로등도 제대로 켜지지 않은 골목길. 지나다니는 사람도 없는 길을 달리던 여학생은 저 멀리 집이 눈에 들어오자 뛰는 걸 멈췄다. 그 순간.

"읍!"

별안간 억센 팔이 여학생을 감싸 안으며 입을 막았다. 아득히 멀어지는 정신. 정신을 잃기 전, 검은 사내가 여학생의 귓가에 속삭였다.

"가자."

# 제11장.
## 괴담

    일 년이를 잡으면 여행 가자던 약속은 결국 지킬 수 없는 다짐으로 남았다.

    그 약속에 제일 큰 걸림돌일 것 같은 유하는 지금 휴가 기간이지만, 문제는 승후였다. 승후가 밤낮없이 열심히 찍고 있었지만, 그의 몸 상태에 맞춰서 촬영하다 보니 진행 속도가 느려질 수밖에 없었다. 그러다 보니 마지막 촬영 날짜가 예상보다 훨씬 더 뒤로 미뤄지고 있어, 승후의 마지막 촬영이 있을 것으로 예상하는 날짜에, 유하는 출근해 열심히 일하는 중일 확률이 높아졌다.

    "컷! OK! 다음 장면!"

    감독의 OK 외침에 승후는 힘없이 자기 의자로 걸어와 털썩 앉았다.

    "조 형사님 지금 어디 있어요?"

    "우리 집."

    승후가 너무 기운 빠져 있어서 살짝 기분 좋게 해줄까 하는 마음에 유하의 이름을 입에 올린 윤석은 제 선택이 얼마나 잘못된 것인지 알게 되었다. 승후가 머리까지 쥐어뜯으며 괴로워하자, 헤어와 메이크업을 담당하고 있던 스태프가 안 된다며 방방 뛰었고, 코디는 옷에 주름이라도 생길까 노심초사하며 승후의 옷매무새를 살폈다.

"누나 출근하실 때까지 우리랑 함께 다니면 좋을 텐데."

"안 돼."

눈을 반짝이며 "그럴까?"라고 말할 줄 알았더니 승후는 단칼에 안 된다며 잘라 버렸다.

같이 있으면 좋은 거 아닌가?

"왜요?"

윤석은 모르겠다는 표정으로 고개를 갸웃했다.

"죽을래? 내가 내 애인 앞에서 딴 여자랑 끌어안고 쪽쪽 거리며 키스하는 장면을 찍어야겠냐?"

그제야 남은 장면들을 쭉 생각해 본 윤석은 "아! 그렇구나."라고 말하며 고개를 끄덕였다.

"다른 건 다 봐도 딱 두 장면은 안 돼. 키스 아니면 애정이 첫 번째고, 액션이 두 번째야."

승후의 말에 머리를 매만지던 새봄이 눈이 동그래져서 물었다.

"왜요? 액션은 왜 안 돼요? 근사하게 싸우는 장면 보여주면 엄청 멋있다고 할 텐데?"

"당연히 안 되는 거지."

새봄의 질문에 근처에 있던 정훈이 툭 끼어들었다.

"생각해 봐. 우리 민 배우 애인님이 뭐 하는 사람이지?"

"음…… 형사?"

"어느 분의 따님이지?"

"조민석 무술 감독님……, 아! 그렇구나!"

"멋있게 보이려 작정하고 짠 액션이라 해도 조유하 형사 눈에는 유치원 꼬마들이 하는 율동으로 보일걸? 한 마디로 조유하 형사 눈에는 민승후가 하는 모든 게 한심스러워 보인다는 뜻이지."

정훈이 재미있다는 듯 낄낄 웃으며 한 말에 기분이 팍 상해 버린 승후는 친구를 매섭게 노려보며 소리 없이 입만 벙긋하며 말했다.

"죽는 수가 있다?"

"난 사실 그대로 말한 거야. 맞잖아. 아무리 멋있는 액션이라도 그쪽은 못 따라가잖아. 조 형사 정체 안 다음에 스턴트팀이 한꺼번에 좌절하는 거 못 들었어?"

생각해 보니 그런 일이 있었다. 조명팀 막내로 있었던 블랙팀 형사 조유하가 사실은 조민석 감독의 딸이라는 사실을 밝힌 그날, 스턴트팀의 날고 기는 배우들이 모두 머리를 쥐어뜯었다. 모두 조민석 감독 딸의 명성은 일찍부터 듣고 있었기 때문이었다.

"모두 맞는 말이지만, 하여튼 이상해. 어떤 말도 네가 하면 다 놀리는 것처럼 들린단 말이야."

"난 조 형사님이 자랑스러워서 하는 말이야. 단 1도 놀리지 않았어."

"자랑스러워하든 사랑스러워하든, 모두 내가 할 거야. 넌 그 어떤 것도 하지 마라?"

승후가 노려보며 사늘하게 말하자 정훈은 어색하게 큰 소리로 하하 웃고는 그의 시선을 살짝 피했다. 그리고 작게 중얼거렸다.

"미쳤어. 맛이 가도 제대로 간 것 같아. 중증이야."

정훈의 이 말에 정훈의 스태프들은 물론 승후의 스태프들까지 모두 동시에 풋 웃음을 터뜨리고 말았다. 웃지 않는 건 계속 노려보는 걸 멈추지 않은 승후 한 명뿐이었다.


딩동, 딩동.

승후가 촬영하러 나간 후, 그의 집에서 한가로운 한때를 보내고 있던 유하는 갑자기 초인종이 울리자 고개를 갸웃하며 문으로 향했다. 하지만 문을 열거나 누군지 물어볼 생각은 없었다. 그냥 현관문 외시경으로 밖에 누가 있는지 확인해 볼 생각이었다. 다시 띵동 하는 소리가 들리고 유하는 외시경으로 밖을 확인했다. 아무도 없었다. 외시경으로 볼 수 있는 곳엔 아무도 서 있지 않았다.

승후 팬 중 한 사람이 장난으로 눌렀나 보다 생각한 유하는 아주 잠깐 문 앞에 서 있다가 돌아섰다. 그리고 거실로 향했다.

또다시 닝동, 딩동 초인종이 울리고, 유하는 뒤돌아 현관으로 갔다.

"누구세요?"

그리고 현관문을 열어 밖을 살폈다. 아무도 없었다. 아니, 있는 게 이상한 거다. 팬이라는 사람이 초인종을 누르고 도망갔을 테니까.

유하는 몸을 반쯤 빼 주위를 살폈다. 혹시나 여학생들이 이런 장난을 치나 싶어서 이리저리 둘러본 그녀는 아무도 없자 문을 닫았다.

"스타는 힘드네. 집에서도 조용히 못 쉬고."

지금까지 계속 이렇게 살았을 것이다. 스토킹에 가까운 팬들의 관심은 알 권리라는 단어로 포장되어 스타의 사생활을 낱낱이 들췄고, 팬들은 사랑을 주니 당연하다는 식으로 그걸 합리화했다. 스타가 얼마나 힘든지는 생각하지 않았다. 아니, 생각할 필요가 없었을 것이다. 알 권리가 모든 문제점을 가려줬을 테니까.

스타도 지켜야 할 사생활이 있는 건데, 사생활을 보호할 권리는 스타도 예외일 수 없는 건데, 그걸 살짝 까먹는 팬들이 적지 않다는 건 참 안타까운 일이었다.

연예계의 문제점까지 고민할 필요는 없다. 블랙팀 형사로 골머리 썩는 것만으로 충분하니까.

"자, 이제 씻고 나갈 준비를 해볼까?"

이렇게 중얼거린 유하는 기지개를 켜며 욕실로 향했다.


유하가 들어간 후 모습을 드러낸 건 민승후를 좋아하는 여학생 팬이 아닌 바로 하하정이었다. 하정은 가끔 이렇게 승후의 집을 확인했다.

이렇게 승후의 집 초인종을 누르면 그가 문을 열고 나왔고 하정의 눈엔 그녀를 위해 문을 열어주는 것으로 비쳤다. 하지만 지금은 그런 의도가 아니었다. 승후가 지금 촬영 중이라는 건 누구보다 잘 알고 있었기 때문이었다.

하정이 확인하고 싶은 건 '과연 조유하가 승후의 집에 있을까?'였다.

승후가 퇴원하는 그날 유하도 함께 퇴원했기 때문에, 하정은 혹시 유하가 그와 함께 있으려고 그런 건 아닐까 하는 의심을 했었다. 그러면서도 아닐 거라 믿었다. 승후는 그럴 리가 없다고, 자신과 병실에서 함께 사랑을 키웠는데 바로 유하를 데리고 집으로 갈 리가 없다고 생각했었다. 그런데 그녀의 희망은 유하가 승후의 집에서 나오면서 무너져 내렸다. 조유하가 승후와 함께 있었다는 걸 두 눈으로 직접 확인했기 때문이었다.

"도대체 왜…… 어째서……."

하정의 눈에 눈물이 고였다. 배신감이 심장을 갈기갈기 찢었고, 원망이 뼛속까지 차올랐다.

"민승후는 내 남자야. 조유하, 너 따위에게 절대로 빼앗기지 않아!"

하정의 얼굴이 사납게 일그러진 그 순간, 엄청난 분노에 몸이 부들부들 떨렸다.


"하! 내가 황금 같은 휴가 기간에 어째서 선배를 만나야 하는 걸까?"

승후가 촬영하는 촬영장 근처 카페의 2층. 유하는 인상을 구기며 찬우와 마주 보고 앉아 있었다.

"그러게. 내가 왜 이 황금 같은 휴가 기간에 유하 널 만나야 하는 걸까?"

얼굴에 불만이 가득 찬 건 찬우도 마찬가지였다. 잠깐 만나자는 승후의 부탁을 받고 나왔더니 유하가 떡하니 등장한 것이다.

"꽃 같은 민승후를 보러 왔더니 칙칙한 후배가 앞에 있네. 이건 고문이지. 힐링하러 왔다가 오물을 뒤집어쓴 느낌이라고!"

"사랑스러운 민승후를 보러 왔다가 원수 같은 선배와 마주 보고 있는 난 어떻고? 꽃밭에서 예쁜 꽃 볼 생각에 행복했다가 똥 밭 보고 열받는 더러운 기분 알죠?"

"우리 완전 공적으로 만나자. 사적으로 만나는 건 아무래도 아닌 것 같아. 잘못했다가는 살인을 부를 수도 있어."

"내 마음속에는 이미 살인이 일어났어. 오는 내내 행복했었는데, 짜증이 머리끝까지 찬 느낌이야."

"저기…… 여러분?"

유하와 찬우가 서로 노려보며 으르렁거리고 있을 때, 옆에서 승후의 맑은 음성이 들렸다.

화사한 승후를 발견한 덕분에 몸싸움으로 번질 것 같은 분위기가 순식간에 밝아졌다. 하지만 유하와 찬우의 분위기에 오히려 승후의 표정이 굳었다.

"왜 싸우세요? 두 분 엄청 친한 거 아니에요?"

승후가 손가락으로 유하와 찬우를 콕 집어 가리키자 두 사람의 얼굴에 장난스러운 웃음이 흘렀다.

"에이! 애정표현이지. 선배랑 나 친해."

"우리는 원래 친근함을 이런 식으로 표현하기도 하거든."

"애정표현에 친근함을 싸우는 것으로 승화하다니. 두 분이 특이한 걸까, 그걸 이해 못 하는 내가 특이한 걸까? 주나야, 어느 쪽인 것 같아?"

유하와 찬우는 그제야 승후 뒤에 있었던 주나를 발견하고는 동시에 벌떡 일어나 허리까지 굽히며 꾸벅 인사했다.

"친하면 그럴 수도 있지. 나랑 정훈이도 비슷하잖아."

주나는 유하와 찬우를 보며 생긋 미소를 머금었다.

"두어 시간 틈이 생겨 소개팅 겸 더블데이트나 한번 해볼까 하고 불렀더니, 선택 잘못한 것 같지? 그냥 갈까? 두 사람은 더 싸우게 두고?"

"그럴까?"

승후와 주나가 장난치며 한 말에 유하와 찬우는 양손을 강하게 흔들며 아니라며 호들갑을 떨었다.

"싸움이 아니라 대화라니까. 앉아요, 앉아!"

찬우는 후다닥 의자를 빼주고는 유하의 옆으로 자리를 옮겼다.

"선배, 선배가 내 옆으로 오는 게 맞나? 주나 씨나 승후 씨가 와야 하는 거 아닌가?"

"남자 여자 갈라서 앉으면 대놓고 '우리 소개팅합니다.'라고 말하는 것 같지 않냐?"

"그런가? 그래, 그럼, 선배가 내 옆에 앉아라."

"그래, 그럼, 내가 네 옆에 앉을게."

이럴 땐 또 마음이 잘 맞는다. 승후와 주나는 둘이 나누는 대화를 가만히 듣다가 동시에 풋 웃음을 터뜨렸다.

"두 분 재미있으시다."

주나는 찬우가 빼준 의자에 앉으며 말했다.

"그러네. 두 사람 이렇게 보니 재미있네."

주나 옆에 자리를 잡은 승후도 유하와 찬우를 보며 웃었다.

"그런데 소개팅이라니요? 나랑 승후 씨가 소개팅할 리는 없고, 찬우 선배랑 주나 씨 소개팅하는 거예요?"

"내가 소개해 달라고 했어요. 블랙팀 형사님 뵙고 싶어서."

유하의 질문에 주나가 솔직하게 대답했다.

"블랙팀 형사를 보고 싶으면 날 만나면 되는 거잖아요."

"내가 콕 집었거든요. 한찬우 형사님 사진 보고."

여배우 중 솔직한 것으로 몇 손가락 안에 드는 주나라 역시 대답도 시원시원했다. 주나의 대답에 찬우의 얼굴엔 미소가 떠올랐고 유하의 입에선 감탄사가 터졌다.

"그 핑계로 네 얼굴 좀 보고."

승후가 윙크하자 유하는 잘했다고 말하며 흡족한 표정으로 고개를 끄덕였다.

"무서운 사건들만 맡는 팀이라 엄청 무시무시한 분들만 계신 줄 알았는데, 다들 멋있고 예쁘세요."

"다들 멋있는 건 인정하겠는데 예쁜 건……."

찬우는 유하를 위에서부터 훑고는 아니라는 듯 고개를 절레절레 흔들었다.

"다들 멋있고 예쁜 건 인정하지만, 어디든 예외는 있죠."

예외란 말에 옆을 콕 짚은 유하는 혀를 쯧쯧 찼다.

"왜 이래? 나 학교 다닐 때 인기 많았어."

"그건 본인 생각이고."

찬우의 말에 유하는 생각할 것도 없다는 듯 콧방귀를 뀌었다.

"주나야, 그냥 가자!"

유하와 찬우의 싸움을 가장한 장난이 다시 시작될 듯 보이자 승후는 주나의 팔을 툭 치고는 벌떡 일어났다.

"미안해!"

승후가 일어나는 모습을 보고 바로 반응한 유하는 그의 손을 잡으며 히죽 웃었다. 잘못했다는 뜻이 강하게 담긴 웃음이었다.

"나 질투 엄청 심한 사람이야. 내 앞에서 딴 남자랑 사랑싸움하면 내가 삐칠까, 안 삐칠까?"

"사랑싸움은 무슨……."

다시 히죽 웃고 넘기려던 유하는 승후의 매서운 눈빛에 바로 굳었다.

"우리 뭐 마실래? 주나 씨 뭐 마실래요? 우리가 살게요. 선배랑 내가. 아니면 식사를 하실래요? 여기 어디 유명한 음식점 있나?"

유하는 슬쩍 일어나며 찬우를 쿡 찔렀다.

"식사로 하시죠. 여기 어디 맛있는 음식점이 있을 텐데……."

찬우는 손가락이 닿자마자 발딱 일어섰다.

"그냥 앉아. 들어오면서 이미 차 주문했고, 밥은 안 먹어도 돼."

승후의 말에 유하와 찬우는 동시에 "네." 하고 대답하며 자리에 앉았다.

"두 분이 얼마나 친한지는 보여준 것만으로 충분하니까, 이제는 정상적인 대화 좀 합시다. 알겠죠?"

경고와 질책이 담긴 눈빛으로 유하와 찬우를 제압하던 승후는 카페 종업원이 주문한 음료를 들고 오자 표정을 확 바꿔 화사하게 웃으며 고맙다고 인사했다.

"우리 잠입 나갔을 때 데리고 가고 싶어. 연기에 혼이 느껴져."

"그러게요. 어떤 상황에서도 상대를 속일 수 있을 것 같아요. 대박!"

"두 분 다 들립니다."

서로의 귀에 속삭이던 유하와 찬우는 승후는 서늘한 음성과 눈빛에 움찔하며 몸을 뒤로 뺐다.

"어머! 우리 형사님들 엄청 순진하시다!"

그런 유하와 찬우를 향해 주나는 이 말을 하며 까르르 웃음을 터뜨렸다. 그리고 그 웃음은 곧 승후에게로 번져 두 사람의 웃음이 카페를 울렸다.


가벼운 농담을 하며 즐거운 시간을 보내던 유하는 헤어질 시간이 되자 아쉬움이 담긴 눈빛으로 주위를 두리번거렸다.

"그런데 여긴 손님이 너무 없는 것 같아. 2층은 단 한 명도 없어."

"그러니까. 이렇게 장사가 안 되면 늘 적자일 텐데."

찬우도 비슷한 생각을 했는지 걱정스러운 표정으로 유하와 똑같이 주위를 살폈다.

그때 승후와 주나의 입에선 웃음이 터졌다. 유하와 찬우의 걱정이 담긴 대화가 우습다는 표정으로……

"뭐지? 이 서늘함은? 나만 느끼는 건가? 아니면 선배도 같이 느끼는 거예요?"

"나도 눈과 귀가 있는데 너만 느꼈겠냐? 나도 똑같이 등골이 서늘해."

유하와 찬우는 동시에 눈을 가늘게 뜨고 승후와 주나를 보았다. 빨리 말하는 뜻이 담긴 시선이었다.

"여기 엄청 잘되는 곳이에요. 우리의 오붓한 만남을 위해 당연히 손 좀 썼죠."

주나가 밝게 웃으며 생긋 웃었다.

"두 시간 동안 2층을 통째로 빌렸어. 아마 1층은 손님으로 바글바글할걸?"

"설마……."

승후의 말에 유하는 다시 카페 안을 둘러보았다.

"이걸 통째로?"

"응."

"이게 그거구나. 이벤트를 위해 레스토랑을 통째로 다 빌린다는 그거. 드라마에 자주 나오는."

"비슷하지."

"그렇구나. 그거랑 비슷한 거구나."

유하는 웃으며 고개를 끄덕이고는 찬우를 향해 나지막하게 말했다.

"나 말리지 마."

그러고는 벌떡 일어나 승후의 멱살을 움켜잡았다.

"미쳤지? 뭘 해?"

"오, 오붓하게 만나려면……."

갑자기 태도가 돌변한 유하 때문에 놀란 승후는 휘둥그레진 눈으로 그녀를 보았다.

"오붓하게 만나려면 사람들 없는 곳으로 약속 장소를 잡으면 되잖아! 공원같이 사람들이 잘 안 다니는 곳. 형사가 둘이나 있는데 근처 불량

배들이 무서운 것도 아니고!"

"아! 그렇구나. 형사가 둘이나 있었지? 내가 그 생각을 못 했을까?"

해맑게 하하 웃는 승후의 모습에 화낼 마음도 없어진 유하는 잡았던 멱살을 놓고 다시 의자에 앉았다.

"스타님, 한 번만 더 쓸데없는 곳에 돈 지랄 하면 죽습니다. 알겠습니까?"

"넵. 명심하겠습니다!"

승후가 거수 경계를 하며 애교를 가득 담아 생긋 웃었다.

"못 말린다, 진짜."

유하는 그런 승후의 모습에 결국 웃고 말았다.


드라마 촬영장.

"으."

애인을 보고 온 후 더 맛이 가버린 승후는 괴로움에 몸부림을 쳤다.

"민승후, 아주 발광을 해라! 이해를 못 하겠네. 주나 소개팅해 주러 간 놈이 왜 이 지경이 돼 왔어?"

정훈은 승후를 보며 한심스럽다는 듯 혀를 쯧쯧 찼다.

"애인이랑 같이 집에 가고 싶단다. 승후 이러는 거 원래 알고 있었지만, 가까이서 보니 기가 찬다."

주나도 정훈과 마찬가지로 승후가 이해 안 된다는 표정이었다.

"내 인생은 왜 이렇게 비극적일까? 애인은 헤어지기 전에 딱 한 번 잠깐 안아본 게 다인데, 어째서 친구랑은 포옹에 키스까지 몇 시간을 비비고 있어야 하는 거냐고!"

"이상형에 가까운 남자를 만난 그날, 털끝만큼도 남자로 안 느껴지는 너랑 온갖 애정신을 다 찍어야 하는 나는 지금 엄청 좋아 보여?"

"이럴 줄 알았으면 리허설을 거기서 하고 올걸. 내 애인과 함께 달달한 러브신 찍으면 그림 죽일 텐데. 그렇지! 주나야, 우리 이 장면 대역

쓸까? 유하가 주나 대역하면 엄청 좋겠다."

"응. 그리고 싶으면 그래."

"그렇지? 그게 좋겠지?"

승후는 눈까지 반짝반짝 빛내며 활기를 되찾았다. 하지만 주나의 마지막 말 덕분에 곧 시들해지고 말았다.

"또 멱살 잡히고 싶으면 마음대로 해. 아니, 이번에는 죽인다고 할 수도 있을 것 같아. 뭐든 난 안 말려."

며칠 후, 짧은 휴가가 끝나고 블랙팀은 새 마음과 새 뜻을 품고 출근했다. 하지만 모두가 파이팅을 외친 건 아니었다. 태석을 제외한 블랙팀 모두 달콤한 휴가의 기억에서 벗어나지 못했다.

"다시 시달릴 걸 생각하니, 오늘 출근하기 싫더라."

찬우는 의자에 몸을 맡기며 괴로움에 몸부림쳤다.

"일상으로 돌아온 것뿐인데, 오면 안 될 곳을 와버린 이 느낌은 뭔지."

주영은 크게 한숨을 내쉬며, 어깨를 아래로 툭 떨어뜨렸다.

"오늘 아침에 잠깐 고민했어요. 이대로 민승후 여자 하나만 하면 어떨까 하고."

휴가가 너무 달콤했다. 잠깐 유하가 맛본 세상은 살인, 강간, 납치, 인신매매, 이런 강력 범죄와는 거리가 먼, 사랑, 즐거움, 행복, 여유, 이런 것들만 존재하는 밝고 맑은 곳이었다. 그래서일까. 다시 현실로 돌아온 지금이 제일 힘들었다.

"빨리 결정하는 게 좋아. 더 늦으면 도망도 못 가니까."

낯선 남자의 음성이 유하는 움찔 놀라며 소리가 나는 쪽으로 보았다.

"선배!"

유하와 찬우는 '뭐지?' 하는 얼굴이었지만, 주영은 달랐다. 주영은 엄청나게 놀라며 기뻐했다. 아니, 흥분했다.

"도준 선배!"

주영이 누구에게 매달리듯 안기는 걸 본 적이 있었던가?

유하와 찬우는 주영이 빛의 속도로 뛰어가 도준이라는 사람과 포옹을 하자, 눈빛으로 신기하다는 말을 주고받았다.

"저 두 명이 블랙팀 햇병아리인가 보지?"

도준은 찬우와 유하를 보며 빙긋 웃었다.

"네. 저쪽은 한찬우, 이쪽은 우리 홍일점 조유하."

유하와 찬우는 자리에서 일어나 도준의 앞으로 가서 동시에 꾸벅 허리를 굽혀 인사를 했다.

"안녕하십니까, 선배님! 저희는 블랙팀 막내 라인입니다."

두 사람이 마치 말을 딱 맞춘 것처럼 말하자 도준의 입에서 픽 웃음이 새어 나왔다.

"재미있는 놈들이네?"

"감사합니다."

또다시 동시에 합창하듯 딱 맞췄다. 도준의 입에서는 조금 전보다 더 큰 웃음이 터졌다.

"이 두 명, 햇병아리치고는 똑똑하다고 소문이 자자하던데?"

"네. 햇병아리치고는 아주 똑똑합니다. 햇병아리 급에서는 역대 최고죠."

햇병아리 졸업한 지가 언제인데!

순간 욱했지만, 주영의 선배면 자신보다 한참 위일 게 뻔했기 때문에 유하는 목까지 올라오는 말을 꿀꺽 삼켰다.

"난 황도준이다. 김주영보다 다섯 살이 많으니까, 경력도 그 정도로 많겠지? 예전 블랙팀이고, 오늘부터 다시 이 팀에 합류해서 너희들과 함께 뒹굴 거다. 잘 부탁한다."

"저희도 잘 부탁합니다, 선배님."

유하와 찬우는 또다시 동시에 말했다.

"얘네 쌍둥이야? 왜 이렇게 마음이 딱딱 잘 맞아?"

도준은 재미있다는 표정을 하고는 턱으로 유하와 찬우를 가리켰다.

"둘이 더럽게 싸우는데, 이럴 때는 찰떡궁합이에요."

"이 둘이 블랙팀 미래라는 거지? 오랫동안 함께할 텐데, 마음이 잘 맞으면 좋지."

도준은 고개를 가볍게 끄덕이다가 유하와 찬우의 표정을 읽고는 다시 킥 웃음을 터뜨렸다.

"두 사람 엄청 궁금한 얼굴인데? 내가 언제 블랙팀을 튀어나갔는지?"

정확하게 생각을 읽혀 버린 탓에 유하와 찬우의 얼굴엔 당황스러움이 떠올랐다.

"아마 내 자리에 한찬우 네가 들어왔을걸?"

"아! 그럼…… 혹시…… 팀장 옛 파트너……."

대충 도준의 사연을 들은 기억이 있는 찬우는 엄청나게 놀라며 눈이 휘둥그레졌다.

"그래. 내가 바로 너희 팀장의 옛 파트너다. 당분간은 서로 맞추는 단계가 필요하겠지만, 팀장하고 잘 맞으면 나와도 크게 힘들 거 없다. 그러니까 어렵다 생각하지 마라. 그리고 여기 블랙팀에서 선배에게 님 자를 붙이는 경우가 어디 있어? 님 자 붙이지 마! 팀장도 그냥 팀장인데, 나한테 님 자를 붙이면 어떻게 해?"

"넵."

유하와 찬우는 짧게 대답하고는 히죽 웃음을 흘렸다.

"어? 왔네?"

그렇게 간단하게 도준과 인사를 나누고 있을 때, 태석이 들어왔다.

"네, 출근했습니다, 선배. 아니, 팀장."

"인사는?"

"했죠, 간단하게."

"간단하게 했으면 됐어. 복잡할 거 뭐 있냐? 들어와! 내 방으로."

태석은 고갯짓으로 자기 방을 가리킨 다음 먼저 방으로 들어갔다. 그러자 도준도 그 뒤를 따라 태석의 방으로 사라졌다.

"선배, 저분 혹시……, 그……."

유하는 한 가지 생각나는 게 있지만, 말을 섣불리 꺼내지 못했다.

"맞아. 팀장이 형을 잃은 그 사건에 저 선배는 아내를 잃었어. 그리고 이 블랙팀에서 나갔지. 이후로 줄곧 시골 파출소에 있었는데, 이번에 돌아온 거야. 아무래도 팀장이 새로운 인물보다는 저 선배가 더 필요하다 느낀 것 같아."

"혹시 우주 선배가 말한 그…… 헤드 때문인가요?"

"응. 아무래도. 헤드 사건이라면, 팀장과 저 선배가 가장 잘 아니까."

"그 헤드 사건이 뭐예요?"

찬우의 질문에 주영의 얼굴이 점점 심각하게 일그러졌다.

"연쇄살인마가 피해자를 죽인 후에 머리를 잘라서, 그 머리를 먼저 유기해. 그리고 다음 날에 몸이 발견되지. 블랙팀은 그 살인범을 헤드라고 불렀어. 블랙팀에서 수사를 했고, 살인마는 잡혔어. 하지만 그 과정에서 팀장은 형을 잃었고, 황도준 선배는 아내를 잃었거든."

찬우와 유하는 입 꾹 다물고 그저 고개만 끄덕였다.

"그런데 그때 팀장하고 도준 선배가 다른 의견을 냈지. 아무래도 진짜는 따로 있는 것 같다고. 잡힌 범인은 진짜 헤드의 꼭두각시인 것 같다고 주장했거든. 당연히 윗분들에게는 안 먹혔어. 헤드를 잡았다고 기자들 불러 발표까지 했는데, 아무 증거 없이 뒤집는 게 쉬웠겠어?"

당연히 쉽지 않았을 것이다. 윗분들은 자존심과 체면을 무엇보다도 중요시하는 사람들이니까.

"그런데 팀장하고 황도준 선배는 왜 그런 의견을 냈던 거예요?"

유하의 질문에 주영은 빙긋 웃었다.

"잡힌 범인이 아이큐가 그리 높지 않았거든. 세밀하고 치밀한 범행을 계획하기엔 범인은 충동적이고 허점이 많았어."

유하는 대충 이해가 간다는 얼굴로 고개를 끄덕였다.

"잠깐만, 헤드……, 나 이거 들은 기억 있어. 잡힐 당시 범인 부상이 심했다고 했었는데, 맞죠?"

찬우는 기억이 난 듯 손뼉을 탁 쳤다.

"인질을 구출해야 해야 하는데, 그 당시 블랙팀 팀장이 생포 명령을 내렸어. 그래서 경특대랑 우리 블랙팀 모두 총 쏠 포인트를 찾느라 시간을 허비했지. 그사이에 팀장 형이 범인 손에 죽은 거야. 그때 사살해서라도 인질 구출이 먼저라고만 했더라도, 팀장 형은 살 수 있었는데……."

그래서 이재수 사건 때 사살해서라도 인질 구출이 먼저라고 했던 거다. 사살 명령을 내리던 그 순간 태석은 분노하고 있었다. 아마 그때 태석은 죽은 형을 생각하고 있었을 것이다. 자신이 구해내지 못한 형을.

유하 자신은 무사히 구출했는데도, 승후를 보면 그때 기억이 떠오르는데, 형의 죽음을 지켜봐야만 했던 태석은 더한 고통에 시달리고 있을 것이다. 이재수 사건 이후로 유하는 태석의 마음이 조금은 이해가 갔다.

"그럼 도준 선배 아내 분은 어떻게……."

찬우는 팀장 방을 힐끔 보며 목소리까지 낮춰서 물었다.

"납치 과정에서 부상이 심했던 모양이야. 우리가 도착했을 땐 이미 늦었어. 사인이 과다출혈이었으니까. 팀장 형보다 먼저 납치됐는데……, 아픈 기억이다."

작은 희망을 붙들어 안고 있었을 텐데, 아내의 시체를 본 도준의 마음은 어땠을까?

유하와 찬우는 동시에 "에고." 하는 신음을 토해내며 한숨을 푹 내쉬었다.

"블랙팀이라면 치가 떨릴 텐데, 팀장이 부른다고 왔네. 우리 팀장이나 저 선배에겐 블랙팀이 그리 좋지만은 않을 텐데."

"다른 경찰들이 우리 블랙팀으로 들어오는 문을 '헬 게이트'라고 한다면서요? 그전에는 왜 그런 별명이 붙었는지 몰랐는데, 요즘은 조금 이해가 돼요."

유하의 말에 주영은 후배가 왜 이런 생각을 하는지 알기에 빙긋 미소를 머금었다.

"처음에는 하고많은 색 중에 왜 하필 블랙인가 했어요. 멋있게 보이려고 그러나 하는 생각을 했는데, 블랙, 어둠, 모든 걸 가리는 색이잖아요. 정말 아무것도 안 보이고 깜깜한 기분이어서, 어떨 땐 무섭기도 하고, 어떨 땐 그래도 우리가 아니면 누가 이 일을 하나 싶기도 하고, 사건을 해결했는데 산 자보다 죽은 자가 더 많을 땐, 씁쓸하기도 하고……."

찬우는 말끝에 "휴" 하고 깊은 한숨을 쉬었다.

"옛 동료가 와서 그런가? 오늘 참 많은 걸 생각하게 하는 날이다."

주영은 바지 주머니에 손을 찔러 넣으며, 마주 보며 앉아 심각하게 이야기를 나누고 있는 팀장과 도준을 보았다.


"병아리들이 예쁘더라고요. 팀장이 인복은 있는 모양입니다."

도준의 말에 태석의 입가에 미소가 번졌다.

"주영이랑 죽은 지후가 저놈들을 참 잘 가르쳤어. 보고 있으면 흐뭇해."

"블랙팀이 죽음과 제일 가까운 팀이긴 한데, 참 아까운 놈이 갔네요. 지후는 나도 기대가 컸었는데."

"그러게 말이다. 나도 그놈은 참 아까워."

"서론은 그만 치우고, 이제 어쩔 생각입니까? 팀장 생각은 뭡니까?"

이야기 방향이 갑자기 확 바뀌었다.

"헤드는 한동안 우리 둘만 알아보는 것으로 하자. 아직은 저놈들을 끌어들이면 안 될 것 같아. 특히 유하는 비슷한 경험이 있어서 시간이 필요해."

"연쇄살인마가 오랫동안 몸을 숨겼어요. 나는 그게 어떻게 가능했는지 모르겠습니다."

"뭔가 이유가 있겠지. 아니면 처음부터 헤드는 계획을 짜고 행동은 꼭두각시가 하는 걸 수도 있고."

"만약 팀장이 한 추론이 맞는다면, 지금 일어난 미제 살인사건 중에 헤드의 작품이 더 있을 수 있다는 건가요?"

"꼭두각시를 내세운다면 그럴 수 있어."

"그런데 그게 어떻게 가능하죠? 그런 사이는 틈이 벌어지면 끝인데?"

"그래서 알아봐야지. 일단 헤드 사건의 범인인 나충식부터 파보자. 분명히 우리가 놓친 부분이 있을 거야."

심각한 얼굴로 고개를 끄덕이던 도준은 시선을 돌려 블랙팀 안을 훑다가 모여서 대화 중인 주영, 찬우, 그리고 유하를 보았다.

"다시는 블랙팀 문을 넘지 않겠다고 다짐했었는데, 이렇게 저들 속에 다시 들어왔네요?"

도준은 자기가 생각해도 이 상황이 어이가 없어 피식 웃음을 흘렸다.

"고맙다. 돌아와 줘서."

태석의 이 말은 진심이었다.

"저들은 헤드라는 이름을 들은 것만으로 자기 사람들이 얼마나 위험해졌는지 알까요?"

"난 우리 팀 믿어. 단연코 역대 최고라고 확실히 자신할 수 있거든."

태석의 음성에 강한 확신이 묻어 있었다.

"그랬으면 좋겠네요. 정말 그랬으면 좋겠어."


조민석 액션 아카데미.

흐르는 땀 때문에 머리부터 발끝까지 젖어버린 승후는 말 그대로 화보에서 막 튀어나온 비주얼 그 자체였다.

헉헉 거칠게 쉬는 숨, 땀이 눈으로 들어가 저절로 일그러진 눈, 몸을 타고 흐르는 땀까지, 주위에서 훈련하던, 조민석 액션 아카데미 소속 스턴트우먼들이 얼굴까지 붉히며 소리 없는 비명을 내지르고 있는데도, 승후는 그저 배운 킥복싱 동작들을 반복해서 연습하는 데 온 정신을 쏟은 상태였다.

"그만! 승후 너 다시는 여기 못 오게 한다?"

보다 못한 민석은 협박까지 하며 승후를 막을 수밖에 없었다.

"몸이 안 되니 연습이라도 해야죠."

한계는 이미 벌써 왔었다. 그걸 알면서 이 악물고 계속하고 있었기에 승후는 숨도 제대로 못 쉬며 힘들게 말을 이어갔다.

"머리로 할 수 없는 일도 있다는 걸 요즘 처절하게 느끼는 중입니다."

"그만해. 더는 안 돼. 씻고 사무실로 올라와! 말 안 들으면 알지?"

민석의 명령에 승후는 어쩔 수 없이 샤워실로 향했다.

막 샤워를 하고 젖은 머리를 털며 민석의 사무실로 들어선 승후는 소파에 앉아 테이블에 놓인 물을 집어 들었다.

"적당히 해. 아무리 좋은 거라도 과하면 몸에 안 좋아."

"건강을 위해서라면 이렇게 안 하죠."

"나 같은 사람도 당할 수 있는 것이 그쪽 인간들이다. 네가 이런다고 해결될 일이 아니란 소리야."

"그래도 이재수 때처럼 그렇게 쉽게 납치당하는 건 싫습니다. 나 때문에 유하가 또다시 목숨을 거는 일은 보고 싶지 않아요."

승후는 물을 따서 한 모금 마셨다.

"내 딸 때문에 네가 위험해졌다는 건 생각 안 하는 모양이네. 네 형이 네 존재를 왜 그렇게 꼭꼭 숨겼는지 그 이유 너 알잖아."

블랙팀. 이래저래 협박을 많이 받는 팀.

그 팀의 가족들은 덩달아서 불안할 수밖에 없었다. 이재수 같은 사이코가 꽤 많을 테니까. 그런데 그 가족 중에, 움직이는 것 자체만으로도 엄청난 관심을 받을 정도로 유명한 스타가 있다면, 그것도 민승후처럼 유명한 것을 넘어 대한민국, 아니, 아시아를 들었다 놓았다 할 수 있는 사람이라면, 누가 첫 번째 표적이 될지는 불 보듯 뻔했다. 그래서 지후는 승후를 철저히 숨겼다. 승후에게도 가족들에 관해서는 철저하게 비밀에 부칠 것을 당부했다. 자기 때문에 승후가 살인마들의 표적이 되는 걸 막기 위해서.

"그러니까 제가 제 몸을 지킬 수 있어야 해요. 지금 상태로는 짐밖에 안 돼요."

"무슨 뜻인지 알 것 같은데, 그래도 과한 건 안 돼. 네 사장 말대로 경호원을 늘려. 그게 방법이야."

"누굴 믿어야 하죠? 경호원은 믿을 수 있나요? 결국 믿을 건 나 자신밖에 없습니다."

겉으로 표현을 안 하고 있을 뿐 괜찮은 게 아니다. 몇 년 동안 믿었던 형이 자기 형을 죽이고 그것도 모자라 자기 여자와 자기까지 죽이려 한 게 지금 승후의 현실이었다. 그 일로 승후의 마음에는 불신이 싹튼 것이다. 그는 이제 누구도 믿지 못하는 사람이 되어버렸다.

"제가 강해져야 합니다. 그래야 저를 지킬 수 있습니다."

"승후야, 그건……."

"걱정 마세요. 적당히 알아서 할게요. 그러니까 유하에게는 이르지 마세요? 부탁합니다."

승후는 싱긋 웃었다.

"하긴 못하게 한다고 안 할 녀석이 아니지. 안 보이는 곳에서 이 짓을 하다가 소문으로 듣는 것보다는 보이는 게 낫다. 제발 적당히 하자. 너 아직 회복 중이야. 완쾌가 아니라고. 알겠냐?"

"네!"

승후는 힘 있게 대답하고는 평소의 그의 모습 그대로 해맑게 생긋 웃어 보였다.


블랙팀.
[오! 조유하! 너희 일 년이 체포했다고 난리 났더라? 축하해.]

"감사합니다."

몇 시간을 생각에만 잠겼던 유하는 결국엔 경찰대 선배에게 전화를 걸었다.

[지후 녀석도 좋아하겠다. 그래도 박우주 선배가 일 년이라는 건 충격이었어. 그 선배, 우리에게는 참 많이 닮고 싶은 사람이었는데, 어쩌다가 그렇게 됐는지…….]

"지후 선배도 그게 제일 안타까웠을 거예요. 박우주 선배가 어떤 사람이었는지 아주 잘 아니까."

[그러니까. 그 좋은 사람이 어쩌다 그렇게 됐는지. 그런데 왜? 잘난 우리 후배님께서 나한테 왜 전화하셨을까? 일 년이 잡았다고 자랑하려고 전화한 건 아닐 테고?]

대화가 서론을 지나 본론으로 들어가자 지금까지 미소를 머금고 있던 유하의 얼굴이 심각해졌다.

"선배가 저한테 보여줬던 그 사건 있잖아요. 여학생이 실종된 그 사건. 실종된 아이가 입양아였어요."

[아! 현시은 가출 사건? 그건 왜?]

"그때 블랙박스 동영상 하나 보여줬죠?"

[응. 그랬지?]

"그 사건 볼 수 있을까요? 제가 지금 갈게요."

[알았어. 찾아놓을게.]

"그런데 그 사건 어떻게 됐어요?"

[그 부모가 가출이라고, 늘 그렇게 사라졌다가 몇 달 뒤에 돈 떨어지면 다시 돌아온다며, 찾을 필요 없다고 난리를 쳤지. 원래부터 상습적으로 가출한 애이기도 하고, 친구들 진술도 동일해. 집에 있고 싶지 않다며, 가출할 거라고 말했다고 하고.]

"그래서요?"

[어떻게든 찾아보려고 노력했는데, 아이의 흔적을 찾을 수가 없었어.

그렇게 시간만 흐르고, 수사도 벽에 막혀 버렸지.]

"그럼 최초 신고자는 누구예요?"

여기서 이상한 점이 발견된다. 그런 가족이라면 아이가 사라졌다고 가출 신고를 할 리가 없을 것이다. 아니, 신고까지 해서 애써 찾으려 하지도 않았을지도 모른다. 모든 잘못을 아이에게 미루고 자신들은 최선을 다했다며 변명하는 것으로 끝내려 했을 테니까.

그럼 누가 신고한 걸까? 아이에게 그 정도 애정이 있는 사람이 누구였을까?

유하는 그 부분이 사실 엄청나게 궁금하긴 했었다.

[고모.]

"고모요?"

[시은이 고모가 우리 딸 유치원 선생이야. 시은이 고모가 가족 이야기를 자세히 해주면서 부탁했어. 아이 좀 찾아달라고. 평소 가출해도 고모한테는 연락해서 돈 좀 부쳐 달라고 얘기하곤 했대. 그런데 가출한 지 한 달이 넘어도 아이랑 연락이 안 돼서 나한테 신고한 거야. 평소랑 다르다면서, 이렇게 오랫동안 연락이 안 됐던 적은 없었다고.]

"고모하고는 어느 정도 친했다는 거네요?"

[그런 것 같아. 보통 가출하고 1주 정도는 휴대폰을 꺼놓고, 그 후에 켜서 고모한테 연락하는데, 이번에는 한 달이 넘도록 휴대폰이 꺼져 있다면서. 신고가 너무 늦었지. 결국은 못 찾았어. 아이의 마지막 모습이 담긴 그 블랙박스 영상 딱 하나 건졌거든.]

그래도 그 고모는 아이에게 최소한의 신경은 쓴 모양이다. 정말 화가 치민다. 입양은 아이를 가슴으로 낳은 거나 마찬가지라 했다. 어떻게 가슴으로 낳은 아이에게 그렇게 잔인할 수가 있었던 건지. 시은이가 받았을 상처가 얼마나 컸을지 유하는 짐작조차 할 수가 없었다.

"그럼 선배, 그 사건 저희에게 주시면 안 돼요? 일단 선배 사건이라 허락은 맡고 가지고 와야 할 것 같아서."

[허락 안 해주면 안 가지고 가? 블랙팀이 내놓으라고 한 사건을 우리가 무슨 똥배짱으로 가지고 있어?]

유하는 하하하 웃었다.

[기다려. 뭐 하러 와? 내가 보내줄게. 수사 파일하고, 내가 수사한 자료랑 다 해서 보내줄 테니까, 블랙팀에서 좀 찾아봐. 신경은 계속 갔는데, 수사가 막혀서 더 진행할 수가 없었어. 안타까운 애야.]

"왜요?"

[알아보니까 원해서 입양한 게 아니라 무당이 업둥이를 한 명 데리고 오면 아이가 생긴다고 그랬다나. 그래서 데리고 온 애라 그 부모들 애한테 관심 없어. 우리가 수사하니까 제 발이 저려서 그런지 얼마나 난리를 쳤는데. 꼭 찾고 싶었는데 그렇게 됐다.]

선배의 음성에 무거운 답답함이 묻어났다. 정말 찾고 싶었던 모양이다. 하긴 그 정도의 안타까운 사연이면, 찾아서 새롭게 출발하는 걸 보고 싶었을 테니까.

"걔 사라졌을 때요, 부모들은 어디 있었대요?"

[다른 가족들은 다 해외여행 중이었어. 애는 공부하겠다고 스스로 안 따라갔다는데, 아무래도 놓고 자기들끼리만 간 것 같아.]

"부모들 알리바이는 성립이 됐고. 혹시 다른 가능성은 없었어요? 부모 중 한 사람이 청부해서 납치나 살인을 했을 가능성이요."

[응. 그 수사도 했었는데, 딱히 잡히는 게 없었어. 가출이라는 것 말고는 다른 결론이 안 났으니까.]

"네, 알겠습니다. 수사 자료 빨리 부탁합니다."

통화를 끝내고 유하는 깊게 한숨을 토해내며 들고 있던 휴대폰을 책상 위로 툭 던졌다.

"뭐? 뭔데, 한숨이야?"

찬우는 캔 커피를 들고 와 유하에게 던지듯 주곤 책상에 걸터앉았다.

"아이를 책임진다는 건, 그만큼의 인성과 자질이 필요한 일인데, 자질이 없는 어른들이 너무 많아요."

"하긴 그렇긴 하지."

"선배, 내가 경찰이 돼서 제일 처음으로 느낀 게 뭔 줄 알아요? 우리 부모님은 참 훌륭하신 분들이라는 거예요. 잘못했을 때는 따끔하게 야단쳐서 반성하게 하고, 잘했을 땐 온 사랑을 담뿍 담아 잘했다고 칭찬해 주고. 그 단순한 게 참 어려웠던 거구나, 그런 생각이 들어."

"원래 제일 단순한 게 제일 어려운 법이다."

도준의 목소리에 유하와 찬우는 흠칫 놀라며 벌떡 일어나 그를 보았다.

"부모가 되기 위해 자격증을 따야 한다면, 과연 합격할 수 있는 인간들이 몇이나 될까? 확실히 이 블랙팀 안에서는 없다. 왜인 줄 알아? 우리는 너무 많은 걸 알고 있기 때문이야. 그건 때론 약이 되겠지만, 대부분은 독이 되니까."

찬우와 유하는 도준의 이 말에 동의한다는 뜻으로 동시에 고개를 끄덕였다.

"아이가 괜찮다고 말을 해도, 우리는 말 그대로 괜찮다는 의미로 받아들일 수 없어. 진짜 괜찮은 건지 아니면 안 괜찮을 걸 괜찮은 척하며 속이는 건지 끊임없이 의심한다. 왜냐? 우리는 이 사회를 믿지 않아. 믿기엔 너무 많은 걸 봤거든. 그래서 그 단순한 걸 못 한다는 거다."

"우리는 안 되도 다른 사람들은 되지 않을까요? 노력만 한다면?"

"노력이라는 단어에 희망을 걸기엔, 난 인간들을 믿지 않아. 그러는 조 형사는 믿는 인간들이 몇 명이나 있지? 열 명은 되나? 한 형사는?"

슬쩍 눈을 맞춘 유하와 찬우는 동시에 픽 쓴웃음을 흘렸다. 도준은 거보라는 표정으로 유하와 찬우를 번갈아 가면서 보았다.

"그리고 조유하 형사? 무슨 사건인지 모르겠지만, 제대로 된 놈을 물어와. 기대하고 있을 테니까."

유하를 보며 픽 웃음을 흘린 도준은 블랙팀에서 나갔다.

"뭐야? 너 뭐 조사하고 있었어?"

몰랐던 사실을 알게 된 찬우는 눈이 휘둥그레졌다.

"어."

대답을 하면서, 유하의 얼굴이 일그러졌다.

'도대체 저 인간 정체가 뭐야?'


민승후, 소속사 사무실.

"중국 팬 미팅만 하자. 다른 스케줄은 내가 다 잘라 버릴 테니까, 중국만 하자. 응?"

촬영장에 가기 전 잠깐 소속사에 들른 승후는 사장의 애원에 단호한 얼굴로 고개를 저었다.

"안 돼. 나도 이건 양보 못 해. 중국 팬 미팅만 하고, 두어 달 쉬어. 아무것도 안 잡을게. 딱 중국만 해."

"그냥 은퇴할까?"

"야!"

승후가 장난치듯 흘린 말에 사장은 격하게 반응하며 눈에 불을 켰다.

"죽을, 아니, 불길하니까 그런 말은 안 되고. 그런 장난하지 마. 너 예전에 유학 간다고 은퇴했을 때, 내 차랑 사무실 유리창 다 깨진 거 기억 안 나? 죽겠다고 난리 치며 시위하는 팬들 때문에 경찰들이 얼마나 애먹었는지……, 민폐야, 민폐. 그런 장난은 치는 게 아니야."

"일은 해서 뭐 하나 싶어요."

"조 형사, 내가 전화한다? 너 자꾸 이딴 식으로 나오면, 내가 조 형사에게 전화해서 무슨 말을 할지 나도 몰라?"

"여기서 유하는 왜 나와?"

"너 조 형사랑 같이 있으려고 일 안 하겠다는 거잖아."

사장은 잇새로 말하고는 이를 바드득 갈았다.

"아니야, 그런 거."

"그런 거 맞는데, 뭐!"

"아니라니까! 갑자기 시들해요. 일 년이 잡는 걸 가까이서 보겠다는 생각 하나로 컴백한 건데, 일 년이 잡는 거 보고 나니까, 내가 왜 이 일을 해야 하는지 그 이유를 모르겠어."

아! 맞다. 잊고 있었다. 민승후, 이 자식이 어떤 놈인지.

목표가 생기면 앞뒤 안 보고 뛰어가지만, 일단 그 목표를 이루면, 급하게 흥미를 잃는 이 못된 성격을 잠깐 까먹고 있었다.

"그럼 목표를 다시 세우면 돼. 우리 칸 가자. 갈 수 있어! 너라면 가능해. 아니면 이참에 할리우드 데뷔는 어때? 할리우드 감독 중에 너한테 관심을 보이는 감독 있어. 네가 마음만 먹으면, 내가 발에 땀이 나도록 뛸게. 응?"

"별로. 드라마 끝나면 생각 좀 해봐야겠어요. 내 미래에 대해."

"민승후 미래는 여기지. 무슨 미래를 또 꿔? 승후야, 민승후, 너 또 사고 치면, 이번에는 되돌리기 힘들어. 그러니까 제발 부탁이야. 우리 목표를 다시 세우자. 할리우드 최고 톱스타. 어때? 배우 할 거면 이 정도의 야망은 있어야지."

"생각 좀 해볼게요."

"생각은 무슨……, 승후……."

남들은 못 올라가서 안달인 자리. 아니, 올라가도 내려가지 않기 위해 애쓰는 자리에 두 번씩이나 올랐으면, 유지하려고 최소한의 노력이라도 해야 하는데, 민승후 이놈은 왜 그때마다 은퇴를 입에 담는 건지.

승후가 이렇게 속을 썩일 때마다 스트레스로 머리가 한 움큼씩 빠지는 사장이었다.

똑똑똑.

사장이 끓는 속을 터뜨리지도 못하고 괴로움에 미치기 직전일 때 노크 소리가 들리고 승후의 매니저인 윤석이 고개를 삐죽 내밀었다.

"사장님, 승후 형 지금 가야 하는데요? 촬영장에서 승후 형 언제 도착하는지 물어보는 전화가 왔습니다."

"촬영하러 갑니다."

승후가 촬영한다며 나가 버리자, 사장은 뒷목을 잡고 밀려오는 괴로움에 신음했다.

"사장님."

"왜?"

승후가 사라진 후 옆에서 조용히 승후와 사장의 대화를 듣던 비서가 입을 열었다.

"조민석 무술 감독에게 부탁을 해보는 건 어떨까요?"

"조민석 감독이 무슨…… 설마…… 조유하 아버지?"

골치 아파 아무 생각 없이 버럭거리던 사장은 갑자기 번뜩 스치는 생각에 눈을 반짝였다.

"네. 그런데 그게 전부가 아닙니다. 조 감독이 하인수 영화감독하고 작품을 준비한다는 소문이 슬금슬금 도는데, 장르가 액션 추리 스릴러랍니다. 경찰이 주인공인데, 무려 블랙팀이 모델이랍니다."

"블랙팀?"

"남자주인공이 원톱인데요, 남자주인공 모델이 조 감독님 딸이라는 소문이 폴폴……."

"조유하 형사?"

"조유하 형사가 안 되는 무술이 없답니다. 장르별로 골고루 다 한답니다. 그러니까 그 영화를 민승후가 한다면, 준비 기간도 만만치 않겠죠. 우리 승후가 또 대충대충 하는 게 안 되는 녀석인데, 자기 애인이 모델이니 더 잘하려고 기 쓰고 할 겁니다. 게다가 민승후가 붙으면 당연히 투자는 이백 프로죠. 이 대한민국 땅에서 흥행 파워는 단연 톱이잖습니까?"

"그래서 지금 나보고 뭐 하라는 거야?"

"제가 알기로는 사석에서 장난처럼 나온 말이라고 들었거든요. 그러니까 사장님께서 조 감독님하고 하 감독님을 따로 만나서 그 영화가 진행될 수 있게 팍팍 밀어주세요. 민승후 붙여주겠다고 하시고. 그 영화가 진행되는 동안은 그게 목표이기 때문에 승후 아무 생각도 안 할 겁니다. 영화의 흥행, 그것만 생각할 테니까요."

무슨 뜻인지 알겠다는 듯 사장의 입가에 환한 미소가 번졌다.


블랙팀 회의실.

"이름은 현시은, 작년 8월 20일 실종. 하지만 사건 접수는 그 한 달 뒤인 9월 22일에 됐습니다. 아이가 상습적으로 가출했기 때문에, 가족들은 단순 가출을 주장했습니다. 담당 형사는 처음 실종에 무게를 두고 수사를 하다가, 곧 가출을 계획했다는 친구들의 주장으로 실종에서 가출로 수사 방향을 전환했습니다."

유하는 말하는 중간 2초에서 3초 정도 쉬었다. 팀원들에게 자신이 나눠준 자료를 훑어볼 시간을 준 것이었다.

"하지만 아이의 흔적은 어디에도 발견되지 않았고, 시간이 지남에 따라 아이를 찾을 가능성도 희박해져, 사건을 그렇게 흐지부지되었다고 합니다."

"이걸 우리 블랙팀으로 가지고 온 이유가 뭐지? 이거 우리가 맡을 사건 아니잖아."

유하의 발표에 태석이 날카롭게 말을 쏟아냈다.

"우리가 가출 청소년 찾아주는 팀이야? 나경이 때문이냐? 청소년들 사건에 왜 이렇게 관심이 많아?"

"팀장, 요즘 중고등학교 여학생들 사이에서 도는 괴담 들어본 적 있습니까?"

"괴담이야 언제 어디서든 존재했던 건데, 그게 특별할 거라도 있나?"

도준은 네가 무슨 말을 하는지 들어는 보자, 하는 얼굴로 의자를 조금 뒤로 빼 다리를 꼬고 앉았다.

"비 오는 날 여학생이 검은 옷을 입은 괴한에게 납치당한다는 괴담입니다. 이건 서울에서 도는 괴담이고, 경기도에서는 검은 옷을 입은 괴한이 가출한 여학생을 납치한답니다."

"괴담 때문에 이 사건을 맡기에는 좀 황당한 거 아니야?"

"주영 선배, 설마 내가 괴담 때문에 이 사건을 맡겠다고 했겠습니까? 화면을 봐주세요."

유하는 화면에 동영상 하나를 띄웠다. 블랙박스 동영상인데 비 오는 날 사람들도 잘 지나다니지 않는 길이 찍혀 있었다.

[너는 공부해야 하니까 못 가겠구나. 씨발! 차라리 넌 우리 식구 아니니까 끼지 마, 이랬으면 덜 역겨울 것 같아.]

희미하게 이 음성이 들리면서 시은이가 지나갔다. 그리고 몇 초 뒤에 검은 모자에 검은 옷을 입은 남자가 시은이의 뒤를 따라 지나가는 장면이 보였다.

"어?"

괴담과 똑같은 상황이 연출되자 느긋하게 보던 찬우가 놀란 마음에 상체를 조금 일으켜 세우다가 아차 하며 다시 앉았다.

"잠깐, 이게 우연히 찍힌 게 아니라면, 괴담이 영판 허무맹랑한 소리는 아니라는 거지? 서울 괴담과 경기도의 괴담의 공통점은 여학생, 검은 옷. 그런데 서울은 비가 오고, 경기도는 가출 청소년이란 말이지. 이걸 섞으면 비만 오면 상습 가출 여학생을 노리는 납치범이 있다. 맞지?"

찬우가 깔끔하게 정리를 하자, 유하는 기쁨의 하이파이브를 했다.

"이 여자애가 상습 가출 학생이라는 걸 알아야 한다는 뜻인데? 그러면 범인이 그쪽에서 일하나? 가출 청소년을 도와주는 시민 단체?"

"아니면 이번에도 경찰일 수 있고."

주영이 말을 꺼내고 태석이 깔끔하게 끝을 맺었다. 태석의 말에 블랙팀은 잠깐 침묵에 빠졌다. 아직 일 년이, 박우주에 대한 충격에 빠져나오지 못했다는 뜻이었다.

"이게 만약 사건이라면 뭘 뜻하는 거지? 일단 찬우!"

태석의 질문에 찬우는 크게 헛기침을 한 후에 입을 열었다.

"단순 가출도 생각해야 합니다. 자료를 보면 현시은은 입양아입니다. 가족하고도 사이가 안 좋은 것으로 봐서, 진짜 가출일 가능성도 있습니다. 다만 이게 진짜 납치고, 이번 한 번이 아니라면, 가학적 성애자인 범인이 여학생을 납치, 살해하는 연쇄살인일 가능성이 높습니다. 죽지 않았다면, 어떻게든 소식이 전해졌을 테니까요."

"다음은 이 사건을 물어온 유하."

"인신매매나 장기매매 조직이 개입되어 있을 가능성도 있습니다. 사채 같은 것으로 여성을 유인해서 외국에 파는 조직이 있습니다. 그 조직이 여학생들을 납치해 팔기 시작했을 가능성도 배제해선 안 된다고 생각합니다. 나이가 어릴수록 돈은 올라갈 테니까요."

"그렇지. 거기서부터 시작해야지. 우리 팀 수사 방향은 최악부터 시작하는 거니까?"

이렇게 말하며, 도준은 다리를 바꿔 꼬고는 기분 나쁠 정도로 화사하게 미소를 지었다.

"팀장, 조유하 이거 촉이 좋네요?"

"맞아. 촉으로만 보면 우리 블랙팀 내 제일이다. 다만……."

"아직은 선무당이다? 그래서 자칫 잘못하면 사람 잡을 수 있다. 맞죠?"

태석이 말을 끝까지 못하고 줄이자, 그 뒤를 받아 도준이 마무리했다.

"그래. 맞아. 지후 녀석이 너무 빨리 가는 바람에, 선무당이 못 크고 있어."

잠깐의 고민 끝에 생각이 정리됐는지 도준은 꼬았던 다리를 풀었다.

"저 선무당 나 줘요. 내가 사람 안 잡게 하겠습니다, 팀장."

"안 그래도 그럴 생각이었다."

'아니! 사건 이야기하다가 왜 갑자기 짝짓기냐고!'

유하는 어떻게 좀 해달라는 얼굴로 주영을 보았지만, 애처롭게 보는 주영의 눈빛에는 이런 뜻이 가득 담겨 있었다. 어쩔 수 없는 일이야. 내 능력으로는 안 돼.

"자, 이제 사건 정리하자."

태석은 유하에게 강한 폭탄 하나를 뚝 떨어뜨리고 다시 사건 이야기로 돌아갔다.

"우리는 이미 그런 인신매매 조직이 우리나라에서 버젓이 활개를 치고 있다는 걸 알고 있다. 다만 그들이 죄 없는 여학생까지 납치해 팔아 넘길 정도의 파렴치한은 아니길 빌어보자. 하지만 수사는 거기에 초점을 맞춘다. 전국적으로 실종과 가출 상태인 여학생의 데이터를 받아, 납치 가능성이 있는 사건을 분류한다."

"네."

"동시에 진짜 우리가 아는 그 인신매매 조직이 여학생들까지 납치하는지, 납치한다면 어떤 경로를 통해 외국에 넘기는지에 대해서도 함께 수사한다."

"넵."

"주영이와 찬우는 인신매매 조직을 맡고, 도준이와 유하는 사건 분류부터 시작한다."

"넵"

"자! 움직여!"

태석의 명령으로 블랙팀의 또 다른 사건이 시작되었다.


"성은 선, 이름은 무당. 합해서 선무당!"

도준은 처음 유하를 선무당으로 부른 이후 계속 그렇게 부르기 시작했다. 그리고 찬우의 놀림도 시작됐다.

"우리 조유하는 어째 파트너가 별명을 못 붙여 안달이냐? 지후 선배는 나인후로 부르더니, 도준 선배는 선무당이래."

"열받는 데 자꾸 그걸로 놀려요? 열받는 김에 오늘 내 손에 저세상으로 갑시다! 내가 사랑하는 지후 선배 만나게 해줄게요."

따라다니며 신경을 긁는 찬우 때문에 열이 잔뜩 오른 유하는 이를 바드득 갈며 다가갔다.

"왜 이래? 난 그저 있는 사실을 말한 것뿐이잖아."

얄밉게 히죽거리며 뒷걸음질 치던 찬우는 누군가에게 딱 가로막히자 그대로 굳어버렸다.

"누, 누구?"

주영을 향해 소리 없이 입모양으로 물어본 찬우는 "나랑 황도준."라며 팀장이 귓가에 속삭이자 주영의 옆으로 빛의 속도로 달려왔다.

"주찬팀은 알아볼 것 다 알아봤나 보지?"

주찬? 아! 주영과 찬우?

주찬팀이라는 도준의 말에 유하는 주찬의 의미를 잠깐 생각하다가 곧 픽 웃음을 흘렸다.

"우리 선무당은 분류 작업 끝냈고?"

"저 혼자 하기엔 무리가 있습니다. 이렇게나 많은데."

유하는 불만이 철철 흐르는 표정으로 자기 책상에 잔뜩 쌓인 서류 뭉치들을 가리켰다.

"선배는 뭐 하고 저만…… 합니까."

생명의 위험을 느끼면서도 말을 끝까지 다 한다.

"선무당 사람 안 잡게 하려고 훈련시키는 중이다. 빨리 끝내. 뭐 어렵다고 길게 가지고 가?"

"아니, 그게…… 양이……."

단호하게 일을 모두 밀어버린 도준 때문에 이 많은 서류를 혼자 보게 생긴 유하는 주영과 찬우를 보며 도와달라는 애원의 눈빛을 보냈다.

"우리는 지금 나가봐야 할 것 같다. 가볼 곳이 있었는데 깜빡했다."

주영은 찬우의 뒷덜미를 움켜잡고 도망치듯 블랙팀을 빠져나갔다.

의리 없는 인간들.

이 지옥에 혼자 두고 도망쳐 버린 주영과 찬우를 원망하며 유하는 매섭게 문을 노려보다가, 자기보다 더 매서운 도준의 시선을 느끼고 금세 기가 팍 죽었다.

"팀장하고 일 있어서 나갔다가 올 거니까 빨리빨리 하자?"

"아니…… 이걸 어떻게 나 혼자……."

부당하다는 표정으로 서류와 도준을 번갈아 가면서 보던 유하는 곧 꼬리를 팍 내리고 "알겠습니다."라고 말할 수밖에 없었다.

"조유하, 고생해."

팀장은 다정하게 말하고는 웃으며 블랙팀에서 사라졌다.

"오늘 중으로 다 끝내?"

불가능한 숙제를 아무렇지도 않게 내준 도준까지 사라지자, 유하는 그렇게 이 블랙팀에 혼자 남았다.

"내 팔자야."

오늘은 팔자 타령이 저절로 나오는 날이다. 유하는 어깨를 아래로 툭 떨어뜨리며 한숨을 크게 푹 내쉬었다.


"혼자 하게 해도 돼? 저거 양이 꽤 많던데?"

태석의 말에 도준은 손을 바지에 찔러 넣으며 가볍게 픽 웃음을 흘렸다.

"분류 작업 한다고 해서 특별한 게 나오겠습니까? 우리나라 가출 청소년이 얼마나 많은지만 알겠죠. 선배도 별 기대는 안 하잖아요."

범인 유형으로 봐서는 가출 신고도 안 된 학생 중 피해자가 나올 가능성이 컸다. 그걸 알면서도 도준은 일부러 그 일을 유하에게 시킨 것이다.

"그건 그렇지만. 넌 그걸 다 알면서 왜 시켰어?"

"다친 다리로 어딜 쏘다닙니까? 젊었을 때나 모르지, 나이 들면, 저 녀석 자리 보존하고 누울 겁니다. 억지로라도 쉬게 해야죠. 선배도 이 생각으로 맡긴 것 아닙니까?"

"역시 도준이야. 척 하니 착 하고 알아듣고."

태석은 팔꿈치로 도준의 팔을 아주 살짝 툭 쳤다.

"못 알아듣기엔 내가 선배를 너무 잘 알죠. 아니, 너무 많은 걸 알지. 형수님이 알면 안 되는 것까지."

"야! 야! 이게 오래간만에 복귀해서는 선배 약점부터 건드려?"

태석이 두 주먹을 불끈 쥐며 싸울 것 같은 자세를 잡자, 도운의 입에서 가벼운 웃음에 장난처럼 터졌다.

"이렇게 같이 다니니 그때가 그립네."

"그러게 말입니다. 이렇게 다시 돌아오니 선배랑 다니던 그때가 그립습니다."

도준은 하하 웃다가 갑자기 휴, 하고 한숨을 토해냈다.

"헤드, 어떤 놈일까요?"

"사람을 꼭두각시처럼 조종할 수 있다면, 보통 녀석은 아닌 것 같은데……."

"나충식, 그놈한테서 놓친 게 뭘까요?"

"일단 나충식 그 새끼 과거부터 뒤져 보자. 그러다 보면 뭐가 나오겠지."

그 말을 끝으로 경찰청을 나와 태석의 차가 주차된 곳까지 아무 말도 하지 않고 조용히 온 도준은 차에 오르자마자 입을 열었다.

"최근 일어난 연쇄살인사건 중에 헤드의 짓이 있을까요?"

"없으면 좋겠지만, 분명히 있을 거야. 그런 놈은 살인을 멈추지 않아."

긴장 때문일까. 차에 시동을 거는 태석의 표정에 초조함이 떠올랐다.

드라마 촬영장.

[지금 책상에 서류가 산더미처럼 쌓였어. 그거 다 보기 전까지는 절대

로 블랙팀 밖으로 못 나가. 새 파트너가 왔는데, 선배고, 예전 블랙팀이며, 팀장의 파트너였대. 그 선배님께서 날 이 블랙팀 안에 못 박았어.]

승후는 잠깐 쉬는 시간에 유하와 통화 중이었다.

"그래서 지금 꼼짝없이 블랙팀 안에 갇혔다는구나? 그 선배 꽤 마음에 드네? 그렇게라도 안 하면 밖으로 튀어나갔을 거잖아. 너 위해서 일부러 그랬네."

유하가 징징거리듯 말한 내용만 듣고도, 승후는 도준의 생각을 정확하게 읽었다.

[그래도 이건 좀 아니야. 이건 정신적인 학대라고!]

유하가 서류를 책상에 집어 던지듯 내려놓은 모양이다. 휴대폰 너머턱하고 둔탁한 소리가 들리자 승후는 소리 없이 빙긋 미소를 머금었다.

"그런데 그거 거기에 있겠어? 내 생각에는 잘해봐야 한두 명? 더는 없을 것 같은데."

[뭐가?]

"네가 찾는 피해자들."

승후는 촬영 준비하는 스태프들을 슬쩍 훑어보고는 사람들이 없는구석으로 향했다.

"경기도 괴담은 가출한 아이들이 대상이라던데? 아이들이 가출한다는 건 집에 문제가 있을 경우가 많잖아."

휴대폰에 입을 바짝 대고 작게 속삭이면서도 승후는 누가 들을까 싶어 주위를 살피는 걸 멈추지 않았다.

[어떻게 알았지? 내가 괴담 조사하는 거?]

무척 당황한 듯한 목소리다. 승후는 그런 유하가 재미있다는 표정으로 빙긋 웃고 있었다.

"그때 네 표정이 그랬어. 괴담 이상하다고 느낀 것 같았거든."

[대단한데? 혹시 신의 선택을 받은 제자, 뭐 이런 건가?]

"형한테도 비슷했어. 그때그때 가장 충격적인 사건 같은 거 말하면 거의 블랙팀에서 수사하고 있더라고. 대신 블랙팀이 장기적으로 수사하는 건 모르잖아. 가령 인신매매나 장기매매 같은."

바닥에 무언가를 떨어뜨리는 소리가 들린다. 당황했다는 뜻이었다.

[그러니까 승후 씨 생각은 지금 내가 보고 있는 자료에는 별로 건질 게 없다는 거야?]

포기했나 보다. 유하는 대놓고 사건 이야기를 했다.

형과 시작이 비슷하다. 형도 처음에는 당황하더니, 나중에는 의견을 구하는 단계까지 이르렀으니까.

"그런 집에서 신고 제대로 하겠어? '또 가출했구나, 언젠가는 들어오겠지.' 이렇게 생각하고 신고 안 할 수 있지 않을까? 게다가 몇몇 집은 아이의 안전보다는 자신의 체면이 더 중요하겠지. 체면 때문에 더더욱 신고 안 했을 수 있어."

[그렇긴 하지.]

"그래도 혹시 모르니까 분류는 해야지? 선배가 시킨 일이니까."

유하는 좀이 쑤시는지 "이잉~" 하고 칭얼거렸다.

"오늘은 이게 마지막 촬영이야. 한 3시간 후에는 끝날 것 같으니까, 가다가 들를게. 뭐 먹고 싶어?"

[민승후?]

"내 애인은 말도 참 예쁘게 잘하지. 알았어. 끝나면 바로 튀어갈게. 그때까지 일 잘해?"

승후는 계속 스태프들을 살피며 빠르게 휴대폰에 뽀뽀했다. 그리고 통화를 끝내고 자기 의자가 있는 곳으로 돌아왔다.

"조 형사님 잘 계시죠?"

"너무 잘 있어서 탈이지."

윤석의 질문에 승후는 "에고." 하고 앓는 소리를 냈다.

"멋있는 것 같아요. 설레게."

안 그래도 하루하루가 고달픈데, 라이벌까지는 필요 없다. 승후는 경고의 눈빛으로 윤석을 노려보았다.

"동경한다는 뜻이죠. 팬이 스타를 동경하듯."

"그것도 하지 마. 동경이든, 존경이든, 사랑이든, 다 나만 할 거야."

"혹시 콘셉트 칠푼이로 바뀌었습니까?"

윤석은 소름이 돋는지 부르르 떨며 승후의 말에 발끈하고 나섰다.

"질투의 화신으로 바꾼 거야! 내 여자는 내가 지킨다!"

승후는 두 주먹을 불끈 쥐며 다짐하듯 말했다.

"그분이 형을 지키는 거겠죠."

윤석은 냉정하게 사실만을 콕 집었다.

"그렇게 정확하게 말하면 내가 할 말이 없잖아!"

하하 승후의 웃음소리가 주위를 울렸다.

"잠깐만요. 소개해 줄 사람 있어요."

승후와 가벼운 농담을 주고받던 윤석은 주위를 살피다 한 남자가 다가오자 소개하기 시작했다.

"사장님께서 경호원 겸 매니저 한 명 구한다고 했잖아요. 이번에 새로 들어왔어요. 이름은 오병주, 나이는 서른이에요. 형하고 동갑이래요."

윤석은 승후의 귀에 작게 속삭이고는 이 상황이 재미있는지 히죽 웃었다.

"잘됐네. 친구도 하고 좋지. 편하게 지내자. 잘 부탁해? 난 민승후야."

승후는 손을 내밀며 화사하게 웃었다.

"오병주라고 합니다. 저도 잘 부탁합니다."

병주는 깔끔하게 말을 자른 승후가 민망할 정도로 깍듯하게 말을 높이며 그의 손을 잡았다.


주영과 찬우는 인신매매 조직에서 흘러나오는 소식들을 제일 잘 들을 수 있는 인물, 뒷골목에서 불법 성매매를 하는 하태선을 만났다.

"그들이 아무리 인간 말종이라 해도 그 정도는 아닙니다. 죄 없는 애들을 왜 납치하겠어요? 스스로 걸어온 애들이라면 모를까."

우리나라 말은 끝까지 들어봐야 안다. 여기서 중요한 말은 인간 말종이 아니라는 첫 내용이 아니라, 스스로 걸어온 애들이라는 이 뒷부분이었다.

"여학생도 있다는 거지?"

"없진 않죠. 걔들 대부분이 가출 청소년들이니 돈 필요하잖아요. 숙식 제공에 월급도 많다고 하면 스스로 걸어가죠. 일단 단순하거든요."

주영의 표정이 사납게 일그러지자, 신나게 말하던 태선은 바로 굳어 버렸다.

이걸 까뒤집어 탈탈 털어봐?

욱한 마음에 이런 생각을 했던 주영은 곧 생각을 고쳤다.

지금은 악덕 포주 단속하기 위해 나온 게 아니었다. 게다가 이놈은 인신매매 조직과 꽤 친밀하므로 지금 이 자식을 털면 커다란 조직들은 곧장 몸을 숨겨 버린다. 작은 놈 잡자고 큰 놈을 도망가게 할 수는 없기에 속에서 천 불이 끓어도 참아야 했다.

"제가 아니라, 걔들이 그런다고요."

"그러니까 납치도 가능하겠네? 어린 여학생 찾는 주문은 많을 테고, 그 주문을 맞추려면 납치도 불사하겠지."

찬우는 이렇게 말하며 태선의 옆으로 가 어깨에 팔을 턱 올렸다.

"그렇게 납치 안 해도 다 걸어들어 온다니까요! 뭐 하러 위험을 감수합니까?"

태선은 마치 재미있는 대화라도 하는 것처럼 크게 하하 웃으며 말을 이었다.

"납치가 끼면 블랙팀이 가만두겠습니까? 수틀리면 일단 털고 보는 게 블랙팀인데, 납치까지 끼면, 그건 자폭이죠. 또 꼬리 자르고 튀어야 하는데, 요즘 이 바닥도 힘들어요. 꼬리 자르기를 하면 다시 생길 때까지 고생한단 말입니다. 그쪽 계통에 머리 좋은 놈 많아요. 무모한 행동안 하죠."

"확실히 여학생들은 그쪽이 아니라는 거지?"

"그쪽이 확실하면, 형사님들 나 안 찾았을 거잖아요. 그쪽이 아닐 가능성이 있으니까 일단 간 보기 위해 나 찾아온 거잖습니까? 거기는 신경 끄시고, 혹시 형사님들, 괴담 들어본 적 있습니까? 요즘 여자애들 사이에 쫙 퍼진 괴담인데?"

짜증을 내든지 놀라든지, 이 두 표정을 생각하고 던진 말인데, 뜻밖에도 별다른 반응이 없자, 태석은 재미있다는 얼굴로 주영과 찬우를 번갈아 가면서 보았다.

"블랙팀 형사님들이 웬일로 괴담을 듣고 다니실까? 괴담보다 더 무서운 사건만 해결하고 다니는 분들인데?"

"그거 언제부터 도는 괴담이야? 어디가 처음인데? 그 괴담하고 여기 아무 상관 없어?"

찬우가 질문을 쏟아내자, 태선은 "워. 워."라고 말하며 히죽 웃었다.

"탁 까놓고 물어보자. 너도 탁 까놓고 대답해. 그 괴담 여기서 나온 괴담이지? 그냥 뜬소문이라고 하면 죽는다?"

"여기서 나온 건 아니고, 그냥 뜬소문도 아니에요. 그거 한 2년 정도 된 괴담이에요. 도시 괴담치고는 참 단순해요. 비 오는 날에 상습 가출 여학생만 골라서 납치한다. 그게 끝이니까."

"서울에는 그냥 비 오는 날에 여학생들을 납치한다는 거 아니야? 가출은 경기도 괴담인데?"

"김주영 형사님도 참! 비 오는 날에 상습 가출 여학생입니다. 그게 말이 퍼지면서 쓸모없다고 생각되는 부분이 빠진 거죠. 원래는 경기도에서 시작이 됐는데, 서울로 번졌다고 하더라고요. 안 그래도 이 괴담 때문에 그 조직도 바짝 긴장하고 있어요. 까닥 잘못하면 불똥이 자기들한테 튈 테니까. 블랙팀도 보세요. 이렇게 바로 그 조직을 찍었잖아요."

"그럼 여학생 납치는 그 조직과 상관없다는 거지?"

주영의 거듭되는 의심에 태선은 절대로 아니라는 듯 양손을 강하게 흔들었다.

"없어요. 안 그래도 그 조직이 자기 구역에서 어떤 놈이 밥그릇을 뺏나 싶어서 알아봤다니까요? 인신과 장기 둘 다 아니에요. 분명히 여학생이 사라지는 건 맞는 것 같은데, 실체는 없어요. 귀신이 곡할 노릇이라니까요!"

"너 설마 잘 모르는데 대충 아는 척하는 거 아니야? 아니면, 그 조직이 그렇게 말하라고 협박했냐?"

찬우의 의심에 태선은 진짜 억울하다는 표정이었다.

"에이! 그 조직이 블랙팀이 이 일로 만약 찾아오면 만나게 해달라고 도리어 부탁하던걸요. 여학생 실종은 절대로 자기들 아니라고!"

"그래, 좀 만나자. 그 새끼들 얼굴 좀 보게."

"말씀하세요. 단, 체포는 안 됩니다? 그러면 저 죽습니다!"

"됐어, 인마! 체포 안 할 거면 내가 그 새끼들 왜 만나?"

주영이 버럭거리자 태선은 깔깔깔 기분 나쁜 웃음을 터뜨렸다.

"하긴 그쪽이 꼬리 자르기가 전문이긴 하죠?"

이미 여러 번 비슷한 경험이 있었다. 분명히 수뇌부라 생각하고 체포하면 그 부분이 바로 꼬리였다. 다시 말해 진정한 수뇌부들은 지금까지 단 한 번도 보지 못했고 파악도 안 됐다고 봐야 했다.

"하여튼 여학생 실종은 이쪽하고 관련이 없습니다. 그래서 생각해봤는데, 어떤 사이코패스 살인마가 여학생들을 납치해서 죽이고, 시체를 녹이는 게 아닐까요? 염산 같은 것으로 녹여 버리면 흔적이 없잖아요."

"고맙다. 아주 중요한 사실을 알려줘서?"

주영은 두 눈에 힘을 팍 주며 태선을 노려보았다. 매섭다 못해 무서운 주영의 표정에 태선은 어색한 웃음을 흘렸다.

촬영이 한창인 세트장.

여자주인공과 달콤한 애정신을 찍는 날. 촬영에 들어가기에 앞서 대사를 맞춰보던 승후와 주나가 갑자기 크게 웃음을 터뜨렸다.

'흐흐흐흐흐, 그렇게 웃어. 아주 해맑게. 그래야 고통에 물든 모습이 더 아름답지.'

바쁘게 움직이는 촬영 스태프들 속, 음산한 눈빛이 승후를 응시했다.

'일 년이가 못한 마무리, 그거 내가 해줄게. 기대해. 곧 이 세상은 널 스타 민승후가 아닌, 사이코패스 살인마 민승후로 기억하게 될 테니까. 그리고 넌 죽는 거야. 살인마 민승후라는 껍데기를 뒤집어쓰고.'

입꼬리를 올려 씩 웃는 모습에 서늘함마저 감돌았다. 그때 자신을 부르는 소리에 남자는 시선을 돌린다.

"네!"

남자는 평소대로 밝게 웃으며 사람들 사이로 섞여 들어갔다.

"뭐지?"

바람처럼 쓱 지나가는 서늘하고 음침한 느낌에, 장난기 가득한 표정으로 주나와 농담을 주고받던 승후는 서둘러 주위를 둘러보았다. 별다른 이상은 없다. 지난 몇 달간 함께한 사람들이고, 그중 반은 여러 번 함께 작업한 사람들이었다.

그런데 이 낯선 느낌은 뭐지?

이 느낌, 박우주가 일 년이라는 사실을 처음 알았을 때와 비슷한 서늘함이다.

이 속에 누가 있는 건가? 또 다른 박우주인가?

승후의 눈빛이 차갑게 일그러졌다.

"왜 그래?"

승후의 표정이 갑자기 달라지자 주나는 걱정스럽다는 얼굴로 물었다.

"아니야. 그냥…… 좀…… 느낌이 안 좋아."

박우주 때문에 세상 모두가 의심스러운가 보다. 승후는 무력무력 자라나는 불길한 예감을 애써 밀어냈다.

"중요한 장면도 아닌데 왜 이렇게 예민해서 그래? 왜? 애인하고 찍어야 할 장면을 나랑 찍어서 또 짜증 나? 말해. 이번에는 대역 쓸게. 몇 장면 정도는 양보할 수 있어."

"그럴까?"

승후는 다시 장난이 가득한 표정으로 히히 웃음을 흘렸다.

"아니, 괜찮아. 오늘 밤에 지금보다 더 달콤한 장면 찍으면 돼."

"끈적끈적한 장면이면 더 좋고?"

"그렇지. 역시 김주나야!"

예민하게 위험을 감지했지만, 승후는 그 느낌을 대수롭지 않게 넘기며 가볍게 빙긋 웃었다.


"나경아!"

하교 시간. 집으로 가던 나경은 시빈이 앞을 가로막자 밀려오는 짜증을 억누르지 못하고 표정으로 드러냈다.

"왜?"

"너 택견 다닌다며? 어디 다녀? 나도 다니면 안 돼?"

"안 돼. 싫어."

나경이는 매정할 정도로 차갑게 말하고는 시빈의 옆을 휙 지나갔다.

"나랑 떡볶이 먹으러 갈래? 내가 사줄게."

"매운 거 싫어."

"그럼 피자."

"느끼한 건 더 싫어."

"그럼 햄버거?"

"네가 사주는 건 다 싫어."

"그러지 말고 하나만 말해봐. 내가 사줄게. 나 용돈 받았어."

"진짜……"

'짜증 나게 왜 이래?'

이 말을 하고 싶었는데, 나경이는 그러지 못했다.

"이 녀석 뭐 해?"

나경이보다 먼저 체육 선생님인 연범준이 늘 들고 다니는 몽둥이로 시빈의 머리를 약하게 톡 때렸기 때문이었다.

"너 왜 자꾸 나경이 괴롭혀?"

"괴롭히는 게 아니라, 친해지려는 거죠."

"나경이는 괴롭힘당하는 얼굴인데?"

"아니에요!"

"나경아, 이 녀석이 자꾸 괴롭히면 나한테 달려와. 내가 바로 혼내줄 테니까?"

범준이 부드럽게 말했지만, 나경은 그런 선생님의 얼굴을 잠깐 보다가 꾸벅 인사를 하고는 걸어갔다.

"어째 난 쟤랑 친해지기 힘들다?"

범준이 쓰게 웃자, 반대로 시빈의 얼굴에는 밝은 미소가 떠올랐다.

"나경이는 그게 매력이에요. 선생님, 안녕히 계세요!"

시빈은 범준에게 힘차게 인사를 하고 다다다 뛰어서 나경의 뒤를 따랐다.

"녀석들."

범준은 웃는 얼굴로 사라져 가는 나경이와 시빈을 아주 잠깐 바라보다가 교무실로 향했다.


"악!"

인내심이 한계에 다다랐을 때 유하는 보던 파일을 책상에 집어 던졌다. 그리고 자신의 머리를 움켜잡으며 괴로움에 몸부림쳤다.

미치기 직전으로 여기서 서류를 조금만 더 보면 진짜 머리에 꽃 꽂고 다닐지도 모른다. 몸이 뒤틀리고 몸살이 날 지경에 이르러서야 참다 못

한 유하는 벌떡 일어났다.

"커피라도 마시자."

이렇게 중얼거리며 막 블랙팀을 빠져나가려는 그 순간 〈주차장으로〉라는 문자가 승후에게서 왔다. 유하는 단숨에 주차장으로 향했다. 그리고 눈에 익숙한 차 앞에 서서 빙긋 미소를 머금었다.

유하가 팔로 크게 하트를 그린 후 손 뽀뽀를 날리며 애인에게 반가운 인사를 건네자, 그녀의 애인도 마찬가지로 크게 하트를 그린 후 손 뽀뽀를 날렸다. 그리고 빨리 타라며 손짓을 했다.

"보고 싶어 죽는 줄 알았어. 오늘 촬영 어땠어? 잘했어? 나 안 보고 싶었어? 얼마큼 보고 싶었는데?"

차에 올라타며 계속 질문을 해대는 유하를 가만히 지켜보던 승후는 그녀를 끌어당겨 입을 맞췄다. 부드러운 입술의 감촉에 유하는 눈을 감았다. 머리를 감싸는 커다란 손의 느낌이 기분 좋다. 이 손이 머리를 쓰다듬을 땐, 속이 부글부글 끓다가도 순식간에 싹 가라앉는다. 그때마다 유하는 생각했다. 꼭 마법사의 손 같다고.

커다란 손의 감촉 뒤엔 기분 좋은 촉촉한 입술이 유하를 사로잡는다. 가볍게 장난처럼 시작하는 키스는 곧 내쉬는 거친 숨결까지도 삼킬 정도로 짙어진다. 입술을 빠는 느낌에 취해 입을 열면 곧 그 열린 틈으로 승후가 들어와 휘젓는다. 혀와 혀가 엉키다가도 입안을 훑고, 어느새 입술을 빤다. 그렇게 민승후에 취해 여기가 어디인지 잊다 보면, 화사하게 웃는 그가 눈앞에 있었다.

"어떡해……."

이런 승후를 보다 보면 어김없이 유하의 입에서는 안타까운 한숨이 터졌다.

"뭘 어떡해?"

머리를 쓸어내리는 다정한 느낌에 유하에서는 더 큰 한숨을 흘렀다.

"이렇게 보내야 하는 현실이 너무 미워. 게다가 퇴근 언제 할지도 모르겠고. 나 퇴근하면 승후 씨가 출근하고, 승후 씨가 퇴근하면 내가 출근하고. 우리 둘은 너무 바쁜 것 같아. 설마 1년에 몇 번밖에 못 보는 거 아니야?"

지금이야 불만이지만 곧 현실이 될 이야기였다. 승후는 해외 스케줄로 늘 바쁠 테고, 유하는 밤낮없이 뛰어다니느라 집에는 잘 안 들어가니까.

"그럼 내가 일 그만두고 집에서 살림할까? 조유하 형사님 나 먹여 살릴래?"

"그럴까? 진짜 그랬으면 좋겠다."

유하는 승후의 손을 두 손으로 잡고는 입술로 가져다 두어 번 가볍게 뽀뽀를 했다.

"주머니에 넣고 다닐까?"

"그러지 말고 안 위험하게 내가 조유하 먹여 살리면 어때? 나 돈 많이 벌 수 있는데. 조유하 호강시켜 줄 수 있어."

"진짜 그럴까?"

눈까지 반짝반짝 빛내며 관심 있는 척했지만, 그게 연기라는 걸 단번에 알아차린 승후는 그녀를 끌어당겨 이마에 콩 하고 박치기를 했다.

"들어가 열심히 일해서 일찍 퇴근이나 하세요? 집에서 맛있는 거 사놓고 기다릴게."

"맛있는 음식 해놓고 기다려야 하는 거 아니야? 그래야 퇴근할 맛이 나지."

"미안한데, 내가 요리에는 별로 소질이 없어서. 대신 맛난 음식점 아니까 사놓고 기다릴게."

"OK. 오늘 퇴근할 수 있으면 좋겠다."

"나도."

승후는 밝게 웃으며 뒷좌석을 가리켰다.

"어?"

승후의 손짓에 별 뜻 없이 뒤를 돌아본 유하는 뒷좌석에 잔뜩 있는 먹을거리에 좋아서 입이 찢어졌다.

"간식이야. 뭘 좋아하는지 몰라서 샌드위치 전문점하고 도넛 전문점, 편의점을 털어서 이것저것 좀 사 왔어. 가서 먹어."

"역시 내 남자밖에 없어."

유하는 승후의 볼을 감싸며 끌어낭기고는 입술에 계속 뽀뽀를 해댔다. 킥킥킥 웃는 소리와 뽀뽀하는 소리가 즐겁게 차 안을 울렸다.

똑똑똑.

역시 이럴 땐 방해꾼이 있어야 한다. 한참 좋은데 차 앞유리에 노크하는 인간 때문에 분위기가 와장창 깨져 버린 유하는 잔뜩 얼굴을 일그러뜨리며, 노크한 상대를 노려보았다.

"부리로 자꾸 쪼는 것 보니 전생이 딱따구리였구나?"

일부러 방해했음. 장난기 가득한 찬우의 얼굴에는 이런 말이 쓰여 있는 듯했다. 다른 사람들은 모르겠지만, 승후의 눈에는 그렇게 보였다.

"이 좋은 분위기를 꼭 그렇게 방해해야겠어요? 한 선배랑 난 전생에 원수였을 거야!"

"풍기 문란으로 확 잡아간다?"

오늘 한 판 붙기로 작정이라도 한 듯 찬우는 얄밉게 낄낄낄 웃으며 유하의 신경을 팍팍 긁었다. 블랙팀 안에서는 몇 판을 붙어도 상관없지만, 지금은 그냥 넘기고 보자고 생각한 승후는 가장 화사하게 웃으며 차에서 내렸다.

"탐문 갔다 오세요?"

좋은 분위기를 망쳤는데, 이 남자는 왜 이렇게 해맑게 웃어?

승후가 밝게 웃으며 찬우에게 인사를 하자, 유하의 매서운 눈이 이번에는 승후에게로 향했다.

"역시 스타님이셔. 그렇게 웃고 있으니 우중충한 경찰청이 화사해지는 느낌이야."

"감사합니다. 유하 데리고 가셔도 돼요. 지금 가려고 했어요."

보내야 할 사람이니 어서 보내야지. 이런 생각으로 승후는 이젠 가라며 손짓을 했다. 그러자 유하는 등받이에 등을 기대며 싫다는 뜻으로 강하게 고개를 저으며 짧은 만남을 안타까워했다.

"하던 것 마저 하라고 하고 싶은데, 조금 있으면 팀장하고 도준 선배 들어와. 주영 선배랑 조금 전에 통화하더라."

"아! 맞아! 나 아직 다 못 했는데!"

유하는 화들짝 놀라며 서둘러 차에서 내렸다.

"이거, 이거."

급해도 먹을 거는 챙겨서 찬우와 나눠 든 유하는 승후를 향해 손 키스를 몇 번씩 날리며 잘 가라고 인사를 했다. 그리고 찬우와 함께 뛰기 시작했다. 아주 열심히.

"전화해!"

달려가는 유하의 뒤에다 이렇게 소리친 승후는 그녀가 저만치 멀어지자 킥 웃음 속에 한숨을 섞어서 흘렸다.

"힘내라, 내 여자."

승후는 나지막히 중얼거리곤 유하가 사라진 다음에야 차에 올랐다.


경찰청 주차장.

커다란 차 뒤에 숨은 한 하정은 톡톡톡 손톱을 물어뜯으며 승후의 차를 응시하고 있었다.

"이젠 이렇게 만나러 오기까지 해?"

얼마 후, 유하가 나타나 자연스럽게 승후의 차에 올라탔다.

"하지 마. 내 앞에서 이러지 마. 나에게 이렇게까지 상처 주면 안 되는 거잖아."

유하가 승후에게 뽀뽀를 해댔고, 그는 그걸 막지 않았다.

"아니야. 민승후는 원하지 않았다. 조유하가 억지로 성추행하는 거야. 민승후는 협박받아서 어쩔 수 없이 가만있는 거야. 저기 봐. 표정이 안 좋잖아."

하정은 이내 자기 마음대로 현실을 왜곡했다. 그리고 그게 사실이라 믿기 시작했다. 그 뒤 찬우가 오고 유하와 함께 경찰청으로 향하자 승후의 입에선 웃음이 새어 나왔다.

"맞아. 나 여기 있어. 승후 씨 나 있는 거 느껴지지? 그래서 그렇게 웃어주는 거지? 기다리고 있어. 저 여자 손에서 구해줄게. 내가 꼭 승후 씨 구해낼게."

몇 분 후, 승후의 차가 미끄러지듯 경찰청을 빠져나갔다.

"조유하, 네가 어떻게 형사야? 승후를 협박하고 성추행한 넌 경찰이어선 안 돼. 두고 봐. 내가 꼭 너의 그 가증스러운 가면 벗겨 버릴 거니까. 곧 세상에 네 그 추악한 얼굴 다 드러내 보일 테니, 기대해."

불안하게 움직이던 눈동자가 분노로 일그러진 건 하정의 입에서 이 말이 흐른 다음이었다.


경찰청 건물 안으로 들어선 유하는 우뚝 멈춰서 고개만 돌려 뒤를 보았다.

"왜?"

찬우는 뒤에 뭐가 있나 하는 표정으로 아예 뒤돌아 이리저리 살폈지만 보이는 거라고는 경찰청을 드나드는 사람들과 문뿐이었다.

"아, 아니야. 가요, 선배."

"왜 그래?"

유하가 아니라고 했지만 그걸 믿을 찬우가 아니었다. 찬우는 가려는 유하의 팔을 잡았다. 그리고 장난을 쑥 뺀 심각한 표정으로 물었다. 찬우의 얼굴에서 장난이 사라지면 이건 진지하다는 뜻이기 때문에 유하도 장난으로 슬쩍 넘어갈 수 없었다.

"그냥…… 좀 꺼림칙해서요."

"너희를 지켜보던 그 여자 말하는 거잖아?"

유하가 봤는데 찬우가 못 봤을 리가 없다. 상대가 이상할 정도로 수상한 분위기를 풍기면 더더욱 눈에 잘 띄었다.

"승후 씨 팬일 거예요. 꽤 된 시선이에요. 언제부터인지 모르겠지만, 분명히 비슷한 시선을 몇 번 더 느꼈었어요."

"위험한 거 아니야? 민승후에게 말해줘야 할 것 같은데?"

"승후 씨도 스토킹하는 팬은 있다는 거 알고 있어요."

초인종 사건이 있던 날, 유하는 승후에게 그런 일이 있었다고 말했었다.

"간혹 그래. 유명인이라 자신들을 팬이라 소개하는 스토커가 많아. 신경 쓰지 마. 그러기만 할 뿐 가까이 다가오거나 위협을 가하진 않아. 간혹 집에 들어와서 물건을 만지는 정도라 현관 비번을 자주 바꾸는 수고를 해야 하긴 하지."

그날 승후는 가볍게 말하며 웃고 넘겼다. 그래서 유하도 그럴 수도 있겠거니 하고 넘겼었다.

"그거 조치해야 하는 거 아니야? 스토커가 선을 넘으면 위험할 때가 있어. 모르는 것도 아니면서 왜 가만히 있어?"

"그러게요. 일반인 같았으면 어떻게든 했을 텐데, 스타라 경계가 애매해요. 나도 학생 때 좋아하는 연예인 집 알아내서 몇 시간씩 기다린 적도 있고."

"연예인 그것참 불편하다."

찬우는 신음에 가까운 한숨을 흘리며 블랙팀 사무실을 향해 걷기 시작했다.

"대신 엄청난 사랑 속에 살잖아요. 누가 그렇게 사랑해 주겠어요."

"사랑도 적당할 때가 좋아. 지나치면 독이야. 그리고 남녀 사이에는 남녀, 이렇게 둘만 있는 게 좋고. 이 사람도 끼고 저 사람도 끼면 꼭 일이 터지더라고."

찬우의 말이 어느 정도 맞다는 생각이 들어, 유하는 입을 크게 벌리고 하하 소리 내어 웃었다.


불 꺼진 집.

남자는 익숙하게 집 안으로 들어가 방문 하나를 열었다.

큭큭큭. 남자의 입에서 음산한 웃음이 새어 흘렀다.

컴퓨터가 있는 방. 서재로 꾸며진 그곳으로 들어선 남자는 책상에 앉았다. 그리고 컴퓨터를 켰다.

"블랙팀이 어떻게 나올지 상당히 궁금한데?"

남자는 컴퓨터에 가지고 온 USB를 꽂아 어딘가로 메일 한 통을 보냈다. 그리고 다시 큭큭큭 음산한 웃음을 흘렸다.

할 일을 마쳤는지 남자는 의자와 컴퓨터를 원래대로 해놓고 방을 나왔다.

커다란 거실. 남자의 시선이 머무는 곳에는 근사하게 웃고 있는 민승후가 있었다. 아니, 커다란 민승후 사진이 걸려 있었다.

"살인마 민승후라. 네가 맡은 역할 중 가장 마음에 든다. 그렇지?"


〈2권에서 계속〉